Kyss by rowohlt POLARIS

OLIVIA DADE

THE LOVE WE FEEL

ROMAN

Aus dem Englischen von
Nina Bellem

Kyss

Die Originalausgabe erschien 2022 unter dem Titel
«Ship Wrecked» bei Avon/HarperCollins Publishers, New York.

Deutsche Erstausgabe
Veröffentlicht im Rowohlt Taschenbuch Verlag,
Hamburg, Februar 2023

Published by arrangement with Avon,
an imprint of HarperCollins Publishers, LLC
Redaktion Gesa Weiß
Covergestaltung ZERO Werbeagentur, München
Coverabbildung Shutterstock
Satz aus der TheAntiqua
bei hanseatenSatz-bremen, Bremen
Druck und Bindung CPI books GmbH, Leck
ISBN 978-3-499-00940-2

Für alle, die nach einer echten Familie suchen. Wenn ihr durch Geburt keine bekommen habt, findet ihr hoffentlich irgendwo da draußen eine und wisst ganz tief in eurem Innern, dass es jemanden gibt, der euch versteht und euch liebt. Immer. Selbst wenn ihr euch verloren fühlt. Selbst wenn ihr glaubt, ihr seid es nicht wert, geliebt zu werden. Was auch immer geschieht.

1

NACH IHREM ORGASMUS schlug Maria ihre verhangenen braunen Augen wieder auf, und Peter hielt ihren Blick für ein weiteres Dutzend Stöße fest. Dann stützte er sich auf seine Unterarme, schob seine Finger in ihr Haar, stieß ein letztes Mal tief in sie und stöhnte in ihren Mund.

Er hielt sie fest im Arm und rollte sich mit ihr auf die Seite, während sie beide wieder zu Atem kamen.

Trotz des konstanten Brummens der Klimaanlage im Hotelzimmer war ihre Stirn feucht, ihr zerzaustes blondes Haar war am Ansatz dunkel vom Schweiß. Was nur fair war, denn durch den wilden Sex war auch seine Haut feucht geworden, und seine Brust hob und senkte sich schwer. Nach einer Minute brachte er die Kraft auf, das Kondom zu entsorgen, doch das war auch alles, was er schaffte, bevor er zu ihr zurückkroch und seine Beine erneut mit ihren verschränkte.

Bis er wieder klar denken konnte, dauerte es noch eine Weile, wahrscheinlich, weil sie ihm den Verstand geraubt hatte. Das hatte sie allerdings schon in dem Moment getan, als er an diesem Abend in Begleitung einiger seiner Schauspielerkollegen eine Hollywood-Sauna betreten hatte und sie ausgestreckt auf einer Zedernholzbank liegen sah. Ihre üppigen Brüste und Hüften wurden kaum von ihrem roten Bikini bedeckt.

Karmesinrot. Eine starke Farbe für eine starke Frau.

Sobald seine Begleiter gegangen waren, hatte sie ihren Finger gekrümmt, und er war zu ihr gegangen. Ohne Fragen zu stellen. Ohne zu zögern. Er war auch sofort bereit gewesen, ein neues Hotelzimmer zu nehmen, anstatt auf ihres zu gehen. Wenn eine Frau wie sie ihn wollte, würde er sein Glück nicht herausfordern. Und solange sie in seinen Armen bleiben mochte, würde er sie festhalten.

Ihr Puls pochte unter der salzigen Haut in ihrer Halsbeuge, die sich unter seinen Fingern weich wie Samt anfühlte und nach Kräutern roch. Nach Rosmarin. Und nach Sex. Sex mit *ihm*. Er konnte einfach nicht genug bekommen.

Doch leider schob sie ihn mit einem sanften Stoß zur Seite, kaum dass sie wieder zu Atem gekommen war, und er ließ sie widerwillig los. Sie hob die Arme, wackelte mit den Zehen und streckte ihre langen Glieder auf den zerknitterten weißen Laken aus, vollkommen nackt und vollkommen ohne Scham aufgrund dieser Nacktheit.

Sie war dick, so wie er, hatte einen runden Bauch und ein weiches Kinn. Sie war auch stark, so wie er, ihre endlosen Beine waren muskulös, und ihr Bizeps war deutlich zu sehen gewesen, als sie ihm auf dem Weg nach draußen die schwere Saunatür aufgehalten hatte. Er wusste bereits, dass sie einen im übertragenen Sinne umhauen konnte, und er vermutete, dass sie es auch wortwörtlich vermochte.

Mit all ihrer Weichheit und Stärke, all ihrem Selbstvertrauen war Maria Keine-Ahnung-wie-ihr-Nachname-lautet die sexyeste Frau, die er je getroffen hatte. Ohne Ausnahme.

Und nachdem sie nun gevögelt hatten – und zwar so richtig –, war es höchste Zeit, dass er mehr über sie erfuhr als nur ihren Vornamen. Auch wenn er wahrscheinlich der schlechteste Gesprächspartner in ganz L. A. war.

Als sie also aus dem weiß gefliesten Bad zurückgeschlendert kam, sich auf den Rand der Matratze kniete und ihren Blick unverhohlen über seinen ausgestreckten Körper schweifen ließ, setzte er sich auf, lehnte sich gegen das Kopfteil des Bettes und sammelte endlich genug funktionierende Gehirnzellen zusammen, um ein paar verständliche Worte herauszubringen.

«Du bist ... Europäerin, oder?» Das Lächeln auf seinem Gesicht fühlte sich seltsam an. Ungewohnt. Aber er gab sich Mühe, und sie würde seine Unbeholfenheit hoffentlich nicht bemerken. «Ich hab es nicht so mit Akzenten, trotz der engagierten Versuche verschiedener Dialekttrainer, mir in der Hinsicht etwas beizubringen.»

Ihr in zerzausten Wellen liegendes Haar leuchtete im goldenen Licht der Nachttischlampe wie ein Heiligenschein, und er musste noch einmal tief durchatmen.

«Schwedin.» Die Antwort fiel knapp aus. Ganz ohne unnötiges ... Irgendwas.

Er hätte gern geglaubt, dass sie so kurz angebunden war, weil das einfach in ihrer Natur lag oder weil es in Schweden so üblich war oder weil sie sich im Englischen unsicher fühlte. Aber er wusste es besser.

Es lag an ihm. Es lag immer an ihm.

«Okay», sagte er und stockte dann, weil seine Synapsen sich weigerten loszulegen. «Äh ...»

Verdammt. Nach fünfzehn Jahren in Hollywood sollte er das besser können. Er war kein naiver Einundzwanzigjähriger mehr, der frisch vom College kam, und er hatte schon lange begriffen, wie die Branche funktionierte. Um die Rollen zu bekommen, die er wollte, die Rollen, die er verdiente, brauchte es nicht allein Talent.

Glück spielte eine Rolle. Ebenso wie gutes Timing. Aber Verbindungen zu einflussreichen Persönlichkeiten, die Fähigkeit, sich einzuschmeicheln – dadurch würde er mit ziemlicher Sicherheit bessere, prestigeträchtigere Jobs ergattern. Deshalb war es ziemlich ungünstig, dass er nicht in der Lage war, freundlich Small Talk zu halten.

Die üblichen Rollen – der liebeskranke oder ungeschickte beste Freund, die witzige Nebenfigur, das namenlose Mordopfer, der Charakter, dessen ganzer Handlungsbogen sich nur um sein Gewicht drehte – ödeten ihn schon seit zehn Jahren an, er brauchte mehr. Er brauchte eine Rolle, die ihn herausforderte und ihn schauspielerisch voranbrachte. Er brauchte Anerkennung in seinem Beruf. Ein festes Einkommen. Die Art von Erfolg, die selbst sein Vater nicht leugnen konnte.

Morgen würde er sich diese Rolle, diese Anerkennung, dieses Einkommen und diesen Erfolg vielleicht erarbeiten.

Heute Nacht wollte er sich mehr Zeit mit Maria erarbeiten, also musste er die richtigen Worte finden, und zwar bald. Denn sie hatte schon einen Blick zur Tür geworfen, und er würde es sich nicht verzeihen, wenn er sie einfach so schnell wieder gehen ließ, ohne eine Möglichkeit, mit ihr in Kontakt zu bleiben.

Er räusperte sich und versuchte es erneut. «Warst du deshalb in der Sauna? Weil du Skandinavierin bist?»

Die Schweden mochten doch Saunas? Oder waren es die Finnen? Scheiße, er wusste es nicht mehr.

«Ja, genau.» Ihr breiter Mund verzog sich zu einem Lächeln, und in seiner Brust schwoll sofort eine Woge des Triumphs an. «Ich war neugierig, wie eine angeblich schwedische Sauna in Hollywood wohl aussieht.»

«Es ist schon etwas seltsam, mitten im sonnigen, von Palmen bewachsenen L. A. eine Sauna aufzustellen.» Er atmete langsam und erleichtert aus und seine Schultern lockerten sich. Endlich, *endlich* kam das Gespräch in Schwung. «Hat sie dich beeindruckt? Oder enttäuscht?»

Sie dachte einen Moment lang über die Frage nach. «Beides, würde ich sagen. Die Sauna selbst war schön, obwohl wir in Schweden nicht viel Zedernholz verwenden. Eher Espe, Erle oder Fichte. Und natürlich sind wir normalerweise nackt, zumindest in privaten Saunen.»

So nackt, wie sie jetzt war, die Brüste rund und schwer und wunderschön, und die üppigen Schenkel leicht gespreizt. Wenn auch leider nicht weit genug, als dass er das sehen konnte, was dazwischen lag.

«Wirklich?» Jetzt lächelte auch er. Über ihren Anblick. Über die plötzliche Leichtigkeit, mit der sie sich unterhielten. «Dann finde ich es schade, dass dieser schwedische Brauch hier nicht originalgetreu übernommen wurde.»

Um ehrlich zu sein, hatte ihr Bikini ohnehin nicht viel verdeckt. Nicht, wie steif ihre Brustwarzen wurden, nachdem er mit ihnen gespielt hatte. Nicht den Spalt ihrer Pussy, als sie vor ihm stand und er diese verlockende Linie zart mit einer Fingerspitze nachzog; eine kurze, neckische Berührung wie ein Versprechen. Ein Versprechen, das er einlöste, sobald sie die Tür des Hotelzimmers hinter sich geschlossen und er seine Hand zwischen ihre Beine geschoben hatte.

Als sie das erste Mal gekommen war, mit seinen Fingern tief in ihr, seinem Daumen auf ihrer Klitoris, ihre Haare um seine linke Faust gewickelt, hatte sie so laut gestöhnt, dass er befürchtet hatte, einen Anruf von der Rezeption zu bekommen.

Heilige Scheiße. Wie konnte er mit seinen sechsunddreißig Jahren so schnell wieder hart werden?

«Sie hätten mir wenigstens erlauben können, oben ohne zu gehen.» Da er sich darauf konzentrierte, den Blickkontakt aufrechtzuerhalten, und deshalb nicht antwortete, sprach sie weiter: «Jeder hat Brustwarzen, Peter. Ich verstehe nicht, warum nur manche Leute sie zeigen dürfen, ohne dafür gleich verhaftet zu werden.»

Das war eine Falle. Sie kniete verdammt noch mal nackt auf dem Bett und sprach über Brustwarzen. Kein Geschworenengericht der Welt würde ihn verurteilen, weil sein Blick zu wandern begann.

Er räusperte sich. «Äh –»

«Nein, das ist eine Lüge. Ich verstehe schon, warum das so ist.»

Er blinzelte sie an.

«Patriarchat», erklärte sie.

Na ja, dem konnte er nicht wirklich widersprechen. «Ah.»

Das erklärte ein paar Dinge. Unter anderem, warum sie, im Gegensatz zu jeder anderen Frau, mit der er geschlafen hatte, nicht rasiert oder gewachst war. Nicht dass ihn das stören würde. Das blonde Haar zwischen ihren Schenkeln, unter den Armen, an den Beinen – es hatte ihn keinesfalls abgetörnt. Es war nur ein weiteres Zeichen für ihr Selbstbewusstsein, das ihn so anmachte, und ihre Begegnung hatte sich dadurch möglicherweise so ... ursprünglich angefühlt. Ehrlich. *Intim*, auf eine Weise, die er nicht erwartet hatte.

Wenn man die modernen Annehmlichkeiten des Hotelzimmers außer Acht ließ, hätte sie eine Frau aus fast jeder Zeit sein können. Eine Frau, die eine Antilope auf eine Höhlenwand malte. Eine, die an der Seite von Jeanne d'Arc in die Schlacht marschierte. Oder eine Schildmaid an Bord eines Wikingerschiffs, die bewaffnet und erbarmungslos der Gefahr ins Auge blickte.

Diese Gedanken waren viel zu dramatisch für eine einfache Affäre. Dämlich überromantisch, vor allem für einen schweigsamen, wortkargen Mann wie ihn. Aber in diesem Moment der sexuellen Verbindung – ineinander verschlungen, Hitze an Hitze, er in ihr – hatte es sich für ihn angefühlt, als wären sie Liebende außerhalb der Zeit.

Dieses Gefühl hatte ihn erschüttert. Es hatte ihn schwanken lassen und verunsichert, wie er es nach dem Sex noch nie erlebt hatte. Er musste wissen, ob es noch einmal passieren würde. Er musste wissen, ob diese tektonische Verschiebung ein Zufall gewesen war oder ... nicht.

Aber Maria redete immer noch, und er musste auch zuhören. Denn es wäre irgendwann sicherlich von Vorteil, wenn er *ihren verdammten Nachnamen* kennen würde.

«Außerdem habe ich gehört, dass die Amerikaner viel prüder in Bezug auf Nacktheit und Sex sind als die Schweden», sagte sie lächelnd. «Nach allem, was ich bisher hier gesehen habe, scheint das zu stimmen.»

Die kulturellen Unterschiede zwischen Schweden und den Vereinigten Staaten interessierten ihn. Das taten sie wirklich. Aber im Moment wollte er das Gespräch lieber auf grundlegendere Informationen lenken.

«Also, ich habe mich gefragt ...» Sein Bart hatte die zarte Haut zwischen ihren Brüsten rosig werden lassen, und er konnte seinen Blick kaum von dieser verräterischen, auf sinnliche Weise befriedigenden Röte abwenden. «Lebst du in L. A., oder bist du nur zu Besuch in der Stadt, um Spaß zu haben, oder ...?»

Sie presste ihre vom Küssen geschwollenen Lippen für einen Moment zusammen. «Ich bin wegen eines Jobangebots hier.»

Was bedeutete, dass sie vielleicht immer noch in Schweden lebte. Aber wo? Und auf was für einen Job bewarb sie sich? Glaubte sie, sie würde die Stelle bekommen?

Scheiße, er war wirklich nicht gut in so was. Bei jedem anderen, wirklich jedem anderen, würde sie mehr erzählen, ihre Antworten weiter ausführen, ihnen den Kontext geben, den er ...

Plötzlich lag er wieder auf dem Rücken, ihre Handfläche presste sich fest auf seine Brust, und ihr Haar kitzelte sein Gesicht, während sie ihm einen harten Kuss auf den Mund drückte. Bevor er zu Atem kommen konnte, glitt sie an seinem Körper hinab, dann noch weiter, ließ ihren offenen Mund über seinen Hals, seine Brust, seinen Bauch wandern.

Oh, fuck. *Fuck*.

Ihre starken Hände spreizten seine Beine, und sie kletterte zwischen sie.

Dann brachte sie ihn mit ihrem talentierten Mund erneut

um den Verstand, bevor sie sie beide zu einem weiteren Orgasmus ritt.

Danach hatte er keine Worte mehr. Gar keine. Sie hatte sie ihm alle genommen, so wie sie auch ihn genommen hatte.

Und bei Gott, er würde sich nicht beschweren. Nicht einmal ein bisschen.

• ● •

Er wurde vom Klingeln seines Handyweckers wach, streckte sich mit einem leisen Stöhnen und genoss das Streicheln der kühlen Hotellaken auf seiner Haut und den anhaltenden Schmerz in seinen Muskeln, die in dieser langen, heißen Nacht stark beansprucht worden waren.

Scheiße, so entspannt hatte er sich seit Jahren nicht mehr gefühlt. Vielleicht sogar noch nie.

Maria hatte ihn völlig ausgelaugt. Und nachdem er sie das vierte Mal hatte kommen lassen, schien auch sie verdammt erschöpft zu sein, ihre langen Schenkel hatten gezittert, und die Lider über ihren wunderschönen braunen Augen waren schwer gewesen. Aber sie hatten beide geschlafen, und er hatte noch ein oder zwei Stunden Zeit, bis er sich für sein Vorsprechen fertig machen musste, also wäre er mehr als nur erfreut, wenn sie ihn noch einmal auslaugen würde.

Er grinste bereits erwartungsvoll, drehte sich auf den Rücken und blickte auf die andere Seite des Bettes, wo er ...

nichts fand. Dort lag niemand.

Abrupt setzte er sich auf, und die behagliche Entspanntheit seines Körpers war im Bruchteil einer Sekunde verschwunden.

Die Tür zum Badezimmer stand offen, und der Raum war dunkel und leer.

Ihre Handtasche lag nicht mehr auf dem Nachttisch.

Auch ihre Kleidung, die auf dem dicken Teppich verstreut gewesen war, war verschwunden.

Wären da nicht die beiden benutzten Kondome im Mülleimer neben dem Bett und der Geruch von Sex in den Laken, hätte er sich gefragt, ob er die letzten zwölf Stunden nur geträumt hatte.

Er warf die Bettdecke zur Seite, stand auf, schlich durch das Zimmer und suchte in der obersten Schreibtischschublade nach dem Block mit dem Hotellogo, der in jedem Hotel bereitlag.

Er war leer.

Nach einer weiteren Minute des Suchens wusste er es. Es gab keine Nummer, die auf einen Zettel gekritzelt war. Nicht einmal einen kurzen Abschiedsgruß auf der Rückseite einer Quittung.

Sie war ohne ein Wort gegangen, und verdammt, er wusste noch sehr genau, wie sich *das* anfühlte. Es mochte vier Jahre her sein, dass Anne ihn auf dieselbe Weise verlassen hatte, aber manche Erinnerungen verblassten mit der Zeit nicht.

Die Ironie war bitter wie Zitronenschale. An den meisten Tagen konnte er sich kaum noch an die Stimme seiner Mutter erinnern, aber den Moment, in dem er begriffen hatte, dass seine Verlobte für immer fort war, konnte er ohne Mühe jederzeit bis ins kleinste Detail abrufen, einschließlich des offenen Turnschuhs an seinem rechten Fuß und der Staubflocken, die im Sonnenlicht tanzten, als seine Welt um ihn herum zusammenbrach.

Er hätte wissen müssen, dass auch Maria gehen würde. Verdammt noch mal, er hätte es *wissen* müssen.

In der Sauna waren sie zu sehr damit beschäftigt gewesen, herumzumachen, um persönliche Informationen auszutauschen, und das war zum Teil auch seine Schuld gewesen. Aber als er ihr dann in der Hotellobby seinen Führerschein gegeben hatte, damit sie sicherheitshalber einem Freund eine Nachricht mit seinem vollen Namen schicken konnte, hatte sie sich nicht die Mühe gemacht, ihm auch ihren Nachnamen zu nennen. Und als er versucht hatte, nach dem ersten Sex mit ihr zu reden, hatte sie ihre Antworten frustrierend kurz und vage gehalten.

Er hatte das auf seine mangelnde Sozialkompetenz geschoben. Im Nachhinein betrachtet, hatte sie wohl eher absichtlich alle Informationen zurückgehalten, mit denen er sie hätte finden können.

Und nach ihrem zweiten Sex hatte er nicht mehr klar genug denken können, um noch ein Gespräch zu führen. Womit sie – wieder rückblickend betrachtet – eindeutig gerechnet hatte.

Er hatte sie heute Morgen wieder vögeln wollen. Er hatte mehr über sie erfahren wollen, denn auch wenn sie sich erst so kurz kannten, wusste er schon, dass sie nicht nur spektakulär selbstbewusst und verdammt sexy war, sondern auch scharfsinnig und witzig. Er hatte gehofft, bei einem gemeinsamen Frühstück vom Zimmerservice herauszufinden, wie lange sie vorhatte, in L. A. zu bleiben, und ob sie vielleicht in die Gegend ziehen wollte.

Er hatte sie sofort *gemocht*. Auf eine alberne Art fühlte er sich mit ihr verbunden, obwohl er so gut wie nichts über sie wusste.

Also, ja, vielleicht war es dumm, sich nach einer glühend heißen Nacht voller unverbindlichem Sex mit einer unwiderstehlichen Fremden ausgenutzt zu fühlen, aber er tat es trotzdem. Ausgenutzt, ausrangiert und wütend.

Aber das war egal. Sie hatten eine schöne Zeit miteinander gehabt, und sie war weg. Er würde sie nie wiedersehen. Jetzt musste er sich verdammt noch mal beruhigen und all die aufgewühlten Gefühle für seinen Auftritt später am Vormittag kanalisieren.

In seiner gesamten Schauspielkarriere hatte er noch nie ein so wichtiges Vorsprechen gehabt, für ein so hochkarätiges Projekt. Die Rolle des Cyprian in *Gods of the Gates* – eine Serie, die bereits ein weltweiter Hit war, obwohl die erste Staffel noch nicht einmal komplett ausgestrahlt war – könnte ihn von einem Nebendarsteller zu etwas anderem machen. Zu mehr.

Einem Hauptdarsteller.

Aber das Allerbeste war, dass die Rolle viel zu bieten hatte. In Cyprians Geschichte ging es um Überleben und Trauer, Wut, Angst und Lust sowie seine zögerlich aufkeimende romantische Beziehung mit Cassia, einer Schildmaid und der einzigen anderen Wikingerin, die den durch Neptun verursachten Schiffbruch überlebt hatte.

Warum die Autoren der Serie beschlossen hatten, die Geschichte vom alten Rom ins mittelalterliche Europa zu verlegen und gleichzeitig alle römischen Götter und Göttinnen beizubehalten, konnte er nicht sagen, und es war ihm auch egal. Er pfiff auf die verworrene Mythologie. Als Cyprian konnte er – endlich einmal – der Love Interest und ein gottverdammter *Held* sein.

Aber das würde nur etwas werden, wenn sein Auftritt die Casterin, die Showrunner sowie die anderen Entscheider und Kreativen, die ihn heute beurteilen würden, überzeugte und wenn die Chemie zwischen ihm und der Schauspielerin, die sie für die Rolle der Cassia im Auge hatten, stimmte.

Er war einer von vielleicht zwei oder drei Männern, die noch für die Rolle des Cyprian im Gespräch waren. Bei diesem letzten Vorsprechen musste er sich beweisen und seine Konkurrenten in den Schatten stellen.

Und das würde er. Denn letztendlich waren Maria und ihre Entscheidung, ihn ohne ein Wort zu verlassen, nicht wichtig. Nicht so sehr wie seine Karriere.

Sollte er sie jemals wiedersehen – und das würde er nicht –, würde er ihr danken, dass sie ihn daran erinnert hatte.

• ● •

Offensichtlich hatte die Casterin einen bestimmten Körpertyp für Cyprian im Sinn. Peter und die anderen beiden Männer waren alle weiß, groß und stämmig, alle mit einem gewissen Extra an Gewicht, und sie saßen alle in demselben kühlen, unpersönlichen Wartebereich vor dem Konferenzraum voller Entscheidungsträger.

Es war auch schon eine Frau zum Vorsprechen eingetroffen, und sie war fast genauso groß wie die Männer. Wie die potenziellen Cyprians war sie weiß und von üppiger Statur, und ihr langes, hellbraunes Haar, ihre strahlende Haut und ihr schiefes, charmantes Lächeln ließen sie unbestreitbar hübsch aussehen. Sicherlich würde er in Kürze mit ihr spielen, ebenso wie mit den anderen Frauen, die für die Rolle der Cassia infrage kamen, um festzustellen, ob die Chemie zwischen ihnen stimmte.

Während sie darauf warteten, in den Konferenzraum gerufen zu werden, checkten alle vier ihre Handys und versuchten, nicht nervös zu zappeln. Und als sein Handy kurz vor anzeigte und noch keine weiteren Kandidatinnen eingetroffen waren, dachte Peter, dass die Showrunner sich bereits für die hübsche Brünette als Cassia entschieden hatten.

Dann, pünktlich zur vollen Stunde und keine Sekunde früher, schwang die Tür zum Warteraum wieder auf, und –

Scheiße. *Scheiße.*

Da war sie, mit ihren Brüsten, ihrem Hintern, dem Bauch und den langen Beinen. Sie schritt selbstbewusst auf den nächsten freien Platz zu, trug eine teuer aussehende gemusterte Bluse, enge Jeans und glänzende Stiefel mit flachen Absätzen. Ihr schulterlanges Haar fiel in Wellen herab und schimmerte im Licht der Neonröhren.

Maria Wer-zum-Teufel-auch-immer.

Die Frau, die ohne ein einziges Wort aus seinem Hotelbett geflohen war.

Sie setzte sich anmutig hin, stellte ihre Handtasche auf ihrem Schoß ab, blickte sich mit leuchtenden Augen neugierig um und lächelte.

Zumindest bis sie ihn sah.

Dann erstarb das leichte Lächeln, und ihre Stirn legte sich kurz in Falten. Schließlich nickte sie ihm zu, als wären sie schlicht Bekannte, die sich seit ein paar Wochen nicht gesehen hatten.

«Peter», murmelte sie und versuchte mit mäßigem Erfolg, den eben noch fröhlichen Schwung ihrer Lippen wiederherzustellen. «Schön, dich wiederzusehen.»

Gestern Abend hatte er ihren leichten Akzent charmant gefunden. Sogar sexy.

Jetzt wirkte er rau. Genau wie alles andere an ihr.

Und wenn er sich nicht irrte, würde er bald mit ihr spielen müssen. Glücklicherweise taten Cyprian und Cassia in ihren ersten gemeinsamen Szenen nichts anderes, als sich zu streiten.

Das passte ihm gut in den Kram.

Als Antwort auf ihre Begrüßung sah er sie einfach nur ausdruckslos an. Sie begegnete seinem Blick, ohne mit der Wimper zu zucken, und hielt ihn fest, bis sich die Tür zum Konferenzraum öffnete und die Casterin den Kopf herausstreckte.

«Peter und Maria, bitte kommen Sie zu uns herein», sagte sie.

Scheiß drauf.

Offensichtlich würde er keine Zeit haben, sich mit der Situation zu arrangieren. Also stand er auf, nickte der Casterin respektvoll zu und ging durch die Tür, ohne Maria auch nur eines Blickes zu würdigen.

In dem großen Konferenzraum warteten zahlreiche Leute, von denen er einige erkannte und andere nicht. Die Showrunner entdeckte er sofort, ebenso wie einen Regisseur, mit dem er schon einmal zusammengearbeitet hatte. Dann wurden er und Maria in den vorderen Teil des Raums geführt und bekamen einen Auszug aus dem Drehbuch, und er vergaß sofort alles jenseits der Rolle. Es gab nur noch die Dialoge, die Mimik, die Gestik. Die Emotionen, die er zeigen und hervorrufen sollte.

Wenn er könnte, würde er auch Maria vergessen, aber bei dieser Aufgabe war sie seine Partnerin.

Wenn auch keine besonders fähige, wie er bald feststellte.

Sie brachte ihren Text gut rüber. Das musste er ihr lassen. Aber ihre Mimik und die Gesten waren zu übertrieben für Film und Fernsehen, vor allem für eine Serie wie *Gods of the Gates*, wo die Kameras ganz nah heranfahren würden, sodass das Publikum jede feine Veränderung in ihrem ausdrucksstarken Gesicht, jedes Zucken ihrer Finger und jede winzige Neigung ihres Kopfes mitbekam.

Nach ein oder zwei Minuten unterbrach Ron Acheson, einer der Showrunner, sie mitten in einem wichtigen Dialog, um ihr Feedback zu geben, und er nahm kein Blatt vor den Mund.

«Das ist Ihr erstes Vorsprechen für eine Fernsehsendung. Stimmt das, Ms Ivarsson?», fragte Ron, lehnte sich in seinem gepolsterten Stuhl zurück und verschränkte die Finger.

Maria antwortete, ohne zu zögern. «Ja.»

«Dann will ich Ihnen einen Rat geben. Das hier ist keine verstaubte Bühne in einem kleinen Stockholmer Theater, und Sie spielen nicht für die Blödmänner in der letzten Reihe.» Er blickte in Richtung seines Kollegen R.J. Nullman und rollte mit den Augen. «Schalten Sie mal ein Dutzend Gänge zurück, okay?»

Wenn es um Film und Fernsehen ging, um Hollywood und die dortigen Strippenzieher, war sie eine Amateurin. Und Gott sei Dank würde sie ganz sicher nicht für die Cassia ausgewählt werden, und er würde seine beste – und möglicherweise letzte – Chance auf beruflichen Erfolg nicht an eine Frau verschwenden, die keine Ahnung hatte, was sie da tat. Denn die Schauspieler, die Cyprian und Cassia spielten, wären allein, ohne irgendwelche anderen Darsteller und auf einem abgelegenen Set, und das möglicherweise jahrelang. Ihm würde sich nicht täglich allein bei ihrem Anblick der Magen umdrehen.

Maria widersprach Ron nicht, aber sie wirkte auch nicht verlegen oder eingeschüchtert aufgrund seiner Kritik. Erhobenen Hauptes wartete sie gelassen auf weitere Ratschläge.

«Fantastische Arbeit, Peter. Mach so weiter wie bisher.» Auch als R.J. eigentlich Peter ein Kompliment machte, sah er Maria an. Er drehte das Messer ein wenig in der Wunde, vielleicht um zu sehen, wie empfindlich sie war. Wie sie reagierte. «Fangen wir noch einmal von vorne an.»

Peter musste zugeben, dass er beeindruckt war. Sie zuckte bei R.J.s Seitenhieb nicht einmal zusammen, und beim zweiten Durchlauf merkte er innerhalb weniger Augenblicke, dass sie sich Rons Anweisungen zu Herzen genommen und ihr Spiel angepasst hatte. Sie hatte es sogar so gut angepasst, dass Peter sofort mit ihr in der Szene war.

«Ich habe dir doch gesagt, du sollst Erik retten», schrie sie, wütend und verzweifelt, da sie ihren Wikinger-Liebhaber an das aufgewühlte Meer verloren hatte. «Ich habe es dir *gesagt*. Ich habe dir gesagt, dass ich schwimmen kann, aber er *nicht*.»

Seine Miene blieb steinern, nur ein Hauch von Trauer und Erleichterung war in seinem Ausdruck auszumachen. «Du warst erschöpft, und du warst näher bei mir als er. Ich musste eine Wahl treffen. Das habe ich. Jetzt müssen wir beide damit leben.»

Weil er ihr nur einen Moment zu lange in die tränenverschleierten Augen sah, würde das Publikum es erkennen, auch wenn Cassia nichts merkte: Cyprian begehrte sie heimlich. Und wenn die Gefahr bestand, dass sie ertrank, konnte er sie nicht einfach zurücklassen. Nicht einmal, wenn dadurch sein engster Freund, der Mann, den sie liebte, dem Untergang geweiht war. Nicht einmal, wenn er sich selbst hassen würde für das, was er getan hatte.

Sie stieß ihm gegen die Brust, so fest, dass er einen Schritt zurück machen musste. «Mögen alle Götter dich verdammen, Cyprian. Und selbst wenn sie dir verzeihen, schwöre ich dir: Ich werde es niemals tun.»

Er ließ sie mit einem verächtlichen Lächeln stehen. «So sei es.»

Ihre Antwort, ein Knurren, geboren aus Wut und Herzschmerz, war perfekt. Gerade laut genug, gerade deutlich genug. Maria spielte nicht mehr für die billigen Plätze.

Trotzdem war dieser Durchgang wahrscheinlich nicht mehr als ein glücklicher Zufall. Vermutlich war sie eine mäßig talentierte Theaterschauspielerin, die weder für Film noch fürs Fernsehen bestimmt war und die einfach kurz Glück hatte und im entscheidenden Moment die beste Leistung ihres Lebens ablieferte.

Sie war eine Kämpferin, die außerhalb ihrer Gewichtsklasse boxte, und das würde sich bald zeigen. Jeden Moment.

Aber als sie und Peter ihre Szene beendet hatten und gemeinsam einen weiteren Drehbuchauszug lasen, war Rons Grinsen komplett verschwunden, und R.J. hatte sich der Casterin zugewandt, mit der er im Flüsterton anscheinend ein äußerst intensives Gespräch führte. Ein paar der Entscheidungsträger schauten nachdenklich drein, und einige lächelten sogar.

Es hätte keine Überraschung sein sollen, nicht nach dieser lustvollen, aber unglücklichen gemeinsamen Nacht, aber irgendwie erstaunte es Peter doch: Zwischen Maria und ihm stimmte unbestreitbar die Chemie. Und was noch schlimmer war: Nach ihrem katastrophalen Start beim Vorsprechen hatte sie sich berappelt. Mehr als das. Zumindest für diesen einen Morgen, vor diesem einen Publikum, hatte sie *geglänzt*.

Bevor die Showrunner sie schließlich wieder in den Warteraum entließen, lobte R.J. die beiden für ihre Leistungen und forderte sie auf, sich den Rest des Tages frei zu halten und ihre Agenten oder Manager auf Abruf zu haben.

Die Verantwortlichen in diesem Raum mussten natürlich erst noch zwei andere Cyprians und eine andere Cassia auf Herz und Nieren prüfen, und vielleicht würden die anderen Schauspieler ihr Vorsprechen rocken. Vielleicht würden sie in ihren Darbietungen eine so überragende Chemie und so grandiose schauspielerische Fähigkeiten zeigen, dass Maria und/oder Peter raus waren.

Allerdings waren die Macher der Serie nicht gerade subtil.

«Ich glaube, es wäre gut, wenn eure Teams in den Startlöchern stehen», sagte Ron mit einem Zwinkern zu Maria, das selbst Peter als schmierig empfand. «Nur für alle Fälle.»

Das war der Moment, in dem es Peter bewusst wurde.

Selbst wenn er heute die Rolle seines Lebens bekäme, hätte er trotzdem ein ernstes Problem. Und er hatte keine Ahnung, wie er es lösen sollte.

Und das Problem hieß Maria.

2

AM SPÄTEN NACHMITTAG unterzeichneten sowohl Maria als auch Peter ihre Verträge, nachdem sich beide mit ihren Agenten beraten hatten und Maria außerdem mit ihrem Bruder Filip, einem Anwalt.

Ehrlich gesagt, war das alles ein bisschen surreal. Vor ein paar Monaten hatte sie aus Jux und Tollerei ihre Bewerbungsunterlagen eingeschickt. Sie wollte weg, weit weg von den besorgten Blicken ihrer Familie und ihrem eigenen verletzten Herzen, und sie sehnte sich nach einer neuen beruflichen Herausforderung, darum hatte sie es auf einen Versuch ankommen lassen, sich aber nicht viel davon erhofft. Denn es stimmte: Trotz ihres Talents war sie keine erfahrene Film- oder Fernsehschauspielerin, und niemand in den Vereinigten Staaten kannte sie.

Aber jetzt hatte sie irgendwie eine Hauptrolle in *Gods of the Gates* ergattert, der derzeit erfolgreichsten TV-Serie. Nicht nur in Amerika, sondern auf der ganzen Welt, auch in Schweden. Sie hätte nicht stolzer und aufgeregter sein können, und sie konnte es kaum erwarten, es ihrer Familie zu erzählen.

Nur eine einzige Wolke verdunkelte ihren herrlich sonnigen Himmel.

Peter. Der große, dunkle, heiße, mürrische Peter Reedton.

Ihr engster Kollege würde der Mann sein, mit dem sie letzte Nacht Sex gehabt hatte und den sie dann ohne ein Wort hatte sitzen lassen.

Das war nicht gerade die beste Ausgangssituation.

Den ganzen Nachmittag über hatte sie versucht, seine Aufmerksamkeit zu erlangen und allein mit ihm zu sprechen, um die Sache zu klären. Sie wollte ihm erklären, warum sie so gehandelt hatte, zumindest so gut sie es konnte, ob ihm das nun reichen würde oder nicht. Sie wollte die peinliche Situation in einem Vier-Augen-Gespräch klären. Möglicherweise wollte sie ihm auch sagen, wie unerwartet schwer es ihr gefallen war, zu gehen, wie oft sie an diesem Morgen an ihn gedacht hatte und wie sehr sie ihn nicht nur gewollt, sondern auch ... *gemocht* hatte.

So sehr, dass es ihr Angst gemacht hatte. Dass es sie dazu gebracht hatte, wegzulaufen.

Von dem Moment an, als Peter die Sauna betreten hatte, hatte sie Sex mit ihm haben wollen. Aber sie hatte keine Zukunft für sie beide gesehen, und seit einiger Zeit erlaubte sie sich mit kurzzeitigen Liebhabern keine Intimität mehr, die über reinen Sex hinausging. Bei ihr gab es nur ganz zwanglos oder mit vollem Einsatz. Nichts dazwischen.

Das hatte keinen Sinn, und sie wollte weder ihre Zeit, noch ihre Energie, noch ihre Gefühle verschwenden. Sie hatte diese Lektion früh gelernt und sich gut eingeprägt, und erst vor wenigen Monaten hatte sie einen Auffrischungskurs zu diesem Thema absolviert. Bei ihrem One-Night-Stand war es kein Bonus gewesen, dass sie Peter mochte, sondern eine Gefahr.

Deshalb hatte sie darauf bestanden, dass sie sich ein Hotelzimmer nahmen – und nicht angeboten, auf ihres zu gehen. Wenn sie fertig waren, müsste sie ihn so nicht überreden, zu gehen. Sie konnte einfach abhauen, und genau das hatte sie getan.

Jetzt ging er ihr aus dem Weg. Was gar nicht so einfach war, wenn man bedachte, dass sie an diesem Tag so eine zentrale Rolle spielte.

Aber was sollte es. Sie konnte warten.

Stunden später bot sich ihr endlich die Gelegenheit. Nach mehreren Gratulationsrunden und Besprechungen über die nächsten Schritte durften die beiden das Studio verlassen. Peter zögerte nicht und schenkte ihr nicht für einen einzigen unnötigen Moment seine Aufmerksamkeit, bevor er sich auf den Weg zum Parkplatz machte.

Er war kein besonders gesprächiger Mensch. Das war ihr fast sofort klar gewesen, als sie ihn in der dampfvernebelten Sauna gesehen hatte.

Es hatte sie nicht weiter gestört.

Die anderen Männer, mit denen er unterwegs gewesen war, waren nichts Besonderes. Sie waren groß, braun gebrannt und tadellos gepflegt. Schlank. Durchtrainiert. Ihre Körper waren hart, von Kopf bis Fuß, und das war schön für sie, aber es war nicht das, was sie sehen und in ihrem Bett haben wollte.

Der große Kerl in der karierten Badehose am Rand der Bank allerdings ...

Er war groß – *sehr* groß – und ebenfalls braun gebrannt, aber nicht so blank poliert wie die anderen. Er war etwa Mitte dreißig, knapp zehn Jahre älter als sie, und um seine Augenwinkel breiteten sich interessante kleine Fältchen aus. Sein gewelltes, fast schwarzes Haar trug er zurückgekämmt, und es fiel ihm bis auf die breiten Schultern. Sein Bart war dicht und gut gepflegt, aber ein bisschen zu lang für das Cover von *GQ*, es sei denn, es gab eine jährliche «Große heiße Holzfäller»-Spezialausgabe, die sie nur noch nicht an den Kiosken gesehen hatte.

Und das Beste von allem: Er war eindeutig stark, aber nicht dünn. Nicht übertrieben durchtrainiert. Über seinen Muskeln gab es etwas zum Anfassen, über seiner Stärke lag etwas Weiches. Er hatte einen Bauch, der ihr verriet, dass er Essen genauso gern mochte wie sie. Wenn er sie umarmte, würde er sie mit seinem breiten Körper einhüllen. Als Frau, die selbst groß und füllig war, erlebte sie das nicht oft, aber sie liebte es, wenn es passierte.

Wenn sie wie eine Walküre gebaut war, eine Opernsängerin mit Hörnerhelm und gehämmertem Brustpanzer, die ihre letzte Arie anstimmte, dann war er der dunkle Wikinger mit den kräftigen Schenkeln, der auf die Bühne schritt, um sie zu rauben, und sie würde seinen Überfall mit Freuden begrüßen.

«Gibt es bei dir irgendwas Neues, Peter?», hatte der Typ mit den sandblonden Haaren ihren Wikinger gefragt. «Hast du wegen diesem Gangsterfilm schon was gehört?»

Als Antwort auf die Frage seines Kumpels hatte der Wikinger nur ein einziges Mal entschieden mit dem Kopf geschüttelt. «Nope.»

Und das war alles. Mehr nicht.

Wie sie festgestellt hatte, war solch eine knappe Antwort ganz typisch für ihn. Er hatte eine Viertelstunde lang still dagesessen, den Rücken an die Seitenwand gelehnt, die Knie gebeugt, die Füße flach auf der Bank. In dieser Zeit meldete er sich ein– oder zweimal mit seiner brummigen, wunderbar tiefen Stimme zu Wort, aber ansonsten hörte er seinen Gesprächspartnern nur zu, mit einem so entspannten Ausdruck auf dem Gesicht, dass es schon fast leer wirkte.

Außer, wenn er sie ansah. Seine Augen waren so dunkel wie sein Haar, und sie blickten häufig in ihre Richtung. Schließlich fing sie seinen Blick auf und hielt ihn fest. Sie lächelte ihn an, mit einem langsamen Schwung ihrer Lippen, und von da an war sein Gesichtsausdruck nicht mehr so schwer zu deuten. Er sah nicht weg, bis der Typ zu seiner Rechten seinen Namen rief und anfing, über eine Rolle in irgendeinem Sitcom-Pilotfilm zu schwadronieren.

Daraufhin hatte er den langen Blickkontakt unterbrochen und sich wieder seiner Gruppe zugewandt, wobei er die kräftigen Brauen irritiert zusammenzog.

Aber er hatte kein weiteres Wort gesagt, bis die anderen Männer endlich gegangen waren.

Also ja, so, wie sie Peter Reedton gestern Abend und heute erlebt hatte, war er kein großer Freund von Small Talk, und seine Grundstimmung in Gruppensituationen konnte man nicht gerade als *vergnügt* bezeichnen. Selbst in einem Moment beruflichen Triumphs war sein scharfer Blick nicht weicher geworden, und er hatte auf Lob und Glückwünsche nur mit einem flüchtigen Lächeln reagiert.

Soweit sie es beurteilen konnte, war er fast jedem gegenüber zurückhaltend.

Mit ihr jedoch sprach er jetzt – anders als gestern Abend – absolut gar nicht. Und wenn die Umstände ihn nicht dazu zwangen, sie zu beachten, tat er es auch nicht.

Sie hatte verstanden. Er war sauer auf sie, und vielleicht hatte er allen Grund dazu, obwohl sie keine Versprechungen gemacht und ihr Bestes getan hatte, um in ihm keine falschen Hoffnungen zu wecken.

Offenbar hatte er es nicht verstanden, und er war wütend. Das war nachvollziehbar.

Aber bald würden sie beide fast jeden Arbeitstag in unmittelbarer, unvermeidlicher Nähe verbringen, und unnötige Feindseligkeit war ein Luxus, den sie sich nicht länger leisten konnten. Nicht, wenn sie ihre Rollen überragend spielen wollten, denn diese Art von Eins-zu-Eins-Schauspielerei erforderte ein gewisses Maß an Vertrauen und Teamwork.

Er brauchte sie nicht zu mögen. Aber er musste mit ihr zusammenarbeiten.

Also folgte sie ihm zu seinem Auto, fest entschlossen, reinen Tisch zu machen. Mit seinen absurd großen Schritten kam er schnell voran, aber zum Glück waren ihre Beine fast genauso lang wie seine, und sie war hoch motiviert, ihm hinterherzueilen.

Sie war auch hoch motiviert, auf seinen schönen Hintern

in der dunklen Jeans zu starren und auf die breiten Schultern, die die Nähte des hellblauen Button-down-Hemdes strapazierten, das er über der Hose trug. Allerdings würde er sich über diese Art von Aufmerksamkeit und Bewunderung von ihr wohl kaum mehr freuen. Das rief Schmerzen in der Nähe ihres Herzens wach, aber sie durfte sich von ihnen nicht beirren lassen.

«Peter!», rief sie.

Er blickte nicht einmal in ihre Richtung.

Sein SUV stand etwa in der Mitte des weitläufigen Parkplatzes. Als sie ihn endlich eingeholt hatte, pochte ihr Herz vor Anstrengung laut und schlug ihr bis zum Hals. Das schnelle Klappern ihrer Schritte auf dem Bürgersteig musste ihm gesagt haben, dass sie näher kam, aber wenn dem so war, tat er lieber so, als hätte er sie nicht gehört.

«Peter.» Während er in seinen Taschen nach den Schlüsseln suchte, legte sie eine Hand auf seinen Unterarm und versuchte, ihm in die Augen zu schauen. «Wir müssen reden.»

Seine Unterarme unter den bis zu den Ellbogen hochgekrempelten Ärmeln waren kräftig, und die Sonne L. A.s auf seiner Haut versengte ihr fast die Fingerspitzen. Aber nicht sehr lange.

Innerhalb eines Herzschlags hatte er ihre Berührung abgeschüttelt und war einen Schritt zurückgewichen, aber wenigstens drehte er sich nun zu ihr um. Wenigstens schaute er ihr in die Augen, wenn auch widerwillig.

Er hob seine dunklen Brauen. «Müssen wir das?»

Solch steinerner Unmut bei so geringem Anlass. Sie würde Männer niemals verstehen, zumindest die Männer nicht, die nicht zu ihrer Familie gehörten.

Wenn man genauer darüber nachdachte, hatte er eigentlich *keinen* guten Grund, sauer auf sie zu sein. Sie hatte ihm Sex angeboten, er hatte angenommen, und sie waren beide mehrfach gekommen. Was genau hatte er nach einer Nacht mit einer Fremden erwartet? Einen Termin, um Hochzeitsanzeigen zu entwerfen?

Sie hatte ihm nicht einmal ihren Nachnamen genannt, und wenn er diesen ziemlich offensichtlichen Hinweis nicht kapiert hatte, dann wusste sie auch nicht weiter.

«Ich denke, das müssen wir.» Mit in die Hüften gestemmten Händen musterte sie ihn einen Moment lang. «Ist letzte Nacht ein Problem? Denn wenn ja …»

«Nope.» Sein angespanntes Lächeln erreichte seine Augen nicht. «Das ist absolut kein Problem.»

Ihrer Meinung nach sollte ein Schauspieler mit seinem Talent und seiner Erfahrung – denn ja, sie hatte an diesem Morgen in ihrem Hotelzimmer auf dem Handy seine IMDb-Seite gecheckt – ein besserer Lügner sein.

«Ich verstehe.» Sie neigte den Kopf zur Seite, sodass ihre Skepsis für ihn offensichtlich sein dürfte. «Warum siehst du dann so unglücklich aus, nachdem du die größte Rolle deiner Karriere ergattert hast?»

Mit lobenswerter Unbekümmertheit lehnte er seinen fantastischen Hintern gegen die Seite seines Hybrid-SUVs, verschränkte die Arme vor der breiten Brust und sah ihr direkt in die Augen. «Bist du sicher, dass du das wissen willst?»

Die Frage war eine Warnung, dass etwas Hässliches folgen würde, aber sei's drum. Es war besser, die Wunde jetzt aufzustechen, sodass sie Zeit hatte, zu heilen, bevor sie ihren ersten Drehtag als Schiffbrüchige antraten.

«Leg los», sagte sie mit einem breiten, amüsierten Lächeln.

Er ließ sich nicht zweimal bitten.

«Du hast recht. Das ist die größte Rolle meiner Karriere.» Er lehnte immer noch an seinem Wagen und schlug nachlässig einen Fuß über den anderen, ein Bild vollkommener Ruhe. «Deshalb ärgert es mich, dass ich an der Seite einer totalen Amateurin spielen muss. Die meine Leistung herunterziehen und mich daran hindern könnte, die Anerkennung zu bekommen, die ich verdiene.»

Wow. *Wow.*

Wieder einmal hatte sie ihre Unfähigkeit bewiesen, sich Männer auszusuchen, die keine Arschlöcher waren. Als ihre Freundinnen sie fragten, warum sie sich Monate nach der Trennung nicht mal wieder verabredete und warum sie nicht versuchte, schnellstmöglich wieder bei ihren Eltern auszuziehen, hatte sie ihnen gesagt, dass Männer kamen und gingen, aber die Familie blieb für immer.

Sie runzelte in gespielter Verwirrung die Stirn. «Mir war nicht klar, dass man, wenn man jahrelang in einer der mondänsten Städte Europas auf der Bühne stand und die renommiertesten Theaterpreise seines Landes erhalten hat, immer noch als Amateurin gilt.»

«Ah.» Er nickte nachdenklich. «Nur so aus Neugier: Wie viele Einwohner hat Schweden?»

Oh, sie wusste, worauf er hinauswollte. «Etwas über zehn Millionen.»

Seine Brust bebte vor Lachen. «Das ist noch weniger, als ich dachte. Scheiße, das entspricht ungefähr der Einwohnerzahl von Los Angeles County. Trotzdem, herzlichen Glückwunsch zu deinen prestigeträchtigen Auszeichnungen. Ich bin sicher, deine Familie ist sehr stolz auf dich.»

Ihre Hände ballten sich an ihren Hüften zu Fäusten, aber sie unterdrückte die böse Erwiderung, die ihr auf der Zungenspitze kribbelte. *Wenigstens habe ich überhaupt Schauspielpreise gewonnen, im Gegensatz zu meinem neuen Kollegen. Seine Rollen waren nie wichtig genug, um diese Art von Aufmerksamkeit zu erlangen.*

Anstatt ihm so etwas entgegenzuschleudern, sagte sie ihm die einfache Wahrheit. «Sie sind stolz.»

Aus irgendeinem Grund war das der Moment, in dem sein falsches kleines Lächeln erlosch.

«Ich bin sicher, Stockholm ist großartig, Süße, aber es ist nicht der Broadway.» Das Kosewort war so voller Säure, dass es den Lack von seinem Wagen hätte ätzen müssen, und seine Herablassung war so stark, dass sie sie beide ersticken könnte. «Und Theatererfahrung ist für Film- und Fernsehschauspieler nicht immer von Vorteil. Wie du bei unserem ersten Durchgang heute, glaube ich, gemerkt hast.»

«Stimmt.» Ihr eigenes Lächeln war so süß, dass es ihm Zahnschmerzen bereiten müsste. «Aber eine Sache, die man am Theater lernt, ist, sein Spiel schnell anzupassen, wenn es nötig ist, damit die Produktion glänzen kann. Ich glaube, das hast *du* bei unserem zweiten Durchgang heute gemerkt.»

Er widersprach ihr in diesem Punkt nicht, wahrscheinlich weil er es nicht konnte, ohne offen zu lügen.

Nach einem langen, langsamen Atemzug aus den Tiefen ihres Zwerchfells, und dann noch einem, milderte sie ihren Tonfall und bot ihm den besten Olivenzweig an, den sie finden konnte. «Ich habe vielleicht nicht viel Erfahrung mit Kino- oder Fernsehproduktionen, aber ich bin eine talentierte, hart arbeitende Schauspielerin, und ich freue mich auf diese Rolle. Ich will weder deine noch meine eigene Karriere versauen, und das werde ich auch nicht.»

Er betrachtete sie schweigend aus verengten Augen, sein Blick war wachsam.

Dann seufzte er und ließ die Arme sinken. «Ich schätze, das ist schon mal was.»

Vielleicht war das nicht der stärkste Olivenzweig, den sie im Gegenzug bekommen konnte, aber sie würde ihn nehmen. Vor allem, weil sie eine Frage an ihn hatte.

«Ich habe mich gefragt ...» Sie hielt inne, wartete ab. Zwang ihn, zu reagieren.

Es dauerte eine Minute, aber schließlich seufzte er und brummte: «Was?»

Ah, der einsilbige Klang des Triumphs.

«Ist es nicht ...» Sie rümpfte die Nase. «Ist es nicht ein wenig seltsam, dass die Macher der Serie fette Schauspieler für Figuren ausgewählt haben, die in der Vorlage gar nicht als fett beschrieben werden? Soweit ich weiß, haben weder Ron noch R.J. jemals ein Interesse an körperlicher Vielfalt geäußert, und sie wirken nicht gerade wie Vorkämpfer für die Akzeptanz von Dicken in Hollywood. Aber vielleicht weißt du ja etwas, was ich nicht weiß?»

Nachdem sie die anderen Schauspieler gesehen hatte, die sich für die Rollen von Cassia und Cyprian beworben hatten, hatte sich ein gewisser Verdacht über die Absichten der Showrunner in ihre Gedanken geschlichen. Aber als Hollywood-Insider verstand Peter die Dynamik, die dahintersteckte, wahrscheinlich besser als sie. Und sie hoffte, dass es seinem Ego schmeicheln würde, wenn sie ihn darum bat, sie an seiner Erfahrung und Weisheit teilhaben zu lassen, und dass er dann aufhören würde, sich wie ein Arschloch aufzuführen.

Aber er hob nur die Schulter. «Es ist mir egal, warum sie es getan haben. Ich bin nur dankbar, dass sie es getan haben.»

Na, das war bemerkenswert wenig hilfreich.

«Und du solltest auch dankbar sein», fügte er hinzu. «Viel dankbarer, als du es zu sein scheinst.»

Wieder so herablassend.

Vielleicht brauchte er einfach Zeit, um seinen verletzten Stolz zu überwinden. Sie würde es noch einmal probieren, und wenn er auf diesen erneuten Versöhnungsversuch nicht einging, würde sie es erst einmal dabei belassen.

«Peter.» Sie sprach mit ruhiger und leiser Stimme und trat einen Schritt näher an ihn heran. «Ich weiß, dass du nicht glücklich mit mir als Partnerin bist. Aber so, wie ich es verstehe, werden wir fast immer die einzigen zwei Schauspieler sein, die auf dieser Insel drehen. Und in den Büchern von E. Wade sitzen Cyprian und Cassia durchgehend dort fest, wir könnten also jahrelang zusammen drehen. *Jahre*. Ich muss mich auf dich verlassen können, und du dich auf mich. Sonst ...»

Noch bevor sie ihren Gedanken zu Ende führen konnte, *brüllte* er vor Lachen. Er beugte sich nach vorne und schlug sich vor Vergnügen auf die Knie, bevor er zu ihr aufblickte und noch lauter lachte.

«Ich muss ...» Kopfschüttelnd wischte er sich mit dem Kragen seines Hemdes die Augen und beruhigte sich wieder. «Herrgott noch mal, ich werde mich sicher nicht auf *dich* verlassen.»

Wenn ihm jemals jemand einen echten Olivenzweig überreichen würde, würde er ihn wahrscheinlich zerbrechen und als Anzündholz benutzen, um dann die entstandenen Flammen zu löschen, indem er draufpinkelte.

Er gab ein letztes, unhöfliches Schnauben von sich. «Hast du jemals *on location* gedreht?»

«Nein.» Eine Lüge wäre vielleicht einfacher gewesen, aber sie schämte sich nicht, und sie würde sich auch nicht einschüchtern lassen.

«Was ist mit einem Kamerateam? Hast du schon mal mit einem gearbeitet?»

Sie presste die Lippen aufeinander. «Manchmal wurden meine Auftritte fürs Fernsehen gefilmt.»

«Wie oft?», bohrte er nach, die Augenbrauen spöttisch hochgezogen.

«Nicht so oft.»

Dreimal vielleicht? Und man hatte sie nicht gebeten, ihre Darbietung für die Kameras zu verändern – wobei sie nicht vorhatte, diesen Leckerbissen an belastender Information preiszugeben.

«Hmmm.» Er strich sich über den Bart, als wäre er tief in Gedanken versunken, und diese Geste machte sie wütend. «Hast du schon mal vor einem Green Screen gespielt?»

Skit, er war unausstehlich. «Nein.»

«Ich verstehe.» Mit einem Mal ließ er seine Hand fallen und beendete damit diese «Neugieriger Professor»-Nummer. «Wie soll ich mich dann auf dich verlassen können, verdammt noch mal? Du weißt so gut wie nichts über das, was wir machen werden.»

In Anbetracht des Drehortes und der Umstände sah sie wirklich nicht, wie er da eine Wahl haben wollte. Er würde nur selten mit anderen Darstellern zusammenarbeiten, und wenn man Szenen mit nur einem anderen Schauspieler spielte, stützte man sich zwangsläufig auf den Partner.

Aber natürlich würde er versuchen, es auf seine Weise zu machen. Seine unnachgiebige Sturheit wäre fast beeindruckend gewesen, wenn sie nicht so kurzsichtig und selbstzerstörerisch wäre.

Und dumm. Sehr, sehr dumm.

«Ich werde meinen Job so gut wie möglich machen und mich darum bemühen, dass deine Leistung meine nicht beeinträchtigt.» Er stieß sich von der Autotür ab, trat näher und neigte den Kopf, wie um sicherzugehen, dass sie nichts außer seinem Gesicht sehen und nichts außer seinem Spott hören konnte. «Wir sind hier nicht auf derselben Seite. Wir sind kein Team, wir werden nicht zusammenhalten, und du befindest dich auch nicht mehr in einem sozialistischen Land. Willkommen im ungezügelten Kapitalismus, Pippi.»

Was für ein Arsch, dachte sie, und anders als gestern Abend war das diesmal kein Lob an seinen tatsächlichen, physischen Arsch.

Er richtete sich auf und holte seine Schlüssel aus der Tasche. «Nebenbei bemerkt: Selbst wenn ich mich auf dich verlassen könnte, wäre es sinnlos, es zu versuchen.»

Sie lächelte ihn an, bereit für die nächste Spitze. «Und warum?»

«Weil ich davon ausgehe, dass die ihren Fehler bemerken, lange bevor wir auf der Insel ankommen, und du dann durch unsere andere mögliche Cassia ersetzt wirst.» Er warf lässig seine Schlüssel in die Luft und fing sie in seiner breiten Handfläche auf, ohne auch nur hinzusehen. «Ich glaube, Amber war ihr Name. Ich freue mich darauf, mit ihr zu arbeiten. Sie ist sehr talentiert, wie ich heute festgestellt habe. Sehr erfahren. Und sehr hübsch. Ich denke, die Kamera wird sie lieben.»

Ihr Lächeln flackerte nicht, obwohl ein plötzlicher Anflug von Wut ihren ganzen Körper steif werden ließ. «Ich schätze, das sehen wir dann.»

«Ich muss das nicht sehen.» Er schleuderte ihr die Worte über seine Schulter entgegen, während er sein Auto aufschloss und einstieg. «Ich weiß es schon.»

Er schloss die Tür, bevor sie etwas erwidern konnte. Und als sein Motor aufheulte, ging sie davon und dachte, dass sie ihm gerne das letzte Wort überlassen hatte.

Tatsächlich konnte er alle letzten Worte haben, die er wollte.

Denn sie würde gerne dabei zusehen, wie er daran erstickte.

3

NACH EINEM TIEFEN Atemzug voll salziger Meeresluft verließ Peter vorsichtig die Fähre und betrat den windgepeitschten Kalksteinbrocken nahe der irischen Westküste, auf dem er, Maria und ein sehr kleines Team möglicherweise jahrelang drehen würden. So lange, wie ihre Figuren Cyprian und Cassia am Leben blieben und auf dieser Insel gestrandet waren.

Nachdem er sich seinen riesigen Seesack über die Schulter geworfen hatte, ging er zum Ende des Piers und wartete, bis auch alle anderen von Bord gegangen waren. Der Regieassistent, die Herstellungsleiterin, der Tonassistent, die Kamerafrau, die Hair- und Make-up-Artistin, der Grip und eine Handvoll anderer Crew-Mitglieder: Einer nach dem anderen verließ das auf den Wellen tanzende Boot und nahm sich einen Moment Zeit, um sich umzusehen und zu orientieren.

Maria war eine der Letzten, die von Bord gingen, wahrscheinlich wegen ihrer wirklich absurden Anzahl an riesigen Koffern. Um fair zu sein – auch wenn Fairness ihm im Allgemeinen nicht so wichtig war –, musste man sagen, dass sie alle Koffer mit erstaunlichem Elan und ohne zu murren selbst auf den Pier schleppte, was wiederum für sie sprach.

Darrell, ihr Produktionsassistent, muskulös und schlank, in einer tief sitzenden Jeans und langärmeligem T-Shirt, schenkte ihr ein breites, strahlendes Lächeln und beugte sich zu ihr herüber. Viel zu nah, wie Peter fand.

«Brauchst du Hilfe mit deinem Gepäck, Maria?», fragte der PA.

Hatte der Junge überhaupt genug Erfahrung, um bei einem so wichtigen Dreh zu arbeiten? Er sah aus, als wäre er höchstens fünfundzwanzig. Kaum alt genug, um sich ein Auto zu mie...

Moment mal. War Maria nicht auch fünfundzwanzig?

Peter runzelte die Stirn. Dann entspannte er sein Gesicht sofort wieder, um zu verhindern, dass sich auf seiner Stirn und in seinen Augenwinkeln noch mehr Falten bildeten.

Verdammt, sechsunddreißig war *nicht* alt.

«Ich würde nicht sagen, dass ich Hilfe *brauche.*» Ihr breites Grinsen ließ ihre Wangen praller werden und erhellte den bewölkten Nachmittag. «Aber ich nehme sie gerne an, vor allem, wenn sie so freundlich angeboten wird. Danke, Darrell.»

Nachdem sie zwei ihrer Koffer zu ihm hinübergerollt hatte, berührte sie ihn kurz an der Schulter, anscheinend um ihm zu danken. Sekunden später schob er die Koffer neben seinen eigenen her und passte seinen Schritt dem ihren an, während sie locker über das plauderten ... worüber auch immer Leute plauderten.

Über die Kolonie von etwa zwanzig Robben, die sie am Strand entdecken könnten, zum Beispiel. Und über eine griesgrämige Delfindame, die hier lebte und aus irgendeinem bizarren Grund Dolphy McBlowholeface genannt wurde. Nicht dass Peter so genau hingehört hätte.

«Sie schlägt wohl übereifrige Touristen mit ihren Flossen», bemerkte Darrell mit einem weiteren unerträglich strahlenden Lächeln. «Oder spritzt ihnen Wasser aus ihrem Blasloch ins Gesicht.»

Marias schnaubendes Lachen war sogar über das ständige Rauschen des Windes hinweg zu hören. «Ich kenne Schauspieler, die genauso sind.»

Peter weigerte sich, nachzusehen, ob sie in seine Richtung blickte, nachdem sie das gesagt hatte. Er *weigerte* sich.

«Egal, ich wette, die Menschen, die hier auf der Insel leben, genießen die Show», sagte sie, während sie ihre restlichen Taschen mühelos vom Pier auf die flachen, zerklüfteten, pflasterartigen Kalksteinplatten rollte, die einen Großteil der Insel bedeckten.

Clints, so nannte man diese von Gras eingefassten Platten.

Der blöde Darrell war nicht der Einzige, der seine verdammten Hausaufgaben gemacht hatte.

«Jep.» Der PA nickte. «Zumal die Besucher gewarnt werden. Sie sollen sie in Ruhe lassen. Wenn sie von einem verärgerten Delfin verprügelt werden, bekommen sie nur ihre gerechte Strafe, weil sie die heimische Tierwelt stören.»

«Sie verprügelt also aufdringliche, handgreifliche Verehrer und vertreibt sie ohne Gnade und ohne Konsequenzen fürchten zu müssen.» Sie tippte nachdenklich an ihr Kinn, und ihre Mundwinkel zuckten. «Ich glaube, Dolphy McBlowholeface sollte mein neuer Lifecoach werden. Oder vielleicht auch meine zukünftige wasserverrückte Ehefrau.»

Als Maria und Darrell gemeinsam gluckten, wandte Peter sich ab, damit niemand seinen finsteren Blick bemerkte, und eilte zu einem der Pferdefuhrwerke, von denen mehrere am Hafen warteten – die Einheimischen nannten sie «Jaunties». Autos waren auf den wenigen Straßen der hügeligen und erstaunlich grünen Insel nicht erlaubt. Die Produktion hatte eine Sondergenehmigung für die Nutzung von Transportfahrzeugen für die Ausrüstung erhalten, aber ansonsten mussten sie alle zu Fuß gehen, mit dem Fahrrad fahren oder ein Jaunty nehmen, wenn sie irgendwohin wollten.

Im Gegensatz zu seinem Vater, einem agilen Triathleten, hatte Peter keinen sonderlich guten Gleichgewichtssinn, und er konnte sich nicht vorstellen, angeschirrte Pferde dazu zu bringen, ihn überallhin zu karren, also würde er vermutlich die meiste Zeit zu Fuß unterwegs sein. Was ihm ehrlich gesagt nichts ausmachte. Er ging gern zu Fuß, und die Wanderungen über die spärlich bewohnte Insel könnten ihn von möglicher Langeweile und … anderen Problemen ablenken.

Viel zu dicht hinter ihm ertönte Marias Stimme: «Ich fordere dich und die gesamte Crew zu einer Algen-essen-Challenge heraus, Darrell, denn wenn ich während der Dreharbeiten zu dieser Staffel an einer Jodvergiftung sterbe, will ich euch Bastarde alle mitnehmen.»

Rasch erhöhte er sein Tempo.

Schon bald würde es schwieriger werden, ihr aus dem Weg zu gehen, und er könnte sich nicht mehr nur umdrehen und im Laufschritt davoneilen. Es würde sogar noch schwieriger werden als bei den ersten Probeaufnahmen im kanadischen Studio oder in dem riesigen belgischen Hightech-Wassertank.

In fast jeder noch ausstehenden Szene der zweiten Staffel, in der Maria und Peter zu sehen waren, waren *nur* Maria und Peter zu sehen. Immer zusammen. Nur sie beide.

Sie würde ganz sicher nicht durch Amber ersetzt werden, seine idiotischen Sticheleien hatten sich eindeutig nicht bewahrheitet.

Ja, er hatte einfach kein Glück, und zwar verdientermaßen.

Als er noch ein Kind war, hatte seine Mutter ihn einen Meister-Nachtrager genannt, und seitdem hatte sich nicht viel geändert. Abgesehen natürlich von ihrer Anwesenheit in seinem Leben, denn sie war gestorben, als er in der Middleschool war, und er vermisste sie jeden verdammten Tag. Aber trotz dieses bedeutenden Unterschieds war er auch über zwanzig Jahre nach ihrem Tod immer noch derselbe stämmige, mürrische Sohn, der absolut dazu in der Lage war, für immer sauer auf jemanden zu sein.

Auch wenn er bei näherem Hinsehen vielleicht gar keinen wirklichen Grund hatte, sauer zu sein.

Maria mochte als TV-Schauspielerin zwar eine Amateurin sein, aber sie legte sich ins Zeug, und sie war *gut*.

Zusammen mit zwei Dutzend anderen Schauspielern hatten sie zunächst endlose Tage im Studio verbracht, umgeben von Green Screens. Ihre nachgebaute Knorr, ein Transportschiff aus der Zeit der Wikinger, war auf einem Tragrahmen montiert worden. Und während das hydraulische System sie hin und her und auf und ab warf, als wären sie in einen fürchterlichen Sturm geraten, und ihnen Wasser ins Gesicht spritzte, klammerten sie sich alle verzweifelt fest und versuchten, sich an ihren Text zu erinnern.

Einige der Statisten hatten sich irgendwann übergeben. Andere hatten leise darüber gemeckert, dass sie über Stunden nass waren und frieren mussten. Peter hatte entschlossen den Mund gehalten und sich während der Drehpausen neben einem Heizstrahler unter eine Decke gekauert.

Für Maria war das bockende Boot wohl eher so was wie eine gottverdammte Achterbahn gewesen, denn ihre Augen hatten vor Vergnügen geleuchtet, wann immer sie nicht ängstlich oder wild entschlossen aussehen sollte. Zwischen den Aufnahmen hatte sie mit der Crew und den Statisten gelacht, und wenn die Kamera lief, hatte sie sich ihren reizenden Arsch aufgerissen.

Dann waren sie alle nach Belgien geflogen und hatten in einem riesigen Wassertank gedreht, in dem Hightech-Geräte brutale Wellen erzeugten, die die Schauspieler durchschüttelten. Alle außer Peter und Maria taten so, als würden sie elendig ertrinken, und Cyprian und Cassia hatten ihren ersten Streit vor der Kamera. Sicher, sie hatten Sicherheitsausrüstungen, Stuntleute und verschiedene Fachkräfte, die für ihr Wohlergehen sorgten, aber dieser verdammte Tank war über neun Meter tief, und diese Wellen waren extrem beängstigend.

Er wusste ganz sicher, dass sie so etwas auf einer schwedischen Bühne noch nie erlebt hatte. Verdammt, in seinen fünfzehn Jahren in Hollywood hatte selbst er nichts auch nur annähernd Vergleichbares durchgemacht. Wenn man von anspruchsvollen Bedingungen sprach, war das eine gewaltige Untertreibung.

Irgendwie war es ihr jedoch gelungen, die abgrundtiefe Verzweiflung über den Tod ihres Geliebten und die unbändige Wut auf Cyprian, den Mann, den sie für Eriks Ertrinken verantwortlich machte, dennoch überzeugend darzustellen. Und das, obwohl sie jedes Mal, wenn sie von einer Welle überrascht wurde, Wasser aushustete. Und sie sah auch noch verdammt heiß aus, während sie sich in seinem schützenden Griff abmühte und darum kämpfte, sich Stück für Stück ihrer nassen Kleidung zu entledigen, bevor das zusätzliche Gewicht sie auf den Meeresgrund zog.

Zwischen den Aufnahmen war sie freundlich und höflich zu ihm, obwohl er kaum ein Wort mit ihr sprach und sie abseits der Kamera auch nicht ansah. Zumindest nicht, wenn sie bemerken könnte, dass er in ihre Richtung blickte.

Es war wohl unnötig zu erwähnen, dass er sich keine Sorgen mehr darüber machte, dass sie seine größte und beste Chance auf Ruhm und berufliche Anerkennung ruinieren könnte.

Er *mochte* sie vielleicht nicht, aber er konnte definitiv mit ihr arbeiten. Im Moment ging er ihr hauptsächlich aus Gewohnheit aus dem Weg und teilweise aus Scham, weil er sich auf dem Parkplatz in L. A. wie ein Arschloch benommen hatte. Und, ja, zum Teil auch aus einer anhaltenden Feindseligkeit heraus, denn zugegeben: Es hatte seine dummen Gefühlchen verletzt, dass sie nicht mehr als eine Nacht mit ihm wollte, vor allem, da er sich so nach ihr verzehrt hatte und so viel wie nur möglich von ihr haben wollte.

Seufzend warf er seinen Seesack in den nächsten Pferdewagen, nachdem die Herstellungsleiterin Nava Stephens ihn dazu aufgefordert hatte, und versuchte, beim Klang von Marias schallendem Lachen hinter ihm nicht mit den Zähnen zu knirschen.

Im Moment dachte die Crew wahrscheinlich, seine Zurückhaltung in Marias Gegenwart sei auf Method Acting oder so einen Scheiß zurückzuführen. Irgendwann würden sie jedoch erkennen, dass sein Verhalten ihr gegenüber keineswegs als professionell zu bezeichnen war. Was Ironie war, da er Maria wegen ihrer angeblichen Unfähigkeit verhöhnt hatte, seinen eigenen hohen Ansprüchen an Professionalität zu genügen.

Noch mal: Er war verdammte sechsunddreißig Jahre alt. Er sollte sich besser zu benehmen wissen. Vielleicht würde er das nach ein paar weiteren Drehwochen auch tun.

• • •

Als man ihm gesagt hatte, dass er in einem Hotel vor Ort wohnen würde, hatte Peter sich eher eine typische amerikanische Hotelkette vorgestellt. Nichts allzu Schickes, aber ein Gebäude mit zwei oder drei Stockwerken mit Zimmern. Viele Gäste und viel Platz, um jeder Person aus dem Weg zu gehen – hust*Maria*hust –, der er aus reiner Sturheit aus dem Weg gehen wollte.

Es stellte sich heraus, dass nur sehr wenige Touristen auf der Insel übernachteten. Das einzige richtige Hotel auf der Insel – ansonsten gab es ein paar Gästezimmer in Privathäusern und eine Handvoll kleiner Pensionen – war normalerweise nur von April bis September geöffnet. Jetzt war Juni, aber es würden auch im Winter Dreharbeiten stattfinden, und man hatte das Eigentümerpaar überredet, zurückzukehren, wenn die Filmarbeiten wieder aufgenommen wurden.

Auf den ersten Blick war das Hotel, in dem es ausschließlich Suiten gab, schöner, als Peter erwartet hatte. Es war von eleganter Schlichtheit und überhaupt nicht gewöhnlich. Es hatte nur ein Stockwerk und war aus lokalem Gestein gebaut, mit Panoramafenstern an jeder Ecke. Glänzende Holzböden und dicke Teppiche. Kamine. Doppelbetten. Bäder aus Granit. Jede geräumige Suite verfügte über eine private Terrasse.

Dort zu wohnen, sollte einem, selbst über Monate hinweg, nicht besonders schwerfallen.

Die ältere Hälfte des Paares, ein Schwarzer Mann in den Fünfzigern namens Fionn, hatte für Sternerestaurants in ganz Europa gekocht, bevor er nach Hause zurückgekehrt war, um das kleine, angesehene Restaurant des Hotels zu leiten. Sein blasser, sommersprossiger Ehemann Conor kümmerte sich mit tadelloser Höflichkeit und lässigem Charme um die übrigen Bedürfnisse der Gäste.

Aber das verdammte Haus hatte nur fünf Suiten. Insgesamt.

Fünf.

Diese Suiten bekamen er, Maria, der Regisseur, die Produzentin und der Kameramann. Alle anderen waren über die ganze Insel verstreut und wohnten in diesen winzigen Pensionen und Gästezimmern.

Maria hatte die Suite direkt neben seiner bekommen – ausgerechnet! –, und alle fünf würden jeden Morgen gemeinsam in dem kleinen Speisesaal des Hotels das im Preis inbegriffene Frühstück essen wie eine große, glückliche Familie.

Apropos Familie, Maria sprach mit ihrer offenbar täglich. Selbst jetzt unterhielt sie sich in schnellem Schwedisch mit ihnen, schleppte ihr Gepäck Stück für Stück mit einer Hand zur Tür, während sie mit der anderen ihr Handy ans Ohr hielt.

Alles deutete darauf hin, dass sie und ihre Familie gut miteinander auskamen, und der heutige Anruf bildete da keine Ausnahme.

«*Ja*, Mamma», sagte sie und versuchte dann erfolglos, einen besonders schweren Koffer über die Schwelle ihrer Suite zu ziehen, während sie lachte. «*Fem. Fem!*»

Er hatte gehört, wie sie sich im Flugzeug in den letzten Minuten vor dem Abflug mit ihrem *Pappa* unterhielt, und auch mit jemandem namens Vincent, der ihr Bruder zu sein schien. Ihr lockerer, fröhlicher Tonfall änderte sich bei diesen Gesprächen nie. Am Ende jedes Anrufs, wenn sie ihnen sagte, dass sie sie lieb hatte – zumindest glaubte er, dass sie das sagte; er konnte schließlich kein verdammtes Schwedisch –, wurde der Ausdruck in ihren großen braunen Augen warm und liebevoll.

Er hatte keine Ahnung, wie es sich anfühlte, Teil einer solchen Familie zu sein.

Er wusste nur, dass es wehtat, es von außen zu betrachten.

Ihre eine Hand war mit der Aufgabe, ihr übergroßes Gepäck herumzuwuchten, eindeutig überfordert. Sie hatte ihre Versuche, die Koffer über die Schwelle in ihre Suite zu hieven, unterbrochen, wahrscheinlich weil sie damit warten wollte, bis das Telefonat beendet war. Aber sie musste so schnell wie möglich in ihr Zimmer und weg von ihm, und er wusste genau, wie er das Ganze beschleunigen konnte.

Er stellte seinen riesigen Seesack an einer Seite des Flurs ab. Dann legte er ihr die Hand auf die Schulter, mit so wenig Druck wie möglich, und löste den Kontakt rasch wieder, nachdem er Maria aus der Tür geschoben hatte. Ihr schneller Redefluss geriet kurz ins Stocken, und ihr verwirrter Blick leckte an seiner Haut wie eine Flamme, aber er bemühte sich, sie nicht anzuschauen.

Mit zwei Händen hob er ihren größten Koffer an und stellte ihn anderthalb Meter hinter der Tür in ihrer Suite ab. Dann nahm er den nächstgrößeren und so weiter, bis ihr gesamtes Gepäck auf dem hellen Holzboden an der Wand stand. Den schwersten Koffer, den sie offensichtlich mit Ziegelsteinen oder vielleicht auch mit Bleigewichten gefüllt hatte, hievte er zur Sicherheit auf die leere Gepäckablage.

Es war keine Entschuldigung, aber zumindest war es ... etwas.

Und verdammt noch mal, er wollte nicht schon wieder diese liebevollen Familienabschiede hören, nicht einmal in einer Fremdsprache. Also schob er sie wortlos in ihre Suite und berührte ihre Schulter wieder genauso kurz und leicht wie zuvor, ohne auf ihr plötzliches Schweigen zu achten. Dann schloss er die Tür fest hinter ihr und verließ das Hotel für einen Spaziergang, der bis zur ersten offiziellen Besprechung ihres Teams am Nachmittag dauern sollte.

Er würde die Vielfalt der späten Frühlingsblumen bewundern, die in den Gärten wuchsen. Er würde die kargen Steinmauern betrachten, die die winzigen grünen Felder der Insel voneinander trennten, und dabei jeden Blickkontakt mit den Rindern und Schafen, die innerhalb dieser Mauern auf der Wiese grasten, vermeiden. Er würde hinunter zum goldenen Sandstrand auf der einen Seite der Insel wandern und hinauf zu den Klippen klettern, von wo aus er auf der anderen Seite die tosende Brandung des Atlantiks überblicken konnte. Falls er von der langen Wanderung müde wurde, hätten ein paar der einheimischen Pferde Pech, denn dann würde er sich einen dieser Jaunties mieten, um weiter in Bewegung zu bleiben.

Und wenn das alles nicht half, würde er in die eiskalte Brandung waten und Dolphy McBlowholeface ermutigen, ihn ein wenig zu verprügeln oder zu tun, was auch immer sonst nötig war, damit Peter sich selbst und seine Reaktion auf Maria in den Griff bekam. Denn dies war nur der erste von unzähligen Tagen auf engem Raum mit ihr, und er musste sich zusammenreißen.

Im schlimmsten Fall blieb ihm noch eins: Robben waren zwar keine Delfine, aber sie hatten auch Flossen, die für effektives Schlagen optimiert waren. Er war sich ziemlich sicher, dass er sie bei Bedarf so auf die Palme bringen könnte, dass sie nichts mehr mit ihm zu tun haben wollten.

Das konnte er gut.

4

IN DER ERSTEN Woche der Dreharbeiten dauerte es jeden Morgen mehr als zwei Stunden, Maria und Peter absolut katastrophal aussehen zu lassen, und Maria genoss jede Minute davon.

«Zuerst hat er mir nicht geglaubt», sagte Jeanine, während sie die eine Hälfte von Marias Haar zwirbelte und flocht. «Dann hat er gefragt, ob das ist wie bei Benjamin Button. Er war nicht die hellste Birne im Kronleuchter, wenn du weißt, was ich meine.»

Es war einfach so *interessant*, Jeanine zuzuhören und ihr dabei zuzusehen, wie sie all diese kleinen Zöpfe flocht und dann toupierte, sodass Marias Haar verlottert und voluminös und vom Meer verwüstet aussah. Um ehrlich zu sein, sah ihre Frisur aus, als hätte sie nach einer Nacht im Club Sex gehabt. Dann verrieb die Friseurin Schrägstrich Make-up-Artist Schrägstrich Kostümbildnerin Kajal um Marias Augen und schmierte ihr Dreck ins Gesicht, bis sie am Ende wie ein ordentlich durchgenommener Waschbär aussah, der kürzlich eine ziemlich gute Zeit in einem Müllcontainer verbracht hatte.

Sobald sie wieder in Schweden war, würde sie sich an einem Abend wie die schiffbrüchige Schildmaid schminken, das Gleiche mit ihren Freundinnen machen und sie dann alle in eine teure Stockholmer Bar schleppen, nur um die kultivierten, gut gekleideten Geschäftstypen dort aus dem Konzept zu bringen.

Peter brauchte weniger Make-up und weniger Zöpfe. Seinen Bart in einen ausreichend ungepflegten Zustand zu bringen, erforderte jedoch zusätzliche Zeit, ebenso wie das tägliche Auftragen der falschen Narbe auf seinem Wangenknochen und der wirbelnden falschen Tätowierungen auf seinen starken Armen und der breiten Brust.

Die Tattoos waren zwar leicht verschwommen und einfarbig, standen ihm aber viel zu gut. Genauso wie sein Kostüm. Oder besser gesagt, das Fehlen dieses Kostüms, denn er verbrachte die ersten Drehtage ohne Hemd, mit nackter Brust und in einer zerfetzten Lederhose, die mehr als nur die Andeutung seiner kräftigen Oberschenkel zeigte.

Schade, dass er ein Idiot war, denn sie hätte ihn am liebsten abgeleckt wie eine Eistüte.

Und wenn Maria ihre eigene zerfledderte Lederhose und die zerrissene Wolltunika trug ... na ja, es war ziemlich erstaunlich. Irgendwie hatte Jeanine es hinbekommen, die Sache mit den verschollenen Wikingern *sowohl* realistisch als auch sexy wirken zu lassen. Die Frau vollbrachte täglich Wunder für Maria und Peter.

Außerdem war Jeanine eine reizende Gesellschaft. Mit ihren über fünfzig Jahren sah sie noch aus wie dreißig. Und es bereitete ihr das größte Vergnügen, mit Männern in den Zwanzigern ins Bett zu gehen und ihnen ihr eigenes Alter vorher weder zu verheimlichen noch zu verraten, um dann die Reaktionen der Männer zu genießen, wenn sie es herausfanden.

Das war Jeanines Version von Sport, wie Maria festgestellt hatte.

«Wie auch immer», fügte Jeanine hinzu, «dann hat er noch von meinem Zimmer aus seine Mutter angerufen und sich bei ihr entschuldigt, aus Gründen, die ich nicht ganz nachvollziehen kann.»

«Wow.» Maria wollte nicht zu genau darüber nachdenken, wie man das wohl nach Freud deuten würde. «Peinlich.»

Nach zehn Tagen auf der Insel hatte Jeanine bereits zwei Heiratsanträge von einheimischen Fischern erhalten. Wenn das, was sie tat, ein Sport wäre, würde die goldene Trophäe verdientermaßen ihr gehören.

Ein letztes Zupfen an einem Zopf, und die andere Frau trat einen Schritt von Marias Stuhl zurück. «Erledigt. Viel Spaß beim Seetang-Schnorcheln und Steineschleppen, ihr beiden.»

Maria und Peter standen auf und machten sich auf den Weg zur Küste, gerüstet für einen weiteren Drehtag, nach dem sie schwankend und erschöpft mit schmerzenden Gliedern in ihr Hotel zurückkehren würden.

Möglicherweise lag es an Peters Erschöpfung, dass er heute auf einem Stuhl am anderen Ende des Wohnwagens saß und in einem zerfledderten Taschenbuch blätterte, während Jeanine mit Maria beschäftigt war, anstatt nach draußen zu gehen und sich einen abgelegenen Platz in der Nähe des Drehortes zu suchen. Noch regnete es nicht, also war das nicht der Grund, warum er geblieben war. Außerdem hatte ihn der häufige Nieselregen auf der Insel – selbst im Juni – noch nie daran gehindert, vor ihr zu fliehen.

Also, ja, das war seltsam.

Sie und Peter hatten ihre erste Woche der räumlichen Nähe ohne weitere Anfeindungen überstanden, obwohl die Kälte zwischen ihnen geblieben war. Bis zum heutigen Tag hatte er sie gemieden, wann immer es möglich war, und sie war höflich gewesen, hatte ihm ihre Gesellschaft aber nicht aufgedrängt.

Um fair zu bleiben: Er hielt sich von jedem fern. Aber anders als bei ihr schien seine Distanz gegenüber der Crew mehr mit einem allgemeinen Unbehagen zu tun zu haben als mit einer spezifischen Abneigung. In Gegenwart der anderen mochte er unfreundlich erscheinen, aber sie hatte den Verdacht, dass er einfach nicht wusste, wie man sich zwanglos unterhielt oder mit Leuten, die man nicht kannte, eine gemeinsame Basis fand. Bei beidem würde sie ihm gerne helfen, wenn er nur genug auftauen würde, um sie zu lassen.

Was er vielleicht nie tun würde, und dann war das eben so. Sie würde sich von seiner Eiseskälte nicht beirren lassen. Im Gegenteil, sie nutzte sie, um ihr Spiel zu verbessern. Denn die unausgesprochene Spannung zwischen ihnen, die dichter war als der häufige Nebel auf der Insel, half ihr, in ihre Rolle zu kommen. Cassia war eine unabhängige, zielstrebige Frau, die an der Seite eines Mannes gestrandet war, den sie nicht mochte und dem sie nicht traute und zu dem sie sich gegen ihren Willen hingezogen fühlte.

Maria konnte das nachempfinden.

Sie hatten fast den Halbkreis erreicht, den die Crew um die Stelle herum gebildet hatte, an der Cassia und Cyprian Steine vom Ufer holen und zu einer ersten Zuflucht aufschichten sollten. Eigentlich war es nicht mehr als eine Mauer. Ein Windschutz, der für den Sommer ausreichen würde, während sie sich eine dauerhafte Behausung bauten und Nahrung für den bevorstehenden langen, dunklen Winter haltbar machten.

Zu ihrem absoluten Entsetzen räusperte sich Peter und – sprach? Zu ihr?

«Jeanine hat sich geirrt», murmelte er und blickte starr geradeaus. «Heute werden keine Steine mehr geschleppt.»

Maria schaute sich um, aber es war niemand in Hörweite.

Seltsam.

«Okay», sagte sie verhalten.

Er wies mit dem Kopf in Richtung Ramón, ihrem Regisseur, der sich gerade irgendetwas in der Nähe des Ufers anschaute. «Heute Morgen beim Frühstück hat Ramón gesagt, dass wir mit der Szene weitermachen, in der wir nach Nahrung suchen.»

Sie war nicht sicher, ob Peter in ihrer einen gemeinsamen Nacht, bevor er sie gehasst hatte, irgendwann so viele Worte aneinandergereiht hatte. Hatte ihn eine irische Hexe mit einem Plauderzauber belegt? Oder hatte sie seine Seele endlich vom Fluch des mannhaften Schweigens befreit?

«Also ...» Als er sich nach ihrem ersten Wort nicht angewidert abwandte und weglief, fuhr sie langsam fort: «Dann werden wir wohl fischen gehen.»

Er blieb außer Hörweite der Crewmitglieder stehen, die alle neugierig zu ihnen herüberschauten. «Und nach anderen Dingen suchen. Wildem Lauch aus den Spalten im Gestein. Seetang und Schalentiere von der Küste. Er meinte, sie würden auch falsche Vogelnester und -eier für uns auslegen.»

Fy fan, dieses Gespräch war quälend langweilig, vor allem, weil sie bereits wusste, was passieren würde, er wusste es auch, er wusste, dass sie es wusste, und sie wusste, dass er wusste, dass sie es wusste.

Sie konnte nur vermuten, dass seine neue Version eines Olivenzweigs eine langweilige Wiederholung von bereits bekannten Informationen beinhaltete. Was ... na gut. Sie würde sich darauf einlassen.

Okay, was gab es noch, was sie beide schon wussten? «Nächste Woche werden wir das Essen dann haltbar machen. Wir trocknen den Seetang in der Sonne und so weiter.»

«Und räuchern den Seelachs.» Er nickte. «Gesalzen und getrocknet wird er auch.»

Sie sollte ihm vielleicht besser nicht sagen, dass *den Seelachs räuchern* wie ein unglücklicher Euphemismus für Oralsex klang.

Wie auch immer. Es war an der Zeit, den Einsatz zu erhöhen, denn sie hatte keine Lust mehr, über Seelachs zu reden.

Sie drehte sich zu ihm um, lächelte und wartete, bis er zögernd Augenkontakt aufnahm, bevor sie zu sprechen begann. «Hast du Lust, heute noch mehr Algen runterzuwürgen?»

Als sie ihre erste Szene auf der Insel gedreht hatten, nachdem sie fast ertrunken waren, hatten sie in jeder Einstellung den rötlich-violetten, ledrigen Seetang gegessen, den sie bei Ebbe direkt von den Felsen pflückten. Sie spülten kleine Schnecken und Muschelstücke ab und schlangen die Algen dann wie die hungrigen Wikinger herunter, die sie vorgaben zu sein.

Es war eine Delikatesse. Das hatte sie verstanden. Getrocknet war der Seetang zweifellos köstlich, als Geschmacksverstärker und vielleicht sogar als Snack. Sie würde sogar zugeben, dass ihr die ersten Bissen der frischen, noch vom Meerwasser triefenden Wedel gut geschmeckt hatten.

Aber sie war sich relativ sicher, dass sie für einen weiteren Drehtag mit Rotalgen einen Kotzeimer benötigen würde, der gerade eben außerhalb des Sichtfelds der Kamera platziert wurde und zwischen den Aufnahmen griffbereit war.

«Runterwürgen?» Er blinzelte sie an. «Massenhaft Rotalgen zu essen, war das Highlight meiner Woche. Ich kann gar nicht genug davon bekommen.»

Sie runzelte verwirrt die Stirn. «Wirklich?»

Denn sie hätte schwören können, dass sein Gesicht am späten Dienstagnachmittag so grün geworden war wie die berühmten irischen Kleeblätter.

«Scheiße, nein», sagte er. «Und wenn ich wegen der ganzen Algen hiernach kein Sushi mehr sehen kann, werde ich die verdammte Serie verklagen und sie dazu bringen, ein förmliches Entschuldigungsschreiben an California Rolls zu schreiben.»

Bevor er davonging, konnte sie durch den dichten Bart die leise Andeutung eines Grinsens erkennen. Was bedeutete …

Er zog sie auf?

Das musste ein gutes Zeichen sein. Trotzdem würde sie

nichts überstürzen. Solange sie nicht sicher war, dass ihre Feindschaft überwunden war, würde sie warten, bis er auf sie zukam.

Sie hatte vor, ihn so zu behandeln, wie sie den verirrten Elch behandelt hatte, der einmal versehentlich durch den Garten des Ferienhauses ihrer Familie gewandert war. Mit anderen Worten: mit großer Vorsicht. Denn Elche mochten wunderschöne, majestätische Tiere sein, aber sie waren auch wilde Geschöpfe. Unberechenbar, manchmal launisch, riesig, verdammt stark, und sie neigten dazu, um sich zu schlagen, wenn ihnen jemand zu nahe kam.

Wenn er sie allerdings noch einmal Pippi nannte, würde sie ihm in einem Akt schwedischer Rache ein Glas mit eingelegtem Hering über den Kopf ziehen.

Sie setzte ihre Absichten direkt in die Tat um und nahm ihr Gespräch nicht wieder auf, während sie sich auf die erste Aufnahme des Tages vorbereiteten, und auch er sprach sie nicht wieder an. Zumindest nicht, bis der Countdown zur ersten Klappe begann und sein Blick, dunkel und klar und betont neutral, den ihren traf.

«Bereit?», fragte er.

Mit dem Drehen zu beginnen? Ja.

Endlich harmonisch mit ihm zusammenzuarbeiten?

«*Ja*, Peter», sagte sie lächelnd und beobachtete das schwache Lächeln, mit dem er ihres erwiderte.

Peinlicherweise hätte sie fast ihr Stichwort verpasst.

• ● •

Bei Sonnenuntergang hockten Cassia und Cyprian am Ufer. Mit einem Messer, das sie aus dem Schiffswrack geborgen hatten, pulten sie Seeigel von den Felsen im kalten, seichten Wasser und legten die Kreaturen dann auf ein Stück Leder, das sie aus ihrem Hosenbein herausgerissen hatte.

Langsam und widerwillig wurden die Wikinger zu einem Team, denn sie hatten keine andere Wahl, wenn sie überleben wollten. Abgesehen davon waren sie mehr als nur heiß aufeinander, und das war kein Wunder. Jeanines Arbeit hatte die Gaben, mit denen Mutter Natur sie beide gesegnet hatte, noch hervorgehoben.

«Cassia, setz dich ans Feuer, um zu trocknen», befahl Cyprian, wobei sein Blick auf ihrem nackten Schenkel verweilte.

Sie blieb in der Hocke und schüttelte den Kopf. «Nicht bevor wir hier fertig sind.»

Marias Füße, nackt und zerschrammt von den Abenteuern des Tages, waren schon taub, aber das war jetzt wahrscheinlich die letzte Aufnahme des Abends. Ein paar Minuten mehr machten ihr nichts aus. Wenn sie sich beschwerte, könnte Peter – der immer noch distanziert war, aber den ganzen Tag über deutlich angenehmer als zuvor – ihr außerdem wieder mangelnde Professionalität vorwerfen, und sie wollte das alles endgültig hinter sich lassen. Wenn sie Jahre in solch intimer, unvermeidlicher Nähe mit einem Kollegen verbringen müsste, der sie nicht respektierte, würde ihr das vielleicht nicht das Herz oder den Willen brechen, aber es würde ihr ziemlich auf die Nerven gehen.

Cyprian nahm Cassia am Arm und zog sie hoch. In diesem Moment hätte Maria ihn mit zusammengekniffenen Augen anstarren und zu ihrer primitiven Behausung zurückstapfen sollen, wobei ihre Wut offensichtlich wäre, die widerstrebende Freude über seinen Beschützerinstinkt wiederum vor ihm verborgen bliebe, nicht aber vor der Kamera.

Aber sie konnte die zerklüfteten Felsen nicht mehr unter ihren Füßen spüren, und sie hatte viel zu lange in der Hocke gesessen. Kaum dass er ihren Arm losließ, verlor sie das Gleichgewicht, rutschte auf einem mit Seegras bedeckten Kalksteinbrocken aus, ruderte wild mit den Armen und fiel.

Und dann wurde sie plötzlich gegen Peters Brust gepresst,

und der unnachgiebige Druck seiner Arme um sie schnürte ihr den Atem ab.

Bei allen Göttern, er war so groß. Groß und segensreich warm, und so stark.

Es dauerte einen Moment, bis er seinen Griff lockerte, sodass sie sich weit genug zurücklehnen konnte, um zu ihm aufzusehen. Weit genug, um die strenge Linie seines Mundes zu sehen, die zornige Sorge in seinem Blick und den Kiefer, der wie versteinert wirkte, während er sie fest und sicher in seinen Armen hielt.

Sie öffnete den Mund, um etwas zu sagen – irgendetwas. Sie wusste nicht wirklich, was. Vielleicht sollte sie eine Entschuldigung hervorbringen, weil sie die Aufnahme ruiniert hatte. Vielleicht ein tief empfundenes *Danke, Peter,* weil er sie vor einem schmerzhaften Sturz bewahrt hatte, denn sie wäre auf ein paar sehr spitze Felsen gefallen.

Aber die Kameras liefen immer noch.

Was würde Cassia in dieser Situation sagen?

Maria hatte keinen blassen Schimmer. Die Hitze von Peters Körper, der sich an ihren presste, hatte ihre Fähigkeit, rational zu denken, komplett weggebrannt. Und er sagte auch nichts, sondern starrte sie nur mit diesen heißen, dunklen Augen an. Sein Arm stützte ihren Rücken, seine große Hand umfasste ihren Nacken. Die andere hielt ihre Hüfte gepackt, seine Fingerspitzen bohrten sich in ihren lederbezogenen Hintern, und *fuck.*

Wie konnte sie ihn immer noch so sehr wollen? Warum?

Sie schluckte. Hart.

Langsam senkte sich sein Mund ihrem entgegen. Einen Millimeter. Zwei.

Dann riss er mit einem grollenden Knurren den Kopf hoch und zerrte sie praktisch von den Felsen und auf ihren unzureichenden Unterstand zu. So stark er auch war, eine Frau von ihrer Größe konnte er nicht wirklich tragen. Trotzdem trug er schon erstaunlich viel von ihrem Gewicht, ohne sich sichtbar anzustrengen, und er würde sie auf keinen Fall fallen lassen. Unmöglich.

In der Nähe der Felsmauer, die sie gebaut hatten, setzte er sie auf dem Gras ab, wobei der feste Druck seiner Handfläche auf ihrer Schulter ein stummer Befehl war: *Bleib hier*. Sie konnte sich kaum bewegen, war immer noch wie betäubt und unfähig, ihren Blick von dem riesigen, kräftigen Körper abzuwenden, der sich als Silhouette vor dem tief stehenden Licht abzeichnete, von dem Schattenspiel auf seinem grimmigen Gesicht, von der Anmut jedes einzelnen seiner Schritte.

Das Feuer war zu Glut geworden. Ohne ein Wort zu sagen, gab er getrocknete Gräser hinzu, gefolgt von zersplitterten Teilen ihrer Knorr, die an Land gespült worden waren – irgendwann würden Cyprian und Cassia die Wunder des Torfs entdecken, aber so weit waren sie noch nicht –, bis die auflodernden Flammen begannen, ihre eisigen Füße aufzutauen.

Dann, nachdem er einen letzten Blick auf sie geworfen hatte, wie sie ausgestreckt und sprachlos an dem Feuer saß, das er zu neuem Leben erweckt hatte, drehte er sich um und ging wieder zurück zum Ufer.

Endlich rief Ramón: «Cut!»

«Ich bin mir fast sicher, dass das der Take ist, den wir nehmen werden», sagte Nava, als sie auf Maria zukam. «Nicht schlecht, fast einen Kopfsprung auf die scharfen Felsen zu machen, Ivarsson.»

Selbst in ihrer Verwirrung musste Maria lachen.

«Sie ist eben sehr engagiert, Nava.» Grinsend klopfte der Regisseur Maria auf die Schulter. «Gute Arbeit, Leute! Wir sind für heute fertig.» Es dauerte sehr lange, bis Peter aus dem Wasser kam und sich der Gruppe anschloss. Für den Rest des Abends mied er sie wieder. Beim Abendessen saß er so weit wie möglich von ihr entfernt.

Er sprach nicht mit ihr. Er schaute nicht einmal in ihre Richtung. Und hätte sie behauptet, sie wisse nicht, warum, dann hätte sie gelogen.

Was zwischen ihnen war – die unbestreitbare Chemie, ihre kurze, aber belastete gemeinsame Geschichte –, war ... unglücklich. Sosehr es auch schmerzen mochte, vielleicht war es wirklich das Klügste, sich aus dem Weg zu gehen.

Als er am nächsten Morgen wieder mit ihr sprach, wäre sie nichtsdestotrotz vor Erleichterung fast in die Knie gegangen.

GODS-OF-THE-GATES-DARSTELLER-GRUPPENCHAT: SONNTAGABEND

Summer: Maria und Peter, willkommen im Chat! Ihr wisst es wahrscheinlich schon, aber ich spiele Lavinia. Ich freue mich, dass ihr jetzt Teil des Gods-Casts seid. 🩶

Mackenzie: Ja! Whiskers ist ganz begeistert!

Mackenzie: Das habe ich schon gemerkt, bevor er es mir gesagt hat, denn er hat sich viel hingebungsvoller geputzt als sonst, nachdem wir die E-Mail bekommen haben

Mackenzie: Er hat da unten richtig losgelegt

Mackenzie: Nicht wahr, Whiskers, nicht wahr

Marcus: ...

Mackenzie: Oh, und ich spiele die Venus!

Ian: Oh Gott, noch mehr Hauptdarsteller, das hat uns gerade noch gefehlt.

Ian: In manchen Folgen ist Jupiter kaum im Bild, was eine Tragödie ist.

Carah: IAN, VERDAMMT, ICH WARNE DICH!

Ian: Ich bin ganz offensichtlich Jupiter, der König der Götter.

Alex: Nein, du SPIELST Jupiter! Das ist NICHT dasselbe.

Alex: Und benimm dich unseren neuen Cast-Kollegen gegenüber nicht wie ein Arsch, sonst finde ich deinen Thunfischvorrat und spende ihn an die örtlichen Sushi-Läden.

Alex: Jeden

Alex: Einzelnen

Alex: Gottverdammten

Alex: Happen

Ian: Das WAGST du nicht!

Asha: Doch, das würde er

Asha: Und wenn er es nicht macht, würde *ich* es tun, also sei entweder nett oder sei still, Ian

Asha: Willkommen, Maria und Peter! Ich schreib später mehr, wenn ich aus Ibiza zurück bin, aber ich freue mich sehr, dass ihr jetzt zu unserer Gruppe gehört. Und ich spiele Psyche, die Sterbliche, die viel zu gut für Amor ist!

Asha: Nicht böse gemeint, Alex

Asha: (er spielt Amor)

Alex: Böse! Das ist böse, sage ich!

Carah: MARIA MOTHERFUCKING IVARSSON

Carah: DU WUNDERSCHÖNE SCHWEDISCHE BITCH, WILLKOMMEN

Carah: PETER «ES GIBT KEINE ROLLE, DIE ICH NICHT ROCKEN KANN» REEDTON

Carah: WILLKOMMEN, DU GOTTVERDAMMT RIESIGE WIKINGERKÖSTLICHKEIT

Carah: Ich spiele Dido, die *infelix regina* höchstpersönlich, die ebenfalls viel zu gut für ihren aktuellen Lustknaben ist

Marcus: Ich würde das ja gerne bestreiten, aber wir wissen beide, dass es wahr ist.

Marcus: Ich spiele übrigens Aeneas, besagten Lustknaben.

Alex: HALTET ALLE MAL DIE KLAPPE, JETZT BIN ICH DRAN, FREUNDLICHE GRÜSSE ZU BESTELLEN

Alex: Nur dass du es weißt, Peter: Wenn du mich bei der Fan-Thirst-Umfrage zum Thema «Promi-Bart, den wir am liebsten reiten würden» vom Thron schubst, WIRD MEINE RACHE FÜRCHTERLICH SEIN

Alex: Und du wirst sie kochend heiß serviert bekommen, denn ich bin ein ungeduldiger Bastard

Marcus: Kumpel, dir ist schon klar, dass er dich nicht kennt und nicht weiß, dass du Witze machst? Er könnte das als ernsthafte Drohung auffassen.

Alex: Ach was. Früher oder später wird er die ganze Herrlichkeit zu schätzen wissen, die in meiner Wenigkeit steckt.

Ian: Damit würde ich an eurer Stelle nicht rechnen, Neulinge

Ian: Nach fast zwei Jahren der Zusammenarbeit hält Jupiter ihn immer noch für ein Arschloch.

Carah: Ian, musst du nicht eklige Thunfisch-Smoothies machen, ganz weit weg von deinem Handy?

Ian: Jep, mein Zwei-Stunden-Thunfisch-Alarm hat gerade geklingelt, Jupiter OUT

Alex: Ich werde diesem stinkenden Bastard nie verzeihen, dass er mir Thunfisch verdorben hat

Alex: Wie auch immer, schön, dass du bei uns bist, Peter, du bist ein großartiger Schauspieler

Alex: Sieh einfach zu, dass dein Bart etwas weniger üppig und verlockend ist, danke im Voraus

Alex: Und Maria, ich habe nach der Ankündigung wie verrückt nach dir gegoogelt, und die Casterin hat echt einen Volltreffer gelandet, als sie dich gefunden hat

Alex: Und diese ganze Body-Positivity- und Fat-Acceptance-Sache?

Alex: ICH LIEBE ES

Alex: Wenn ich dir irgendwie helfen kann, lass es mich wissen, ich kann mit einer ganzen Bandbreite an glänzenden Talenten aufwarten

Alex: Und mit meinem Bart

Alex: Meinem sehr dichten und weichen und glänzenden und an der Spitze der Umfrage stehenden Bart

Maria: Danke, Alex, und euch anderen auch

Marcus: Ich bin froh, dass ihr beide jetzt mit uns im Cast seid. Maria, ich habe mir auf YouTube deinen Auftritt als Nina in «Die Möwe» angesehen. Deine Performance war meisterhaft und herzzerreißend

Maria: Danke, das ist sehr nett.

Marcus: Peter, ich habe echt viele deiner Filme gesehen. Du spielst sehr subtil und bist unglaublich gut darin, ganz in einer Figur aufzugehen

Maria: Hatte Peter nicht vor Jahren mal einen Gastauftritt in einer Serie von dir, Marcus?

Marcus: O mein Gott. In welcher?

Peter: Maria, ich habe keine Ahnung, woher du das weißt, aber: Creekwatch

Marcus: O GOTT

Peter: Ich habe den Ertrinkenden #2 gespielt, eindeutig eine Schlüsselfigur der Serie

Peter: Du bist in deiner knappen Badehose in den Bach gerannt, um mich zu retten, nachdem du eine Rede darüber gehalten hast, dass du deine ermordete Schwester rächen willst

Marcus: Oh, verdammt, jetzt erinnere ich mich wieder

Marcus: Du warst toll, was mich nicht überrascht

Marcus: Das Drehbuch war … weniger toll

Peter: Hey, der Gehaltsscheck ist nicht geplatzt, oder? Das reicht doch.

Marcus: Stimmt.

Maria: Ich wette, ihr beide wart auch noch gemeinsam in anderen Serien zu sehen

Marcus: Vielleicht sogar in welchen, die nicht furchtbar waren!

Marcus: Aber wahrscheinlich nicht, wenn man sich meine Vita als Schauspieler anschaut

Marcus: Aber Maria hat recht. Wir sollten irgendwann mal zusammen essen gehen und unsere Rollen vergleichen, Peter. Das nächste Mal, wenn du in L. A. bist?

Peter: …

Peter: Sehr gerne.

Peter: Ich danke euch allen, dass ihr uns so freundlich aufnehmt.

Alex: ... mit einer Ausnahme

Carah: Fucking Ian

Maria: Bitte pflanz mir keine Bilder in den Kopf, Carah, ich brauch keine sexuellen Albträume, in denen Thunfisch vorkommt

Carah: OH SCHEISSE, ICH LIEBE DICH JETZT SCHON

Carah: WIR WERDEN BEST BITCHES FOREVER, ODER?

Maria: 😁

5

BEI IHR SAH es so mühelos aus.

Peter wollte Maria eigentlich gar nicht über den mit Tellern vollgestellten Tisch hinweg beobachten, aber er konnte einfach nicht anders. Sie saß zwischen Nava und Darrell auf der langen gepolsterten Sitzbank vor der Wand des kleinen, aber eleganten Hotelrestaurants und strahlte auf eine Weise, die nichts mit dem Kerzenlicht zu tun hatte und nur wenig mit ihrer unbestreitbaren Schönheit.

Nein, dieses Strahlen war *sie*. Ihr Charme. Ihre Lebendigkeit. Ihr Humor. Ihr Interesse an anderen.

Sie waren erst seit drei Wochen auf der Insel, aber wenn man sah, wie locker sie mit den Crewmitgliedern plauderte und wie wohl sie sich in ihrer Nähe zu fühlen schien, könnte man meinen, sie würde sie alle schon seit Jahren kennen. Jetzt gerade sprach sie zum Beispiel mit Nava, als wären die beiden Frauen zusammen zur Grundschule gegangen, hätten sich gegenseitig beim Einzug in ihre erste eigene Wohnung geholfen und erst vor Kurzem wieder zusammengefunden, nachdem sie sich ewig nicht gesehen hatten.

«Und, hat Carlie ihr erstes Jahr am College gut überstanden?» Nachdem sie einen kräftigen Bissen des buttergetränkten Hummers aus der Region heruntergeschluckt hatte, nahm Maria einen Schluck Weißwein. «In Belgien hast du gesagt, sie macht sich Sorgen, ob sie bei ihren Abschlussprüfungen gut genug abgeschnitten hat.»

Nava lächelte. «Sie hat sie mit Bravour bestanden, was absolut niemanden außer ihr überrascht hat. Jetzt macht sie sich schon Sorgen wegen der Herbstkurse, dabei ist erst Juli. Dottie hat sie für eine Woche mit zu den Wisconsin Dells genommen, damit das arme Kind sich entspannen kann.»

Bevor sich seine Eltern trennten, hatte seine Familie oft Ausflüge in die Gegend um den Canyon, den der Wisconsin River in die Landschaft gegraben hatte, gemacht. Mindestens einmal im Jahr.

Bis zu diesem Moment hatte er nicht gewusst, dass Nava ebenfalls aus Wisconsin stammte. Und wer zum Teufel war Dottie? Eine Freundin? Ihre Partnerin?

Er kniff sich in den Nasenrücken und ärgerte sich über sich selbst.

Warum konnte er das nicht? Warum war es ihm immer noch nicht gelungen, seine soziale Unbeholfenheit irgendwie zu überwinden, nachdem er schon mehr als dreieinhalb Jahrzehnte darunter litt?

«Sie studiert an der Universität von Wisconsin, nicht wahr?» Als Fionn kam, um die Teller abzuräumen, tätschelte Maria ihm den Arm. «Ich wollte dir nur sagen, Fi, dass dieses Jakobsmuscheltartar in meinen Träumen heute Nacht die Hauptrolle spielen wird. Es könnte durchaus eine Ménage à trois mit dem Hummer werden, also ignoriert bitte alle ekstatischen Laute, die heute Nacht aus den Suiten kommen.»

Peters Gehirn war so freundlich, ihm ein Bild von Maria im Zustand eines nicht von Muscheln ausgelösten Orgasmus zu präsentieren, und er kniff fester zu.

Nava und Jeanine glucksten, und Fionn schnaubte laut. «Danke, Liebes.»

«Ich danke *dir* für all das unglaubliche Essen, Fi. Ich kann das Dessert kaum erwarten.» Maria wandte sich wieder zu Nava um. «Sorry, Nava. Was wolltest du sagen?»

«Du hast recht. Carlie geht auf das College in Madison. Genau wie Dottie und ich vor» – sie machte eine Show daraus, das folgende Wort zu nuscheln – «*mmphmmm* Jahren.

Wobei ich vermute, dass Carlie viel weniger Bier trinkt als wir damals, wahrscheinlich weil sie nie auf die Idee käme, sich einen gefälschten Ausweis zu besorgen. Ich habe wirklich keine Ahnung, wie wir so ein süßes, verantwortungsbewusstes Kind bekommen konnten, Maria. Es ist verrückt.»

Ganz unerwartet drehte Maria ihren Kopf und schaute Peter direkt in die Augen. Er zuckte überrascht zusammen. Hatte sie ihn beim Starren erwischt?

«Peter», sagte Maria und runzelte nachdenklich ihre breite Stirn. «Da hast du doch auch studiert, oder?»

Er räusperte sich. «Äh, ja. Hauptfach Theater. Ich bin in Madison geboren und aufgewachsen.»

«Das wusste ich ja gar nicht!» Nava beugte sich zu ihm herüber. «Ich bin in Janesville aufgewachsen. Ich habe auch in Madison Theater studiert, wobei sich unsere Zeit dort auf keinen Fall überschnitten haben kann. Dafür bist du viel zu jung.»

An den meisten Tagen hatte er nicht das Gefühl. Aber wenn er das jetzt sagte, würde er das Gespräch damit wohl kaum in Gang halten, also musste er etwas anderes finden, worüber sie reden konnten. Etwas, was er fragen konnte. Aber was?

Er faltete die Serviette in seinem Schoß, strich sie glatt und faltete sie dann wieder zusammen. «Hast ... hast du deine Tochter in Wisconsin großgezogen?»

«Nein.» Nava rümpfte die Nase. «Dottie und ich sind gleich nach dem Studium nach L. A. verschwunden. Aber nach der Scheidung ist sie zurück nach Janesville gezogen. Als es an der Zeit war, ein College auszuwählen, wollte Carlie in der Nähe einer ihrer Mütter und bei ihren beiden Familien bleiben, und da ich eh so oft außer Landes bin, entschied sie sich für Madison.»

«Eine gute Wahl, ganz eindeutig.» Maria gestikulierte in Peters und Navas Richtung. «Schaut nur, welch vorbildliche Absolventen diese Einrichtung hervorgebracht hat.»

«Genau, wir sollten auf all ihren Broschüren prangen.» Nava lehnte sich mit erhobener Hand über den Tisch, und Peter brauchte ein paar Schrecksekunden, um zu begreifen, dass sie ihm ein High-Five geben wollte. Als er einschlug, grinste sie ihn an. «Sicher werden sie bald ein Gebäude nach uns benennen.»

«Ganz bestimmt», sagte er.

Warum lächelte Maria ihn so an?

«Es ist ein toller Ort, um zu studieren», sagte Nava. «Allerdings glaube ich, dass Carlies Ernährung während des Semesters zu achtzig Prozent aus Cheese Curds besteht.»

Die frittierte Version dieser Käsestücke war sein persönlicher Favorit. Zart schmelzend und besonders gut mit Ranch-Dressing.

Er grinste. «Ich nehme an, die übrigen zwanzig Prozent sind Bratwürste?»

«Zehn Prozent Bratwürste, zehn Prozent Frozen Custard.» Die Produzentin tippte sich ans Kinn. «Aber da ist ihr Butterburger-Konsum noch nicht mit eingerechnet.»

Als er lachte, tat Nava es ihm gleich. Sogar Maria sah zufrieden aus, obwohl sie wahrscheinlich keine Ahnung hatte, wovon sie da redeten.

Ohne Vorwarnung brachen Darrell und die anderen Crewmitglieder ebenfalls in lautes Gelächter aus, und sowohl Nava als auch Maria wandten ihre Aufmerksamkeit dem FA zu.

Peter nippte an seinem Wasser und lächelte immer noch vor sich hin.

Na also. Das war doch gar nicht so schwer gewesen. Er hatte ein freundliches Gespräch mit einer Kollegin geführt, und jetzt wusste er viel mehr über sie, was spätere Gespräche leichter machen würde. Sie könnten in Erinnerungen an die Dells schwelgen, ihre Lieblingsrestaurants in der State Street vergleichen oder von lauen Sommernächten auf der Terrasse mit Blick auf den Lake Mendota schwärmen.

Zu seiner Überraschung *wollte* er sich tatsächlich wieder mit Nava unterhalten. Sie war interessant und lustig und gut in ihrem Job, und sie schien ... herzlicher zu sein, als er erwartet hatte. Er ... mochte sie?

Ja, er mochte sie. Und das war auch gut so, denn sie würden wahrscheinlich über Jahre zusammenarbeiten.

«Ich habe letzte Woche mein fünftes Video veröffentlicht», sagte Darrell. «Manche Leute haben immer noch nicht verstanden, dass ich sie verarsche. Selbst nachdem ich ganz enthusiastisch die unschuldige Romantik von ‹Every Breath You Take› gelobt und gesagt habe, dass Sting es als Anleitung für gesunde Beziehungen gedacht hat.»

Peter verschluckte sich an seinem Wasser, während weiteres Gegacker aufbrandete.

Irgendwie schaffte Ramón es, gleichzeitig zu stöhnen und zu lachen. «Herrgott.»

Jeanine beugte sich über den Tisch zu Darrell vor, und ihr strahlender Blick blieb unbeirrbar auf den jüngeren Mann gerichtet. «Trotz all meiner Bemühungen hat eine meiner engsten Freundinnen auf ihrer Hochzeit zu diesem Lied getanzt.» Darrell wandte den Blick nicht von Jeanine ab. Stattdessen stützte er sich mit beiden Unterarmen auf dem Tisch ab und neigte seinen Oberkörper nach vorn, um den Abstand zwischen ihnen noch weiter zu verringern.

«Wurde einer von beiden wegen Stalkings verhaftet?» Ein Lächeln umspielte seine Mundwinkel, und Jeanines Blick blieb für den Bruchteil einer Sekunde dort hängen.

«Nein.» Ihre Stimme klang belegt. «Noch nicht.»

Er hob eine einzelne dunkle Braue, und die Geste wirkte so verdammt selbstsicher, dass Peter gegen den Drang ankämpfen musste, dem jungen Mann zu applaudieren. «Ich schätze, sie sind mittlerweile geschieden?»

«Ja», sagte sie, und beide kicherten.

Durch eine leichte Bewegung ihrer Schultern rutschte

Jeanines Oberteil ein wenig nach unten. Darrells Blick ebenfalls. Und zum ersten Mal störte sich Peter nicht im Geringsten an dem viel zu strahlenden Grinsen des PA.

«Nächste Woche mache ich ein Reaction-Video auf ‹Pony› von Ginuwine.» Als Jeanine sich auf die Lippe biss, wurde Darrells Grinsen noch breiter. «Ich will darüber sprechen, wie erfrischend ich sein Interesse am Reitsport finde.»

Dieses Mal prustete Peter sein Wasser über den Tisch, und Jeanine klopfte ihm kräftig auf den Rücken, während er hustete.

«Danke», keuchte er.

«Alles okay?» Nava sah besorgt aus, so als wäre sie bereit, über den Tisch zu springen, um ihm zu helfen. «Brauchst du mehr Wasser?»

«Mir geht's gut.» Er musste noch ein paarmal husten, dann konnte er wieder normal atmen. «Ich habe nur im falschen Moment etwas getrunken.»

Auf Jeanines Drängen hin erzählte Darrell von seinen Ideen für weitere Videos. «Ich habe ein ganzes Video darüber geplant, wie ‹Down Under› die Vorzüge von Cunnilingus preist. Und ich will erläutern, warum ich glaube, dass der Ausdruck ‹Vegemite-Sandwich› eine schmutzige Metapher ist. Aber ich weiß noch nicht, welchen Song ich danach nehmen soll.»

Zum Glück hatte Peter nicht noch einen Schluck Wasser getrunken, denn *verdammt*.

«Peter.» Marias Stimme war nicht übermäßig laut, aber sie drang deutlich durch das Geplauder. «Du hörst zwischen den Aufnahmen doch immer Musik. Hast du irgendwelche Vorschläge für Darrell?»

Tatsächlich hörte er in den Pausen Musik, vor allem, weil ihm das einen triftigen Grund gab, sich nicht mit den anderen zu unterhalten. Wenn er die Kopfhörer im Ohr und das Handy in der Hand hatte, erwartete niemand, dass er geistreiche Reden schwang oder sich überhaupt gesellig zeigte.

Und wieder einmal hatte Maria die ganze Aufmerksamkeit auf ihn gelenkt. Mist.

«Ähm ...» Als ihn alle so ansahen, war in seinem Verstand von irgendwelchen musikalischen Kenntnissen kaum noch etwas zu finden. Aber er gab sich Mühe, die Leere zu überwinden, denn da war doch etwas ... Ah. Perfekt. «Hast du schon ein Video über den unverfrorenen Vorwärts-Amerika-Patriotismus von ‹Born in the U.S.A.› gemacht?»

Darrell nickte anerkennend. «Ein Klassiker der lyrischen Fehlinterpretation. Das ist ein toller Vorschlag, Peter. Danke.»

«Wenn ... wenn mir noch etwas einfällt, lasse ich es dich wissen», bot er ihm an.

Zum ersten Mal war Darrells absurd charmantes Lächeln direkt an Peter gerichtet, und es blendete ihn nahezu. Aber auf eine gute Art.

Abwesend berührte er seinen Bauch. Er hatte keinen Wein getrunken, daher konnte er sich dieses seltsame Wärmegefühl in seinem Magen nicht erklären. Aber es war angenehm.

Als Jeanine die Aufmerksamkeit des PA wieder auf sich zog, nahm Peter seine Gabel, um den köstlich aussehenden Apfel-Crumble zu essen, der vor ihm stand. Genau in diesem Moment stupste Ramón ihn am Arm an.

Der Regisseur reckte seinen Hals und flüsterte nahe an Peters Ohr. «Siehst du, was da vor sich geht?»

Das war sehr vage formuliert, aber Peter war sich ziemlich sicher, dass er wusste, was Ramón meinte.

«Zwischen Jeanine und Darrell?» Als der andere Mann nickte, presste Peter seine Lippen zusammen, unsicher, was er sagen sollte. «Das ist natürlich ihre Sache. Ich hoffe nur ... Ich hoffe, dass Darrell nicht verletzt wird. Er ist noch so verdammt *jung*.»

Jeanine war zwar fantastisch – warum hatte er das nicht schon früher anerkannt? –, aber sie wollte ihre Männer auch immer schnell wieder loswerden. Zumindest hatte er das dem entnommen, was sie Maria jeden Morgen im Haar- und Make-up-Trailer erzählte. Und Peter wusste nur zu gut, wie es sich anfühlte, wenn dich jemand, der dir wichtig war, ohne Vorwarnung wieder entsorgte.

Selbst wenn er Darrell nicht mögen würde, würde er das dem PA nicht wünschen. Aber er mochte ihn, also ...

Stirnrunzelnd betrachtete Peter die knusprigen Streusel auf den dampfenden, süß-säuerlichen Äpfeln.

Hah. Er mochte den Jungen *wirklich*. So etwas hätte er vor heute Abend nicht gesagt.

«Mach dir keine Sorgen. Darrell weiß, was er tut.» Ramón schenkte ihm ein verschmitztes Lächeln. «Er hat schon länger ein Auge auf Jeanine geworfen, seit sie in der letzten Staffel zusammengearbeitet haben, und sie liebt die Musik der Achtziger- und Neunzigerjahre. Dieses neue Projekt ist sein Versuch, ihre Aufmerksamkeit zu erregen. Und außerdem ist er gar nicht mehr so jung.»

«Wirklich?» Er neigte den Kopf und versuchte, so leise wie möglich zu sprechen. «Denn er sieht aus, als wäre er Mitte zwanzig. Höchstens dreißig.»

«Halt dich fest.» Der Regisseur sah ihn süffisant an.

Peter hob die Brauen. «Das tue ich.»

«Darrell ist neunundvierzig Jahre alt, und Jeanine hat keine Ahnung.»

Als Peter der Mund offen stehen blieb, lachte Ramón. «Paul-Rudd-Syndrom, Kumpel. Der Mann altert nicht.»

«Wow.» Er legte seine Gabel zurück auf den Tisch, betrachtete das faltenlose Gesicht des PA und erwog, seine Skepsis gegenüber Zauberei abzulegen. «Das ist ... beeindruckend.»

«Wie du schon sagst, es geht uns eigentlich nichts an, aber ...» Ramón schaute über den Tisch hinweg kurz zu Maria und Nava, die sich über irgendeinen Scherz amüsierten. «Es ist schwer, in einer so kleinen Gruppe etwas geheim zu halten.»

Wusste die Crew, dass er und Maria miteinander geschlafen hatten?

Ahnten sie, wie verzweifelt er sie noch immer begehrte? Wie oft er von ihr träumte?

Unwillkürlich sah er wieder in ihre Richtung, und sie erwiderte seinen Blick und sah ihn an. Schenkte ihm wieder dieses zufriedene, strahlende Lächeln, aus Gründen, die er nicht verstand.

«Es freut mich, dass du dich in der Gruppe inzwischen wohler zu fühlen scheinst», sagte Ramón und klopfte ihm auf die Schulter. «Alle fänden es schön, wenn du öfter mit uns essen würdest anstatt in deinem Zimmer. Ich dachte, das wäre dir klar, aber Maria meinte, du wüsstest es vielleicht nicht, deshalb sage ich es dir jetzt.»

Maria. Schon wieder.

Und da – da verstand er ihr Lächeln. Als er im Geiste ihr gemeinsames Abendessen noch einmal durchging, verstand er plötzlich *alles*. Was sie ganz diskret für ihn getan hatte, ohne dass sie wirklich etwas zu tun schien. Wie sie es ihm leichter machen wollte. Warum sie fast schon ... stolz aussah.

Auf ihn. Sie sah stolz auf *ihn* aus.

Kein Wunder, dass er diesen Ausdruck nicht hatte deuten können. In den letzten zwei Jahrzehnten war er ihm nicht oft begegnet, oder?

Ramón redete immer noch. «Du bist natürlich nicht verpflichtet, dich zu uns zu setzen. Es ist deine Entscheidung. Was immer dich glücklich macht, Peter.»

Er hatte nie in seinem Zimmer gegessen, weil es ihn glücklich machte. Es war nur das gewesen, was sich erträglich anfühlte.

Er schluckte schwer. «Wenn ihr mich beim Abendessen dabeihaben möchtet, werde ich kommen.»

Und nicht als Außenseiter, wie es schien. Nicht mehr. Nicht nach Marias Eingreifen.

«Gut», sagte Ramón entschieden.

Peter lächelte ihn dankbar an.

Es fiel ihm nicht einmal schwer.

• ● •

Als Marias Handy summte, befanden sich alle fünf Personen, die eine Hotelsuite bewohnten – einschließlich Peter, der nur wenige Zentimeter von ihr entfernt stand – im Flur vor ihren Zimmern und unterhielten sich nach einem, wie sie fand, äußerst erfolgreichen Abendessen.

Auf dem Handydisplay erschien das Foto ihres älteren Bruders, und ein Blick auf die Uhrzeit verriet ihr, warum. Normalerweise meldete sie sich pünktlich zur vollen Stunde für ihren wöchentlichen FaceTime-Call bei ihm, aber sie hatte sich verspätet, weil sie den fröhlichen Abend nicht unterbrechen wollte. Möglicherweise war sie auch leicht betrunken

Er würde es verstehen. Das tat er immer.

Sie tippte auf das Display, entfernte sich von der Gruppe und nahm den Anruf an.

«*Hej*, Filip», sagte sie, entschuldigte sich kurz und fragte, ob sie später sprechen könnten. Nachdem er sich mit der für ihn typischen Freundlichkeit damit einverstanden erklärt hatte, beendete sie das Telefonat und drehte sich um, um sich wieder zu den anderen zu gesellen.

Dabei stieß sie fast mit Peter zusammen, der aus irgendeinem Grund genau hinter ihr stand. Zu ihrer Schande stieß sie einen kleinen, schrillen Schrei der Überraschung aus.

Seine Lippen zuckten kurz, bevor sie wieder die übliche strenge Linie formten. «Wer war das?»

«Filip, mein großer Bruder.» Nicht dass ihn das etwas anginge, vor allem, wenn er so unwirsch fragte. «Ich bin spät dran für unser wöchentliches Telefonat.»

«Oh.» Peter schien irgendwie ... in sich zusammenzusacken. Oder zumindest schien er nicht mehr so drohend vor ihr aufzuragen. «Er sieht nicht ... äh ... egal.»

Und jetzt sah er wieder aus, als wäre ihm unbehaglich, der arme Kerl.

Sie hatte Mitleid mit ihm. «Er sieht mir nicht ähnlich. Ich weiß. Wir sind beide adoptiert, genau wie meine Schwester.»

Filip kam aus einem Waisenhaus in Südkorea, Astrid war als schwedisches Neugeborenes adoptiert worden, Maria nach dem Tod ihrer leiblichen schwedischen Eltern und mehreren gescheiterten Versuchen, ein dauerhaftes Zuhause für sie zu finden. Ihr anderer älterer Bruder, Vincent, war das leibliche Kind von Stina und Olle Ivarsson, aber ihre Adoptiveltern hatten ihn nie anders behandelt als Maria, Filip oder Astrid.

Ihre Familie war alles für sie. *Alles*.

Das war in Stockholm so, und in L. A. und in Irland auch. Ihre Geschwister und ihre Eltern waren das Fundament, auf dem sie ihr Leben aufgebaut hatte, so fest und unverrückbar wie die Granitfelsen, die die Landschaft um Stockholm zierten, und sie vermisste sie alle schrecklich.

In den letzten Wochen hatte sie jedoch begonnen zu glauben, dass sie sich auch hier auf der Insel eine Art Familie erschaffen könnte, und sie wollte niemanden davon ausschließen. Nicht einmal Peter. Schon gar nicht Peter, einen Mann, der sich viel zu sehr daran gewöhnt zu haben schien, ein Außenseiter zu sein.

«Oh», sagte er wieder. «Das wusste ich gar nicht.»

Natürlich wusste er das nicht. An dem Abend, an dem sie sich in L. A. kennengelernt hatten, war sie nicht bereit gewesen, persönliche Dinge über sich preiszugeben, und seither war er ihr meistens aus dem Weg gegangen. Obwohl er das jetzt langsam zu überwinden schien, und sie hegte große Hoffnungen für ihre Zukunft als Schauspielpartner – vielleicht sogar als Freunde?

Ja, sie hatte definitiv mehr Wein zum Abendessen getrunken, als gut gewesen wäre, denn sie hörte sich selbst mit zu lauter Stimme zu allen im Raum sagen: «Ich habe wirklich Glück, einen so talentierten Filmpartner und eine so tolle Crew auf dieser Insel zu haben. Ich bin so froh, dass ihr meine Kollegen seid.»

«Da kannst du dich wirklich glücklich schätzen.» Nava hob in gespielter Hochnäsigkeit ihr Kinn, doch ihre Wangen verzogen sich zu einem Lächeln. «Wir sind verdammt noch mal unglaublich.»

«Das sind wir.» Ramón lachte. «Und wenn du uns alle hassen würdest, wäre das ziemlich unangenehm geworden.»

«Aber du würdest trotzdem mit uns festsitzen», bemerkte Peter mit seinem üblichen Zynismus. «Also ja, du kannst dich glücklich schätzen.»

«Nope», sagte Maria fröhlich zu ihm. «Das ist nicht wahr.»

Jetzt merkte sie die Wirkung des letzten Glases Wein so richtig, also drängte sie sich an Nava vorbei und schwankte in Richtung ihrer Suite. Als sie stolperte, umfasste eine starke Hand ihren Ellbogen und hielt sie fest.

Peter. Natürlich war es Peter.

Der große, starke, sexy Peter. *Fy fan*, er roch gut.

Mit einem verwirrten Ausdruck auf dem Gesicht stützte er sie, bis sie vor ihrer Tür standen. «Was meinst du damit?»

«Was meinst du damit, was ich damit meine?» Kichernd tätschelte sie ihm die Brust, dann kramte sie ihren Schlüssel aus der Tasche ihres Kleides. «Du musst dich schon etwas genauer ausdrücken, Peter.»

Er schloss für einen Moment die Augen, wahrscheinlich um nicht die Geduld zu verlieren.

Als er wieder etwas sagte, sprach er jedes Wort langsam und sorgfältig aus. «Ich sagte, du würdest mit uns hier festsitzen, auch wenn du uns alle hasst, und du hast gesagt, das stimmt nicht. Was hast du damit gemeint?»

Ihre Kollegen riefen sich gute Nacht zu und verschwanden in ihren Suiten, und sie winkte so heftig, dass sie in Peters Griff schwankte. Dann waren nur noch sie beide übrig, und sie reckte sich näher an seinen Hals heran und atmete tief ein.

Sie waren weit weg von der Sauna in L. A. Wie er trotzdem noch nach Zedernholz riechen konnte, war ihr schleierhaft.

Moment. Hatte er ihr eine Frage gestellt?

«Oh. Ja. Ich erinnere mich.» Ihr fielen fast die Schlüssel herunter, aber sie konnte sie gerade noch auffangen. «Das ist ganz einfach. Ich habe es genau so gemeint, wie ich es gesagt habe. Wenn ich euch alle hassen würde, würde ich nicht hier festsitzen. Ich würde gehen.»

Er wurde ganz still. «Du würdest einfach ... kündigen?»

«Genau.» Sie lächelte ihn an, froh, dass er sie jetzt verstand. «Ich würde nach Hause gehen und wieder am Theater spielen. Oder versuchen, bei einer anderen Film- oder Fernsehproduktion einen Job zu finden. Oder was auch immer.»

«Du würdest einfach kündigen», wiederholte er leise zu sich selbst.

Als sie eine abwinkende Handbewegung machte, hätte sie ihm damit fast eine Ohrfeige verpasst. Glücklicherweise gelang es ihm, rechtzeitig auszuweichen. «Es ist ein Job, Peter. Nur ein Job. Der ist mein Glück nicht wert.»

Es war längst Zeit, Filip zurückzurufen, sich zu waschen und ins Bett zu gehen, aber das Schloss war heute Abend furchtbar unkooperativ. Sie versuchte es ein zweites Mal, dann ein drittes, bevor dieselbe starke Hand – bei allen Göttern, sie hatte Peters Hand zwischen ihren Beinen *geliebt* – sie zur Wand neben der Tür schob und ihr die Schlüssel abnahm.

Aus irgendeinem Grund funktionierte das Schloss bei ihm sofort, was sehr unfair war. Er öffnete die Tür, versperrte ihr aber den Weg hinein.

«Warum siehst du mich so an?», fragte sie schließlich.

Er schüttelte mit steinerner Miene den Kopf. «Das würdest du nicht verstehen.»

«Bist ...» Sie schluckte. «Bist du böse auf mich? Schon wieder?»

Er zögerte nicht. «Nein.»

«Wirklich?» Sie trat näher an ihn heran und blinzelte. «Du siehst nämlich ziemlich sauer aus.»

«Bin ich nicht. Wirklich nicht.» Seine Brust senkte sich, als er einen langen, tiefen Atemzug ausstieß. «Trink vor dem Schlafengehen ein bisschen Wasser, Maria. Wir sehen uns morgen.»

«Okay», sagte sie. «Wasser. Verstanden.»

Sein Lächeln wirkte um die Mundwinkel herum seltsam. «Viel Spaß beim Gespräch mit deinem Bruder.»

Sanft, aber unnachgiebig schob er sie in ihr Zimmer. Und bevor sie sich ausreichend sammeln konnte, um selbst gute Nacht zu sagen, war er schon weg und hatte die Tür fest hinter sich geschlossen.

NACHRICHTEN MIT PETER: FREITAGABEND

Maria: Wir streamen in Navas Zimmer einen Film, also komm rüber, Peter.

Peter: Welchen Film?

Maria: Australia

Peter: ???

Maria: Der Baz-Luhrmann-Film von 2008 mit Kidman und Jackman

Maria: Nava war bei den Dreharbeiten dabei, also kann sie uns all den schmutzigen Klatsch und Tratsch erzählen, der hinter den Kulissen abgegangen ist

Peter: O ja

Peter: Gab es in dem Film nicht eine Menge

Maria: Eine Menge was?

Peter: Kühe?

Maria: ... Ich schätze schon?

Maria: Ich meine, die Geschichte handelt offenbar von einer Rinderfarm und einem Viehtrieb, also nehme ich an, dass eine gewisse Anzahl von Kühen zu sehen sein wird

Maria: Warum?

Peter: Vielleicht setze ich dieses Mal aus

Maria: Hast du ... ein Problem mit Kühen?

Peter: Natürlich nicht, sei nicht albern

Maria: Das Thema sollten wir vertiefen

Peter: Nein

Maria: Haben Kühe deine Tochter entführt, und um sie aufzuspüren, musstest du ein paar ganz besondere Fähigkeiten einsetzen, die dich zu einem Albtraum für Nutztiere machen

Peter: Maria. Ernsthaft.

Maria: Vielleicht hat dich eine verführerische Kuh vor dem Altar stehen lassen. Dein armes gebrochenes Herz. Un*kuh*l.

Peter: MARIA

Maria: Vielleicht hat dich ein Stier zu Unrecht eines Verbrechens beschuldigt, das du nicht begangen hast

Maria: Und der Mörder war in Wirklichkeit ein Holsteinrind mit nur einem Huf

Peter: ... Ich wusste, wir hätten uns letzte Woche nicht Auf der Flucht ansehen sollen, 96 Hours war schon schlimm genug

Maria: Hast du deine Ersparnisse verloren, weil du in das Schneeballsystem einer Kuh investiert hast?

Maria: Bernie Muhdoff

Peter: Bist du jetzt fertig?

Maria: Kommt drauf an, ob du rüber in Navas Zimmer kommst

Peter: Ich bleibe in meinem. Habt einen schönen Abend.

Maria: Nope

Peter: Nope?

Maria: Du schuldest mir was, Reedton

Peter: Ach, wirklich?

Maria: Wirklich

Peter: Klär mich auf, Ivarsson

Maria: Als Cassia und Cyprian sich heute ausgezogen haben, um ihre Kleidung im seichten Wasser zu waschen, habe ich dich vor der großen Welle gerettet, bevor sie dich unter Wasser ziehen konnte und du gezwungen gewesen wärst, Arielles ganze gestörte Familie kennenzulernen und Lieder mit sprechenden Krabben zu singen

Maria: Ich habe dir im Grunde das Leben gerettet, auch wenn ich mich dafür vor der gesamten Crew entblößen musste

Maria: Nicht dass es mich wirklich interessiert, wer meine Nippel sieht, aber trotzdem

Maria: Du warst so in die Szene vertieft, dass du die Welle gar nicht bemerkt hast, also ja, du schuldest mir was

Peter: ...

Peter: Ja

Peter: Das war der Grund, warum ich die Welle nicht bemerkt habe

Peter: Ich war völlig in die Szene vertieft, du hast recht

Peter: Okay

Peter: Ich werde mir den verdammten Film ansehen wenn du den heutigen Vorfall nie wieder erwähnst

Peter: Ich gebe mir nämlich große Mühe, ihn zu vergessen

Maria: ???

Maria: Hat die Welle dich so traumatisiert?

Peter: ...

Peter: Mach es wie Elsa und lass los, Maria

Maria: Gut, aber nur wenn du innerhalb der nächsten zwei Minuten hier bist

Peter: Bin schon unterwegs

6

«**DAS DACH SIEHT** da ein bisschen dünn aus, Reedton.»

Maria zeigte auf eine nicht besonders dichte Stelle im Dach. «Ich dachte, du schwörst so auf Professionalität und darauf, den Job richtig zu machen?»

Hahafuckingha. Peters finsterer Blick schien sie nicht sonderlich zu verunsichern, aber vielleicht würde sich das ändern, wenn sie ihm länger ausgesetzt war. Er starrte sie an.

«Ich habe dich nicht auf der Mauer hocken und mit dem Stroh kämpfen sehen, Ivarsson, also halt die Klappe.» Er kniff Daumen und Zeigefinger zusammen und tat so, als würde er seinen Mund zuziehen. «Die Szene war echt nervig.»

In der Tat würde jeder, der bei Verstand war, es einfach furchtbar finden, ein *Dach mit Stroh decken* zu müssen. Die Vereinigung alter Strohdach-Enthusiasten mochte sich über diese Erkenntnis vielleicht ärgern, aber damit lagen sie verdammt *falsch*.

Beweisstück A: das endlose Dreschen mit dem primitiven Flegel, um die Körner aus dem Stroh zu lösen. Beweisstück B: der Nachmittag, den sie damit verbracht hatten, Gras und Stroh zu Seilen zu drehen, mit denen das Dach an den Steinen des Hauses, das sie gebaut hatten, befestigt werden sollte. Die Arbeit hinterließ Blasen auf Marias Händen und ließ ihre Finger so steif werden, dass sie an diesem Abend kaum in der Lage war, beim Essen die Gabel zu halten.

Aber Maria hatte sich nicht über die Blasen beklagt, und körperliche Arbeit machte ihr nichts aus. Ihm auch nicht.

Das Wetter war selbst im Hochsommer kühl und der Himmel so wolkenverhangen, dass sie sich nicht zu Tode schwitzten. Und Seite an Seite mit ihr zu arbeiten, war …

Wie auch immer, ja, diese Dinge waren nicht so schlimm gewesen. Sie waren sogar irgendwie … angenehm?

Aber das hätten sie nicht sein sollen. Das wären sie auch nicht, wenn er bei klarem Verstand und nicht in Marias Traktorstrahl aus Charme und Spaß gefangen gewesen wäre.

Was ihn zu Beweisstück C brachte, denn der Versuch, getrocknete Körner und Gräser auf einer Grasnarbe zu befestigen, während er hoch oben in der Luft hockte, auf einer Insel, die für ihren kräftigen Wind berühmt war – ja, *das* hatte ihn fast weggepustet. Buchstäblich und im übertragenen Sinne.

Er konnte nur hoffen, dass die verschiedenen Pferde, Kühe, Schafe und Ziegen, die hier lebten, das kostenlose Strohbuffet zu schätzen wussten, das die ganze Woche über auf sie hinabgeregnet war.

«Du meckerst schon seit Tagen über dein blödes, vom Wind verwehtes Stroh, Peter.» Sie schüttelte den Kopf, und ein verwirrtes Lächeln umspielte ihren breiten Mund. «Ich verstehe nicht, warum dir das so unter die Haut geht.»

Eines wusste er ganz sicher: Sein Unmut hatte nichts damit zu tun, dass er und Maria die ganze Woche über getrennt gedreht hatten.

Während Cyprian im Drehbuch mit dem verdammten Dach kämpfte, ging Cassia am Rande der Insel erneut auf Suche nach Dingen, die aus ihrem Schiffswrack an Land gespült worden waren. Sie brauchten nicht zusammen vor der Kamera zu stehen, und das war auch gut so. Nach mehreren Monaten der Nähe war das eine willkommene Abwechslung, und er bekam eine dringend benötigte Auszeit von der Arbeit, während die Crew sich um Marias Szenen kümmerte.

Ihre Abwesenheit während der Dreharbeiten war also definitiv nicht das Problem. Seine unglücklichen Versuche, das

Dach fertigzustellen, waren einfach frustrierend, und das wäre genauso gewesen, wenn sie ihm geholfen hätte.

Das war die absolute Wahrheit.

Wirklich wahr. Wahrer ging es nicht.

Hmmm.

Sich selbst zu belügen, war mit der Zeit immer leichter geworden, weil er es in letzter Zeit so oft getan hatte, aber er war nicht besser darin geworden, die Lügen zu glauben. Was wirklich schade war.

Er verschränkte die Arme vor der Brust und starrte sie böse an. «Wenn du mich weiter wegen des Dachs verspottest, werde ich dich mit Seetang zwangsernähren, Pippi.»

Seine drohende Haltung aufrechtzuerhalten, wurde plötzlich erheblich schwieriger, denn Maria zauberte, scheinbar aus der Luft, ein Glas Heringe hervor und schüttelte es ein paar Zentimeter vor seiner Nase.

Allerdings nicht näher, denn wenn sie nicht vor der Kamera standen, berührte sie ihn nicht, und er hielt es ebenso.

«Ich schwöre dir, *Skitstövel*, wenn du mich noch ein einziges Mal Pippi nennst ...» *Schüttel, schüttel, schüttel.*

Nach drei Monaten mit Maria wusste er, was *Skitstövel* bedeutete.

Scheißstiefel. Schwedische Beleidigungen waren verdammt bizarr.

Er biss sich auf die Lippe, dann fasste er sich wieder. «Was wirst du dann tun? Deine Haare rot färben, sie zu zwei seltsamen Zöpfen flechten, die den Gesetzen der Physik trotzen, und mit den Füßen auf dem Kissen schlafen?»

Abends gab es auf der Insel nicht viel zu tun, daher war es ihm nicht schwergefallen, Astrid Lindgrens Geschichten mal wieder zu lesen. Zumal Marias Ärger ihn so reichlich für seine Bemühungen belohnte.

«Ich werde dich mit dem Hering verprügeln und das ganze Dach wieder von der Hütte reißen, Peter.» Sie hatte die

Augen verengt, aber ihre Wangen bebten, denn sie versuchte, nicht zu lachen. «Lass es besser nicht drauf ankommen.»

«Zu spät.» Mit einem Arm beschrieb er einen Bogen, um auf das Set um sie herum zu deuten. «Wir sind schon über den Punkt hinaus, wo Vandalismus an meinem Dach mir Probleme bereiten würde. Und wenn du mir eine Gehirnerschütterung verpasst, bevor der letzte Drehtag beendet ist, hältst du die Crew damit länger als nötig von ihren Familien fern.»

Sie tat so, als würde sie ihn wütend anfunkeln, was er sehr amüsant fand.

Allerdings nicht zu amüsant. Nicht *ungewöhnlich* amüsant. Nur ein ganz klein wenig.

«Na schön.» Ihr Heringsglas – sie nannte die Fische *sill* – verschwand wieder in dem praktischen schwarzen Loch, das sie irgendwo an sich versteckt haben musste. «Aber früher oder später werde ich meine Rache bekommen, Reedton.»

«Ich kann's kaum erwarten», sagte er in einem Tonfall absoluter Langeweile und gähnte laut.

Sie konnte sich nicht länger zurückhalten. Ihr unnachahmliches Gackern ließ ihn fast taub werden, und er konnte nicht anders, als mitzulachen.

Ramón winkte sie mit einem nachsichtigen Lächeln zurück an ihre Plätze, und die beiden gingen wieder in das Haus, das sie – und die Crew – gemeinsam gebaut hatten.

Dieser letzte Drehtag vor der langen Pause war ein einziges Fest, vor und hinter der Kamera. Die schiffbrüchigen Wikinger hatten für den ersten Abend in ihrem neuen Haus – einem Steinbau, von dem sie hofften, dass er sie durch den strengen Winter bringen würde – ein Festmahl vorbereitet. Ein anderes, vermutlich weniger algenlastiges Festmahl wartete auf die gesamte Crew im Hotel, denn sie würden erst in einigen Monaten auf die Insel zurückkehren und sich daher lange Zeit nicht sehen.

Das hier sollte für heute ihre letzte Aufnahme sein, denn sonst würden sie Fionns Essen kalt werden lassen, was fast schon kriminell wäre. Ihr letzter Take für die nächste Zeit.

Plötzlich verspürte er nicht mehr die geringste Lust zu lächeln.

Seite an Seite saßen er und Maria an einem einfachen Tisch, den Cassia und Cyprian aus noch mehr angeschwemmtem Holz zusammengebaut hatten und auf dem dicht gedrängt all die Schätze lagen, die die Insel im Spätsommer zu bieten hatte. Der Countdown zum Aufnahmestart begann.

Und er beschloss, dass er heute Abend endlich sagen würde, was gesagt werden musste.

• ● •

Nach dem Abendessen wartete er, bis alle anderen in ihren Suiten verschwunden waren oder das Hotel verlassen hatten, um in ihre eigenen Unterkünfte zurückzukehren. Dann klopfte er zum ersten Mal überhaupt an Marias Tür.

Einen Moment später schwang sie auf, und Maria zog bei seinem Anblick die Stirn in Falten. «Peter? Geht es dir gut?»

Er wusste nicht, wie er auf diese Frage antworten sollte. «Darf ich reinkommen?»

Ohne zu zögern, führte sie ihn in ihre Suite. Dort sah er sofort, dass sie gerade für ihre Rückkehr nach Schweden am nächsten Tag gepackt hatte. Halb gefüllte Koffer lagen auf dem Boden, darunter einer mit ...

Verdammt, er brauchte echt keine Erinnerung daran, wie ihre Unterwäsche aussah.

«Wenn du Durst hast, ich habe Sprudelwasser in dem Minikühlschrank», sagte sie und winkte ihn zu der niedrigen Couch. «Oder ...»

«Es tut mir leid.»

Da. Da war es, endlich.

Sie schloss den Mund und blinzelte zu ihm hoch.

Er verlagerte sein Gewicht, zwang sich aber, den Blickkontakt zu halten. «Ich habe auf dem Parkplatz in L. A. eine Menge ätzender Dinge zu dir gesagt, und ich möchte, dass du weißt, dass ich falschlag, und ich will mich entschuldigen.»

Ein schadenfreudiges Lächeln breitete sich langsam auf ihrem ausdrucksstarken Gesicht aus.

Obwohl er stehen geblieben war, ließ sie sich auf das Sofa sinken und streckte sich dort gemächlich aus. Wie eine zufriedene Katze. Oder besser gesagt wie eine Königin, die im Vertrauen auf ihre eigene Macht ihren Platz einnahm.

Sie hob das Kinn, um ihn anzusehen. «Inwiefern lagst du falsch? Bitte sei etwas genauer.»

Ja, klar. Sie wollte noch den letzten Tropfen Reue aus seiner längst überfälligen Entschuldigung herauskitzeln, und er konnte es ihr nicht einmal verübeln. Er war echt ein Arschgesicht gewesen.

«Als du diese Rolle bekommen hast, hattest du in Sachen Fernsehen vielleicht noch keine Erfahrung, aber du warst keine Amateurin, was die Schauspielerei anging. Es ist Unsinn, dass ein Dreh mit dir meiner Karriere schaden könnte, und das wusste ich schon am Ende unseres ersten gemeinsamen Tages im Studio.» Er seufzte, dann erzählte er ihr den Rest. «Ich habe mir die Theater in Stockholm angeschaut, an denen du vorher gespielt hast, und sie sind beeindruckend. Ebenso wie die Aufnahmen von deinen Auftritten, die im Internet zu finden sind, auch wenn ich das ganze Schwedisch natürlich nicht verstanden habe.»

Damit hatte er ihr mehr Beweise für seine Besessenheit von ihr geliefert, als er vorgehabt hatte, aber sie verdiente es, das zu hören.

Sie stützte ihren Ellbogen auf die Armlehne des Sofas,

legte ihre Wange in die Hand und hob die Brauen. «Du hast mich gecyberstalkt. Wie schmeichelhaft.»

Er würde es nicht unbedingt *Cyberstalking* nennen. Er hatte einfach ... recherchiert. Ausgiebig. Hatte sich ihre Website angesehen, alle vorhandenen YouTube-Clips von ihren Auftritten, ihre Interviews und ihre Social-Media-Feeds der letzten fünf Jahre.

Was, ganz eindeutig, etwas anderes war als Cyberstalking.

Mit genügend Übung würde er sicher irgendwann in der Lage sein, seine eigenen Lügen zu glauben. Heute war es allerdings noch nicht so weit.

Wie auch immer. Es war besser, das Cyberstalking-Thema fallen zu lassen und den letzten Teil der Rede zu halten, die er den ganzen Abend über in Gedanken geprobt hatte.

«Dein Talent ist unbestreitbar, und du arbeitest hart.» Er schluckte gegen seine trockene Kehle an und sehnte sich plötzlich nach ihrem Sprudelwasser. «Du machst das Set jeden Tag zu einem besseren, fröhlicheren Ort.»

Ihr Gesicht wurde weicher und ihr Lächeln ganz sanft. «Lieb, dass du das sagst. Ich danke dir.»

Er war fest davon überzeugt, dass er eine Bereicherung für jede Produktion war, die ihn engagierte. Davon abgesehen: Wenn die Kameras nicht mehr liefen, blieb er an den meisten Sets ganz er selbst – auf die schlimmste Art und Weise.

Ruhig, fast schon mürrisch. Unfähig, sich in die Gruppe einzufügen. Er war ein Außenseiter, der sich so sehr an diesen Zustand gewöhnt hatte, dass er nicht einmal mehr versuchte, etwas daran zu ändern.

Maria hingegen ...

Sie war eine Mitternachtssonne, die jeden in ihre Umlaufbahn zog. Sie *strahlte*. Sie ließ alles um sie herum heller scheinen. Auch ihn.

Vielleicht hatte sie deshalb so verdammt viel Spaß, weil sie sich so wohl in ihrer eigenen Haut fühlte, immer. Und mit ihrer ungezwungenen Leichtigkeit und guten Laune, ihrer kompromisslosen Anziehungskraft hatte sie ihn immer wieder in Gespräche mit dem Rest der Crew hineingezogen. Und das hatte sie über Monate getan, sodass sich diese Gespräche nicht mehr wie Small Talk anfühlten, selbst wenn er über das blöde Wetter plauderte, denn er *kannte* die beteiligten Personen. Er *mochte* die Leute, um die es ging.

Und er könnte fast ...

Nein, er *würde* schwören, dass sie ihn auch mochten. Dass sie nicht nur nette Bekannte oder berufliche Kontakte waren, sondern seine ... Freunde?

Er unterhielt sich inzwischen auch ohne Maria mit ihnen, er tat es oft und es fiel ihm leicht. Sie hatte ihn auch gut gelaunt dazu gedrängt, dem Chat der anderen Cast-Mitglieder beizutreten, der manchmal eine absolute Shitshow war – Ian Dromm war ein totaler Idiot und stank offenbar nach Thunfisch? –, aber auch total lustig. Er *freute* sich richtig darauf, seine Mitstreiter bei diversen Presseterminen und auf Conventions persönlich zu treffen.

Sie hatte es ihm unmöglich gemacht, ihr gegenüber angepisst oder distanziert zu bleiben, und er durfte ihr die Entschuldigung, die sie schon vor Monaten hätte erhalten sollen, nicht länger verweigern. Und nachdem er diese nun ausgesprochen hatte, konnte er in ihrer Gegenwart zum ersten Mal seit langer, langer Zeit ohne schlechtes Gewissen durchatmen.

«Zum Glück ist das nicht nur lieb, sondern auch wahr.» Er schenkte ihr ein schwaches, aber ehrliches Lächeln. «Diese Serie kann sich glücklich schätzen, dich dabeizuhaben.»

Aus ihren braunen Augen beobachtete sie ihn genau. «Auch wenn ich für die Rolle nicht dankbar genug bin?»

Oh, verdammt.

Trotz all ihrer guten Laune und Entspanntheit konnte Maria so scharfsichtig sein wie ein Falke und so unerbittlich wie die Gezeiten. Sie vergaß nichts. Und wie immer hatte sie recht. Er bewunderte ihr Talent und ihren Einsatz, und er war eindeutig froh, ihr Co-Star zu sein, aber …

Sie war nicht so *hungrig*, wie er es war. Sie brauchte diesen Job – oder irgendeinen anderen Job – nicht so sehr wie er. Nach allem, was sie an jenem Abend im Hotelflur gesagt hatte, würde sie die Serie verlassen, wenn sie fand, dass die Rolle ihr nicht mehr zusagte. Ohne sich umzublicken und ohne Bedauern.

Auch ohne *Gods of the Gates*, auch ohne Schauspielkarriere, wäre ihr Leben erfüllt und glücklich. Sie wäre umgeben von ihrer liebenden Familie und treuen Freunden, die sie in ihrer Mitte aufnahmen. Die Regierung würde sie finanziell unterstützen, bis sie eine andere Arbeit fand, und er vermutete, dass sie auch in allem anderen, was sie tun würde, gut wäre.

Aber diese Serie, diese Chance, war alles für ihn.

Die Showrunner konnten sich glücklich schätzen, sie dabeizuhaben, ja. Das stimmte. Aber trotzdem war die Rolle in einer Blockbuster-Serie mit großem Budget ein Privileg, das den meisten talentierten Schauspielern vorenthalten blieb, und sie wusste das anscheinend nicht ausreichend zu schätzen. Die Chance nicht. Die berufliche Anerkennung nicht. Das Geld nicht. Den Ruhm nicht.

Also nein, sie war nicht dankbar genug. In diesem Punkt hatte er seine Meinung nicht geändert.

Und daher würde er ihre Frage nicht beantworten, denn er war kein Idiot.

«Du scheinst das Packen ja ziemlich ernst zu nehmen.» Er blickte sich im Zimmer um. «Hast du seit unserer Ankunft noch ein paar Koffer dazugekauft? Oder haben die sich einfach in den Tiefen deines Kleiderschranks vermehrt?»

Ihre zusammengekniffenen Augen verrieten ihm, dass sie den bewussten Themenwechsel bemerkt hatte. Aber nach einem Moment sanken ihre Schultern ein wenig herab, und sie ließ es gut sein.

«Da du derjenige warst, der meine Koffer über die Schwelle dieses Zimmers geschleppt hat, weißt du ganz genau, dass es noch genauso viele sind wie damals.» Sie grinste. «Außerdem gibt es in schwedischen Schulen einen sehr umfassenden Sexualkundeunterricht. Ich glaube von ganzem Herzen an Gepäckkontrolle und praktiziere immer safes Packen.»

Er warf einen demonstrativen Blick auf den nächstgelegenen Koffer. «Wenn du an Gepäckkontrolle glaubst, warum hast du dann so viele Koffer mitgenommen?»

«Snacks», sagte sie ohne jede Scham. «Viele, viele Snacks. Drei Koffer voll.»

Was zur Hölle?

«Du weißt schon, dass das hier nicht wirklich eine einsame Insel ist, oder? Und dass die Produktion dafür sorgt, dass wir etwas zu essen bekommen?» Er schaute sie verwirrt an. «Was hast du dir dabei gedacht?»

«Ich hatte wohl befürchtet, wir könnten Probleme mit der Lebensmittelversorgung bekommen», sagte sie vage und winkte dann ab. «Wie dem auch sei, möchtest du mal probieren, was die schwedischen Süßigkeitenregale zu bieten haben?»

Lieber würde er andere Dinge probieren, die Maria gehörten, aber Snacks waren auf jeden Fall sicherer. «Klar.»

Mit lässiger Anmut erhob sie sich von der Couch und verschwand in ihrem Schlafzimmer. Als sie zurückkam, hielt sie eine kleine gelbe Plastiktüte mit Zeichentrick-Tieren in der Hand. Die Tüte war mit einer Art nicht identifizierbarer schwarzer Süßigkeit gefüllt und mit schwedischen Wörtern beschriftet, und sie riss sie auf.

Als sie sie ihm hinhielt, betrachtete er vorsichtig den Inhalt. «Was ist das?»

«Stell dich nicht so an, Peter.» Sie schüttelte die Tüte ungeduldig. «Das ist in Schweden eine der beliebtesten Süßigkeiten. Nimm eins.»

Na ja, zehn Millionen Schweden konnten sich nicht irren. Ohne weitere Widerrede steckte er sich ein unförmiges Stück in den Mund und kaute.

Dann spuckte er das Teil auf den Boden, denn –

«Heilige Scheiße!», rief er. «Was zum Teufel, Maria?»

«Der A-Ausdruck auf deinem G-Gesicht.» Sie beugte sich vor und gackerte unkontrolliert. «O Scheiße, der *Ausdruck* auf deinem *Gesicht*!»

Alles Sprudelwasser der Welt wäre nicht genug, aber er schnappte sich trotzdem eine Flasche aus ihrem Minikühlschrank und leerte die Hälfte davon in einem Zug. Als das nicht half, eilte er in ihr Badezimmer und rieb sich einen Klecks geklauter Zahnpasta auf die Zunge.

Normalerweise würde er die Zahnpasta wieder ausspucken, aber heute nicht. Er wollte nicht riskieren, dass der Geschmack dieser Süßigkeit seine Geschmacksknospen zurückeroberte.

«Was war das – diese *Abscheulichkeit*?» Er deutete anklagend auf den halb zerkauten Klumpen auf dem Holzboden. «Willst du mich *vergiften*?»

Sie verdrehte die Augen zur Decke, gluckste aber immer noch. «Das ist Salzlakritze. Viele Schweden lieben es, aber die meisten Leute aus anderen Ländern ... nicht so sehr.»

«Du lebst in einem Land voller Monster», verkündete er.

«Was habe ich dir vorhin gesagt, Reedton?»

Ihr Lächeln war so strahlend, dass es ihn blendete, und sie beugte sich zu ihm vor. So nah, dass er einen Hauch des Himbeerdesserts, das sie beim Abendessen genossen hatte, riechen und die goldenen Flecken in ihren braunen Augen zählen konnte.

Er starrte sie an, zu überwältigt von einem verdammt heftigen Verlangen, um ihr antworten zu können.

«Die Rache ist mein», flüsterte sie, dann tippte sie ihm unter das Kinn. «Wie ihr Amerikaner sagt: Leg dich mit dem Pippi-Stier an, und du bekommst seine Pippi-Hörner zu spüren, *Skitstövel.*»

Sie war verrückt. Hinreißend, aber verrückt.

Und es spielte keine Rolle, wie sehr er sie berühren wollte. Er konnte es nicht.

Selbst wenn er seine anderen, sehr ernsten Bedenken außer Acht ließ, sie hatte ihn schon einmal zurückgewiesen, und einmal war genug. Bevor sie seine Selbstbeherrschung also noch weiter schwinden ließ, sammelte er den ekligen Süßigkeitenklumpen mit einem Taschentuch vom Boden auf und ging zur Tür.

«Ich sollte besser selbst packen, vor allem, weil mein Flug so früh geht», sagte er. «Ich schätze, wir werden uns morgen nicht mehr sehen, also ...»

Er umarmte sie nicht und schüttelte ihr auch nicht die Hand, denn er war nicht so dumm, sie jetzt anzufassen. Nicht, wenn sie nachts allein in ihrem Hotelzimmer waren.

«Auf Wiedersehen, Maria.» Er verließ ihre Suite mit der gebotenen Eile und blieb in gebührendem Abstand vor ihrer Tür stehen. «Gute Reise. Wir sehen uns im November.»

Ihre Fingerknöchel waren weiß, weil sie den Türrahmen umklammert hielt, aber ihr Lächeln war so fröhlich wie immer. «Die wünsche ich dir auch, Peter. *Hej då.*»

Nachdem sie den Abschied sicher hinter sich gebracht hatten, drehte er sich um und ging ohne ein weiteres Wort davon.

Er hatte es geschafft, nicht zu sagen, dass er sie furchtbar vermissen würde. Gut. Sie musste das nicht wissen.

Er hätte es am liebsten auch nicht gewusst.

FAN THIRST

Das heißeste Magazin über die heißesten Promis

Kurvig und selbstbewusst:
Der neue *Gods of the Gates*-Star Maria Ivarsson enthüllt alles!

Als die Showrunner Ron Acheson und R.J. Nullman vor zwei Jahren damit begannen, die Bestseller-Fantasy-Serie der Autorin E. Wade zu adaptieren, beschlossen sie, einige Schlüsselfiguren wegzulassen.

«Wir haben befürchtet, dass die Serie ohne Kürzungen zu sehr ausufern könnte», sagt Nullman. «Wir wussten, dass einige Fans gegen diese Entscheidung protestieren würden, aber wir waren definitiv nicht darauf vorbereitet, dass Cyprian und Cassia unter Wades Leserinnen und Lesern Kultstatus genießen.»

Sobald die Ausstrahlung der ersten Staffel begonnen hatte und die Abwesenheit des schiffbrüchigen Paares offensichtlich wurde, reagierte Wades Anhängerschaft. Die Fans von Cyprian und Cassia – von der Autorin geschaffene Figuren, die in der römischen Mythologie nicht zu finden sind – verfassten Petitionen. Sie demonstrierten vor dem Produktionsstudio in Kanada. Sie starteten sehr erfolgreiche Social-Media-Kampagnen, in denen sie forderten, dass die beliebte Enemies-to-Lovers-Geschichte aus der Buchreihe in die Serie aufgenommen wird.

Daraufhin erweiterten Acheson und Nullman den Cast der zweiten Staffel um zwei neue Darsteller: den langjährigen Charakterdarsteller Peter Reedton und die schwedische Theaterschauspielerin Maria Ivarsson. Diese Besetzung sorgte in ganz Hollywood für Aufsehen, und das nicht nur, weil sich die Macher der Serie den Forderungen der Cyprian/Cassia-Fangemeinde beugten.

«Ron und R.J. haben zwei dicke Schauspieler für Figuren gecastet, die in den Büchern ursprünglich nicht als dick beschrieben wurden», erklärt Ivarsson. «Das passiert sonst nie, und den Serien-Machern gebührt für ihre Entscheidung große Anerkennung. Das ist ein echter Schritt nach vorn in Sachen *Body Diversity* in Hollywood. Ich freue mich besonders darüber, weil Fat Acceptance ein wichtiges Thema für mich ist, wie die Menschen, die meinen Social-Media-Accounts folgen, bestätigen können. Und natürlich ist es eine Ehre, an der Seite eines so versierten Schauspielers wie Peter zu spielen und in einer Serie dabei zu sein, die bei den Zuschauerinnen und Zuschauern bereits so beliebt ist.»

Das Publikum hat Cassia bisher noch nicht auf dem Bildschirm gesehen – die zweite Staffel der Serie wird gerade gedreht –, aber Ivarsson ist bereits ein Social-Media-Star mit Millionen von Followern auf ihren verschiedenen Accounts, und über Nacht ist sie zu einer Symbolfigur für Body Positivity geworden.

Diese Rolle nimmt sie mit ganzem Herzen an und hat volles Vertrauen in ihren eigenen natürlichen Sexappeal. Als *Fan Thirst* sie darum bat, für unser Oktober-Cover zu modeln, zögerte sie nicht – auch nicht, als wir sie fragten, ob sie für unsere Leserinnen und Leser alles zeigen würde.

«‹Passt nur auf, dass ich nicht verhaftet werde›, habe ich gesagt», meint sie lachend. «Ansonsten hatte ich keine Bedenken. Ich bin nicht schüchtern, und ich liebe meinen Körper. Außerdem freue ich mich über die Aufmerksamkeit, die das Cover möglicherweise erregen wird, denn ich möchte wirklich, dass Ron und R.J. die Anerkennung bekommen, die sie für eine so zukunftsweisende Casting-Entscheidung verdienen.»

Die Polizei wird in naher Zukunft nicht vor ihrer Tür stehen, denn unser Fotograf hat Ms Ivarsson äußerst gewissenhaft in Szene gesetzt. Zumindest werden die Gesetzeshüter nicht an ihre Tür klopfen, um sie zu verhaften.

Aber vielleicht werden sie sie um ein Autogramm bitten, und das aus gutem Grund. Maria Ivarsson ist eine sinnliche Schönheit und ein kommender Star, wie das Cover dieses Monats so unverhüllt zeigt.

Auf unserer Website finden Sie Cover-Alternativen und die Top Ten von Ivarssons witzigsten und lesenswertesten Social-Media-Posts!

7

«WER IST SONST schon hier?», fragte Maria Conor mit einstudierter Lässigkeit, als sie ihren schweren, altmodischen Zimmerschlüssel entgegennahm. «Ramón? Nava?»

Die sommersprossige Nase des Hotelbesitzers kräuselte sich auf charmante Weise, als er lächelte. «Du bist die Letzte, Maria-My-Dear. Dieselben Zimmer wie beim letzten Mal.»

«Gut.» Sie warf ihren Zimmerschlüssel in die Luft, fing ihn in einer schwungvollen Bewegung wieder auf und zwinkerte Conor zu. «Ich habe gern Publikum, wenn ich einen großen Auftritt hinlege.»

Er kicherte und schickte sie in Richtung ihres Zimmers, nachdem er sich noch einmal vergewissert hatte, dass sie keine Hilfe beim Tragen ihrer Koffer brauchte. Natürlich wollte sie eigentlich Hilfe. Aber nicht von Conor, und auch nicht, weil sie wirklich welche brauchte.

Sie brauchte einfach eine Ausrede, um Peter sofort zu sehen.

Nachdem sie mehrmals den Flur rauf und runter gelaufen war, hatte sie ihr gesamtes Gepäck vor ihrer Suite aufgestapelt. Zehn schnelle Schritte brachten sie zu seiner Tür, und sie klopfte fest an.

Es dauerte eine Minute, bis er antwortete, so lange, dass sie vor Ungeduld auf den Zehenspitzen wippte. Doch als die Tür dann aufschwang, zeigte sie sich als die begabte Schauspielerin, die sie war; sie tat so, als wäre sie ganz ruhig, und winkte zur Begrüßung.

«Peter!» Ihr gieriger Blick verschlang ihn, vom gewellten

dunklen Haar bis zu den großen nackten Füßen. «Könntest du mir vielleicht helfen, meinen Koffer auf die Gepäckablage zu stellen?»

Normalerweise lief Maria Männern nicht so hinterher. Nicht mehr.

Aber sie waren viel zu lange auf verschiedenen Kontinenten gewesen. Nach dem Spätsommerfestmahl von Cassia und Cyprian nahm die Serie die Geschichte der beiden erst wieder auf, als die unbarmherzige Kälte des Winters ihr Land in eine trostlose und nahrungsarme Gegend verwandelt hatte, weshalb die Dreharbeiten für drei endlose Monate unterbrochen worden waren.

Und sie hatte ihn an jedem Tag, an dem sie getrennt waren, vermisst. *Alles* an ihm. Diese aufmerksamen braunen Augen. Diesen Brustkorb, der wie eine Wand war. Sein raues Lachen. Diese unerschöpfliche Kraft, die jeden seiner Schritte antrieb, und den wachen Verstand, der seine talentierte Zunge schärfer machte. Und jetzt, jetzt ...

War er da. Ihr sexy Monolith von einem Wikinger.

Nur war er natürlich nicht ihrer. Und das, obwohl sie in den Monaten, in denen sie getrennt waren, sicher ein Dutzend potenzieller Liebhaber abgewiesen hatte, weil sie jedes Mal, wenn sie die Augen schloss, um jemanden zu küssen, sein Bild auf der Innenseite ihrer Lider sah. Letztendlich hatte sie also niemanden geküsst. Sie hatte sich nicht verabredet. Sie hatte ihre Zeit mit ihren Freunden und ihrer Familie verbracht und ihre sexuellen Bedürfnisse mit der sehr kompetenten Hilfe ihrer verschiedenen Spielzeuge befriedigt.

Wenn etwas mehr Zeit vergangen wäre, könnte sie über diesen untypischen Ausbruch von Sentimentalität ihm gegenüber hinwegkommen. Nur ... jetzt noch nicht.

«Hallo, Maria.» Er lehnte sich mit einem trägen Lächeln an den Türrahmen, Füße und Arme verschränkt. «Mir geht's gut. Danke der Nachfrage.»

Sie hob die Brauen. «Also bist du jetzt ein Fan von Small Talk? Gut zu wissen.»

«In deiner Abwesenheit bin ich ein Ausbund an Höflichkeit und guten Manieren geworden.» Er runzelte die Stirn in gespielter Verwirrung. «Aus irgendeinem Grund ist es viel einfacher, nett zu sein, wenn du nicht da bist.»

Sie schnippte absichtlich mit den Fingern, um ihn zu provozieren. «Weniger plaudern, mehr Gepäck tragen, *Skitstövel.*»

«Verzogene Göre.» Er stieß sich vom Türrahmen ab und schüttelte den Kopf. «Lass es mich anders ausdrücken: Aus irgendeinem Grund ist es viel einfacher, nett zu Leuten zu sein, wenn sie einen nicht als Scheißstiefel bezeichnen.»

Aber seine Schultern bebten vor unterdrücktem Lachen, als er an ihr vorbeitrat, so nah, dass sie die Wärme seiner Haut spüren konnte, und dann packte er die Griffe ihrer beiden größten Koffer.

Grinsend schloss sie ihre Tür auf, die Erschöpfung vom Reisetag war plötzlich verflogen. «Ich habe dich auch vermisst, Peter.»

Nachdem er das Gewicht des schwersten Koffers geprüft hatte, seufzte er. «Noch mehr eklige Snacks?»

«Na klar», erwiderte sie fröhlich.

Mit einer Art grunzendem Geräusch hievte er die Koffer über die Schwelle. Nachdem sie ihr Handgepäck hineingerollt hatte, brachte er das letzte Gepäckstück ins Zimmer und stellte alle Koffer auf die Couch und die Gepäckablage, damit sie beim Auspacken alles in Reichweite hatte.

Er streckte seine Hand aus, mit der Handfläche nach oben, und sie starrte sie verwirrt an.

«Willst du ...» Sie legte den Kopf schief. «Willst du einen Händedruck? Oder ein Low-Five?»

Seine Finger bewegten sich in stummer Aufforderung. «Ich warte auf mein Trinkgeld.»

Sie schnaubte. «Da habe ich einen Tipp für dich: Lass dich immer im Voraus bezahlen. Sonst nutzen skrupellose Ausländer deine Höflichkeit und guten Manieren aus.»

Das war's.

Sein Lachen erfüllte ihre Suite. Sie sah, wie sich sein Gesicht vor Vergnügen verzog, und fragte sich – wie sie es während der Drehpause immer wieder getan hatte –, ob er ihr vielleicht eines Tages eine echte gemeinsame Zukunft bieten könnte. Wenn nicht jetzt, dann eben nächsten Monat oder auch nächstes Jahr.

Soweit sie das beurteilen konnte, hatte er sein Leben bisher fast ausschließlich seinem Beruf gewidmet. Aber das konnte sich ändern. Er konnte sich ändern, und seine Prioritäten auch.

Eine Karriere war schön und gut. Aber die Arbeit konnte ihn nicht so zum Lachen bringen, wie sie es tat.

Und wenn er sie ließ, wollte sie ihm das zeigen. Und sie würde jetzt damit anfangen.

• • •

Ihr erster Tag am Set verlief großartig.

Alle wirkten energiegeladen, hatten große Lust, an die Arbeit zurückzukehren, und freuten sich darauf, sich wieder zu ihrer kleinen, eng verbundenen Crew aus Freunden und Kollegen zusammenzufinden. Sie kamen schnell in einen vertrauten Rhythmus, auch wenn sie an einem neuen Drehort drehten, den sie in den nächsten Jahren wahrscheinlich noch oft aufsuchen würden.

Im Drehbuch für diese Folge entdeckten Cassia und Cyprian endlich das Tor zur Unterwelt auf der Insel, und zwar auf einer zerklüfteten Klippe, mehr als hundert Meter über den tosenden Wellen des Atlantiks. Der späte Novemberwind heulte. Der kalte Regen peitschte.

Sicher, es war verdammt ungemütlich, dort zu drehen, aber es war ein Schlüsselmoment. Dramatisch. Die Art von Szene, die Maria am meisten mochte.

In Wirklichkeit war das vermeintliche Tor zum Tartaros nur ein kleines Loch im Fels, das von der Spitze der Klippe bis zum Meer hinunter reichte und aus dem bei jedem lauten Krachen der Brandung gegen den hoch aufragenden Kalkstein ein neuer Schwall von eiskaltem Wasser stob. Nachdem die Special-Effects-Leute die Szene bearbeitet hatten, würde das Loch jedoch größer und unheilvoller wirken. Das herausschießende Meerwasser würde zu Dampf werden. Sie stellte sich vor, dass ein verdammt gruseliger Soundtrack Cyprians und Cassias Entdeckung begleiten würde.

Und obwohl sie froren, gaben sie und Peter in ihren Rollen ihr Bestes.

Als Ramón und Nava zufrieden waren, zitterten alle vor Kälte, aber das gute Ergebnis ließ ihre Augen glänzen. In Anbetracht der Wetterbedingungen hatten sie die Erlaubnis erhalten, mit einem Van zurück in die verschiedenen Unterkünfte zu fahren, und sie genossen die Wärme im Wagen, unterhielten sich und setzten ein Crew-Mitglied nach dem anderen ab.

Dann bekam Ramón einen Anruf auf seinem Handy. Nach ein paar Sekunden erstarb sein Lächeln.

«Bist du sicher, dass ...», begann er, aber der Anrufer unterbrach ihn.

Peter lenkte Marias Blick diskret auf sich und deutete mit einer stummen Geste in Richtung des Regisseurs. Sie zuckte mit den Schultern und breitete die Hände aus.

Nach einer weiteren Minute nickte Ramón, die Stirn in tiefen Falten. «Okay.»

Er beendete das Telefonat und musterte einen Moment lang den genoppten Teppich des Vans, während das Fahrzeug in Richtung ihres Hotels tuckerte. Schließlich sah er mit angespanntem Kiefer erst Maria und dann Peter an.

«Wenn wir wieder in unseren Suiten sind, habt ihr beide ein virtuelles Meeting mit Ron. Gleich nachdem ihr angekommen seid.» Seufzend fuhr er sich mit einer Hand durch sein dunkles, nasses Haar. «Ich würde gerne dabei sein, aber ich kann nicht.»

Peter runzelte die Stirn. «Was ist los?»

«Ich sollte euch das eigentlich nicht sagen, aber ...» Ramón verstummte, seine Lippen dünn und weiß. «Ihr solltet vorbereitet sein.»

Das klang ja mal überhaupt nicht bedrohlich.

«Ich dachte, Ron und R.J. hätten die Idee fallen gelassen. Nur fürs Protokoll: Ich habe mich dagegen ausgesprochen, und Nava auch.» Der Regisseur und die Herstellungsleiterin sahen sich an, und Nava senkte das Kinn und biss sich auf die Lippen. «Die Showrunner wollen besonders dramatisch zeigen, wie Cyprian und Cassia über den Winter hungern müssen.»

Oh. *Oh. Darum* ging es also bei diesem Meeting.

Keine große Überraschung, wirklich. Ein Teil von ihr hatte vom ersten Tag an gewusst, dass es so kommen würde. Und als Peter einen Moment später scharf einatmete, wusste sie, dass auch er es kapiert hatte.

Er hatte ihr einmal gesagt, dass es ihm egal sei, warum die Serienmacher dicke Schauspieler als Cassia und Cyprian ausgewählt hatten. Dann, nur wenige Augenblicke später, hatte er gesagt, sie seien kein Team und würden am Set nicht zusammenhalten.

Na ja, wenn sie wissen wollte, ob sich Peters Prioritäten seit diesem ätzenden Gespräch auf einem Parkplatz in L. A. verschoben hatten, war jetzt wohl der richtige Zeitpunkt.

«Ich würde mehr sagen. Wirklich.» Ramón kniff sich in den Nasenrücken. «Es ist nur so, dass Ron verlangt hat ...»

«Ist schon gut.» Sie beugte sich zu ihm hinüber und tätschelte ihm tröstend den Arm. «Wir verstehen das.»

«Da wärt ihr die einzigen», murmelte Nava mit harter Miene. «*Fuck.*»

Den Rest der Fahrt sprach Peter nicht mehr mit ihr und sah sie auch nicht mehr an, aber das war in Ordnung. Die bevorstehende Entscheidung *sollte* ihn zum Grübeln bringen. Auch sie dachte angestrengt nach, trug ihre verschiedenen Argumente zusammen und begutachtete die Vorarbeit, die sie seit Monaten geleistet hatte, um sich auf den heutigen Tag vorzubereiten. Sie hatte vor, jeden Kampf, auf den sie sich einließ, auch zu gewinnen.

Als sie das Hotel betraten, legte Ramón ihr eine Hand auf die Schulter, drückte sie und schüttelte sie ein wenig, dann tat er dasselbe bei Peter, bevor er in seiner Suite verschwand. Ein nonverbales Zeichen der Unterstützung, und sie wusste die Geste zu schätzen.

Auf der Hälfte des Hotelflurs schloss Peter seine eigene Zimmertür auf und stieß sie so heftig auf, dass sie gegen die Wand schlug.

«Wir können mein Handy benutzen», sagte er schroff und hielt ihr die Tür auf, ohne Blickkontakt herzustellen. «Ich hol dir ein Handtuch und mache Feuer.»

Hatte er tatsächlich vor, *jetzt sofort* mit Ron zu reden? Wollte er dem unsinnigen Befehl des Showrunners wirklich Folge leisten wie ein geprügelter Hund, der von seinem Herrchen herbeigepfiffen wurde?

«Peter ...» In ihrem kurzen, scharfen Lachen lag kein Humor. «Peter, wir sollten uns unterhalten, bevor wir mit Ron sprechen. Außerdem waren wir *den ganzen Tag* draußen, und ich brauche eine heiße Dusche, bevor wir irgendetwas anderes machen.»

Sein Kiefer zuckte, und er bewegte sich nicht von der Tür weg. «Ramón hat gesagt, wir sollen sofort anrufen.»

«Ich zittere gerade im wahrsten Sinne des Wortes vor Kälte.» Sie sprach deutlich und betonte jede Silbe. «Du auch. Und wir wissen beide, dass dieses Meeting auch zwanzig Minuten warten kann.»

Als er nicht antwortete, sich nicht vom Fleck rührte oder ihr recht gab, zerbrach etwas in ihr.

Sie schloss für einen Moment die Augen und nickte dann. «Also gut. Ich werde nicht duschen. Aber erst mal müssen wir reden.»

Sie betraten sein Zimmer, und sie setzte sich auf sein Sofa und wartete, während er das schnellste und erbärmlichste Feuer der Welt machte. Als er ihr ein Handtuch reichte, trocknete sie sich ab, so gut sie konnte. Doch fast sofort tropfte es aus ihrem nassen Haar wieder auf ihren gesteppten Parka, und mit zitternden Fingern raffte sie die klatschnassen Strähnen zu einem einzigen Strang zusammen.

Er seufzte und setzte sich neben sie. «Maria, lass uns einfach ...»

«Du wusstest doch, dass sie uns früher oder später bitten würden, abzunehmen, oder?» Sie drehte das Handtuch ein, um ihr Haar auszuwringen, und wandte sich zu ihm um. «Ich meine, warum sollten sie sonst zwei fette Schauspieler für Figuren nehmen, die jahrelang auf einer kalten, einsamen, windgepeitschten Insel gestrandet sind? Die einzigen fetten Schauspieler, wohlgemerkt, in der gesamten Besetzung, obwohl unsere Figuren in den Büchern nicht als fett beschrieben werden. Es gab einen Grund, warum sie uns fett haben wollten, und da wir nicht Hänsel und Gretel sind, war dieser Grund nicht, dass sie uns zum Abendessen servieren wollten.»

Peter schloss die Augen, und die Falten um seinen Mund wurden mit jedem Moment tiefer. «Natürlich wusste ich, dass sie wollen, dass wir abnehmen. Ich bin kein Idiot.»

Er hatte also von Anfang an erkannt, was man von ihnen

verlangen würde. Sie auch – aber das konnte er nicht wissen. Warum also hatte er sie nicht gewarnt? Wenn nicht in L. A., dann später, als er seine Feindseligkeit ihr gegenüber überwunden hatte? Nachdem sie Freunde geworden waren?

«Ich kann nicht glauben, dass du nicht ...» Sie schüttelte heftig den Kopf, ihre Hände zitterten vor Kälte. «Schon gut. Dafür haben wir jetzt keine Zeit. Das Wichtigste ist Folgendes: Als mein Agent und Filip am Tag des Castings meinen Vertrag durchgesehen haben, sollten sie darauf achten, ob irgendetwas in der Formulierung uns dazu verpflichten würde, abzunehmen, wenn wir dazu aufgefordert werden. Sie sagten, dass eine Gewichtsabnahme laut meinem Vertrag rechtlich nicht durchsetzbar ist. Wahrscheinlich sieht es in deinem genauso aus, obwohl sie das nicht genau sagen konnten, ohne ihn gesehen zu haben.»

Er öffnete seine dunklen Augen und starrte ausdruckslos ins Feuer.

Also schön. Wenn er nicht reden wollte ... Sie hatte sowieso noch mehr zu sagen. «Wenn Ron uns bittet, um des Dramas willen zu hungern, werde ich ablehnen. Ich kann mir vorstellen, dass er nicht begeistert sein wird, und wenn sie mich deswegen feuern wollen, gut. Das ist mir lieber als die Alternative.»

Langsam wandte er sich ihr zu. Mit zusammengezogenen Augenbrauen starrte er sie an, als hätte sie soeben angekündigt, für den Rest ihres verkorksten Lebens nichts anderes als *Surströmming* zu essen – fermentierten Hering, eine bekannte stinkende schwedische Delikatesse mit einer wirklich verstörenden Konsistenz.

«Darum hast du all diese Snacks eingepackt», sagte er. «Um ihnen zu trotzen, falls sie versuchen sollten, uns nicht mehr genug zu essen zu geben.»

Sie legte den Kopf schief. «Natürlich.»

Als er nichts mehr sagte, legte sie ihr Handtuch beiseite,

berührte seinen Unterarm mit ihrer Hand und versuchte, ihn zu überzeugen.

«Damals auf dem Parkplatz hast du gesagt, ich sei auf mich allein gestellt. Aber Peter, wir hätten mehr Macht, wenn wir in dieser Sache zusammenstehen würden», sagte sie und rüttelte sanft an seinem Arm. «Wenn wir uns beide weigern ...»

«Ich werde den Showrunnern *nichts* verweigern.» In seiner Stimme klang keinerlei Unentschlossenheit mit. Kein Zögern. «Ich brauche diese Rolle, und ich bin bereit, Opfer zu bringen, um sie zu behalten.»

Verblüfft öffnete sie den Mund, doch sie war sprachlos.

Mit einer ruckartigen Kopfbewegung deutete er auf das Handy, die Lippen zusammengepresst. «Können wir Ron jetzt anrufen?»

Sie hielt inne, bevor sie wieder etwas sagte. Es dauerte länger, als ihr lieb war, die richtigen Worte auf Englisch zu finden, aber ihr Anliegen war zu wichtig, um es unklar zu lassen.

«Peter. Hör mir zu.» Sie beugte sich vor, bis sein Gesicht nur noch wenige Zentimeter von ihrem entfernt war, denn er sollte genau aufpassen. «Siehst du nicht, was das, was sie von uns verlangen, langfristig für Auswirkungen haben könnte? Hast du nicht von den Leuten gelesen, die an diesen schrecklichen Abnehmsendungen im Fernsehen teilnehmen, und von den irreversiblen Schäden, die sie ihren Körpern zugefügt haben?»

Die Falten in seinen Augenwinkeln wurden durch ein winziges, kaum wahrnehmbares Zucken etwas tiefer, aber ansonsten hätte sein Gesicht genauso gut auf einem Runenstein der Wikinger eingemeißelt sein können.

«Du solltest das wissen, Peter. Du *musst* wissen, was passieren wird.» Mit gerunzelten Augenbrauen kämpfte sie gegen den Drang an, seinen Arm erneut zu schütteln, dieses Mal viel, viel fester. «Dein Körper wird dich anschreien, mehr zu essen, damit du dein ursprüngliches Gewicht wieder erreichst. Du wirst die ganze Zeit hungrig sein. *Die ganze Zeit*. Und wenn du hungerst, bringst du deinen Stoffwechsel durcheinander, und er wird nie wieder derselbe sein. *Nie wieder*. Denn dein Körper wird denken, dass du wirklich Hunger leidest, und alles verdammt langsam machen, dauerhaft.»

Aus diesen und vielen anderen Gründen hatte sie sich schon vor langer Zeit dazu entschlossen, mit ihrem Gewicht gesund und stark zu bleiben, anstatt sich auf das Abnehmen zu konzentrieren. Zu Hause in Schweden hatte sie sogar manchmal Vorträge zu diesem Thema gehalten. Und wenn die Rolle der Cassia ihren Bekanntheitsgrad steigerte und ihr eine größere Plattform bot, würde sie das mit Freuden ausnutzen und so viele Menschen wie möglich über das Thema aufklären.

Wie es aussah, musste sie bei ihrem sexy Idioten von einem Kollegen anfangen – Peter Reedton.

«Wenn du zu schnell abnimmst, kannst du damit deine inneren Organe schädigen, das Herz eingeschlossen. Wenn du mir nicht glaubst, schicke ich dir Links zu verschiedenen Artikeln aus vertrauenswürdigen Quellen.» Sie drückte seinen Arm, um ihren Worten Nachdruck zu verleihen. «Du kannst nicht einfach den Körper wechseln, so wie du die Rollen wechselst, Peter. Wenn du das tust, schadest du dir ein Leben lang, und das ist kein Job wert. Keiner.»

Man musste ihm zugutehalten, dass er zuzuhören schien. Er nahm sich sogar eine Minute Zeit, bevor er antwortete.

Dann sagte er einfach: «Es tut mir leid, Maria, aber ich bin anderer Meinung. Für kleinere Rollen würde ich es nicht tun. Aber für diese ...»

Er zuckte mit den Schultern, und wie es aussah, war's das. Das war alles, was er zu diesem Thema zu sagen hatte.

Ah. Jetzt verstand sie wirklich.

Die Arbeit war ihm wichtiger als alles andere. So wie anscheinend vielen Amerikanern, wahrscheinlich weil sie nicht wirklich ein Sicherheitsnetz hatten, für den Fall, dass sie ihre Arbeit verloren.

Aber das hatte sie bei ihm schon vermutet, nicht wahr?

Eine Sache war ihr allerdings bis zu diesem Moment noch nicht bewusst gewesen: Es würde sich nicht ändern. *Er* würde sich nicht ändern. Nicht jetzt, nicht nächsten Monat, nicht nächstes Jahr.

Die Arbeit war das, was ihn antrieb. Das, was ihm am meisten bedeutete. Wofür er lebte und wofür er vielleicht sogar sterben würde. Nicht Freundschaft oder Liebe oder gute Taten. Nicht Glück. Nicht einmal sein eigenes körperliches Wohlbefinden.

Jetzt wusste sie: Ihr erster Eindruck hatte sie nicht getäuscht. Peter würde sie nie glücklich machen können, weil sie für ihn nie oberste Priorität haben würde. Ihre Bedürfnisse, ihr Wohlergehen würden immer höchstens an zweiter Stelle stehen – hinter seiner Karriere. Und im Gegensatz zu ihm war ihr ihr eigenes Glück wichtig, also würde sie sich nicht mit weniger zufriedengeben als mit der Art von Beziehung, die sie sich wünschte. Selbst wenn das bedeutete, dass sie Peter nie wieder in ihrem Bett haben würde. Selbst wenn das bedeutete, dass sie vielleicht für den Rest ihres Lebens Single bleiben würde.

Vorsichtig, Finger für Finger, löste sie ihre Hand von seinem Arm.

Dieses Gespräch war nicht so verlaufen, wie sie gehofft hatte, aber das war in Ordnung. Sie hatte trotzdem wertvolle Dinge erfahren.

Als sie seine Körperwärme nicht mehr spürte, zitterte sie wieder. Peters Stirnrunzeln vertiefte sich. «Ich habe es mir anders überlegt. Geh duschen, bevor wir Ron anrufen.»

«Schon okay.» Jedes ihrer Glieder fühlte sich vor Enttäuschung schwer an, und sie konnte sich nicht mehr dazu durchringen, ihn direkt anzuschauen. «Bringen wir es hinter uns.»

«So stur», murmelte er, seine Stimme rau und unglücklich, aber er legte sein eigenes Handtuch beiseite, und innerhalb weniger Augenblicke tauchte Ron im Display von Peters Handy auf.

Der Showrunner wollte natürlich, dass sie anfingen, Gewicht zu verlieren. Und zwar schnell.

«Weil Cyprian und Cassia über den Winter so wenig zu essen haben», erklärte er leichthin. «Das ist eine hervorragende Gelegenheit, deutlich zu machen, wie hart ihre Lebensbedingungen auf der Insel sind und welch extrem hohen Einsatz sie für ihre Partnerschaft erbringen müssen. Wenn sie nicht in vollem Umfang zusammenarbeiten, werden sie verhungern, und indem wir zeigen, wie ihr beide immer dünner werdet, werden wir dem Publikum diese Geschichte auf die allerwirkungsvollste Weise verkaufen. Ab morgen werdet ihr ...»

«Nein», sagte Maria.

Rons Kinn zuckte überrascht zurück, wodurch er aussah wie eine Schildkröte. Eine sehr dickliche Schildkröte. «Wie bitte?»

«Ich habe meinen Vertrag bereits von meinem Agenten und meinem Anwalt überprüfen lassen, und es steht nichts darin, was mich rechtlich dazu verpflichten würde, eine Diät zu machen oder abzunehmen.»

Sie wartete nicht auf Peters Reaktion und sah ihn auch nicht an. Es war allein ihre Antwort, und sie hing nicht von seiner ab, die Konsequenzen würde sie allein tragen. Auch wenn sie immer noch hoffte, dass er seine Haltung zu diesem Thema in den letzten, sagen wir, dreißig Sekunden geändert hatte.

Rons blasse Augen wurden hart. «Du hast natürlich das Recht, meine Anweisung zu verweigern, Maria. Genauso wie ich das Recht habe, die Rolle der Cassia neu zu besetzen. Und zwar sofort, wenn es nötig ist.»

«Natürlich hast du das.» So vorhersehbar, diese Antwort. So vorhersehbar – und so enttäuschend. «Allerdings hat dein Memo letzte Woche angedeutet, dass ihr mit den Dreharbeiten für diese Staffel aufgrund von Problemen an anderen Drehorten bereits in Verzug seid und die Kosten das Budget übersteigen. Könnt ihr es euch wirklich leisten, die Zeit und das Geld zu investieren, die nötig wären, um die Arbeit hier komplett zu stoppen, damit ihr eine andere Schauspielerin für meine Rolle finden, sie auf die Insel bringen, sie ausstatten und sie angemessen auf die Rolle vorbereiten könnt?»

«Ich bin sicher ...» Er schluckte sichtlich, und ein wütendes Rot kroch unter dem Kragen seines Button-down-Hemdes hervor. «Ich bin sicher, dass wir das schaffen könnten.»

Sie legte den Kopf schief. «Na gut. Dann will ich dir eine andere Frage stellen. Ist dir nicht aufgefallen, wie viel positive Publicity ihr dafür bekommen habt, dass ihr dicke Schauspieler in eurer Serie einsetzt? Glaubst du wirklich, dass ihr von diesen Schauspielern verlangen könnt, sich deutlich sichtbar herunterzuhungern, ohne dass darauf ein furchtbarer, extrem öffentlicher Shitstorm folgen wird? Ich bin eine Symbolfigur der Body-Positivity-Bewegung, mit einer beachtlichen Social-Media-Reichweite, und wenn ich gefeuert werde, weil ich mich geweigert habe, eine Diät zu machen, dann wird die Hölle los sein, Ron, und ich werde nicht diejenige sein, die dafür an den Pranger gestellt wird. Sondern du. Und die Serie.»

Peter neben ihr war ruhig und still. Sehr, sehr still.

Wenn er sich für sie und für sich selbst einsetzen wollte, wäre dies ein hervorragender Zeitpunkt.

Eine Ader an Rons Schläfe begann deutlich sichtbar zu pochen. «Es würde keinen Sinn machen, wenn du und Peter euer jetziges Gewicht beibehaltet, Maria. Cassia und Cyprian sind auf einer verdammten einsamen Insel fast ohne jede Vegetation, und es ist *Winter*. Sie würden abnehmen. Sie *müssen* abnehmen. Wenn sie *nicht abnehmen*, verliert unsere Sendung jede Glaubwürdigkeit.»

«*Gods of the Gates* ist eine Fantasy-Fernsehserie, in der es um römische Götter, Tore zur Unterwelt und – wenn ich richtig gehört habe – einen Pegasus geht.» Im Cast-Chat wurde schon seit Wochen über diese kommende Folge gelacht. «Die Geschichte hält sich sowieso nicht an die Realität, und der Fantasy-Aspekt der Serie gibt einem viel Freiheit, die Entscheidungen, die man trifft, zu erklären.»

Er starrte sie nur verwirrt an, und ihr wurde klar, dass sie ihm mögliche Richtungen vorgeben musste, die er einschlagen konnte, denn anscheinend war er nicht besonders gut darin, selbst auf Ideen zu kommen. Meine Güte, diese Serie würde sicher eine verdammte *Katastrophe* werden, sobald sie die Buchvorlagen hinter sich gelassen hatte.

Sie sprach langsam und war froh, dass sie sich bereits im Vorfeld Gedanken darüber gemacht hatte. «Neptun hat sie schon mit einem heftigen Sturm an Land geworfen, damit sie das Tor zur Unterwelt bewachen. Warum kann er nicht noch einmal eingreifen, um sie mit Nahrung zu versorgen und zu verhindern, dass sie sterben und das Tor unbewacht lassen? Cyprian und Cassia könnten eine Art verzauberte Frucht finden, die sie auf magische Weise den ganzen Winter über ernährt. Vielleicht einen Apfel, wenn man bedenkt, welche Bedeutung Äpfel in der römischen und nordischen Mythologie haben.»

Das ist deine Chance, Reedton. Leg einfach los, wann immer du bereit bist.

Aber sie hatte es gewusst. Sie hatte es gewusst.

Er würde sich nicht für sie einsetzen. Er würde sich nicht einmal für sich selbst einsetzen. Wenn er gerettet werden sollte, musste sie diejenige sein, die sich darum kümmerte.

«Lass mich eins klarstellen, Ron. Wie ich gerade gesagt habe, gibt es durchaus verschiedene Möglichkeiten, und die Entscheidung liegt bei dir. Aber mich zu zwingen, für eure Serie abzunehmen, ist keine Option und wird auch nie eine sein. Wenn du versuchst, mir das Essen zu rationieren, werde ich kündigen. Und um das auch noch einmal deutlich zu sagen: Wenn du versuchst, Peter das Essen zu kürzen, ist es egal, ob du das Gleiche auch bei mir machst oder nicht. Ich werde trotzdem aufhören.»

Daraufhin wandte sich Ron – mit geblähten Nasenlöchern, rotfleckigen Wangenknochen, ganz der empörte privilegierte weiße Mann – endlich dem Mann zu, der bewegungslos und schweigend an ihrer Seite saß.

An ihrer Seite, aber nicht auf ihrer Seite. Genau wie er es angekündigt hatte.

«Bitte sag mir, dass du nicht der gleichen Meinung bist wie Maria, Peter.» Ron deutete mit einem Finger in ihre Richtung; die Geste war fast brutal. «Du weißt es besser.»

Auf dem Parkplatz hatte Peter behauptet, im ungezügelten Kapitalismus sei kein Raum für Solidarität, aber er hatte sich geirrt. Solidarität war genau das, was Ron in diesem Moment forderte. Die Bestätigung, dass die beiden Männer in diesem Gespräch zusammenhalten würden gegen die hysterischen Forderungen der Frau, die da auf Peters Couch zitterte.

Endlich ergriff Peter das Wort, und seine Stimme war leise, aber fest. «Ich respektiere Marias Meinungen und Entscheidungen, aber es sind ihre. Nicht meine.»

Ein Gutes hatte es: Sie musste sich keine Sorgen mehr darüber machen, dass sie sich in ihn verknallen könnte.

«Gut.» Ron ließ seine Schultern kreisen, und seine Zornesröte war noch nicht verblasst. Wahrscheinlich, weil er bereits wusste, dass sie diesen Kampf gewinnen würde, aber sein verletztes Ego erlaubte ihm noch nicht, es zuzugeben. «Ich werde die Sache mit R.J. besprechen und mich in Kürze wieder bei euch beiden melden.»

Peter senkte zustimmend sein Kinn, und sie tat dasselbe.

«Eine Sache noch, Maria.» Die Lippen des Showrunners verzogen sich, aber es war kein Lächeln. «Lass mich auch eine Sache klarstellen. Du hast recht, es wäre schwierig, dich jetzt auszutauschen. Dich zwischen den Staffeln zu ersetzen, wäre jedoch sehr viel einfacher.»

Dann beendete er das virtuelle Meeting sofort, weil er – genau wie Peter – immer das letzte Wort haben musste.

Sie nahm einen langen, tiefen Atemzug. Und noch einen.

Ihr gesamtes Adrenalin begann sich zu verflüchtigen, und sie blieb erschöpft und so verdammt frierend zurück, dass sie hätte weinen können. Aber sie tat es nicht, denn es gab keinen Grund für Tränen, und in dieser Suite war niemand, dem sie diese Art von Verletzlichkeit zeigen wollte.

«Sie werden nachgeben.» Sie stand auf, ohne Peter anzusehen. «Und da ich gedroht habe, auch zu gehen, wenn nur einer von uns beiden abnimmt, solltest du auch nichts zu befürchten haben.»

Als sie den ersten Schritt Richtung Tür machte, legte er eine Hand um ihren Oberarm. «Denk noch mal darüber nach, Maria. Er hat recht. Zwischen den Staffeln könnten sie dich sehr leicht ersetzen, und das wäre für alle Beteiligten ein großer Verlust. Wenn du ihn jetzt noch mal anrufst, vielleicht …»

Sie hörte ihm nicht mehr zu.

Er klang besorgt, und seine Stimme hatte etwas Sanftes, als wollte er sie überreden. Die Haut ihrer Wange kribbelte unter der Intensität seines Blicks, aber sie drehte den Kopf nicht. Sie begegnete seinem Blick nicht.

Was Ron und Peter anging, war sie für heute Abend fertig. Mehr als nur fertig.

Mit einer heftigen Bewegung ihres Arms schüttelte sie seine Berührung ab. «Solange ich so beliebt bleibe und der Show so viel positive Publicity verschaffe, werden sie mich nicht rausschmeißen. Und selbst wenn sie es täten, wäre das kein Problem. Ich könnte andere Rollen finden oder wieder nach Hause gehen und zum Theater zurückkehren. Zum Teufel, ich könnte an der Seite meiner Eltern in der Fabrik arbeiten und wäre immer noch glücklich.»

«Irgendwie habe ich ... habe ich nicht geglaubt, dass du das wirklich tun würdest.» Es war ein fassungsloses, heiseres Flüstern. «Aber du hast nicht geblufft. Du hast es ernst gemeint. Du könntest einfach ... gehen, und für dich wäre trotzdem alles in Ordnung.»

Offensichtlich hatte er ihr nicht geglaubt, als sie ihm das die ersten Male gesagt hatte. Großartig.

«Ja. Das stimmt.»

«Ich kann nicht ...» Seine Erwiderung kam, als sie die Tür aufriss. «Ich kann mir das nicht vorstellen.»

Er klang irgendwie – verloren. Aber es war nicht ihre Aufgabe, ihn zu finden.

«Ich weiß», sagte sie schlicht und ließ die Tür hinter sich zufallen.

Diesmal hatte sie das letzte Wort.

8

DIE SHOWRUNNER GABEN nach.

Weder Ron noch R.J. hatte den Anstand, ihnen von Angesicht zu Angesicht oder auch nur in einem Telefonanruf mitzuteilen, dass sie ihren Standpunkt geändert hatten. Stattdessen schickten sie eine sehr knappe E-Mail, um Peter, Maria und Ramón über die Planänderung zu informieren, und sendeten per Kurier ein neues Skript für ihre nächste Szene.

Cyprian und Cassia, die angesichts des Wintereinbruchs und der damit einhergehenden Knappheit ihrer verbliebenen Lebensmittelvorräte fast verzweifelten, würden sich einen magischen Apfel teilen. Ein Geschenk von Neptun, das direkt vor ihrem Tor zum Tartaros lag. Ziemlich genau das, was Maria vorgeschlagen hatte, auch wenn die Macher der Serie das nicht offen zugaben.

Peter konnte es nicht glauben. Ein verdammter *magischer Apfel* und ein bisschen CGI, und schon musste er nicht mehr hungern oder seinen Körper versauen, und sie auch nicht.

Maria hatte ihr riskantes Spiel gewonnen, und es hatte so – leicht ausgesehen.

Aber sie hatte es natürlich nur deshalb so entspannt angehen können, weil der Einsatz für sie gar nicht *so* hoch gewesen war. Anders als bei ihm. Sie hatte es ihm ja gesagt, sie könnte diese Rolle oder sogar ihre Karriere hinschmeißen, und trotzdem wäre alles gut. Er konnte das nicht.

Aber das verstand sie nicht.

Es war offensichtlich, zumindest für jemanden, der sie so

genau beobachtete, wie er es tat. Sie lachte und plauderte immer noch mit ihm, bemühte sich nach wie vor, ihn in Gruppengespräche und Aktivitäten einzubeziehen, aber wenn sie ihn ansah, war etwas von der Wärme in diesen lebhaften braunen Augen verschwunden. Ein Teil des wachsenden Vertrauens, das sie miteinander verband, war zerbrochen.

Er hätte nie gedacht, dass er es vermissen würde, von Maria Scheißstiefel genannt zu werden, aber das tat er. Das schwedische Schimpfwort war ihr seit dem Meeting mit Ron nicht mehr über die Lippen gekommen.

Was paradox war, denn er hatte sich noch nie so sehr wie ein Scheißstiefel gefühlt wie an jenem Abend. Als er während dieses furchtbaren Meetings neben ihr gesessen und gesehen hatte, wie ihre blassen Hände vor Kälte zitterten, wie ihre Lippen blau anliefen, und das nur, weil er Rons Befehlen so bereitwillig gehorcht und sie aufgefordert hatte, dasselbe zu tun. Als er gehört hatte, wie sie nicht nur sich selbst, sondern auch ihn rettete. Als er sie im kalten, kalten Regen hatte stehen lassen, um seine eigene berufliche Zukunft zu sichern, genau wie er es ihr prophezeit hatte.

Er hatte seine Gründe gehabt. Aber trotzdem: *Skitstövel.*

Sie waren noch immer Freunde, und das war ihm viel wert. Mehr, als sie wahrscheinlich verstand. Doch jeder Hinweis, dass sie mehr als nur Freundschaft für ihn empfinden könnte, war verschwunden.

Der Verlust hatte etwas in ihm ausgehöhlt, er spürte eine Leere, obwohl er nicht einmal gemerkt hatte, dass dort bis vor Kurzem etwas gewesen war – vielleicht zum ersten Mal in seinem Leben –, bis es wieder verschwand.

Ein weiterer bizarrer und witziger Satz, den Maria ihm in diesem Sommer beigebracht hatte, war: *Nu har du verkligen skitit i det blå skåpet.* Jetzt hast du wirklich in den blauen Schrank geschissen.

Im Wesentlichen bedeutete das: *Du hast Mist gebaut.*

Er hatte seine eigenen Interessen geschützt, und das war nicht dasselbe, wie Mist zu bauen.

Aber irgendwie fühlte es sich trotzdem so an, als hätte er es versaut. So richtig.

• ● •

Mitte Januar raste ein erstaunlich starker Wintersturm auf die Insel zu.

Am Tag, bevor er die Insel traf, wirkte der Atlantik lebendig und wütend. Er hob und senkte sich in Übelkeit auslösenden Strudeln, gepeitscht vom tosenden Wind. Die gewaltigen Wellen schlugen so heftig gegen die Küste, dass die Gischt jeden durchnässte, der oben auf den Klippen stand, und die gigantische Wucht jedes Aufpralls fühlte sich elementar an und beängstigend.

Peter fühlte es. Er war dort, und er hatte Angst.

Nicht um sich selbst. Sondern um Maria.

«Action!», rief Ramón, und ein ernstes Stirnrunzeln zierte sein vom Wetter gezeichnetes Gesicht.

Sofort lief sie wieder am Rande der Klippen umher, das Gesicht in den Händen verborgen. Ihr blondes Haar war zu nassen Strähnen verknotet, ihr Schluchzen wurde vom Regen und den heulenden Windböen übertönt.

Darrell, der neben Peter stand und seine Kapuze fest über den größten Teil seines Gesichts gezogen hatte, lächelte ausnahmsweise nicht. Sein geflüstertes *Scheiße* war kaum zu hören, und Peter hatte den Mann noch nie so sehr gemocht. Sogar Jeanine stand grimmig da und schaute zu, wobei sie eine feuchte, behandschuhte Hand über ihren Mund gelegt hatte und mit der anderen Darrells Arm umklammerte.

Keiner war besonders glücklich mit der Situation, wobei Maria wahrscheinlich noch die Optimistischste von allen war. Offenbar betrachtete sie die schrecklichen Drehbedingungen heute als *Abenteuer*. Was ja eigentlich ganz reizend wäre, wenn dabei nicht die Möglichkeit bestünde, dass sie *starb*.

Er verstand sie nicht. Nicht mal ein bisschen.

Eine Diät? Auf keinen Fall. Den Sensenmann herausfordern? Kein Problem!

Verdammt, sogar der Hotelbesitzer hatte seine Missbilligung ausgedrückt. Als die Gruppe am Morgen aufgebrochen war, hatte Conor gefragt, wo sie filmten, und sein Ton hatte stumm hinzugefügt: *Und* warum *filmt ihr überhaupt, ihr Trottel? Habt ihr euren verdammten Verstand verloren?*

Als er von Marias Szene gehört hatte, hatte er sich aus irgendeinem mysteriösen Grund sofort Peter zugewandt. Er hatte ihn angestarrt, als würde er auf etwas warten, und auf seiner sommersprossigen Stirn hatten sich Falten der Sorge und des Missfallens abgezeichnet. Als Peter nicht reagierte, drehte sich Conor auf der Stelle um und richtete seinen strengen Blick stattdessen auf Ramón und Nava.

Zu ihrer Verteidigung musste man sagen, dass der Regisseur und die Produzentin eigentlich auch nicht weiterfilmen wollten. Doch ihre Bitte um eine Verschiebung des Drehtags war prompt und entschieden abgelehnt worden, weil das Budget der Serie bereits überschritten war und durch das schlechte Wetter ein Teil der Nachproduktionskosten eingespart werden konnte.

Denn wie es der Zufall wollte, sah das Drehbuch in dieser Woche einen heftigen Atlantiksturm vor, Neptuns Strafe für Cyprians und Cassias Unwillen, sich während der härtesten Wintermonate auf den beschwerlichen Weg zu den Klippen zu machen. Die schiffbrüchigen Wikinger hatten das Tor zum Tartaros viel zu lange unbeaufsichtigt gelassen, und der Gott des Meeres hatte vor, ihnen den Preis für ihre Nachlässigkeit persönlich und unmissverständlich vor Augen zu führen.

Der Wind würde einen Teil ihrer Heimat zerstören, und Cassia würde verzweifeln. Während Cyprian nach einer elenden, schlaflosen Nacht in einem unruhigen Halbschlaf lag, würde sie allein zum Tor gehen, nicht gewillt, sein und ihr Leben zu riskieren, und um Gnade bitten. Und wenn der Sturm unvermindert anhalten würde, würde sie sogar in Erwägung ziehen, ihr Elend mit einem Sprung aus diesen unbarmherzigen Höhen für immer zu beenden.

Cyprian würde aufwachen und feststellen, dass sie verschwunden war. In Panik würde er ihr nachlaufen und sie überreden, sich nicht ins Verderben zu stürzen, und sie würden sich umarmen. Sie würden sich zum ersten Mal küssen, zu ihrer beider Entsetzen.

Es war eine großartige Szene, hochdramatisch und intensiv. Peter hatte sich schon seit Wochen darauf gefreut, nicht nur, weil er Maria endlich wieder küssen konnte, ohne sich dafür rechtfertigen zu müssen.

Aber der Sturm sollte eigentlich ein Werk der Postproduktion und des geschickten Einsatzes des VFX-Supervisors sein, nicht das einer extrem verärgerten Mutter Natur. Er sollte nicht real sein, und er sollte weder für die Schauspieler noch für die Crew gefährlich werden.

Vor allem sollte Maria nicht so nahe am Rande einer verdammten Klippe stehen, wenn eine Windböe sie mit fast 90 Kilometern pro Stunde hundert Meter in die Tiefe schleudern und in den gnadenlosen aufgewühlten Ozean stürzen könnte. Wenn sie es irgendwie schaffte, nicht entweder beim Aufprall zu sterben oder in diesem Ozean zu ertrinken – und nur damit das klar war, sie würde *definitiv* entweder beim Aufprall sterben oder ertrinken –, würden die tosenden Wellen ihren Körper einfach gegen die Klippen drücken und zu Mus zermalmen.

Ein einziger Moment der Unachtsamkeit, ein einziger falscher Schritt, und – keine Maria mehr.

Der Sturm war noch nicht einmal offiziell angekommen, was vielleicht das Beängstigendste an der ganzen Sache war.

Die aktuellen Wetterberichte sagten für den nächsten Tag sintflutartige Regenfälle und Windböen von bis zu 150 Kilometern pro Stunde voraus, und Fionn hatte ihnen erzählt, was sie danach zu erwarten hatten: Überschwemmungen, unterspülte Straßen, kaputte Steinmauern und möglicherweise kein Telefon oder Strom.

Und dennoch waren auch für morgen Dreharbeiten geplant. Anders als am heutigen Tag würden Peter und Maria dann zusammen spielen. Cassia würde für lange, lange Zeit am Rande der Klippe verharren, während Cyprian sie anflehte, bei ihm zu bleiben, unter den Lebenden zu bleiben.

Hätten sie eine größere Crew, ein großzügigeres Budget für ihren Drehort und andere Showrunner, gäbe es mehrere Leute, die die Sicherheit aller Beteiligten gewährleisten würden. Aber ihre Crew und ihr Budget waren winzig, und ihre Showrunner sparten Zeit und Geld, wo immer es ging. Was Ron und R.J. den verschiedenen Behörden erzählten, wollte sich Peter gar nicht vorstellen.

Gegen Ende des Drehtages brachte eine besonders heftige Windböe Maria ins Schwanken, und sie stolperte zur Seite, näher an den Rand der Klippe, was die Crew aufschrecken ließ.

Peter schmeckte Metall. Furcht und Blut.

Der blitzartige Schreck ließ ihm den Atem stocken, und er glaubte nicht, dass sein Herz weiterschlug, bis sie ihr Gleichgewicht wiederfand und sich langsam vom Abgrund entfernte.

«Cut!» Es klang wie ein Knurren, und Ramón lief sofort in ihre Richtung, sein Kiefer so steinern wie die Insel selbst. «Weg da, Maria. Das war unsere letzte verdammte Aufnahme für heute.»

Oh, Gott sei Dank. Einen weiteren Take würde Peter nicht mehr verkraften.

Wenn man bedachte, wie sehr die Crew Maria liebte, würde das niemand mehr verkraften.

«Soll ich morgen angegurtet sein oder so was?», fragte sie Nava, die blasser geworden war, als er sie je gesehen hatte. «Ich weiß nicht, was unter diesen Bedingungen üblich ist.»

Die Frauen gingen an ihm vorbei, aber er konnte sich immer noch nicht bewegen, nicht einmal, um die Antwort der Produzentin zu hören. Seine Beine zitterten, und das lag nicht am Wind. Er schluckte immer wieder und fuhr sich mit den bebenden Händen durch die Haare.

Schließlich musste Darrell dafür sorgen, dass er sich in Bewegung setzte, und ihn vom Set wegführen. Die Hand des PAs auf seiner Schulter war fest, er fühlte sich gestützt, und in seinen Augen lag mehr Verständnis, als Peter lieb war.

Auf dem mühsamen Weg zurück zum Van murmelte Ramón weiter vor sich hin. Peter konnte das meiste davon nicht verstehen, bis auf das Wort *OSHA*, die Arbeitsschutzbehörde.

Und da wusste er, was er zu tun hatte.

Als sie wieder im Hotel ankamen und alle anderen schweigend den Flur hinunter zu ihren Suiten und den heißen Duschen stapften, blieb Peter in der Nähe der Rezeption stehen. Als sich der Gang geleert hatte, lehnte er sich zu Conor vor. Der Hotelbesitzer blickte von seinem Computermonitor auf und zuckte ein wenig zusammen, als er seinen triefnassen Gast vor sich aufragen sah.

«Entschuldigung. Ich wollte dich nicht erschrecken», flüsterte Peter und erinnerte sich an die frotzelnde Zuneigung in der Stimme des anderen Mannes, wann immer er mit *Maria-My-Dear* sprach. Ja, Conor war definitiv die richtige Person für diesen Job. «Ich muss dich um einen großen Gefallen bitten.»

«Sag mir, worum es geht», sagte Conor leise, und Peter tat es.

• • •

Das Wetter änderte sich bald von hässlich zu abscheulich, sodass die örtliche Ärztin Peter virtuell untersuchen musste. In verblüffend kurzer Zeit wurde ihm ein schlechter Gesundheitszustand diagnostiziert. Zumindest wäre es unter anderen Umständen als diesen verblüffend gewesen.

«Gut, dass Conor Sie zu mir geschickt hat», sagte Dr. Fitzgerald fröhlich und tippte ein paar kurze Notizen in ihrem Tablet ein. «Sonst hätte das schlimm enden können. Sogar tödlich.»

Sollte er noch einmal husten? Es war nicht unbedingt nötig, aber ... war er nun ein Schauspieler, der sich seiner Rolle verpflichtet fühlte, oder war er es nicht?

Einen quälenden Hustenanfall später nickte er der Ärztin zu. «Ich weiß zu schätzen, dass Sie sich die Zeit nehmen, mir zu helfen.»

«So wie ich es verstanden habe, muss ich meine Diagnose Ihrem Regisseur und der Produzentin mitteilen.» Die Ärztin verzog ihr rundes, ausdrucksstarkes Gesicht, um die angemessene Ernsthaftigkeit zu vermitteln. «Warum holen Sie sie nicht dazu? Oder schreiben Sie ihnen besser eine Nachricht, um Ihre begrenzten Kräfte nicht zu strapazieren.»

Eine kurze Nachricht später standen Ramón und Nava vor seiner Tür.

Er begrüßte sie mit einem schwachen Lächeln und einem schlappen Winken in Richtung seiner Couch. «Danke fürs Kommen.» Mund am Ellbogen. *Hust hust hust.* «Als wir heute Nachmittag zurückgekommen sind, habe ich im Hotel darum gebeten, dass sie die Bereitschaftsärztin kontaktieren, und sie will mit euch sprechen.»

«Es tut mir so leid, Peter.» Navas breite Stirn hatte sich in Falten gelegt, und sie schüttelte den Kopf. «Ich hatte keine Ahnung, dass du krank bist. Warum in aller Welt bist du heute Nachmittag ans Set gekommen, wenn es dir nicht gut geht?»

Ramón musterte Peter von Kopf bis Fuß, hielt inne und ließ den Blick dann für einen Moment auf dem dicken Teppich ruhen. «Oh, ich bin sicher, er hatte seine Gründe, Nava.»

«Aber ...»

«Egal, wir sollten uns anhören, was die Ärztin zu sagen hat. Du willst doch nicht die Gesundheit unserer Darsteller riskieren, oder?»

«Natürlich nicht», schnauzte Nava und fuhr sich aufgebracht mit der Hand über ihr kurz geschorenes Haar. «Darum waren wir beide ja auch so verdammt wütend, als sie uns gezwungen haben ...» Mitten im Satz kam ihr die Erleuchtung. Sie biss sich auf die Lippe. «Ah. Ja. Da hast du recht, Ramón. Wir sollten auf jeden Fall auf die Ärztin hören, die sich freundlicherweise die Zeit genommen hat, unserem kranken Star zu helfen.»

«Schritt eins zur Heiligsprechung: geschafft», murmelte Dr. Fitzgerald.

Kurzerhand setzten sich Ramón und Nava auf die Kante von Peters Couch und positionierten den Bildschirm seines Handys so, dass die Ärztin sie beide sehen konnte.

«Ohne Peter persönlich gesehen zu haben, ist es schwer, eine eindeutige Diagnose zu stellen, aber alle Symptome, die er mir beschrieben hat, deuten auf eine Grippe hin. Er ist so schwer erkrankt, dass er mehrere Tage lang nicht arbeiten kann, aber nicht so schwer, dass er sich anderweitig in ärztliche Behandlung begeben muss.» Die Ärztin formulierte jeden Satz mit Bedacht, Wort für Wort. «Ich sehe keinen Grund, warum sich jemand mit diesen Symptomen nicht im Hotel erholen sollte. Wenn sich sein Gesundheitszustand nicht ganz plötzlich sehr stark verschlechtert, würde ich ihm empfehlen, sich einfach auszuruhen. Trinken Sie viel, essen Sie nahrhaftes Essen, nehmen Sie rezeptfreie fiebersenkende Medikamente, falls die Temperatur in die Höhe schießen sollte. Wenn der Sturm vorüber ist und seine

Symptome nicht nachgelassen haben, würde ich ihn gerne persönlich untersuchen. Aber ansonsten» – sie tippte sich nachdenklich ans Kinn – «sollte es ihm in, oh, sagen wir, drei Tagen wieder gut gehen.»

«Das sind ... ausgezeichnete Neuigkeiten.» Nava hustete selbst ein wenig. «Dass es ihm bald wieder besser gehen wird, meine ich. Leider spielt Peter in allen übrigen Szenen dieser Episode mit, sodass wir die Dreharbeiten ganz unterbrechen müssen, bis er sich erholt hat. Aber wir wollen unsere Stars nicht gefährden, indem wir sie zwingen zu drehen, wenn sie nicht am Set sein sollten.»

«Nein, natürlich nicht», sagte Dr. Fitzgerald beschwichtigend. «Zum Glück müssen Sie das auch nicht.»

«Danke, Doktor.» Ramóns Stimme war tief und inbrünstig, und er atmete langsam aus. «*Danke.*»

«Es war mir ein Vergnügen.» Ihr Lächeln war breit und wirkte schelmisch. «Das können Sie mir glauben.»

Nach ein paar fröhlichen Verabschiedungen und dem Versprechen, dass die Produktion zu gegebener Zeit ihre Rechnung erhalten würde, beendete sie den virtuellen Termin.

Die Stille in der Hotelsuite schien plötzlich sehr, sehr laut zu sein. Peter nieste heftig, wenn auch trocken, in ein bereitliegendes Taschentuch.

«Reedton.» Ramón stand auf und reckte mit einem zufriedenen Gähnen die Arme in die Luft. «Ich kann dir gar nicht sagen, wie froh ich bin, dass du dich in ärztliche Behandlung begeben hast.»

Peter ließ sich gegen die Rückenlehne seines Stuhls sinken und sagte mit rauer Stimme: «Alles für die Sicherheit und Gesundheit der Schauspieler.»

«In der Tat.» Nachdem sie sich vom Sofa erhoben hatte, ging Nava zu ihm, beugte sich herunter und küsste ihn auf die Wange. «Wir sehen morgen wieder nach dir. Hoffentlich fühlst du dich dann gut genug für unser übliches Frühstück, auch wenn sich dein Gesundheitszustand unmittelbar danach wieder schlagartig verschlechtern wird.»

«Äh ...» *Hust hust hust*. «Ich habe übrigens vorhin ein paar merkwürdige Gerüchte gehört. Irgendwo ... im Internet. Ich weiß nicht mehr genau, wo.»

Ramón verschränkte die Arme vor der Brust und hob eine Augenbraue. «Hast du das, ja?»

«Offenbar hat irgendeine Entertainment-Bloggerin einen anonymen Tipp über die Drehbedingungen hier auf der Insel erhalten, und sie will vielleicht mal bei der Schauspielergewerkschaft nachfragen.» Peter zuckte mit den Schultern und tat so, als wäre er überrascht. «Das Seltsame ist, dass der Tipp von irgendwem in Boston kam. Wie kann der Tippgeber überhaupt etwas über unsere Produktion wissen, wenn er einen Ozean weit entfernt ist?»

«Wow. Wie mysteriös.» Nach einer Pause fügte Nava hinzu: «Ich könnte mir vorstellen, dass es gar nicht so schlimm ist, wenn wir am Set stärker beaufsichtigt werden – wenn dadurch die Sicherheit unserer Schauspieler und der Crew gewährleistet wird. Auch wenn zusätzliche Verzögerungen bei den Dreharbeiten und weitere Budgetanforderungen die Showrunner verärgern dürften.»

«Na ja, wenn sie sich aufregen sollten, ist niemand auf dieser Insel daran schuld. So viel ist klar.» Als er auf dem Weg zur Tür an Peters Stuhl vorbeikam, zerzauste Ramón ihm liebevoll die Haare. «Genieß deine wohlverdiente Ruhe, Kleiner.»

Kleiner. Als ob Peter sechzehn und nicht sechsunddreißig wäre.

Vielleicht hatte er *wirklich* Fieber, was Ironie wäre, aber ihm war plötzlich ... sehr warm.

Dann waren sie weg, und Peter rief an der Rezeption an, um ein bisschen was vom Zimmerservice zum Abendessen zu bestellen. Schließlich sollte ja niemand einen falschen

Eindruck von seinem Gesundheitszustand bekommen, nicht wahr?

In dieser Nacht schlief er zum ersten Mal seit November wieder ohne Probleme ein.

Er träumte von Maria.

Sie nannte ihn einen Scheißstiefel.

Er schlief so gut wie schon lange nicht mehr.

9

PETER REEDTON WAR ein *Knäppgök*.

Gestern Nachmittag waren schon alle seine Szenen für den Tag abgedreht gewesen.

Er hätte zurück ins Hotel gehen können. Vor dem Kamin abhängen. Im Bett lesen. Ein sehr langes, sehr heißes Bad nehmen. Seine Zehennägel schneiden. Mit YouTube-Videos lernen, wie man Merengue tanzt. Irgendetwas, wirklich. Buchstäblich alles, außer ein paar Stunden unnötigerweise draußen im eiskalten Wind und Regen zu verbringen.

Aber neeeeeeein.

Stattdessen war er gekommen, um Maria dabei zuzusehen, wie sie die Szene auf den Klippen spielte. Und wie Nava ihr gestern Abend beim Essen mitgeteilt hatte, war Peter nun aus purer Idiotie krank geworden. Sicher, da spielte auch ein Virus eine Rolle oder Bakterien – oder vielleicht ein Pilz? Oh, oder eine Amöbe! –, aber definitiv auch Idiotie. Deshalb würde sie sich ab sofort um seine Gesundheit kümmern. Offensichtlich war er nicht in der Lage, diese Aufgabe selbst angemessen zu erfüllen.

Gestern nach dem Abendessen war es zu spät gewesen, um ihn noch anzuschreien. Wenn er früh zu Bett gegangen war, wie er es tun sollte – sie würde auf jeden Fall dafür sorgen, dass er es heute tat –, hätte sie nur seine dringend benötigte Ruhe gestört. Aber jetzt war es Morgen, auch wenn es draußen vor den Fenstern extrem dunkel und apokalyptisch aussah, und sie hatte vor, ihm eine Standpauke zu halten, bevor sie im Speisesaal ein spätes Frühstück einnahm.

Sie hoffte, dass Peter nicht schlief, denn sie musste ihm ohne weitere Verzögerung erklären, dass sie fortan die Verantwortung für sein Immunsystem und dessen Schutz tragen würde. Er konnte später ein Nickerchen machen, nachdem sie ihn wieder gesund gequält hatte.

Indem sie ihn, sagen wir, zu einem Nickerchen zwang.

Und wen kümmerte es, wenn das keinen logischen Sinn ergab? Den ganzen verdammten Tag ohne einen verdammten Grund draußen in einem verdammten Atlantiksturm zu verbringen, ergab auch keinen Sinn.

Wenn jemals jemand buchstäblich in einen *blå skåpet* geschissen hatte, dann war es offensichtlich er.

Ihr Klopfen an seiner Tür hätte Tote wecken können – und Conor zufolge war Peter schon auf halbem Weg dorthin.

Er reagierte überraschend schnell.

Seltsamerweise sah er nicht halbtot aus. Und als sie einen Arm um seine Taille schlang und ihn zurück zum Bett zog, fühlte sich sein Körper an ihrem nicht wärmer an als sonst. Er taumelte nicht und war auch nicht schrecklich gebrechlich, so wie sie es nach Conors und Navas Beschreibungen seines Zustands erwartet hatte.

Er drehte seinen Kopf weg und hustete, als sie ihn auf die Matratze setzte. Sie hielt inne, hockte sich neben sein Bett und hörte zu, wie er hustete und hustete. Und nachdem sie sich wieder aufgerichtet hatte, betrachtete sie ihn eine Minute lang. Eingehend.

Dieses Husten ... Sie kannte dieses Husten.

Sie hatte es Ende November gehört, als Cyprian vom Hunger und der unerbittlichen Kälte in seinem provisorischen Haus schwer erkrankt war und Cassia ihn mit widerstrebender Zärtlichkeit gepflegt hatte. Der große Wikinger hatte gehustet und gekeucht und gestöhnt und ihr mit heiserer Stimme versichert, dass es ihm gut gehe. Sie brauche sich nicht zu sorgen.

Peters aktueller Husten hatte denselben Klang, dieselbe Kadenz. Vielleicht entsprach sein echter Husten genau seinem vorgetäuschten Husten.

Oder vielleicht ...

«Zeig mir deine Medikamente.» Sie beugte sich hinunter, bis er keine andere Wahl mehr hatte, als ihr in die Augen zu sehen, und starrte ihn herausfordernd an. «Zeig mir, was du hier hast. Bei dem Wetter kann ich nicht in die Apotheke gehen, also werde ich alles, was du brauchst, bei den Leuten im Hotel zusammensammeln, und ich will nichts doppelt holen.»

Wenn er simulierte, wenn die Sorge um seine Gesundheit sie grundlos um eine Nacht Schlaf gebracht hatte, dann würde sie dafür sorgen, dass ihn ein Elch zertrampelte, wenn er zu Promozwecken nach Schweden kam.

«Äh ...» Er senkte kurz den Blick und runzelte die Stirn – die sich, ja, wie sie vermutet hatte, an ihrer Handfläche kühl anfühlte. «Ich weiß nicht mehr, wo ich sie hingelegt habe. Maria, danke, dass du nach mir siehst, aber vielleicht kannst du später wiederkommen. Dann kann ich dir sagen, was ich neh...»

«Nicht nötig. Ich werde selbst nachsehen.»

Sie drehte sich um und suchte den Raum ab. Keine Medikamente oder zerknüllten Taschentücher auf seinem Nachttisch. Mit einem halben Dutzend Schritten war sie im Badezimmer, wo ... sie wieder nichts fand, was auf eine Krankheit hindeutete. Nicht einmal ein Fieberthermometer. Dasselbe galt für den Couchtisch und die kleine Ecke, in der die Kaffeemaschine und der Minikühlschrank standen.

Sie drehte sich wieder auf dem Absatz um und marschierte zurück zum Bett, wo er sich verlegen krümmte. Und das aus gutem Grund.

Sie stach mit dem Finger in seine vollkommen gesunde Brust. «Schwindler.»

Das Brüllen des Sturms, das leichte Klappern der Fenster, das fast gewaltsame Prasseln des endlosen Regens gegen die Scheiben waren für eine lange, lange Zeit die einzigen Geräusche im Raum.

«Lass es gut sein, Maria.» Mit einem Seufzer schob er ihren anklagenden Zeigefinger beiseite. «Ich will nicht, dass du da mit reingezogen wirst.»

«Reingezogen in ... was?» Sie sah ihn stirnrunzelnd an, die Fäuste in die Hüften gestemmt. «Warum tust du so, als wärst du krank? Wolltest du unsere Szene bei diesem Wetter heute nicht filmen?»

Aber das sah Peter gar nicht ähnlich. Seine Gesundheit, sein Körper und sein Wohlbefinden bedeuteten ihm nichts. Jedenfalls nicht, wenn man sie gegen die Weisungen der Showrunner und seinen Wunsch nach beruflichem Erfolg abwog. Wenn es bei dieser verdammten Farce also nicht um sein eigenes Wohlergehen und seine Sicherheit ging, was in aller Welt könnte ihn sonst dazu veranlassen, so einen hinterlistigen, heimlichtuerischen ...

Fy fan. Fy fan.

Sie wusste es. Sie wusste ganz genau, was er da tat und warum. Und die Quelle jenes anonymen Hinweises zu den Dreharbeiten auf der Insel – aufgrund dessen bereits verschiedene Medien per E-Mail ihren Agenten kontaktiert und um eine Stellungnahme gebeten hatten – war nun gar nicht mehr so rätselhaft.

Sie bevorzugte die direkte Konfrontation und scheute kein Risiko.

Peter allerdings ... Er würde jede Gefahr für seine Zukunft minimieren wollen, und das hatte er auch getan. Aber er war trotzdem ein Risiko eingegangen, wenn auch ein kleines.

Und er war es für sie eingegangen.

Ob er es bemerkt hatte oder nicht, sie hatte gestern nach ihrem beängstigenden kleinen Wackler am Rande der Klippe seinen Gesichtsausdruck gesehen, sie hatte gesehen, wie er am Ende des Takes mit weißem Gesicht und starr vor Entsetzen dagestanden hatte.

Sie wollte diesen Gesichtsausdruck nie wieder sehen. Es hatte ihr wehgetan, fast so sehr, wie es ihn anscheinend geschmerzt hatte, diesen Beinahe-Unfall vor der Kamera zu sehen.

Ja, sie hatte gewusst, dass er sich um ihre Sicherheit sorgte, sich um *sie* sorgte. Was sie nicht gewusst hatte: Er sorgte sich genug, um tatsächlich etwas zu *unternehmen*. Nicht so, wie sie es getan hätte, sondern auf seine eigene, extrem vorsichtige, aber unbestreitbar effektive Art.

Er hatte dafür gesorgt, dass es bei ihrem nächsten Abenteuer an den Klippen keine Windböen von 150 Stundenkilometern geben würde. Er hatte dafür gesorgt, dass das Set von nun an unter verstärkter Beobachtung stand, damit sie nie wieder in eine ähnlich prekäre Lage geraten würde. Und er wollte nicht, dass sie erfuhr, was er getan hatte, denn wenn sie nichts wusste, konnte sie glaubhaft alles abstreiten, falls trotz seiner Vorkehrungen alles schiefging.

Selbst seine Lügen waren ein Versuch, sie zu schützen.

«Ähm ...» Seine Finger zupften an der flauschigen Decke auf dem Bett. «Auch wenn ich im Moment nicht krank zu sein scheine, hat die Ärztin gesagt, dass sich mein Zustand von einem Moment auf den anderen verschlechtern kann, also ...»

Er hielt inne, versuchte immer noch eine plausible Erklärung zu finden. Nachdem er sich einmal über die Lippen geleckt hatte, wollte er noch etwas sagen, zweifellos eine weitere Lüge, und es war ihr egal, was es war, es war ihr egal, ob er ihr jemals die Wahrheit sagte, denn sie verstand jetzt.

«Komm her, *Skitstövel*», sagte sie.

Dann beugte sie sich hinunter, umfasste seine stoppeligen Wangen und küsste ihn. Hart.

Er hatte die Lippen bereits geöffnet, also neckte sie seine Zunge mit ihrer, tauchte dann tief ein und eroberte nach viel zu langer Abwesenheit ihr Revier zurück. Er reagierte wie ein ausgehungerter Mann bei einem Festmahl, und ein dunkles Stöhnen grollte tief in seiner Brust, als er die Kontrolle über den Kuss – und über sie – übernahm.

Innerhalb weniger Augenblicke war er aufgestanden, aber nur, um sie auf das Bett und auf den Rücken zu drücken, sich zwischen ihre Beine zu legen und sie mit seinem großen Körper zu umfangen. Der Druck seiner Lippen auf ihren ließ nach, aber sofort begann er, mit offenem Mund eine heiße Spur an ihrem Kiefer entlang und ihre Kehle hinunter zu saugen und zu knabbern.

Seine Hände fuhren unter ihren Pullover, dann löste sich ihr BH, und ihre Brüste lagen in seinen heißen Handflächen. Sie umschloss seine Hüften mit ihren Schenkeln und schob ihre eigenen Hände unter seine Jeans, unter den weichen Stoff seiner Boxershorts, um gierig seinen Hintern zu packen.

Bei allen Göttern, sie liebte seinen Körper. Keinen Mann hatte sie je so begehrt, war so heiß darauf gewesen, ihn anzustarren. Zu berühren. Zu nehmen.

Er schob ihr den Pullover bis zum Hals hinauf und saugte an einer ihrer Brustwarzen, während er an der anderen zupfte, sie drehte und rieb. Sie hatte genug vom Vorspiel.

Es dauerte nur einen Herzschlag, den Knopf seiner Jeans zu öffnen, und ihre Finger wanderten schnell weiter zum Reißverschluss.

In diesem Moment erbebte sein ganzer Körper an ihrem. Erbebte und erstarrte.

«Nein», stieß er heiser hervor und hob seinen Kopf von ihrer Brust. «Nein.»

Ihre Fingerknöchel drückten gegen seine Erektion, aber sie hörte sofort auf, den Reißverschluss zu öffnen. «Peter?»

«Wir werden das nicht tun.» Sein Gesicht war gerötet, mit seinem Blick verschlang er immer noch jeden Zentimeter ihres nackten Oberkörpers, aber er zog langsam ihren Pullover wieder herunter. «Wir können das nicht tun.»

Sie löste ihre Hände von seinem Körper und legte sie flach an ihre Seiten, während er von ihr herunterkletterte, sein Kiefer hart wie Stein. Mit geblähten Nasenflügeln setzte er sich schwer atmend auf die Bettkante, die Jeans noch immer aufgeknöpft, und hielt mit weißen Knöcheln die Decke umklammert. Er starrte ausdruckslos ins Zimmer.

Sie war verwirrt. Frustriert und verwirrt.

«Ich dachte ...» Nach einer Pause setzte sie sich auf. «Du willst nicht mit mir schlafen?»

Es sah eigentlich so aus, als ob er es wollte, zumindest auf der grundlegendsten körperlichen Ebene. Sie war ehrlich gesagt überrascht, dass sein Reißverschluss trotz der Belastung noch hielt. Aber Lust war keine Zustimmung, und ein harter Schwanz auch nicht.

Sein bellendes, bitteres Lachen erschütterte das Bett, aber er drehte noch immer nicht den Kopf, um ihr in die Augen zu sehen.

«Es muss nichts Ernstes sein, Peter, und wir müssen es auch nicht öffentlich machen.» Ihre Gedanken waren von ihrer eigenen Erregung benebelt, und sie versuchte, seine möglichen Argumente zu durchdenken und dann auf Englisch die richtigen Worte zu finden. «Wir könnten Co-Stars mit gewissen Vorzügen sein, wenn du willst.»

Denn sie gab endlich auf. Sie hatte vom ersten Moment an hell lodernd für ihn gebrannt, und jetzt *kannte* sie ihn auch noch. Mochte ihn. Vertraute ihm, zumindest ein wenig. Genug, um ihm so viel von sich anzubieten, auch wenn er ihr im Gegenzug nicht all das würde geben können, was sie brauchte.

Wenn es zwischen ihnen vorbei wäre, würde ihr Herz zwar

vielleicht an den Rändern brechen, aber sie würde ihr Bestes tun, um den Kern intakt zu halten. Und vielleicht würde sie scheitern. Vielleicht würde sie sich zu sehr binden. Das war ein Risiko, das sie bereit war einzugehen, solange sie *ihn* dafür bekommen würde.

«Scheiße, Maria.» Er rieb sich mit den Händen über das Gesicht, dann ließ er sie wieder sinken und drehte sich zu ihr. «Du weißt, dass ich dich will. Ich könnte es nicht verbergen, selbst wenn ich es versuchen würde.»

Ohne nachzudenken, senkte sie ihren Blick auf seinen Schoß.

Sein Lachen – nicht mehr bitter, eher reumütig – klang müde. «Und um das klarzustellen, ich *habe* es versucht. Aber hier geht es nicht darum, ob ich das Bedürfnis habe, mit dir zu schlafen, und auch nicht um meine ... äh, Zuneigung zu dir. Oder darum, wie charmant und klug und witzig und talentiert ich dich finde, und wie sehr ich dich einfach ... *mag*.»

Abwesend rieb sie sich über die Brust, die irgendwie zu ... schmelzen schien.

«Okay.» Nach so schönen Komplimenten verstand sie jetzt *wirklich* nichts mehr. «Worum geht es dann?»

Seine dunklen Augen wirkten feierlich und ruhig. «Wenn wir uns auf diese Weise aufeinander einlassen und die Dinge zwischen uns schiefgehen, können wir uns nirgends verstecken. Wir können nirgendwo unsere Wunden lecken, bis wir darüber hinweg sind. Stattdessen wären wir gezwungen, uns Tag für Tag, Woche für Woche zu sehen, egal wie wütend oder verletzt wir wären. Das wäre furchtbar für uns, und es wäre furchtbar für jeden anderen in der Crew, der dieses Unbehagen und die Anspannung mit uns ertragen müsste.»

Er hatte natürlich nicht unrecht. Aber war es das nicht wert?

Sie öffnete den Mund, um genau diese Frage zu stellen, aber er war noch nicht fertig.

«Maria, vielleicht werden wir Jahre zusammen auf dieser Insel verbringen. Jahre. Wir sind die einzigen beiden Schauspieler am Set, und wir wissen beide, dass du hier der Mittelpunkt von allem bist. Du hast uns zu einem Team gemacht. Verdammt, du hast uns zu einer gottverdammten *Familie* gemacht, und du bist das, was unsere Familie zusammenhält. Aber wenn es zwischen uns schiefgeht, könnte die Gemeinschaft, die du aufgebaut hast, kaputt gehen» – er schnippte mit den Fingern – «einfach so.»

Noch nie hatte er in ihrer Gegenwart so viel auf einmal gesagt.

Komisch. Nachdem sie sich monatelang gewünscht hatte, er würde mehr reden, seine Gedanken und Gefühle deutlicher ausdrücken, wollte sie jetzt, dass er verdammt noch mal die Klappe hielt, weil seine Worte schmerzten.

«Es wäre unerträglich.» O Gott, er redete *immer noch*. «Und die Arbeit würde auch darunter leiden. Das weißt du. Die ganze Anspannung hinter den Kulissen würde sich auf das Filmmaterial übertragen, und wofür hätte ich diese einmalige Gelegenheit ruiniert? Für Sex?»

Für mich, wollte sie sagen. *Du hättest alles für mich riskiert.*

Stattdessen schluckte sie gegen das Brennen in ihrer Kehle an und wies auf das Offensichtliche hin. «Peter, du hast deine Karriere bereits für mich aufs Spiel gesetzt. Heute, um genau zu sein.»

«Das war potenziell eine Frage von Leben und Tod.» Mit einem entschiedenen Kopfschütteln verwarf er das einzige gute Argument, das sie noch hatte. «Beim Zustand meines Schwanzes sieht das anders aus.»

Wenn es hier nur um seinen Schwanz ginge, würde er sich wahrscheinlich nicht so große Sorgen machen.

Aber das spielte auch keine Rolle mehr, oder? Er hatte Nein gesagt.

Und trotz des schwachen Kribbelns in ihren Nebenhöhlen war alles in Ordnung. Sie und Peter hatten vielleicht Sex gehabt, aber sie waren nie ein Liebespaar gewesen. Und sie nahm an, dass sie nun auch nie eins sein würden.

Das war ebenfalls in Ordnung. Oder zumindest würde es das sein, sobald ihre blöde Brust aufhörte zu schmerzen.

Immerhin würde er trotzdem noch ihr Freund und Kollege bleiben, und nichts, was er gesagt hatte, änderte etwas an dem, was er heute für sie getan hatte. Wenn ein Mann wie er seine Karriere aufs Spiel setzte, war das ein echter Beweis dafür, wie viel ihm an ihr lag.

Also würde sie es ihm leicht machen. Sie würde es ihnen beiden leicht machen.

«Na gut», sagte sie. «Freunde?»

Ihre Hand zitterte nicht, als sie sie Peter entgegenstreckte. Aber weil er wirklich ein verdammter *Skitstövel* war, schüttelte er sie nicht. Stattdessen hob er sie zum Mund und hauchte einen Kuss über ihre Fingerknöchel, bevor er sie losließ.

Bei dem kurzen, flüchtigen Kontakt hätten sich genauso gut Blasen auf ihrer Haut bilden können. Sie brannte. Und sie musste schleunigst aus seiner Suite verschwinden.

Der sanfte Schwung seiner Lippen wirkte bittersüß. «Gute Freunde.»

«Die besten Freunde», bestätigte sie mit einem Lächeln, bei dem sich ihre Wangen schmerzhaft anspannten, und hüpfte von seinem Bett.

Gerade als sie sich so schnell wie möglich aus dem Staub machen wollte, erregte das silbergerahmte Foto auf seinem Nachttisch ihre Aufmerksamkeit. Unfähig, sich zurückzuhalten, hielt sie inne und betrachtete den einzigen richtigen Dekoartikel, den er in seiner Suite aufgestellt hatte.

Die Farben des Fotos waren leicht verblasst, und das war auch kein Wunder. Es musste über zwanzig Jahre alt sein.

Auf dem Foto stand ein Junge von vielleicht elf oder zwölf

Jahren – eindeutig Peter – neben einer Frau, die fast genauso aussah wie er. Sie war langbeinig und kräftig gebaut, hatte gewelltes, dunkelbraunes Haar, dunkle Augen, die vor Intelligenz sprühten, und ein Lächeln, das sowohl echte, liebevolle Freude als auch Vorsicht ausdrückte.

Im Hintergrund glitzerte eine blaue Wasserfläche, und die leuchtenden Herbstblätter an den Bäumen, die sie umgaben, schienen in einer unsichtbaren Brise zu rascheln. Sie hatte ihren Arm um seine Schultern gelegt. Sein Lächeln war dem ihren unheimlich ähnlich, und er kuschelte sich dicht an ihre Seite.

Es war klar, wer auf dem Foto zu sehen war. «Das bist du mit deiner Mutter.»

Jede Spur von Sanftheit in seinem Gesichtsausdruck verschwand augenblicklich. Er stieß ein bejahendes Grunzen aus, den Mund wieder grimmig zusammengepresst.

«Ich muss wohl nicht fragen, ob du auch adoptiert bist.» Vielleicht würde ein wenig Ironie helfen, seinen versteinerten Kiefer zu entspannen. «Sie ist hübsch.»

Nicht zart oder engelsgleich, aber sie war unbestreitbar gut aussehend. Wenn Maria Navas Erklärung des Begriffs vor ein paar Wochen richtig verstanden hatte, dann war sie *statuesk*.

Er gab einen weiteren tiefen, rauen Laut der Zustimmung von sich, während er sein Kindheits-Ich und seine Mutter anstarrte.

Als er schließlich mit richtigen Worten antwortete, waren sie ausdruckslos. Ohne jede Betonung. «Das war sie.»

Oh, verdammt. Sie hatte gehofft, dass es einfach ein Lieblingsfoto unter vielen anderen war, die sie im Laufe ihrer gemeinsamen Jahre aufgenommen hatten, und nicht ein Andenken an einen zu früh verstorbenen Elternteil.

«Peter, ich …», begann sie.

«Sie ist ein Jahr danach gestorben.»

Jedes sorgfältig neutral formulierte Wort schlug wie ein schwerer Hammer in ihr Herz. Sie biss sich auf die Lippe. «Es tut mir so leid.»

Was hätte sie sonst sagen sollen? Der Schmerz des Todes, des Verlustes, wurde durch irgendwelche oberflächlichen Worte nicht gelindert. Nur Zeit und Liebe konnten das erreichen – von Ersterem hatte er genug, und Letzteres konnte sie ihm nicht bieten.

«Es ist in Ordnung», sagte er beiläufig, und es war nicht nur eine Abfuhr und eine offensichtliche Lüge. Es war eine undurchdringliche Mauer, die er innerhalb eines Herzschlags zwischen ihnen errichtet hatte, hoch und fest und völlig unnötig.

Wenn er nicht über seine Kindheit sprechen wollte, war sie die Erste, die das verstand. Sie würde ihn sicher nicht zwingen.

«Okay.» Mit fester Entschlossenheit wandte sie sich von dem Foto ab. Von ihm. «Na gut, ich gehe jetzt besser, mein Freund. Es ist Zeit fürs Frühstück. Und natürlich sollte ich mich nicht in deiner Suite aufhalten. Ich möchte mich schließlich nicht mit deiner *schrecklichen* Krankheit anstecken, oder?»

Nachdem sie ihm zugezwinkert hatte, ging sie mit schwungvollem Schritt zur Tür und winkte ihm zum Abschied noch einmal fröhlich zu.

«Wir sehen ...», *uns* wollte er wohl sagen, aber die Tür schloss sich hinter ihr, noch bevor er den Satz beenden konnte.

Als sie den Flur hinunterging, lächelte sie so lange, bis es sich nicht mehr gezwungen anfühlte und sie Conor und Fionn und die Crew mit der guten Laune begrüßen konnte, die sie verdienten.

Ehrlich gesagt konnte sie sich nicht erklären, warum sie sich so unruhig fühlte. Denn eigentlich war alles in Ordnung, und zwischen ihr und Peter hatte sich nicht viel geändert. Selbst gute Freunde erzählten sich nicht alles, und selbst enge Freundschaft und gegenseitige Anziehung resultierten nicht immer in einer romantischen oder sexuellen Beziehung.

Er *war* ein guter Freund, und so jemanden fand man nicht jeden Tag. Das war definitiv etwas, das man schätzen sollte. *Nej*, kultivieren. Und wenn ihr das nächste Mal jemand ein verlockendes Angebot für eine heiße Nacht machte, wusste sie, dass sie denjenigen nicht abweisen musste, was sicherlich gut war.

Wie er schon sagte, sie hatten noch Jahre vor sich.

Sie würde das Beste aus dieser Zeit machen. Auf eine Vielzahl von unterhaltsamen Arten.

Und wenn es jetzt ein neues Thema gab, von dem sie sich wünschte, dass Peter seine Meinung änderte, ging das niemanden außer sie selbst etwas an.

CON-OF-THE-GATES-PANEL-MITSCHRIFT

Moderator: Maria und Peter, ihr seid die beiden neuesten Mitglieder des *Gods of the Gates*-Casts, doch ihr habt es geschafft, in der zweiten Staffel der Serie direkt für Furore zu sorgen. Ihr seid schnell zu Fan-Lieblingen geworden, und wir freuen uns, dass ihr heute bei uns sein könnt.

Maria: Das ist sehr nett von dir. Danke.

Peter: Wenn wir wirklich Fan-Lieblinge sind, dann liegt das allein an Maria. Niemand kann ihrem nordischen Zauber widerstehen.

Moderator: Habt ihr euch von Anfang an gut verstanden? Falls nicht, hätte es sehr *unangenehm* werden können, zusammen auf einer Insel festzusitzen.

Maria: (lacht) Ja. Sehr unangenehm.

Peter: Unglaublich unangenehm.

Maria: Ich kann ehrlich sagen, dass ich Peter vom ersten Moment an mochte.

Peter: Ging mir genauso.

Maria: Und zum Glück haben wir bei den Dreharbeiten auf der Insel viel Zeit, um eventuell auftretende Meinungsverschiedenheiten zu klären.

Peter: Genau. Zum Beispiel Meinungsverschiedenheiten darüber, wie oft ein Schauspieler dem anderen drohen sollte, ihn mit einem Glas eingelegter Heringe zu schlagen. Antwort: niemals.

Maria: Hör auf, mich Pippi zu nennen, und ich höre auf, dir mit Heringen zu drohen, *Skitstövel*.

Moderator: Was bedeutet das?

Maria: Das bedeutet, dass Peter es verdient, eine Handvoll Salzlakritze in den Hals gestopft zu bekommen.

Peter: Ich glaube, selbst nach *Verblendung* ist den Leuten noch nicht bewusst, welch erschreckendes Ausmaß an brodelnder Gewalt sich hinter der freundlichen Fassade Schwedens verbirgt.

Moderator: Ähm ...

Peter: Man muss nur die Norweger fragen. Die kennen sich mit unprovozierten schwedischen Angriffen aus.

Moderator: Machen ...

Peter: Die Dänen auch.

Moderator: ... wir ...

Peter: Island ist einen halben Ozean weit weggezogen, um den Schweden zu entkommen.

Moderator: ... mit unserem nächsten ...

Peter: Die Finnen sind schon seit Jahrhunderten abgetaucht. Sie verstecken sich in ihren Saunen.

Moderator: … Gast weiter, einverstanden?

Peter: Kann man ein ganzes Land ins Anti-Aggressions-Training schicken? Weil …

Maria: Ich hätte dich entführen, dich in ein Boot setzen, dich vor Dolphy McBlowholeface ins Wasser werfen und zusehen sollen, wie sie dir die Scheiße aus dem Leib prügelt, Reedton.

Peter: Schon wieder geht es um Scheiße. Das ist noch etwas, was die Leute über die Schweden nicht zu wissen scheinen: ihre ungebrochene Besessenheit von …

Maria: Sprich nur weiter, *Skitstövel*. Sprich nur weiter, und viel Glück beim Ausmisten deines blauen Schranks.

Moderator: Seines … blauen Schranks?

Peter: Ein Insider-Witz.

Maria: Oh, ja. Ein sehr persönlicher, sehr übel riechender Witz.

Moderator: Ich … denke, wir sollten uns jetzt Marcus Caster-Rupp zuwenden. Was kannst du uns über die kommende dritte Staffel erzählen?

Marcus: Ich glaube, die Fans werden von meiner neuen Haarpflegeroutine absolut begeistert sein!

Alex: Wir sollten über Bärte sprechen. Insbesondere darüber, wessen Bart im Laufe der zweiten Staffel voller und schöner war. Denn es ist eindeutig meiner, und ich möchte, dass das öffentlich anerkannt wird.

Moderator: (murmelt) Guter Gott.

10

«**NACHDEM WIR JETZT** den grundsätzlichen Ablauf durchgesprochen haben, möchte ich noch einmal zum Anfang der Szene zurückkommen, wenn ihr beide damit einverstanden seid.» Als Peter und Maria mit einem Nicken zustimmten, fuhr Delia – die Intimitätskoordinatorin der Serie – fort. «Wenn die jahrelang unterdrückte Lust überkocht ...»

Sechs Jahre. Sechs Jahre unterdrückter Lust.

Nicht dass Peter mitzählen würde.

«... wird Cyprian Cassia an die Wand drängen und ihr die Tunika ausziehen, sodass sie von der Taille aufwärts nackt ist. Dann wird er einen Schenkel zwischen ihre Beine schieben und sie leidenschaftlich küssen, während er ihre Brüste knetet.» *Flüssiger Stickstoff*, dachte er. *Der Nordpol. Wisconsin im Januar. Kühlhäuser.*

Delia blickte von ihren Notizen auf. «Mit anderen Worten, der Akt zwischen den beiden wird fast gewaltsam beginnen, bevor sie zu einem sanfteren Liebesspiel übergehen. Beunruhigt euch etwas an diesem Teil der Szene?»

Im Nachhinein betrachtet, hätte er sich definitiv einen runterholen sollen, bevor er zum Drehort ging.

Es war nur eine einstudierte Choreografie, hatte er sich gesagt, als er das Drehbuch gelesen hatte. Eine einfache Abfolge von streng vorgegebenen Bewegungen, begleitet von der Darstellung der passenden Gefühle. Was er und Maria in dieser Woche drehten, würde die Zuschauer vielleicht anheizen, aber letztlich war es nur ein Job. Nur eine weitere Szene, nicht anders als eine Kampfsequenz oder all die

Stunden, die sie damit verbracht hatten, an der Küste Seetang zu ernten.

Es war nicht romantisch. Es war nicht intim. Es ging nicht um sie beide, sondern um ihre Figuren, und es gab nichts, was ihnen Sorgen machen müsste. Es gab nichts, was *ihm* Sorgen machen müsste.

Aber jetzt, wo sie diesen buchstäblichen Höhepunkt zwischen Cassia und Cyprian erreicht hatten, die Szene, auf die ihre Fangemeinde seit der Ausstrahlung ihrer ersten Folge gewartet hatte, die Szene, die sicherlich Tausende von erschreckend schmutzigen Fanfics auf AO3 und Unmengen von NSFW-Fanart hervorbringen würde … beunruhigte ihn in Wahrheit doch vieles an der Situation.

Erstens war da Cyprians schiere sexuelle Aggression zu Beginn der Szene, Aggression, die Cassia begrüßte. Aber Maria war nicht Cassia, und er wollte sie auf keinen Fall verletzen oder verängstigen, auch nicht unbeabsichtigt. Auch wenn in der Szene die sexuellen Vorlieben ihrer Figuren im Vordergrund standen und nicht ihre eigenen, war es, wie Delia wiederholt betont hatte, wichtig, dass Maria sich wohlfühlte. Das galt natürlich auch für ihn, aber er vermutete, dass sie nach sechs verdammten Jahren unerfüllten Verlangens wohl so ziemlich alles mit ihm machen könnte, und es würde sich gut anfühlen.

Mehr als gut. Wie ein Segen. Wie Sauerstoff für einen Mann, der dabei war, langsam und schmerzhaft zu ersticken.

Zweitens würde Maria zweifellos mit ihrem üblichen Enthusiasmus in die Rolle schlüpfen … aber mit deutlich weniger Kleidung am Leib, die ihm die Sicht versperrte und Haut-an-Haut-Kontakt verhinderte. Abgesehen von ein paar kleinen Barrieren, die den Anstand wahren sollten würden sie den größten Teil der Szene völlig nackt sein – und sie würden es fast eine Woche lang bleiben, denn der ständige Wechsel von Kameraperspektive und Lichtverhältnissen bedeutete, dass es selbst bei kurzen Sexszenen ewig dauerte, sie zu drehen. Und dies war *keine* kurze Sexszene.

Vielleicht wäre selbst das kein Problem gewesen, aber er hatte mit keiner anderen Frau geschlafen, nachdem er Maria kennengelernt hatte. Obwohl er wusste, dass sie zwischen den Staffeln gelegentlich Affären gehabt hatte, wie verschiedene Boulevardzeitungen eifrig dokumentierten. Das zu erfahren, hatte ihm einen Stich versetzt – eigentlich war es mehr als nur ein Stich gewesen, es hatte *gebrannt* –, aber sie hatte sich ihm angeboten, und er hatte Nein gesagt. Und er war ein Mistkerl, aber kein so großer Mistkerl, dass er von ihr erwarten würde, über ein halbes Jahrzehnt lang enthaltsam zu leben, nur um die Gefühle eines Mannes zu schonen, der eine sexuelle Beziehung mit ihr abgelehnt hatte.

Er hatte erwartet, mit der Zeit auch in den Armen einer anderen Trost zu finden. Doch seit jenem schicksalhaften Tag in der Sauna in L. A. fühlte sich selbst ein Flirt mit einer anderen Frau aus irgendeinem dummen Grund wie Betrug an. Jetzt, nach sechs endlosen Jahren, in denen ihm nur der zweifelhafte Trost seiner linken Hand geblieben war, war er im Grunde wie ein Special-Effects-Feuerball, der bereit war, zu explodieren, nur war er heißer und schwerer zu kontrollieren. Verdammt, wenn selbst diese relativ trockene Unterhaltung ihn hart machte, könnte die eigentliche Szene für sie alle in einer Art Ständer-induzierten Katastrophe enden.

Und drittens – Scheiße. Er versuchte, nicht daran zu denken. Er hatte schon seit Wochen versucht, nicht daran zu denken. Möglicherweise seit Monaten. Aber er konnte den Gedanken nicht länger vermeiden.

Dies war seine letzte Szene mit Maria. Für immer.

Letzte Woche hatten sie getrennt voneinander ihren jeweiligen Tod gefilmt, denn natürlich konnten Ron und R.J. den Gedanken nicht ertragen, dass irgendwer ein hoffnungsvolles Ende erlebte.

Nach der gemeinsamen Nacht verkündete das triumphale Gebrüll der Untoten Cyprian und Cassia, dass ihr Tor durchbrochen worden war und ihr Schicksal sie ereilen würde. Sie wussten beide, dass sie den bevorstehenden Kampf nicht überleben konnten, nicht als einfache Menschen. Also schickte er sie zu ihrer Sicherheit weg, auch wenn sie sich zunächst weigerte, ihn zu verlassen. Doch als er sie daran erinnerte, dass sie möglicherweise schon sein Kind in sich tragen könnte – sein Vermächtnis in der Welt der Lebenden und der einzige Beweis ihrer Liebe, der überleben könnte –, willigte sie ein, zu gehen, und schluchzte dabei die ganze Zeit vollkommen untröstlich.

Er half ihr in das zerbrechliche Boot, das sie im Laufe endloser, einsamer, von unerfüllter Lust geprägter Jahre mühsam zusammengebaut hatten, und schob es so weit wie möglich in den sturmgepeitschten Ozean, bevor er, betäubt von Verzweiflung und Schrecken, zum Tor marschierte. Auf die Klippen zu.

Und von dort hatte Cyprian in der Szene, die sie am vergangenen Dienstag gedreht hatten, beobachtet, wie die Frau, die er bis zum Äußersten liebte, sich nur wenige kostbare Minuten auf den hohen, aufgewühlten Wellen halten konnte, bevor sie noch in Sichtweite vom Ufer unterging und ertrank.

Dann hatte er gegen die Untoten aus dem Tartaros gekämpft und ihm wurde der Arsch aufgerissen. Oder besser gesagt, ihm wurde der Kopf von einer schrecklichen Kreatur von den Schultern gerissen – die Special-Effects-Leute würden ihren Spaß daran haben –, während er mit seinem letzten, gequälten Atemzug Cassias Namen rief.

Es war verdammt deprimierend. Aber so düster es auch sein mochte, zumindest machten die Entwicklungen ihrer Charaktere Sinn, was man bei vielen seiner Kollegen nicht behaupten konnte.

Maria war für ihre Todesszene in den riesigen belgischen Wassertank zurückgekehrt, während er für seine auf der Insel geblieben war. Aber da bei Produktionen wie dieser die Sequenzen nicht immer in der richtigen Reihenfolge gedreht wurden, blieb den beiden jetzt noch diese eine Szene, die sie gemeinsam drehen mussten. Ihre einzige Liebesszene, nach all der Zeit.

Dann würde er die Insel für immer verlassen. Er würde Maria für immer verlassen.

Cyprians Verzweiflung zu spielen, als er Cassia wegsegeln sah, als er sie sterben sah, war keine Herausforderung gewesen. Peter hatte sich im Wesentlichen im Method Acting versucht.

Also ja, die ganze Situation drohte ihn in die Knie zu zwingen.

Auf die sich in der Szene übrigens auch Cassia niederlassen würde.

Er rieb sich mit den Händen über das Gesicht. *Professionell, Peter. Bleib professionell.*

«Maria?» Delia verlangte offenbar eine Antwort auf ihre Frage, und das war auch gut so. «Ist dir am Anfang der Szene irgendetwas unangenehm?»

Maria zuckte auf ihrem Stuhl zusammen und blinzelte kurz.

«Oh», sagte sie ausdruckslos, dann schien sie sich wieder zu erinnern, wo sie war. «Nein, alles gut.»

Delias Pferdeschwanz wippte, als sie den Kopf neigte. «Bist du sicher? Denn du hast das Recht, körperliche Grenzen zu setzen, Maria. In Szenen wie dieser sind Kommunikation und Consent das A und O.»

«Ich bin absolut sicher.» Langsam schlich sich ein verruchtes Grinsen auf Marias gerötetes Gesicht. «Ich freue mich sogar darauf, ein wenig von Peter herumgewirbelt zu werden.»

Als ihm die Luft wegblieb und er nach seinem Becher Eiswasser griff, klopfte sie ihm auf den Rücken.

«Ich verstehe es als eine unbezahlbare Gelegenheit, zu sehen, wie ein erfahrener Filmschauspieler an solche Szenen herangeht», fügte sie hinzu, wobei ihr Ton verdächtig förmlich war.

Als er aufgehört hatte zu husten, wandte sich Delia an ihn. «Was ist mit dir, Peter? Fühlst du dich wohl damit?»

Nein. Nicht im Geringsten. Aber er würde einer fast Fremden nur einen der Gründe für sein Unbehagen verraten.

«Ich möchte einfach nichts tun, was Maria Angst machen oder sie verletzen könnte.» Er hielt inne. «Warte, lass es mich anders ausdrücken. Ich *werde* nichts tun, was ihr Angst machen oder sie verletzen könnte, egal was Ron und R.J. wollen. Das hat für mich Priorität und ist mein einziges Anliegen.»

Daraufhin warf Delia ihm einen anerkennenden Blick zu und beugte sich vor, um ihm einen leichten Klaps auf den Arm zu geben. «Schön gesagt, Peter. Diese Einstellung kommt seltener vor, als du denkst, und es ist genau das, was ich hören will.»

Aus irgendeinem Grund warf Maria ihm jetzt einen finsteren Blick zu. Was absolut keinen Sinn ergab, denn warum zum Teufel sollte seine Erklärung, dass er ihr Wohlergehen für wichtiger hielt als die Forderungen der Showrunner, sie verärgern? Sollte sie ihm nicht eher Blicke der Bewunderung zuwerfen?

Obwohl er das natürlich nicht gesagt hatte, damit sie ihm Beifall klatschte. Wenn diese Szene vorbei war, musste er mit sich selbst klarkommen. Wenn er ihr Angst machte oder sie verletzte, könnte er das nicht. Punkt.

«Mach dir keine Sorgen, Peter.» Sie lächelte wieder, aber ihr Kiefer war seltsam angespannt. «Ich vertraue darauf, dass du mich auf diese Weise nicht verletzen wirst.»

Seine Brauen zogen sich zusammen. Irgendetwas an dieser Formulierung …

«Lasst uns darüber reden, was ihr beide tragen werdet.» Delia drehte ihr Tablet um, sodass sie beide den Bildschirm sehen konnten. «Letztendlich sollen eure Figuren für den Zuschauer nackt wirken. Die Postproduktion kann sich um vieles kümmern, aber wir versuchen, ihr die Arbeit so einfach wie möglich zu machen, ohne dass euer Sicherheitsempfinden darunter leidet. Ich würde vorschlagen, dass ihr für die Szene beide trägerlose Tangas wie diese hier tragt, die am Körper haften und zu eurer Hautfarbe passen. Maria, du trägst darunter einen Silikonschutz, damit es keinen direkten Genitalien-Kontakt gibt, auch nicht durch den Stoff. Und zusätzlich sorgen Pasties dafür, dass die Brustwarzen bedeckt sind.»

O Mann. Er wusste – und zwar ganz genau –, was Maria zu der Sache mit den Pasties sagen würde.

Peter fuhr sich mit den Fingern durch die Haare und zerrte an einer Handvoll Strähnen. Fest.

«Oh, ich brauche keine Pasties», behauptete Maria unbekümmert und erwartungsgemäß. «Es ist mir egal, wer meine Brustwarzen sieht. Peter wird schließlich auch keine Pasties tragen, oder?» Sie hielt inne. «Vor der Kamera, meine ich. Was er in seiner Freizeit macht, geht mich nichts an.»

Unauffällig hob er seinen Mittelfinger, sodass nur sie es sehen konnte.

Als sie schnaubte, musste er sich zum ersten Mal an diesem Tag ein echtes Lächeln verkneifen.

«Bist du dir sicher, Maria?» Delia legte die Stirn in Falten, während sie sich etwas notierte. «Denk dran, dass du deine Meinung während der Dreharbeiten jederzeit ändern kannst.»

«Das ist gut zu wissen, aber ich denke, das wird nicht passieren.» Maria strich sich eine verirrte blonde Haarsträhne hinters Ohr. «Kannst du mir genauer erklären, wie die Tangas halten?»

Das hatte er sich auch schon gefragt. «Ja, wird der Klebstoff nicht einige ... Probleme verursachen?»

«Du meinst, wenn man sie wieder abnimmt?» Nach Delias Strahlen zu urteilen, hielt sie ihn für einen Musterschüler, weil er diese Frage gestellt hatte. «Das wäre mein nächster Vorschlag. Es ist besser, sich die Bikinizone zu rasieren oder zu wachsen, bevor man sie anbringt, damit man beim Ausziehen keine Haare ausreißt. Dasselbe gilt für deinen Genitalschutz, Maria.»

Er zuckte zusammen. Dann zuckte er erneut zusammen, denn er wusste es. Er wusste bereits, was Maria ...

«Das funktioniert für mich nicht.» Ihre Aussage klang fröhlich, aber bestimmt. «Ich rasiere mich nicht, und ich wachse auch nichts. Peter?»

Seine Ohrmuscheln wurden heiß. «Ähm, ich auch nicht.»

Wobei er bereit wäre, es für die Sache zu tun. Maria hingegen würde es nicht tun.

«Also was ist die Alternative?» Maria trommelte mit den Fingern auf die Oberfläche des kleinen Konferenztisches, den Darrell in einen Produktionstrailer gequetscht hatte. «Ein normaler hautfarbener Tanga?»

«Für dich, ja. Das ist auch für Peter eine Option.» Die Intimitätskoordinatorin räusperte sich leise. «Aber er könnte auch eine –»

«Schwanzsocke tragen!» Maria drehte sich zu ihm um, ihr Gesicht leuchtete vor Vergnügen. «So nennt man das doch, oder?»

In diesem Moment beneidete er Cyprian, dessen akutes Leiden schlussendlich ein Ende fand und der niemals mehr hören musste, wie Cassia mit ihrer flinken Zunge das Wort *Schwanz* aussprach.

«Ich glaube schon.» Er wusste, dass es so war. «Zumindest ist das die inoffizielle Bezeichnung.»

«Korrekt.» Delia stieß einen kleinen, fast lautlosen Seufzer aus. «Die Entscheidung liegt natürlich bei euch. Womit auch immer ihr zwei euch am wohlsten fühlt.»

Ehrlich gesagt würde er es vorziehen, sich nicht die Schamhaare auszureißen oder Stoppeln im Schritt zu haben, und er hatte auch keine Lust, sich eine Woche lang Zahnseide durch die Arschritze zu ziehen, also ...

«Wenn Maria damit einverstanden ist, nehme ich die» – *SchwanzsockeSchwanzsockeSchwanzsockeSchwanzsocke* – «letzte Option.»

Er nahm an, seinen Schwanz und seine Eier in einen Beutel mit Kordelzug zu stopfen, konnte nicht unangenehmer für ihn werden, als es diese Diskussion sowieso schon war.

«Ah. Eine weise Entscheidung von einem weisen Mann.» Maria wandte sich wieder Delia zu. «Und für mich wäre ein Tanga okay. Oder gar nichts, was das betrifft.»

«Dann ein Tanga.» Mit einem weiteren winzigen Seufzer notierte sich die andere Frau noch etwas. «Also gut, lasst uns besprechen, was passiert, wenn Cyprian und Cassia sich zum Bett bewegen. Zuerst wird er sich auf den Boden knien und an Cassia Cunnilingus praktizieren, während sie Blickkontakt halten. Wir sollten diese ganze Sequenz Schritt für Schritt durchplanen und im Voraus genau festlegen, wie lange der Blickkontakt dauert und wo er sie während des Aktes berühren wird.»

Langsam schloss Peter seine Augen und bat den Gott der vereitelten Lust um Erlösung.

«Ich dachte eigentlich, er würde meine Schenkel mit seinen Händen spreizen, aber ich schätze, er könnte stattdessen auch meinen Hintern umfassen oder mit meinen Brüsten spielen.» Maria klang nachdenklich. «Was denkst du, Peter?»

Heilige Scheiße. Vor der nächsten Besprechung mit Delia würde er sich den Schwanz wund wichsen müssen.

Mit letzter Kraft schaffte er es, eine Antwort hervorzuwürgen: «Ich denke gar nichts.»

Jedenfalls nichts, was er den anderen erzählen konnte. Es war also nicht wirklich eine Lüge.

GODS-OF-THE-GATES-DARSTELLER-GRUPPENCHAT: VOR DREI JAHREN

Alex: Maria und Peter

Maria: Ja?

Peter: Ja?

Alex: You better watch out

Marcus: Kumpel, ich habe keine Ahnung, was du da machst, und ich kann nicht mehr zählen, wie oft ich dir das schon gesagt habe, aber: Dir ist klar, dass das wie eine Drohung klingt, oder?

Alex: You better not cry

Carah: Was soll der Weihnachts-Scheiß, Alex

Alex: You better not pout

Peter: Ich schmolle nicht

Peter: Ich grübele höchstens auf sehr männliche Weise

Alex: I'm telling you why

Maria: Ein bisschen mehr Kontext wäre an dieser Stelle sehr hilfreich

Maria: Spinner

Alex: AMOR MAN IS COMING TO TOWN

Alex: Und mit TOWN meine ich eure verdammte winzige Insel mitten im Nirgendwo

Peter: Du hast eine Szene mit uns?

Maria: Ich hatte gehofft, dass wir hier irgendwann mal Gesellschaft bekommen!

Alex: Du hattest nur Reste

Alex: Jetzt kriegst du das Beste

Alex: DAS BESTE = ICH

Alex: Offensichtlich

Peter: Dann bin ich … mit den Resten gemeint?

Peter: Denn wenn ja, würde ich nicht sagen, dass ich schmolle

Peter: Aber ich gebe zu, dass ich hier möglicherweise ein wenig auf männliche Weise ins Grübeln komme

Alex: Amor wird dich mit seinem unnachahmlichen Charme, seinem verwegenen Aussehen und dem extrem kurzen Lendenschurz, mit dem mich die Kostümbildner ausgestattet haben, umhauen

Alex: Außerdem habe ich ein paar sehr phallische Pfeile dabei

Alex: *wackelt mit den Augenbrauen*

Maria: Ich sag dir was

Maria: Wenn du mich buchstäblich von den Socken hauen kannst, kannst du mich haben

Peter: …

Marcus: Maria, bitte ermutige ihn nicht

Peter: Wäre es nicht sinnvoller, Amors Szenen vor einem Green Screen im Studio zu drehen und alles in der Postproduktion zusammenzufügen?

Peter: Denn Reisen sind sehr teuer, und das Budget für die Staffel wurde bereits überzogen, also

Maria: ABER

Maria: Nur wenn du es schaffst, eine ganze Nacht lang *zu schweigen* , Alex, denn ich will im Bett keine Kopfhörer mit Geräuschunterdrückung tragen müssen

Alex: DAS IST UNFAIR, WIR WISSEN BEIDE, DASS ICH DAS NICHT SCHAFFE

Maria: Und wir wissen auch beide, dass wir nicht solche Gefühle füreinander hegen

Alex: Ich grüble nicht auf männliche Weise

Alex: Verdammt, ich SCHMOLLE

Alex: *schmollt*

Peter: Wie auch immer, Maria hat recht, es ist schön, mal Gesellschaft zu bekommen

Peter: Ich freue mich wahnsinnig, dass du herkommst, Kumpel, kann's kaum erwarten

Carah: Vergiss unsere Serie, das hier ist verdammtes ENTERTAINMENT

Maria: ???

Peter: ???

Alex: *schmollt weiter*

Marcus: …

Marcus: Na schön, wir können uns auf dem Weg ins Studio Mötley Crüe anhören, wenn du *aufhörst zu schmollen*

Alex: BESTER TAG ALLER ZEITEN!!!

Marcus: Nur zur Info, ich grüble nicht, weder männlich noch sonst wie, und ich schmolle auch nicht

Marcus: Ich seufze

Marcus: *seufzt*

Alex: SEUFZ NICHT, SONST SINGE ICH BEI DR. FEELGOOD MIT

Alex: Aber um ehrlich zu sein, werde ich das sowieso machen

Marcus: *seufzt wieder*

11

«CUT!» RAMÓN WARF einen Blick auf sein Handy. «Gute Arbeit, ihr zwei. Wir machen jetzt eine halbe Stunde Pause, während Ron und R.J. sich das Material von heute ansehen. Und wenn sie dann keine Änderungswünsche haben, fangen wir mit der Stelle an, an der Cyprian Cassia auf den Rücken rollt und ihren Hals küsst. Okay?»

Peter nickte zustimmend, dann hob er vorsichtig – sehr vorsichtig – seine Hüften, ohne das zwischen Marias Schenkeln platzierte Kissen zu verschieben. Das gesegnete Kissen, das ihn vor der totalen Katastrophe und einer epischen Blamage bewahrt hatte, als sie gefühlt jahrhundertelang immer wieder ihre Becken gegeneinandergestoßen hatten. Dabei waren es bisher nur zwei Tage gewesen. Zwei Tage köstlicher Folter, komplett auf Film gebannt.

Mit einem leisen Dankeschön zog er den Bademantel über, den Jeanine ihm reichte, steckte die Füße in seine Flip-Flops und lenkte seinen Blick irgendwohin, nur nicht auf Marias schimmernden, fast nackten Körper, als sie aufstand und ihren eigenen Bademantel und die Hausschuhe anzog.

Schau nicht auf ihre nackten Brüste. Lass *es, Reedton.*

Als hätten sie sich nicht sowieso längst in seine Netzhaut gebrannt. Wahrscheinlich sogar für den Rest seines Lebens.

Immer wieder musste er in der Szene auf diese großen Brüste starren, sie umfassen, während sie im Schein des Feuers glänzten, feucht von dem Rosenwasser-Glyzerin-Spray, das den Schweiß beim Geschlechtsverkehr simulieren sollte. Nach sechs Jahren waren sie vielleicht ein bisschen voller als früher, hingen ein bisschen tiefer auf ihren Rippen und waren schöner als je zuvor. Sie wiedersehen zu können, war ein Geschenk. Genauso wie den Rest ihres langen, kurvigen Körpers.

In ihrer ersten Nacht – ihrer einzigen gemeinsamen Nacht – hatte er es nicht gewusst. Er hatte nicht gewusst, dass dies sein einziges Mal mit Maria im Bett bleiben würde. Er hatte nicht gewusst, dass er es verdammt noch mal langsamer angehen lassen und den Anblick von ihr unter ihm genießen sollte, ihre Haare um seine Faust gewickelt, die Wangen gerötet, ihr Körper nackt und willig.

Aufgrund seines neuen strengen Masturbationsplans hatte er die Dinge am Set professionell halten können. Aber das hieß nicht, dass er sie nicht bewundern konnte, wenn das Drehbuch ihn anwies, sie anzuschauen, sie zu berühren. Das hieß nicht, dass er nicht aus seiner eigenen Leidenschaft und Zärtlichkeit schöpfen konnte, um Cyprians zu zeigen, und dabei eine bittersüße Freude empfand.

Und da die Dreharbeiten für diese Szene sich über eine ganze, lange Woche erstreckten, da er sich nicht in einem Dunst kopfloser Lust verlor wie in ihrer einen gemeinsamen Nacht, hatte er reichlich Gelegenheit gehabt, sich jeden Moment in ihren Armen einzuprägen. Und das hatte er dankbar getan.

Aber sie wieder so zu sehen, fast nackt und ohne Scham, war nicht nur ein Geschenk. Es war auch eine Qual.

Sechs Jahre hatte er sie nicht in seinem Bett gehabt, und nach dieser Woche würde er sie nie wieder dort haben.

Es sei denn, sie wollte ihn noch.

Denn ja, die Serie war für sie beide so gut wie vorbei, und der Schmerz dieser Erkenntnis traf ihn jedes Mal aufs Neue, wenn er daran dachte. Und ja, keine künftige Rolle würde ihm jemals so viel Zeit in ihrer Gesellschaft bringen wie diese. Aber wenn sie ihre letzte Szene gedreht hatten, waren sie frei. *Er* war frei.

Von diesem Moment an konnte ihre Beziehung die Gemeinschaft am Set nicht mehr gefährden oder in irgendeiner Weise seine Karriere bedrohen. Wenn sie sich also genauso nach ihm sehnte, wie er sich nach ihr sehnte – und manchmal könnte er schwören, dass sie das tat –, konnten sie zusammen sein. Endlich. Auf all die Arten, wie es diese schmutzigen, schmutzigen Fanfictions auf AO3 beschrieben, aber auch als festes Paar.

Aber jetzt noch nicht. Nicht bevor die Dreharbeiten abgeschlossen waren. Was noch nicht der Fall war, also brauchte er vor der nächsten Aufnahme dringend einen Snack und etwas Wasser.

Die frühlingshafte Luft war sowohl in Cyprians und Cassias kleinem Steinhaus als auch draußen kühl, also nahm er sich vom Tisch des Caterings, was er brauchte, und zog sich an seinen üblichen Platz in Jeanines Trailer zurück. Maria folgte ihm hinein und schloss hinter ihnen mit einem dumpfen Knall die Tür.

«Das ist das erste Mal, dass Ron und R.J. sich das Filmmaterial ansehen, oder?» Sie ließ sich auf den Stuhl vor Jeanines Schminktisch plumpsen und schälte eine Banane. «Ich bin gespannt, was sie sagen.»

«Da wir schon fast zwei volle Drehtage mit dieser Szene zugebracht haben, kann ich mir nicht vorstellen, dass sie noch größere Änderungen vornehmen wollen. Vor allem, da sie mal wieder über dem Budget sind und Nachdrehs Zeit und Geld kosten.» Er kaute und schluckte einen Bissen von seinem Müsliriegel herunter, bevor er fortfuhr. «Außerdem sind wir, wie Carah sagen würde, verfickt gut ...»

«Im wahrsten Sinne des Wortes.» Maria gluckste und nahm einen schmerzhaft anzüglichen Bissen von ihrer Banane.

«... also habe ich keinen Zweifel daran, dass unsere Darstellung hervorragend ist.»

Nachdem er sich gestern ein paar Minuten des Rohmaterials angesehen hatte, wusste er bereits, dass ihre Darbietung mietfrei in seinem Kopf wohnen würde, wahrscheinlich sogar für immer. Sie hatte dort bereits alle Spuren früherer Bewohner beseitigt, den Thermostat auf Heiß-wie-die-Sonne gestellt und eine Einweihungsorgie veranstaltet, und das alles in weniger als vierundzwanzig Stunden.

Sobald die Folge ausgestrahlt wurde, erwartete er eine Lawine neuer E-Mails von Alex, der schon vor langer Zeit – und mit großem Vergnügen – eine Art Google Alert aus der Hölle eingerichtet hatte, um Peter leiden zu lassen.

Ihr Co-Star hatte sichtlich Spaß daran, Peter auf Fanfiction-Geschichten hinzuweisen, die mit «E» für «Explicit» markiert waren und in denen Cyprian und Cassia – oder, was noch gefährlicher war, Peter und Maria selbst – die Hauptrollen spielten. RPF, so nannte Alex Letztere. Real-Person-Fiction. Offenbar gab es davon eine ganze Menge da draußen.

Also schickte Alex ihm ständig AO3-Links, aber nicht *nur* AO3-Links. Auch YouTube-Links zu Fan-Videos, in denen die knisterndsten Fast-aber-noch-nicht-ganz-Momente zwischen Cassia und Cyprian zusammengeschnitten und mit extrem stimmungsvoller Musik unterlegt waren. Außerdem Gifs, die die beiden zeigten, wie sie sich förmlich mit Blicken verschlangen, sowohl in der Serie als auch in verschiedenen Interviews und auf Conventions. Und den Link zu einer Website, auf der ein Cassian-Shipper eine Reihe künstlerisch anspruchsvoller und wunderschön ausgeleuchteter Fotos veröffentlicht hatte, auf denen Cyprians Actionfigur mit Cassias Dinge anstellte, die der Hersteller wahrscheinlich nicht so vorgesehen hatte und die sicher zu einer großen Anzahl ausgerenkter Vinyl-Gliedmaßen führten.

Würde Peter Alex nicht so sehr mögen, hätte er den Kerl wahrscheinlich schon längst umgebracht.

Trotzdem hatte er Alex bisher nicht gebeten, damit aufzuhören.

Maria aß ihre Banane auf, bevor sie antwortete. «Natürlich ist unsere Darstellung herausragend. Um Carah noch einmal zu zitieren: Wir sind verdammte Profis, Bitches.»

Er kicherte.

«Aber das heißt nicht, dass Ron und R.J. nicht doch etwas finden, was sie kritisieren können.» Ihr langer, blasser Hals bewegte sich, als sie an ihrem Wasser nippte. «Du weißt doch, dass sie sich seit der Sache mit dem Abnehmen in unserer ersten gemeinsamen Staffel wie pingelige Arschlöcher benehmen.»

Die Showrunner hatten ihre versteckte Feindseligkeit nie gegen ihn gerichtet. Nur gegen sie. Und obwohl das gut für seine Karriere war, hasste er es, wie schmutzig er sich dabei fühlte. Wie *mitschuldig*.

Er zwang sich, ihr in die Augen zu sehen. «Es tut mir leid.»

Sie hob die Schulter zu einem anmutigen Achselzucken. «Besser ich als du. Es ist mir wirklich scheißegal, ob sie mich mögen.»

Er hielt den Mund, denn er hatte keine Lust, der Andeutung in ihrer Aussage zu widersprechen. Obwohl ihm eigentlich *wirklich* egal war, ob Ron und R.J. ihn mochten, und das war immer schon so gewesen. Für ihn war nur wichtig gewesen, ob die Showrunner ihn feuern oder seiner zukünftigen Karriere schaden würden. Aber vielleicht war das auch nur ein anderer Ton der gleichen mit Schuld verdreckten Farbe.

Die Tür zum Wohnwagen ging auf. Sie wurde regelrecht aufgerissen, und sowohl er als auch Maria erschraken über den unerwarteten Überfall.

Ramón und Nava stürmten mit wütenden Mienen in den

Trailer. Sie schlossen die Tür hinter sich und verriegelten sie. Für einen langen, stillen Moment starrten sie sich mit zusammengepressten Lippen an, als würde jeder den anderen in Gedanken dazu auffordern, zuerst zu sprechen.

Auf Marias lautes Schnauben hin drehten sich alle zu ihr um.

Sie lehnte sich in ihrem Stuhl zurück, streckte die Beine aus und verschränkte die Hände über ihrem Bauch. «Ich nehme an, ihr seid hier, um das Lob der Showrunner an uns weiterzugeben? Oder um mir mitzuteilen, dass sie meine Gage rückwirkend erhöhen, um meine harte Arbeit und meine unvergleichlichen schauspielerischen Fähigkeiten anzuerkennen?»

«Maria ...» Nava hatte das Wettstarren mit Ramón offensichtlich verloren, denn sie sprach als Erste. «Ich weiß nicht, ob du Peter bei diesem Gespräch dabeihaben willst. Das Ergebnis wird auch ihn betreffen, aber ...»

«Es gibt buchstäblich nichts, was Ron oder R.J. sagen könnten, was mir peinlich wäre, Nava. Nichts über meine Leistung. Nichts über meine Persönlichkeit. Nichts über meinen Körper.» Mit einer kleinen Handbewegung wies Maria die Bedenken zurück. «Nur zu. Es ist mir egal, ob Peter ihre Kritik mit anhört.»

Die Produzentin fuhr sich mit der Hand über ihr kurzes Haar. «Na gut. Wenn du es so willst.»

«Nur um das klarzustellen, weder Nava noch ich teilen ihre Meinung.» Die Falten um Ramóns Mund vertieften sich. «Wir werden jede Reaktion von dir unterstützen, egal wie sie ausfällt.»

«Außer vielleicht, du willst einen Atomkrieg», fügte Nava mit einem schwachen Lächeln hinzu.

Scheiße. Was zum Teufel hatten Ron und R.J. gesagt?

Peter massierte seinen Nacken, Angst drehte ihm den Magen um.

«Ich liebe euch beide, aber hört auf, es hinauszuzögern.» In Marias Blick blitzte eine Erkenntnis auf, und sie hielt inne. «Ach, eigentlich ist es egal. Ich wette mit euch um hundert Euro, dass ich genau weiß, was sie gesagt haben.»

Plötzlich wusste er es auch. Es war das Einzige, was Sinn ergab, wenn man bedachte, wer Ron und R.J. waren, wie sie offenbar die Körper von Frauen wahrnahmen, was sie glaubten, wie man eine Frau am besten verletzen könnte, und welche Mittel sie dementsprechend einsetzen würden, um Maria zu demütigen.

Oder besser gesagt, um zu *versuchen*, sie zu demütigen. Denn selbst nach sechs Jahren hatten sie es noch nicht geschafft, sie kleinzukriegen oder ihren Glanz zu trüben. Nicht mal ein bisschen.

«Sie denken, dass die Zuschauer Frauen mit Körperbehaarung nicht sexy oder ansprechend finden, also wollen sie, dass ich mich rasiere oder enthaare und wir den Teil der Szene, in dem ich nackt bin, noch einmal drehen.» Maria lachte auf, und es klang nicht scharf oder bitter, sondern wirklich amüsiert. «Denn für eine Wikinger-Schildmaid aus dem Mittelalter, die auf einer einsamen Insel Schiffbruch erlitten hat, hat Haarentfernung natürlich oberste Priorität.»

«Na ja ...» Ramóns Mundwinkel zuckten in einem zögerlichen Lächeln. «Die gute Nachricht ist: Ich habe deine Wette nicht angenommen.»

Das war er also. Ron und R.J.s letzter Versuch, Maria einzuschüchtern, und zwar indem sie ihr sagten, sie sei nicht sexy genug – Gott, nachdem er kurz darüber nachgedacht hatte, wollte er ebenfalls lachen. Es war ihr letzter Versuch, sich dafür zu rächen, dass sie die großen Diätpläne der Showrunner vereitelt hatten. Ihr letzter Versuch, ihren Körper zu kontrollieren.

Hatten sie in den sechs Jahren, in denen sie mit ihr gearbeitet hatten, denn nichts gelernt?

«Möglicherweise hat Cassia vor dem Sex einen Abstecher in das örtliche Spa gemacht», sagte Nava, wobei jede Silbe vor Sarkasmus triefte.

«Ganz bestimmt.» Maria grinste immer noch und tippte sich mit einem langen Zeigefinger gegen ihr Kinn. «Wenn Cassia Venus nett fragt, würde die ihr bestimmt auch noch die *Snippa* verzieren. Ich bin sicher, Pailletten würden den Zuschauern gefallen.»

Dieses schwedische Wort kannte er nicht. Aber er konnte sich sehr, sehr gut vorstellen, was es bedeutete.

Nach einem leisen Kichern wurde Nava wieder ernster. «Was sollen wir ihnen sagen?»

«Das wisst ihr bereits.» Maria warf der Produzentin und dem Regisseur einen entschuldigenden Blick zu. «Sie werden nicht besonders erfreut sein, und es tut mir leid, dass ihr euch damit herumschlagen müsst.»

«Solange es dir gut geht, geht es uns auch gut.» Ramón schien den drohenden Zorn der Showrunner nicht zu fürchten. «Wir sagen ihnen gerne, dass du ihre Bitte abgelehnt hast.»

Nur war es eigentlich keine Bitte. Es war eine Anordnung. Und sie alle wussten das.

Allerdings hatten Ron und R.J. zu diesem Zeitpunkt nicht mehr viel Macht über sie. Eigentlich war Peter sich nicht sicher, ob sie *jemals* Macht über sie gehabt hatten.

«Wenn sie mich feuern wollen und in letzter Minute noch ein Körperdouble suchen, um die Frau auf eine einsame irische Insel zu verfrachten, ihr die Choreografie beizubringen und einen großen Teil einer wichtigen Szene mit ihr neu zu drehen, können sie das gerne machen.» Maria legte den Kopf schief und tat so, als würde sie nachdenken. «Aber sie sind wie immer spät dran und über dem Budget, und das ist die letzte Szene in der ganzen Serie, in der ich mitspiele, also wirkt das ein bisschen unsinnig, nur für ein bisschen unzeitgemäßes Achselhaarentfernen. Damit würden sie nur sich selbst schaden, oder?»

Es waren nur Haare. Sie würden nachwachsen. Wirklich jeder andere Schauspieler, den er im Laufe von zwei Jahrzehnten in Hollywood kennengelernt hatte, hätte in dieser Situation sofort einen Rasierapparat hervorgeholt, und die meisten Frauen hätten bereits jegliche Körperbehaarung mit Wachs entfernt, ohne dass man es ihnen überhaupt sagen musste. Aber Marias Körper gehörte Maria und nur Maria allein.

Es stand natürlich viel weniger auf dem Spiel als in ihrer ersten gemeinsamen Staffel, aber ...

Peter räusperte sich. «Wenn Pippi geht, gehe ich auch.»

Ramón und Nava wandten sich gleichzeitig zu ihm um. Die Wärme in ihren Augen flutete durch seine Brust und strömte von dort nach außen. Und Marias Lächeln ...

Verdammt, Marias Lächeln.

«Wirklich?» Plötzlich hatte sie ein Glas *Sill* in der Hand und hielt es ihm nur wenige Zentimeter vor die Nase. «Willst du deine reizende Geste der Solidarität wirklich damit beschmutzen, dass du mich Pippi nennst, Arschloch?»

Er rutschte unbehaglich auf seinem Stuhl herum, und das lag nicht an dem Hering. «Wir wissen beide, dass es zu spät ist, uns noch zu feuern, also ist es eher eine leere Geste als eine reizende.»

Sicher, die Showrunner konnten immer noch schlecht über ihn reden, aber in seinem Lebenslauf stand nun diese hochkarätige, von der Kritik gefeierte Hauptrolle, die er jahrelang gespielt hatte, dazu konnte er eine Handvoll Preise vorweisen und viel, viel mehr Fans als früher. Seine Karriere war vielleicht nicht unzerstörbar, aber sie konnte ein paar Schläge einstecken.

Außerdem ahnte er, dass dieser kleine Zwischenfall Rons und R.J.s geringste Sorge sein würde, sobald die katastrophale letzte Staffel von *Gods* ausgestrahlt wurde. Und wenn sie ihren guten Ruf verloren, würde auch ihr Einfluss in der Branche nachlassen, sodass das Risiko für Peters eigene Reputation minimal war.

Abgesehen davon hielt ein kluger Mann, wenn es um eine Frau wie Maria ging, seinen blauen Schrank so sauber wie möglich.

«Für mich ist es keine leere Geste, Peter», sagte sie mit echter Aufrichtigkeit. «Danke.»

Seine Ohrmuscheln glühten, und er hoffte, dass das Gefühl in seiner Brust von Sodbrennen kam, denn sonst würde das heißen, dass es sein Herz war, das schmerzte.

Ramón klopfte beiden Schauspielern auf die Schultern. «Ich werde es Ron und R.J. sagen. Es könnte eine Weile dauern, bis sie ihr Ego herunterschlucken und die Niederlage eingestehen, also haltet euch warm und entspannt euch, bis wir zurückkommen.»

Als er und Nava gingen, erschien eine schwache Falte zwischen Marias Brauen. «Ich hoffe, das kostet dich keine zukünftigen Rollen.»

Ihr Glas Hering war ... irgendwohin verschwunden. Was ziemlich verblüffend war, wenn man bedachte, was sie anhatte – oder besser gesagt, nicht anhatte.

«Ich komme schon klar.» Er wedelte ihre Sorge einfach weg. «Apropos zukünftige Rollen, was steht denn in nächster Zeit bei dir an?»

Als ihr guter Freund hätte er sie danach schon längst fragen sollen. Aber bisher hatte er den Mut nicht aufgebracht, denn das Wissen würde ihre bevorstehende Trennung realer machen, ihre gemeinsame Zeit endlicher erscheinen lassen.

Andererseits hatte sie ihn auch nicht gefragt. Hmmm.

«Ich habe ein paar Angebote, und in L. A. warten ein paar mögliche Vorsprechen auf mich.» Mit dem Daumennagel kratzte sie einen kleinen Fleck von Jeanines Tisch, den Blick fest auf diese Aufgabe gerichtet. «Ich schaue mir alles an und entscheide dann, was ich als Nächstes mache.»

Na, das war verdammt vage, besonders für die Baronin der Direktheit.

«Ich nehme an, du fährst bald zu deiner Familie? Ich weiß, dass du sie vermisst.»

Hoffentlich würde der Besuch nicht zu lange dauern, denn er wollte die kurze Pause zwischen den Projekten, wenn sie beide in L. A. waren, nutzen, um sich um sie zu bemühen. Er wollte ihr das Haus zeigen, das er sich mit seinen Einnahmen aus *Gods* gekauft hatte, denn es war sein ganzer Stolz. Es war ein Monument, das ihm dabei half, sich an all das zu erinnern, was er erreicht hatte, und auch an alles, was er für immer hinter sich gelassen hatte.

Aber er konnte geduldig sein. Er hatte bereits Jahre gewartet. Und da sie fortan in Kalifornien leben würde, hatten sie Zeit, die Dinge zwischen ihnen zu klären.

Sie nickte. «Wenn die Dreharbeiten nicht noch länger dauern, fliege ich dieses Wochenende nach Stockholm.»

So bald. So gottverdammt *bald*.

Scheiß auf Geduld. Er war nicht bereit, sich von ihr zu trennen. Noch nicht. «Schön.» Wenn er nach Schweden reiste, während sie ihre Familie besuchte, und dort ein paar Tage mit ihr verbrachte, würde sie sich über seine Anwesenheit freuen? Oder würde sie ihn als aufdringlich empfinden?

«Was ist mit dir?», fragte sie und sah endlich zu ihm auf. «Was steht bei dir an?»

«Im Großen und Ganzen geht es mir wie dir.» Er hob eine Schulter. «Ich habe ein paar kleinere Rollen angenommen, aber ich habe mich noch nicht für mein nächstes großes Projekt entschieden. Ich dachte, das kann warten, bis wir die Dreharbeiten abgeschlossen haben.»

Sie gab eine Art unverbindliches Brummen von sich. «Ich verstehe.»

Ihr Blick war seltsam aufmerksam, und er konnte ihren Ausdruck nicht richtig deuten.

Natürlich könnte er sie einfach fragen. «Maria, du scheinst …»

In diesem Moment öffnete sich die Tür des Wohnwagens ein weiteres Mal. Diesmal ohne wütenden Aufprall.

«Es hat sich herausgestellt, dass sie keine Zeit haben, sich mit Belanglosigkeiten herumzuschlagen. Sie sind zu sehr damit beschäftigt, sich um den ganzen anderen Scheiß zu kümmern, der schiefläuft.» Nava war noch nicht einmal ganz durch die Tür, als sie schon zu sprechen begann. «Maria, es ist alles gut. Sie sind natürlich sauer, aber im Moment können sie nicht viel dagegen tun. Peter, wir haben die Entscheidung getroffen, deine Bereitschaft zu gehen nicht zu erwähnen, solange es nicht nötig ist, und das war nicht der Fall. Dein Name fiel überhaupt nicht, also kannst du dich auch entspannen.»

Vielleicht machte ihn das zu einem Feigling, aber er konnte sich einen kleinen Seufzer der Erleichterung nicht verkneifen.

Marias Lippen verzogen sich zu einem selbstgefälligen Grinsen des Triumphes, und sie hob die Hand, um Nava und Ramón abzuklatschen, was beide mit Begeisterung erwiderten.

Dann beugte sie sich zu Peter und hob erneut die Hand, aber nicht um mit ihm einzuschlagen. Sie ergriff seine Hand, die Ellbogen angewinkelt, als ob sie ein heiliges Gelübde mit einem feierlichen Händedruck besiegeln würden.

«So funktioniert Solidarität, Peter.» Sie zwinkerte ihm zu. «Willkommen im ungezügelten Sozialismus, du alter *Skitstövel.*»

Er schnaubte. Und in perfektem Einklang lächelten sie einander an.

PETERS E-MAIL-ACCOUNT

Von: AlexanderTheGreatest@umail.com
An: PeterReedton@umail.com

Betreff: Deine monatliche Zusammenstellung von schmutzigen RPFs mit DIR in der Hauptrolle!

An meinen liebsten schiffbrüchigen Wikinger, der ironischerweise andere dazu inspiriert, leidenschaftlich zu shippen …
Diesen Monat ist die Fundgrube der Real-Person-Fictions besonders reich an köstlichem Schmuddelkram. Das liegt wahrscheinlich daran, dass die Serie demnächst zu Ende geht und die Fans erkannt haben, dass ihre Inspirationsquelle bald versiegt, also nutzen sie das Angebot, solange es noch verfügbar ist. (Egal, wie viel Anerkennung du mir zollst, weil ich nicht auf der Keine-feuchte-Quelle-mehr-Metapher herumreite – ES WIRD NIE GENUG SEIN.)
Einige der Highlights des Monats: In der Geschichte unter dem ersten Link sind du und Maria, nachdem ihr eine Szene an der Küste gedreht habt, völlig vom Meerwasser durchnässt und friert. Und um euch schnell wieder aufzuwärmen, müsst ihr euch – wie sollte es anders sein? – ausziehen und aneinanderkuscheln, um eure Körperwärme zu teilen. Wie man es unter Kollegen so macht. Und dann werdet ihr euch auf verschiedenen Möbelstücken im Hotelzimmer miteinander austoben, darunter auch solche, die deiner «INTENSIVEN WIKINGERLUST» sicher nicht standhalten werden, ganz zu schweigen von deiner «ENTSCHLOSSENHEIT ZU PLÜNDERN» (direkte Zitate). Ihr seid beide nicht gerade zierlich, und die meisten Couchtische halten diese Art von Gebrauch nicht aus. Das ist physikalisch einfach nicht möglich.

Der zweite Link führt zu einer Geschichte, in der du und Maria in einen Schneesturm geratet, während ihr einen Drehort für eine zukünftige Szene auskundschaftet. Ihr sucht Zuflucht in einer nahe gelegenen Hütte, und um euch schnell aufzuwärmen, müsst ihr euch – unterbrich mich, falls du hier nicht mitkommst; es ist sehr kompliziert – ausziehen und aneinanderkuscheln, um eure Körperwärme zu teilen. Auf die professionellste Art und Weise. Und dann werdet ihr verschiedene Möbelstücke in der Hütte besudeln, darunter auch solche, die unter der Wucht deiner «VERZWEIFELTEN, UNTERDRÜCKTEN LEIDENSCHAFT» und der «MACHTVOLLEN EROBERUNG DEINER FRAU» (direkte Zitate) definitiv splittern werden. Ich bin mir allerdings ziemlich sicher, dass all das Gegen-Steinwände-gestoßen-Werden nicht gut für Marias Rücken wäre. Nur zu deiner Information.
Der letzte Link ist mein Favorit des Monats. Da geht es um einen Dreier zwischen dir, Maria und Dolphy McBlowholeface, und er findet komplett unter Wasser statt, weil du und Maria Meermenschenschauspieler seid oder so. Es bleibt ein bisschen unklar. Jedenfalls verpasst dir die alte Dolphy an einer Stelle einen Flossenjob, und anscheinend inspiriert von deiner Liebhaberin aus dem Meer, gibst du pfeifende und trillernde Geräusche von dir, als du kommst. Gern geschehen!
Na gut, das war's fürs Erste. Die Links findest du wie immer unter der Signatur.
Viel Spaß!

Alex

PS. Du weißt, dass ich diese Links auch an Maria schicke, oder? Weil sie darum gebeten hat, als sie hörte, dass ich sie dir schicke? Auch das: nur zu deiner Information.

12

MARIA KONNTE ES kaum erwarten, endlich ihren Orgasmus vorzutäuschen, vor allem, weil sie dann in ihre Hotelsuite zurückkehren und sich einen richtigen Orgasmus verschaffen konnte. Und vielleicht auch ein bisschen weinen.

Für die letzte Aufnahme des Tages – der Folge, der Staffel, der gesamten Serie – hatte Ramón Maria und Peter gebeten, noch einmal so zu tun, als hätten sie Sex. Genauer gesagt, wollte er das Ende der lang erwarteten Liebesszene ihrer Figuren noch ein letztes Mal drehen, angefangen bei dem Punkt, an dem Peter sie vögelte –

Nein, nicht Peter. Cyprian.

Cyprian würde *Cassia* noch einmal zum Orgasmus vögeln, bevor er selbst zum Höhepunkt kam, und sie würden sich keuchend aneinanderklammern. Ein paar atemlose Momente später würden sie sich in die Augen sehen und sich vor Freude, Erleichterung, Lust und Liebe langsam anlächeln.

Und dann würde das Gebrüll der Untoten ihr kleines Heim erschüttern, und sie würden erkennen, dass sie gefickt waren, sowohl wortwörtlich als auch metaphorisch. Ihre Wege würden sich ein allerletztes Mal trennen.

Ende.

Vor dieser Woche hatte sie noch nie einen Orgasmus vorgetäuscht, aber das war kein Problem gewesen. Es war einfach, einen Höhepunkt zu spielen, vor allem wenn man es schon zum zehnten Mal machte. Nur schien sie weder ihren Körper noch ihre Gefühle in den Griff zu bekommen, trotz der Kameras, der Crew und ihrer Entschlossenheit, weder ihre Verzweiflung noch ihre Erregung nach außen dringen zu lassen.

Also lag sie nun fast völlig nackt unter Peter, die Beine weit gespreizt und um seine Hüften geschlungen. Sie sah ihm zu, wie er sich energisch über ihr bewegte, und das Kissen zwischen ihren Schenkeln absorbierte den größten Teil der Kraft – aber nicht alles; gnade ihr Gott, nicht alles –, die hinter jedem Stoß steckte. Es hielt jedoch weder ihren Bauch davon ab, sich an seinem zu reiben, noch verhinderte es, dass ihre steifen Nippel sich an seine Brust drückten. Es schützte sie nicht vor der süßen Wildheit seines Kusses, der besitzergreifenden Berührung seiner Zunge, während sie an den Lippen des anderen keuchten und stöhnten. Es hielt seine Finger nicht davon ab, sich in ihren Schenkel zu graben, als er ihn etwas höher schob, und hielt auch seine andere Hand nicht auf, die ihre Wange mit einer Zärtlichkeit umfasste, die ihr das Herz brechen würde, wenn sie nicht aufpasste.

Er war feucht vom Schweiß, genauso wie sie. Von echtem Schweiß, nicht nur Glyzerin.

Sein Herz klopfte schnell an ihrem, seine Pupillen hatten sich geweitet, und über seine Wangen zogen sich rote Streifen. Als sie sich für diese Aufnahme in Position gebracht hatten, als sie ihre Beine gespreizt und ihn ein letztes Mal zwischen ihnen willkommen geheißen hatte, hatten seine Nasenflügel gebebt, und sie war ziemlich sicher gewesen, dass er riechen konnte, wie heiß er sie gemacht hatte. Wie feucht.

Ihr Tanga konnte nur eine begrenzte Menge an Nässe aufnehmen. Und obwohl er sich zwischen den Takes abwandte und sofort seinen Morgenmantel anzog – wie immer der perfekte Profi –, konnte die Schwanzsocke die Reaktion seines Körpers auf das, was sie da taten, nicht ganz verbergen.

Ihr Stöhnen war nicht komplett gespielt. Auch die Tränen in ihren Augen waren nicht vorgetäuscht.

Sie blinzelte heftig, und seine Brauen zogen sich einen

Millimeter zusammen. In einer Bewegung, die nicht im Drehbuch stand, löste er seinen Mund von ihrem, glitt mit Küssen über ihre Wange zu ihrem Ohr und murmelte dort etwas, so leise, dass es mehr wie ein Vibrieren als wie ein richtiges Wort erschien. So leise, dass selbst das Galgenmikrofon es nicht auffangen konnte.

Er sagte ihren Namen.

Nicht Cassia. Maria.

Es war ein Trost, und es war eine Frage. Er wollte wissen, ob es ihr gut ging.

Die Antwort war Nein.

Aber sie löste ihre Nägel von seiner Schulter, schob eine Faust in sein Haar und zog seinen Mund wieder zu ihrem, denn das war es dann. Das war ihre letzte Szene, und sie wollte ihn so lange küssen, wie sie nur konnte, weil es danach vielleicht nie wieder passieren würde. Bald würden sie sich vielleicht über Wochen oder Monate nicht sehen. Über Jahre.

Für den Rest ihres Lebens.

Er erwiderte ihren Kuss, aber seine Lippen waren auf ihren sanft geworden, verdammt, zu sanft, und das war *unerträglich*.

Also beendete sie es. Sie keuchte und stöhnte und erzitterte in einem gespielten Orgasmus an seinem Körper, und er folgte ihr einen Moment später.

Sie sahen sich in die Augen. Ihre waren trocken, denn sie war ein verdammter Profi.

Sie lächelten.

Nava gab von hinter der Kamera einen seltsamen, quietschenden Brüllversuch von sich – bei der Nachbearbeitung würde ein viel erschreckenderes Brüllen eingefügt werden – und Cassia und Cyprian zuckten zusammen und lösten sich voneinander, warfen sich Kleidung über, sagten ein paar letzte Worte und machten sich bereit, um sich ihrer Zukunft zu stellen.

Jeder seiner eigenen Zukunft.

«Cut», rief Ramón, und sie waren fertig.

Es war vorbei.

Bademäntel. Hausschuhe. Schulterklopfen und Glückwünsche und Jubel.

Sie grinste und lachte, während sie die Umarmungen erwiderte, und es war die beste Schauspielleistung ihres Lebens.

Schließlich gelang es ihr, unbemerkt zur Tür zu schlüpfen ... zumindest dachte sie das.

Sie hätte schwören können, dass Peter vor einer Sekunde noch auf der anderen Seite des Raumes gestanden und mit Darrell geplaudert hatte, aber irgendwie war er plötzlich da. Er stand direkt vor ihr und umfasste ihren Oberarm mit seiner großen, warmen Hand, sein Griff war vorsichtig, aber sie konnte ihm nicht entkommen. Er musterte ihr Gesicht aus wachen, aufmerksamen braunen Augen. Als er sich hinunterbeugte, streifte sein Mund noch einmal ihr Ohrläppchen.

«Wir sehen uns heute Abend, Maria», sagte er leise, dann ließ er ihren Arm los und schlenderte wieder zurück.

Es klang nicht wie eine beiläufige Bemerkung. Es klang wie ein Versprechen. Und plötzlich war ihr nicht mehr nach Weinen zumute.

Aber einen Orgasmus konnte sie trotzdem gebrauchen. Jetzt mehr denn je.

• ● •

«Du fliegst gleich morgen früh, oder?» Ramón nippte an seinem Wein. «Hast du schon gepackt?»

Maria war mit ihren Gedanken woanders und hörte ihn kaum.

Delias mehr als nur professionelles Interesse an Peter war seit ihrem ersten Treffen im Produktionstrailer offensichtlich gewesen. Aber da die andere Frau tatsächlich sehr auf

Machtdynamiken und Consent achtete, hatte sie bis zum Ende der Dreharbeiten gewartet, ehe sie einen ersten Schritt wagte.

Am frühen Nachmittag hatten sie die letzte Einstellung gedreht. Und jetzt tat ihre Intimitätskoordinatorin ihr Bestes, um Intimität mit Peter zu koordinieren.

Von dem Moment an, in dem er bei der Party aufgetaucht war – die Besetzung und die Crew feierten sowohl ihre beruflichen Erfolge als auch die Familie, zu der sie auf dieser Insel zusammengewachsen waren –, schwirrte Delia um ihn herum. Berührte seine Schulter. Legte eine Hand auf seinen Arm. Stellte sich auf die Zehenspitzen, um ihm etwas ins –

Na ja, nicht direkt ins Ohr zu flüstern. Dafür war sie zu klein. Eher ins Schlüsselbein.

«Maria?», sagte Ramón von irgendwo neben ihr. «Bist du schon bereit für deinen Flug morgen?»

Maria war keine eifersüchtige Frau. Nicht einmal als sie herausfand, dass ihr Ex in London ein zweites Leben geführt hatte, komplett mit schwangerer Frau und Hypothek, hatte sie dieses spezielle Gefühl empfunden. Kummer, ja. Wut, ganz sicher. Schmerz und Bitterkeit, zweifellos.

Aber keine Eifersucht. Niemals, kein einziges Mal in ihrem Leben. Bis jetzt.

Es war kein angenehmes Gefühl, wie sich herausstellte. Tatsächlich reizte es ihren Magen auf die gleiche Weise, wie es der Verzehr der vielen Algen in den endlosen Takes vor so langer Zeit getan hatte. Aber da sie keinen Kotzeimer zur Hand hatte, musste sie wohl einmal kräftig schlucken und es dann ertragen.

Und wer konnte es Delia verübeln, dass sie Peter wollte? Maria sicher nicht. Sie begehrte ihn seit mehr als sechs Jahren. Nachdem sie die letzte Woche von seinem holzigen Duft umgeben verbracht hatte, von seinen starken Armen umschlungen, nachdem sie von seinen starken Händen berührt und von seinem talentierten Mund an den Rand des Wahnsinns gebracht worden war, wusste sie genau, warum Delia ihm so hinterherhechelte.

Eigentlich sollte sie der Frau zu ihrem ausgezeichneten Männergeschmack gratulieren.

Und es war doch schön für ihn, wirklich. Schließlich war es auch nicht so, dass sie seit ihrer einen gemeinsamen Nacht sexlos geblieben wäre, auch wenn sie in den letzten Jahren dem Zölibat näher gekommen war, als sie zugeben wollte. Ehrlich gesagt, sollte sie ihm eine Nacht – oder sogar ein ganzes Leben – in Delias Armen nicht missgönnen. Das *würde* sie auch nicht.

Sicher, sie hatte gedacht, nach den Dreharbeiten könnten sie vielleicht endlich ...

Aber es spielte keine Rolle, was sie gedacht hatte. Es spielte keine Rolle, was sie dazu veranlasst hatte, vor Drehende noch keine Zusagen für künftige Rollen zu machen. Es spielte nicht einmal eine Rolle, wie kurz davor sie war, ihr ausgezeichnetes Abendessen in einer praktischen Topfpflanze zu versenken.

Wenn sie aufhören könnte, die beiden anzuschauen, würde das wahrscheinlich gegen ihre Übelkeit helfen.

«Sorry. Ich habe nur versucht, mich zu erinnern, ob ich mir schon ein Taxi von der Fähre zum Flughafen bestellt habe.» Sie wandte sich wieder Ramón zu und schenkte ihm ein fröhliches, selbstironisches Lächeln. «Abgesehen davon, dass ich noch kein bisschen gepackt habe, bin ich absolut bereit, zu fahren. Was ist mit dir? Reist du auch morgen ab?»

«Ähm ... nein.» Ein kleines, glückliches Lächeln zierte seine gebräunten Wangen. «Nava und ich wollen noch zwei Wochen bleiben, nachdem alle anderen weg sind. Dann kommt ihre Tochter uns hier besuchen, und wir drei werden eine Zeit lang in Irland herumreisen.»

Maria klappte der Mund auf.

Fy fan. Wie um alles in der Welt hatte sie *das* nicht bemerken können?

Sie schüttelte überrascht den Kopf und zog ihren Regisseur in eine Umarmung, um ihm zu gratulieren. «Du cleverer Mistkerl. Ich hatte ja keine Ahnung. Gar keine.»

Sein Lächeln verbreiterte sich zu einem Grinsen. «Gut. Das war der Plan.»

Am anderen Ende des kleinen Speisesaals fuhr Darrell mit einem Finger über Jeanines entblößten Arm, während das langjährige Paar Wein trank und sich mit Conor unterhielt. Dieser fand sich, noch während sie zusah, plötzlich in Fionns Umarmung wieder, als der Koch aus der Küche kam und sich von hinten an seinen Mann lehnte. Und an dem halb abgeräumten Tisch saßen die beiden Kamerafrauen auffallend dicht beieinander. Sie flüsterten leise miteinander und spielten mit den Fingern der jeweils anderen

Aus dem Augenwinkel behielt sie Peter und Delia vorsichtig im Blick. Es war nicht nötig, noch einmal direkt zu ihnen hinzuschauen. Nicht einmal, um ihre neue Theorie zu bestätigen.

«Sag mal, Ramón.» Vielleicht war es ein wenig taktlos, aber die Frage musste gestellt werden. «Vögeln in diesem Raum eigentlich alle außer mir?»

Er stieß ein überraschtes Lachen aus und strahlte dabei so sehr vor offener Freude, wie sie es bei ihm noch nie zuvor gesehen hatte. «Wenn ich so darüber nachdenke, sind wir ein ziemlich inzestuöser Haufen.»

Noch während Ramón sprach, lockte Darrell Jeanine in eine dunkle Ecke, zweifellos um etwas zu tun, was Maria seit sehr vielen endlosen Monaten nicht mehr erlebt hatte.

«Was du nicht sagst», murmelte Maria.

«Ich dachte, du und Peter …?» Ramóns Stimme erstarb, und er hob bedeutungsvoll eine Braue.

Sie schüttelte den Kopf, und der Regisseur blinzelte sie scheinbar schockiert an.

«Ich habe dich lachen gehört bis in die Suite.» Nava war an seiner Seite aufgetaucht und kuschelte sich an ihn, während er seinen Arm um ihre Schultern legte. «Was ist so lustig, Babe?»

«Dein Timing ist tadellos, *mi cielo*, wie immer.» Er blickte sie zärtlich an und strich ihr mit der Hand über das kurze, stachelige Haar. «Maria und ich wundern uns gerade, wie viele Beziehungen in einer so kleinen Crew entstanden sind. Da sind natürlich wir, aber auch ...»

«Moment mal.» Peters tiefe Stimme grollte plötzlich in Marias Ohr, und die Wärme seines großen Körpers hinter ihrem ließ ihr fast das Rückgrat schmelzen. «Ihr zwei seid ein Paar? Wie konnte mir das entgehen?»

«Ramón und Nava sind offensichtlich Meister der Täuschung.» Als sie den Kopf drehte, war sein Mund ihrem so nahe, dass eine kleine Bewegung ausgereicht hätte, und sie würden sich küssen. Was, so erinnerte sie sich, in Anbetracht seiner Affäre mit Delia etwas unangebracht wäre. «Falls es dich tröstet, ich hatte auch keine Ahnung.»

Er würde jeden Moment einen Schritt zurücktreten. Jeden ... Moment ...

Aber das tat er nicht. Nicht einmal einen Millimeter. Und als er ihr in die Augen sah, waren seine dunkel und glühten.

Ihre Kehle war so trocken, dass es wehtat, zu schlucken. «Wo ist Delia? Verschwindet ihr beide für den Abend?»

«Äh, nein.» Er runzelte die Stirn, und zwischen seinen Augenbrauen entstanden Falten.

«Sie ist vor ein paar Minuten zurück in ihr Gästehaus gegangen. Hat sie sich nicht von dir verabschiedet, bevor sie los ist?»

Als sie den Kopf schüttelte, rückte er noch näher an sie heran. So nah, dass sein Bauch ihren Rücken berührte, und ihr stockte der Atem. Nur ein wenig. Nicht so sehr, dass er es merken würde – hoffte sie zumindest.

«Es ist schade, dass sie so früh wegmusste.» Wenn es nach der Redewendung ginge, müssten ihre Beine jetzt extrem kurz werden. «Siehst du sie noch einmal, bevor sie nach Hause fährt?»

Seine Falten vertieften sich. «Nein. Warum sollte ich?»

Wow, ihr Magen fühlte sich besser an. *Eindeutig* besser.

«Na gut.» Ramón räusperte sich laut und wartete, bis sie ihn ansahen. «Nachdem ihr euch nun über Delias Aufenthaltsort verständigt habt, wollten Nava und ich euch beiden dafür danken, dass ihr unser Set all die Jahre zu einem Ort gemacht habt, an dem sich alle gegenseitig unterstützen.»

Peters Schnauben vibrierte wunderbar nah an ihrem Ohrläppchen. «Ihr beide wart diejenigen, die das Sagen hatten. Bedankt euch bei euch selbst.»

Sie drehte sich wieder zu ihm um und grinste. «Das wollte ich auch gerade sagen.»

«Und wenn wir beide uns in etwas einig sind, dann muss es stimmen.» Sein liebevolles Lächeln ließ ihren Magen hüpfen, aber das war immer noch besser als die Übelkeit. Viel besser.

«Genau», sagte sie mit einem entschlossenen Nicken.

Mit seiner warmen, schwieligen Hand tätschelte er ihr in stummer Zustimmung die Schulter und ließ sie dann einfach ... liegen. Auf ihr. Er umfasste die Wölbung ihres Muskels und knetete ihn sanft, während sein Daumen über ihren Nacken strich.

Das war ... anders. Peter vermied normalerweise körperlichen Kontakt mit ihr, solange sie nicht vor der Kamera standen, abgesehen von gelegentlichen High-Fives.

Sie würde sich sicher nicht beschweren.

Dieses Mal räusperte Nava sich. Zweimal.

Als Peter und Maria wieder in ihre Richtung schauten, biss sie sich kurz auf die Unterlippe, bevor sie fortfuhr: «Wie auch immer. Wie Ramón schon sagte, sind wir euch zu großem Dank verpflichtet. Wir hatten zwar theoretisch das Sagen, aber ihr beide habt den Ton angegeben. Wir hätten uns keine besseren Schauspieler wünschen können, aber was noch wichtiger ist, wir hätten uns keine besseren Menschen als Kollegen und Freunde wünschen können.»

Scheiße, Maria würde jeden von dieser Insel vermissen. Sie würde ihre Abwesenheit betrauern, als gehörten sie zur Familie.

«Oh, Nava.» Maria schlang die Arme um ihre Freundin und drückte sie fest an sich. «Ich fühle mich geehrt. Und sag Bescheid, wenn Ramón sich jemals danebenbenimmt. Ich habe heute Cassias Axt vom Set gestohlen, also kann ich ganz einfach in deinem Namen blutige Rache nehmen.»

«Ich werde dich vermissen, du diebische, mörderische Bitch», flüsterte Nava mit erstickter Stimme an ihrer Schulter. «Bitte melde dich ab und zu mal.»

«Man muss eine sein, um eine zu erkennen, wie die Amerikaner gerne sagen. Ich habe gesehen, wie du dich mit Cassias Heldenschwert weggeschlichen hast.» Maria wiegte sie in ihren Armen hin und her. «Und wenn du glaubst, du könntest mich loswerden, irrst du dich gewaltig.»

«Hey. Ich will mitmachen.» Ramón klang auch ein wenig heiser. «Bei der Umarmungsaktion, nicht bei der Diebstahl-Sache, nur um das klarzustellen.»

Dann zog er beide Frauen an sich, Peter schloss sich der Gruppe an, und alle schnieften ein wenig. Sogar Peter, obwohl er immer wieder seinen Blick zur Decke richtete und heftig blinzelte.

«P-Peter hat seine zerrissene Lederhose mitgenommen.» Marias Nase begann zu laufen, und sie tupfte sie diskret an seinem Hemd ab. «Das sind mittlerweile eigentlich Chaps. Ich vermute mal, dass er sich einer Truppe Stripper anschließen will.»

«Musst du alles petzen, Pippi?» Das kam als gequältes Knurren von ihrem Nacken, wo er irgendwann sein Gesicht vergraben hatte.

Auch darüber würde sie sich sicher nicht beschweren.

Nava lachte schnaufend. «Ramón hat einen Stein von der Mauer mitgenommen, die ihr beide gebaut habt. Der hat die Form eines Herzens, weil er insgeheim schrecklich sentimental ist.»

«Stimmt nicht. Ich habe eine Seele aus Feuerstein, felsig und kalt», protestierte er.

«Du hast eine Seele aus Marshmallow-Schaum.» Nach einer letzten festen Umarmung, die ihr fast den Atem nahm, ließ Nava los und schenkte Maria ein tränenreiches Grinsen. «Ich bin mir ziemlich sicher, dass er jedem ein Fotoalbum schicken wird, in dem unsere Jahre auf der Insel festgehalten sind. Und ein Mixtape. Er wird dich zwingen, es anzuhören, während er im Video-Chat deine Reaktionen beobachtet, und wenn ‹Time of Your Life› von Green Day beginnt, wird er in sein Kissen schluchzen.»

Maria schüttelte den Kopf. «Alte Leute.»

Nachdem sie Ramón einen Kuss auf die Wange gedrückt hatte, fand sie sich irgendwie erneut in Peters Umarmung wieder. Er umarmte sie von hinten, ein Arm lag über ihrer Brust, der andere umschloss ihren Bauch, während er sich fest an ihren Rücken drückte.

«Ähm, ich glaube ...» Mit zuckenden Lippen warf Nava Ramón einen Blick zu, und er antwortete mit einem seltsamen schnaubenden Laut. «Wir sollten ... gehen. Aber bitte sagt auf jeden Fall noch mal Tschüs, bevor ihr morgen früh zur Fähre fahrt. Egal, wie früh es ist.»

Hätte Peters immer härter werdender Schwanz sich

nicht so gegen ihren Hintern gedrückt, hätte Maria jetzt wohl wieder mit den Tränen kämpfen müssen. Aber genau das tat er, und das machte es ihr bemerkenswert schwer, sich auf ihren aufrichtig empfundenen Kummer zu konzentrieren.

Trotzdem warf sie ihrer Freundin noch einen Luftkuss zu. «Wird gemacht.»

Dann waren sie und Peter endlich allein, und er nahm ihre Hand und zog sie in den Flur, wo die restlichen Leute auf der Party sie nicht mehr sehen konnten.

Mit seiner breiten Handfläche umfasste er ihren Hinterkopf, als ihre Schultern gegen die Wand stießen. Noch vor ihrem nächsten Atemzug schob sich sein Oberschenkel zwischen ihre Beine, seine freie Hand legte sich an ihre Hüfte, und er hielt den Kopf gesenkt, um ihr direkt ins Ohr flüstern zu können.

«Es waren jetzt sechs Jahre. Ich kann nicht mehr länger warten.» Seine Lippen waren weich, sein Atem heiß. «Maria, wenn du mich auch nur ein bisschen willst, komm heute Nacht mit zu mir. Bitte.»

Sie könnte diesen kräftigen Schenkel reiten. Sich an ihm reiben, bis sie kam. Es würde nicht lange dauern, nicht nachdem er sie so gegen die Wand gedrückt hatte. Sie so vollkommen umgab. Sie mit sicheren, festen Händen für sich beanspruchte. Aber sie musste erst mal darüber nachdenken. *Denken.*

Sex. Er fragte sie, ob sie Sex mit ihm wollte. Sie würden keine Verpflichtungen eingehen. Es ging nicht um eine romantische Beziehung.

Und dummerweise würde sie Ja sagen, weil sie ihn auch wollte, und zwar nicht nur ein bisschen. Auch wenn es wahrscheinlich ein Fehler war – und es würde definitiv die strenge Grenze verwischen, die sie so lange aufrechterhalten hatte, diese robuste Barriere, die One-Night-Stands von

Männern trennte, die ihr die Art von Zukunft bieten konnten, die sie brauchte. Nicht dass sie in letzter Zeit irgendjemanden für die letzte Kategorie kennengelernt hätte.

Sex mit Peter wäre keine schnelle Nummer, und es konnte für sie nicht wirklich bedeutungslos sein, nicht nach so vielen Jahren enger Freundschaft. Ihre Verbindung bestand längst aus viel mehr als nur körperlichem Verlangen. Mit Ausnahme ihrer Familienmitglieder vertraute sie ihm mehr als jedem anderen Mann auf der Welt.

Sie könnte ihm ihren Körper anvertrauen. Und ihre Freundschaft.

Ihr Herz ...

Na ja, das blieb abzuwarten, nicht wahr?

Vielleicht konnte er ihr geben, was sie in einer Beziehung brauchte, vielleicht aber auch nicht. Vielleicht *wollte* er gar keine romantische Beziehung mit ihr.

Aber sie würde ihm die Chance geben, es ihr zu zeigen, und zwar ab heute Abend. Ab sofort.

«Maria.» Sein Mund zog eine flammende Linie ihren Hals entlang, und sie brannte wie Zunder. Ihr Kopf fiel nach hinten, als sie sich gegen die Wand sinken ließ, gegen seinen Griff, und ihr Verstand schwamm mit jedem Kreisen seiner Zunge. «Sag Ja. Sag, dass ich dich haben kann.»

Es gab nur eine mögliche Antwort, aber ...

«Ich muss noch packen, und die Fähre legt vor Sonnenaufgang ab.» Peinlicherweise war sie atemlos, sie keuchte fast. «Wir werden nicht viel Zeit haben.»

Sein plötzliches Lachen kitzelte ihr Schlüsselbein. «Es wird nicht lange dauern. Jedenfalls bei mir.»

«Soll das ...» Gott, sie konnte nicht klar denken, wenn sein Mund auf ihrem Körper lag. Vorsichtig schob sie ihn ein paar Millimeter zurück und blinzelte zu ihm hoch. «Soll mich das überzeugen, Ja zu sagen? Wenn ja, dann habe ich schlechte Nachrichten für dich.»

«Maria. Süße.» Er sah sie mit halb gesenkten Lidern an. Konzentriert. Entschlossen. «Glaubst du wirklich, ich würde mich nicht um dich kümmern?»

Seine Hand glitt unter den Saum ihres Kleides, und seine Finger zeichneten eine Spur von knochenschmelzender Hitze, als er langsam ihren Oberschenkel hinaufstrich. Sie öffnete ihre Lippen, als er mit der Hand ihre Mitte umschloss und leicht zudrückte.

«Ich werde dich ein Dutzend Mal kommen lassen, bevor ich das erste Mal in dich eindringe.» Es war ein Murmeln, schmutzig und leise. «Und bei unserer zweiten Runde kommst du auf meinem Schwanz.»

Sie glaubte ihm. Was Peter versprach, hielt er. Auch wenn es um Lust ging.

Und wenn er nicht vorhatte, ihr den ersten Orgasmus auf dem Flur zu verschaffen, mussten sie jetzt gehen.

«Unsere Kollegen stehen gleich um die Ecke», flüsterte sie und schloss die Augen, als er den Handballen gegen ihre Klitoris drückte und sie langsam rieb. «Das ist mir egal, aber ...»

Er schabte leicht mit den Zähnen über die Rundung ihrer Schulter, und sie krümmte sich und drückte sich näher an diese unnachgiebige, geschickte Hand. «Frag mich, ob mich das interessiert.»

Sie musste lachen. «Ich ...»

Bevor sie weitersprechen konnte, ertönte ein ohrenbetäubender Schrei aus dem Esszimmer – war das Jeanine? –, und Peter zuckte heftig zusammen und riss seinen Kopf so schnell hoch, dass er gegen Marias Kinn stieß.

«*Skit!*» Instinktiv drückte sie ihn von sich weg und hielt sich eine schützende Hand über die pochende Unterseite ihres Gesichts, während sie behutsam prüfte, ob sie sich einen Zahn abgebrochen oder sonst wie Schaden genommen hatte.

Ein bisschen Blut von einem Biss auf die Zunge. Nichts Ernstes.

Aber der Moment war vorbei. Hoffentlich nicht für immer, aber ...

Fy fan!

13

«**WAS? WAS HAST** du gesagt?» Jeanine kreischte erneut, noch bevor Marias Ohren aufgehört hatten, vom ersten Schrei zu klingeln.

«Scheiße, Süße, es tut mir so leid.» Peter umfasste zärtlich Marias Kopf und ließ seinen Blick über ihr Gesicht wandern, um zu sehen, ob sie verletzt war. «Alles in Ordnung?»

Nicht ganz, nein. Sie war immer noch verdammt erregt, und ihr Kinn und ihre Zunge schmerzten. Aber das waren Kleinigkeiten, vor allem im Vergleich zu dem, was auch immer ihre Maskenbildnerin dazu gebracht hatte, zu kreischen wie eine Todesfee, die zum ersten Mal gewachst wurde.

Maria wusste vielleicht nicht aus eigener Erfahrung, wie sich das anfühlte, aber sie hatte *Jungfrau (40), männlich, sucht ...* gesehen. Sie konnte es sich ungefähr vorstellen.

«Mir geht es gut, aber ich weiß nicht, wie es Jeanine geht», sagte sie und zog Peter von der Wand weg.

Als sie um die Ecke bogen und den Speisesaal wieder betraten, um herauszufinden, was los war, stand Jeanine immer noch neben Darrell, mit wildem Blick, den Mund weit aufgerissen.

Sie kreischte immer noch, starrte ihn an und hatte die Hände weit ausgebreitet. «Du bist verdammte *neunundvierzig*? Wie zum Teufel ist das *möglich*? Du benutzt nicht einmal *Feuchtigkeitscreme*, verdammt noch mal!»

«Also ...», setzte er zaghaft an.

«Opferst du *Ziegen*? Oder badest du im Blut von verfickten *Jungfrauen*?»

«Das ist ein Widerspruch in sich», murmelte Peter und runzelte die Stirn, während er das andere Paar musterte.

Maria nickte. «Und viel Glück dabei, hier eine Jungfrau zu finden.»

Jeanine packte Darrell am Pulloverkragen und schüttelte ihn ein wenig. «Und du hast mich *die ganze Zeit* glauben lassen, du wärst in deinen Zwanzigern?»

«Bist du ... bist du wütend auf mich?» Jetzt sah er ängstlich aus. «Ich habe nie wirklich gesagt, dass ich in meinen Zwanzigern bin, Schatz, aber es tut mir wirklich leid, wenn ...»

«Wütend?» Jeanine schürzte die Lippen. «*Wütend* ist nicht das richtige Wort für das, was ich empfinde.»

O nein. Armer, armer Darrell. Ehrlich gesagt, hatte Maria mehr von Jeanine erwartet als diese schamlose Heuchelei.

Der große, muskulöse PA schien von Minute zu Minute zu schrumpfen und sich vor Sorge und beginnendem Kummer in sich selbst zu verkriechen. «W-was *wäre* denn dann das richtige Wort?»

«Überrascht. Verwirrt.» Jeanine legte ihre flachen Hände auf seine Brust. Streichelte ihn ein wenig. «*Beeindruckt.*»

Offenbar war es jetzt an Darrell, einen verblüfften Kabeljau zu imitieren.

Dann sank Jeanine auf ein Knie, und alle im Raum schnappten nach Luft.

«Darrell Watkins, du bist der einzige Mann, der mich jemals in meinem eigenen Spiel geschlagen hat.» Sie nahm seine Hände in ihre. «Ich habe dich geliebt, als ich dachte, du wärst in deinen Zwanzigern, und ich liebe dich jetzt noch mehr, da ich weiß, dass du ein alter Knacker bist.»

Oh, Gott sei Dank. Sie mussten also nicht mit ansehen, wie Darrell das Herz gebrochen wurde. Tatsächlich schlich sich langsam ein strahlendes Lächeln auf sein verblüffend jugendliches Gesicht.

«Du bist immer noch älter als ich, Mütterchen», bemerkte

er liebevoll. «Wenn ich ein alter Knacker bin, stehst du schon mit einem Bein im Grab und mit dem anderen auf einer Bananenschale.»

Sie rollte mit den Augen und sah dabei zur Decke. «Halt die Klappe, Opa. Ich versuche gerade, dir einen Antrag zu machen.»

Es wurde noch mehr gekeucht. Am Tisch schnappte sich Ramón eine Serviette, um seine Tränen zu trocknen, während Nava ihm den Rücken tätschelte und Maria einen zufriedenen Blick zuwarf. *Ich hab's dir ja gesagt*, formte sie stumm mit den Lippen. *Marshmallow*.

Ich hab's dir ja geglaubt, erwiderte Maria auf die gleiche Weise.

Darrell grinste jetzt zu Jeanine hinunter, und seine Augen waren feucht. «Ich entschuldige mich für die Unterbrechung, meine schöne Wächterin der Gruft. Bitte fahr fort.»

«Willst du mich heiraten?», fragte Jeanine. «Denk daran, dass dieser Paul-Rudd-Scheiß, den du hier abziehst, vielleicht nicht ewig hält, und ich bin in jedem Alter ein verdammt guter Fang.»

Er zögerte nicht, nicht einmal für einen Moment.

«Ja. *Ja*.» Er sank selbst auf die Knie, zog sie in seine Arme und küsste seine brandneue Verlobte leidenschaftlich. Als er nach einer extrem langen Zeit wieder zu Atem kam, fügte er keuchend hinzu: «Verdammt, ich liebe dich so sehr, Schatz.»

Dieser Erklärung folgten weitere zungenintensive Küsse, die von begeistertem Applaus und einigen Pfiffen der anderen Partygäste begleitet wurden. Es wurden mehrere Trinksprüche auf das glückliche Paar gebracht, und dann bildete sich eine Art Schlange aus Gratulanten, die ihnen alles Gute wünschten, und alle vor Peter und Maria schienen in bester Gesprächslaune zu sein.

Das war natürlich alles sehr schön, und Maria hätte diesen besonderen Moment nicht verpassen wollen. Aber als sie bereit war, die Party wieder zu verlassen, zeigte ihr das Handy an, dass sie jetzt nur noch knapp fünf Stunden Zeit hatte, um zu packen und ein Nickerchen zu machen, bevor sie zum Flughafen fuhr.

Fuck.

Oder, besser gesagt, kein Fuck.

«Peter …» Vor ihrer Suite drehte sie sich zu ihm um und lächelte reumütig. «Es tut mir so leid, aber …»

«Es ist zu spät. Ich weiß.» Er fuhr sich mit der Hand durch die Haare und presste die Lippen zusammen. «Mein Flug nach L. A. geht erst später am Tag, aber du fliegst gleich morgen früh und brauchst noch Zeit, um zu packen.»

«Das stimmt.» Sie hob die Hand und versuchte, die tiefe Falte zwischen seinen Brauen mit einer Fingerspitze zu glätten. «Ich wünschte, es wäre nicht so.»

Die Falte blieb. «Es ist okay.»

Trotz der Frustration, die in seiner Stimme mitschwang, hätte sein Griff nicht sanfter sein können, als er ihren Finger umfasste und einen Kuss auf die empfindliche Spitze drückte. Dann zog er sie in seine Arme und umgab sie mit Wärme, Zedernholzduft und Trost. Eine große Hand rieb langsam in Kreisen über ihren Rücken, während die andere sanft durch ihr Haar strich.

Es war dumm. So dumm. Aller Wahrscheinlichkeit nach würde sie ihn schon bald in L. A. wiedersehen, es sei denn, sie beschloss, für immer in Schweden zu bleiben, sobald sie zu Hause war. Und bei der nächsten Presseveranstaltung oder Convention würden sie auf jeden Fall eine weitere Gelegenheit für ein Rendezvous haben, ganz gleich, wo sie dann wohnen würde.

Trotzdem stachen dumme Tränen in ihren Augen, und sie vergrub ihr Gesicht an seinem Hals und umklammerte seinen Rücken, unfähig, ihre übliche unbeschwerte Fröhlichkeit aufzubringen.

Als sein Handy einmal piepste, ignorierte er es. Als es ein zweites Mal piepste, seufzte er jedoch und ließ seine Hand von ihrem Rücken gleiten, um sein Telefon aus der Tasche zu holen. Dann warf er einen Blick auf das Display, der kaum eine Millisekunde zu dauern schien, bevor er knurrte und das Handy wieder dahin schob, wo es hergekommen war.

Der Ausdruck auf seinem Gesicht ... Sie konnte die Mischung aus Gefühlen nicht deuten.

Es wäre aufdringlich, zu fragen. Das wusste sie. Aber es war ihr auch egal.

«Wer war das?» Sie legte ihre Hand auf seine Schulter und stützte ihre Wange darauf ab. «Dein Agent?»

Es dauerte lange, bis er antwortete, aber sie war bereit zu warten.

«Mein Vater», sagte er schließlich.

Oh. Na ja, das ergab Sinn, obwohl sie nie den Eindruck gehabt hatte, dass er und sein Vater sich nahestanden. Was vor allem daran lag, dass Peter nie über ihn sprach. Wirklich nie.

Sie riet, so gut sie konnte. «Wollte er wissen, wann dein Flug morgen geht?»

«Nein. Er kennt meinen Drehplan nicht.» Wieder eine lange Pause. «Manchmal schickt er allen in seinem Laufclub Fotos von seinem letzten Rennen. Ich weiß nicht, warum ich in dieser Chat-Gruppe bin, aber ich bin es nun mal, also bekomme ich die Bilder auch. Anscheinend ist er heute einen Halbmarathon gelaufen.»

Gegen einen akuten Anfall von Neugier half ihrer Erfahrung nach nur eines: absolut alles herauszufinden, was sie konnte. «Darf ich mal sehen?»

Ohne ein weiteres Wort zückte er erneut sein Handy, tippte ein paarmal auf den Bildschirm und reichte es ihr. Ihr Arm lag immer noch um seine Taille, während sie sich eine Minute Zeit nahm, um die beiden Fotos zu betrachten, die er erhalten hatte.

Auf dem ersten lächelte eine kleine Gruppe älterer Männer für eine gestellte Aufnahme; sie trugen alle makellose Trikots mit demselben Logo. Sie vermutete, dass es sich um Mitglieder des Laufclubs handelte, die den Moment vor dem Rennen festhalten wollten. Das zweite Foto war eine Einzelaufnahme, die gemacht wurde, als ein schweißgebadeter, rot angelaufener Mann von Ende sechzig, Anfang siebzig die Ziellinie überquerte.

Als sie zum vorherigen Foto zurückblätterte, sah sie darauf denselben Mann. Vermutlich war das Peters Vater, auch wenn das auf den ersten Blick eher unwahrscheinlich erschien.

Er war schlank und sehnig, wie die meisten Ausdauersportler, und wirkte nicht übermäßig groß. Tatsächlich war er der Kleinste in seiner Gruppe. Wenn er neben seinem Sohn stünde, würde Peter ihn überragen: größer, breiter, imposanter. Insgesamt weicher.

Auch in der Farbgebung kam Peter wohl nach seiner Mutter, denn neben dem Ölgemälde seines Sohnes war Daniel ein Aquarell. Sein Haar – ganz glatt und sandblond, wo es noch nicht grau war – war über dem Kragen und um die Ohren herum ordentlich gestutzt, statt ihm in wilden espressofarbenen Wellen auf die Schultern zu fallen. Seine blassblauen Augen blickten mit einer Art vager Freundlichkeit in die Kamera, statt einen mit wilder Entschlossenheit und Vorsicht aus fast schwarzen Augen anzuschauen.

Die viele Zeit, die sie im Freien verbrachten, hatte die Haut beider Männer golden gefärbt. Das war so ziemlich alles, was sie an Äußerlichkeiten gemeinsam hatten, zumindest auf den ersten Blick.

Die Suche nach weiteren Gemeinsamkeiten und Unterschieden würde bis zu einem anderen Tag warten müssen, an dem sie mehr Zeit für diese Aufgabe hätte. Denn Peters Vergangenheit schien kein einfaches Thema für ihn zu sein.

Dasselbe könnte man wohl über sie sagen. Abgesehen von ihren Eltern und Geschwistern konnte sie die Menschen, die die gesamte Geschichte ihrer Kindheit kannten, an einer Hand abzählen.

Eines Tages würden sie beide vielleicht mehr von sich preisgeben müssen. Aber nicht jetzt.

«Bist du sicher, dass ihr beide keine Zwillinge seid?» Nachdem sie ihm das Handy zurückgegeben hatte, tätschelte sie seine Brust. «Denn ihr seht euch wirklich ähnlich.»

Augenblicklich löste sich die wachsende Anspannung in seinem Körper, und er lachte, als er sein Handy ein zweites Mal wegsteckte. «Wenn ich jedes Mal einen Dollar bekommen würde, wenn ich das höre ...»

«Dann hättest du einen Dollar?» Sie schlang noch einmal die Arme um ihn und schmiegte sich eng an seine Brust.

«Genau.» Etwas Weiches strich über ihren Scheitel, und er sprach in ihr Haar. «Maria, ich habe in zwei Tagen ein Vorsprechen. Aber danach, wenn du willst ...»

Als er nicht weitersprach, wartete sie ein paar Sekunden, bevor sie ihm einen verbalen Schubs gab. «Wenn ich ... was will?»

Fast unmerklich spannte sich sein Körper an ihrem an. «Ich könnte dich und deine Familie in Schweden besuchen. Wenn du das möchtest. Wenn nicht, ist es auch okay.»

Ihr Herz machte einen kleinen Freudensprung.

Ihrer Erfahrung nach bot normalerweise niemand an, für ein oder zwei Nächte Gelegenheitssex einen Transatlantikflug zu buchen. Und selbst wenn es Leute gab, die so etwas taten, meldeten sie sich bestimmt nicht freiwillig, um die Familie ihrer Affäre kennenzulernen.

Es war nicht alles, was sie brauchte. Aber es war ein Anfang.

«Natürlich möchte ich das, du *Knäppgök*.» Das Kribbeln in ihren Nebenhöhlen war völlig verschwunden, und sie hob ihren Kopf von seiner Schulter, um ihn anzulächeln. «Das Gästezimmer ist klein, aber es gehört dir, wenn du willst. Oder es gibt ein nettes Hotel nicht weit von unserem Haus, wenn du lieber mehr Priva...»

In ihren Hosentaschen piepste es gleichzeitig.

Peter stöhnte auf. «Schon wieder?»

«Falls es dich tröstet, ich bezweifle, dass es diesmal dein Vater ist.» Sie hielt inne. «Es sei denn, er hat sich in dein Handy gehackt und so auch meine Nummer bekommen. Wenn das der Fall ist, freue ich mich über weitere Neuigkeiten von seinem Laufclub.»

«Da könnte eher ein Kleinkind mein Telefon hacken als mein Vater», sagte er trocken.

Kurzerhand kramten sie beide ihre Handys hervor und warfen einen Blick auf die Displays.

«Ron und R.J.» Peter stöhnte erneut auf. «Heilige Scheiße, was denn jetzt noch?»

Sie wollte nicht nachsehen. Hatte sie nicht schon genug gelitten? «Ich schwöre dir, Peter, wenn das eine weitere Kritik an meinem Körper und seiner Attraktivität für junge männliche Zuschauer ist, werde ich mich bei jeder verdammten Podiumsdiskussion und jeder Preisverleihung in einem ärmellosen Kleid neben einen der Showrunner setzen und die ganze Zeit meine Arme hochhalten, nur um sie fertigzumachen.»

Nachdem er ein paar Sekunden lang durch die Nachricht gescrollt hatte, verschwand Peters finsterer Blick. «Warte, Pippi. Du brauchst Sun Tzus *Die Kunst des Achselhöhlenkrieges* noch nicht zu konsultieren.»

Na gut, jetzt war sie wieder neugierig. Neugierig genug, um das Glas mit eingelegtem Hering nur ein paarmal drohend zu schütteln, bevor sie es wieder wegstellte und die Mitteilung selbst las.

«Sie ...» Sie überflog die Nachricht und begann dann wieder am Anfang. «Sie wollen, dass wir kurzfristig noch eine Pressetour zusammen machen? Beginnend in L. A., mit weiteren Stationen, die noch nicht feststehen?»

«Anscheinend.» Er zuckte lässig mit den Schultern, aber das Lächeln auf seinen bärtigen Wangen verriet, dass seine Nonchalance nur gespielt war. «Angeblich weil wir die einzigen Hauptdarsteller sind, die mit den Dreharbeiten bereits durch sind, was auch stimmt. Aber das erklärt nicht wirklich, warum man so dringend gute Publicity braucht, oder?»

«Hmmm.» Sie trommelte mit den Fingern gegen ihr Kinn und tat so, als würde sie nachdenken, während sie sich ein Lächeln verkniff. «Das ist alles sehr mysteriös, Peter.»

«Ich bin sicher, dass es nichts mit diesen geleakten Drehbüchern zu tun hat.»

«Diesen *schrecklichen* geleakten Drehbüchern», korrigierte sie übergenau.

Er konterte: «Diese schrecklichen und *echten* geleakten Drehbücher.»

Sie bestätigte diesen Punkt mit einem erhobenen Zeigefinger. «Und unsere plötzliche Pressetour hat definitiv nichts damit zu tun, dass sie von den Fans im Internet bereits verrissen werden, bevor die letzte Staffel überhaupt fertig gedreht ist.»

«Sie würden doch sicher nicht zwei ihrer beliebtesten Schauspieler losschicken, um böse Internetgerüchte zu bekämpfen.» Er schenkte ihr ein Grinsen. «Zumal sie die Popularität der einen Schauspielerin nie anerkannt haben, weil sie nachtragende kleine Arschlöcher sind.»

Sie verschluckte sich fast. «Peter! Wie viel Wein hast du heute Abend getrunken?»

In all den Jahren, die sie zusammen verbracht hatten, hatte er nie Alkohol getrunken. Aber er hatte auch noch nie so offen Kritik an den Showrunnern geübt. Nicht ein einziges Mal.

«Gar keinen.» Er hob die Brauen. «Ich bin trunken von Macht. Macht und Freiheit.»

Ah. Jetzt verstand sie. «Sie brauchen dich. Mehr, als du sie brauchst, zumindest für den Moment.»

«Daran liegt es zum Teil.» Er legte den Kopf schief, und sein Lächeln verblasste. «Aber nicht nur.»

«Und woran noch?»

Seine Fingerknöchel strichen sanft über ihre Wange, die ganz warm wurde. «Ich habe endlich die Freiheit, mit dir zusammen zu sein, Maria. Nach sechs Jahren.»

Sie berührten sich nirgendwo sonst, aber das war egal. Guter Gott, diese starken Hände könnten sie zu jeder Dummheit überreden. Ein Teil von ihr musste das seit ihrer ersten gemeinsamen Nacht gewusst haben.

Kein Wunder, dass sie weggelaufen war.

Aber wenn sie sich jetzt von ihm einfangen lassen wollte, wenn sie sich wünschte, dass er sie so sah, wie sie wirklich war, wenn sie bereit war, das Risiko einzugehen, eine Dummheit zu begehen und ihr eigenes Herz zu brechen ... ja. Er musste unbedingt nach Schweden kommen und ihre Familie kennenlernen, und es war höchste Zeit, dass sie auch mehr über seine Familie erfuhr.

Sie hatte tatsächlich eine brillante Idee, wie sie das erreichen könnte.

Als sie einen halben Schritt von ihm zurücktrat, zog er die Augenbrauen zusammen. Sie hob einen Finger, um ihn stumm um Geduld zu bitten, beugte sich über ihr Handy, schrieb eine Antwort auf Rons und R.J.s Nachricht und tippte auf *Senden*.

Peters Handy piepste sofort.

«Was hast du ...» Er hielt inne, die Stirn immer noch gerunzelt. «Oh.»

Sie strahlte ihn an. «Clever, oder?»

«Ja.» Wieder eine Pause, diesmal etwas länger. Den Blick

hielt er fest auf sein Handy geheftet und sah nicht auf, als er sprach. «Maria, ich glaube nicht, dass Ron und R.J. dafür bezahlen werden, dass wir beide im Rahmen der Pressereise die Heimatstadt des jeweils anderen besuchen, selbst wenn wir dort ein paar Aufnahmen für das Bonusmaterial machen können. Und ich freue mich zwar darauf, Schweden zu sehen, aber ich bin nicht sicher, ob eine Reise nach Wisconsin –»

Zum zweiten Mal innerhalb von zehn Minuten piepsten beide Handys. Mit einem Seufzer verkniff Peter sich anscheinend, was er eigentlich noch hatte sagen wollen. Es dauerte nicht lange, bis sie die neue Nachricht der Showrunner gelesen hatten. Offenbar wollten Ron und R.J. die Angelegenheit schnell geklärt wissen. Sie waren so verzweifelt um gute Publicity bemüht, dass sie sogar einen Vorschlag von ihr annahmen. Mehr oder weniger.

«Wir werden nach unserem Aufenthalt in L. A. also nach Schweden und Wisconsin fahren», sagte sie mit selbstgefälliger Genugtuung in jeder Silbe. «Um Bonusmaterial zu drehen und weitere Presseinterviews zu geben.»

Langsam glättete sich seine Stirn. «Und sie behaupten, das sei von Anfang an ihr Plan gewesen, obwohl sie in der ursprünglichen Nachricht nur von L. A. gesprochen haben.»

«Das ist bestimmt nur ein Zufall, da bin ich mir sicher», sagte sie.

Er schnaubte amüsiert, und dann ... sah er sie einfach nur an.

Der Moment dehnte sich wie ein Gummiband, so straff gespannt, dass es jederzeit reißen könnte.

«Zu Beginn des Abends war ich mir nicht sicher, wann ich dich wiedersehen würde. Aber jetzt werden wir gebeten – *wird uns befohlen* –, mindestens zwei Wochen miteinander zu verbringen. Tag und Nacht.» Er trat auf sie zu und drängte sie gegen die Tür ihrer Suite. Mit der Daumenkuppe fuhr er die Wölbung ihrer Unterlippe nach, den weichen Schwung ihres Kiefers. «In L. A. teilen wir uns eine Hotelsuite. Hast du das gesehen?»

Er schien keine Antwort zu erwarten, und das war auch gut so. Sie schaffte es nicht, Worte zu finden. Nicht auf Englisch, nicht auf Schwedisch. Nicht, während seine dunklen Augen sie aufmerksam musterten und seine Hände sanft, aber unnachgiebig über ihren Körper strichen und ihn in Brand setzten.

«Ich träume schon seit Jahren davon.» Liebkosend strich er mit einer Fingerspitze über den empfindlichen Rand ihres Ohrs, und sie musste sich gegen die Tür als stabile Stütze lehnen, um nicht umzufallen. «Ich hoffe, du bist bereit.»

Das klang nach einer Kampfansage.

Und wie immer würde sie kämpfen, um zu gewinnen.

«Was willst du, Peter?» Sie musterte ihn vom Scheitel bis zu den Zehen, wobei ihr Blick zwischen seinen Beinen verweilte, bis sein Schwanz beharrlich gegen die Knopfleiste seiner Jeans drückte und unter ihrer Aufmerksamkeit sichtlich anschwoll. «Erzähl es mir. Ganz genau.»

Er wartete, bis sie ihm wieder in die Augen sah, dann nahm er langsam, ganz langsam ihr Haar und wickelte es um seine Faust. Ein leichtes Ziehen, und ein heißer Blitz raste ihr den Rücken hinunter, bis zwischen ihre zitternden Beine.

«Ich will meine Hände auf dir. Meinen Namen auf deinen Lippen, meine Zunge auf deiner Klitoris. Meinen Schwanz tief in dir, während du so heftig kommst, dass du schreist.» Seine Lippen verzogen sich zu einem Lächeln, aber es war kein freundlicher Ausdruck. Es war das harte Lächeln eines Wikingers. Eines Eroberers, der bereit war zu plündern. «Ich will alles von dir. Verdammt, du hast keine Ahnung, wie sehr.»

In den vergangenen Jahren hatte sie geahnt, dass er wieder mit ihr ins Bett wollte. Vor allem, weil die eine Nacht, die sie zusammen verbracht hatten, noch sehr, sehr lange in ihrer Erinnerung, in ihren Träumen und in ihren Fantasien nachgehallt hatte, und sie hatte angenommen, dass es ihm genauso gehen musste.

So guter Sex verlangte nach einer Wiederholung. Wenn nicht körperlich, dann wenigstens im Kopf.

Die offensichtliche Heftigkeit seines Verlangens schockierte sie dennoch.

Er hatte recht. Sie hatte keine Ahnung gehabt, denn sie hatte sich nicht vorstellen können, dass er oder irgendein anderer Mann sie so sehr begehrte und sich dann so lange derart zurückhielt. Sein Wille musste ... unerbittlich sein.

Fy fan, allein der Gedanke daran brachte sie dazu, ihre Schenkel aneinanderzupressen.

«Ich will es dir zeigen, Maria.» Seine dunklen Augen musterten sie, während er sanft an ihrem Haar zog, bis sie stöhnte. Vor Lust, nicht vor Schmerz, denn er war so vorsichtig mit ihr. So unglaublich vorsichtig. «Wenn du nach L. A. zurückkommst, zurück zu mir, darf ich dich dann berühren, wann immer ich will, wie immer ich will?»

Ihre Antwort verlangte ihr jedes Quäntchen ihrer schwindenden Konzentration ab, aber sie weigerte sich, auf einem so wichtigen Schlachtfeld zu viel Boden aufzugeben.

Mit dem leichtesten Druck ihrer Fingerspitzen glitt sie über die Länge seiner jeansbedeckten Erektion, und er wurde ganz still. Als er schließlich Luft in seine Lungen sog, klang sein scharfes, zittriges Einatmen, als würde es ihm Schmerzen bereiten.

Er roch köstlich, nach Zedernholz und hitzefeuchter Haut. Wenn sie über seinen Hals leckte, würde das Salz auf ihrer Zunge brennen.

Wenn sie die Hotelsuite in L. A. erreichten, wollte sie ihn verschlingen.

«Wenn wir uns das nächste Mal sehen, kannst du mich anfassen, wann und wie du willst. So viel du willst.» Langsam lächelte sie. «Aber nur, wenn ich das Gleiche tun darf.»

Seine Faust in ihrem Haar war immer noch so vorsichtig. So kontrolliert. Aber mit der freien Hand umklammerte er mit weißen Knöcheln den Türrahmen und drückte so fest zu, dass sie sich fragte, ob er ein Stück aus dem Holz reißen würde.

Er hatte sich zwar ihren Pferdeschwanz um seine Hand gewickelt. Er war zwar über sie gebeugt, das Gesicht von Lust verzerrt. Aber sie hatte ihn genau da, wo sie ihn haben wollte: angespannt, die Wangen vor Verlangen gerötet, sein heftiger Puls deutlich sichtbar an seinem Halsansatz.

Verzweifelt vor Verlangen. Nach ihr.

Doch leider hatte sie keine Zeit, die Renovierungsarbeiten zu überwachen, die ihre unterdrückte Lust in ihrem Zimmer verursachen könnte, also musste dieser köstliche Moment ein Ende finden.

«Wenn du mich allerdings kitzelst», fügte sie hinzu, «werde ich dich mit salzigem Lakritz füttern, bis du kotzt. Fordere mich bloß nicht heraus, *Skitstövel*. All diese langen, dunklen schwedischen Winter haben mich kalt und unbarmherzig gemacht.»

Die Spannung löste sich sofort, genau wie sie es beabsichtigt hatte.

Er ließ ihr Haar los und zog sie mit einem heiseren Lachen in seine Arme. «Ich dachte, bei euch Schweden geht es nur um – wie heißt das Wort noch mal? *Hygge*?»

«Das sind eher die Dänen und Norweger.» Sie hob eine Augenbraue. «Aber wenn du skandinavische Gemütlichkeit erleben willst, kann ich das bestimmt einrichten.»

Er beäugte sie misstrauisch. «Wie?»

«Nachdem du dich übergeben hast, wickle ich dich in eine Decke ein.» Ihr Tonfall war trocken genug, um die ganze regennasse Insel zu entwässern. «Ich denke, das wäre ziemlich gemütlich.»

Sein Kinn sank auf ihre Schulter, als er wieder lachte und sie fest an sich drückte. «Du bist echt verdammt fies, und in zwei Wochen bist du wieder in L. A. Ich weigere mich, dich zu vermissen, Ivarsson.»

Ihre Hände glitten seinen Rücken hinunter und über seinen wundervollen Hintern, und sein Schwanz zuckte gegen ihren Bauch. «Ich werde dich noch viel schlimmer nicht vermissen. Das wird hart.»

Apropos hart, sie sollte ihn und seine Erektion loslassen. Jetzt. Obwohl er sie, um fair zu sein, auch nicht losließ. Und sie war sich ziemlich sicher, dass ihr, wenn sie sich endlich von Peter verabschiedete, nicht mehr zum Lachen zumute sein würde.

«Wir sollten unseren Den-anderen-nicht-vermissen-Pakt mit einem Kuss besiegeln.» Er hob den Kopf und kratzte sich nachdenklich den Bart. «Das ist schwedische Tradition, stimmt's?»

«Unser Alltag besteht aus dem metrischen System, Badehosen, und Küssen als Bestätigung, wie wenig wir uns gegenseitig vermissen werden.» Leichthin stellte sie klar: «*Zungen*küsse natürlich.»

Er schaffte es fast, sich ein Schnauben zu verkneifen. «Weil man das in Europa so macht und weil ihr Europäer seid.»

«Weil wir Europäer sind.»

«Na, dann.» In seinen Augen loderte erneut Hitze auf. «Betrachte mich als das neueste Mitglied der EU.»

Dann eroberte sein Mund ihren, und sie vergaß die Zeit. Ehrlich gesagt, vergaß sie alles außer Peter. Am Ende war sie so spät dran, dass er ihr beim Packen helfen musste, und sie erreichte die Fähre nur wenige Sekunden, bevor sie ablegte. Es blieb nicht einmal Zeit für eine letzte Umarmung auf dem Steg.

Aber solange sie den Horizont sehen konnte, stand er dort. Unbeweglich. Geduldig auf eine Art und Weise, die sie gerade erst zu verstehen begann. Wachsam.

Wartend.

Rating: Explicit
Fandoms: Gods of the Gates – E. Wade, Gods of the Gates (TV)
Beziehungen: Cassia/Cyprian
Zusätzliche Tags: Alternate Universe – Modern, Expliziter sexueller Inhalt, Fluff und Smut, Ja ich setze Fan Bros mit den Untoten aus dem Tartaros gleich, und es tut mir nicht leid, ich habe übrigens keine Ahnung von Apps oder Start-ups oder Spielen, nada, Keine Recherche nur Vibes, Dieser Slow Burn ENDET JETZT UND HIER
Statistik: Wörter: 12733 Kapitel: 1/1; Kommentare: 101; Kudos: 513; Lesezeichen: 75

39. STOCK
SlowBurned

Zusammenfassung:
Als Cassia als neue Praktikantin bei God of the Sky Games ankommt, erwartet sie, dass ihre Aufgaben darin bestehen werden, für Jupiter Kaffee zu kochen, etwas zu programmieren und vielleicht Tabellen zu erstellen. Sie rechnet nicht damit, dass sie das neueste Projekt der Firma gegen wütende Fan Bros verteidigen muss. Sie rechnet nicht damit, dass sie mit ihrem unausstehlichen Praktikantenkollegen Cyprian im 39. Stock festsitzt. Und schon gar nicht rechnet sie damit, dass sie mit Cyprian Sex auf einem Stapel Getränkekühler mit Firmenlogo haben wird, aber sie muss zugeben: Es ist viel besser, als Daten einzutippen.

Bemerkung:
Keine Sorge. Beim Schreiben dieser Fic wurden keine Markenartikel eines gescheiterten Start-ups beschädigt.

Um Punkt acht Uhr kommen mein Freund Erik und ich im Hauptsitz von God of the Sky Games an und freuen uns auf unseren ersten Auftrag als neue Praktikanten der Firma. Doch schon nach wenigen Minuten ist klar, dass ein Fehler gemacht wurde, und Jupiter – der große Chef selbst, der offen gesagt wie ein echter Arsch wirkt – will nur einen von uns haben. Nicht beide.
Er wendet sich an den stämmigen, bärtigen Mann an dem Computer in der Ecke. Der bisher zu niemandem ein Wort gesagt hat, obwohl ich schwören könnte, dass ich mindestens einmal den Blick seiner dunklen Augen auf mir gespürt habe.
«Welchen, kleiner Praktikant?» Jupiter grinst. «Welchen wirst du retten?»
Anscheinend ist der breite Typ mit dem Bart – ich nenne ihn Burly Beardo – auch ein Praktikant, aber aus irgendeinem Grund entscheidet er, wer von uns eine berufliche Zukunft bekommt. Ich vermute, dass Jupiter ihn fertigmachen und einen machtlosen Untergebenen dazu zwingen will, jemanden zu verletzen, denn das scheint zu dem CEO zu passen.
«Sie», sagt Burly Beardo knapp und wendet sich dann wieder seinem Monitor zu.
Mir wurde allerdings ein anderes Praktikum angeboten, bei einem konkurrierenden Unternehmen, und Erik nicht. Er sollte bleiben, nicht ich.
«Aber ...», setze ich an.
«Sie», wiederholt er, ohne mich ausreden zu lassen oder überhaupt aufzuschauen, denn wie es scheint, ist er auch ein Arschloch. Und das war's dann auch schon.
Erik wird sofort aus dem Gebäude eskortiert, mit hochrotem Gesicht, und er sieht mich dabei wütend an, obwohl ich nichts mit der Entscheidung zu tun hatte. Na toll.
Und dann platzt die Bombe. Schon wieder.
«Cyprian, du und –» Jupiter blickt zu seiner leidgeprüften Assistentin, die stumm mit den Lippen *Cassie* formt. Was falsch ist, aber immerhin nah genug dran. «– Lassie werdet die On-

line-Reaktionen auf unser neuestes Projekt *Die Insel* im Auge behalten. Ihr seid unsere erste Verteidigungslinie gegen die Fans, die wütend sind, weil ihr Lieblingsfilmheld in unserem Spiel eine Frau ist.»

Er hält inne und sieht gequält aus. «Ich kann es ihnen nicht verübeln. Aber es war das Einzige, was ich tun konnte, damit Juno mir verzeiht.»

Was hat die Finanzchefin des Unternehmens damit zu tun? Ist sie die Frau, die so aussieht, als wollte sie Jupiter nur mit der Kraft ihrer Gedanken in Brand setzen?

«Wie auch immer», fährt Jupiter fort, «ihr beide geht in den 39. Stock.»

Mehrere Leute im Raum keuchen auf, und ich höre Gemurmel. Ich kann nur ein paar Worte verstehen. *Gescheiterte Start-up-Zentrale. Verlassen. Geisteretage.*

«Das werden sie nicht überleben», murmelt ein Typ mit einem ironischen Schnurrbart.

Jupiters Stimme dröhnt voller arroganter Befehlsgewalt. «Ihr werdet dort arbeiten. Dort essen. Dort schlafen. Solange wir nicht wissen, ob das Spiel läuft, werdet ihr diese Etage nicht verlassen. Ab ... jetzt.»

Er gestikuliert gebieterisch in Richtung Tür.

Die Anweisung ist drakonisch und verstößt eindeutig gegen die Arbeitsvorschriften, aber ... in der Gaming-Industrie herrscht ein mörderischer Konkurrenzkampf, und sie wird von Männern dominiert. Wenn ich jetzt gehe, wird sich das herumsprechen, und niemand wird mich mehr einstellen.

Sie ist nicht hart genug, werden sie sagen. *Hatte nicht genug Eier*.

Also schnappe ich mir meine Handtasche, nehme den Laptop, den mir die Assistentin hinhält, und gehe zur Tür, gefolgt von einem schweigenden Cyprian, der seinen eigenen Laptop dabeihat.

Wir fahren mit dem Aufzug in den 39. Stock, wo uns eine

Rauchglastür erwartet, die zu abgedunkelten Büros führt. Am Glas klebt ein vergilbtes Papier mit gewellten Rändern, auf dem unerklärlicherweise *Elefantenzeit!* steht.

Mit einem verrosteten Schlüssel wird die Tür für uns aufgeschlossen. Dahinter liegt ... Dunkelheit. Verlassene Schreibtische und Kabinen. Türen, mit einem Sichtfenster in der oberen Hälfte, die im Schatten verschwinden.

Ist das ... eine Zuckerwattemaschine? Ich denke, das werden wir gleich herausfinden.

Als wir hineingehen, schließt sich die Glastür hinter uns, und es wird wieder abgeschlossen.

«Also ...» Ich schalte das Licht an und wende mich dann an Eurly Beardo. «Ich bin Cassia. Dein Name ist Cyprian?»

Er grunzt kaum hörbar und geht weg. Natürlich macht er das. Mann, was für ein Arschloch.

14

MIT EINEM VERSCHMITZTEN Grinsen lehnte sich die Klatschreporterin auf ihrem Stuhl vor. «Wie alle Ihre Fans wissen, sind Sie beide nicht nur Schauspielerkollegen, sondern auch enge Freunde. Einige dieser Fans haben Zusammenschnitte Ihrer gemeinsamen Interviews auf YouTube gepostet und Twitter-Gifs von Augenblicken gemacht, in denen Sie sich liebevoll ansehen. Nicht nur in der Serie, sondern auch im echten Leben. Man hat Ihnen sogar einen Paarnamen gegeben: Marter, eine Kombination aus Maria und Peter.»

Ah, das war der Auftakt zu einer der vielen unvermeidlichen Fragen jeder Pressetour. Peter kannte das schon.

Die Reporterin würde jetzt jede Sekunde aufhören, um das Thema herumzutänzeln, und ganz offen fragen: *Sind Sie beide je miteinander ausgegangen?*

Das war eine klassische Interviewfrage, zusammen mit ein paar anderen: Was bewundern Sie am meisten aneinander? Würden Sie gerne wieder zusammenarbeiten? Wie war es, so lange an einem so abgelegenen Ort zu drehen? Hatten Sie vor, irgendwann auf die Insel zurückzukehren? Was waren Ihre schönsten Cassia-&-Cyprian-Momente?

Mittlerweile hatten sie Standardantworten auf fast alle Fragen parat. Die Schwierigkeit bestand nur darin, diese Antworten frisch und spontan klingen zu lassen, statt vorbereitet und abgegriffen.

Maria fiel das, wenig überraschend, leichter als ihm. Aber er hatte sich mit der Zeit verbessert. Und sie waren beide Experten in der Kunst geworden, sich während der Interviews mit Geplänkel und Gezanke bei Laune zu halten.

Die Reporter bekamen vielleicht nicht auf alle Fragen eine Antwort, aber sie bekamen gute O-Töne, und dazu noch viele, viele Besucher auf ihren verschiedenen Social-Media-Kanälen, denn die Leute liebten die gemeinsamen Interviews von Maria und Peter.

Er mochte sie irgendwie auch sehr, obwohl er das nie offen zugeben würde. Genauso wenig, wie er zugeben würde, dass er sich diese Interviews während längerer Drehpausen auf YouTube anschaute, wenn sie so lange getrennt waren, dass er sich wirklich schmerzhaft danach sehnte, ihr Gesicht zu sehen und ihre Stimme zu hören.

Sie bemerkte seinen Blick und hob eine Augenbraue, fragte ihn damit stumm, ob er die Frage zu ihrer Beziehung beantworten wollte. Als Antwort neigte er dezent den Kopf in ihre Richtung, und sie richtete ihre Aufmerksamkeit wieder auf die Reporterin. Mit ruhigem Gesichtsausdruck nahm sie einen Schluck aus ihrer Wasserflasche und wackelte in einem vergeblichen Versuch, eine bequemere Position auf dem viel zu harten Hotelsofa zu finden, mit ihrem phänomenalen Hintern. Sicher war sie von ihrem langen Flug noch ganz steif.

Jedes Mal, wenn sie ihren Hintern bewegte – und das tat sie oft, *sehr oft* –, rieb ihr weicher, warmer Oberschenkel an seinem. Ihr weicher, warmer, fast *nackter* Schenkel, denn sie hatte sich an diesem Tag für ein sehr kurzes schwingendes Kleid entschieden, und er konnte nur vermuten, dass das ein Versuch war, seinen immer schwächer werdenden Verstand zu zerstören.

Sie hatte das Kleid angezogen, nachdem sie an diesem Morgen in ihre gemeinsame Hotelsuite geeilt war und geduscht hatte, wobei sie hinter der Badezimmertür die ganze Zeit über den verspäteten Flug und den dichten Verkehr geschimpft hatte. Der Hair- und Make-up-Artist und der

Rest der Crew waren eingetroffen, während sie sich noch abtrocknete, sodass sie nicht einmal die Gelegenheit gehabt hatten, sich zu küssen, bevor der erste Reporter eintraf, geschweige denn zu mehr.

Ihr Flug hätte eigentlich am Vortag spätabends ankommen sollen, und er hatte Pläne mit ihr gehabt. Sehr detaillierte, sehr nackte Pläne. Ganz offensichtlich hatte er keinen davon umsetzen können. Er schmorte also bereits eine ganze Weile in unterdrückter Lust und Frustration, und dann ...

Herrgott noch mal.

Wackel. Wackel. Wackelwackelwackel.

Ihr Kleid rutschte langsam höher, enthüllte mehr von ihrem blassen Fleisch, und er wollte sich am liebsten die Haare raufen.

Heilige Scheiße, sie musste verdammt noch mal *aufhören zu wackeln.*

Bei diesem ganzen Gezappel konnte er inzwischen auch keine bequeme Position mehr auf ihrer kleinen Couch finden. Wäre es zu offensichtlich, wenn er ein Kissen über seinen Schritt legte?

Ja. Wahrscheinlich.

Gut, dass die Kamera so eingestellt war, dass sie die beiden nur von der Hüfte aufwärts filmte, denn gerade gaben sie wohl einen interessanten Anblick ab. Zu diesem Zeitpunkt konnte der Kameramann wahrscheinlich Marias Unterhose sehen, und Peter könnte genauso gut das Gesicht einer Werbekampagne für besonders widerstandsfähige Reißverschlüsse sein. Er rutschte auf seinem Sitz hin und her, legte die Hände vorsorglich in seinem Schoß ab und hoffte inständig, dass der Reißverschluss seiner Jeans der anstrengenden Aufgabe gewachsen war.

Nur einen Sekundenbruchteil, nachdem er herumgerutscht war, zuckten die Mundwinkel ihres breiten, vor Gloss glänzenden Mundes, und plötzlich wusste er es.

Sie machte das mit Absicht.

Diese umwerfende, unglaubliche, teuflische schwedische Bitch.

«Was mich zu meiner nächsten Frage bringt, die alle unsere Zuschauer brennend interessiert.» Der Blick der Reporterin wanderte von ihm zu Maria und wieder zurück. «Sind Sie beide je miteinander ausgegangen?»

Es war nicht wirklich die Schuld der Reporterin. Ihre Zuschauerinnen und Zuschauer interessierten sich wahrscheinlich *tatsächlich* brennend dafür. Aber genauso ging es auch denen aller anderen Medienplattformen, die über *Gods of the Gates* berichteten, und so beantworteten er und Maria schon seit mehreren Stunden alle zehn bis fünfzehn Minuten immer wieder die gleiche Frage.

Um genau zu sein, beantworteten sie diese Frage eigentlich schon seit Jahren. Ihre Antwort veränderte sich nie, und sie war – zumindest bis auf Weiteres – vollkommen ehrlich.

Sie hatten miteinander geschlafen, ja. Aber sie waren noch nie miteinander ausgegangen.

«Nein», antwortete Maria der Reporterin mit einem lockeren, strahlenden Lächeln. «Aber wie Sie schon sagten, wir sind schon seit Langem die besten Freunde. Peter ist mir sehr ans Herz gewachsen.»

Wie er aus langjähriger Erfahrung wusste, war dies der Teil des Interviews, den die Fans am eifrigsten sezieren würden. Sie würden Screenshots von ihrem und seinem Gesicht posten und behaupten, sie hätten einen verräterischen Mikroausdruck als Reaktion auf die Frage erhascht. Sie würden den genauen Moment im Clip ermitteln, in dem ein Teil ihres OTP versehentlich seine wahren Gefühle für den anderen gezeigt hat, und zur Feier des Tages ein paar Gifs erstellen. Dann würden sie eine sehr kreative und extrem schmutzige Fanfiction-Geschichte darüber schreiben, was er und Maria unmittelbar nach dem Ende des Interviews machten.

Vor allem miteinander.

«Wobei ...», fuhr Maria fort und tippte sich mit der Fingerspitze leicht ans Kinn, «kann man wirklich mit jemandem befreundet sein, den man im Grunde fünf ganze Staffeln lang durch eine Fernsehserie schleppen musste? Das frage ich mich manchmal.»

Biest.

«Ich nehme an, du meinst wirklich *körperlich* schleppen, denn was die Schauspielerei angeht ...» Er deutete mit seinem Daumen auf Maria und schnitt eine Grimasse in Richtung der Reporterin, während er mit den Lippen stumm das Wort *Wahnvorstellungen* formte.

Oh, sie würde für diese Beleidigung seiner beachtlichen schauspielerischen Fähigkeiten bezahlen. Eher früher als später.

Die Reporterin kicherte. «Haben Sie Maria schon mal in Schweden besucht, Peter? Vielleicht in Ihrer Freizeit eine ihrer Theateraufführungen angesehen?»

«Nein, leider nicht.» Als er sich in die plüschigen Kissen des Zweisitzers zurücklehnte, stupste er seinen Ellbogen in Marias Rippen, genau an der Stelle, von der er schon festgestellt hatte, dass sie dort am kitzligsten war. Als sie quietschend zusammenzuckte, tat er so, als hätte er es nicht bemerkt. «Aber wir werden bald dorthin fliegen, um ein paar Interviews zu geben und Bonusmaterial für die letzte Staffel zu produzieren.»

Übermorgen, um genau zu sein. Er würde gerne sagen, dass ihn die Vorstellung, ihre Familie zu treffen, nicht nervös machte, aber das wäre eine verdammte Lüge.

«Sie hat mir natürlich viel von ihrer Heimat erzählt», sagte er und kratzte sich nachdenklich an seinem Bart. «Ich freue mich schon darauf, von einem rachsüchtigen Elch in einem rituellen Angriff über den Haufen gerannt zu werden. Laut Maria werden auf diese Weise besondere Ehrengäste willkommen geheißen. Und wenn ich es richtig verstanden habe, werden wir unseren Besuch damit beenden, dass wir verschiedene Teile aus Spanplatten nur mit einem Inbusschlüssel zu leicht schiefen Möbeln zusammenbauen, während wir die gesamte *ABBA-Gold*-Playlist mitsingen.»

«So schreibt es das Gesetz vor.» Maria nickte feierlich. «Kein Billy-Regal, kein Flugticket nach Hause. Ausnahmen werden nur gemacht, wenn zwei Zeugen bestätigen können, dass man sich mit Aquavit betrunken und in voller Lautstärke ‹Fernando› gesungen hat.»

«Und ich trinke nicht, also ...» Er breitete die Hände aus und stieß einen dramatischen Seufzer aus. «Wünschen Sie mir Glück beim Zusammenschrauben meines Löpblåsvädersson. Ich bin mir ziemlich sicher, dass die blonde Pippi hier drüben mir keine große Hilfe sein wird.»

«Halt die Klappe, *Skitstövel*.» Als Maria ihn in den Arm kniff, sah er sie mit großen Augen erstaunt und verletzt an. «Peter hat das Wort erfunden, Tonja. Ignorieren Sie ihn, bitte.»

Die Reporterin gluckste. «Ich würde für unsere Zuschauerinnen und Zuschauer ja übersetzen, wie Sie Peter gerade genannt haben, aber ich möchte lieber nicht ausgepiepst werden. Wer neugierig ist, wird über eine schnelle Google-Suche sicherlich fündig, wobei alle wahren Marter-Fans ohnehin wissen, wie Marias liebster Kosename für Peter lautet.»

«Das ist kein Kosename.» Marias warme braune Augen leuchteten vor Vergnügen auf. «Es ist ein Schimpfwort, es drückt *Verachtung* aus. Ich erkläre Ihnen und der ganzen Welt hiermit, dass Peter Reedton die Sorte Mann ist, die in einen Stiefel scheißen würde. Und möglicherweise auch in einen blauen Schrank.»

Er rieb sich mit einer Hand über den Mund und versuchte, sein Grinsen zu verbergen.

Die Reporterin – offensichtlich Tonja – zuckte zusammen. «So viel dazu, nicht ausgepiepst zu werden.»

Maria hob halbherzig eine Schulter. «Es macht mir nichts aus, wenn man mich auspiepst. Nicht, wenn es dazu beiträgt, mehr Menschen über Peters zügelloses, unkontrollierbares Stiefelscheißen zu informieren.»

Die andere Frau rieb sich eine Weile die Schläfen. «Eine letzte Frage.»

Sowohl er als auch Maria wussten, was kommen würde. Unauffällig senkte er die Hand und stieß damit gegen die Seite ihres verführerischen nackten Oberschenkels; ihr übliches Zeichen dafür, dass er wollte, dass sie antwortete. Nur um einen Moment später ihren überraschend spitzen Ellbogen in die Seite gerammt zu bekommen, woraufhin er zusammenzuckte und husten musste.

Das hieß dann wohl, er sollte übernehmen.

«Es tut mir so leid, Peter.» Ihr Ausdruck unschuldiger Reue hätte einen Preis verdient. «Durch den Jetlag bin ich wohl etwas ungeschickt.»

Sie tätschelte sanft seinen Unterarm und lehnte sich dann zurück, um zuzusehen, wie er litt.

«Sie haben die letzte Staffel erwähnt.» Tonya machte eine dramatische Pause, und er unterdrückte einen Seufzer. «Die geleakten Drehbücher haben unter den Fans von *Gods of the Gates* einen ziemlichen Aufruhr verursacht. Können Sie etwas dazu sagen, ob es sich um echte Episodenskripte handelt?»

Maria, die offenbar doch bereit war, zu diesem Teil des Themas – dem einfachen Teil – etwas zu sagen, schüttelte den Kopf. «Das können wir nicht. Es tut mir leid.»

«Können Sie mir denn dann mehr über die letzte Staffel erzählen und darüber, was darin mit Ihren Figuren passiert?» Die Reporterin wedelte mit der Hand. «Ich weiß, dass Sie nicht spoilern dürfen, aber vielleicht können Sie ganz allgemein etwas über Ihre Reaktionen sagen, ohne Einzelheiten zu nennen.»

Auch wenn er wenig Lust hatte, darauf zu antworten, war es wohl besser, wenn er bei dieser speziellen Frage übernahm. Trotz ihres Charmes war Maria kein diplomatischer Mensch. Sie hasste Bullshit, konnte Worte wie Messer schwingen und verabscheute die Showrunner und die Art, wie deren Drehbücher für die letzte Staffel die Handlungsbögen fast aller Hauptfiguren zunichtemachten.

Ihre Wut und Verachtung waren natürlich nicht neu. Er wusste schon lange, wie sie über Ron und R.J. und die Zukunft der Serie dachte.

Eines Abends vor zwei Jahren hatte sie sich, direkt nachdem sie eine besonders schwierige Szene gedreht hatten und ein weiterer übler Streit mit Ron ohne Ergebnis geblieben war, in seiner Suite auf die Couch fallen lassen. Fröhlich, als ob es nichts Wichtiges zu besprechen gäbe, hatte sie ihm gesagt, sie wolle kündigen. Sie würde kündigen, wenn sie sich ihrer kleinen Inselcrew, ihm und ihrer Figur nicht so verbunden fühlen würde.

«Manchmal wünschte ich, mir würden nicht alle so am Herzen liegen.» Sie lehnte ihren Kopf gegen das Kissen und starrte an die Decke, während der Schein des Feuers ihr Haar zum Leuchten brachte. «Aber selbst das würde kaum ausreichen, um mich hier zu halten, Peter, wenn es da nicht noch etwas anderes gäbe.»

Ein Teil von ihm wollte sie schütteln. War ihr nach all der Zeit immer noch nicht klar, welch großes Privileg es war, bei einer Serie wie der ihren zu arbeiten? Verstand sie nicht, wie viele Schauspieler es ihre ganze Karriere lang versuchten und es trotzdem nie schafften, eine Rolle wie die der Cassia zu ergattern? Wusste sie nicht, dass fast jeder Barista in jedem Café in Hollywood, das sie je besucht hatte, gerne Schauspieler wäre und sparte, hungerte, sich abmühte, um wenigstens eine kleine Rolle in einem zum Scheitern verurteilten Pilotfilm zu bekommen?

Fast hätte er es laut ausgesprochen. Weil sie es immer noch nicht begriffen hatte. Weil sie die Serie verlassen wollte.

Weil sie *ihn* verlassen wollte.

Dann hatte er sie angesehen. Sie wirklich *gesehen*.

Er hatte die winzigen Lachfalten in ihren Augenwinkeln bemerkt. Sie wurde bald dreißig, und man sah es ihr an. Ganz subtil. Aber eindeutig. Wundervoll. Sie war von Anfang an wunderschön gewesen, aber mit der Zeit war sie irgendwie noch schöner geworden. Er vermutete, dass das so weitergehen würde bis zu dem Tag, an dem sie von dieser Erde schied.

Aber das flackernde Licht enthüllte nicht nur diese bezaubernden neuen Falten. Es betonte auch die dunklen Ringe unter ihren Augen und ließ die Silhouette ihrer hängenden Schultern deutlich werden. Sie schien – müde zu sein. Leer, auf eine Art und Weise, wie er es noch nie bei ihr erlebt hatte.

Ihre leichte, unbeschwerte Fröhlichkeit war nicht gespielt. Das wusste er. Aber die gute Laune war nicht alles, was sie ausmachte. Ihr Selbstvertrauen und ihr Talent hielten sie in rauen Gewässern über Wasser, und sie schwamm so schnell, wie sie konnte. Trotzdem war sie manchmal erschöpft und brauchte eine Boje.

Er musste ihr helfen, sich über Wasser zu halten. Musste alles, *alles* tun, um sie bei der Serie zu halten. Bei ihm.

Also biss er sich auf die Zunge. Er hielt seine Stimme sanft und weich und achtete darauf, dass sie nicht mal einen Hauch der verworrenen Emotionen – Angst, Wut, Schmerz, Frustration – enthielt, die seinen Puls in die Höhe trieben, seit sie angekündigt hatte, dass sie aufhören wollte. «Was ist es, das dich sonst noch hier hält?»

Ihr Lachen war etwas schrill, aber es klang echt.

«Gehässigkeit», sagte sie. «Ganz offensichtlich.»

Als er sie verblüfft anblinzelte, lachte sie erneut.

«Oh, Peter.» Sie legte ihre Hand auf seine, die er auf dem Sofakissen platziert hatte, und drückte sie. «Wir wissen beide, dass diese Serie, wie ihr Amerikaner sagt, entgleisen wird. Es gibt keine Bücher mehr, die adaptiert werden können, was bedeutet, dass zwei der langweiligsten, selbstgefälligsten und kleinkariertesten Männer, die ich je getroffen habe, jetzt die volle Kontrolle über die Geschichte haben.»

Er hatte sich schon gedacht, dass dies der Grund dafür war, dass sich die Dreharbeiten in letzter Zeit als besonders heikel und chaotisch erwiesen hatten. Die Bücher von E. Wade konnten keinen Plot mehr vorgeben und boten auch keine Anhaltspunkte für die weitere Entwicklung der Figuren, also gerieten die Showrunner ins Schwimmen

Als Maria ihre Hand von seiner nahm, kämpfte er gegen den Drang an, nach ihr zu greifen.

«*Gods of the Gates* wird mit wehenden Fahnen untergehen. Genau wie Ron und R.J.» Ihr Lächeln war matt und heiter und gemein. «Und wenn sie mit ihrer inkompetenten, frauenfeindlichen Edgelord-Scheiße ihre Karrieren ruinieren, will ich einen Platz in der ersten Reihe.»

Ah. Gehässigkeit. Jetzt hatte er es verstanden.

Sie rümpfte die Nase und starrte einen Moment lang ins Feuer. «Warte. Meinte ich Edgelord oder Grimdark? Ich verwechsle die beiden immer.»

«Wahrscheinlich passt beides», hatte er trocken gesagt, und sie hatte noch einmal gelacht und angefangen, über die Szene des nächsten Tages zu sprechen, und der Moment war vorbei gewesen.

Abgesehen von gelegentlichen Kommentaren im Cast-Chat hatte sie das Thema nie wieder angesprochen. Aber er wusste, dass sie das, was sie gesagt hatte, ernst meinte. Jedes einzelne Wort.

Also ... ja. Wahrscheinlich sollte er besser alle Fragen zur letzten Staffel beantworten, so wie er es in den vorangegangenen Interviews auch getan hatte. Ihre Meinung über die Serie und ihre Drehbücher war in den letzten zwei Jahren weiß Gott nicht *besser* geworden.

Wie es aussah, musste er also wieder einmal in die Bresche springen.

«In der letzten Staffel gibt es einige der teuersten und spektakulärsten Actionszenen, die je für das Fernsehen gedreht wurden, und ich kann nicht oft genug sagen, wie viel Talent in der *Gods of the Gates*-Crew steckt und wie viel harte Arbeit alle in diese Szenen investiert haben.» So. Das war ehrlich genug. «Und ich denke, die Fans von Cassian werden mit einigen Entwicklungen in ihrer Beziehung sehr ... zufrieden sein.»

Na bitte. Eine kleine harmlose Andeutung, ein verwegenes Augenzwinkern, und ... fertig. Tonyas Interviewzeit war vorbei, und zwar keine Minute zu früh. Folgefragen zur letzten Staffel waren das schlimmste.

Der PR-Vertreter schickte die Reporterin hinaus, nur um gleich darauf den nächsten Interviewer hereinzuholen. Der Typ trug eine Brille, ein T-Shirt mit Aufdruck und quietschende Turnschuhe. Vielleicht ein Blogger? Oder ein Vertreter eines reinen Onlinemediums?

«Hi.» Der Typ, der in seinen Zwanzigern zu sein schien, schüttelte beiden die Hand, dann ließ er sich auf seinem Stuhl nieder. «Ich bin Carl Li, und ich betreibe den Blog *Gays of the Gates*. Es ist schön, Sie beide kennenzulernen.»

«Gleichfalls», sagte Maria mit einem warmen Lächeln. «Ich habe mir Ihren Blog angesehen und finde es schön, wie rücksichtsvoll Ihre Beiträge sind, selbst wenn Sie sich kritisch über die Serie äußern. Repräsentation ist wichtig, und wenn die Darstellung schädlich ist, muss man das ansprechen.»

Carls Ohrenspitzen färbten sich rot. «Vielen Dank, Ms Ivarsson.»

«Bitte nennen Sie mich Maria», sagte sie, und er strahlte sie an.

Peter war sich ziemlich sicher, dass Carl jetzt für Maria töten würde, wenn es nötig wäre, oder ihr zumindest ein solides Alibi verschaffen, während sie den Mord selbst beging.

«Ähm ...» Der Blogger warf einen Blick in sein Notizbuch. «Ich habe eine ganze Reihe von Fragen. Hoffentlich können wir über die meisten davon sprechen.»

Peter trank einen Schluck Eiswasser und wartete ab.

«Wie Sie vielleicht gesehen haben, haben Sie beide bei unserer letzten Umfrage den ersten und zweiten Platz belegt.» Als Maria ihn ausdruckslos ansah, beeilte er sich zu erklären: «Es war eine lustige Abwechslung zu unseren sonst eher ernsten Berichten. Die Frage lautete: *Wenn Sie die Wahl hätten, von welchem Schauspieler würden Sie IHR spezielles Tor am liebsten bewachen lassen?*»

«Mein Tor ist wirklich sehr speziell», murmelte Maria. «Das sagen alle.»

Peter verschluckte sich an seinem Wasser, und sie klopfte ihm auf den Rücken, während er hustete und versuchte, über die Andeutung, die in ihren Worten mitschwang, nicht weiter nachzudenken. Aber er konnte ihr nicht widersprechen. Ihr spezielles Tor war das beste, das er je bewacht hatte. Mit Abstand.

Carl hatte Marias Einwurf offenbar überhört und redete immer noch, während Peter es schließlich schaffte, wieder zu Atem zu kommen und seine Gedanken zu ordnen.

«... in den Kommentaren einigte man sich zögerlich darauf, dass es keine Rolle spielt, ob Sie hetero sind oder nicht.» Der Blogger schaute sie über seine Brille hinweg an, und sein wissendes Grinsen zeichnete Grübchen in seine Wangen. «Weil Sie insgeheim ein Paar und sowieso nicht mehr auf dem Markt sind.»

Es war also wieder so weit, unvermeidlich wie Tod, Steuern und die Opferrolle von Frauen in Actionfilmen.

«Sind Sie beide zusammen? Und wenn nicht, sind Sie in der Vergangenheit je miteinander ausgegangen?»

In diesem spannungsgeladenen Moment, in dem Peter versuchte, die nötige Energie aufzubringen, um die Frage freundlich und mit genügend Elan zu beantworten, wackelte Maria wieder – verdammt, sie *wackelwackelwackelte*.

Ihr Schenkel rieb an seinem, und ihr Kleid wanderte wieder nach oben, sodass er ohne Probleme die kleine Ansammlung von Sommersprossen sehen konnte, die er vor langer Zeit mit dem Mund liebkost hatte, nur wenige Augenblicke, bevor er dasselbe mit ihrem ganz speziellen Tor getan hatte.

Mit diesen Sommersprossen verband er besonders zärtliche Erinnerungen. Zu zärtlich. So zärtlich, dass sein Schwanz alles daransetzte, mit dem Reißverschluss seiner Jeans zu verschmelzen.

Und in diesem Augenblick war er sich sicher: Das würde er nicht überleben.

Der Gerichtsmediziner würde einen Tod durch Pressetour feststellen. Bei der Beerdigung würde sein Vater anmerken, dass Peters tragischer Tod nie eingetreten wäre, wenn er, wie man es von ihm erwartet hatte, ein Wirtschaftsstudium absolviert hätte, anstatt Theaterwissenschaften zu studieren. An seinem Grab würden seine Schauspielkollegen Rosen auf seinen Sarg werfen, schluchzend die Tränen zurückhalten und sich gegenseitig sagen: «Er ist jetzt an einem besseren Ort.»

Und bei Gott, damit hätten sie nicht unrecht.

NACHRICHTEN MIT MARIA: ZWEI JAHRE ZUVOR

Peter: Was ist los?

Maria: ???

Maria: Nichts ist los

Maria: Mir geht's gut

Peter: Das ist eine Lüge

Peter: Du bist schon den ganzen Tag nicht du selbst

Peter: Ich glaube, ich habe dich nicht ein Mal lächeln sehen

Peter: Dir fehlt dein übliches Leuchten

Maria: Mein übliches ... Leuchten?

Peter: Habe ich irgendwas getan, was dich verärgert hat oder womit du dich unwohl fühlst?

Peter: Oder hat jemand anders was gesagt oder getan?

Peter: Wenn ich es war, entschuldige ich mich, und wenn es jemand anders war, sag mir, wer, und ich kümmere mich darum

Maria: ...

Maria: Wenn ich mich über jemanden ärgere, bin ich durchaus in der Lage, das selbst zu regeln

Maria: Aber ich weiß das Angebot zu schätzen

Maria: Es hat mich niemand geärgert oder mir ein schlechtes Gefühl bereitet, Peter, weder du noch sonst jemand

Maria: Die Szene heute war einfach ein bisschen schwierig für mich

Maria: Wie Cassia Cyprian erzählt, wie ihre Eltern an der Pest gestorben sind, war

Maria: ...

Peter: Herausfordernd?

Maria: Ja.

Peter: Okay. Wie kann ich dir dann helfen, die Szene zu vergessen?

Maria: Wie ich schon sagte, es geht mir gut, Peter

Maria: Ich werde einfach in meiner Suite abhängen und am Kamin lesen, und morgen bin ich wieder ganz mein offenbar leuchtendes (!) Selbst

Peter: Nope

Maria: Nope?

Peter: Du schuldest mir was, Ivarsson

Maria: Das tue ich nicht, Reedton

Peter: Hast du mich gestern angemuht oder nicht, als ich ganz unschuldig eine Flasche Wasser getrunken habe, sodass ich zusammengezuckt bin und die armen Ramón und Jeanine mit eben diesem Wasser bespuckt habe?

Maria: Möglich

Maria: Wenn ich so etwas getan hätte, wäre das sicher ein sehr lustiger Anblick gewesen

Peter: Bezahl deine Schulden, Pippi

Maria: Was willst du, Skitstövel?

Peter: Warte kurz, ich bin sofort wieder da

Maria: Du kannst mich weder hören noch sehen, aber ich seufze laut und ungeduldig

Maria: ...

Maria: Peter?

Maria: Peter, bist du eingeschlafen oder wurdest du von Außerirdischen entführt oder

Peter: Immer langsam mit den jungen Pferden, Ivarsson

Maria: Apropos Pferde, hast du vor denen auch Angst, oder nur vor Kühen?

Peter: Ich ignoriere diese Provokation ganz großmütig

Peter: Also, Nava und Ramón kommen in zehn Minuten in mein Zimmer, und du auch

Peter: Wir werden uns alle das Tarzan-Remake ansehen, damit du nach Herzenslust Alexander Skarsgard ohne Hemd begaffen kannst

Maria: Skarsgård, nicht Skarsgard

Peter: Wie auch immer, komm in mein Zimmer und objektifiziere deinen seltsam aufgepumpten Landsmann unter Freunden

Maria: Ich weiß nicht, Peter

Peter: ...

Peter: Warte kurz, ich bin gleich wieder da

Maria: SCHON WIEDER?

Maria: ...

Maria: Meine Güte, du gehst mir ganz schön auf meine zarten Nerven

Peter: Okay, Conor und Fionn kommen auch

Maria: ...

Peter: Fionn macht Karamell-Popcorn und bringt genug für alle mit

Peter: Und eine Schüssel nur für dich

Peter: Ich versüße dir die Sache buchstäblich, Pippi, wie kannst du da widerstehen

Maria: ...

Maria: Verdammt, Reedton, du weißt, dass Karamell-Popcorn meine große Schwäche ist

Peter: Natürlich weiß ich das.

Peter: Du kommst also in mein Zimmer, ja?

Maria: Ja

Maria: Aber wenn wir nebeneinander sitzen, lässt du diesmal besser die Finger von meiner Decke, SONST

Peter: Als gute Sozialistin solltest du bereit sein, deinen Deckenreichtum zu teilen

Maria: Ah, aber ich wurde von meinem kapitalistischen Kollegen beeinflusst

Maria: Ich sehe inzwischen keine Notwendigkeit mehr, die Ungleichheit bei der Deckenverteilung anzusprechen, wie ungeheuerlich sie auch sein mag

Maria: Deckengier ist gut, oder nicht?

Peter: Beweg deinen entzückenden Arsch hierher, bevor ich ihn dir versohle

Maria: …

Peter: …

Maria: …

Peter: Bitte vergiss, dass ich das gesagt habe. Es war unangebracht.

Maria: …

Maria: Ich versuche es.

Maria: …

Maria: Soll ich Conor fragen, ob er dir eine zusätzliche Decke besorgt? Dann müssen wir nicht teilen.

Peter: Ist wohl eine gute Idee.

Maria: Ja.

Peter: …

Peter: Ja.

15

«**JA, ICH SCHÄTZE,** das ist ein ziemlich liebevoller Blick.» Maria schaute auf das Tablet des Bloggers, auf dem immer wieder ein besonders beliebtes Gif von ihr abgespielt wurde, das zeigte, wie sie Peter während eines Panels auf einer Convention anlächelte. «Er ist ein guter Mensch, wenn man von den vielen Punkten absieht, in denen er eigentlich ein ganz furchtbarer Mensch ist.»

Bei keinem der *Gods*-Pressetermine, die die beiden schon hinter sich gebracht hatten, waren sie jemals dazu aufgefordert worden, sich Gifs anzusehen und zu kommentieren, die angeblich ihre unsterbliche Liebe zueinander ans Licht brachten. Nicht bis zu diesem besonderen Moment während ihres letzten Interviews an diesem Tag.

Selbst sie kam sich dabei komisch vor. Peter sah aus, als würde er gleich in den Tisch beißen, trotz des steifen Lächelns, das sich unter seinem dunklen Bart zeigte. Dem hörbaren Knurren seines Magens nach zu urteilen, waren die Caesar-Chicken-Wraps, die sie eilig zum Mittagessen heruntergeschlungen hatten, nur noch eine ferne Erinnerung. Er rieb sich immer wieder in einer scheinbar unbewussten Geste über die Stirn, also vermutete sie, dass er auch noch Kopfschmerzen hatte.

Von seinem armen Schwanz ganz zu schweigen. Der musste inzwischen wirklich sehr, sehr wehtun.

Am späten Nachmittag hatte sie als Akt der Gnade damit aufgehört, ihn zu reizen, aus Angst, sein Kopf – oder etwas anderes – würde buchstäblich explodieren.

«*Ich* bin ein furchtbarer Mensch?» Sein Stoß in ihre Rippen war bestenfalls halbherzig. «Wer von uns beiden hat denn die ganze Crew eingeschüchtert, indem er allen gedroht hat, sie mit Gläsern voll eingelegtem Hering zu verprügeln? Denn ich kann dir versichern, Pippi, wenn ich mir ein Lebensmittel im Glas aussuchen müsste, um damit zuzuschlagen, würde ich etwas weniger Stinkendes wählen.»

Er war der Einzige, dem sie mit eingelegtem *Sill* gedroht hatte, und das wussten sie beide. Heringsgestützte Gewaltandrohungen waren ihre Sprache der Liebe.

Nicht dass ... nicht dass sie ihn liebte. Ganz offensichtlich.

Seine Stirn legte sich in Falten, als er sich ihr zuwandte. «Wo bewahrst du diese Gläser überhaupt auf? Sie tauchen einfach aus dem verf– vermaledeiten Nichts auf.»

«So wie das hier?»

Prompt holte sie ein Glas aus dem üblichen Versteck. Zu ihrer großen Zufriedenheit zuckten alle anderen im Raum sichtlich überrascht zusammen. Sie wedelte vielleicht einen Millimeter vor Peters Nase mit dem *Sill* herum. «Ich könnte es dir sagen, *Skitstövel*. Aber dann müsste ich dich umbringen. Indem ich dir nach alter schwedischer Tradition ein extrem schweres Glas mit leckerem Hering auf den Kopf schlage, versteht sich.»

Eine glatte Lüge. Sie würde Peter nie sagen, wo sie das Glas aufbewahrte. Es machte einfach zu viel Spaß, ihn damit zu terrorisieren.

«Und dann würde ich den Hering essen. Er würde nach Sieg schmecken.» Sie hielt inne und begann dann langsam zu lächeln. Zufrieden zu lächeln. «Und nach Mord. Köstlichem, fischigem Mord.»

Von der anderen Seite des Raumes, hinter der Kamera, starrte der PR-Beauftragte sie an.

Maria winkte.

Das löste die Spannung. Peter fing an zu lachen. Die tiefen

Furchen zwischen seinen Augenbrauen verschwanden, und wenn sie die Uhr in der Ferne richtig las ...

«Ich fürchte, wir haben keine Zeit mehr», sagte ihr PR-Vertreter zu dem Blogger und begann dann, ihn höflich, aber bestimmt zur Tür der Hotelsuite zu führen. «Vielen Dank, dass Sie gekommen sind. Sie sollten das Filmmaterial bis Ende der Woche erhalten. Wenn nicht, setzen Sie sich bitte mit uns in Verbindung, und wir sorgen dafür, dass Sie es bekommen.»

Zweifellos, nachdem es für ihre Zwecke bearbeitet worden war. Oder vielleicht auch nicht, denn die Marter-Fans liebten es, wenn sie und Peter vom Drehbuch abwichen, was das sehr kompetente PR-Team inzwischen sicher auch erkannt hatte.

«Danke *Ihnen*», brachte der Blogger heraus. «Hat mich gefreut, Sie beide kennenzulernen!»

Dann war er weg. Und innerhalb weniger Minuten – in denen Peter ein oder zwei der restlichen Wraps verschlang und sich die Zähne putzte, bevor er auf das kleine Sofa zurückkehrte – war auch die sehr kleine, sehr effiziente Crew verschwunden, ebenso wie ihr leidgeprüfter PR-Vertreter. Die Kamera und ein paar andere Ausrüstungsgegenstände blieben an ihrem Platz, bereit für einen erneuten Interview-Marathon am nächsten Tag.

Der Tonassistent schlug die Tür hinter sich zu und ließ die Suite in absoluter Stille zurück.

Peter sagte nichts. Sie sagte nichts. Sie ließen sich einfach gegen die unzureichend gepolsterte Couch sinken, während sie Kraft sammelten, um zu sprechen und/oder sich zu bewegen.

Er war möglicherweise noch hungrig, hatte Kopfschmerzen, und fröhliches Plaudern mit Fremden war nicht gerade etwas, was ihm leichtfiel, also musste er ziemlich erschöpft sein. Und auch wenn sie eine geselligere Person war als Peter, hatte sie die letzte Nacht am Stockholmer Flughafen verbracht und ungeduldig auf einen Flug gewartet, der dreimal Verspätung hatte, war dann fast um die halbe Welt geflogen und ins Hotel gerast, wo sie nur zehn Minuten Zeit gehabt hatte, um zu duschen, sich umzuziehen und sich auf einen ganzen Tag voller Interviews vorzubereiten.

Fy fan, sie war müde.

Auch erregt. Aber vor allem müde.

Sie hatte ihn den ganzen Tag mit ihrem strategischen Herumrutschen heißgemacht, in der festen Absicht, ihn, sobald sie allein waren, auf den Boden zu werfen wie ein Rugbyspieler, aber jetzt ...

Ein Nickerchen hörte sich wirklich, wirklich gut an.

Peter ließ sich irgendwie auf die Seite fallen, sodass er sie ansehen konnte. Mit verhaltenem Gesichtsausdruck betrachtete er sie einen langen Moment lang, sein Blick glitt von ihren bequemen flachen Schuhen bis zu ihrem hohen Pferdeschwanz, um dann wieder auf ihren nackten Beinen zu verweilen.

Sein Zeigefinger streifte den Saum ihres Kleides. «Du hast mich den ganzen Tag über wahnsinnig gemacht.»

«Das habe ich.»

Es hatte keinen Sinn, es zu leugnen. Sie wollte, dass er es wusste, denn sie hoffte, dass die Erkenntnis – dass ihr Wackeln ganz bewusst gewesen war, ein nur für ihn gedachtes Spielchen – ihn noch mehr anmachen würde. Und dadurch war sie selbst schon seit Stunden rot im Gesicht und kribbelig.

Er berührte ihr rechtes Bein, und sein Daumen glitt unter den Saum und strich in langsamen Bögen über die empfindliche Haut an der Innenseite ihres Schenkels. Ihr Atem geriet ins Stocken. Ihre Knochen wurden flüssig.

Ihr Verlangen nach einem Nickerchen verschwand.

Jetzt, wo sie allein waren, schien auch seine Rastlosigkeit

verpufft zu sein, zusammen mit seinen Kopfschmerzen und Hunger. Er war ein Mann, der alle Zeit der Welt hatte. Alle Geduld der Welt.

Er beobachtete sich selbst dabei, wie er sie berührte, und sagte nichts.

Der winzige Bogen, den sein Daumen auf ihrer Haut malte, wurde nicht größer. Er wanderte nicht höher. Aber jede seiner Berührungen kribbelte und brannte, die Hitze kroch unter ihre Haut und stieg mit jedem Augenblick weiter hinauf, bis sie sich zwischen ihren Beinen niederließ.

Ihr Bein begann zu zittern.

Der Rhythmus seines Daumens änderte sich nicht. Sein Gesicht blieb hart und unbewegt, vertieft in seine Arbeit.

Nach einer weiteren Minute umfasste seine andere Hand ihr linkes Knie. Während er das Bein eine Haaresbreite weiter nach außen schob, warf er ihr einen einzigen Blick zu. «Lässt du mich dich ficken?»

Es war ein Grollen, tief und leise. Es war für sie bestimmt, und nur für sie.

Ihre Augen fielen zu. «Ja.»

Als sein Daumen stillhielt, schaffte sie es, sie wieder zu öffnen.

Er hielt ihren Blick fest, seine Augen dunkel und unerbittlich. «Ja?»

«Bitte», flüsterte sie.

Sein Kiefer zuckte. «Dann öffne dich.»

Sie spreizte ihre Beine, und er atmete langsam aus. Ohne ein weiteres Wort zog er ihr mit sachlicher Effizienz das Höschen und die Schuhe aus, dann stand er auf und positionierte sie genau so, wie er es wollte, und seine Hände waren fest und sicher und heiß.

Binnen eines Lidschlags saß sie in der Ecke des Zweisitzers, den linken Fuß auf dem Boden. Den rechten hob er an und stellte ihn mit äußerster Sorgfalt flach auf die Sitzfläche, das eng angewinkelte Knie drückte gegen die Rückenlehne des Sofas.

Weit gespreizt, errötet und vollkommen offen für ihn wartete sie.

Er starrte sie an, und seine Kehle zuckte, als er schwer schluckte.

Dann sank er auf die Knie.

Seine Handfläche glitt gemächlich an ihrem linken Bein entlang, vom Knöchel über die Wade bis zum Knie, eine köstlich quälende Erkundung, und wanderte dann höher. An ihrem Oberschenkel jedoch hielt er inne. Er strich mit dem Daumen über eine Stelle, die sie nicht sehen konnte, wieder und immer wieder.

«Sommersprossen», murmelte er und sah dann zu ihr auf. «Heb den Rock an, Maria.»

Sie tat es, Zentimeter für Zentimeter, und ließ sein Gesicht dabei die ganze Zeit nicht aus den Augen.

Als die kühle Hotelluft über ihre Mitte strich, verfärbten sich seine Wangen dunkler, und seine Brust hob sich. Einmal, zweimal.

Sie hörte nicht auf, bis ihr Körper vorne bis zur Taille entblößt war. Dann streckte sie ihr linkes Bein weiter aus und lächelte ihn an. Es war das Lächeln einer Katze, zufrieden und aufreizend.

Tief in seiner Kehle entstand ein Laut.

«Fuck.» Er legte den Kopf zurück und kniff die Augen zusammen. «Du bist ... *Herrgott.* Wie machst du das nur? Wie schaffst du es, mich so die Beherrschung verlieren zu lassen?»

Das beruhte auf Gegenseitigkeit. Verdammt, er konnte sie so leicht aus der Fassung bringen. So schnell, dass es beängstigend war.

Er hielt die Augen immer noch geschlossen, sein Ausdruck wirkte gequält, und sie verlor plötzlich die Geduld. Sie ließ eine Hand zwischen ihre Beine gleiten und streichelte sich. Wenn er sie nicht befriedigen wollte, konnte sie sich auch um sich selbst kümmern. Mit Freuden.

Sie war mehr als nur feucht. Sie war so nass, dass ihre Fingerspitzen mühelos über ihren Kitzler glitten, und sie atmete scharf ein, als sie den Blitz aus Lust spürte.

Dann wurde ihre Hand weggeschlagen.

Sie wurde von Peters ersetzt. Und offenbar war auch seine Geduld am Ende, denn er neckte sie nicht oder zögerte es heraus. Bevor der nächste Herzschlag in ihren Ohren widerhallen konnte, drangen zwei lange, zielstrebige Finger tief in sie ein. Ihr Körper bot keinen Widerstand.

Sein Daumen drückte sich gegen ihre Klitoris.

«Reite die», befahl er ihr. «Fick dich selbst mit meiner Hand.»

Das würde ihr – im allerwahrsten Sinne des Wortes – ein Vergnügen sein.

Während er sie betrachtete, mit gerötetem Gesicht und geblähten Nasenflügeln, sein Kiefer wie aus Stein gemeißelt, ritt sie seine Finger, die sich in ihr krümmten und drehten. Es ging erstaunlich schnell, bis sich das vertraute Gefühl zwischen ihren Beinen aufbaute, und sie begann zu zittern, und ihre Nägel gruben sich in die glatte Polsterung, während sie sich gegen den rauen, unnachgiebigen Daumen presste.

Ihr Stöhnen hallte durch den Raum, und auch er atmete jetzt schwer. Jedes Mal, wenn sie versuchte, die Augen zu schließen, klopfte er leicht auf die Innenseite ihrer Schenkel und zwang sie, seinem heißen Blick standzuhalten.

«Peter», keuchte sie. «Ich brauche ...»

Er schob einen dritten Finger in sie hinein und ließ seinen Daumen gegen ihren Kitzler kreisen, während er sich herunterbeugte und sanft in ihren Innenschenkel biss, und das war es. Das war es, was sie brauchte.

Sie stemmte ihre Hüften in die Höhe und kam mit einem atemlosen Schrei, ihr ganzer Körper spannte sich an und pulsierte um seine Finger. Er beobachtete sie aufmerksam, während er sie durch ihren Orgasmus führte, streichelte mit leichtem Druck ihre Klitoris, während sie sich gegen ihn presste und hilflose Laute der Lust ausstieß.

Es war ein längerer, heftigerer Orgasmus, als sie erwartet hatte, und am Ende sackte sie erschöpft und schweißgebadet in die Ecke des Sofas.

Es musste eine ganze Minute vergangen sein, als sie merkte, dass seine Finger noch in ihr steckten.

Sobald sie ihren Kopf hob, senkte er seinen.

Seine Zunge – *skit*. Sie war sanft und unnachgiebig. Er rieb sie an ihr, leckte an einer Seite hinauf und die andere wieder hinunter und schnippte so zärtlich gegen ihre pochende Klitoris, dass sie hätte weinen können.

Sie griff mit beiden Händen nach unten, verflocht ihre Finger mit seinem Haar und vergaß sich selbst. Vergaß die Welt außerhalb ihrer Hotelsuite. Vergaß alles außer seiner sanften Erkundung und ihrer erneuten Erregung, die sie dazu brachte, sich unruhig gegen seinen Mund zu bewegen.

Er war geduldig. So unglaublich geduldig. Aber sobald sie mehr Druck aushalten konnte, gab er ihn ihr.

Er vergrub sein Gesicht zwischen ihren Beinen und *verschlang* sie, sein Mund und seine Zunge waren unersättlich. Er leckte mit der flachen Zunge von ihrer Öffnung bis zur Klitoris, dann stieß er diese Zunge so tief in sie hinein, wie er nur konnte. Sein Bart kratzte über die Innenseiten ihrer Schenkel und kitzelte köstlich an ihrer überempfindlichen Haut.

Und dann begann er sie wieder mit seinen Fingern zu ficken.

Sie krümmten und rieben sich in ihr, und sie gab wieder hilflose Laute von sich, während sie sich verzweifelt seinem Gesicht entgegenhob.

Als er sprach, klangen seine Worte gedämpft an ihrem Körper. «Willst du es, Maria?»

Sie krümmte ihre Finger in seinem Haar und stöhnte auf, war vollkommen verloren.

«Dann nimm es dir», sagte er und saugte an ihrer Klitoris.

Sie stürzte in den Orgasmus und verkrampfte sich mit fast schmerzhafter Intensität um seine Finger. Sie hatte die Augen so fest zugekniffen, dass sie Sterne sah, ihr Mund stand offen, sie keuchte und kam heftiger, als sie es je für möglich gehalten hätte.

«Peter.» Es klang wie ein Flehen. Worum, das wusste sie nicht. «*Peter.*»

Er saugte weiter an ihr, stieß weiter mit seinen Fingern in sie, und sie kam immer noch, zuckte und pulsierte in kleinen Schüben. Als sie schließlich nachließen, zog er sich zurück und strich sanft über ihre Klitoris, bis sie zum letzten Mal gegen seine Zunge zuckte.

Ihre Wangen waren feucht. Sie konnte nicht sagen, ob von Schweiß oder von Tränen.

Als er schließlich seinen Kopf zwischen ihren Beinen hervorhob, sah er mitgenommen aus. Sein Haar war zerwühlt, der Bart durchnässt, das Gesicht gerötet, seine Augen wild vor Verlangen.

«Gott, *Sötnos.*» Sie griff nach unten, umklammerte seine Schultern und versuchte, ihn auf sich zu ziehen. «Wir können uns nächstes Mal ausziehen. Ich will dich in mir.»

«Das wird nicht lange dauern», stieß er hervor, aber er öffnete bereits den Reißverschluss seiner Jeans, zog seine Boxershorts herunter und griff in seine Tasche, um ein Kondom herauszuziehen. «Sorry.»

Sie winkte ab. «Wenn ich noch einmal komme, bringt mich das wahrscheinlich um. Du musst nicht lange durchhalten.»

Mit ein wenig Mühe schaffte sie es, sich auf die Ellbogen

zu stützen, sodass sie ihn leichter ansehen konnte. *Fy fan*, er war sexy. Mit seinen breiten Schultern und dem üppigen Bauch, seiner Stärke, die in Weichheit gehüllt war, und der härtesten, größten Erektion, die sie je gesehen hatte.

Sie gehörte ihr. Sie wollte seinen Schwanz. Es war ihr egal, ob sie noch einen Orgasmus haben würde oder nicht.

Sobald er das Kondom übergerollt hatte, zog er sie vom Sofa hoch. «Diesmal bist du oben», knurrte er. «Nächstes Mal ich.»

Gut. Sie wollte diesen großen Körper über sich, genauso sehr, wie sie seinen Schwanz reiten wollte, bis er ihren Namen schrie.

Er setzte sich, packte sie an der Taille und zog sie näher zu sich heran. «Komm her.»

Sie folgte ihm bereitwillig und setzte sich rittlings auf seinen Schoß. Doch bevor sie sich aufrichten konnte, um ihn in sich aufzunehmen, fuhren seine Hände in ihr Haar. Sanft neigte er ihren Kopf, bis seine Stirn die ihre berührte, und schloss die Augen.

Sie erstarrte. «Peter?»

Seine Erektion stieß gegen seinen und ihren Bauch, hart und beharrlich, er atmete in scharfen Zügen ein. Sein kräftiger Körper zitterte unter der Anstrengung, sich zurückzuhalten.

Dennoch ließ er seine Nase zärtlich an ihrer entlanggleiten. Er küsste ihre Schläfe, ihre Wange, ihren Mundwinkel. Rieb seinen feuchten Bart an ihrem Hals, bis sie quietschte.

Bei diesem Geräusch lockerte sich sein harter Kiefer, und er öffnete die Augen. Sie waren verhangen, seine Pupillen vor Verlangen geweitet. Heiß.

Aber sie waren auch *warm*.

Sie musste den Kloß in ihrem Hals herunterschlucken.

Dann umfasste er ihr Gesicht und presste sanft seine Lippen auf ihre, küsste sie langsam und zärtlich. Als würde er nicht nach ihr schmecken, nach ihr riechen. Als würde er nicht vor Verlangen zittern.

Er nippte an ihrem Mund, so langsam, so vorsichtig. Und als seine Zunge zwischen ihre Lippen glitt, streichelte er damit ihre in spielerischen kleinen Wirbeln, die sie schwindelig machten.

Sein Kuss verlangte nichts und gab ihr alles.

Es war der süßeste Kuss ihres Lebens.

Sie umklammerte seine Schultern und ließ los. Ließ sich in den Moment fallen. Ließ sich von der Süße herabziehen und vertraute darauf, dass er sie auffangen würde.

Als der Kuss endete, lächelte sie ihn mit offener Zuneigung an. Sie stupste ihre Nase gegen seine. Dann erhob sie sich auf die Knie, brachte ihn mit einer Hand in die richtige Position und sank auf seinen Schwanz herab.

Sein Stöhnen klang, als würde es vom Mittelpunkt der Erde kommen, und seine großen Hände umklammerten ihre Hüften nahezu schmerzhaft fest. Aber er bewegte sich nicht. Nicht einen Millimeter.

«Es ist okay, *Sötnos.*» Sie genoss es, wie er ihren Körper dehnte, und wiegte ihre Hüften. Einmal. Zweimal. «Du kannst loslassen.»

«Kann ich nicht. Du musst dich bewegen.» Er senkte den Kopf und vergrub ihn an ihrer Schulterbeuge, sein keuchender Atem heiß an ihrem Hals. «Ich will dir nicht wehtun.»

Sie packte sein Kinn und zwang ihn, sie anzuschauen. Zwang ihn, ihre Gewissheit zu sehen. «Das wirst du nicht. Fick mich so hart, wie du willst.»

Die Vene an seiner Schläfe pulsierte mit beunruhigender Heftigkeit, aber er bewegte sich immer noch nicht.

«Komm schon, Peter», murmelte sie und glitt fast die gesamte Länge seines Schwanzes hinauf, bis er kaum noch in ihr war. «Ich bin ein großes Mädchen. Nimm mich.»

Und endlich verlor er die Kontrolle.

Seine Nasenflügel blähten sich, seine Hände kneteten ihren Hintern mit brutaler Besitzgier, und er stieß sie mit einem Knurren zurück auf seinen Schwanz.

Noch bevor sie nach Luft schnappen konnte, begann er mit seinen Hüften zu pumpen und vögelte sie mit einer solchen Wucht, dass sie nichts weiter machen konnte, als sich an ihm festzuklammern. Jeder Stoß durchfuhr sie wie ein Donnerschlag, und bei Gott, sie fühlte auch den Blitz. Fliegende Funken. Kraft, die sich sammelte.

Undeutlich hörte sie sich selbst keuchen. Sie klammerte sich an seine Schultern, lehnte sich zurück und spreizte ihre Beine noch weiter, bis die Innenseiten ihrer Schenkel vor Anstrengung schmerzten.

Sie wollte ihn so tief in sich, dass sie ihn noch in einem Monat spüren würde. So tief, dass er sie nie verlassen würde.

«Hab ... meine Meinung geändert.» Seine rau hervorgestoßenen Worte klangen kaum menschlich. «Das erste Mal ... wieder in dir. Du ... kommst ... auf meinem ... Schwanz.»

Er leckte über seinen Daumen und drückte ihn gegen ihre Klitoris, und mit jedem Aufeinandertreffen ihrer Körper rieb die raue Spitze seines Daumens an ihr. Wieder und wieder und wieder, erbarmungslos.

Er war so groß in ihr, so heiß unter ihr und um sie herum, sein Griff war unerbittlich, sein Daumen so verdammt begabt, und sie schloss die Augen, während die Lust in ihr wuchs und wuchs.

Sie keuchte jetzt noch heftiger. Wimmerte. Die Hand, die ihren Hintern knetete, verschwand und landete fest und schwer in ihrem Nacken. Er umfasste ihren Hals und zog sie an seine Brust, so nah, dass ihre Brüste bei jedem wilden Stoß gegen ihn rieben, so nah, dass sie kaum atmen konnte, und er eroberte ihren Mund in einem fast schon schmerzhaften, vollkommen sinnlichen Kuss.

Seine Lippen waren gierig, seine Zunge verlangte sofortigen Einlass. Als sie sich ihm öffnete, saugte er ihre Zunge in seinen Mund, und er schmeckte nach Schweiß und Minze und Sex.

Dann wickelte er ihren Pferdeschwanz um seine Faust und zog kräftig daran.

Ohne Vorwarnung zuckte sie erneut ihr Körper wurde von Lust geschüttelt und krampfte sich fest um seinen Schwanz, und er verschluckte den gehauchten Schrei an ihren Lippen.

«Danke» – er stöhnte in ihren Mund – «*verdammt*.»

Während sie noch zitterte, stieß er noch einmal heftig in sie, riss seinen Mund von ihrem und schrie, als er endlich kam, heiser das erstickte Wort, das sich wieder und wieder seiner Kehle entriss, während er in ihren Armen bebte.

Ein einziges Wort. Ihr Name.

Er klang wie ein Gebet.

• • •

Spät in der Nacht, nachdem sie zu Abend gegessen sich ein zweites Mal geliebt und gemeinsam geduscht hatten, zog Maria die Bettdecke über sie beide und ließ sich auf seine Brust fallen.

Er keuchte auf. «Heilige Scheiße, Frau.»

«Du bist robust.» Sie tätschelte seine starken Brustmuskeln, dann spielte sie mit dem dunklen Haar darauf. «Stell dich nicht so an, *Skitstövel.*»

Nachdem er den Kopf geschüttelt hatte, drehte er sich zur Seite, um die Nachttischlampe zu erreichen, und schaltete sie aus. «Grausamkeit, dein Name ist Maria.»

Sie hatten nicht wirklich darüber gesprochen, ob sie im selben Bett schlafen würden. Sie hatten sich einfach nicht wieder ... voneinander gelöst. Und das, obwohl Maria keine ganze Nacht mehr mit einem Liebhaber verbracht hatte, seit sie das zweite Leben ihres Ex in London entdeckt hatte.

Es war eine dumme Idee. Solange sie nicht sicher war, dass er bereit war, sich so an sie zu binden, wie sie es brauchte, sollte sie eine gesunde emotionale Distanz wahren. Den Sex rein körperlich halten. Beobachten und warten und abwägen.

Letztendlich war es aber keine bewusste Entscheidung gewesen, sondern reiner Instinkt. Ein tief empfundener Drang, sich an seine Wärme zu kuscheln und ihm zu erlauben, sie im Schlaf verletzlich zu sehen, eine plötzliche Gewissheit, dass es sich *falsch* anfühlen würde, ihn wegzustoßen. Diesem Instinkt hatte sie gehorcht, als sie ihm in sein Schlafzimmer gefolgt war, in sein Bett, ohne ein Wort des Protests.

Aber das war eine dumme Rechtfertigung: Man traf eine gefährliche Entscheidung und behauptete einfach, man hätte gedankenlos gehandelt. Es sei unvermeidlich gewesen. Außerhalb ihrer Kontrolle, was also hätte sie tun sollen? Was sollte sie anderes tun, als sich jemandem zu öffnen, dessen Absichten sie nicht ganz traute, egal wie viel er ihr bedeutete?

Was konnte sie anderes tun, als ihm ein weiteres Stück ihres Herzens zu geben, damit er es brechen konnte?

Unbehaglich rutschte sie von seiner Brust auf die andere Seite des großen Bettes, wo ihr eigenes Kissen wartete, bequem und kalt.

Er legte seinen breiten Arm um ihre Taille und zog sie wieder zurück.

«Wo willst du hin?» Er rollte sich auf die Seite und zog sie fest in seine Umarmung. «Das war nur ein Scherz, Süße. Ich mag es, wenn du auf mir liegst. Das weißt du doch, oder?»

Er hatte einen seiner schweren Oberschenkel über ihre Beine geschoben, sodass sie sich nicht wegbewegen konnte. Es sei denn, sie sagte ihm, er solle sie loslassen.

Was sie nicht tat.

«Das weiß ich», sagte sie und legte ihr Ohr an seine Brust, genau über seinem Herzen.

Es pochte unaufhörlich, jeder Schlag war kräftig. Während sie lauschte, beruhigte sich ihr Atem, und der metallische Geschmack in ihrem Mund wurde wieder zu Minze.

«Wie hast du mich vorhin genannt?» Er klang schläfrig. «Es war nicht Scheißstiefel. Etwas wie ‹Soot-no›?»

Gott verdammt, sie hatte heute viel zu viel von sich preisgegeben.

«*Sötnos*.»

«Wie ich die Schweden kenne, hat das wahrscheinlich trotzdem irgendwie mit Scheiße zu tun.»

Etwas drückte sanft auf ihren Scheitel. Ein Kuss. «Was bedeutet es?»

Sie biss sich auf die Lippe, antwortete aber. «Wörtlich? Süßnase.»

«Süß...nase?» Sein Körper bebte, als er lachte. «Was zur Hölle, Pippi?»

So ungern sie sich weiter erklären wollte, sie konnte diese Beleidigung ihrer Muttersprache nicht einfach ignorieren. «Amerikanische Kosenamen ergeben auch nicht viel mehr Sinn, Reedton. Erwachsene nennen sich gegenseitig ‹Baby›. Eltern bezeichnen ihre Kinder als ‹Zuckererbse› oder ‹Kürbis›, obwohl menschliche Kinder ganz sicher keine landwirtschaftlichen Erzeugnisse sind.»

Er verstummte für einen langen Augenblick, sein Lachen war verschwunden.

«Es ist ein Kosename?» Es war eine leise Frage, während er sie fester in seine Arme zog. «Welches englische Wort kommt dem am nächsten?»

Sie würde ihm ehrlich antworten, aber dann war das Thema für sie erledigt.

Sein Puls mochte stark und gleichmäßig sein, aber ihrer stolperte unangenehm.

«Süßer», sagte sie, und ihr Tonfall war brüsk und sachlich. «Übrigens ist mir vorhin etwas aufgefallen.»

Nach einer langen Pause atmete er langsam aus und strich ihr das Haar aus dem Gesicht. «Und das wäre?»

Okay. Er würde nicht weiter nachhaken.

Ihr Herzschlag verlangsamte sich, und sie horchte tief in sich hinein, um ein echtes Lächeln zu finden. Echte Belustigung.

Ihre zuverlässige Begleiterin durch gute und schlechte Zeiten, egal wer in ihr Leben trat oder sie wieder verließ.

«Wir ...» Sie kicherte, und es war nicht gespielt. Sie schlug damit eher eine neue Richtung ein. «Wir haben im Grunde diese wirklich explizite Geschichte ausgelebt, die Alex uns letzte Woche geschickt hat. Und zwar fast aufs Wort genau. Erinnerst du dich? Die, in dem wir ein gemeinsames Interview beenden, indem wir buchstäblich auf jeder ebenen Oberfläche im Hotelzimmer vögeln, einschließlich des ausklappbaren Bügelbretts im Schrank? Das irgendwie nicht unter unserem Gewicht zusammengebrochen ist, selbst als du mich von hinten genommen hast.»

Sie hatte der Vorstellungskraft des Autors applaudiert, nicht aber seinem Verständnis von Physik.

«Ob ich mich daran erinnere?» Peter schnaubte. «Ich habe bei dieser Geschichte ein Lesezeichen gesetzt. Sie war eine wichtige Inspirationsquelle für unsere heutigen sexuellen Heldentaten. Bis auf die Sache mit dem Bügelbrett. Ich möchte dem Reinigungspersonal nicht erklären müssen, wie es in zwei Teile zerbrechen und mir in die Eier stechen konnte. Außerdem sollte man sie nicht darum bitten, Eier-Blut aufzuwischen. Ich habe nur versucht, rücksichtsvoll zu sein.»

«Sehr großherzig von dir», sagte sie und lachte.

«Finde ich auch.» Er gähnte so heftig, dass sein Kiefer knackte. «Jetzt schlaf, Pippi. Du musst mit neun Stunden Zeitunterschied klarkommen.»

Er hatte recht. Wenn sie sein Bett eh nicht verließ, war es sinnlos, darüber zu grübeln, ob sie es tun sollte. Sie brauchte ihre Ruhe, und er brauchte seine. Nachdem sie ihm einen halbherzigen Stups für die Pippi-Referenz gegeben hatte, schloss sie die Augen und kuschelte sich entspannt an ihn.

«Gute Nacht, *Skitstövel*», sagte sie.

«Gute Nacht, *Sötnos*.» Ein müdes Glucksen, und er neigte den Kopf, um ihre Nase zu küssen. «Oh, ich will verdammt sein. Sie ist *wirklich* ziemlich süß.»

«Deine Aussprache ist furchtbar», murmelte sie gegen seine Brust, anstatt Panik zu schieben oder gar zu weinen, und er gluckste wieder.

Sie kuschelten einige Minuten lang, seine haarigen Beine kratzten leicht an ihren, ihre weichen Bäuche pressten sich aneinander, sein Zederndduft bot ihr Trost.

Sie war schon fast eingeschlafen, als ihr etwas einfiel. «Peter?»

«Ja?» Es dauerte einige Augenblicke, bis er antwortete, und seine Stimme war rau vor Müdigkeit.

«Alex darf nie erfahren, dass wir die Geschichte, die er geschickt hat, als Inspiration benutzt haben.»

Wenn das passierte, wüssten nur die Götter, was er ihnen als Nächstes aufdrängen würde.

Wenn es so etwas wie schläfriges Entsetzen gab, dann war es in Peters Stimme zu hören. «Niemals. Wir werden es ihm niemals sagen.» Als er erschauderte, wurde sie von der Bewegung angenehm durchgeschüttelt. «Er kann mit so viel Macht nicht umgehen.»

Sie hob eine Faust, und er schlug mit seiner dagegen, um ihren Schwur zu besiegeln. Danach strich er mit der Hand ihre Wirbelsäule hinab und umfasste ihren Hintern, offenbar in der Absicht, die Hand bis zum Morgen dort liegen zu lassen.

«Nacht», murmelte er.

Diese heiße, große Hand auf ihrem Hintern fühlte sich gut an. So gut, dass sie sich ein wenig wand, was bedeutete, dass sie sich an ihm rieb und seinen ganzen Körper mit ihrem eigenen liebkoste. Brüste an Brust. Beine, die sich mit anderen Beinen verschränkten. Ihre Vulva, die über seine leicht behaarte Haut strich.

Das fühlte sich sogar noch besser an.

Jetlag war seltsam. Eben noch war sie erschöpft und dem Schlaf nahe gewesen. Aber in Schweden war es neun Uhr morgens, und ihr Körper verstand noch nicht, dass sie die immergrünen Wälder hinter sich gelassen und sich in das Land der Palmen und der heißen, unerbittlichen Sonne begeben hatte.

Die Zeitverschiebung konnte erklären, warum sie plötzlich wieder hellwach war und ihr Körper vor Erregung schmerzte. Sie konnte allerdings nicht erklären, warum Peters Schwanz immer stärker gegen ihren Schenkel drückte.

Mit einem zufriedenen Brummen umfasste sie seine Erektion. Sie strich auf und ab und drückte die Unterseite der Spitze auf genau die Art und Weise, die ihn früher in dieser Nacht zum Keuchen gebracht hatte.

Wie offensichtlich auch jetzt.

Sie konnte nicht widerstehen. «Wo wir gerade von Macht sprachen ...»

«Süße ...» Peter stöhnte, aber er schloss seine Hand um ihre und half ihr, fester zuzudrücken, wobei seine Hüften langsam anfingen, sich zu bewegen. «Hab Erbarmen. Morgen steht wieder ein ganzer Tag voll Interviews an. Ich bin müde, und im Gegensatz zu meiner nackten schwedischen Kollegin bin ich ein alter Mann.»

Als sie ihn direkt über dem Herzen sanft biss, verletzten ihre Zähne zwar seine Haut nicht, aber es dürfte wehtun. Es würde ein Abdruck zurückbleiben. «*Mein* alter Mann.»

Er hatte sie vorhin ermutigt, ihn zu beißen, also hatte sie

es getan. Aber nicht an dieser Stelle. Bisher nicht. Ihre Besitzgier verhieß nichts Gutes, das wusste sie, aber sie war zu erregt, um sich darum zu kümmern. Vor allem, wenn das Grollen in seiner Brust so köstlich durch ihren Körper vibrierte.

«Ja.» Ein Beinahe-Knurren, bestimmt und tief. «Deiner.»

Er veränderte seine Position ein wenig, schob seinen Schenkel zwischen ihre Beine, rutschte höher und enger heran, bis sie den Druck an ihrer Klitoris spürte. Sie schloss die Augen, stöhnte und versuchte, sich noch näher an ihn zu schieben. Gott, sie *liebte* seinen kraftvollen Körper.

Nachdem sie ein paar Minuten seinen Schenkel geritten hatte, war sie kurz davor zu kommen, und sein Schwanz pochte in ihrer Hand. Sie atmeten beide schwer und waren wieder verschwitzt.

«Wenn du diesmal wieder mitten in der Nacht verschwindest, schwöre ich bei Gott, ich werde jede verfluchte Heringsfabrik in Schweden finden und sie bis auf die verdammten Grundmauern niederbrennen», sagte er, drehte sie auf den Rücken und bewies, dass er weder zu alt noch zu müde war.

Rating: Explicit
Fandoms: Gods of the Gates RPF
Beziehung: Maria Ivarsson/Peter Reedton
Zusätzliche Tags: Schauspieler-RPF – Freeform, Expliziter sexueller Inhalt, Dirty Talk, Porno mit Gefühlen, Schmerz/Trost, Wenn ich sage, dass ich nicht recherchiert habe, wie Pressetermine funktionieren, meine ich, dass es mir egal ist, wie Pressetermine funktionieren
Statistik: Wörter: 6560; Kapitel: 3/3; Kommentare: 21; Kudos: 97; Lesezeichen: 8

EINE LETZTE FRAGE
MarterForTheCause

Zusammenfassung:
Nachdem ein Interviewer Marias Gefühle verletzt hat, kocht jahrelang unterdrückte Lust über, und Peter hat eine letzte Frage an die Frau, die er liebt.

Bemerkung:
Nur um es noch einmal zu betonen: Diese Geschichte ist eine RPF. Wenn ihr nicht wisst, was das bedeutet, macht vor dem Lesen einen Abstecher zu Google.
Ich habe nicht recherchiert, wie Pressetermine funktionieren. Ich habe jedoch eine Bilder-Suche nach schicken Hotelzimmern gemacht, um eine Bestandsaufnahme von allen verfügbaren ebenen Flächen darin zu machen. Man muss Prioritäten setzen!

«Er hatte kein Recht, mich das zu fragen», schnieft Maria. «Danke, dass du ihm für mich die Nase gebrochen hast.»

Er würde alles für sie tun. Absolut alles. Einem Arschloch von Journalisten eine reinzuhauen, ist da noch das Geringste. Sicher, es könnte rechtlichen Ärger geben, aber er ist ein Star. Er hat Leute, die sich darum kümmern.

Er zieht sie fester an sich und sagt zu ihr: «Es war mir ein Vergnügen.»

Sie lehnt sich an ihn und wird ganz still.

«Weißt du, ich habe viel über dein Vergnügen nachgedacht, Peter», flüstert sie. «Sehr viel. Seit Jahren schon.»

Jetzt ist es so weit. Der Moment ist endlich da.

«Ich schätze, dann habe ich eine letzte Frage an dich, Maria», sagt er. Ihre Augen sind groß und ihr Blick erstaunt, als sie zu ihm aufschaut.

«Wo soll ich dich zuerst ficken?», knurrt er.

«Überall», haucht sie. «An jedem Ort.»

Sie stehen in der Nähe des Kleiderschranks, und er schaut sich verzweifelt nach der nächsten flachen Oberfläche um, während er sich die Kleider vom Leib reißt. Die Knöpfe fliegen überallhin, aber das ist ihm egal. Er kann sich eine Million neue Hemden kaufen, wenn er will. Sie zieht sich das Kleid über den Kopf und steht vor ihm. Nackt.

«Du bist noch schöner, als ich es mir vorgestellt habe», stöhnt er.

«Du bist so stark und hart», murmelt sie. «Bitte fick mich, Peter. Ich brauche dich.»

Er kann nicht länger warten. Er wird nicht länger warten.

Er zieht das Bügelbrett aus dem Schrank, und das muss reichen.

«Dreh dich um und beug dich vor», befiehlt er, und sie gehorcht.

«Wird das Bügelbrett das aushalten?», wimmert sie, während er seinen Schwanz in Stellung bringt.

Er knurrt: «Ich werde dafür sorgen, dass es hält. Außerdem wird der größte Teil deines Gewichts von meinem Schwanz getragen.»

Dann ist er endlich in ihr, und Nebensächlichkeiten spielen keine Rolle mehr. Nichts ist mehr wichtig, außer Maria zu ficken und die nächste Oberfläche zu finden, auf der er das tun kann. Der Beistelltisch im Chippendale-Stil sollte passen.

16

«**TECHNISCH GESEHEN SIND** wohl alle Fische, die hier verkauft werden, schwedische Fische», sagte Peter zu Maria, als er den Einkaufswagen an der Glasvitrine mit den Meeresfrüchten vorbeischob. «Kommt mir verwirrend vor.»

Maria schnaubte und stieß ihn mit einer warmen Hand auf seinem Rücken in Richtung der Abteilung für Fertiggerichte. «Wie lange hast du darauf gewartet, diesen Flachwitz loszulassen?»

«Der Gedanke kam mir drei Komma zwei Sekunden, nachdem ich erfahren habe, dass ich nach Schweden fahre.»

Der blöde Witz sollte ihn nicht so sehr amüsieren, aber nach dem langen Tag, an dem er um den halben Globus geflogen war, fühlte er sich wie betrunken. Dazu kam die Angst, direkt am Flughafen ihre Eltern zum ersten Mal zu treffen. Glücklicherweise waren Stina und Olle bis jetzt sehr nett gewesen. Sie waren mittelgroß, einige Zentimeter kleiner als ihre Tochter. Beide schon ergraut, beide in unauffälliger Freizeitkleidung. Beide erstaunlich bieder und unscheinbar für Leute, die eine Frau wie Maria großgezogen hatten, obwohl sie sich ihr gegenüber unbestreitbar liebevoll verhielten.

Selbst jetzt legte Olle als beiläufiges Zeichen seiner Zuneigung einen Arm um ihre Schultern, während er Peter fragend ansah. «Ich bin mir nicht sicher, was du meinst.»

«Schwedischer Fisch?» Stina blinzelte zu ihm hoch, die Augenbrauen zusammengezogen. «Das verstehe ich nicht.»

Maria biss sich auf die Unterlippe und machte keine Anstalten, ihm zu helfen.

In Wirklichkeit war sie der wahre Scheißstiefel von ihnen beiden.

«Ähm ...» Er stoppte den Einkaufswagen an der Feinkosttheke und machte sich bereit, es ihnen zu erklären. Denn die besten Witze mussten alle erklärt werden, richtig? Richtig. «Also, es gibt da diese Süßigkeit namens Swedish Fish, die in den USA verkauft wird – obwohl ich mir nicht sicher bin, ob sie wirklich in Amerika hergestellt wird. Vielleicht kommt sie ursprünglich hier aus Schweden oder von irgendwo anders in Europa? Das sollte ich mal nachlesen.»

Stina und Olle starrten ihn ausdruckslos an, während Maria die Lippen zwischen die Zähne klemmte und auf den Kachelboden starrte.

«Sie heißt nur Swedish Fish. Aber es ist kein Fisch.» Er trommelte mit den Fingern auf den Griff des Wagens. «Na ja, eigentlich sind es schon Fische. Irgendwie. Aber nicht solche Fische aus dem Meer. Sie sind gummiartig.»

Ein erstickter Laut kam aus Marias Richtung.

Stina sah ihn stirnrunzelnd an, während sie einen Zettel mit einer Nummer aus dem roten Spender auf der Feinkosttheke zog. «Gummi? Kommt der Fisch aus einem See oder Fluss und hat eine schlechte Konsistenz?»

Er stützte einen Ellbogen auf die Kante des Wagens, schloss die Augen und massierte sich die Schläfe. Vielleicht hätte er vorschlagen sollen, vor dem Einkaufen ein Nickerchen zu machen, anstatt einen Zwischenstopp auf dem Heimweg von Arlanda einzulegen. Aber Marias Eltern wollten, dass er Dinge fürs Frühstück aussuchte, die ihm schmeckten, und er wollte so entgegenkommend wie möglich sein, also war er nun hier. Jetlag-geplagt und verfroren – der Frühling war in der Nähe von Stockholm offensichtlich noch nicht richtig angekommen – und musste zwei verwirrten, bebrillten Schweden in ihren späten Sechzigern Gummifisch erklären.

So viel zu einem guten ersten Eindruck. Verdammt.

Er versuchte es noch einmal. «Ich habe es nicht gut erklärt. Es tut mir leid. Was ich meine, ist ...»

«Peter.» Als er die Augen öffnete, tätschelte Stina seinen Oberarm und schenkte ihm ein süßes, großmütterliches Lächeln. «Ich sollte mich entschuldigen, nicht du. Olle und ich, wir ...»

Sie wandte sich an Maria. «Wie lautet der richtige Ausdruck auf Englisch?»

«Ich glaube, das wäre ‹verarschen›, Mamma», sagte Maria. «Also ‹Olle und ich verarschen dich nur›.»

Er öffnete den Mund. Und schloss ihn wieder.

«Danke.» Stina nickte, dann drehte sie sich wieder zu ihm um. «Olle und ich verarschen dich nur. Das haben wir auch getan, als wir dich davor gewarnt haben, Alexander Skarsgård öffentlich zu kritisieren, weil du sonst zu mehreren Jahren Zwangsarbeit verurteilt wirst und Fleischbällchen in einer IKEA-Kantine servieren musst. In Wirklichkeit gilt das nur für Wiederholungstäter. Beim ersten Mal würde man dich einfach dazu verurteilen, ein oder zwei Monate lang Regale aufzubauen.»

«Wir haben dich auch verarscht, als wir dich vor einer wütenden Herde wilder Dalapferde gewarnt haben, die die Gegend um Stockholm terrorisiert», fügte Olle hinzu. «Die findet man hauptsächlich in Südschweden.»

Maria hatte sich inzwischen von ihnen entfernt und ihr Gesicht in den Händen versteckt, aber er konnte ihr typisches Gackern einen Gang weiter bei den Tiefkühlgerichten hören. Sie konnte sich nicht mehr zurückhalten.

«Ah», sagte Peter höflich. «Ich verstehe.»

So unauffällig wie möglich kramte er das billige Handy hervor, das er bei seiner Ankunft am Flughafen gekauft hatte, und suchte rasch zwei Dinge auf Google.

Wie sich herausstellte, waren Dalapferde dekorative Holzpferde aus der schwedischen Region Dalarna, die von Hand geschnitzt und bemalt wurden. Und soweit die Suchmaschine wusste, war Kritik an Alexander Skarsgård legal und wurde nicht mit harter Arbeit in den IKEA-Minen bestraft.

Okay, jetzt glaubte er, dass Stina und Olle Marias Eltern waren.

«Ihr verarscht mich immer noch», bemerkte er trocken.

Normalerweise würde er sich in der Öffentlichkeit nicht so ausdrücken, aber Maria hatte ihm im Flugzeug versichert, dass die Schweden weniger Probleme mit Obszönitäten hatten als viele Amerikaner. Rückblickend betrachtet sollte er diese kleine Information wohl besser auch noch mal googeln.

«In der Tat.» Olle nickte ernsthaft, die perfekte Verkörperung von Würde.

Stina hingegen ließ zu, dass ihr Lächeln von großmütterlich zu offen bösartig wechselte. Sie teilte vielleicht kein genetisches Erbe mit Maria, aber dieses selbstgefällige Grinsen würde er überall erkennen.

«Ja», sagte sie, zog ihn dann mit einer Hand an seinem Hinterkopf zu sich herunter und drückte ihm einen schmatzenden Kuss auf die Wange. «Willkommen in Schweden, *Skitstövel.*»

• • •

Jemand sagte ... irgendetwas.

Peter konnte sich nicht konzentrieren. Er war immer noch benommen vom Jetlag und dem langen Flug in einem überfüllten Flugzeug. Ganz zu schweigen von der Erschöpfung, weil sie mehrere Tage lang bei jeder Gelegenheit, also praktisch unaufhörlich, gevögelt hatten. Außerdem war sein Gehirn benebelt von einem zu kurzen, verschwitzten Nickerchen, das er auf einem sehr schmalen Gästebett gemacht hatte, neben einem Heizkörper, der tropische Luft ausstieß, und unter einer drückend schweren Bettdecke, damit er nicht versehentlich Marias gesamter Familie seine frisch geduschte prächtige Vorderseite ...

Er rieb sich die Stirn, der Gedanke war völlig aus dem Ruder gelaufen.

Warum gab es hier eigentlich kein Bettzeug? Glaubten die Schweden nicht an Überdecken und Laken? Gab es hier keine Schlaftemperaturen, die irgendwo zwischen «dampfiger Hitze, für die völlige Nacktheit nötig war» und «unterkühlter Eisluft, bei der man unter einer Decke, die für die Antarktis gedacht war, kuscheln musste» lagen?

Wenn er das gewusst hätte, hätte er einen Pyjama eingepackt. Oder einen Pyjama gekauft, um ihn einzupacken. Oder er hätte sich angewöhnt, in Boxershorts zu schlafen, statt vollkommen nackt.

Das warf in seinem benebelten Gehirn noch mehr Fragen auf: War Maria jetzt gerade nackt? War ihr Bett größer als seins? Wollte sie dort vielleicht Gesellschaft haben? Und quietschte ihre Matratze auch? Denn wenn nicht ...

Jemand räusperte sich, und Peter hob den Kopf und blinzelte müde.

Oh, richtig. Während Maria noch immer schlief, war er die Treppe hinuntergestolpert und hatte sich inmitten des gesamten restlichen Ivarsson-Clans wiedergefunden. Die meisten von ihnen waren damit beschäftigt, das Abendessen vorzubereiten, und er hatte helfen wollen, aber als er das eben angeboten hatte, war es so bestimmt und empört abgelehnt worden, dass er nicht widersprechen konnte. Deshalb saß er nun mit Marias Bruder Vincent, der offenbar der erwählte diplomatische Vertreter der Familie im Unabhängigen Schlafstaat von Peter Reedton war, am großen Esstisch.

Vincent, der auf die Antwort auf eine Frage zu warten schien, die Peter nicht gehört hatte.

«Sorry. Der Jetlag ist furchtbar.» Peter richtete sich in

seinem Stuhl auf und ordnete seine verwirrten Gedanken. «Kannst du die Frage noch einmal wiederholen?»

«Wie hat dir der ICA gefallen?» Vincent schien nicht beleidigt zu sein. «Ist er sehr anders als amerikanische Supermärkte?»

Peter nahm sich einen Moment Zeit, um zu überlegen, wie ehrlich seine Antwort ausfallen sollte.

Unter normalen Umständen würde ein gewisses Maß an Zurückhaltung und unverbindlichem Small Talk damit einhergehen, eine ganze Woche im Gästezimmer völlig fremder Leute zu wohnen – wozu Maria ihn schließlich überredet hatte –, denn er hätte Angst, seine Gastgeber zu beleidigen. Immerhin gaben sie ihm zu essen und konnten ihm daher auch ins Essen spucken, wann immer ihnen danach war.

Außerdem wollte er nicht, dass ihre Familie ihn hasste. Sie waren eine eingeschworene Gruppe, vielleicht sogar noch enger verbunden, als er angenommen hatte, und wenn sie ihn nicht akzeptierten ...

Na ja, er war ziemlich sicher, dass er nicht gewinnen würde, wenn sie sich zwischen ihm und ihnen entscheiden müsste. Zumindest jetzt noch nicht. Also bemühte er sich, nicht mürrisch oder schweigsam zu sein oder auf sonst irgendeine Weise er selbst.

Aber abgesehen davon waren sie Marias Familie, also konnte er davon ausgehen, dass sie nicht so leicht beleidigt sein würden. Außerdem hatten ihre Eltern die ganze Fahrt vom ICA zu ihrem gelb gestrichenen zweistöckigen Haus außerhalb von Stockholm damit verbracht, ihm noch mehr völligen Schwachsinn über Schweden zu erzählen.

Zum Beispiel: Laut Stina bezeichneten sich sechzig Prozent der Schweden selbst als ABBAsexuelle. Sie und ihr Mann eingeschlossen.

Nachdem sie das behauptet hatte, schaute Olle zu ihr hinüber und legte eine Hand auf ihr Knie. «Knowing me, knowing you, being ABBAsexual is the best we can do. Stimmt's, *Älskling*?»

Ja, sie waren witzig und unkompliziert. Aber vielleicht waren Marias Geschwister das nicht.

Vincent, Ende dreißig und der älteste dieser Geschwister, schaute ihn immer noch an, den Kopf mit dem blonden Man-Bun schief gelegt. Er wartete nach wie vor auf die Antwort auf seine völlig harmlose Frage.

Ach, was soll's. Abgesehen von ein paar Fernsehauftritten und Interviews würden er und Maria viel Zeit mit ihrer Familie verbringen, und er hatte keine Lust, sich sieben Tage lang zu verstellen.

«Die Schlangen an euren Kassen jagen mir eine Heidenangst ein, Mann.» Als er sah, wie Stina das Silberbesteck für das Abendessen zusammensuchte, erhob er sich halb von seinem Stuhl, um zu helfen, aber sie bedeutete ihm, sitzen zu bleiben. Widerstrebend wandte er sich noch einmal an Vincent. «Es macht mir ja nichts aus, meine Einkäufe selbst einzupacken, aber ich war nicht auf den *Druck* vorbereitet. Als ich es gerade geschafft hatte, all unsere Sachen in die Tüten zu packen, warteten schon zwei Familien darauf, dass ich endlich fertig werde, damit sie ihre Lebensmittel einpacken können. Die Kassiererin hat aufgehört, weiter Sachen zu scannen, und warf mir einen Blick voller Verachtung und Mitleid zu, und ich glaube, ich habe in der Panik einen ganzen Schinken auf unsere Eier geworfen.»

«Das hast du», rief Stina vom anderen Ende der Küche aus.

Olle nickte mit grimmig verzogenem Mund. «Und irgendwo spürte ein einsames Huhn eine Erschütterung der Macht. In hundert Jahren werden Historiker die Ursprünge des großen Hühneraufstandes auf diesen Vorfall zurückführen und dich für das Blutbad verantwortlich machen.»

Jetzt wusste Peter, wem die Sci-Fi-Romane auf dem Couchtisch gehörten.

«Und ohne diese Eier werden wir alle verhungern.» Stina schüttelte den Kopf und nahm einen Stapel Teller aus einem weiß lackierten Schrank. «Es ist eine Schande. Ein oder zwei von euch mag ich eigentlich. Am meisten Filip, wenn ich mich festlegen müsste.»

Filip schnaubte und rührte weiter in seinem Topf mit Bratensoße.

Astrid, Marias jüngere Schwester, grinste Peter an, während sie den Tisch deckte. «Haben Mamma und Pappa dir nicht beim Packen der Tüten geholfen?»

Als ob. «Die drei haben sich auf eine Bank gesetzt und zugesehen und gelacht, bis ihnen die Tränen kamen.»

«Das klingt ganz nach ihnen. Sie sind echte Monster, nicht wahr?» Nachdem sie das letzte Stück Besteck auf dem Tisch platziert hatte, richtete sie sich auf. «Nur damit du es weißt, Peter, wenn ich dabei gewesen wäre, hätte ich nicht mit ihnen auf der Bank gesessen und gelacht.»

«Danke, Astrid.» Obwohl Stina lauthals protestierte, stand er auf, nahm ihr die Teller ab und stellte einen vor jeden Stuhl. «Du hättest mir also geholfen?»

«*Nej*», sagte sie. «Ich wäre näher rangegangen und hätte die ganze Szene gefilmt, damit ich mich auf eine Bank setzen und darüber lachen kann, wann immer ich will.»

Sie zwinkerte ihm zu, bevor sie in die Küche zurückkehrte, und er musste genauso hilflos lachen, wie Maria und ihre Eltern es früher am Tag getan hatten.

In diesem Moment kam Maria leichtfüßig die Treppe heruntergelaufen, so frisch und energiegeladen wie jemand, der den ganzen Tag in einem verdammten Spa entspannt hatte. Um ganz ehrlich zu sein, ging ihm das enorm auf die Nerven.

«Meine Güte, dieses Nickerchen hatte ich dringend nötig.» Der Kuss, den sie ihm auf die Lippen drückte, war vorbei, bevor er reagieren konnte, und sie hüpfte in Richtung Küche. «Wie kann ich helfen?»

Na ja. Er würde sich heute Abend noch einen längeren, besseren Kuss von ihr holen. Mehr als einen Kuss, wenn er herausgefunden hatte, wo es einen guten Platz für sie beide gab.

«Du siehst viel besser aus, *Älskling.*» Stina streichelte ihrer Tochter über die Wange. «Machst du die Senfsoße fertig, während ich mich um den Kohl kümmere?»

Ohne viel Aufhebens fügte sich Maria in das organisierte Chaos und nahm ihren Platz an der Arbeitsplatte ein. Unter den kurzen Ärmeln ihres T-Shirts spannte sich ihr Trizeps sichtlich an, als sie begann, mit einem Schneebesen Öl unter eine gelbe Sauce in einer kleinen Schale zu rühren, und *Herrgott.*

Die Hanteln in ihrer irischen Hotelsuite waren offenbar nicht ungenutzt geblieben. Das hatte er schon gewusst, und er hatte schon oft gesehen, wie stark sie war, aber ...

Sie war so rund, so weich, dass er es manchmal vergaß.

Er lehnte sich in seinem Stuhl zurück und sah ihr hingerissen zu.

Als Filip eine dampfende Platte mit Essen zum Tisch trug, stieß er in einer freundschaftlichen Geste leicht mit seiner Schulter gegen Peters. Peter zuckte ein wenig zusammen und schreckte aus seiner von Maria ausgelösten Geistesabwesenheit auf.

Bis dahin war ihr zweitältester Bruder den ganzen Abend in der Küche geblieben, sodass er und Peter noch kaum Gelegenheit gehabt hatten, sich zu unterhalten. Aber was Peter bisher mitbekommen hatte, hatte ihm den Eindruck vermittelt, dass die übrigen Familienmitglieder abwechselnd nach dem schlanken, wortkargen Mann sahen, ihm fragende Blicke zuwarfen oder ihm kurz den Arm oder den Rücken tätschelten, wenn sie an ihm vorbeikamen. Sie drängten ihn nicht dazu, zu reden, sondern ließen ihn stillschweigend wissen, dass sie da waren und sich um ihn sorgten.

Dieser stille Kokon der Liebe und des Schutzes war anders als alles, was Peter jemals zuvor gesehen hatte. Zumindest außerhalb der Pseudo-Familie, die Maria auf der Insel erschaffen hatte.

Wie wäre es wohl gewesen, in einem Haus wie dem ihren aufzuwachsen?

Wie wäre *er* wohl gewesen?

Nachdem er die Platte abgestellt hatte, schenkte Filip Peter ein aufrichtiges, herzliches Lächeln. «Mach dir keine Sorgen wegen der Schlangen an der Kasse. Am Anfang ist das für jeden schwierig. Als ich das erste Mal versucht habe, allein einzukaufen, hat eine ältere Frau die Geduld verloren, mich mit ihrer Gehhilfe zur Seite geschoben und die letzte Tüte für mich gepackt. Ich glaube, sie hat eine Packung Tiefkühlpfannkuchen gestohlen.»

«Hat sie dir nicht auch ihre Nummer auf dem Bon hinterlassen?», fragte Astrid schmunzelnd und strich sich ihr langes braunes Haar über die Schulter.

«Ja.» Stirnrunzelnd rückte Filip seine Brille mit dem dicken Rahmen zurecht. «Obwohl ich meine Pfannkuchen zurückhaben wollte, habe ich sie nicht angerufen. Ich hoffe, ich habe ihre Gefühle nicht verletzt.»

«Wenn du dich fragst, wer der Nette in der Familie ist, Peter, brauchst du nicht weiter zu suchen», sagte Vincent, dann stand er auf, ging in die Küche, holte verschlossene Karaffen mit Sprudelwasser aus dem Kühlschrank und stellte sie auf den Tisch. «Wenn es um menschlichen Anstand geht, hat Filip uns anderen einiges voraus.»

Peter bezweifelte das.

Im Laden hatte er mehrmals beobachtet, wie Marias Eltern anderen Kunden, die nicht an das oberste Regal oder die tiefsten Fächer der Gefriertruhe herankamen, unaufdringlich geholfen hatten. Marias Mutter hatte darauf bestanden, Peter alle Lebensmittel zu kaufen, die ihm lecker oder interessant erschienen – wobei er vorhatte, sich noch irgendwie dafür zu revanchieren –, und in der Schlange an der Feinkosttheke hatte ein weinender Junge seinen Kummer vergessen, als Stina sich hinuntergebeugt und mit ihm «Kuckuck» gespielt hatte, während die junge Mutter des Kindes vor Dankbarkeit fast in Tränen ausgebrochen wäre. Auf dem Weg zum Auto hatte Olle verstreute Einkaufswagen auf dem Parkplatz eingesammelt und sie an einem nahegelegenen überdachten Sammelplatz abgestellt.

Das, was sie taten, war nicht dramatisch. Nur aufmerksam. Nur rücksichtsvoll.

Astrid hatte Unmengen an Geschirr gespült, jeden Topf und jede Pfanne getragen, die ihr für ihre Mutter zu schwer erschienen, und Stina mehrmals am Nachmittag überredet, sich hinzusetzen und Olle oder Filip das Kochen zu überlassen, weil Stina offenbar Rückenprobleme hatte. Vincent arbeitete für eine Umweltorganisation, und kurz nach der Ankunft seines Bruders hatte er Filip zu einem intensiven, im Flüsterton geführten Gespräch beiseitegenommen, bei dem er Filip half, seine Tränen zu trocknen, und ihn lange, lange im Arm hielt.

«Er hat sich von seiner Freundin getrennt», hatte er Peter zugeraunt, als er an den Tisch zurückgekehrt war.

Filip hatte sich für einige Minuten auf die Toilette zurückgezogen. Als er zurückkam, hatte er ein frisch gewaschenes Gesicht, ein entschlossenes Lächeln und nichts als freundliche Worte für ihren Gast übrig.

Niemand musste Peter sagen, woher Maria die ihr eigene Güte hatte.

Und er hatte nicht vor, als der einzige faule, egozentrische Mensch in dieser Gruppe aufzufallen, also ignorierte er Stinas Bitten und half, das restliche Essen aufzutragen. Am Ende war der Tisch voll mit all den Gerichten, die Marias Familie gekauft und zubereitet hatte. Geräucherter Lachs mit

Senfsauce und Kräutern. Der Eier-zerbrechende-Schinken. Kleine, längliche gekochte Kartoffeln. Sautierte grüne Bohnen. Ein süßes Gericht aus gekochtem Rotkohl und Äpfeln. Das unvermeidliche Glas Hering. Irgendeine unbekannte Art von Pastete. Fleischbällchen, denn natürlich gab es Fleischbällchen. Braune Bratensoße. Preiselbeermarmelade. Eine riesige blasse Wurst namens Falukorv, halb aufgeschnitten und mit Senf und Käse gefüllt. Ein geröstetes Baguette und Butter.

Kurz bevor sie sich alle zum Essen hinsetzten, nahm Filip Maria in den Arm, genau wie die anderen Geschwister es nach ihrer Ankunft getan hatten, genau wie ihre Eltern es getan hatten, als sie am Flughafen angekommen waren. Wie der Rest der Familie drückte er sie fest an sich und sagte etwas Liebevolles. Etwas, das mit *jag älskar dig* endete, einer der wenigen schwedischen Sätze, die Peter kannte.

Ich liebe dich.

Maria erwiderte die Worte, das Gesicht an die Schulter ihres Bruders geschmiegt, und Peter war sich nicht sicher, ob er sie jemals so friedlich und zufrieden gesehen hatte.

Und obwohl er sich das für sie wünschte – er wünschte sich ihr Glück mit einer Intensität, die er noch nie erlebt hatte, nicht einmal bei seiner Ex-Verlobten –, schnürte ihm die offene Großzügigkeit, mit der ihre Familie ihre Liebe verteilte, die Brust zusammen, und zwar aus mehr als einem Grund.

Sie empfand etwas für ihn. Zweifellos. Außerdem hatte sie eine blühende Karriere und mehrere Vorsprechen in L. A., die auf sie warteten. Aber zum ersten Mal fragte er sich, ob all das – ob er – reichen würde, um sie an seiner Seite zu halten.

17

MARIAS HERRLICH LANGES Nachmittagsnickerchen war rückblickend eine wirklich furchtbare Idee gewesen.

Der Rest ihrer Familie war bereits zu Bett gegangen, teils im Haus ihrer Eltern, teils in ihren eigenen Häusern. Peter war ebenfalls nach oben verschwunden, und das Rauschen des Wassers in den Rohren deutete darauf hin, dass er sich für die Nacht fertig machte. In ein oder zwei Minuten würde er noch einmal nach unten kommen, ihr einen Kuss geben und dann wieder nach oben stapfen, um die dunklen Ringe unter seinen schönen Augen zu beseitigen.

Sie sollte natürlich auch besser schlafen. Für den nächsten Tag hatte die *Gods*-PR-Abteilung Interviews mit lokalen und überregionalen Medienplattformen für Maria und Peter anberaumt sowie einen stundenlangen Fototermin, der sie zu verschiedenen berühmten Schauplätzen in Stockholm führen sollte. Es würde anstrengend werden, und je mehr sie sich jetzt ausruhte, desto besser.

Aber sie war so hellwach, als hätte sie Schwedens gesamten Vorrat an Energydrinks ausgetrunken und wäre danach noch in eine der wenigen Starbucks-Filialen des Landes gestürmt, um sich einen Espresso-Tropf legen zu lassen. An Schlaf war nicht zu denken. Im Moment war sie sich nicht sicher, ob sie jemals wieder schlafen würde.

Wenn sie unverbesserlich egoistisch wäre, würde sie Peter überreden, auf die für ihn nötige Ruhe zu verzichten und mit ihr zu reden. Nicht, weil sie sich generell nach Gesellschaft sehnte, sondern weil sie sich den ganzen Tag nach *ihm* gesehnt hatte, obwohl er die ganze Zeit nur ein paar Meter von ihr entfernt gewesen war. Aber sie würde ihn nicht bitten, noch mehr Schlaf zu opfern und ihr Gesellschaft zu leisten, wenn er sowieso schon mehr als erschöpft war. Ganz gleich, wie sehr sie ihn für ein paar Stunden für sich allein haben wollte.

An diesem Tag war es ihr nicht leichtgefallen, ihre Aufmerksamkeit zwischen ihm und ihrer Familie aufzuteilen, sosehr sie auch wollte, dass er sie mochte und umgekehrt. Sie vermisste die Zeit mit ihm allein, vermisste die Privatsphäre, die sie aufgegeben hatten, weil sie im Haus ihrer Eltern wohnten, vermisste den Kick, den es ihr gab, zu wissen, dass sie beide – selbst wenn sie von anderen Menschen umgeben waren – irgendwann allein in einem Bett liegen und wie die Karnickel vögeln würden.

Ihr altes Kinderbett war leider nicht dazu geeignet. Es war kaum breit genug für sie allein, und außerdem stand es direkt an der Wand, die sich zwischen ihrem Zimmer und dem Schlafzimmer ihrer Eltern befand. Das war zu ihrer Teenagerzeit ein echtes Problem gewesen, denn Stina und Olle führten immer noch eine sehr aktive Ehe, sowohl im Bett als auch außerhalb. Dennoch zog sie es vor, in dieser speziellen Sache nicht ihrem Beispiel zu folgen, daher würde sie nicht an einem Ort Sex haben, an dem ihre Eltern, falls sie es wollten, im Anschluss einen detaillierten Spielbericht abliefern könnten.

Peters Bett stand an der Wand zu Filips altem Schlafzimmer, in dem ihr Bruder wohnte, bis er eine Wohnung weit weg von dem Zuhause gefunden hatte, das er mit seiner Ex geteilt hatte. Das Gästebett hatte die gleiche Größe wie ihres, und das alte Gestell würde zusammenbrechen, wenn es ihr gemeinsames Gewicht tragen sollte.

Und das war nicht die Art von Flachlegen, die sie im Sinn hatte.

An der Situation ließ sich leider nichts ändern, bis sie

nächste Woche nach Wisconsin flogen, wo sie in ein Hotel einchecken würden. Er hatte den Vorschlag, bei seinem Vater zu übernachten, mit so eiserner Endgültigkeit abgelehnt, dass sie nicht einmal nach einer Erklärung gefragt hatte.

Na gut. Sie konnte nicht schlafen, und sie konnte keinen Sex haben, aber sie konnte sich trotzdem irgendwie die Zeit vertreiben. Sie erhob sich von ihrem Lieblingsplatz auf der Couch, der Ecke, die am weitesten vom Fernseher entfernt und den Fenstern am nächsten war, und ging hinüber zu den Einbauregalen, um die Auswahl zu begutachten.

Sci-Fi-Taschenbücher. Kochbücher. Noir-Krimis. Oder – Fotoalben aus ihrer Kindheit.

Dann also Nostalgie.

Das Album, das sie aus dem Regal zog, war an den Rändern etwas abgenutzt, und einige der Fotos darin waren nicht mehr so bunt wie früher, aber das machte es für sie nur noch wertvoller. Diese Schrammen und leicht geknickten Seiten bedeuteten, dass das Album in den letzten zwanzig Jahren von ihr und ihrer Familie immer und immer wieder durchgesehen und geliebt worden war.

Darin war jeder zu finden, den sie wirklich brauchte, jeder, den sie liebte.

Obwohl ... das stimmte vielleicht nicht mehr. Oder vielleicht doch.

Eine schwere, warme Hand legte sich auf ihre Hüfte. «Was ist das?»

Für einen so großen Mann konnte Peter sich sehr leise bewegen. Ohne sich umzudrehen, lehnte sie sich mit dem Rücken an ihn und vertraute darauf, dass er einen Teil ihres Gewichts halten konnte. Er schlang seine Arme um sie und stützte sein bärtiges Kinn auf ihrer Schulter ab. Mit jedem tiefen Atemzug nahm sie die Zitronengras-Seife ihrer Familie wahr und das Produkt, das ihn so köstlich zedernartig duften ließ.

Die unerwartete Kombination roch gut. Sie roch richtig.

Sie wünschte, sie würde an Omen glauben.

Seine Füße waren nackt, eine weich aussehende Hose fiel ihm locker bis auf seine Knöchel, der Stoff seines langärmeligen Oberteils fühlte sich an ihren Unterarmen glatt und kühl an. Das Äquivalent zu einem Pyjama, von dem sie vermutete, dass er ihn nicht besaß. Das war also offensichtlich eine Gute-Nacht-Umarmung. Keine Einladung, ihm von ihrer Kindheit – ganz zu schweigen von der ihrer Geschwister – zu erzählen.

«Willst du ins Bett?» Sie neigte den Kopf und küsste die winzige Narbe auf seinem Unterarm, das Andenken an ein zu scharfes Stück Kalkstein, als Cassia und Cyprian ihr Haus gebaut hatten. «Brauchst du noch irgendetwas? Ein zusätzliches Kopfkissen oder ein Nachtlicht?»

Sie war sich fast sicher, dass sie ihn murmeln hören konnte: *Verdammtes Bettzeug wäre schön.*

Als sie sich in seinen Armen zu ihm umdrehte, schüttelte er jedoch nur den Kopf. «Ich gehe noch nicht ins Bett, und ich brauche auch nichts. Aber ich will etwas.»

«Das merke ich.» Sie hob eine Augenbraue und stupste seine wachsende Erektion mit ihrem Bauch an. «Ich weiß deinen Enthusiasmus zu schätzen, aber ich habe über die Logistik hier nachgedacht, und ...»

«Ich will wissen, was du da in deinen Händen hältst, und ich möchte Zeit mit dir allein verbringen, Maria. Das ist alles.» Sein eigener Bauch vibrierte vor leisem Lachen, und seine Wangen legten sich unter seinem Bart in Falten. «Na ja, nicht alles, aber ich arbeite auch noch an der Logistik. Fürs Erste lass uns schauen, ob wir einen Stuhl finden, der uns beide tragen kann und ...»

Er hielt inne und verlagerte sein Gewicht von einem Fuß auf den anderen.

«Wer hätte das gedacht? Peter Reedton, mein stoischer,

schweigsamer Co-Star», sie lehnte sich mit dem Rücken gegen seine Arme und hob ihr Kinn, bis sie seinen Gesichtsausdruck deutlich sehen konnte, «will reden, nicht wahr? Reden und kuscheln. Wie süß.»

Sein böser Blick wirkte, als könnte er das Album, das sie immer noch in den Händen hielt und gegen seine Brust drückte, in Flammen aufgehen lassen. Aber es war zu spät. Sie kannte jetzt sein schmutziges kleines Kuschelgeheimnis.

Sie klemmte das Album unter einen Arm und löste sich aus seiner Umarmung, dann nahm sie seine Hand und führte ihn zu der Chaiselongue in der Ecke. Es war ein weiterer Lieblingsplatz von ihr im Haus, perfekt zum Lesen. Sie war breit, weich gepolstert, mit einem samtigen blaugrünen Stoff bezogen und bot freie Sicht in den kleinen Garten. Die Chaiselongue sah im Grunde aus wie ein dicker Polstersessel, der seine Beine ausstreckte.

Nach einem Blick auf das Möbelstück schloss Peter die Augen und stöhnte.

Und ... tja, nach seinem gequälten Stöhnen malte auch sie sich aus, auf welche Arten man die die Chaiselongue nutzen könnte, und sie waren sowohl reizvoll als auch zahlreich. Aber ...

«Ich muss dich genau hier ausbremsen. Ja, auf der Chaiselongue zu vögeln, wäre toll, aber die Tür lässt sich nicht abschließen, und Filip hat einen leichten Schlaf.» Sie hielt seine Hand fest, um ihn in Richtung des verlockenden Möbelstücks zu ziehen. «Setz dich.»

Das Knurren, das er als Antwort gab, strotzte vor Verärgerung, aber er platzierte ein Knie auf der Chaiselongue und rutschte so weit nach hinten, dass die Rückenkissen ihn stützten und er seine kräftigen Beine über das verlängerte Sitzpolster ausstrecken konnte. Dann spreizte er die Beine so weit, wie es zwischen den Armlehnen möglich war, und tätschelte den freien Platz, den er vor sich geschaffen hatte.

Es war eng, aber mit ein bisschen Herumrutschen schaffte sie es, sich zwischen seine leicht angewinkelten Knie zu schieben, sodass sie sich gegen seine Brust und seinen Bauch lehnen konnte. Seine Arme legten sich locker um ihre Schultern, und sein Kinn schmiegte sich an ihre Wange.

Sein Körper umschloss sie. Er stützte sie. Umgab sie mit Stärke und Weichheit und Wärme, ohne etwas dafür zu verlangen. In der nächtlichen Stille im Haus ihrer Kindheit hätten sie die einzigen beiden wachen Menschen auf der Welt sein können. Sie drehte den Kopf und drückte ihm einen Kuss auf sein kratziges Kinn. Das leise Brummen in seiner Kehle klang ... zufrieden.

Als er sprach, war sein Ton rau, aber er klang dabei amüsiert. «Dir ist klar, dass wir einen Kran brauchen werden, um aus diesem Sofa herauszukommen.»

«Das ist es wert», sagte sie und stützte das dicke Album auf ihrem Bauch ab. «Um deine Frage zu beantworten: Mein Vater hat dieses Album gemacht, als Vincent wegging, um zu studieren. Papa bekam das Empty-Nest-Syndrom, auch wenn der Rest von uns noch da war, also sammelte er Fotos zusammen, die zeigten, wie jeder von uns ein Teil der Familie wurde, und auch noch welche aus der Zeit danach, bis etwa ein Jahr, nachdem wir angekommen waren.»

Im Laufe der Zeit hatte sie jedes Mitglied ihrer Familie durch die Seiten blättern sehen. Das Album diente ihnen allen als eine Art Fixpunkt, vor allem seit sie und ihre Geschwister sich in alle Welt verstreut hatten, nur um unweigerlich wieder zurückzukehren, bevor sie sich erneut verstreuten.

«Zeig es mir.» Peter übernahm es, das Album aufrecht zu halten. «Erzähl mir von deiner Familie.»

Trotz der Ruhe in seiner Stimme pulsierte eine neue Spannung in seinen Gliedern, und sie wollte ihn fragen, was ihn beunruhigte. Aber nicht, wenn die Frage sie von dem Gespräch ablenken würde, das sie gleich führen würden, denn er musste es wissen. Er musste verstehen, was für sie auf dem Spiel stand, egal welche Art von Beziehung sie eingehen würden, denn sein eigener Einsatz war nicht annähernd so hoch. Nicht wenn er bereits in L. A. lebte und anscheinend zufrieden damit war, weit weg von dem Mann zu wohnen, der sich, soviel sie mitbekommen hatte, als Vater ziemlich von ihm entfremdet hatte.

Anstatt ihn also zu drängen, ihr Antworten zu geben, blätterte sie einfach auf die erste Seite.

Ihre Mutter, rotes Haar in lockeren Locken, Anfang dreißig und schwanger, lächelte mit einer Hand auf ihrem Bauch, während ihr blonder Mann ihr einen Arm um die Schultern legte und sie anstrahlte. Mit ihrer freien Hand hielt sie seine.

«Mamma und Pappa sind sich erst mit fast dreißig begegnet. Er war gerade vom Land hergezogen, um Arbeit in einer Fabrik zu finden, und sie lernten sich am Fließband unserer örtlichen Pharmafabrik kennen. Zwei Jahre später heirateten sie im Rathaus, und sie wussten es damals noch nicht, aber sie war bereits mit Vincent schwanger.» Sie zeichnete die verschränkten Finger ihrer Eltern durch die Plastikfolie nach. «Die Schwangerschaft verlief gut, aber bei der Geburt ging etwas schief, und man riet ihnen, keine weiteren Kinder zu bekommen. Vor allem Pappa war am Boden zerstört, denn er hatte sich immer eine große Familie gewünscht.»

Als Einzelkind, dessen Eltern starben, als er in seinen Zwanzigern war, weil sie auf einem Zebrastreifen von einem rücksichtslosen Autofahrer überfahren wurden, wünschte er sich – *brauchte* er – Lärm, Chaos und Zusammenhalt. Eine große Familie mit vielen Kindern, die er lieben und mit seiner geliebten Frau großziehen konnte, wie auch immer diese Familie zustande kam.

«Also keine weiteren Schwangerschaften.» Peters Daumen tippte auf den Rand der mit Plastik überzogenen Seite. «Aber das hieß nicht, keine weiteren Kinder.»

Sie lächelte. «Genau.»

Schweigend blätterten sie durch die restlichen Fotos von Vincent und sahen zu, wie er sich von einem rotgesichtigen, schreienden Neugeborenen zu einem pausbäckigen Säugling entwickelte, der auf Plastikschlüsseln kaute, und schließlich zu einem helläugigen Kleinkind wurde, das auf seinen eigenen Füßen stand.

Sie blätterten weiter, und da war Filip. Achtzehn Monate alt, sein schwarzes Haar wild und völlig zerzaust, seine braunen Augen wachsam. Er kam direkt aus dem Flugzeug aus Südkorea, wo er sein gesamtes bisheriges Leben in einem Waisenhaus verbracht hatte.

«Meine Eltern warteten am Gate, als Filip ankam, und sie verliebten sich auf den ersten Blick in ihn», sagte sie.

«Na ja.» Peter berührte Filips kleines, ernstes Gesicht. «Wer könnte es ihnen verdenken? Ich bin nicht mal der Typ für Kinder, aber er ist echt verdammt hinreißend. Ein Blick, und ich hätte ihn auf den Arm genommen und mit Eis gefüttert, bis er lächelt.»

Sie musste lachen. «Das ist so ziemlich genau das, was sie getan haben. Wie Vincent immer betont, kann man sehen, wie seine Wangen mit jedem Bild runder und runder werden.»

Das lag zum Teil am Essen, aber nicht nur. Seine Wangen wurden praller, wenn er lächelte. Und nach ein paar Monaten, als er sich eingelebt und Vertrauen zu seiner neuen Familie gefasst hatte, hatte er angefangen, ständig zu lächeln. Ein ruhiges, süßes Lächeln, das mehr als drei Jahrzehnte später noch fast genauso aussah.

Sie blätterte durch weitere Fotos, und ihr ging wie immer das Herz auf wegen der wachsenden Zufriedenheit ihres Bruders, wegen seines glücklichen Strahlens, das besagte, dass er endlich seinen Platz in der Welt gefunden hatte.

«Ich fass es nicht. Man kann wirklich sehen, wie seine

Wangen sich verändern.» Peter klang, als würde ihn das überraschen. «Am Schluss sieht sein Gesicht aus wie ein kleiner Mond.»

Das tat es wirklich. «Als er in der Pubertät in die Höhe schoss und seine runden Wangen verlor, war meine Mutter am Boden zerstört.»

«Das glaub ich gern.» Er blätterte auf die nächste Seite und nahm sich einen Moment Zeit, um das Foto eines schlafenden Kleinkindes mit erstaunlich dichtem braunem Haar zu betrachten, das einen grünen Strampler trug. «Das ist Astrid, richtig? Warum ist sie die Nächste? Du bist doch älter als sie.»

«Sie wurde als Neugeborenes adoptiert. Ich nicht. Also gehörte sie schon vor mir zur Familie.»

Das war etwas, um das sie Astrid in ihrer Kindheit, mehr oder weniger erfolgreich, nicht zu beneiden versucht hatte. Aber die letzten Spuren von Eifersucht und Missgunst waren ganz verschwunden, als Astrid älter wurde und Maria eins schließlich verstand: Es gab viele Möglichkeiten, sich als Außenseiter zu fühlen, und nicht alle hatten mit der Familie zu tun.

Die meisten frühen Fotos von Astrid zeigten sie beim Spielen in der Sonne, denn wie ihre Eltern erzählten, hatte sie es immer gehasst, drinnen eingesperrt zu sein. Es hatte keinen von ihnen überrascht, als sie nach ein paar unglücklichen Jahren als Friseurin Wanderführerin wurde.

«Astrid war von Anfang an ein Outdoor-Mädchen», hatte Stina immer gesagt, und dann hatte sie Astrids Haare zerzaust, bis ihre Teenager-Tochter empört aufkreischte und davonlief, meist in ihr Baumhaus.

Einige Seiten später hielt Peter inne. «Warte mal. Warum sind von deiner Schwester weniger Fotos da drin als von deinen Brüdern?»

«Viele der Fotos, die vor ihrer Transition gemacht wurden,

sind ihr unangenehm.» Obwohl die Schweden insgesamt nicht so sehr auf geschlechtsspezifische Kleidung standen wie die Amerikaner, hatten einige der früheren Outfits und Frisuren ihrer Schwester geradezu herausgeschrien, welchem Geschlecht man sie zuordnete. «Pappa hat nur Fotos reingenommen, mit denen sie einverstanden war.»

«Verstehe.» Peter nickte, vollkommen unbeeindruckt, wie sie es gehofft und auch erwartet hatte. «Das ergibt Sinn.»

Maria versuchte, sich nicht zu verkrampfen, wenn sie daran dachte, was er als Nächstes sehen würde. Was sie ihm erklären musste und was das über sie enthüllen würde.

Es war nicht mehr so, dass sie sich dafür schämte oder glaubte, mit ihr würde etwas Grundlegendes nicht stimmen und es wäre alles ihre Schuld. In Wirklichkeit trug niemand Schuld. Mit der Zeit hatte sie gelernt, das auch zu glauben.

Aber der Schmerz brauchte keinen Schuldigen, und Maria ließ nicht oft zu, dass andere ihre Schwachstellen begutachteten. Außer ihrer Familie und einigen ihrer engsten Jugendfreunde kannte nur ihr Ex Hugo die ganze Geschichte, wie sie zu einer Ivarsson geworden war.

Aber dieses Wissen hatte ihn nicht davon abgehalten, ihr noch mehr Schmerz zuzufügen.

Als sie die nächste Seite umgeblättert hatten, wurde Peter für einen Moment still. «Und da bist du.»

Da war sie. Sie trug Jeans und ein T-Shirt. Sie war groß für ihr Alter, kräftig gebaut, mit blondem Haar, das sie zu ordentlichen Zöpfen geflochten trug, die neben ihren Ohren herabbaumelten. Ihre Miene war ausdruckslos, ihr Blick herausfordernd und kalt.

Durch die Plastikfolie, die das Foto bedeckte, strich Peters Zeigefinger über ihre mädchenhafte Wange, wieder und wieder. «Mir war nicht klar, wie alt du warst, als deine Eltern dich adoptiert haben.»

«Acht.» Es war nicht nötig, irgendetwas davon groß auszuführen. Die nackten Fakten würden genügen. «Meine leiblichen Eltern starben bei einem Brand in einem Stockholmer Club, als ich vier war. Es war ihr Hochzeitstag, und ich war bei einem Babysitter.»

Sein Finger erstarrte. «Maria.»

Nein, sie würde hier noch nicht aufhören. Schon gar nicht für dieses allzu sanfte Murmeln.

«Es gab kein Testament, in dem festgelegt war, wo ich hinsollte, und sie waren beide Einzelkinder von Einzelkindern, also gab es nicht viele Möglichkeiten.» Ihre Erinnerungen an diese Monate in der Vorhölle waren so tief in ihrem Gedächtnis vergraben, dass sogar sie selbst keinen Zugang zu ihnen fand. Sie konnte nur vermuten, dass sie Angst gehabt hatte. Dass ihr Herz gebrochen war. Sie völlig verwirrt war von dem, was mit ihrer Familie und ihrer sicheren Existenz geschehen war. «Schließlich nahm mich eine entfernte Verwandte meiner leiblichen Mutter für zwei Jahre bei sich auf.»

Nach ein paar Monaten hatte sie sich eingelebt. Sie hatte nicht mehr jede Nacht Albträume. Sie liebte die kleine Wohnung mit Blick auf einen baumbewachsenen Innenhof. Sie liebte Inga, die ihr dichtes Haar in einem grauen Dutt trug.

Daran erinnerte sie sich, wenn auch nicht so gut wie an das, was danach geschah.

«Ihre erwachsene Tochter wurde sehr krank. Krebs. Mein Vormund» – obwohl sie Inga in ihrem letzten gemeinsamen Jahr *Mamma* genannt hatte – «übernahm allein ihre Pflege, und sie konnte sich nicht gleichzeitig um ihre Tochter kümmern und ein kleines Kind großziehen. Nicht bei ihren eigenen gesundheitlichen Problemen.»

Inga war Anfang sechzig und hatte ihr Leben lang geraucht, ihr Husten hielt Maria oft bis spät in die Nacht wach. Jahre später, als Maria im Internet nach ihr suchte, fand sie die Todesanzeigen beider Frauen. Die Mutter hatte ihre Tochter nur um drei Monate überlebt.

Peters Arme um sie hatten sich angespannt, aber seine Stimme blieb so weich wie die Samtpolsterung der Chaiselongue. «Sie hat dich weggegeben?»

«Ja.» Wenn sie ein wenig schroff klang, dann war es eben so. Er würde es ihr verzeihen müssen. «Ich kam wieder ins Pflegesystem und wurde ein paar Monate später in ein anderes Zuhause geschickt. Ein Ehepaar in den späten Dreißigern. Ich war über ein Jahr lang bei ihnen. Sie putzte Büros, und er war für die Instandhaltung einiger lokaler Wohnkomplexe zuständig. Er wurde entlassen, und sie erfuhr, dass sie schwanger war. Sie waren davon ausgegangen, dass sie keine Kinder bekommen können; es war ein Schock für sie.»

Und sie freuten sich, trotz ihrer finanziellen Nöte. Schäumten über vor Freude, dass sie ein eigenes Kind haben würden, obwohl sie Maria ganz gernhatten.

Aber nicht genug, um sie zu behalten.

Maria erklärte es Peter auf dieselbe Weise, wie sie es sich selbst in so vielen Nächten im Bett erklärt hatte, ein verlassenes Kind, das verzweifelt versuchte, so leise zu weinen, dass es niemand hörte. «Sie konnten sich keine zwei Kinder leisten. Schon bevor er seinen Job verlor, konnten sie kaum ihre Miete bezahlen. Ohne sein Einkommen und mit einem Baby unterwegs hatten sie keine andere Wahl.»

Im Laufe des einen Jahres, das sie bei ihnen in der Wohnung verbracht hatte, hatte sie einige heftige, leise Diskussionen darüber mitbekommen, wie man genug Geld für Spaghetti und das Obst zusammenkratzen konnte, das in dieser Woche im Angebot war, und vielleicht für ein Kleidungsstück, aus dem sie noch nicht herausgewachsen war.

Ihre Entscheidung, sie wegzugeben, ergab Sinn. Für sie hatte es schon damals Sinn ergeben. Sie befanden sich in einer schwierigen Lage, in der es keine guten Optionen gab, und sie hatten sich für eine davon entschieden. Das bedeutete nicht, dass sie schlechte Menschen waren.

Doch als sie sie in die winzige, vollgestopfte Küche gerufen hatten, um ihr die große Neuigkeit zu verkünden und ihr mitzuteilen, was das für ihre eigene Zukunft bedeutete, war sie sehr froh gewesen, dass sie sie nie *Mamma* und *Pappa* genannt hatte, wie sie es ihr vorgeschlagen hatten, und dass sie ihnen nie ihr ganzes Herz geschenkt hatte, wie es bei Inga der Fall gewesen war. Auch wenn ihre emotionale Distanziertheit die Gefühle des Paares manchmal verletzt hatte.

Vielleicht war das boshaft von ihr. Aber manchmal hielt nur Boshaftigkeit sie noch am Leben, sie ließ sie weiter zur Schule gehen und lächeln und versuchen, Freunde zu finden, während sie von Zuhause zu Zuhause zog und nie lange bleiben durfte.

«Sie haben dich also weggeschickt.» Seine Brust hob sich, als er langsam einatmete, und sein noch langsameres Ausatmen kitzelte sie an der Wange.

Die Worte mochten immer noch ruhig wirken, aber seine Stimme klang, als hätte er mit Steinen gegurgelt, und seine Beine, die ihre umschlossen, hätten ebenso gut aus Marmor sein können.

Sein Daumen fuhr weiter zart über die Wange des verlorenen, verzweifelten, misstrauischen Mädchens, das sie schon lange, sehr lange, nicht mehr war.

«Es ist okay», sagte sie und tätschelte seine rastlose Hand.

Die Stille, die auf ihre Versicherung folgte, war absolut. So schwer, dass sie durch die Chaiselongue und die Holzdielen unter ihnen hätte brechen und ein tiefes Loch in die Erde schlagen müssen.

Sein Kiefer gab ein seltsam knirschendes Geräusch von sich, das sie noch nie gehört hatte.

«Mach dir keine Sorgen», fügte sie eilig hinzu. «Ein paar Monate später haben mich meine Eltern adoptiert, und sie haben alles so schnell wie möglich dauerhaft und rechtsverbindlich gemacht.»

Als Erwachsene hatte sie schließlich verstanden, warum. Sie hatten ihr und den Behörden auf jede nur mögliche Weise versichern wollen: Dieses Zuhause war für immer. *Sie* waren für immer. Ihre neue Familie würde sie nie verlassen, würde sie immer wollen und lieben, würde sich immer für sie entscheiden.

Und im Nachhinein war ihr auch klar geworden, wie riskant diese Entscheidung war, denn bevor die Adoption durch war, hatte sie mit ihren Eltern und Geschwistern nur gesprochen, wenn es unbedingt nötig war. Sie vertraute ihnen nicht, sie hatte nicht vor, sich in ihrem Haus wohlzufühlen, und sie wollte sie auf keinen Fall in die Nähe ihres Herzens lassen.

Sie war höflich und beklagte sich nicht, aber sie blieb so kühl und distanziert wie der nördlichste Zipfel Lapplands. Sie war in jeder Hinsicht eine Fremde.

Als sie sie adoptierten, *kannten* sie sie nicht.

«Aber wir haben dich schon geliebt», antwortete ihr Vater immer, wenn sie das sagte. «Dein Herz war zu groß, um es zu verstecken, egal wie sehr du dich bemüht hast. Und du hast dich sehr bemüht, *Älskling*. Ehrlich gesagt, waren wir von deinem Einsatz beeindruckt. Schade, dass es damals noch keine TED-Talks gab, denn dann hättest du einen Vortrag darüber halten können, wie man angesichts unverhohlener Bestechungsversuche und peinlich überschwänglicher Zuneigungsbekundungen absolut ausdruckslos und wortkarg bleibt.»

Den Eiscreme-Trick hatten sie auch bei ihr versucht. Er hatte nicht funktioniert.

Aber da hart zu bleiben, war noch das kleinste Problem gewesen. Astrid hatte sich von Anfang an wie eine Zecke an sie geheftet. Und wann immer ihre jüngere Schwester nicht an ihrem Bein hing, brachten Vincent und Filip Maria zur Schule, gingen am Wochenende mit ihr ins Kino und schmuggelten ihr absurde Mengen an Süßigkeiten ins Haus. Das Schlimmste aber war, dass alle fünf Ivarssons spürten, wann ihre Abwehrkräfte nachließen, und sich dann sofort auf sie stürzten wie Löwen, die sich an eine unglückliche blonde Gazelle heranpirschten, die sich wirklich sehr anstrengte, damit ihr nicht noch einmal das Herz gebrochen wurde.

Sie fragten, ob Maria ihr Schlafzimmer neu einrichten wolle, denn Stina liebte es, Möbel zu montieren, Vorhänge zu nähen und Wände zu tapezieren – vor allem, wenn ihr jemand dabei Gesellschaft leistete. Ob Maria lernen wolle, die Himbeerbiskuitrolle von Olles verstorbener Mutter zu backen, damit er die Tradition an die nächste Generation Ivarssons weitergeben könne. Ob Maria wolle, dass Vincent ihr ein paar Selbstverteidigungstechniken beibrachte, damit sie sich wehren könnte, wenn irgendjemand es wagte, sie in der Schule zu ärgern. Ob Maria mit Astrid im Garten Fangen spielen wolle. Ob Maria einen Nachhilfelehrer für einen ihrer Kurse brauchte, denn Filip würde sich freuen, ihr in den Fächern zu helfen, die ihr Schwierigkeiten bereiteten.

Sie waren verdammt unermüdlich. Trotz ihrer beträchtlichen Sturheit konnte Maria nicht länger als ein paar Monate durchhalten, nachdem die Adoption rechtskräftig geworden war.

Irgendwann sagte sie Ja, als sie sie fragten, ob sie sie umarmen dürften, und sie erwiderte die Umarmung.

Irgendwann fing sie wieder an zu lachen.

Irgendwann hörten die Albträume auf, und sie wachte nachts nicht mehr weinend auf.

Irgendwann nannte sie Stina *Mamma* und Olle *Pappa*.

Irgendwann sagte sie *jag älskar dig också*, wenn sie sagten, dass sie sie liebten, und ihre Stimme zitterte nicht einmal.

Irgendwann glaubte sie ihnen, wenn sie sagten, sie würden nirgendwohin gehen, und sie selbst auch nicht. Nicht, solange sie nicht bereit dazu war. Und das war sie lange Zeit nicht ... bis vor sechs Jahren, als sie ein Flugzeug nach L. A. bestiegen und sich verpflichtet hatte, zum ersten Mal, seit sie eine Familie geworden waren, mehrere Monate ihres Lebens weit weg von ebendieser Familie zu verbringen.

Bis vor sechs Jahren, als sie sich in der gleichen Sauna wiederfand wie der Mann, der jetzt vor unterdrückten Gefühlen vibrierte und sie im dunklen, stillen Haus ihrer Eltern mit so angespannter Fürsorge im Arm hielt.

All diese Emotionen galten ihr, er durchlebte sie im Namen des Mädchens, das sie einmal gewesen war, was sich wie eine andere Art der Umarmung anfühlte. Das war schön, aber auch unnötig, wie er bald feststellen würde.

«Blätter um, *Sötnos*», sagte sie und drückte ihm einen Kuss auf eben dieses Organ. «Sieh dir an, was als Nächstes passiert ist.»

Sein Daumen blieb auf ihrem Kindergesicht liegen, doch nach einem Moment gehorchte er.

Olles Fotoauswahl erklärte es deutlicher, als es Worte je gekonnt hätten. Auf der ersten Seite wirkte sie kalt, unbeteiligt und verloren. Aber ein paar Seiten später lächelte sie, posierte unbeholfen, kicherte, weil Vincent sie kitzelte, trug Astrid bei einer Mittsommerfeier auf ihren Schultern und legte ihren Kopf auf Stinas Schulter, während ihre Mutter ihr über das Haar streichelte.

Auf den späteren Bildern war sie nie allein.

Dann kam der letzte Teil der Fotos. Ein paar Monate nach Marias Ankunft hatte Filip Stinas Kamera auf einem Stativ befestigt, einen Timer eingestellt und war für das erste offizielle Familienporträt der Ivarssons zurückgerannt. Ein Jahr später tat er wieder dasselbe. Und nun enthielt das Album über zwanzig dieser Gruppenfotos, die immer dann aufgenommen wurden, wenn sie sich alle an einem Ort befanden.

Lange Zeit hatte der Anblick dieser Fotos Maria zum Weinen gebracht. Jetzt brachte er sie nur noch zum Lächeln.

Als Peter die letzte Seite erreicht hatte, schloss er das Album sorgfältig und legte es auf den kleinen Tisch neben der Chaiselongue. «Nächstes Mal werde ich nach den Geschichten hinter den Bildern fragen. Aber heute Abend muss ich etwas anderes tun.»

«Ja?» Vielleicht wollte er jetzt schlafen gehen?

Als sie ihren Kopf drehte, um seinen Gesichtsausdruck zu sehen, konnte sie ihn nicht deuten. Aber sein Kiefer zuckte immer noch unter den Gefühlen, die ihm auch Farbe ins Gesicht getrieben hatten. Die langen Muskeln seiner Beine waren vor Anspannung ganz verkrampft.

Er hielt sie sehr, sehr fest umschlungen.

Obwohl er die letzten Familienporträts gesehen hatte, obwohl er gesehen hatte, wie glücklich sie geworden und wie glücklich sie geblieben war, hatte sein Kummer nicht nachgelassen. Er hatte sich nur ... verschoben, auf eine Weise, die sie nicht verstand.

Bis sich sein Griff um ihre Schultern lockerte, allerdings nicht, um sie loszulassen.

Stattdessen glitt er mit diesen großen Händen ihren Bauch hinauf und umfasste ihre Brüste, streichelte in aller Ruhe ihre Brustwarzen, bis sie so hart waren, dass sie schmerzten. Mit seinem Kinn strich er das Haar von ihrem rechten Ohr. Das Kribbeln seines Bartes und die Hitze seines Atems entfachten ein Feuer zwischen ihren Schenkeln.

«Die Gästedusche ist ziemlich groß», murmelte er und leckte über den Rand ihres Ohres.

Sie legte ihre Hände auf seine und atmete zittrig aus. «Nicht groß genug für Sex zwischen zwei Personen mit unseren Maßen.»

«Hmmm.» Seine Zähne schlossen sich um ihr Ohrläppchen, und sie erschauderte. «Es ist gerade genug Platz, dass ich dich mit dem abnehmbaren Duschkopf zum Kommen bringen kann.»

Für Handjobs brauchte es auch nicht viel Platz, trotz der beeindruckenden Größe seiner an ihrem unteren Rücken wachsenden Erektion. Offensichtlich hatte sie die Sache mit dem «Vögeln wie die Karnickel» nicht ausreichend durchdacht, Peter hingegen schon. Diese Art von Initiative und Kreativität verdiente eine Belohnung, nicht wahr?

Als er ihre Brustwarzen leicht zwischen den Fingerknöcheln zwickte, presste sie ihre Schenkel zusammen, die in einer Leggins steckten. «Wir müssen leise sein.»

Das Wasser würde einige Geräusche übertönen, aber nicht in der Lautstärke, die sie beide normalerweise zusammen produzierten.

«Ich halte dir den Mund zu», sagte er.

Gottverdammt, warum machte sie der Gedanke daran nur noch mehr an?

Wie zur Demonstration schob er eine Hand nach oben, bis er ihre halb geöffneten Lippen damit bedeckte, und glitt mit der anderen tiefer, über ihren Bauch und noch weiter hinunter. Er schob seine Hand zwischen ihre Beine. Drückte zu. Und wie versprochen ertönte ihr gehauchtes Stöhnen schwach und gedämpft, von ihm gedämpft, nur für ihn bestimmt.

«Steh auf.» Nach einem letzten festen Streicheln seines Daumens über den Stoff, der ihre Klitoris bedeckte, zog er die Hand zurück und begann, sie beide von der Chaiselongue zu manövrieren.

Sobald sie es geschafft hatten, sich aufzurichten, schnappte er sich ihre Hand und schob sie vor sich her die Treppe hinauf und ins Gästebad.

Wie sich herausstellte, war dort in der Tat genug Platz für einen abnehmbaren Duschkopf, der auf ihre Klitoris gerichtet und in verschiedenen Intensitäten eingesetzt werden konnte, denn Peter war ein verdammter Meister dieses Spiels. Nur ...

Er wirkte nicht, als wollte er spielen. Seine Eindringlichkeit ließ nicht nach, nicht einmal für einen Moment.

Nicht, als er das Wasser, jedes Mal wenn sie kurz vor dem Orgasmus stand, von der Stelle lenkte, an der sie es brauchte, oder als er den Duschkopf drehte, bis der Strahl zu diffus und zu sanft wurde, um sie weiter zu reizen. Nicht, als ein unerbittlicher, gezielter Wasserstrahl sie genau an der richtigen Stelle traf und er ihn endlich – endlich – dort verharren ließ, bis sie sich aufbäumte und kam und gegen seine harte Handfläche schrie, wobei sie fast gegen seinen Arm gesackt wäre, mit dem er ihren Rücken stützte. Nicht, als sie ihn gegen die Wand drückte, seinen eigenen Mund bedeckte und seinen Schwanz genau so packte, wie er es mochte, und ihn zu einem schnellen, harten Orgasmus pumpte.

Nicht einmal, als sie sich danach in den Armen hielten, schlaff, erschöpft und durchnässt, oder als er vor dem Waschbecken in die Knie ging, um sie mit seinem Handtuch abzutrocknen.

Seine Lippen blieben zu einer grimmigen Linie zusammengepresst. Sein Blick war unablässig auf sie gerichtet. Er behielt immer mindestens eine Hand auf ihr, bis sie sich gute Nacht sagten. Vor der Schlafzimmertür verschlang er sie mit einem Kuss, und seine Fäuste vergruben sich tief in ihrem Haar, bevor er sie abrupt losließ und davonging.

Er versuchte, etwas zu beweisen. So viel konnte sie erkennen.

Sie wünschte, sie hätte auch nur die geringste Ahnung, was das war.

18

DIE IVARSSONS HATTEN die Latte ganz schön hochgelegt.

In der Hoffnung, das Unvermeidliche hinauszuzögern, hatte Peter vorgeschlagen, nach O'Hare zu fliegen und von dort mit dem Auto in seine Heimatstadt zu fahren, anstatt einen Pendlerflug von Chicago zu dem kleinen Flughafen in Madison zu nehmen. Aber die Reise konnte nicht ewig dauern, und mit jedem Kilometer, der sie näher an das Haus seiner Kindheit und sein einziges verbliebenes Familienmitglied heranbrachte, klammerten sich seine Hände etwas fester um das Lenkrad. Selbst Marias fröhliche Gesprächsversuche, mit denen sie ihn vom Beifahrersitz des Mietwagens aus der Reserve zu locken versuchte, konnten ihn nicht mehr ganz von der unbestimmten Furcht ablenken, die zwischen seinen Schläfen pochte.

«Du findest also nicht, dass die Amerikansk-Abteilung im ICA die Küche deines Landes angemessen repräsentiert?» Sie griff unten nach dem Hebel, ließ ihren Sitz noch weiter zurückgleiten und streckte mit einem erleichterten Seufzer die Beine aus. «Mir erschien sie ziemlich zutreffend.»

Er warf ihr einen Blick zu, der ihr ohne Worte Folgendes sagte: Er wusste, dass sie ihn nur ärgern wollte, und er ließ es nur zu, weil er so extrem gutmütig war. Zumindest war es das, was er ihr vermitteln wollte. Hoffentlich hatte seine wachsende Nervosität nicht seine Fähigkeit zerstört, Gefühle auszudrücken, denn die würde er noch brauchen, wenn er – nein, er wollte positiv denken – wenn *sie* wieder neue Rollen in Hollywood annahmen.

Seine Antwort war so trocken wie L. A. im August. «Maria, in dieser Supermarktwüste gab es nichts als Ahornsirup von einer namenlosen Marke, Beef Jerky, Ramen und Regal um Regal voller Süßigkeiten, von denen ich vieles noch nie zuvor gesehen habe.»

«Du hast das Marshmallow Fluff vergessen.»

Der Verkehr war dichter geworden, sodass er sie nicht mehr anschauen konnte. Aber ein Lächeln, das er nicht sehen konnte, ließ ihre Stimme warm klingen. Diese viel zu unschuldige, selbstgefällige Stimme.

«Als ob das meinen Standpunkt widerlegen würde», erwiderte er spöttisch.

«Du hattest keinen Standpunkt, soweit ich das beurteilen kann.» Sie verzog den Mund zu einem lauten falschen Gähnen, eine nervtötend hinreißende Geste, die er aus dem Augenwinkel wahrnahm. «Lediglich eine Liste von Lebensmitteln. Eines davon hast du, trotz all deiner patriotischen Proteste, sogar gekauft.»

Süßigkeitenmangel konnte nun mal jeden immer und überall treffen.

Er schniefte, die Nase hoch in die Luft gereckt, und versuchte gleichzeitig, ein Grinsen zu unterdrücken. «Es ist meine Pflicht als Amerikaner, Reese's Peanut Butter Cups zu kaufen, wann immer ich sie finde. Das ist ein weniger bekannter Teil des Treueschwurs und entkräftet mein Argument nicht im Geringsten.»

«Na schön. Wenn die Amerikansk-Abteilung sowohl falsch als auch unzureichend ist, was würdest *du* denn hinzufügen?» Sie klang ehrlich neugierig.

«An unverderblichen Lebensmitteln?» Er dachte einen Moment lang nach. «Maisgrütze. Granola und Müsliriegel. Graham Cracker. Preiselbeersoße. Backmischungen. Eingelegten Kürbis. Ganz zu schweigen von Kürbiskuchengewürz und ...»

Ihr Schnauben ließ seinen steinernen Gesichtsausdruck bröckeln, und er lächelte die Windschutzscheibe an.

«Jetzt nennst du nur noch Thanksgiving-Zutaten», sagte sie zu ihm.

«Ich habe von dir keine Beschwerden über das Truthahnfestmahl gehört, das Fionn immer aufgetischt hat, wenn wir Ende November auf der Insel gedreht haben.»

Tatsächlich hatte sie die Form mit dem Süßkartoffelauflauf jedes Mal fast sauber geleckt. In einem Jahr hatte ihr die Crew sogar kurzzeitig den Spitznamen *Verrückt nach Maria* gegeben, weil sie sich versehentlich etwas von dem orangefarbenen Zeug in die Haare geschmiert hatte, das dann hart geworden war.

«Mir blieb keine andere Wahl, als viel zu essen.» Sie stupste seinen Arm an. «Ich wollte weder deine Kultur noch Fionns Kochkünste beleidigen.»

«Blödsinn. Du wolltest nur deine mit Kräutern eingeriebene Truthahnkeule nicht wieder weglegen, du undankbare Schwedin.»

Ihr Lachen erfüllte das Auto, und er konnte nicht anders, als mitzulachen. Als sie sich wieder beruhigt hatten, schmerzten seine Fingerknöchel nicht mehr, während er das Lenkrad festhielt, und seine Schultern hatten sich gelockert.

Nach so vielen Jahren wusste er immer noch nicht, ob sie das mit Absicht machte. Zuerst hatte er geglaubt, dass es nicht so war. Er hatte geglaubt, dass all dieser Charme, all dieser Humor sie nicht die geringste Mühe kostete, denn warum sollte sie sich anstrengen, damit ausgerechnet er sich wohler fühlte?

Aber jetzt …

Er nahm ihre Hand von der Mittelkonsole des SUVs und führte sie an seine Lippen. Küsste ihre Handfläche. Verschränkte ihre Finger miteinander und legte sie auf seinen Oberschenkel.

Alles würde gut werden. Was machte es schon, dass die Reedtons nicht gerade die Ivarssons waren? War es nicht egal, wenn Dad nicht wusste, wie er mit ihm reden sollte? War es nicht egal, dass Peter nie herausgefunden hatte, wie er seinem Vater helfen konnte, ihn zu verstehen?

Seine Unbeholfenheit gegenüber seinem Vater würde sie nicht schockieren, nicht, nachdem sie monatelang daran gearbeitet hatte, die Kluft zwischen ihm und der Crew, zwischen ihm und ihren Schauspielkollegen zu überbrücken. Diese Unbeholfenheit würde nicht den Ausschlag geben und dazu führen, dass sie ging, falls sie immer noch überlegte, ob sie dauerhaft nach Schweden zurückkehren sollte.

Zumindest hoffte er das.

Er hatte das Thema nicht direkt angesprochen, vor allem da sie gerade so eine schöne Zeit mit ihren Eltern und Geschwistern hatte. Wenn er ihr jetzt sagen würde, dass sie bei ihm bleiben sollte, könnte sie leicht zahlreiche Argumente anführen, warum das falsch wäre, warum sie ihre Familie mehr brauchte als ihn, und Marias Argumente waren wirklich immer vernichtend und überzeugend.

Sie spielte immer auf Sieg. Sie nahm jedes Spiel sehr ernst.

Und wenn sie sich einmal für etwas entschieden hatte, änderte sie ihre Meinung nicht mehr.

Also nein, er fragte sie nicht, ob sie bei ihm bleiben würde, weil er Angst hatte, was sie sagen, was sie tun würde, und sie hatte ihn schon einmal verlassen. Er konnte sich nicht vorstellen, wie er das noch einmal überleben sollte, jetzt, da er sie tatsächlich kennengelernt hatte. Sie kennengelernt und …

Na ja, das spielte keine Rolle. Worauf es jetzt ankam, war, sie – ohne Worte – davon zu überzeugen, dass sie zu ihm gehörte. Ihn wollte. Sich ein Leben ohne ihn nicht vorstellen konnte.

Und genau das machte diesen Besuch in seiner Heimatstadt so schwierig und Furcht einflößend, oder?

Denn sein Vater – der Mann, der mitverantwortlich für seine Existenz war – lebte im Grunde schon seit Jahrzehnten ohne ihn. Und wenn Maria Peter auch nur kurz durch die Augen seines Vaters sehen würde, wollte sie vielleicht dasselbe tun.

Es würde ihn zerstören. Jedenfalls einen Teil von ihm.

Den Teil, der nur für sie schlug, und das schon seit Jahren. Den Teil, den er nie wieder hatte aufs Spiel setzen wollen.

Sein Herz.

Es gehörte ihr, um es zu brechen, wenn sie wollte.

• • •

Zwei volle Stunden lang wirkte Maria so unschuldig, als würde nicht mal Butter in ihrem Mund schmelzen.

Was Peter daran erinnerte: Während sie hier in der Gegend war, musste er mit ihr zu Culver's gehen, auf einen Butterburger, frittierte Cheese Curds und einen Eisbecher mit heißer Schokoladensoße aus Frozen Custard, denn sonst würde er diesen Besuch als Verschwendung betrachten, egal, ob sie nun Interviews gaben oder nicht.

Aber in der Zwischenzeit war es seltsam, sie so ... zurückhaltend zu sehen. War das das richtige Wort? Vorsichtig? Was auch immer es war, sie überließ seinem Vater fast die gesamte Unterhaltung und antwortete nur mit höflichen Floskeln, während sie sie beide sehr, sehr genau beobachtete.

«Schön, dich kennenzulernen, Daniel», hatte sie gemurmelt, als Peter seinen Vater vorstellte. «Ich habe schon so viel von dir gehört.»

Das war eine verdammte Lüge. Er hatte seinen Vater ihr gegenüber kaum je erwähnt, und sie hatte nicht versucht, mehr Informationen aus ihm herauszubekommen, nicht einmal während ihrer Fahrt nach Madison.

«Das Restaurant, das du ausgesucht hast, klingt perfekt»,

sagte sie, als sie zu einem umgebauten Stall aus dem neunzehnten Jahrhundert außerhalb der Stadt fuhren, um dort, wie es in Wisconsin an einem Freitagabend üblich war, gebratenen Fisch zu Abend zu essen. «Ich liebe Fisch.»

Sie grinste Peter nicht einmal an oder wedelte mit einem Glas Hering vor seinem Gesicht herum.

Komisch.

«Was für ein wunderschöner See!», rief sie aus, als sie mit dem SUV um eine Kurve fuhren – in dem kleinen Prius seines Vaters war nicht genug Platz für zwei so große Menschen wie Peter und Maria – und der Lake Mendota in Sicht kam, blau und glitzernd und so vertraut, dass es ihm im Hals kribbelte. «Wie schön, dass du so nah am Wasser wohnst, Daniel.»

Dann erklärte sein Vater, was eine Landbrücke war, versprach, ihr später den Lake Monona zu zeigen, und gab auf dem Weg zum Restaurant fröhlich eine Kurzfassung der Geschichte Madisons und seiner Universität zum Besten.

«Das sieht köstlich aus», sagte sie zum Kellner, als er die gemischte Fischplatte mit gebackenem Kabeljau, gebratenem Kabeljau und gebratenem Weißfisch brachte, die sie bestellt hatten. «Vielen Dank.»

Was seinen Vater natürlich dazu inspirierte, die Ursprünge der Gebratener-Fisch-Tradition in Wisconsin zu erklären, zusammen mit den anderen kulinarischen Eigenheiten des Staates. Bierbratwürste. Cheese Curds. Und auch die großartigen Köstlichkeiten, die man als Kringle kannte, wobei Peter glaubte, dass diese eigentlich aus Skandinavien stammten. Genauso wie viele der ersten weißen Siedler in Wisconsin, was wahrscheinlich der Grund für die in der Region herrschende Vorliebe für – urks – eingelegten Hering war.

Zum Glück erwähnte sein Vater *das* nicht.

Maria hatte das alles schon einmal gehört. Um genau zu sein, heute früh bei einer Presseveranstaltung, bei der sie verschiedene regionale Spezialitäten probiert hatte. Aber sie unterbrach ihn nicht. Sie sah auch nicht gelangweilt aus. Sie nickte nur aufmerksam.

Und während die drei nun die letzten Bissen des Abendessens aßen, hörte sie seinem Vater zu, wie er von seinem Trainingsplan für einen bevorstehenden Triathlon erzählte. Sie wirkte vergnügt und versuchte nicht einmal, das Thema zu wechseln, obwohl Peter genau wusste, dass sie zwar gerne Sport trieb, aber Gespräche über die Fitnesspläne anderer Leute *scheiße langweilig* fand.

Das war ein direktes Zitat von ihr.

«Faszinierend.» Mit der Gabel verteilte sie etwas Remouladensoße auf dem verbliebenen Weißfisch und trennte dann einen großen Bissen ab. «Läufst du auch Marathons?»

Sein Vater nickte, und ein zufriedenes Lächeln ließ die Falten um seinen Mund tiefer werden. «Jetzt nur noch Halbmarathons. Aber ich habe mit einem Leichtathletik-Stipendium an der UW-Madison studiert, und als Peter klein war, bin ich mit meinem Kumpel Len noch Marathons gelaufen. Auch jetzt laufen Len und ich gerne noch den Weg um den See und ...»

Dad redete weiter, und sie unterbrach ihn nicht. Sie fragte auch nicht, ob Peter ebenfalls im Leichtathletikteam gewesen war, entweder in der High School oder im College. Sie wusste, dass er in keinem von beiden Mitglied war.

Anstatt am Sport teilzunehmen oder in der Schülervertretung mitzuwirken – sein Vater war auch Klassensprecher gewesen –, war Peter dem Theaterclub beigetreten. Weil er die Schauspielerei von Anfang an geliebt hatte, aber auch, weil die anderen Theaterleute ihn abseits der Bühne so wortkarg und introvertiert sein ließen, wie er wollte. Sie tolerierten sein Schweigen, ohne es zu kommentieren und ohne mit betroffener Verwirrung zu reagieren.

Sein Vater kaufte immer eine Karte für eine von Peters

Aufführungen und beglückwünschte ihn, sobald er seine letzten Verbeugungen gemacht hatte. Aber Dad schien nie Freude an den Vorstellungen zu haben, und er hatte hinterher nie viel zu sagen.

Früher hatte Peter das für eine absichtliche Kränkung gehalten. Ein Zeichen der Geringschätzung seines Vaters für das, was er tat und wer er war. Als Erwachsener war er jedoch zu der Überzeugung gelangt, dass sein Dad einfach nicht wusste, was er zu ihm sagen sollte. Was ihn glücklich machen würde. Welche mögliche Reaktion die beiden verbinden würde, wo Peter doch so anders war als sein Vater. Nicht gesellig oder beliebt oder an Schulsport interessiert, sondern ein ruhiger, kreativer, manchmal launischer Einzelgänger.

Genau wie seine Mutter.

Deshalb hatte er, nachdem sie und Dad sich zwei Jahre vor ihrem Tod getrennt hatten, bei ihr gelebt. Nach ihrem Schlaganfall und ihrer Beerdigung kehrte er in das einst vertraute Haus im Ranch-Stil zurück, aber es fühlte sich nie wieder wie ein Zuhause an. Nicht ohne sie.

Er senkte den Kopf und aß seinen Krautsalat, denn genau wie sein Vater wusste er nicht, was er sagen sollte; er hatte es noch nie gewusst. Was Peter zu sagen hatte, verstand sein Vater in der Regel nicht, also war es sinnlos, es auszusprechen. So war es immer gewesen.

Marias Knie stieß gegen seins, aber er blickte nicht auf.

«... versuche, nicht länger als eine Stunde zu laufen, damit ich keine Wasserflasche mitschleppen muss.» Dad drückte noch mehr Zitrone über seinem restlichen Fisch aus. «Bist du eine Läuferin, Maria?»

Ehre, wem Ehre gebührte: Wenigstens ging Peters Vater nicht davon aus, dass dicke Menschen Sport generell hassten oder mieden, im Gegensatz zu vielen anderen, denen Peter im Laufe der Jahre begegnet war.

«Eigentlich gehe ich lieber spazieren.» Sie schürzte die Lippen, während sie ihr Mineralwasser durch einen Papierstrohhalm schlürfte. «Im Fitnessstudio konzentriere ich mich meist auf Krafttraining oder gehe aufs Rudergerät.»

Daher kam also all diese wunderbare Kraft in ihrem Oberkörper. Sobald sie wieder im Hotel waren, wollte er sie bis zur Hüfte ausziehen und sich einen Pfad über ihren ...

«Peters Verlobte ist lieber auf dem Laufband gelaufen als im Freien, und das habe ich nie verstanden», sagte sein Vater und schüttelte den Kopf. «Warum nicht die frische Luft genießen?»

Was die viel wichtigere Frage war: was zur Hölle? Warum sprach sein Vater jetzt ausgerechnet über *Anne*?

Neben ihm hatte sich Maria abrupt in ihrem Stuhl aufgerichtet, ihr Oberschenkel spannte sich an Peters an. Er legte eine Hand auf diesen warmen Schenkel, versuchte sie stumm zu beruhigen, auch wenn das heftige Zusammenpressen seines Kiefers ihm Schmerz in die Schläfen jagte.

Sein Vater hingegen lehnte sich entspannt zurück, offensichtlich bereit, einen weiteren Vortrag zu halten. «Ich habe ihr immer gesagt ...»

«Ex-Verlobte», unterbrach Peter ihn, ohne sich dafür zu entschuldigen, und die Wut verlieh seinen Worten eine eiserne Schärfe. «Unsere Verlobung wurde vor über zehn Jahren gelöst, Dad. Sie hat keinen Platz an diesem Tisch und sollte nicht Teil dieses Gesprächs sein.»

Und Maria hätte niemals so von ihr erfahren dürfen, in Anwesenheit seines gottverdammten Vaters. Aber fuck, das war auch seine Schuld, nicht nur die seines Vaters. Er hätte ihr schon vor Jahren von seiner geplatzten Verlobung erzählen sollen, sobald er begonnen hatte, sie zu verstehen und ihr zu vertrauen, verletzter Stolz und angeborene Zurückhaltung hin oder her. Sobald sie die wichtigste Person in seinem Leben geworden war.

Sie hatte ihr Bein nicht unter seiner Hand weggezogen, aber sie hatte sich auch nicht entspannt.

Das war ihr gutes Recht. Dann sollte dies seine Buße sein. Sein Schmerz als Entschuldigung für sein Schweigen, das viel zu lange gedauert hatte. Er würde die Geschichte der Frau, die ihm das Herz gebrochen hatte, vor dem Mann erzählen, der dasselbe getan hatte, und hoffentlich würde Maria ihm verzeihen.

«Ich hatte nur eine einzige ernsthafte Beziehung, bevor ich dich kennengelernt habe.» Er wartete, bis Maria Blickkontakt aufnahm, und sah nur sie an. «Mit Anne, einer Orthopädin aus L. A. Wir waren ein paar Monate verlobt, vor etwas mehr als zehn Jahren.»

Ihr Gesichtsausdruck war nicht zu deuten, ihr Blick verhalten. Aber sie hörte ihm zu, anstatt wegzulaufen, und das war mehr, als er wahrscheinlich verdiente.

«Ungefähr zu der Zeit, als wir uns verlobt haben, wurde ich für die Hauptrolle in einem großen Pilotfilm gecastet. Bis zur letzten Minute sah es so aus, als würde die Zusage für die Umsetzung der Serie kommen, aber ...» Seine abwinkende Handbewegung sagte alles. *Du weißt ja, wie es in der Branche läuft.* «Ich glaube, bevor die Serie scheiterte, hatte sie noch nicht verstanden, wie prekär das Leben eines Schauspielers sein kann. Wenn der Pilotfilm angenommen worden wäre, wäre ich finanziell mehr als abgesichert gewesen. Ohne die Rolle hatte ich immer noch genug Geld für Miete und Essen, aber für eine Hochzeitsfeier blieb nicht viel übrig.»

Marias Oberschenkel zuckte, und sie schürzte die Lippen. «Ich dachte, Ärzte verdienen in den USA gutes Geld. Hätte sie die Hochzeit nicht bezahlen können?»

Natürlich fragte sie das. Natürlich verteidigte sie ihn.

Maria fucking Ivarsson, das größte Wunder in seinem Leben. «Wahrscheinlich schon. Aber das wollte sie nicht. Jedenfalls nicht alles. Eines Tages ist sie einfach ... gegangen.» Seine Brust hob und senkte sich, während er leise atmete.

«Ohne Vorwarnung. Ohne Nachricht. Ohne Erklärung. Ich musste über gemeinsame Bekannte herausfinden, was passiert war.»

Bei diesen Worten zuckte Maria zusammen. Wahrscheinlich, weil sie genau wusste, dass auch eine andere Frau sein Bett ohne ein Wort oder eine Nachricht verlassen hatte. Vor sechs Jahren, um genau zu sein.

Die Umstände waren natürlich nicht dieselben gewesen. Ein One-Night-Stand brachte nicht die gleichen Verpflichtungen mit sich wie eine Verlobung. Aber ... zumindest hatte sie jetzt ein bisschen mehr Kontext, um die Feindseligkeit zu verstehen, mit der er ihr am nächsten Tag in dem Bürogebäude in L. A. begegnet war. Eine zusätzliche Erklärung dafür, warum er sich auf diesem verdammten Parkplatz wie ein Arschloch benommen hatte.

Seine Verbitterung hatte nicht einfach mit einem verletzten männlichen Ego zu tun. Oder zumindest nicht nur. Mit ihrem «Vögeln-und-Abhauen»-Manöver hatte sie versehentlich genau die Stelle getroffen, an der seine alte Verletzung saß, und die Wunde wieder schmerzhaft aufreißen lassen. Er war verletzt worden, und dann war er sauer geworden.

So einfach war das, und so dumm.

«Sie hatte beschlossen, dass meine Karriere und mein Leben zu unbeständig für sie waren. Sie wollte Stabilität.» Er hatte Anne sein Herz, seine Treue und seine Zukunft angeboten, aber er konnte nicht versprechen, wie diese Zukunft aussehen würde. Er hatte das die ganze Zeit verstanden, sie aber nicht. Nicht, bis es schon viel zu spät war. «Sie wollte sicher sein, dass sie nicht am Ende für uns beide sorgen müsste. Also hat sie unsere Verlobung gelöst.»

Ein Mann wie er konnte ihren Bedürfnissen nicht gerecht werden. Er verstand das.

Er warf ihr nicht vor, dass sie gegangen war. Aber er konnte ihr vorwerfen, wie sie es getan hatte, und das tat er auch.

«Es tut mir leid, Peter», sagte Maria leise, und ihr neutraler Gesichtsausdruck wurde weicher, zeigte Mitleid.

Auf ihrem Oberschenkel legte sie ihre warme Hand auf seine. Sie drückte sie.

Es war eine Geste der Vergebung und des Trostes, die allein zwischen ihnen stattfand, außerhalb der Sichtweite seines Vaters. Nur für sie beide. Er lächelte sie sanft an, dankbar. Erleichtert.

Es hatte wehgetan, ihr von diesem schmerzhaften Teil seiner Vergangenheit zu erzählen, aber nun lag die Geschichte in ihren fähigen, sanften Händen. Sie würde sie dort sicher verwahren, sie beschützen. Sie würde *ihn* beschützen, und diese Erkenntnis fühlte sich an, als würde er sich in ein heißes Bad sinken lassen, nachdem er ein Leben lang durch felsige, eisige Untiefen gewatet war.

Sein Vater räusperte sich. «Ich habe Peter gesagt, dass er ein anderes Hauptfach wählen und einen sichereren Karriereweg einschlagen soll, aber ...»

«Also, Daniel.» Diesmal war Maria diejenige, die seinen Vater unterbrach, und ihre Stimme war ausdruckslos und absolut höflich. «Du hast gesagt, du hast hier in Madison studiert? Wie Peter?»

Nachdem sie Peters Hand ein letztes Mal gedrückt hatte, ließ sie sie los, um ihr Glas mit San Pellegrino aufzufüllen, und sie aßen beide weiter.

«Ja. Dort habe ich auch gearbeitet.» Der Stuhl seines Vaters knarrte, als er sich zurücklehnte. «Peter und ich haben allerdings in verschiedenen Teilen des Campus studiert und gearbeitet. Ich habe im Hauptfach Rechnungswesen studiert und in der Buchhaltung gearbeitet, und Peter hat seinen Bachelor in Theaterwissenschaften gemacht, daher haben sich unsere Wege nicht oft gekreuzt, selbst wenn wir zur gleichen Zeit an der Uni waren. Vor allem, weil er es vorzog, auf dem Campus statt zu Hause zu wohnen.»

Eine weitere Entscheidung, die sein Vater unerklärlich gefunden hatte und die er versucht hatte, ihm auszureden, obwohl Peter ihm nur Schmerzen und Verwirrung verursachte.

Das wussten sie beide. Keiner von ihnen hatte es je ausgesprochen. Nicht einmal sein Vater, obwohl er so leicht mit Worten umgehen konnte.

Maria legte ihre Gabel so vorsichtig auf ihren Teller, dass sie kein Geräusch verursachte. «Er hat mit summa cum laude abgeschlossen, stimmt's?»

Peters eigene Gabel blieb auf halbem Weg zu seinem Mund in der Luft hängen. Woher zum Teufel wusste sie das?

«Ja, und das hat mich nicht überrascht. Peter war schon immer intelligent, und egal, was er machte, er machte es gut. Er hätte alles im Hauptfach studieren können. Er hätte sich in jedem Job hervorgetan.» Die Worte seines Vaters klangen wie ein Lob. Fast. Wenn man nicht die Klage in jeder Silbe hören würde. «Aber gleich nach dem Abschluss ging er nach Los Angeles, und das war's. Er ist nie wieder zurück nach Hause gezogen oder hat weiter studiert.»

«Warum hätte er das tun sollen?» Maria neigte den Kopf zur Seite. «Er arbeitet doch seit zwanzig Jahren erfolgreich als Schauspieler, oder nicht?»

Jeder, der sie nicht persönlich kannte, hätte geschworen, dass es eine unschuldige Frage war, geboren aus echter Verwirrung. Aber er kannte diesen Tonfall. Als er seinen Blick von seinem Teller hob und sie ansah, erkannte er auch den Ausdruck auf ihrem Gesicht. Und vielleicht hätte sich ein besserer Mensch an diesem Punkt eingemischt, aber ...

Na ja. Er war, wie er war.

«Mehr oder weniger.» Sein Vater runzelte die Stirn. «Wie Peter schon sagte, bietet eine Schauspielkarriere kein festes

Einkommen. In den ersten Jahren musste er auf dem Bau arbeiten, um über die Runden zu kommen.»

Das stimmte. Am Anfang waren die Rollen, die Peter bekam, zu klein und nicht gut genug bezahlt gewesen. Bei den wenigen Hauptrollen, die ihm angeboten wurden, ging es in der Handlung um seine Körperfülle, und er wollte diese Rollen nicht, es sei denn, sie versprachen ihm entweder eine Menge Geld oder eine Menge Ruhm. Das taten sie nicht, und so spielte er viel zu lange nur kleine Rollen.

«Er musste anfangs also sein Einkommen als Schauspieler aufbessern, wie praktisch alle Hollywood-Anfänger.» Sie zuckte so elegant wie abschätzig mit den Schultern. «Und nahezu alle dieser Anfänger geben irgendwann auf und gehen, oder sie bleiben, haben aber keinen Erfolg. Dein Sohn ist die Ausnahme, Daniel. Ein Mann, der sich gegen alle Widrigkeiten durchgesetzt und sich durch schieres Talent, Beharrlichkeit und harte Arbeit eine bedeutende Karriere aufgebaut hat.»

Das zu hören – verdammt, es fühlte sich gut an. So gut, dass er einen Moment lang nicht atmen konnte.

Sein Vater blinzelte sie an. «Natürlich, er ist sehr begabt. Wie ich ihm oft gesagt habe, hätte er schon lange vor seiner Rolle in *Gods of the Gates* Preise gewinnen müssen.»

Das hatte Dad im Laufe der Jahre tatsächlich oft gesagt. Peter hätte sich geschmeichelt gefühlt, nur klang es nie wirklich so, als würde sein Vater sich um seinetwillen empören, sondern vielmehr, als würden erst Auszeichnungen seine Berufswahl legitimieren.

Sein Vater verstand konkrete Leistungen. Blaue Schleifen. Sportabzeichen. Diplome. Urkunden. Rennzeiten. Teure Häuser. Und ja, Gehaltsschecks und Statuetten, weshalb die Rolle des Cyprian ihn endlich mit Peters Karriere versöhnt hatte. Einigermaßen.

Die Bedeutung seiner jahrelangen Arbeit in Hollywood

vor *Gods of the Gates*, seine Freude darüber, in einem Handwerk, das er liebte, brillieren zu können ... Diese Dinge waren für seinen Vater schwer zu begreifen, und daher fiel es ihm auch schwer, seinen Sohn für so etwas zu loben. Und Peter wusste – er *wusste* –, er hätte es seinem Vater leichter machen können. Er hätte sich mehr Mühe geben können, sich selbst, seine Karriere und die Branche so zu erklären, dass Dad ihn leichter verstand.

Aber seine Eltern waren anderthalb Jahrzehnte verheiratet gewesen, als sie sich trennten, und trotz all dieser Jahre, trotz der Tatsache, dass sie sich füreinander entschieden und sich vor einem Pfarrer und Dutzenden von Gästen zu einem gemeinsamen Leben bekannt hatten, hatte sein Vater die Frau, die er geheiratet hatte, nie verstanden, und er hatte nie verstanden, warum sie ihn verlassen hatte. Wenn sie – seine verdammte *Frau* – es in all der Zeit nicht geschafft hatte, sich ihm verständlich zu machen, welche Chance hatte dann Peter?

Irgendwie waren sie grundsätzlich so gepolt, dass sie nicht zusammenfinden konnten, und niemand hatte Schuld daran. Er verstand das jetzt, auf eine Art und Weise, wie er es zehn Jahre zuvor noch nicht getan hatte. Genauso wie er, wenn er jetzt seinen Vater musterte, sehr deutlich sehen konnte, dass Daniel Reedton sich nie wirklich vom Verlust seiner geliebten Patty erholt hatte.

Diese leicht hängenden Schultern waren erst auf Fotos aufgetaucht, nachdem sie ihre Koffer gepackt hatte und in eine Wohnung am anderen Ende der Stadt gezogen war. Es wurde noch schlimmer, nachdem sie gestorben war und sein Vater wusste, dass sie nie wieder zurückkommen konnte. Dasselbe galt für die Tränensäcke unter seinen Augen und die tiefen Falten auf seiner Stirn. Und es galt für diesen furchtbaren, verlorenen Ausdruck auf seinem Gesicht, wenn er lange genug aufhörte zu reden, damit die Erinnerungen an die Oberfläche dringen konnten, oder wenn er unerwartet auf ein Foto stieß oder den Namen der Frau hörte, die er im Alter von dreiundzwanzig Jahren umworben und schließlich geheiratet hatte.

Der Frau, die ihn mit achtunddreißig Jahren verlassen hatte.

Der Frau, die mit vierzig gestorben war.

Er hatte sie geliebt. Er hatte sie nicht verstanden, aber er hatte sie geliebt.

So, wie er Peter liebte. Aus tiefstem Herzen. Ohne einen Funken Verständnis, aber mit viel Schmerz.

«Ja, Peter sollte eigentlich Regale voller Auszeichnungen haben, die bis zum Beginn seiner Karriere zurückreichen. Er hat sie verdient.» Maria hielt den Blick aus den müden blauen Augen seines Vaters fest, und ihre Stimme war sanft, aber bestimmt. «Aber in gewisser Weise ist das, was er vor seiner Rolle in *Gods of the Gates* geleistet hat, bevor er seine erste Statuette erhielt, außergewöhnlicher als jede Auszeichnung, die er bekommen könnte. Ich hoffe, das ist dir klar.»

Auf der anderen Seite des Tisches rutschte Dad auf seinem Stuhl herum. «Natürlich ist mir das klar.»

«Gut», sagte Maria schlicht und bestrich eine Scheibe Sauerteigbrot mit Butter. «Denn das hat dein Sohn auch verdient.»

In Anbetracht der für sie typischen Offenheit hätte ihre Zurechtweisung nicht milder ausfallen können, und *verdammt*, er liebte sie dafür. Er liebte sie dafür, dass sie ihn so behutsam verteidigte, selbst nachdem sie erst so verspätet von der Existenz seiner Ex-Verlobten erfahren hatte. Er liebte sie dafür, dass sie versucht hatte, die riesige Kluft zwischen ihm und dem einzigen verbliebenen Mitglied seiner Familie zu überbrücken. Er liebte sie für den sanften Druck ihres Körpers an seinem, den stillen Trost, den sie einem stillen Mann spendete.

Er liebte sie, Punkt. Ende des Satzes.

Er blickte wieder auf die starken, zusammengesunkenen Schultern seines Vaters. Die Schatten unter seinen Augen. Die Furchen in seiner Stirn. Die stillen Zeichen seiner Trauer um die Frau, die er geheiratet und verloren hatte, für immer auf seinem Körper verewigt.

Dad war nicht über sie hinweggekommen.

Er würde nicht über sie hinwegkommen.

Und zum ersten Mal dachte Peter, dass er seinen Vater vielleicht tatsächlich verstand. Wenn auch nur ein bisschen.

NACHRICHTEN MIT MARIA: EIN JAHR ZUVOR

Peter: Bist du schon zu Hause oder bist du noch unterwegs?

Maria: Zwei Stunden Layover in Kopenhagen

Maria: Ich sitze in der Business-Lounge und esse Käse

Maria: Es ist Flughafenkäse, aber immerhin Gouda

Peter: Lass es dir schmecken, Pippi

Peter: Gab es Probleme am LAX oder während des Fluges? Ich habe gesehen, dass ihr auf eine Schlecht-Wetter-Front zugesteuert seid.

Maria: Ein paar Turbulenzen, nichts Ernstes

Maria: Ich dachte mir, solange die Sauerstoffmasken nicht runterkommen, wird schon alles im grünen Bereich sein

Peter: Du dachtest, die Sauerstoffmasken könnten runterkommen?

Maria: An einem Punkt, ja

Maria: Ein Gepäckfach ist aufgegangen, sodass ein paar Koffer durch die Luft flogen, und die arme Flugbegleiterin in unserem Bereich ist mit dem Kopf gegen die Toilettentür geknallt und hat sich eine blutige Nase geholt, weil sie sich nicht schnell genug angeschnallt hat

Maria: Wir durften eine ganze Weile die Sicherheitsgurte nicht öffnen

Peter: Das ist

Peter: …

Maria: Das ist was?

Peter: Verdammt, das ist furchtbar, Maria. Bist du sicher, dass es dir gut geht?

Maria: Jap, mach dir keine Sorgen

Maria: Ich hatte ein bisschen Angst, aber ich hatte mein Geburtstagsgeschenk von dir in der Tasche, also war ich sicher. 😁

Peter: Das vierblättrige Kleeblatt in Kunstharz?

Maria: Ja

Peter: Du bist aber nicht abergläubisch

Maria: Nein, nicht so wie du

Maria: Aber

Maria: …

Peter: Maria?

Maria: Es war wie ein Stück von dir

Maria: Ich habe es festgehalten und an dich gedacht

Maria: Du warst bei mir

Maria: Und du würdest nie zulassen, dass mir etwas zustößt

Maria: Also habe ich mir keine Sorgen gemacht

Peter: Maria.

Peter: ...

Peter: ...

Maria: Ich muss zum Gate, sorry

Peter: Du hast das Kleeblatt doch noch in deiner Hosentasche, oder?

Maria: Immer

Peter: ...

Peter: Du hast es *immer* in deiner Hosentasche?

Maria: Ja, oder in meiner Handtasche

Peter: ...

Maria: Ich muss jetzt wirklich los

Peter: Ich habe vor Jahren mal ein Foto aus einem Zeitschriftenartikel über dich ausgeschnitten

Peter: Du lachst an einem Strand

Peter: Du bist unsagbar schön

Peter: Ein menschlicher Sonnenstrahl

Peter: Das Foto ist in meiner Brieftasche, Maria.

Peter: Immer.

Maria: ...

Peter: Schreibst du mir, sobald du gelandet bist?

Maria: Ja

Peter: Wirst du an mich denken, wenn du Angst hast?

Maria: Ja

Peter: Immer?

Maria: Immer.

19

AM NÄCHSTEN ABEND leckte Maria an ihren zwei Kugeln Mokka-Macchiato-Eis und musste warten, bis ihr Hirnfrost wieder aufgetaut war, bevor sie weiteressen konnte. Peter, der mit ihr in Richtung Seeufer schlenderte, den Arm um ihre Schultern gelegt, schien keine derartigen Probleme zu haben. Seine eigene Eiswaffel mit dem Berg Minze-Schoko-Cookie-Eis, die er ebenfalls in der Memorial Union auf dem Universitätscampus gekauft hatte, war größtenteils verschwunden, und er beäugte ihr Eis ein wenig zu hungrig.

Wenn er es versuchen sollte, würde sie ihm den Arm ausreißen und ihn damit verprügeln, bis er versprach, nie mehr ihr Essen zu stehlen.

Ha. Hirnfrost: besiegt. Offenbar wurde ihr beim Gedanken an gerechtfertigte Gewalt warm.

Nachdem sie ihr Eis aus Peters Reichweite gebracht und noch einmal daran geleckt hatte, ließ sie den Tag noch einmal Revue passieren. «Ich habe eine Frage, aber wahrscheinlich wirst du mich dafür auslachen.»

Er blickte sie stirnrunzelnd an, von Kopf bis Fuß gekränkte Ehre. «Das würde ich nie tun.»

«Hast du. Tust du. Wirst du.»

«Wahrscheinlich», räumte er ein, dann ließ er die Unschuldsmiene fallen und grinste sie an. «Verrat sie mir schon, damit ich zum Spott-Teil des Abends übergehen kann. Das ist mein Lieblingsteil.» Er hielt inne und stieß bedeutungsvoll mit seiner Hüfte gegen ihre. «Nein, warte. Mein *zweitliebster* Teil.»

Sie hatten das Hotelzimmer und das breite, herrlich quietschfreie Hotelbett letzte Nacht, sehr zu ihrer Erleichterung, ausgiebig genutzt. Noch eine weitere Nacht im Haus ihrer Eltern, in dem sie in getrennten Betten schlafen und sich in der Gästedusche gegenseitig Quickie-Orgasmen verschaffen mussten, und sie hätte sich auf Peter gestürzt wie ein plündernder Wikinger und ihn auf der schmalen Matratze des Gästezimmers genommen, ohne Rücksicht auf Filips empfindsames Gemüt.

Da sie ihn so verzweifelt begehrte, hatte sie auch keine Lust, in der Öffentlichkeit so zu tun, als wären sie kein Liebespaar, und Peter hatte ihr darin zugestimmt: Wann auch immer die Medien und/oder die Fans herausfanden, dass ihre Beziehung zueinander sich verändert hatte, ihnen war es recht.

Sie hoffte, dieser Zeitpunkt würde *bald* kommen, damit jeder wusste, dass er ihr gehörte.

«Was ist mit unserem Frozen-Custard-Ausflug gestern Abend?» Molkereiprodukte waren, wie sie mittlerweile mitbekommen hatte, die Waffe, mit der Wisconsin seinen kulinarischen Ruhm verteidigte. Und der Ruhm war durchaus gerechtfertigt, fand sie. «War der nicht auch besser, als mich aufzuziehen?»

«Na schön, du nordische Erbsenzählerin.» Er aß den letzten Rest seiner Waffel auf. «Drittliebster Teil.»

«Apropos Essen: Ich wollte dich noch etwas zu diesem Testessen regionaler Gerichte fragen, bei dem wir gestern waren.»

Die Zeitung hatte das arrangiert und eifrig Marias Reaktionen auf all die ungewohnten Gerichte gefilmt. Doch sie wurden enttäuscht. Denn eine Frau, die in einem Land aufgewachsen war, in dem man sowohl *Surströmming* als auch *Lutfisk* gerne aß – das eine salziger, fermentierter Hering, der so übel roch, dass sich die meisten Menschen schon vor dem ersten Bissen übergeben mussten, das andere getrockneter Kabeljau, der in Lauge und kaltem Wasser wieder aufgeweicht wurde –, würde bei den verschiedenen Gerichten aus dem Mittleren Westen keine Miene verziehen.

Ein Thunfischnudelauflauf mit Kartoffelchips als Kruste? Köstlich.

Eine nicht identifizierbare Mischung aus Lebensmitteln, die mit Kartoffelkroketten und Käse bedeckt war und als *Hot Dish* bezeichnet wurde? Kein Problem.

Ein angeblicher Salat, der keinen echten Salat enthielt, stattdessen aber Ananasstückchen, winzige Orangenscheiben, Kokosnuss, Marshmallows und saure Sahne? Klar, warum nicht? Willkommen in Amerika!

Schokoladenkäse? Na ja ... je weniger Worte man darüber verlor, desto besser. Aber insgesamt gesehen war das alles doch relativ harmlos.

Seltsamerweise war das Gericht, das sie vor ein Rätsel gestellt hatte, wahrscheinlich das einfachste gewesen, das die Zeitung aufgetischt hatte. Es schmeckte gut, aber ...

«Sollten diese Cheese Curds an meinen Zähnen *quietschen*?» Sie konnte sich ein kleines Schaudern nicht verkneifen. «Denn das Geräusch war wirklich unglaublich verstörend.»

Er hielt inne und sah sie finster an. «Ja, sie sollen quietschen. Daran merkt man, dass sie gut sind!» «Verstehe», sagte sie mit, wie sie fand, vorbildlicher Diplomatie. «Dann waren das ganz klar ausgezeichnete Cheese Curds. Sie waren sehr ... laut.»

Seine Augen verengten sich. «Sei nicht so herablassend, Pippi.»

«Nein, nein.» Dass sie so langsam und gemächlich an ihrem Eis leckte, sollte ihn einfach nur ärgern, und sie wussten es beide. «Wer möchte *nicht* gerne etwas essen, das sich beim Kauen anhört, als hätte man verzweifelte Mäuse im Mund?»

«Verdammt noch mal, Frau. Beleidige nicht das Juwel in der Krone der Wisconsin-Küche.» Sein Versuch, sie böse anzufunkeln, scheiterte und seine Lippen zuckten. «Außerdem wirst du sie frittiert lieben. Vor allem in Ranchsoße getunkt. Kein Quietschen, nur schmelzende Köstlichkeit.»

«Ganz wie du meinst, Peter.» Sie steckte sich das letzte Stück Eiswaffel in den Mund, kaute und schluckte. «Übrigens hattest du recht. Der Spott-Teil des Abends macht Spaß.»

Er gab ein regelrechtes Knurren von sich, was sie zum Lachen brachte, dann zog sie an seinem Arm und sie setzten sich wieder in Bewegung. Nachdem er eine Weile etwas über herablassende Ausländer vor sich hingemurmelt hatte, legte er wieder seinen Arm um ihre Schultern und zog sie beim Gehen an sich.

Sie unterbrach die Stille nicht, genoss einfach die Landschaft und den Mann an ihrer Seite.

Nach einem frühen, äußerst köstlichen Abendessen in einem nepalesischen Restaurant in der Nähe des Universitätscampus hatte er ihre Hand genommen und sie zum Memorial-Union-Gebäude geführt, um dort ein Eis zu kaufen, und war dann mit ihr zum Ufer des Lake Mendota spaziert.

Die Sonne ging gerade unter und färbte den Horizont rosa und orange. Kleine Gruppen von Leuten saßen auf den Stufen, die zum Wasser hinunterführten, Ohrstöpsel im Ohr, Rucksäcke und Handtaschen an ihrer Seite. Andere saßen auf den unzähligen bunten Stühlen, die die Tische auf einer großen Terrasse mit Blick auf den See umgaben, plauderten, aßen und tranken Bier.

Der schwache Klang von Livemusik drang zu ihnen heraus, sobald jemand eine Tür des Gebäudes öffnete, aber Peter zog sie vorbei an den Türen, vorbei an den Menschen und zu einem Platz auf den Stufen, wo der See nur eine Armlänge entfernt ans Ufer schwappte.

Sie saßen Seite an Seite, so nah, dass sich ihre Hüften und Schenkel warm aneinanderpressten.

«Ich liebe diesen Ort.» Peters Worte kamen abrupt, und sein Blick war auf das Wasser gerichtet, nicht auf sie. «Mom und ich sind hier immer spazieren gegangen. Es gibt einen Weg, der um den See herumführt.»

Sie bemühte sich, ihre Stimme sanft klingen zu lassen. «Vielleicht können wir das auch noch mal machen, bevor wir abreisen.»

«Ja.» Seine Finger spielten mit ihren Haarspitzen, aber er sah sie immer noch nicht an. «Wir sind immer hergekommen, wenn ich traurig war. Sie wusste, dass ich das Wasser» – er deutete mit der Hand in die Richtung – «tröstlich fand, schätze ich. Wir gingen spazieren, bis ich müde war, und egal ob ich ihr erzählt hatte, was los war, oder nicht, sie umarmte mich und ging mit mir auf dem Heimweg ein Eis essen, selbst mitten im Winter. In jedem Fall fühlte ich mich hinterher besser. Ruhiger.»

Gott, sie wusste so wenig über seine Vergangenheit.

Er hatte ihr erzählt, dass seine Mutter gestorben war, als er noch relativ jung war. Zumindest so halb. Er hatte diese Information damals nur widerwillig geteilt, und sie hatte ihn nicht gedrängt, mehr zu erzählen.

Gestern hatte sein Vater ihn im Grunde dazu gezwungen, ihr von seiner geplatzten Verlobung zu erzählen, und Peters Enthüllungen hatten eine Menge erklärt. Bis dahin hatte sie seine offensichtliche Feindseligkeit ihr gegenüber nach ihrem One-Night-Stand nie ganz verstanden. Ja, sie hätte wahrscheinlich eine Nachricht hinterlassen sollen, aber warum war er so wütend, wenn er sie nicht einmal kannte?

Es hatte keinen Sinn ergeben. Jetzt tat es das.

Also wusste sie ein paar Dinge. Ein paar sehr wenige Dinge. Ansonsten war seine Vergangenheit eine große Leere, dunkel und konturenlos, und aus Rücksicht auf seine eher verschlossene Natur hatte sie nicht versucht, Licht hineinzubringen.

Aber der Moment war gekommen. Sie musste es wissen. Sie musste fragen.

Und wenn er nach all den Jahren nicht bereit war, ihr Antworten zu geben, würde ihr das auch etwas Wichtiges sagen. Nämlich, dass er nicht bereit war für eine echte Beziehung und es vielleicht nie sein würde. Dass sie den Schaden begrenzen und aufhören sollte, ihm immer größere Teile ihres Herzens zu schenken. Dass sie wahrscheinlich zu ihrer Familie zurückkehren sollte.

Sie hatten einen Wendepunkt erreicht. Welche Richtung sie nehmen würden – ob sie auseinanderdriften oder sich tiefer in diese Liebe fallen lassen würden –, konnte sie nicht sagen. Aber es war an der Zeit, es herauszufinden.

Sie ließ das Schweigen noch eine Minute lang andauern. Dann brach sie es. «Wie war deine Mutter so?», fragte sie.

• ● •

Falls Maria bemerkt haben sollte, wie Peter sich bei ihrer Frage sofort versteifte, dann zeigte sie es nicht.

«Du und dein Vater seid sehr unterschiedlich», fügte sie hinzu und schmiegte sich dicht an seine Seite.

Nach dem Sonnenuntergang war die Brise am Seeufer kühl geworden. Er sollte sie zurück in ihr Hotel bringen, wo sie sich beide aufwärmen könnten. Sich nackt ausziehen. Vögeln und so die Erinnerungen an seine Eltern und alles andere verdrängen, woran er, so gut es ging, nicht denken und worüber er nicht sprechen wollte.

«Was du nicht sagst.» Seine Stimme war so trocken, dass der Lake Mendota auf der Stelle hätte verdampfen müssen.

Als sie beim nächsten Windstoß ein wenig zitterte, legte

er seinen Arm um ihre Schultern, zog sie noch näher an sich heran und wappnete sich.

Über seine Mutter zu sprechen, fühlte sich an, als würde er Glasscherben schlucken. Aber er liebte Maria. Er *liebte* sie, und wenn er es ihr jetzt nicht erzählte, wann dann?

«Mama war weich.» Die Worte waren rau, er musste sie Silbe für Silbe aus den Tiefen seines geschundenen Herzens pressen. «Ihre Umarmungen waren die besten der Welt.»

Maria nahm seine Hand in ihre, und ihr Griff war herzzerreißend sanft.

«Ihr Name war Patricia. Patty.» Er hielt seinen Blick auf das Wasser gerichtet. «Sie war freundlich. Kreativ. Fleißig. Noch ruhiger als ich und stur wie die Hölle. Dad sagte immer, sie sei klüger als wir beide zusammen, und er hatte recht.» Was gab es noch zu sagen? «Sie *hasste* Partys und vor anderen reden zu müssen. Und sie liebte uns, aber sie brauchte viel Zeit für sich.»

Gott, er vermasselte es. Aber wie zum Teufel sollte er einer Person, die seine Mutter nie kennengelernt hatte und nie kennenlernen würde, angemessen erklären, was für eine Frau sie gewesen war, wenn seine Erinnerungen immer die eines Kindes bleiben würden? Wenn er zuvor nur selten versucht hatte, in Worte zu fassen, was sie ausgemacht hatte, nicht einmal in seinen eigenen Gedanken?

«Sie war also ein introvertierter Mensch.» Marias Finger, die mit seinen verschränkt waren, wärmten ihn auf eine Weise, die er nicht ganz begreifen konnte. In einem Ausmaß, das gar nicht hätte möglich sein sollen. «Wie du.»

Er nickte, war sich immer noch nicht sicher, was gesagt werden musste und was er vorerst für sich behalten konnte. Was er überhaupt zu sagen vermochte und was ihm im Hals stecken bleiben würde.

«Sie arbeitete als Schreibkraft, sie hat medizinische Texte transkribiert. Sie war gut in ihrem Job, auch wenn er sie langweilte.» An manchen Abenden saß sie am Esstisch und aß wie in Zeitlupe. Erschöpft und mit leerem Blick, ohne etwas über ihren Tag zu sagen. «Als ich geboren wurde, nahm sie sich ein paar Jahre Auszeit, aber sobald ich zur Schule ging, kehrte sie in ihre alte Stelle zurück.»

Auch wenn es etwas in ihr getötet hatte. Ein Kind hatte das sehen können. *Er* hatte es gesehen.

«Rückblickend betrachtet war sie wahrscheinlich depressiv, aber das wurde damals nicht erkannt.» Plötzlich wurde er unruhig, nahm den Arm von Marias Schultern und fuhr sich mit der Hand durch die Haare, packte eine Handvoll davon im Nacken. «Vielleicht war sie einfach insgesamt frustriert von ihrem Leben. Ihren Job fand sie uninteressant. Die meisten ihrer engsten Freunde waren weggezogen und sie hatte den Kontakt zu ihnen verloren. Sie hatte ein Regal voller Reiseführer, aber Dad sah keinen Sinn darin, nach Übersee zu reisen, solange wir noch nicht alle Sehenswürdigkeiten in der Nähe besucht hatten.»

Am Ende waren sie einfach wieder in die Dells gefahren. Immer wieder. Auch wenn seine Mutter die Wasserparks dort fast so sehr hasste, wie vor anderen zu reden.

«Und wenn es ihr schlecht ging, wenn sie weinte und versuchte zu erklären, was los war, hörte mein Vater ihr nie wirklich zu. Stattdessen nahm er sie in den Arm und zählte all die guten Dinge in ihrem Leben auf.» Es fiel ihm jetzt leichter, diese Geschichte zu erzählen. Sie sprudelte aus ihm heraus, in einer Flut, ungefiltert und unkontrolliert und voller entfesselter Hässlichkeit. «Ich schätze, er wollte sie daran erinnern, dass sie glücklich sein sollte, denn er konnte sich nicht vorstellen, wie jemand, der praktisch das gleiche Leben führte wie er, es als erdrückend empfinden konnte.»

Das Transkribieren fällt dir so leicht, hatte er zu ihr gesagt. *Und erst letzte Woche warst du mit Janelle Mittag essen, weißt du noch? Du kannst jederzeit unser Haus umdekorie-*

ren, wenn dir langweilig wird, und wir können nächsten Monat in die Dells fahren, wenn du Urlaub brauchst. Es ist doch alles gut, Patty. Warum bist du so traurig?

«Er hat sie von ganzem Herzen geliebt, Maria. Das meine ich ernst», fügte er hinzu, als sie ihn mit offener Skepsis ansah. «Aber Einfühlungsvermögen erfordert Vorstellungskraft, und er hatte von beidem nicht genug.»

Ihr kleines Nicken musste nicht unbedingt bedeuten, dass sie ihm zustimmte, aber sie widersprach ihm auch nicht.

«Als ich in der dritten Klasse war, wurde mein Vater befördert.» Er zog noch einmal kurz an seinen Haaren, dann ließ er sie los. «Mit seinem neuen Gehalt verdiente er gerade genug, um uns alle drei allein zu ernähren. Also kündigte sie ihren Job und eröffnete mit dem restlichen Geld aus dem Erbe ihrer Eltern ein Geschäft für Inneneinrichtung.»

Marias Lächeln war breit, sie strahlte vor Erleichterung. «Wie schön für sie.»

«Sie war schon immer künstlerisch begabt. Kreativ. Stoffe, Farben und Möbel zu kombinieren, war für diesen Teil von ihr erfüllend.» In seinem Haus in L. A. hingen einige ihrer Entwürfe gerahmt an den Wänden. Bei einem von ihnen – dem, den er am schönsten fand, dem, den er am meisten liebte – erinnerte er sich sogar noch daran, wie er ihr beim Zeichnen am Küchentisch zugesehen hatte. «Sie war eine gute Schreibkraft, aber sie war eine *ausgezeichnete* Innenarchitektin.»

Maria neigte ihren Kopf zur Seite. «Hat sie es geliebt?»

«Im ersten Jahr war sie glücklicher, als ich sie je zuvor gesehen hatte. Sie lächelte. War energiegeladen.»

Damals hatte er gedacht: *Es ist, als hätte jemand ihre Lautstärke aufgedreht.*

Wenn sie abends spät zusammen aßen, hatte sie plötzlich ganz viele Geschichten zu erzählen, und wenn sie sprach, vibrierte ihre Stimme vor Lachen, bebte vor Ärger und strotzte vor Stolz. Ihre Augen leuchteten, ihr Hunger war unbändig. Und wenn er gelegentlich seine eigenen Geschichten aus der Schule zum Besten gab, hatte er das Gefühl, dass sie noch aufmerksamer zuhörte als zuvor.

«Sie war …» Was war das richtige Wort dafür? «Sie war immer *anwesend*, wenn sie zu Hause war, auch wenn sie länger arbeitete als früher.»

«Was hielt dein Vater von ihrem neuen Job?» Ihre Stimme klang bemüht neutral.

«Dad hat nicht verstanden, warum jemand einen festen Job mit einem geregelten Gehalt aufgibt, um ‹mit Gardinen und Tapeten herumzuspielen›, wie er es ausdrückte, aber er hat auch nicht versucht, es ihr auszureden. Zumindest nicht bis …», er schluckte schwer, zwang sich, fortzufahren. «… bis die Wirtschaft in ihrem zweiten Jahr in den Keller ging und sie keine neuen Kunden mehr fand.»

«*Fy fan*», murmelte Maria leise vor sich hin.

«Eine Zeit lang kam sie noch zurecht, aber als sie ein paar Monate hintereinander rote Zahlen schrieb …» Er hob eine Schulter, als ob das Ende des Geschäfts seiner Mutter keine große Sache gewesen wäre. Als ob es nicht auf so schmerzhafte, schreckliche Weise auch das Ende von absolut allem anderen gewesen wäre. «Für Dad gab es nur eine vernünftige Lösung.»

«Und diese Lösung war die Rückkehr in ihren alten Job.»

Das war keine Frage, sondern eine Feststellung. Und sie hatte natürlich recht.

«Er hat sie nicht gezwungen, Maria. Aber er hat diese Art, die Dinge so darzustellen, dass es schwer ist, ihm zu widersprechen, weil alles, was er sagt, absolut Sinn ergibt. Man geht mit der Überzeugung aus diesem Gespräch, dass das, was er tun würde, wenn er an deiner Stelle wäre, das einzig Sichere und Vernünftige ist. Und welcher Idiot würde nicht den sichersten und vernünftigsten Weg wählen?»

Ihre Brauen zuckten und zogen sich in einem gequälten Ausdruck zusammen. «Also hat sie wieder als medizinische Schreibkraft gearbeitet.»

«Ja.» Er rieb sich mit den Händen über das Gesicht und seufzte. «Es war furchtbar.»

Eine Zeit lang wurde seine Mutter zu einem Geist, der durch das Leben schwebte. Traurig. Unstet. Sie rasselte mit emotionalen Ketten, die nur sie hören konnte.

Sie war kalt. Unantastbar. Sogar ihm gegenüber.

«Ihre Depression war nicht mehr zu übersehen.» Das war die gute Nachricht – wenn man so etwas denn als gut bezeichnen konnte. «Sie bekam endlich eine Diagnose, fand einen Therapeuten und begann, Medikamente zu nehmen. Und eines Tages kam sie von der Arbeit nach Hause, packte ihren Koffer und fragte mich, wo ich bleiben wollte. Bei wem von ihnen ich leben wollte.»

«Du hast dich für sie entschieden.» Wieder eine Nicht-Frage.

«Dad hat immer gesagt, wir wären wie zwei Erbsen aus derselben Schote. Er hatte damals keine Ahnung, wie er mit uns umgehen sollte, mit keinem von uns, vor allem, wenn ich mich wie ein mürrischer kleiner Scheißer benahm.» Er schnaubte. «Und Maria, ich benahm mich *oft* wie ein mürrischer kleiner Scheißer.»

Ihr Lachen klang ehrlich belustigt, und auch er musste lächeln.

«Das glaube ich dir, *Skitstövel*», sagte sie und klopfte ihm auf den Arm. «Wie hat es dein Vater aufgenommen, dass du und deine Mutter ihn verlassen habt?»

Und plötzlich hatte er wieder das Gefühl, dass er vielleicht nie wieder lächeln würde. «Als sie ging, hat ihn das gebrochen, Maria. Er versuchte verzweifelt, sie zurückzugewinnen. Er machte ihr Geburtstags- und Jahrestagsgeschenke. Er hängte ihren Weihnachtsstrumpf an den Kaminsims, nur für den Fall, dass sie sich entschließen würde, nach Hause zu kommen. Er rief sie an und flehte sie an, zu reden, flehte sie an, ihm zu sagen, was er tun musste, damit sie wieder nach Hause kam, und sie versuchte ein- oder zweimal, mit ihm zu sprechen. Das tat sie wirklich. Aber was sie sagte, ergab für ihn keinen Sinn, und schließlich fing sie an, nur noch die Mailbox laufen zu lassen, wenn er anrief.»

«Und was war mit dir?» Maria runzelte die Stirn. «Hat es ihn nicht gestört, dass du auch weg warst?»

«Ich denke schon.» Um es gelinde auszudrücken: Es war ihm nie leichtgefallen, die Gedankengänge seines Vaters nachzuvollziehen. «Ich glaube, er sah mich als eine Art ... ähm, eine Art Anhang meiner Mutter. Nicht als etwas Eigenständiges, das er unabhängig von ihr vermissen würde.»

Ihre Stimme wurde rau. Wild vor Wut. «Ich hoffe, ihr wart ohne ihn glücklicher. Beide.»

«Möglicherweise?» Alles war so lange so unruhig gewesen, dass Glück fast nebensächlich erschienen war. «Mom hat nur so viel von Dads Geld angenommen, dass sie mich damit unterstützen konnte. Ich weiß nicht, warum. Ich glaube, sie wollte ihm oder sich selbst etwas beweisen. Also lebten wir in einer beschissenen Wohnung, und sie musste immer noch diese langweiligen Texte transkribieren. Aber sie hatte mehr Energie, und wir verbrachten mehr Zeit miteinander. Sie zeichnete, und ich las. Oder wir gingen spazieren, wie ich vorhin schon erzählt habe.»

Jetzt kam der Rest. Das war der schwierigste Teil von allen, deshalb sprach er sonst nicht darüber. Deshalb hatte er nie darüber gesprochen. Er stützte die Ellbogen auf die angewinkelten Knie, beugte sich vor und sah zu, wie eine winzig kleine Welle nach der anderen ans Ufer brandete.

Die Welt drehte sich weiter, das tat sie immer, und es gab immer noch Schönheit in ihr. Selbst wenn er diese Schönheit nicht sehen konnte. Und es hatte so viele Jahre gegeben, in denen er das nicht gekonnt hatte, außer auf der Bühne und am Set, wo er irgendwo anders sein konnte. Jemand anders. Jemand, der ohne Probleme Liebe geben und empfangen konnte und das Leben zu schätzen wusste.

Eine Zeit lang hatte Anne ihm die Welt wieder geöffnet, aber nachdem sie gegangen war, verschloss sie sich wieder.

Und dann, vor sechs Jahren, hatte er eine Sauna in Los Angeles betreten und eine Frau mit Haaren wie Sonnenschein gesehen, mit Augen wie warmer Erde und all der Stärke und Sanftheit, die er so dringend brauchte.

Als er blind die Hand ausstreckte, ergriff sie sie, ohne zu zögern.

Er holte schwer Luft. «Fast genau zwei Jahre nach der Trennung meiner Eltern ist meine Mutter bei der Arbeit an einem schweren Schlaganfall gestorben.»

Ihre langen Finger streichelten seinen Handrücken. Seine Handfläche. «Es tut mir so leid, Peter», flüsterte sie. «Es tut mir so, so leid, *Sötnos*.»

Er räusperte sich. Zweimal. «Mir auch.»

Peter hatte an dem Abend nach der Theaterprobe, ohne zu wissen, was passiert war, überrascht gesehen, wie sein Vater auf den Schulparkplatz fuhr und parkte, die zitternden Hände am Lenkrad, und das war's. Das war das Ende des Lebens, das er und seine Mutter langsam Stein für Stein aufgebaut hatten.

Zurück in seinem alten Zuhause war alles wie immer, und doch war nichts wie vorher. Er war immer noch ein mürrischer kleiner Scheißer, und sein Dad war immer noch liebevoll, verwirrt und wusste absolut nicht, wie er mit seinem Sohn umgehen sollte.

Nur wusste er eben auch nicht, wie er mit seinem eigenen Kummer umgehen sollte, geschweige denn mit Peters.

«Ich bin zurück zu meinem Vater gegangen.» Mit einem kleinen Tritt ließ er einen nahe gelegenen Kiesel ins Wasser kullern. «Und er zuckte jedes Mal zusammen, wenn er mich ansah.»

Maria murmelte etwas auf Schwedisch. Wahrscheinlich irgendeine Obszönität, die mit Scheiße zu tun hatte. «Du hast ihn an sie erinnert.»

Anfangs hatte Peter noch gehofft, dass das vorbeigehen würde, aber sein Vater hatte es nie wirklich geschafft, seine Frau loszulassen. Er hatte es nie geschafft, weiterzumachen, und sei es nur, um seinen Sohn als eigenständiges Wesen zu sehen. Als eine eigene Person, die ihn brauchte.

Oder wenn schon nicht ihn, dann *jemanden*. Irgendjemanden. Irgendeinen verdammten Menschen, der Peter helfen könnte, mit der Wut und der Qual und der quälenden Einsamkeit fertigzuwerden. Mit dem trostlosen, klaffenden Loch in seinem Leben, in dem es nur seine Mutter gegeben hatte.

Aber sein Vater hatte diesen Menschen nie gefunden. Nicht in sich selbst. Nicht in jemand anderem.

Und Peter wusste nicht, wie man um Hilfe bat, schließlich sprach er ohnehin kaum, hatte keine Freunde, und die einzige Person, die ihm jemals geholfen hatte, war ein Haufen Asche in einer dekorativen Urne auf dem Kaminsims. Wo sie endlich an einem sicheren Ort war, wo Dad sie immer sehen würde und sie ihn nie wieder verlassen konnte.

Abgesehen von dem, was sein Vater als notwendige tägliche Interaktionen ansah, sprachen sie jahrelang kaum miteinander. Dad kümmerte sich um die Mahlzeiten. Er brachte ihn pünktlich zur Bushaltestelle und sorgte dafür, dass vor dem Abendessen alle Hausaufgaben erledigt wurden. Er verlangte, dass er duschte und sich die Zähne putzte.

Und das war's. Das war alles.

«Wenn er mich ansah, sah er sie. Er konnte es nicht ertragen, in meiner Nähe zu sein.» Er verschränkte seine Finger im Nacken und starrte in der zunehmenden Dunkelheit auf einen Punkt zwischen seinen Füßen. «Aber er konnte auch den Gedanken nicht ertragen, dass ich wegziehe.»

Sie atmete lang aus. «Vielleicht wollte er dich nicht auch noch verlieren. Selbst wenn er dich nur in so begrenzter Weise in seinem Leben hatte.»

Ja. Immerhin war Peter für seinen Vater die stärkste Verbindung zu Patty, die auf der Welt, außerhalb dieser emaillierten Urne, noch existierte.

«Er wollte, dass ich ihn in sicherer Entfernung umkreiste, sodass er immer noch regelmäßig nach mir sehen und sicherstellen konnte, dass ich die richtigen Entscheidungen traf», sagte Peter schlicht.

Dieses Gespräch sollte besser nicht mehr lange dauern. Es war verdammt kalt geworden am Wasser, nachdem die letzten Farben des Sonnenuntergangs verblasst waren und ein paar hartgesottene Sterne gegen die örtliche Lichtverschmutzung ankämpften.

Seine Kehle schmerzte vom vielen Reden, und sein verdammter Kopf schmerzte von all den Erinnerungen, von all der Mühe, die richtigen Worte zu finden, damit Maria ihn auf eine Weise verstand, wie sogar er selbst es lange nicht getan hatte. Erst als er seinen Arsch nach der ersten Staffel von *Gods* zur Therapie geschleppt hatte, weil sein Bankkonto sich endlich genug erholt hatte, damit er sich die Hilfe holen konnte, die er schon Jahrzehnte zuvor gebraucht hätte.

Marias Lippen streiften seine Wange, und plötzlich war die Kälte des Abends wieder verschwunden.

«Er wollte mir das Studium nur bezahlen, wenn ich hierblieb.» Zugegeben, die UW-Madison war eine erstklassige Universität, aber Peter hatte rausgewollt aus Madison. Raus aus Wisconsin. Er hatte irgendwohin gehen wollen, wo er dem Jungen, der er gewesen war, und der Familie, die um ihn herum zerbrochen war, entkommen konnte. «Und er hat nicht mal erlaubt, dass ich in einem Wohnheim wohne, bis ich gedroht habe, gar nicht aufs College zu gehen.»

Das war Peters erster echter Sieg gewesen. Seine erste Kostprobe von Unabhängigkeit. Das erste Mal seit Jahren lebte er an einem Ort, der nicht von Geistern heimgesucht wurde.

Es war verdammt *großartig* gewesen.

Maria seufzte. «Als du ihm gesagt hast, dass du nach deinem Abschluss nach L. A. ziehst, hat er dir bestimmt erzählt, dass andere Berufe dir eine sicherere Perspektive bieten und du bei ihm bleiben solltest, während du dich auf einen vernünftigeren Karriereweg vorbereitest.»

Er musste lachen. «Bist du sicher, dass du keine Mitschrift unseres Gesprächs gelesen hast?»

Sein Vater hatte von Anfang an nicht verstanden, warum er den Beruf des Schauspielers ergreifen wollte. Und als er gehört hatte, dass Peter nach Hollywood gehen würde, möglicherweise für immer ...

Tja, da hatte Dad Blickkontakt aufgenommen. Er hatte ihm panisch und verständnislos in die Augen geschaut, während er all die logischen Gründe aufzählte, warum Peter damit sein Leben ruinierte und seine Zukunft opferte.

Dass er weggegangen war, hatte seinen Vater am Boden zerstört. Schlimmer als das, falls es dafür ein Wort geben sollte, denn Peter würde diesen Gesichtsausdruck nie vergessen.

«Es war, als hätte ich ihm in den Magen getreten.» Schließlich löste er seine ineinander verschränkten Finger und ließ die Hände in seinen Schoß sinken, aber erst, nachdem er ihre ergriffen hatte. «Aber ich konnte nicht bleiben, Maria. Ich wollte schauspielern, mehr als alles andere im Leben, und das konnte ich in Madison nicht. Nicht hauptberuflich.»

Und er hatte rausgewollt. Endlich, endgültig raus aus dem Schatten der Trauer seines Vaters und der drückenden Last seiner eigenen Erinnerungen.

«Als ich in den Bus nach Kalifornien stieg, musste ich immer wieder an den Tag denken, an dem Mom Dad verlassen hatte. Ich fragte mich immer wieder, wie es sich angefühlt hatte, von unserem Haus wegzufahren, von ihm, mit nichts als unseren Taschen im Kofferraum, und ich dachte, dass ich in diesem Moment vielleicht dasselbe empfand.» Er schluckte. «Ich stellte meine Tasche neben dem Greyhound-Bus ab, ging die Stufen hinauf und setzte mich auf meinen Platz, und es war, als würde sie neben mir gehen. Neben mir sitzen. So nah hatte ich mich ihr seit Jahren nicht mehr gefühlt.»

Er sank in sich zusammen und legte seine Stirn auf die Rückseiten dieser starken, vertrauten Hände. Dieselben Hände, die im seichten Wasser an der irischen Küste so vorsichtig Seeigel gehalten hatten. Dieselben Hände, die beim Steineschleppen geblutet und auf Conventions mit Nagellack geglänzt hatten. Dieselben Hände, die gestern Abend sein Gesicht umfasst hatten, während sie ihn so liebevoll und wissend ansah, als würde sie ihn in- und auswendig kennen und ihn trotzdem lieben.

Dieselben Hände, in denen jetzt sein ganzes gequältes, stures, liebendes Herz lag.

Es war an der Zeit, diese Geschichte zu beenden, damit er eine neue beginnen konnte. Eine, so hoffte er, mit Happy End, obwohl er sich nie erlaubt hatte, an so etwas zu glauben. Niemals.

«Genau wie Mom habe ich das Unbekannte gesucht. Genau wie Mom musste ich ihm, mir und der Welt etwas beweisen.» Er küsste ihre Fingerknöchel. Jede Fingerspitze. Ihre Handflächen, sobald sie sich unter dem sanften Streicheln seines Daumens wie Blumen öffneten. «Aber im Gegensatz zu Mom hatte ich genug Zeit auf dieser Erde, um die Partnerin zu finden, die ich brauche. Eine, die nicht nur meine Geliebte, sondern auch meine Freundin sein kann. Eine, die mich versteht und …»

Es war zu früh. Trotz all ihrer gemeinsamen Jahre war es noch zu früh, und er würde sich nicht anmaßen, ihr zu sagen, was in ihrem eigenen Herzen vor sich ging. Auch wenn er hoffte, dass er wusste, was sie empfand.

Aber sie zögerte nicht.

Weil sie Maria war, und sie war alles, und darum zögerte sie nicht einmal einen Augenblick.

«Liebt», sagte sie mit fester und sicherer Stimme. «Eine, die dich versteht und liebt.»

Als sie ihm in die Augen sah, konnte er den Blick nicht abwenden.

Sie lächelte, und es war, als wäre die Sonne wieder am Horizont erschienen. «Eine wie ich.»

20

MARIA HATTE NICHT vorgehabt, sich so schnell fest zu binden. Während dieser Pressereise hatte sie Peter Sex und Freundschaft geben wollen, aber nicht ihr Herz. Nicht solange sie nicht sicher war, dass er sie – sie *beide* – in seinem Leben an erste Stelle stellen würde, noch vor die Arbeit, und ihr das bieten konnte, was sie wirklich brauchte, und nicht nur das, was ihm leichtfiel, zu geben.

Wenn er das könnte, würde sie einige der Hollywood-Rollen annehmen, die ihr angeboten worden waren, und mit ihm in L. A. bleiben. Wenn nicht … na ja, darüber hatte sie bisher nicht weiter nachdenken wollen. Aber in Schweden wartete immer noch ein anderes Leben auf sie, mit ihrer Familie und einer befriedigenden Arbeit und Sex, wann immer sie dieses besondere Jucken verspürte.

Aber ohne romantische Liebe. Ohne Peter.

Bis jetzt war sie unsicher gewesen, was sie tun sollte, denn im Laufe der Jahre hatte er ihr zuliebe gelegentlich seinen Ruf im Job ein wenig aufs Spiel gesetzt. Aber wenn er über seine Zukunft sprach, schien die Arbeit immer noch das wichtigste Ordnungsprinzip zu sein. Das zentrale, unverrückbare Hindernis, um das sich alles andere herumbiegen musste, auch die Menschen, die ihm wichtig waren.

Doch je länger Peter heute Abend sprach, desto mehr verblassten ihre verbliebenen Vorbehalte.

Hier waren endlich die Eckteile seines Puzzles. Und jetzt, wo er sie ihr gegeben hatte, konnte sie alles andere ohne große Mühe zusammensetzen.

Natürlich zog es Peter instinktiv an den Rand jeder Gruppe, egal wie dringend er Gesellschaft und Zuneigung brauchte. Schließlich war er selbst im Leben seines eigenen gottverdammten Vaters an den Rand gedrängt worden. Er war es gewohnt, isoliert zu sein. War es gewohnt, nicht dazuzugehören. Er war es gewohnt, missverstanden zu werden, also was nützte es ihm, zu sprechen? Warum sollte er überhaupt versuchen, Freunde zu finden?

Als ob das nicht schon schlimm genug wäre, hatte Daniel dann auch noch den gleichen verdammten Fehler ein zweites Mal begangen; wieder hatte er seine eigenen Bedürfnisse, seinen eigenen Wunsch nach Sicherheit, über das gestellt, was seine Familie wollte. Was seinen Sohn glücklich machen würde, wie es seit dem Todestag seiner Mutter nichts in Peters Leben mehr getan hatte.

Die Möglichkeit, außerhalb des Dunstkreises seines Vaters zu leben. Ein Beruf, der ihn erfüllte.

Kein Wunder, dass Peter nicht bereit gewesen war, die Rolle des Cyprian aufs Spiel zu setzen. Es war nicht nur eine längst überfällige, triumphale Abrechnung mit Anne gewesen, die keine Zukunft mit ihm hatte riskieren wollen. Es war auch der letzte und beste Beweis, den er seinem Vater – und vielleicht auch sich selbst – liefern konnte, dass er keinen Fehler gemacht hatte, als er vor langer Zeit in den Bus nach L. A. gestiegen war. Es war die herausragendste Rolle seiner Karriere, und sie brachte ihm ein regelmäßiges, großzügiges Einkommen und die Art von Ruhm ein, der sich nicht verleugnen ließ. Nicht von seiner Ex-Verlobten. Nicht einmal von einem Mann, der ihn von ganzem Herzen leugnen wollte, und sei es nur, damit sein Sohn endlich wieder nach Hause kam und einen Teil des seit Jahrzehnten klaffenden Lochs füllte, das der Tod seiner Frau in seinem Leben hinterlassen hatte.

Wenn Peters Arbeit alles für ihn gewesen war, dann erklärten ihr seine Enthüllungen heute Abend, warum.

Aber jetzt hatte er echte Freunde unter seinen *Gods*-Kollegen, Menschen, die seine Gesellschaft suchten und fast alles für ihn tun würden. Er hatte den Respekt der Kritiker, eine große Fangemeinde und die finanzielle Sicherheit, die er seine ganze Karriere über angestrebt hatte.

Er hatte Maria. Gott, er hatte sie.

Bald würde er auch ihre Familie haben, denn sie liebten ihn. Dank ihrer Erfahrung in diesen Dingen hatten sie nicht lange gebraucht, um eine weitere verlorene, einsame Seele zu erkennen, die vor der Liebe, die sie geben wollte, beinahe überlief. Eine Seele, die schon viel zu lange ohne jemanden in ihrem Leben war, der diese Liebe annehmen und erwidern konnte.

Sie würden ihn adoptieren. Wenn nicht rechtlich, so doch gefühlsmäßig. Und selbst bei Ersterem war sie sich nicht vollkommen sicher. Immerhin war Filip Anwalt.

Peters Leben hatte sich in den letzten sechs Jahren verändert, und er hatte sich mit ihm verändert. Die Arbeit würde immer wichtig für ihn bleiben, denn er liebte die Schauspielerei, aber sie machte nicht mehr seine ganze Existenz aus. Seine Welt und ihre Möglichkeiten hatten sich seit jenem schrecklichen Gespräch auf einem sonnenverbrannten Parkplatz in L. A. spektakulär erweitert.

Er hatte jetzt Platz für sie.

Sie konnte das neue Zentrum dieser Welt sein.

Und deshalb war sie jetzt hier. Sie saß an einem klaren Frühlingsabend in Wisconsin am Seeufer, ihre Hände in seinen, das leise Plätschern der Wellen beruhigend, sein warmer Körper an ihrer Seite, ein Bollwerk gegen jede Kälte.

Sie kannte jetzt seine Vergangenheit; sie hatte einen Großteil seiner Gegenwart an seiner Seite verbracht; und sie konnte eine fundierte Vermutung darüber anstellen, was seine Zukunft bringen würde. Und mit diesen neuen Erkenntnissen wusste sie auch, was zu tun war. Endlich

Sie liebte ihn. Natürlich liebte sie ihn. Wenn sie geglaubt hatte, sie könnte ihrem engsten Freund und vertrauten Kollegen ihren Körper und all ihre Zeit anbieten, ohne ihm auch ihr Herz zu schenken, war sie genauso ein *Knäppgök* wie er.

Zu ihrer beider Glück vertraute sie ihm jetzt dieses Herz an. Was bedeutete, dass sie nichts mehr zu verbergen hatte und alles mit ihm teilen würde.

Denn auch er liebte sie, ob er es sich nun eingestand oder nicht.

Ihre Zweifel waren verschwunden. Es war Zeit, zu feiern.

«Eine wie mich», wiederholte sie. «Ich liebe dich, Peter. Du bist mein geliebter *Skitstövel.* Soll ich mir ein Haus in Hollywood suchen, oder ist es dir lieber, wenn ich bei dir einziehe?»

Feiern und Logistik schlossen sich nicht aus, oder? Denn in ungefähr fünf Tagen würde ihre Pressereise zu Ende sein, und sie würden nach L. A. fliegen, in die Stadt, in der sie auf absehbare Zeit bleiben wollte. Aber auch die Stadt, in der sie im Moment noch keine Bleibe hatte, denn es hatte keinen Sinn gehabt, sich dort um ein Hotel oder eine Mietwohnung zu kümmern, wenn sie dann möglicherweise doch nach Schweden zurückkehren würde.

Wenn Peter noch nicht bereit war, mit ihr zusammenzuziehen, war das in Ordnung. Aber so oder so brauchte sie ein Zuhause. Eines, das nicht in der Nähe von Stockholm lag.

Der Mann der Stunde hatte noch immer seine Lippen auf ihre Hände gepresst, und er schien eingefroren zu sein, so wie der Lake Mendota es wohl im Winter war. Er blinzelte allerdings ziemlich schnell, also hatte sie ihn mit ihrer Liebeserklärung nicht umgebracht. Sie hielt das für ein gutes Omen.

Nach ein paar Augenblicken schnappte er an ihren Fingern nach Luft und atmete scharf ein, wodurch sie feststellte, dass er tatsächlich eine Zeit lang aufgehört hatte zu atmen.

Fy fan, was für eine Drama-Queen.

Vorsichtig ließ er ihre Hände in seinen Schoß sinken und richtete sich auf, um sie anzustarren. Das allerdings ziemlich ausdruckslos. Außerdem stand sein Mund mehr als nur ein wenig offen. Der Ausdruck *klaffend* ging vielleicht zu weit, aber *leicht geöffnet* beschrieb es nicht annähernd.

«Du ...» Er starrte weiter. «Du willst ... bei mir einziehen? Weil du, äh, mich liebst und nach L. A. ziehen willst?»

Das brachte er im gleichen Tonfall hervor, in dem man zum Beispiel sagen würde: *Du willst mich mit Juwelen überschütten und mir dann ein Gourmet-Menü kochen, bevor du mir tausend Orgasmen verschaffst? Richtig intensive, lange Orgasmen, als hättest du mich zuvor stundenlang immer nur bis an den Rand des Höhepunkts getrieben?*

Nur war sie die Juwelen, das Essen *und* die super-intensiven Orgasmen.

Das war alles sehr schmeichelhaft.

Und wenn sie schon dieses Gespräch führten, konnten sie auch gleich alles offen ansprechen, denn wer wusste schon, wie lange Peter brauchen würde, bis er es ohne Aufforderung sagte?

«Genau.» Sie beugte sich vor und drückte ihm einen schmatzenden Kuss auf den immer noch irgendwie klaffenden Mund. «Liebst du *mich* denn?»

Da war es wieder. Er war wie erstarrt, abgesehen von diesem Blinzeln. Oder war das vielleicht gar kein Blinzeln, sondern ein Augenzucken? Wie auch immer, es war ein Beweis, dass er noch lebte.

Seine Lippen formten das Wort *Ja*, doch es kam kein Ton heraus.

Sie war sich sicher gewesen, dass das seine Antwort sein würde. Wirklich vollkommen sicher. Aber jetzt, da sie sah, wie er es leise aussprach, musste sie zugeben, dass ihr Puls in der Zeit zwischen ihrer Frage und seiner Antwort in die Höhe geschnellt war und ihr Blut so heftig in ihren Schläfen gepocht hatte, dass sie in der dunklen Nacht Funken gesehen hatte.

Sie weigerte sich jedoch zu glauben, dass der tiefe, rasche Atemzug, den sie gerade getan hatte, bedeutete, dass sie die Luft angehalten hatte, bis er die Frage bejaht hatte.

Da sie nun nicht mehr kurz davor war, ohnmächtig zu werden, wartete sie klaglos auf eine weitere, weniger lautlose Mitteilung. Nach einiger Zeit räusperte er sich, straffte die Schultern und begegnete ihrem Blick mit einer Direktheit, die an Trotz grenzte. Denn dieses Eingeständnis musste ihn eine ungeheure Menge an Mut gekostet haben, und das hätte sie bedenken müssen.

Sie konnte sich nicht vorstellen, dass er diesen Satz in letzter Zeit oft ausgesprochen hatte. Hatte er diese Worte seit dem Tod seiner Mutter überhaupt zu jemandem außer Anne gesagt?

«Natürlich tue ich das», sagte er schließlich mit bewundernswerter Gelassenheit. «Sag nicht, du wüsstest nicht, wie sehr ich dich liebe, Maria. Wie sehr ich dich schon seit Jahren liebe.»

Seine Stimme war fest wie Stein, aber seine Hände zitterten an ihren. Und einen Moment lang bereute sie ihre Kühnheit, auch wenn sie dadurch die Worte bekommen hatte, die sie hören wollte. Die Worte, die sie so dringend hatte hören müssen, aber nicht, weil sie noch nicht erkannt hatte, dass er sie liebte. Sie musste wissen, dass er bereit war, sich diese Gefühle auch einzugestehen, ihr und sich selbst gegenüber.

Uneingestandene Gefühle ließen sich zu leicht ausblenden und beiseiteschieben, weil es gerade Wichtigeres gab, und für sie stand viel zu viel auf dem Spiel, als dass sie sich vor schwierigen Fragen drücken konnte.

Für einen Mann, der ihr nicht sagen konnte, dass er sie liebte, würde sie nicht eine halbe Weltreise entfernt von ihrem Heimatland und ihrer Familie leben. Es spielte keine Rolle, wie viele gute Gründe er für seine Verschlossenheit haben mochte. Es spielte keine Rolle, wie *sehr* er sie tatsächlich liebte. Es spielte nicht einmal eine Rolle, wie sehr sie ihn im Gegenzug liebte und wie sehr – wie unbedingt – sie ihn in ihrem Leben haben wollte.

Okay, ein oder zwei Zweifel hatte sie also doch noch gehabt.

Aber jetzt waren sie alle verschwunden. Wirklich.

Er hatte ihr gegeben, was sie brauchte, und im Gegenzug würde sie ihm alles geben, was sie hatte.

Vorsichtig löste sie ihre Hände aus seinem fast schmerzhaften Griff und umfasste sein Gesicht. Sein Bart kratzte an ihren empfindlichen Handflächen, aus seinen Augen sah er sie abwartend, aber hoffnungsvoll an.

Ihre Daumen streichelten langsam über seine Wangen. Zärtlich.

Dann beugte sie sich vor und küsste ihn. Ein sanftes Streichen ihrer Lippen über seine, feucht und warm und liebevoll. Geduldig, denn sie hatte jetzt alle Zeit der Welt für ihn.

«*Jag. Älskar. Dig. Sötnos*», sagte sie und unterstrich jedes Wort mit einem weiteren Kuss.

«Ich weiß nicht, warum», murmelte er an ihren Lippen. «Aber verdammt, ich danke dir dafür.»

Dann legte er seine Arme um sie und zog sie auf seinen Schoß und drückte sie eng an sich, während er ihren Kuss mit ebenso bedächtiger Sorgfalt erwiderte. Er erforschte ihre Mundwinkel, nippte an ihrer Unterlippe und fuhr mit der Zunge in ihren Mund, aber nicht, um ihn zu erobern, sondern um ihrer Zunge zu schmeicheln, sie zu necken, sie in kreisenden Bewegungen zu umfahren, bis ihr schwindelig wurde von der Süße dieser Liebkosungen.

Es fühlte sich an wie ein erster Kuss.

Na ja, nein. Ihr erster Kuss war mit Arne Gustafsson in der Mittelschule gewesen, und er hatte an dem Tag Knoblauchsalami gegessen, und seine Zunge hatte sich gewunden wie ein Aal. Peter dagegen schmeckte nach Minze und Schokolade und roch nach Zedernholz. Außerdem sollte seine kluge, flinke Zunge am besten in Bronze gegossen werden, aber erst, nachdem sie ihr ihr ganzes Leben lang bei Bedarf immer zur Verfügung gestanden hatte.

Es fühlte sich also nicht so an wie ihr erster Kuss.

Aber es war der erste Kuss, der ihr nach langer, langer Zeit wieder eine Zukunft versprach.

Als er vorbei war, stand sie auf, und seine große, warme Hand auf ihrer Hüfte stützte sie dabei. Sofort drehte sie sich um und streckte ihm ihre Hand entgegen, ein stummes Angebot, ihm aufzuhelfen. Er ergriff sie und stützte sich mit einem Teil seines Gewichts auf sie, als er sich erhob. Denn er vertraute ihrer Stärke, vertraute *ihr* genug, um einen Teil seiner Unabhängigkeit aufzugeben und sich von ihr helfen zu lassen.

Weil er nicht mehr allein war und es auch nicht mehr sein würde.

Als sie im Hotelzimmer ankamen, streckten sie die Hände nacheinander aus, kaum dass die Tür hinter ihnen zugefallen war. Sie zogen sich aus und schlüpften unter die Decke, aber nicht, um miteinander zu schlafen. Zumindest nicht sofort.

Er drückte sie an sich und strich mit seinen Handflächen über ihre Wirbelsäule, ihre Seiten, ihre Arme. Berührte alles an ihr, was er erreichen konnte. Jedes Mal, wenn sie ihren Mund an sein Ohr legte und ihm etwas zuflüsterte, das sie an ihm liebte – seine wache Intelligenz, seinen schlagfertigen Verstand, seinen Beschützerinstinkt, seine sture Entschlossenheit, sein unbestreitbares Talent –, hielten seine

Hände kurz inne und glitten dann langsam weiter über ihre nackte Haut, bis sie vor Lust fast zerlaufen war.

«Gott, ich liebe dich», murmelte sie und drückte ihm einen Kuss auf das Ohrläppchen.

Als er sein Gesicht in ihrem Hals vergrub, strich sie ihm mit den Fingern durchs Haar, was ihm immer eine Gänsehaut bescherte. Und als es an ihrem Hals feucht wurde, sagte sie kein Wort.

Manche Gefühle mussten laut ausgesprochen werden.

Andere konnte man für sich behalten.

• • •

Später, als er sich über sie beugte, den Kopf gesenkt, damit er ihn an ihre Wange schmiegen konnte, während er in sie eindrang, sprach er die Worte freiwillig aus, ohne Aufforderung. Seine Stimme war heiser und rau und leidenschaftlich.

«Verdammt, ich liebe dich, Maria.» Mit seinem ersten ruckartigen Stoß drang er noch tiefer ein. So tief, dass ihm für einen Moment der Atem stockte, und ihr genauso. «Zieh bei mir ein. Bitte.»

«Okay», sagte sie und schlang ihre Beine um seine Hüften.

Er hielt mitten im Stoß inne. «Scheiße, wenn ich gewusst hätte, dass es so einfach ist …»

«Mach weiter, *Skitstövel.* Wie man in diesen amerikanischen Krankenhausserien so schön sagt: *Ten ccs of dick, stat.*»

Ihr Klaps auf seinen Po tat ihrer Hand wahrscheinlich mehr weh als seinem Hintern, aber er wirkte. Er begann sich wieder zu bewegen. Er bewegte sich und schnaubte vor Lachen.

«Zehn Milliliter? Ist das nicht eine ziemlich winzige Menge an Schwanz?» Er ließ eine Hand zwischen ihre Körper gleiten und fand ihre Klitoris, sein Grinsen breit und strahlend. «Du willst nur die Spitze?»

«Du kannst meine Dosis gerne erhöhen», sagte sie, und zum allerersten Mal in ihrem Leben hatte sie einen Mann in ihrem Bett, der ihr einen Orgasmus bescherte, nachdem sie beide gelacht hatten, bis sie weinten.

Gute Tränen.

Die besten, die sie je vergossen hatte.

YOUTUBE-KOMMENTARE ZU «NOCH MEHR INTERVIEWS, DIE ENTGLEISEN: MARIA IVARSSON & PETER REEDTON, TEIL 2»

Bea'sKnees vor 2 Jahren
Ich ... ich kapier das nicht. Sie sind nicht zusammen? Wie können sie nicht zusammen sein? Immer wenn sie den Kopf wegdreht, STARRT er sie verliebt an. Vor allem, wenn sie das Glas mit dem Fisch rausholt und damit, warum auch immer, vor seiner Nase herumfuchtelt.
Was eine weitere wichtige Frage aufwirft: Wo zum Teufel kommt dieser Fisch her??? Denn er scheint aus dem Nichts aufzutauchen, und ich kapier das einfach nicht???

Gods of the Gates Forever vor 2 Jahren
Ich sage nicht, dass Peter Reedton von seinem Stuhl aufspringen und Maria Ivarsson zu Boden zerren will, um sie zu vernaschen. Ich sage nur, dass ich mir ziemlich sicher bin, dass genau das eine Millisekunde, nachdem die Kamera abgeschaltet wurde, passiert ist, weil der Kerl ziemlich hungrig auf einen Happen schwedisches Was-auch-immer-in-Schweden-gegessen-wird aussah. Mann.

DinoTheWino vor 1 Jahr
Ich habe mir noch nie so sehr gewünscht, dass mich jemand liebevoll einen Sch*-Stiefel nennt.*** Lebe weiter den Traum, Reedton!

*** Natürlich wusste ich vor diesem Video nicht, dass die Schweden totale Spinner sind, die andere Leute Sch*-Stiefel nennen.

Model Railroad Guy in Reno vor 1 Jahr
Für Videos, die richtige Entgleisungen zeigen, sollte man woandershin gehen. Sehr enttäuschend.
Davon abgesehen, wenn die beiden nicht miteinander poppen, esse ich meine Lionel Lines 1668E K-4 Torpedo Lokomotive. Und ich möchte meine Lionel Lines 1668E K-4 Torpedo Lokomotive wirklich nicht essen. Sie ist sehr wertvoll. Und ungenießbar. Das soll also was heißen.

21

«**ICH KANN IMMER** noch nicht glauben, dass du in einer bewachten Wohnanlage lebst», sagte Maria, während sie sich zum Spiegel im Hauptbadezimmer beugte und ihre Nase mit losem Puder einstäubte. «Das ist so ... ausgrenzend.»

Nun gut, ja. Das war der Sinn und Zweck des Ganzen.

Peter könnte all die praktischen Gründe aufzählen, warum er in eine winzige Pseudo-Stadt mit weniger als tausend Einwohnern inmitten der sanften Hügel des westlichen San Fernando Valley gezogen war, und zwar unmittelbar nach Erhalt seines ersten *Gods of the Gates*-Gehaltsschecks. Den Gehaltsscheck hatte er als Anzahlung für das günstigste Haus in der Anlage verwendet, und er hatte es seitdem keinen Augenblick bereut.

Die drei Tore, die Maria nicht mochte, hinderten die Fotofahrzeuge von Google daran, an seinem Haus vorbeizufahren und Bilder davon im Internet an Fremde zu verbreiten, von denen die meisten harmlos waren – aber nicht alle. Die Wachen an diesen Toren verhinderten außerdem, dass den ganzen Tag über Busse mit starversessenen Touristen an seinem Haus vorbeidonnerten, die die Grundstücke seiner berühmteren Nachbarn suchten.

Außerdem war die Umgebung idyllisch. Geradezu lächerlich idyllisch. Eine Grünanlage und ein Naturschutzgebiet grenzten an seine Seite der Wohnanlage, und die Lage seines Hauses auf einem Hügel garantierte einen spektakulären Blick auf den Sonnenuntergang. Da die Gegend schon in den 1950er-Jahren erschlossen worden war, glichen einige Gärten kleinen Wäldern mit alten Bäumen, die sanft im Wind rauschten, und alle Häuser waren unterschiedlich und wirkten nicht wie uniforme Klone.

Es gab keine Bürgersteige. Keine Straßenlaternen. Es ritten fast genauso viele Menschen auf Pferden umher, wie Auto fuhren. Abgesehen von gelegentlichen Hubschraubern, die verschiedene Musiker, Sportler und Schauspieler – und ihre Gäste – zu ihren nahegelegenen Häusern brachten und wieder abholten, herrschte in dieser Ecke der Welt Ruhe.

Aber er war ehrlich genug, um die Wahrheit zuzugeben, zumindest vor sich selbst. Er hatte diese Wohnanlage nicht aus praktischen Gründen gewählt, und sie hatten ihn auch nicht dazu gebracht, fünf Jahre lang zu sparen, um seine Hypothek bis auf den letzten Cent abzuzahlen.

Diese zwei Quadratmeilen von L. A. waren exklusiv. Dafür waren sie bekannt, und hier lebten bekannte Leute. Leute, die es unbestreitbar *geschafft* hatten.

Jedes Mal, wenn sich eines dieser drei Tore für seinen SUV öffnete und er hineinfuhr, war es, als würde er von einem erbarmungslosen, allmächtigen Wesen beurteilt und für würdig befunden werden. Sein Herz wog weniger als eine Feder, und all die Risiken und Kämpfe hatten sich gelohnt, denn nichts und niemand konnte ihn dorthin zurückbringen, wo er früher gewesen war.

Das sich hebende Tor war eine greifbare Erinnerung: Diese Anlage war seine. Dieses Grundstück gehörte ihm. Dieses *Leben* gehörte ihm.

Und jetzt gehörte auch Maria ihm, endlich, hier in seinem Haus, und sie liebte und verstand ihn, und er war noch nie in seinem Leben so glücklich gewesen, und er bemühte sich sehr, nicht in Panik zu geraten.

Aber das alles brauchte sie nicht zu wissen. Für sie waren die Tore kein Zeichen göttlicher Bestätigung. Sie waren einfach nur ... lange Stücke lackiertes Metall.

Er begegnete ihrem Blick im Spiegel, während er, ohne hinzusehen, sein Hemd zuknöpfte. «Ich mag's abgeschieden, Pippi.»

Entweder war sie zu sehr mit den letzten Vorbereitungen beschäftigt, um mit Fisch im Glas vor seiner Nase herumzuwedeln, oder es gab keine heringsfreundlichen Taschen in diesem verlockenden kleinen Kleid.

Was für eine Schande.

«Lass es mich anders ausdrücken.» Sie richtete sich auf und zupfte an den Falten ihres Kleides, bis sie richtig saßen. «Ich kann nicht glauben, dass du in einer bewachten Wohnanlage lebst, deren Tor die Form eines riesigen Ochsenjochs hat, als ob ihr alle bescheidene Rübenbauern aus dem neunzehnten Jahrhundert wärt. Und das, obwohl einer deiner Nachbarn ein Reality-TV-Star ist, der einen Golfplatz auf seinem Grundstück hat, und du dir auf der Insel jedes Mal fast in die Hose gemacht hast, wenn eine der Kühe gemuht hat.»

Wenn er jetzt einwenden würde, dass der Golfplatz nur zwei Löcher hatte, weil es nicht genug Land für mehr gab, würde Maria ihn auslachen. Und das zu Recht. Auch wenn sein eigenes Grundstück kaum einen halben Hektar groß war und es dort nicht mal ein Putting Green gab.

Zu dem anderen Vorwurf würde er jedoch nur zu gern etwas sagen.

«Diese verdammten Kühe waren unnatürlich groß und laut, und ihre riesigen Augen strotzten nur so vor Boshaftigkeit.» Die käuten wieder und schmiedeten dabei Mordpläne. Das war alles, was sie taten, abgesehen von gelegentlichen Nickerchen. «Sie stellten sich vor, wie Teile meiner zertrampelten Leiche in einem ihrer vier Mägen verdaut wurden.»

Er konnte sich zwar rühmen, eine kleine Scheune auf seinem Grundstück zu haben, aber nur über seine Leiche würde ein Rind einen Fuß – oder einen Huf – in sie setzen.

Und angesichts ihrer angeborenen Bösartigkeit könnte das buchstäblich so passieren.

Während er sich an diesen Schrecken erinnerte, lachte Maria ihn nur aus.

Also gut. Zeit, in die Offensive zu gehen.

«Ich weiß, dass ihr Schweden sie mögt, Süße, aber Rüben?» Er schnippte gegen die Spitze ihrer gepuderten Nase, um sie zu provozieren. «Die schmecken wie Dreck. Sozialismus und Dreck.»

Wie er erwartet hatte, blähten sich ihre Nasenflügel in patriotischer Verärgerung, und sie stieß ihn mit dem Ellbogen in die Rippen. «Rüben schmecken nach gebührenfreien Universitäten und Gesundheitsvorsorge für alle, die durch eine Politik gewährleistet wird, die sich um das Gemeinwohl kümmert.» Sie hielt kurz inne. «Und irgendwie auch nach Dreck. Und nach Blut.»

«Aha!» Er wandte sich vom Spiegel ab und deutete mit dem Finger auf sie. «Ich wusste, du ...»

Aber sie war noch nicht ganz fertig.

«Aber abgesehen davon schmecken sie auch nach der zunehmenden wirtschaftlichen Ungleichheit, trotz unserer weitgehend linksorientierten Regierung.» Sie zog die Brauen zusammen. «Was, offen gesagt, beunruhigend ist. Wenn überhaupt, dann sind diese Rüben nicht sozialistisch genug.»

Scheiße, sie war hinreißend.

«Wow.» Er musste sie anlächeln. «Das sind verdammt komplexe Rüben, Süße.»

Sie schnaubte. «Egal, die Tore sind seltsam, aber dein Haus ist toll.»

Sein Lächeln wurde breiter, als er sich in dieser Äußerung sonnte, die so typisch für Maria war.

Sie waren erst am Abend zuvor am LAX angekommen, erschöpft von ihrer Zeit in Madison, und so hatte er mit der großen Führung bis zum Morgen gewartet. Mit etwas zu starkem Herzklopfen hatte er sie durch das einstöckige Ranchhaus mit drei Schlafzimmern und zwei Bädern geführt, ein Gebäude aus den 1950er-Jahren, das im Laufe der Zeit unter der Aufsicht der allmächtigen Verwaltung renoviert und modernisiert worden war.

Im Gegensatz zu einigen anderen Immobilien in der Gegend war das Haus weder innen noch außen besonders auffällig. Von der Straße aus war nur das Haus selbst zu sehen, mit seiner neutralen grau-grünen Holzverkleidung und den weißen Zierleisten, eingerahmt von ein paar Büschen und Blumen. Innen war alles modernisiert worden, aber in vernünftigem Maße. Er hatte Hartholzböden, ein Hauptschlafzimmer von anständiger Größe, ein kleines Büro und zwei Gästezimmer, ein großzügiges Wohnzimmer, das zu der Küche mit Marmorarbeitsflächen und hochwertigen Geräten hin offen war, und Bäder, die zwar nicht riesig, aber makellos und modern waren, mit noch mehr Marmor und glatten weißen Kacheln.

Als Maria das Bad betrat und die eingelassene Badewanne und die gläserne Dusche entdeckte, schenkte sie ihm ein freches Grinsen. «Ich glaube, wir werden uns hier sehr wohlfühlen, Peter.»

Er wertete den Rundgang bereits als Erfolg, noch bevor sie die wahre Pracht seines Anwesens gesehen hatte: den Garten. Er war von demselben weißen Drei-Latten-Zaun eingefasst, den auch alle seine Nachbarn besaßen, und lag auf einer Anhöhe mit weitem Blick auf das hügelige Land, das die Siedlung umgab; es gab eine große überdachte Terrasse und einen kleinen, hübschen Pool. Das hier war sein Lieblingsplatz zum Entspannen.

Wenn das Wetter schön war, konnte er die Glastür, die vom Essbereich zur Terrasse führte, öffnen und den Blick nach draußen schweifen lassen, während er im Haus beschäftigt war. Und jetzt, da er nicht mehr die meiste Zeit des Jahres in Übersee drehte, hatte er vielleicht endlich Zeit, die Zimmer zu dekorieren, damit sie genauso schön wurden wie die Aussicht draußen.

Die Skizzen seiner Mutter würden ihm als Inspiration dienen.

Kurz bevor sie ihr Geschäft aufgeben musste, hatte sich eine Kundin – ihre letzte Kundin, wie sie bald feststellen sollten – ein ruhiges Schlafzimmer in den Blau- und Grüntönen eines stillen tropischen Ozeans gewünscht. Am Küchentisch hatte Peter beobachtet, wie die flinken Finger seiner Mutter über ihren Skizzenblock flogen, erst mit Bleistift, dann mit Füller und Aquarellfarben. Ihre Fingernägel waren vielleicht abgebrochen, und zwischen ihre dichten, dunklen Brauen hatten sich tiefe Falten gegraben, aber ihr Mund war zu einem stillen Lächeln verzogen, während sie arbeitete.

Sie schuf Schönheit aus dem Nichts und schenkte sie anderen. Unfähig, sie für sich selbst zu behalten.

«Da ist es, Liebling», hatte sie gesagt, als sie die Skizze zum Trocknen auf die Laminatarbeitsplatte legte. «Was denkst du? Wird es ihr gefallen?»

«Wenn nicht, ist sie bescheuert», hatte er gesagt.

Anstatt zu sagen: *Es ist wunderschön, Mom. Du bist so begabt, begabter, als dir selbst bewusst ist, und ich finde nicht die richtigen Worte, um dir zu sagen, wie lieb ich dich habe. Danke, dass du mich auch liebst, immer, und dass du mir das sagst, auch wenn ich nicht antworte.*

Aber er war so jung gewesen und ein mürrisches kleines Arschloch, und sie hatten alle Zeit der Welt gehabt. Sie hatte alle Zeit der Welt gehabt, um weiter zu malen, weiter Schönheit zu erschaffen, und er hatte alle Zeit der Welt gehabt, um ihr zu sagen, dass ihre Umarmungen ihn, zumindest für einen Moment, glauben ließen, dass ihn jemand lieben könnte und alles wieder gut werden würde. Vielleicht nicht sofort, aber eines Tages. Solange er sie hatte.

Die Kundin liebte ihr friedliches neues Schlafzimmer.

Seine Mutter schloss ihr Geschäft und wurde zu einem Geist.

Aber was sie der Welt gegeben hatte, existierte noch immer. In ihm und in der letzten Skizze seiner Mutter, die er hatte rahmen lassen. Der kunstvoll gezeichnete, hübsch gemalte Todeskampf ihres Traums hing jetzt über seinem Kamin und wartete darauf, dass er ihn wieder zum Leben erweckte.

Und Maria würde ihm dabei helfen.

Seine Mutter hätte sie vergöttert. Wer würde das nicht?

«Ich freue mich, dass dir mein Haus gefällt.» Eine gewaltige Untertreibung, aber Maria würde es richtig interpretieren. «Schließlich ist es jetzt auch deines.»

Dafür drückte sie ihm einen Kuss auf die Wange und wischte dann den Lippenstift von seiner Haut.

«Übrigens, Peter», murmelte sie, während sie den rosafarbenen Lippenstift erneut auftrug, und ihre Lippen bewegten sich kaum, «war das wirklich eine Scheune da in deinem Garten? Denn wenn ja, bin ich überrascht, wenn man bedenkt, dass du offenbar eine tief sitzende Angst vor mörderischem Viehzeug hast.»

Eines Tages, wenn ein kriminelles Rinderhirn Peters grausamen Tod herbeiführen würde, würde sie bereuen, dass sie seine Bedenken einfach abgetan hatte. Er mochte aus Wisconsin stammen, dem Heimatstaat der kuhbegeisterten Milchproduktliebhaber, aber er war kein Trottel.

«Die Scheune stand bereits auf dem Grundstück, und ich muss eine haben. So steht es in der Hausverordnung. Unsere Verwaltung ist ... etwas streng.» Er trommelte mit den Fingern auf die Arbeitsplatte aus Marmor und beschloss, die positiven Seiten herauszustellen. «Aber wir haben Zugang zu einem Gemeinschaftsklubhaus, Tennisplätzen und einem Basketballplatz. Und im Sommer gibt es wöchentliche Grillfeste.»

Sie beäugte ihn mit amüsierter Skepsis, ließ den Lippenstift sinken und hob eine Augenbraue. «Bist du jemals zu einem dieser Grillfeste gegangen? Selbst wenn du in der Stadt warst und an Veranstaltungen in der Nachbarschaft hättest teilnehmen können?»

Geselligkeit in Menschengruppen? Unter Fremden? Ohne Maria, die für ihn voranging?

Urgh.

«Nein», sagte Peter bestimmt.

Ihre Lippen zuckten. «Andere Frage: Hast du irgendwelche echten Tiere in deiner Scheune?»

Peter Reedton, Gentleman-Farmer. Er versuchte, es sich vorzustellen. Stellte sich vor, wie er neben dem Arsch einer Kuh hockte, ihre tödlichen Hufe nur wenige Zentimeter von seinem verletzlichen Schädel entfernt, und an ihren empfindlichen Stellen zerrte, um an unpasteurisierte, körperwarme Milch zu kommen.

Er schauderte. «Natürlich nicht.»

«Und was hast du stattdessen da drin, wenn es kein Vieh gibt?»

«Meine Würde.»

Da lachte Maria, ihr hemmungsloses, unnachahmliches Gackern, das die Sonne noch heller scheinen ließ. Was in Südkalifornien gar nicht so leicht war.

«Ich kann es kaum erwarten, deinen Pool zu benutzen.» Als sie den Kopf neigte, kitzelte eine Haarsträhne ihre Schulter. «Können deine Nachbarn in diesen Teil deines Gartens sehen?»

Oh, er wusste, worauf sie hinauswollte, und er war damit einverstanden. Voll und ganz.

«Nein», sagte er und dachte über die verschiedenen wunderbaren Möglichkeiten nach.

«Ich schätze, dann ist es wohl okay, dass ich meinen Bikini nicht eingepackt habe.»

Er hätte viel dafür gegeben, diesen roten Bikini wiederzusehen, aber nach sechs Jahren hatte sie ihn wahrscheinlich gar nicht mehr. Und in dem Fall ...

«Nackt ist gut.» Nachdem er einen Moment nachgedacht hatte, korrigierte er sich selbst. «Nein, nackt ist *großartig*. Besser als großartig. *Optimal.*»

Sie kicherte.

«Ich hätte gerne einen Pool im Garten gehabt, als ich ein Kind war. Zumindest für die zwei Wochen im Sommer, in denen es warm genug war, um ihn zu benutzen», fügte sie mit einem Augenzwinkern hinzu. «Wenn deine Nachbarn nicht alle einen eigenen Pool hätten, würde sicher jedes Kind in der Gegend über den Zaun klettern und sich in deinen schleichen.»

Kinder. Ja.

Es war zwar nicht der beste Moment, um ein so heikles Thema anzusprechen, aber vielleicht konnte es nicht schaden, ihr dazu ein wenig auf den Zahn zu fühlen?

«Viele Leute hier haben Kinder. Falls dich das interessiert.» Er gab sich Mühe, in neutralem Tonfall zu sprechen. «Wir haben eine Grundschule in der Siedlung, einen Spielplatz in der Nähe des Clubhauses, und es gibt viele kleine Kinder in Designerklamotten, die am Ende ihrer Einfahrten Limonade verkaufen. Echte Limonade. Aus einer echten gelben Zitrone von einem Baum gepresst.»

Ihr Mund öffnete sich, dann schloss er sich wieder, und ihre Augenbrauen zogen sich zusammen.

Scheiße.

Da er die Stille nicht ertragen konnte, sprach er weiter. «Obwohl die meisten wahrscheinlich elektrische Entsafter benutzen, wenn ich so darüber nachdenke. Und hippe sogenannte natürliche Süßungsmittel statt dem guten, alten

Zucker, und dazu Wasser aus artesischen Quellen. Die von geisterhaften Nonnen in den alten, verlassenen Klöstern, in denen die Quellen liegen, feierlich gesegnet wurden.»

Ah, nervöses Geschwafel, die Zuflucht derer, die für ernsthafte Gespräche schlecht gerüstet sind.

Das kam dabei raus, wenn er redete. Schweigen war so viel einfacher.

Sie starrte ihn noch ein oder zwei Atemzüge lang an. Dann sprach sie endlich, wobei sie jedes Wort mit einer für sie untypischen Vorsicht formte.

«Ich dachte ... oder vielleicht besser, ich hatte gehofft ...?» Sie zögerte. «Gehofft trifft es wohl eher. Jedenfalls hatte ich irgendwie gehofft, du wärst, äh ... über den Punkt hinaus, dass du Kinder haben willst?»

«Oh, Gott sei Dank.» Er atmete hastig aus und sackte vor Erleichterung in sich zusammen. «Ich will auch keine Kinder. Ich habe absolut keine Lust, diese Verantwortung zu tragen, vor allem, wenn man bedenkt, wie hektisch und unberechenbar unsere Arbeitspläne sein können.»

So viele Fernsehserien und Filme wurden heutzutage außerhalb Hollywoods gedreht. Einem Kind von zwei berufstätigen Schauspielern ein stabiles Zuhause zu schaffen, wäre im besten Fall eine große Herausforderung, im schlimmsten Fall unmöglich. Als ehemaliges unglückliches Kind wollte er nicht riskieren, dieses Schicksal an seine Nachkommen weiterzugeben. Nein, danke.

Für Maria hätte er vielleicht ein Einlenken in Erwägung gezogen, aber er wäre davon nicht gerade begeistert gewesen. Verdammt, was für ein Glück.

«Ausgezeichnet. Ich bin froh, dass das geklärt ist. Keine Kinder.» Sie strahlte ihn an und wandte sich wieder dem Spiegel über dem Waschtisch zu. «In dem Fall haben wir in diesem Haus jede Menge Platz und müssen nicht umziehen. Es sei denn, deine extrem strenge Verwaltung ...»

«*Ein wenig* streng.»

«... will uns zwingen, zu echten Rübenbauern zu werden.» Mit der Seite ihres Fingernagels entfernte sie irgendeinen Krümel von ihrer Wange. Wahrscheinlich Wimperntusche. «Dagegen würde ich mich wehren.»

«Ich habe die Verwaltung *ein wenig* streng genannt», betonte er noch einmal, «und wenn du ihnen gegenüber jemals behauptest, dass ich etwas anderes gesagt habe, werde ich dich mitten in eine gefährliche Kuhherde schubsen und weggehen, egal wie sehr du mich anflehst, dich zu retten. Aber ich werde dafür sorgen, dass du ein schönes Begräbnis bekommst. Vorausgesetzt, die Vorstandsmitglieder bringen mich nicht vorher um.»

«Wie es Vorstandsmitglieder von Wohnanlagenverwaltungen, die nur *ein wenig streng* sind, zu tun pflegen.» Sie reichte ihm ihren Lippenstift, den letzten Gegenstand, den er am heutigen Abend für sie tragen sollte. «Ich bin bereit, *Skitstövel*. Hör auf, dich aufzubrezeln.»

Er streifte sich sein Jackett über, steckte den Lippenstift in eine versteckte Innentasche und fuhr sich ein letztes Mal mit der Bürste über den Bart. Dann warf er einen langen Blick auf die Frau in der Badezimmertür.

Er schüttelte den Kopf und verschränkte die Arme vor der Brust.

All seine Bemühungen, sich schick zu machen, waren sinnlos. Es spielte keine Rolle, dass sein Bart weich war und im Sonnenlicht, das durch das Badezimmerfenster hereinfiel, schimmerte. Es spielte keine Rolle, dass er seinen elegantesten Anzug, anthrazitfarben und perfekt sitzend, aus dem begehbaren Kleiderschrank geholt hatte, den sie sich jetzt teilten. Es spielte ganz sicher keine Rolle, dass er seine Schuhe auf Hochglanz poliert hatte.

Er könnte ein verdammtes Clownskostüm tragen, und auch das würde keine Rolle spielen. Kein Fotograf würde sich auf Alex' Wohltätigkeitsauktion die Mühe machen, Fotos von ihm zu schießen. Nicht, wenn sie in seiner Nähe war.

Das tiefe Blau ihres Kleides ließ ihre Haut leuchten, und dieses Teil war fast so schön wie sie selbst, mit üppig bestickten Ärmeln, einem eckigen Halsausschnitt, der tief hinabreichte, und einem Saum, der hoch auf diesen herrlichen Schenkeln tanzte. Die Riemen ihrer flachen Sandalen legten sich liebevoll und besitzergreifend um ihre Knöchel und Waden. Sie hatte scheinbar nur zwei Handgriffe gebraucht, um ihr Haar zu einem lockeren Knoten zu stecken, der gerade unordentlich genug war, um modern zu wirken, und ein paar lose Locken umrahmten ihr wunderschönes Gesicht.

Er hätte ihr am liebsten den Lippenstift von den Lippen geküsst. Ihr das Kleid vom Leib gerissen. Die Sandalen konnte sie anbehalten.

«*Fy fan*, Peter.» Sie ließ ihren ebenso bewundernden Blick von oben bis unten über ihn gleiten. «Vergiss das Buffet. Ich könnte stattdessen dich zum Abendessen verspeisen.»

Für den Fall, dass er die heisere Einladung in dieser Bemerkung nicht registriert hatte, wanderten ihre Augen zu seinem Schwanz, der sich unter seiner Anzughose hoffnungsvoll versteifte. Allerdings war er dazu verdammt, enttäuscht zu werden, denn sie mussten jetzt los.

«Bewahr dir das für in vier Stunden auf, Süße», sagte er.

Er nahm ihre Hand und führte sie durch das Haus und zur Tür. Doch kurz bevor sie nach draußen traten, hielt sie inne und brachte auch ihn dazu, stehen zu bleiben.

Ihre Augen funkelten vor Schadenfreude. «Nur für den Fall, dass du dachtest, ich hätte den Pippi-Fehltritt von vorhin vergessen ...»

Und da war es auch schon, wenn auch mit Verspätung. Ein Glas mit eingelegtem Hering, das so nah vor seinem Gesicht geschüttelt wurde, dass er es nicht ansehen konnte, ohne zu schielen.

Das sollte wissenschaftlich nicht möglich sein. War Fische aus dem Nichts entstehen zu lassen eine besondere Fähigkeit, die alle Schweden besaßen, die aber vor Außenstehenden geheim gehalten wurde?

«Jetzt können wir gehen», verkündete sie und schob sich vor ihm aus der Tür.

Er beobachtete das Wackeln ihres Hinterns und ließ sich dadurch von seinen Grübeleien über physikalische Gesetze ablenken.

Eine Minute später, als er ihr in den SUV half, schnaubte sie plötzlich. «Oh Mann, mir ist gerade etwas klar geworden.»

Er grunzte nur als Antwort, denn als sie sich hinsetzte, war dieses Kleid – *dieses Kleid.*

Heilige Scheiße.

Der kurze, weite Saum würde so leicht über seinen Kopf passen, wenn er in einem verlassenen Hotelflur zu ihren Füßen kniete, ihre Schenkel spreizte und sie leckte, bis sie keuchte und bebte und auf seiner Zunge kam.

«Du lebst in einer bewachten Wohnanlage, Peter, in der du die Tore nach Belieben öffnen kannst.» Sie wartete offensichtlich darauf, dass er seine Aufmerksamkeit von ihren Beinen löste, und schwieg eine sehr lange Zeit, bis er ihr wieder in die Augen sah. «Weißt du, wozu dich das macht?»

Er hatte keinen blassen Schimmer. «Wohlhabend?»

«Zum Gott der Tore – *God of the Gates*», sagte sie und kreischte dann vor Lachen, bis auch er nicht anders konnte als mitzulachen. «Oh, *fy fan*, das ist *perfekt.*»

Du bist es auch, dachte er und wünschte sich zum millionsten Mal, er könnte diesen Faden der Angst, der sich in all seine Freude gewoben hatte, vertreiben. *Der Himmel möge mir beistehen, du bist es auch.*

22

SOBALD MARIA UND Peter den roten Teppich hinter sich gelassen und das vornehme Hotel in Beverly Hills betreten hatten, in dem Alex' Wohltätigkeitsauktion stattfand, blieb sie stehen, legte sich die Hand auf die Brust und atmete tief durch.

«*Skit*, Peter.» Sie schloss für einen Moment die Augen und versuchte, sich zu beruhigen. «Mein Herz rast immer noch. Das war doch Lauren bei Alex, oder? Seine Aufpasserin? Bist du sicher, dass es ihr gut geht?»

«Ja, das war Lauren. Im Cast-Chat hat er geschrieben, dass er sie heute Abend mitbringt.» Seine eine Hand ruhte schützend auf ihrem Rücken, mit der anderen kratzte er sich unruhig und gereizt den Bart. «Ich bin mir nicht sicher, aber ich habe gesehen, wie sie danach mit einer der Event-Organisatorinnen wegging, und sie schien keine Probleme zu haben, sich zu bewegen. Und wenn sie ernsthaft verletzt wäre, wäre Alex, wie wir beide wissen, bereits vollkommen ausgeflippt.»

«Statt nur teilweise.» Ihr schwacher Versuch eines Lächelns erstarb sofort wieder.

Alex' Hilferuf für Lauren hätte man bei Stina und Olle auf der anderen Seite des Atlantiks hören können, und das war kein Wunder. Dieser kränklich-blasse Eindringling mit dem fettigen dunklen Haar war wie aus dem Nichts aufgetaucht. Er hatte irgendwas von roten Pillen gebrabbelt, während er sich einen Weg durch die Menge gebahnt hatte, und war dann auf den roten Teppich gesprungen, offenbar um Alex anzugreifen. Stattdessen schlug er Lauren nieder, als diese schneller reagierte als ihr Schützling und den Mann daran hinderte, sein Ziel zu erreichen.

Maria und Peter hatten von ihrem Platz auf dem roten Teppich aus entsetzt zugesehen, zu weit entfernt, um eingreifen zu können. Sie waren nicht in der Lage gewesen, ihren Freund oder seine Aufpasserin zu schützen.

Als Maria hektisch einatmete, zog Peter sie in seine Arme und legte eine große warme Hand in ihren Nacken, mit der anderen streichelte er über ihren Rücken. Nach einer Minute dröhnte ihr Puls nicht mehr in ihren Ohren. Aber als sie versuchte, sich aus seiner Umarmung zu lösen, ließ er sie nicht los.

Um ehrlich zu sein, hatte sie auch nicht besonders ernsthaft versucht, sich zu befreien.

«Du hast mein Handy.» Denn die verdammten Designer schafften es immer noch nicht, genug Taschen in Frauenkleidern unterzubringen, und sie hasste es, den ganzen Abend eine Clutch mit sich herumzuschleppen. «Kannst du ihm schreiben und fragen, ob Lauren verletzt wurde?»

«Natürlich.» Es war ein leises Grollen, und doch ließ er sie immer noch nicht los und griff auch nicht nach seinem Handy. «Scheiße, Maria. Gott sei Dank geht es dir gut. Ich habe gesehen, wie dieses Arschloch auf den roten Teppich gestürmt ist, und ich hatte keine Ahnung, was passieren würde. Wenn er eine Waffe gehabt und dich als Nächstes angegriffen hätte ...»

Seine Stimme brach, und seine Worte erstarben. Er legte seine Arme etwas zu fest um sie, und jetzt war sie diejenige, die seinen Rücken streichelte – was sie gerne tat. Sie war dankbar, dass ihm nichts passiert war.

Als eine weitere Gruppe von Auktionsteilnehmern eintraf, drückte er ihr einen letzten sanften Kuss auf die Schläfe und zog sich zurück, wobei er merklich ruhiger wirkte.

«Ich schreibe ihm eine Nachricht, und dann holen wir dir ein paar kostenlose alkoholische Drinks und geben tonnenweise Geld für Dinge aus, die wir normalerweise nie kaufen würden. Mir persönlich macht es Spaß, auf signierte Porträtfotos von Alex zu bieten, ihm mit einem Edding ganz schreckliche Dinge ins Gesicht zu malen und ihm dann Bilder von der Schändung zu schicken, damit er sich beschwert, dass ich ein Monster bin, das ihn tief in seiner Seele verwundet hat. Das hat er übrigens genau so gesagt.»

Sein Mundwinkel verzog sich zu einem subtilen Lächeln, ein weiteres Zeichen, dass er sich endlich entspannte.

«Hmmm. Böse *und* wohltätig. Das gefällt mir.» Sie tippte nachdenklich gegen ihr Kinn. «Aber sind die Drinks wirklich umsonst, wenn die Eintrittskarten für die Veranstaltung hundertfünfzig Dollar pro Stück kosten?»

Es war eher eine philosophische Frage als eine Beschwerde. Sie konnte es sich leisten. Das konnten sie beide. Und Alex' Wahl der Wohltätigkeitsorganisation, eine gemeinnützige Organisation aus der Region, die sich gegen häusliche Gewalt einsetzte und den Überlebenden half, sich ein neues Leben aufzubauen, gefiel ihr ausnehmend gut.

«Na schön.» Mit einem übertriebenen Seufzer tippte er seine Nachricht und steckte sein Handy wieder in die Tasche. «Ich nehme es zurück. Es sind keine kostenlosen Drinks, sondern Drinks *ohne zusätzliche Kosten.*»

Er murmelte etwas vor sich hin, und es klang sehr nach *du nordische Erbsenzählerin.* Als sie ihm einen scharfen Blick zuwarf, lächelte er unschuldig und winkelte einladend den Ellbogen an.

Arm in Arm betraten sie den weitläufigen Ballsaal. Es war noch früh am Abend, also hatten sie genügend Zeit, um etwas zu trinken, Hors d'oeuvres zu essen und sich die Sachen für die Stille Auktion anzusehen, die auf langen Tischen im hinteren Teil des Raumes ausgestellt waren, bevor die Live-

Auktion begann. Es waren bereits einige Gäste eingetroffen, die sich in kleinen Gruppen unterhielten, und jeder Kleidungsstil war vertreten, von glitzernden Cocktailkleidern bis hin zu Tube-Tops und zerrissenen Jeans.

Die Leute in Tube-Tops waren wahrscheinlich Musiker. Selbst sie wusste das.

«Niemand hat mir gesagt, dass ich ein T-Shirt anstelle eines Kleides tragen kann», sagte sie, als sie in der Schlange für die Bar standen. «In genau diesem Moment hätte ich jedem, der auf meine Brüste starrt, stumm verkünden können: *Agnetha and Anni-Frid Were Robbed.*»

Er schürzte die Lippen. «Ist das so ein ABBA-Ding?»

«Ja.»

«Will ich es wissen?»

«Wahrscheinlich nicht.»

«Werde ich es trotzdem erfahren?»

«Was glaubst du?» Sie lächelte ihn an, strahlte förmlich vor Fröhlichkeit.

Da er inzwischen am Anfang der Schlange angekommen war, stieß er einen weiteren übertriebenen Seufzer aus und bestellte sich einen Mojito Mocktail, während sie ein Glas Pinot Noir wählte. Und als sie den Raum zu den Tischen der Stillen Auktion durchquerten, hatte sich sein Wissen über ABBA erheblich erweitert.

«Auch wenn sie die Lieder nicht geschrieben haben, waren ihre Stimmen und Auftritte für den Erfolg der Band ausschlaggebend, deshalb verdienen sie mehr Respekt von den Kritikern, als ihnen bisher zuteilwurde», schloss sie. «Und lass mich gar nicht erst davon anfangen, dass ein frisch geschiedener Björn seine sehr traurige Ex-Frau ‹The Winner Takes It All› singen lässt. Auch wenn sie den Song offensichtlich liebte, aber was für eine Arschloch-Nummer.»

Er kratzte sich an seinem bärtigen Kinn. «Du, äh, hast offensichtlich eine sehr starke Meinung zu dieser Sache.»

«Ich habe die *genau richtige* Meinung zu dieser Sache», sagte sie, und er hob kapitulierend die Hände.

Als sie den ersten Tisch erreichten, schnaubte sie, als sie die aktuellen Gebote für einen Aufenthalt von zwei Nächten in einem Fünf-Sterne-Hotel in San Diego und für die Gelegenheit, eine Statistenrolle in einer beliebten Sitcom zu übernehmen, sah. Der Preis für das nächste Versteigerungsstück, eine exklusive Weinprobe in Napa, sorgte dafür, dass sie fast an den Crostini mit Feigen, Honig und Ziegenkäse erstickte, die ihr ein Kellner kurz zuvor angeboten hatte.

Was dumm war, da sie sich beides leisten konnte. Verdammt, sie konnte sich beides zusammen leisten, und das Geld war für einen guten Zweck. Aber irgendwie kam es ihr weniger ... übertrieben vor, wenn sie einfach ihre Kreditkartennummer auf der Spendenseite einer Wohltätigkeitsorganisation eingab und dann genau diesen Betrag spendete, ohne eine Gegenleistung dafür zu erwarten.

Wahrscheinlich war das eine schwedische Eigenart, ähnlich wie ihre instinktive Abneigung gegen bewachte Wohnanlagen. Sei's drum. In beiden Fällen konnte sie entweder einen Kompromiss eingehen oder eine Notlösung finden.

Obwohl sie diese lächerlichen, ausgrenzenden Ochsenjoch-Tore nicht mochte, würde sie sie akzeptieren, wenn sie Peter glücklich machten, und sich gleichzeitig damit amüsieren, indem sie sie – und ihn – gnadenlos verspottete. Und die Wohltätigkeitsorganisation würde ihr Geld sicher gerne annehmen – auch ohne dass irgendwelcher luxuriöse Kram daran gebunden war. Später am Abend würde sie deren Website besuchen.

Fertig. Mit diesen Entscheidungen konnte sie leben.

«Wirst du auf die Napa-Reise bieten?», fragte Peter, nachdem er den letzten Bissen seines Crostini heruntergeschluckt hatte.

«Wenn ich versuchen würde, etwas zu ersteigern, dann

wäre es das. Aber nein.» Am Nebentisch ließ ein großes, gerahmtes und signiertes Foto eines sexy grinsenden Alex die anderen Artikel klein aussehen. Sie hatte das Gefühl, dass sie wusste, wer diesen Gegenstand ersteigern würde. Und dann gnadenlos verunstalten. «Ich gebe der Organisation einfach Geld und überlasse die Auktionsartikel den Leuten, die sich am meisten darüber freuen, sie zu gewinnen.»

Er gab ein kleines Grunzen von sich, während er damit beschäftigt war, das Formular vor Alex' Foto auszufüllen.

Während er sein Bankkonto leerte, um seinen Freund und Co-Star zu trollen, schlenderte sie weiter die lange Tischreihe entlang. Nur um zu hören, wie von der anderen Seite des riesigen Ballsaals von einer sehr vertrauten, sehr willkommenen, sehr lauten Stimme ihr Name gerufen wurde.

«Maria! Komm verdammt noch mal her!», rief die Stimme erneut, bevor Maria reagieren konnte. «Peter, warum zum Teufel brauchst du so lange da an diesem Tisch?»

Sie drehte sich um und sah genau, wen sie erwartet hatte: Carah, neben Peter Marias liebste Kollegin im *Gods*-Cast. Die andere Frau stand an einem runden Tisch – einem von vielen – ganz vorne im Ballsaal und hielt die Hand in die Luft, um ihre Aufmerksamkeit zu gewinnen. Nachdem sie kurz zu Peter hinübergesehen hatte, der abwinkte und sich weiter die Stücke der Stillen Auktion ansah, ging Maria zu Carah.

Eine sehr attraktive Frau im Anzug mit schmaler Krawatte sah auf ihrem Klemmbrett nach, bevor sie Maria in den VIP-Bereich ließ. Ungefähr eine Millisekunde später war sie gezwungen, eine ausgewachsene Frau aufzufangen, denn Carah stürzte sich auf ihren Co-Star.

«Oh verdammt, mein Gott, Maria, ich habe dich so verflucht vermisst», verkündete Carah. «Die letzte verdammte Convention ist Monate her.»

«Ich weiß», schaffte es Maria herauszuwürgen, obwohl ihre Lunge zusammengepresst wurde. *Skit*. Carah hatte einen Griff aus Stahl. «Ich wollte auch mit dir reden. Ich habe ein paar Neuigkeiten zu erzählen.»

Sobald Carah sie wieder atmen ließ, würde Maria ihr erzählen, dass sie zu Peter gezogen war. Was wahrscheinlich eine weitere Runde atemraubender Umarmungen nach sich ziehen würde, da noch niemand in der Besetzung wusste, dass sie zusammen waren.

«Ooooooh.» Irgendwie schaffte Carah es, noch fester zuzudrücken. «Sag's mir, du verschwiegene Bitch.»

Marias erster Versuch, sich von ihrer Freundin zu lösen, schlug fehl. Aber beim zweiten Mal hörte sie weitere Stimmen, die sie kannte und liebte und überall wiedererkennen würde. Also setzte sie bei ihrem nächsten Versuch, Carahs Umarmung zu entkommen, etwas mehr Kraft ein, was ihr zwar einen bösen Blick von Carah einbrachte, aber auch die Möglichkeit gab, sich umzudrehen und stattdessen Nava und Ramón zu umarmen.

Gott, es war schön, sie wiederzusehen. «Ich wusste gar nicht, dass ihr auch kommt!»

«Es ist für eine gute Sache, und wir konnten es uns nicht entgehen lassen, dich und Peter wiederzusehen. An eurem letzten Abend in Irland hatten Ramón und ich das Gefühl, dass ihr beide ...» Nava schaute über Marias Schulter und grinste. «Ah. Da ist er ja. Der Mann, von dem wir sprechen.»

Peters starke Arme umschlangen Maria von hinten, und er legte sein Kinn auf ihre Schulter. «Schön, euch wiederzusehen, Nava. Ramón. Carah. Ich wollte euch allen nächste Woche eine Nachricht schicken, um euch zu uns zum Abendessen einzuladen.»

Carahs blaue Augen leuchteten vor Freude. «Zu *uns*? Peter Fucking Reedton, hast du dir nach all der verfluchten Zeit endlich ein paar Ei...»

«Ja, Carah», unterbrach Peter sie und küsste Maria auf die Wange. «Wir beide sind zusammen, und meine Körperteile sind alle dort, wo sie hingehören. Danke der Nachfrage.»

Den makellosen Zustand seiner Eier konnte sie in der Tat bezeugen, aber sie verzichtete großzügig darauf, das zu erwähnen.

Seine Erklärung löste wie erwartet eine weitere Runde von Umarmungen, mehr Fluchen und einige missbilligende Blicke von den Nachbartischen aus. Dann flackerte das Licht, ein Zeichen dafür, dass der formellere Teil des Abends begann, und alle ließen einander los und umrundeten den Tisch, um ihren Platz zu finden.

Der arme Peter sackte vor Erleichterung in sich zusammen, als er sich auf den Stuhl neben ihrem fallen ließ. Aber ein breites Lächeln zeigte sich in seinem dunklen Bart, und er verschränkte ihre Finger auf der Tischplatte, sodass alle es sehen konnten.

«Nachher wirst du mir *alles*, bis in jedes noch so kleine, verfickte Detail, erzählen», flüsterte Carah in Marias Ohr. «Und das meine ich wörtlich.»

• ● •

Nachdem Alex voller Inbrunst erklärt hatte, warum man seine Wohltätigkeitsorganisation unterstützen sollte, begann die Live-Auktion. Und als er die Anwesenden dazu aufforderte, viel Geld auszugeben und hoch zu bieten, hörten sie auf ihn. Wenn Maria schon fand, dass die Gegenstände in der stillen Auktion atemberaubende Summen aufriefen, war das nichts im Vergleich zu dem, was die Leute offenbar für die Teilnahme an einer Party zum Serienfinale mit den *Gates*-Showrunnern oder für ein verdammtes Auto zahlen würden.

Es reichte wohl zu sagen, dass Alex – wie Carah es ausdrückte – einen Arsch voll Geld für seine Wohltätigkeitsorganisation sammelte.

Danach wollten unzählige Leute mit Alex sprechen, was bedeutete, dass Lauren an ihrem Tisch niemanden kannte. Nachdem alle ihre Tischnachbarn ihre Teller am Buffet aufgefüllt hatten, stellten sie sich ihr vor, versicherten sich, dass sie unverletzt war, und plauderten mit ihr. Sogar Peter, obwohl es ihm normalerweise unangenehm war, sich mit Fremden zu unterhalten.

«Schön, dich kennenzulernen, Lauren.» Er lächelte sie an, und seine dunklen Augen waren warm. «Wir haben von Alex schon so viel von dir gehört.»

«Da bin ich mir sicher», sagte Lauren trocken. «Ich hoffe, dein Datenvolumen ist groß genug.»

Abgesehen davon, dass sie die schönsten grünen Augen hatte, die Maria je gesehen hatte, war Alex' kleine, rundliche Aufpasserin auch klug und sehr witzig, allerdings auf unaufdringliche Art. Und dann, als sie mit dem Essen fast fertig waren, kam der Star des Abends zu ihrem Tisch gelaufen, zog Lauren zum Ausgang des Ballsaals und brachte sie ... irgendwohin.

«Na, das war jetzt interessant», murmelte Nava, und damit hatte sie nicht unrecht.

Ramóns Handy surrte auf dem Tisch. Ein Blick auf das Display genügte, um ihn seufzen zu lassen. Er begegnete Navas fragendem Blick und nickte ihr leicht zu.

Sie stöhnte auf. «Schon wieder?»

«Leider ja.» Der Regisseur lehnte sich zurück, verschränkte die Hände über dem Bauch und erzählte der versammelten Gruppe: «Also das war meine Ex-Frau, zum ungefähr tausendsten Mal in den letzten Wochen. Sobald sie erfahren hat, dass ich mit Nava zusammen bin, brach eine Flut von Nachrichten und Anrufen los. Was ich nicht verstehe, denn wir sind schon fast zehn Jahre geschieden, und die Entscheidung, uns zu trennen, war einvernehmlich.»

«Sie will, was sie verdammt noch mal nicht haben kann.» Carah schüttelte den Kopf.

«Wir warten einfach, bis sie sich beruhigt hat.» Nava tätschelte Ramón beruhigend den Oberschenkel. «Gott sei Dank habe ich dieses Problem nicht. Dottie ist großartig. Sie unterstützt meine Beziehung zu Ramón sehr, vor allem, was Carlie angeht.»

«Ich hätte erwartet, dass meine Ex das auch tut, aber ...» Er hob eine Schulter. «Wie gesagt, ich verstehe es nicht, aber ich habe gehört, dass es ein ziemlich verbreitetes Phänomen ist.»

Armer Ramón. Maria konnte sich gar nicht vorstellen, wie frustrierend das für ihn und auch für Nava sein musste. Angesichts der Umstände ihrer eigenen Trennung von ihrem einzigen bedeutsamen Ex-Lover war sie sich sicher, dass sie diese Erfahrung selbst nie machen würde.

Ramón, der offenbar nicht weiter über seine eigenen Probleme sprechen wollte, drehte sich zu Peter um. «Was ist mit dir? Sind bei dir auch irgendwelche Verflossenen aus der Versenkung aufgetaucht, nachdem du und Maria zusammengekommen seid?»

Maria unterdrückte ein Zusammenzucken und stupste Peters Bein mit ihrem eigenen an.

Ja, Ramón wollte das Thema wechseln, aber das war ungeschickt von ihrem ehemaligen Regisseur. Nach all der Zeit sollte er wissen, dass Peter über persönliche Dinge nicht in der Öffentlichkeit sprach. Oder überhaupt.

Zu ihrer Überraschung schien die Frage Peter nicht aus der Fassung zu bringen.

«Meine einzig relevante Ex ist inzwischen mit einem Thoraxchirurgen verheiratet. Die gute Nachricht ist also, dass sie höchstwahrscheinlich nicht gleich anrufen wird, wenn sie auf einem Foto in der Klatschpresse sieht, wie ich Maria küsse.» Er drehte seinen Kopf, sah Maria in die Augen und ... lächelte. Kein gezwungenes oder falsches Lächeln, sondern ein Ausdruck echter Freude. «Nein, ich nehme es zurück. Das ist nicht die gute Nachricht. Die gute Nachricht – die beste Nachricht – ist, dass ich Maria nicht hätte, wenn sie bei mir geblieben wäre. Also bin ich froh, dass sie mich verlassen hat. Richtig begeistert.»

Ein Chor von *Awwwwws* erschallte auf seine Aussage hin, und das aus gutem Grund. Für einen Mann wie Peter war das eine öffentliche Liebeserklärung.

Sie lächelte ihn an, drückte seine Finger und rieb abwesend über ihre Brust, die irgendwie ... geschmolzen zu sein schien?

Nava drehte sich zu ihr um. «Was ist mit dir, Maria? Irgendwelche hartnäckigen Ex-Männer?»

Nun gut, damit hatte sich das Schmelzen erledigt. Und zwar sofort.

Obwohl sie sich seit sechs Jahren kannten, hatte sie Peter immer noch nicht von Hugo erzählt. Und vielleicht war es eine Geschichte, die man besser unter vier Augen erzählte, aber er musste sie so oder so erfahren, lieber früher als später, und es war Maria nicht mehr peinlich und sie hatte auch kein gebrochenes Herz mehr.

Hugos Verhalten sagte nichts über ihren Wert aus. Oder besser gesagt über ihre Wertlosigkeit.

Wie Carah sagen würde: *Was soll's. Tu es, Bitch.*

Ein großer Schluck Wein, ein tiefer Atemzug, und Maria bereitete sich darauf vor, die Sache so kurz wie nur möglich zu erklären. Hugo hatte ihre Zeit damals schon nicht verdient, und sie würde jetzt keinen Moment zu viel an ihn verschwenden.

«Wie Peter habe ich nur einen Ex, der von Bedeutung war», sagte sie. «Hugo. Er war Banker in Stockholm. Wir waren seit zwei Jahren ein Paar und wollten gerade eine gemeinsame Wohnung kaufen, als seine Firma ihn in ihr Londoner Büro versetzte. Also wurde aus unserer Beziehung eine Fernbeziehung.»

Später fand sie natürlich heraus, dass er nicht ohne Vorwarnung und gegen seinen Willen versetzt worden war, wie er sie hatte glauben lassen. Er hatte darum gebeten. Er hatte darum gebeten, von ihr wegzuziehen, in ein völlig anderes Land.

«Eine Fernbeziehung ist ...» Nava verzog mitfühlend das Gesicht. «Es ist schwer, sie am Laufen zu halten. Das weiß ich aus persönlicher Erfahrung.»

Hmmm. Maria hatte sich immer gefragt, ob die endlosen Monate, in denen Nava weit weg gedreht und die sie getrennt von ihrer Partnerin verbracht hatte, ihre Beziehung zu Dottie zerstört hatten. Sie hatte sich aber auch gefragt, ob ihre eigenen Erfahrungen in diesen Verdacht mit hereinspielten.

Beides könnte wahr sein. Wahrscheinlich war sogar beides wahr.

«Ehrlich gesagt, ich weiß nicht, wie *irgendjemand* das schaffen kann», sagte Maria zu ihr. «Ich konnte es jedenfalls nicht.»

Und Hugo hatte es nie versucht. Er war ihr nicht einmal einen Monat lang treu geblieben. Das wusste sie ganz sicher, aufgrund eines einzigen Beweises.

Zu ihrer Verteidigung: Es war ein sehr guter Beweis.

«Einige Monate nach seinem Umzug hat er der falschen Person die falsche Nachricht geschickt», fuhr sie fort und wünschte sich, ihr Handy wäre nicht in Peters Tasche, denn sie hätte die Reaktion der anderen auf den nächsten Teil gerne festgehalten. «Eine Bitte an die Geburtshilfepraxis von Dr. Millicent Ivey, den Ultraschalltermin seiner schwangeren Frau zu verschieben.»

Peters Hand verkrampfte sich in ihrer, und er zog seine dunklen Augenbrauen so stark zusammen, dass es aussah, als hätte er eine riesige Raupe im Gesicht. Carah stieß das Wort *Hurensohn* aus, und Ramón zuckte so heftig zurück, dass sein Stuhl ein Stück über den Boden rutschte.

Ansonsten herrschte Totenstille und man sah nur heruntergeklappte Kinnladen.

Fy fan. Sie hätte sich wirklich ihr Handy geben lassen sollen. Das war unbezahlbar.

Und zu ihrer Überraschung schmerzte die Geschichte sie nicht mehr. Es ziepte nicht mal ein bisschen. Die ganze Sache war sogar irgendwie ... lustig?

Sie schnaubte amüsiert und machte eine wegwerfende Bewegung mit ihrem Handgelenk. «Ivey, Ivarsson. Das hätte jedem passieren können.»

«Es ist *dir* passiert.» Peter sah nicht belustigt aus. Ganz und gar nicht.

Er starrte sie sogar so intensiv an, dass sie sich fast fragte, ob er sich in Telepathie versuchte. Oder in Telekinese, in der Hoffnung, dass er sie damit aus dem Ballsaal an einen abgeschiedeneren Ort bringen konnte, nur kraft der brodelnden Energie seines finsteren Blicks.

Wenn er das vorhatte, wünschte sie ihm viel Glück. Ihr Hintern war vorerst auf diesem Sitz festgenagelt.

«Es tat weh.» Sie sprach ihn direkt an, denn sie wusste zumindest zum Teil, was sich hinter seinem finsteren Blick verbarg. Sorge. Um sie. «Aber meine Familie hat mir geholfen, die Scherben aufzusammeln. Und ein paar Monate später habe ich aus einer Laune heraus meine Bewerbungsunterlagen nach Hollywood geschickt, weil ich dachte, ich könnte ein neues Umfeld gebrauchen. Ein neues Abenteuer.»

Langsam wurden die harten Linien in seinem Gesicht weicher, denn er sah ihr Lächeln und hörte, was sie nicht laut ausgesprochen hatte: *Dann habe ich dich getroffen. Dann wurdest du mein bester Freund. Dann wurdest du mein Ein und Alles.*

Der stechende Blick in diesen dunklen Augen wurde zärtlich, und er nickte leicht. Ein Lächeln umspielte als Antwort seine Mundwinkel, und es war klein und süß.

Er musste sie nicht mit der Kraft seiner Gedanken aus dem überfüllten Ballsaal levitieren.

Die in der Ferne anschwellende Musik spielte nur für sie beide, denn alle anderen waren bereits verschwunden. Einfach so.

«Ohne ihn gäbe es uns nicht, *Sötnos*. Nur das ist jetzt wichtig für mich.» Sie hob ihre ineinander verschränkten Finger. Küsste seine Fingerknöchel. «Also lass uns den Schokoladenbrunnen auf dem Desserttisch ansteuern, mehr Getränke ohne zusätzliche Kosten bestellen und herausfinden, ob ich den DJ dazu bringen kann, ‹Dancing Queen› zu spielen.»

Seine Augen verengten sich wieder, während er ihr auf die Beine half. «Oh, sie werden es spielen.»

«Oder du wirst ... was? Sie umbringen?» Selbst als stolze Schwedin erschien ihr das ein wenig extrem.

«Ich hatte vor, sie zu bestechen, aber ...» Er hob eine Schulter. «Was auch immer nötig ist. Ich habe schon früher die Abgründe des Bösen erkundet. Habe Mördern in die Augen geschaut. Ich habe ihre grausamen Geheimnisse erfahren, die ich jetzt für meine eigenen Zwecke nutzen kann.»

Sie hielt inne. «Du redest wieder von den irischen Kühen, stimmt's?»

«Ich spreche von *allen* Kühen», korrigierte er sie. «Jetzt hol dir deine geschmolzene Milchschokolade und genieße die Früchte der Ungerechtigkeit.»

Am Ende spielte der DJ tatsächlich «Dancing Queen». Dafür brauchte es nur einen Zwanzig-Dollar-Schein und keinen von Rindern inspirierten Mord. Sie tanzte mit dem verrückten Mann an ihrer Seite, den sie liebte, umgeben von

Freunden, und sie hatte keine Geheimnisse mehr. Keine verborgene Geschichte. Nichts, was sie aus Scham, verletztem Stolz oder anhaltendem Kummer in sich verschlossen hielt.

Sie fühlte sich leicht genug, um mit Peters Lachen in der Luft zu schweben.

Und wenn dies – zusammen mit ihrer Familie – ihr Lohn war für all ihren Schmerz, für all die Male, die sie verlassen worden war, für all die Momente, in denen sie beiseite geschoben worden war und zusehen musste, wie die Menschen, die sie liebte, sich für alles andere entschieden, nur nicht für sie, dann war das genug.

Mehr als genug.

Es war alles, wie Peter.

GODS-OF-THE-GATES-DARSTELLER-GRUPPENCHAT: DIENSTAGABEND

Carah: ICH KANN NICHT GLAUBEN, DASS DU MICH BEI DER NAPA-REISE IN DER STILLEN AUKTION ÜBERBOTEN HAST, ARSCHLOCH

Carah: ich rede übrigens mit Peter

Carah: Ihr anderen seid auch Arschlöcher, aber in diesem Fall ist er das SPEZIFISCHE Arschloch, das gemeint ist

Carah: Ich wollte dort mein nächstes Essensreaktionsvideo drehen

Carah: Ich bin mir sicher, dass die Leute seltsamen Scheiß aus Weintrauben machen, aber jetzt WERDE ICH ES NIE ERFAHREN, DU SACK

Peter: Wer zu spät kommt, den bestraft das Leben.

Carah: Verdammt, ich war NICHT zu spät!!! Ich musste verdammt noch mal pinkeln!!!

Peter: Dann lass es mich anders ausdrücken: Wer zu lange pinkelt, den bestraft das Leben.

Peter: Maria, wollen wir eine Weinprobe in Napa machen? Ich habe nämlich gehört, dass die Leute dort seltsamen Scheiß aus Trauben machen.

Maria: Sind da auch Wellness-Behandlungen dabei?

Peter: Äh ... nein?

Maria: *Könnten* da auch Wellness-Behandlungen dabei sein?

Maria: Ich mag Wein, aber wenn ich schon in einen schicken Kurort fahre, kann ich mich auch gleich noch von einem Mann namens Sven schrubben, peelen und massieren lassen, der mich an meine Heimat erinnert.

Peter: Weil er unterkühlt und gemein ist?

Maria: Haha, Peter.

Carah: Hab ich doch gesagt. DAS TOTALE ARSCHLOCH.

Carah: Wie auch immer, ich glaube, wir haben hier die wichtigste Frage aus den Augen verloren

Carah: Nämlich Peters zügellose Arschlochhaftigkeit mir gegenüber und wie sie bestraft werden sollte

Maria: Peter, wie viele Leute können zu der Weinprobe mitkommen?

Peter: ...

Maria: Wärst du sehr unglücklich, wenn wir Gesellschaft hätten?

Peter: ...

Peter: Das geht schon in Ordnung.

Maria: Carah, betrachte dich als eingeladen. Du kannst dich dabei filmen, wie du bizarre Speisen auf Traubenbasis isst, oder du lässt dich neben mir durchwalken. Du kannst entscheiden.

Carah: ICH BIN EINE MODERNE FRAU, ICH MUSS MICH NICHT ENTSCHEIDEN, ICH KANN ALLES HABEN

Carah: Du bist die Beste, Maria, danke

Carah: Ich danke auch dir, Peter, TROTZ DEINER GENERELLEN ARSCHLOCHIGKEIT

Mackenzie: Ich habe kürzlich den besten Massagesalon für Katzen gefunden, nicht wahr, Whiskers, nicht wahr

Mackenzie: Oh, Whiskers, da stimme ich dir zu. Ich sollte mir auch mal eine Massage gönnen, nicht wahr?

Peter: ...

Maria: Je mehr, desto besser, aber Mac, du musst dann einmal etwas anziehen, das nicht mit Katzenhaaren bedeckt ist. Vor allem, wenn Alex mitkommt, sonst bringst du den armen Mann um, mit seiner Allergie

Peter: Alex kommt auch mit?

Maria: Vielleicht. Wenn wir bis morgen nichts von ihm hören, schreibe ich ihm eine E-Mail und frage nach, ob er und Lauren kommen können.

Asha: Oh, so schade, dass ich auf Mykonos bin! Sonst wäre ich dabei!

Summer: Darf ich mitkommen? Biiiiiitte? Ich muss auch durchgewalkt werden! Ich habe ein Walk-Defizit!

Carah: Das wäre verdammt großartig, Summer

Carah: Wir können uns ein Zimmer teilen!

Summer: 😁

Maria: Es tut mir so leid, dass du nicht kommen kannst, Asha. Und natürlich, Summer. Ich würde mich freuen, dich zu sehen!

Maria: Tack tack für das Gruppenwochenende in Napa, Peter. Das ist wirklich süß von dir.

Peter: …

Peter: Ja. Süß.

Peter: Maria, ich will nur noch sagen, dass Benny und Björn wahre Genies sind

Peter: Sie hätten genauso gut die einzigen Leute bei ABBA sein können. Was für Legenden

Maria: NIMM DAS ZURÜCK, SKITSTÖVEL

Peter: 😁

23

ZWEI MONATE SPÄTER, als Peter und Maria auf der Con of the Gates in San Francisco ankamen, dem ersten großen Event, an dem sie offiziell als Paar teilnahmen, drehten die *Gods*-Fans völlig durch.

Natürlich waren die beiden schon vor der Convention zusammen gesehen worden. Bei Alex' Wohltätigkeitsauktion hatte Peter keinen Hehl daraus gemacht, was er für Maria empfand, und verschiedene Hollywood-Insider hatten es bemerkt. Und auf ihrer Napa-Reise wurde ihre Beziehung dann wirklich öffentlich, als auf dem Weingut irgendein Arschloch ein Video von ihnen beim Knutschen in einer scheinbar nicht einsehbaren Ecke aufnahm und den Clip in den sozialen Medien veröffentlichte. Wie zu erwarten, folgten darauf eine Welle der Online-Aufregung und zahlreiche Interviewanfragen, und seither bekamen sie jedes Mal, wenn sie gemeinsam L. A. erkundeten, ein gewisses Maß an Aufmerksamkeit.

Die Leute wussten also, dass sie ein Paar waren. Aber die *Gods*-Fans hatten das bis zur Con noch nicht aus nächster Nähe live gesehen. Ihre Beziehung war also das Gesprächsthema der Veranstaltung. Für, oh ... vier Stunden vielleicht.

An diesem Freitagnachmittag und frühen Abend, als sie im Hotel eincheckten, ihren Saal fanden und für gemeinsame Fan-Fotos posierten, konnte er nicht zählen, wie viele Besucher ihre Handys zückten, um die Momente festzuhalten, wenn er seinen Arm um ihre Schultern legte, oder wie oft irgendein bärtiger Kerl in einem kunstvoll zerfledderten

Wikingerkostüm ihm *Endlich!* oder *Ich wusste es!* zubrüllte – oder einmal, das würde er nicht vergessen, *Plünder weiter, du Glückspilz von einem Hurensohn!*

Dieser Typ brachte Maria zum Grinsen. Genauso wie all die Fans in T-Shirts mit Aufschriften wie *Viking? No, ViQUEEN* oder *Shield-Maidens do it wearing leather* oder sein persönlicher Favorit: *If your slow burn lasts more than four years, please consult a physician*, begleitet von einer stilisierten Zeichnung von Cassia und Cyprian, die sich leidend ansahen.

«Sollte man dann nicht eher einen Drehbuch-Doktor statt eines Arztes aufsuchen?», flüsterte Maria, kurz bevor die Kamera klickte, und dieses spezielle Fan-Foto fing ein, wie er sich vor Lachen verschluckte.

Sie bekamen viel Aufmerksamkeit. *Sehr viel*, selbst für Con-Verhältnisse.

Dann verlor Alex bei seiner Q&A-Session am ersten Abend seinen gottverdammten Verstand. Danach waren die meisten Fans zu sehr damit beschäftigt, im Urban Dictionary nach der Definition von «Pegging» zu suchen und Alex' Fanfiction-Geschichten zu lesen, die seine sexuellen Fantasien über Lauren sehr offensichtlich machten und seine Klagen über die Showrunner noch offensichtlicher.

Normalerweise würde er sagen *danke und tschüss*, aber Alex war ein enger Freund geworden, und er war ein guter – wenn auch sehr impulsiver – Mann. Also versuchten Peter und Maria, bei der Schadensbegrenzung zu helfen, wo sie nur konnten, bevor Alex ganz von der Convention verschwand, um seiner entlassenen Aufpasserin ... irgendwohin zu folgen. Sein Verschwinden sorgte am Samstagmorgen für erneuten Tumult, als die Fans feststellten, dass er weg war und an keinen weiteren Fragerunden und Panels teilnehmen würde.

Und dann, später an diesem Samstag, beschloss Marcus – Mr Ich-bin-ein-extrem-intelligenter-rücksichtsvoller

Mann-der-nur-so-tut-als-wäre-er-ein-oberflächlicher-Idiot-und-das-aus-einem-Grund-den-ich-selbst-nach-sechs-Jahren-nicht-verraten-möchte – sowohl zu enthüllen, dass er Legasthenie hatte, als auch, dass er sich wie ein verdammter Professor anhörte, wenn er nicht in seiner Rolle war. In seiner Rolle – *als er selbst* – als Marcus Caster-Rupp.

Das war alles sehr verwirrend und aufsehenerregend, und zwar auch schon *bevor* Marcus sich durch die Menge der verwirrten Fans drängte, um die Fragerunde seiner Freundin April zu unterbrechen, die sich kürzlich von ihm getrennt hatte, ihr seine hingebungsvolle Liebe zu erklären, und sie dann vor einem Live-Publikum im Studio lange und mit Zunge zu küssen.

Okay, um fair zu sein, war es kein Studio. Es war ein Conventionsaal.

Der Rest: zu hundert Prozent zutreffend.

Zu diesem Zeitpunkt begannen die *Gods*-Fans, die entschlossen hatten, diese Convention nicht zu besuchen, Videos von sich selbst zu posten, in denen sie verzweifelt weinten. Am Sonntagmorgen wusste Peter bereits, dass das Publikum bei der letzten Veranstaltung der Convention, seinem gemeinsamen Q&A mit Maria, zu einer von zwei Kategorien gehören würde: Entweder würden sie erschöpft von all dem Drama in den Saal schlurfen, oder sie würden höllisch angespannt in den Raum stürmen und mit nervöser Ungeduld darauf warten, dass die letzte Bombe platzte.

Aber er und Maria waren die Normalen, und sie hatten keine welterschütternden Neuigkeiten zu verkünden. Inzwischen wusste jeder, dass sie zusammen waren. Jeder von ihnen hatte ein paar kleinere Rollen angenommen und für andere vorgesprochen, aber sie wollten beide auf das richtige Projekt warten, bevor sie sich auf etwas Größeres einließen. Zumal sie umso mehr Zeit miteinander verbringen konnten, je länger sie warteten, und davon konnten sie nicht genug bekommen.

Nicht genug Zeit miteinander. Nicht genug Sex. Nicht genug Gespräche. Nicht genug Ungestörtheit.

Verdammt, er liebte sie. Der Gedanke an ein Leben ohne sie ...

Na ja, er versuchte, nicht daran zu denken. Niemals. Denn wenn er allein war und diese Gedanken sich in sein Gehirn schlichen, dieses scharfe Flüstern, geboren aus Ängsten, die er nicht abschütteln konnte, geriet er in Panik. Sein Puls dröhnte in seinen Ohren, seine Atmung wurde flach und schnell, seine Haut wurde rot und schweißnass, und er fragte sich, ob er vielleicht einen Herzinfarkt hatte.

Aber es war kein Herzinfarkt. Es war eine Panikattacke. Er hatte seit Jahren keine mehr gehabt, nicht seit er damals wöchentlich zur Therapie gegangen war, aber er erkannte die Anzeichen noch immer.

Nach diesen gelegentlichen Anfällen zerbrach er sich immer den Kopf, suchte nach einer Möglichkeit, sie enger an sich zu binden. Und das, obwohl sie aus Schweden zu ihm gezogen war und sie bereits zusammenwohnten.

Er wusste, dass sie keine Kinder wollte. Keiner von ihnen wollte das. Aber ob sie einen Heiratsantrag annehmen würde ... das fragte er sich immer wieder. Darüber dachte er immer wieder nach.

Wenn er sie zu früh fragte, könnte sie das abschrecken. Fragte er zu spät, könnte sie an der Ernsthaftigkeit seiner Absichten zweifeln und sich zurückziehen, um sich zu schützen.

Außerdem war er sich sicher: Wenn er ihr jemals einen Heiratsantrag machen würde, dann auf gar keinen Fall vor einem verdammten Publikum.

Zur Enttäuschung aller Anwesenden im ihnen zugewiesenen Saal würde es in Peters Fragerunde mit Maria also keine weitere Bombe geben, die platzte. Keine. Null. Nada.

Zumindest *hatte* es bisher keine Bombe gegeben.

Dann erhielt er den Anruf seines Agenten, eine knappe halbe Stunde bevor sie sich in ihrem Saal hinter der Bühne melden sollten. Es blieb nicht genug Zeit, um das Angebot, das er gerade erhalten hatte, in allen Einzelheiten durchzusprechen, aber genug, um das Wesentliche zu verstehen.

Um ihn nicht zu stören, hatte sich Maria in das Schlafzimmer der Suite zurückgezogen, sobald DeShaun anrief. Doch als das Gespräch beendet war, kam sie sofort wieder heraus und ließ sich neben ihm auf die Couch fallen, fröhlich und hinreißend wie immer.

Ihr Knie stieß gegen seins. «Was wollte DeShaun? Irgendwelche Neuigkeiten oder aufregende Drehbücher?»

Er war so benommen, dass er sie kaum hörte.

Das war's, endlich. Sein nächster großer Job, der ihm quasi in den Schoß fiel, ohne dass er sich dafür anstrengen musste. Oder, wie Maria sagen würde, ohne *zusätzliche* Anstrengung.

Und das alles nur, weil er sich mit *Gods of the Gates* endlich bei Hollywoods Machthabern bewährt hatte, weil er ihnen endlich gezeigt hatte, was er geschafft hatte und was er verdiente.

Eine Hauptrolle in einer hochkarätigen Serie. Ein fetter Gehaltsscheck. Eine Zusage über viele Jahre fester Arbeit.

Ausreichend berufliche Stabilität, um der Frau, die er liebte, die Ehe anbieten zu können.

«Ja», sagte er langsam. «Ich ... ich habe ein Angebot bekommen.»

Sie drückte ihm einen schmatzenden Kuss auf die Wange. «Herzlichen Glückwunsch, *Sötnos*. Welche Rolle ist es?»

«Ich habe nicht dafür vorgesprochen.» Verwirrt und erfreut schüttelte er den Kopf und wandte sich ihr zu. «Ich meine, ich habe für eine Gastrolle in der Serie vorgesprochen, aber nicht für die Rolle, die sie mir geben wollen. Ich schätze, sie dachten, sie hätten bei dem Casting und *Gods of the Gates* genug gesehen, um mich zu besetzen.»

Ihr Strahlen blendete ihn fast. «Noch besser. Sie wissen offensichtlich, was du wert bist. Was ist es für eine Rolle?»

Diese Rolle würde ihre gemeinsame Zukunft festigen. Ihre *Beziehung* festigen.

Und je eher er die Worte herausbrachte, desto eher konnten sie mit dem Feiern beginnen.

«Maria, Süße.» Er nahm ihre Hände in seine. «Weißt du noch, wie ich für die Rolle des Serienmörders in mehreren Episoden von *FTI: Forensic Team Investigations* vorgesprochen habe?»

Sie warf ihm einen sehr nüchternen Blick zu. «Da es sich um eine der größten Serien im Fernsehen handelt und es etwa ein Dutzend Spin-offs gibt, die derzeit auf der ganzen Welt ausgestrahlt werden, auch in Schweden, wobei es in allen um Menschen in weißen Kitteln geht, die durch Mikroskope schauen, im Computer Fotos von Nummernschildern schärfer machen und versehentlich zur Zielscheibe von Mördern werden, und ich dachte, einer dieser Mörder könntest du werden – ja. Ja, ich erinnere mich.»

Auf ihre Beschreibung der Serie hätte er gerne gereizt reagiert, aber sie hatte recht, und das wussten sie beide. Die Rolle, die sie ihm angeboten hatten, würde nicht die Art von Charaktertiefe und -entwicklung zulassen, die er sich normalerweise wünschte, aber eine Gelegenheit wie diese ... Er wäre ein Idiot, wenn er sie ausschlagen würde, und wenn es um seine Karriere ging, benahm er sich nie, wirklich nie wie ein Idiot.

Scheiße, er konnte es kaum glauben, obwohl DeShaun das Angebot während ihres Telefonats fünfmal bestätigt hatte. «Mein Vorsprechen war für die Originalserie, die in Seattle spielt. Der Schauspieler, der von Anfang an die Hauptrolle gespielt hat, will jetzt zum Film zurück und steigt zwischen den Staffeln aus. Sein Charakter wird umgebracht, also braucht das Team auf dem Bildschirm einen neuen Chef-Forensiker.»

Er wartete, und sie brauchte nicht lange, um sich den Rest zusammenzureimen.

«Der wirst natürlich du. Ein ganz hervorragender Chef-Forensiker», sagte sie strahlend und küsste ihn erneut, dieses Mal auf den Mund. «Peter, das sind wunderbare Neuigkeiten. Wann fängst du an?»

«Vielleicht in einem Monat oder so?» Er ließ ihre Hände los und schaute in die Notizen, die er sich auf seinem Handy gemacht hatte. «Sie drehen offenbar in Vancouver, also muss ich ein paar Tage vor Beginn der Dreharbeiten für die nächste Staffel dort sein und mir vor Ort eine Wohnung suchen.»

«Vancouver?» Ihre Hände zuckten einen Moment lang, dann faltete sie sie ordentlich in ihrem Schoß. «I-ich habe gehört, dass es eine schöne Stadt sein soll.»

«Ja. Das habe ich auch gehört. Vielleicht können wir vorab einen Ausflug dorthin machen, um die Stadt ein wenig zu erkunden.» Es gab nur noch ein paar weitere Notizen, die er sich noch einmal durchlas, bevor er sein Handy beiseitelegte. «Die andere große Neuigkeit ist, dass sie einen Dreijahresvertrag mit mir abschließen wollen.»

Sie biss sich auf die Lippe, ihr Lächeln war nur noch ein Schatten seiner selbst. «Okay.»

Abrupt erhob sie sich von der Couch, um sich ein Glas Wasser aus dem Wasserhahn im Bad zu holen. Ihre Stirn hatte sich vor Sorge in Falten gelegt, und das war kein Wunder. Die Rolle würde zunächst große Veränderungen in ihrem Alltag mit sich bringen.

Aber sie brauchte sich keine Sorgen zu machen, dass es irgendwelchen anhaltenden Stress geben könnte. In seinem Gespräch mit DeShaun hatte er sich genau danach erkundigt. Also stand er auf und folgte ihr zur Badezimmertür, wo er ihr erzählte, was sie sonst noch wissen sollte.

Er stützte sich mit den Händen an beiden Seiten des Türrahmens ab. «Da die Serie bereits für weitere vier Jahre verlängert wurde, müssen wir nicht jedes Jahr fürchten, ob sie vielleicht doch einfach abgesetzt wird, während mein Vertrag läuft.»

Für sie beide gäbe es keine Ungewissheit mehr. Nur einen regelmäßigen, großzügigen Gehaltsscheck, der unerfüllbare Wunschtraum fast aller angehenden Schauspieler in Hollywood. Dieser Traum war für ihn schon einmal wahr geworden. Zweimal war ein verdammtes *Wunder*.

«Wir werden genau wissen, wo ich die vollen drei Jahre sein werde, also werde ich mir ein Haus mieten, das groß genug für zwei ist.» War das Klima dort ähnlich wie in Schweden? Wenn ja, würde er versuchen, etwas zu finden, das sie an ihre Heimat erinnerte. Vielleicht ein Cottage mit Blick auf immergrüne Wälder. «Eines, in dem du dich wohlfühlst, wann immer du zu Besuch kommst.»

«Hast du ...» Ihre Stimme war rau, und sie nahm einen weiteren Schluck Wasser. «Hast du das Angebot schon angenommen?»

Er schüttelte den Kopf. «DeShaun muss noch einige Details verhandeln, aber das ursprüngliche Angebot war mehr als fair, sodass er glaubt, dass wir sehr bald offiziell zusagen können. Er will mir im Laufe des Abends den Vertrag schicken und die noch offenen Punkte markieren.»

«Die Sache ist also so gut wie beschlossen.» Ihr Glas klirrte auf den Granitwaschtisch, als sie es absetzte. «Okay.»

Sanft, aber bestimmt schob sie ihn aus der Badezimmertür, damit sie sich ihren Convention-Ausweis und die Handtasche nehmen und in die Ballerinas mit Spitze schlüpfen konnte, die ordentlich im Zimmer standen.

Was man ihm heute angeboten hatte, war die größtmögliche Stabilität, die ein Schauspieler seiner Partnerin bieten konnte. Warum hatte sie immer noch diese Falte auf der Stirn?

«Wenn wir morgen wieder zu Hause sind, können wir beide uns alles ansehen, um sicherzugehen, dass es im Vertrag nichts Problematisches gibt, was DeShaun nicht schon markiert hat», schlug er vor und rückte näher. «Nur für alle Fälle.»

Würde das ausreichen, um sie zu beruhigen? Denn er wollte sie von Anfang an als Verbündete in diesem Projekt haben, ohne Vorbehalte. Sie beide sollten ein unzertrennliches Team sein, wie sie es einmal vorgeschlagen hatte.

Damals hatte er sich über die Idee lustig gemacht, eine echte Partnerin zu haben, weil er ein verletzter, wütender Idiot gewesen war. Jetzt war diese Art von Partnerschaft alles, was er wollte, sie war die Quelle all seiner Zufriedenheit geworden.

Also brauchte er sie bei dieser Sache. Wenn er nach Vancouver aufbrach, wollte er, dass sie in Herz und Verstand so sehr miteinander vereint waren, dass selbst ein bisschen Entfernung diese starke Verbindung, die sie teilten, nicht schwächen würde.

Aber vielleicht war *das* der Grund für ihre Sorgen. Die Entfernung zwischen ihnen. Die Aussicht auf eine weitere Beziehung mit einem Mann, den sie nur sehen könnte, wenn sie einen Flug dafür buchte, mit einem Mann, der viele Gelegenheiten hätte, untreu zu werden, wenn er denn wollte. Nach dem, was mit ihrem Ex passiert war, konnte er es ihr nicht verübeln, dass sie nervös war.

«Okay», sagte sie wieder und griff nach der Türklinke.

«Du weißt, ich würde nie ...» Er hielt inne. Es gab eine Sache, die er ihr sagen konnte, etwas, das seine Zuverlässigkeit auf eine Weise bestätigen würde, die sie nicht anzweifeln konnte, aber das würde bedeuten, dass er ein bisschen Stolz opfern musste. «Maria. Seit wir uns kennengelernt haben, war ich mit keiner anderen mehr zusammen. Ich habe nicht einmal eine andere Frau geküsst, seit du in deinem roten Bikini in die Sauna gekommen bist und mich umgehauen hast.»

Sie ließ die Hand an ihre Seite sinken und ihr Kinn auf die Brust. «Peter ...»

Er neigte den Kopf und versuchte, ihr in die Augen zu schauen. «Ich erwarte nicht, dass du das auch sagst, Süße. Ich bin derjenige, der während der Dreharbeiten keine Beziehung wollte, also kann und will ich dich nicht dafür verurteilen, dass du dir das, was du brauchtest, woanders geholt hast.»

Bei diesen Worten blickte sie auf. In ihren warmen braunen Augen leuchtete unverkennbare Zuneigung, auch wenn ihre Lippen zu einer festen Linie zusammengepresst blieben. Als er sich ihr wieder näherte, versuchte sie nicht, ihn auf Abstand zu halten.

Er atmete tief und langsam aus und umfasste ihr wunderschönes, geliebtes Gesicht.

«Ich will damit sagen, dass ich dich niemals, absolut niemals betrügen würde.» Ihre Wangen waren so weich unter seinen streichelnden Daumen, aber kühler als sonst. Blasser. «Nicht einmal, wenn wir dreißig Jahre lang auf getrennten Kontinenten drehen würden.»

«Dreißig Jahre, hm?» Ihr Lachen war seltsam zittrig, und ihre Augen schimmerten feucht. «So lange?»

«Dreißig Jahre. Hundert Jahre. Für immer.»

Es war ein Gelübde.

«Oh, Peter.» Sie drehte ihren Kopf und küsste seine Handfläche. «Ich weiß, dass du mich nie betrügen würdest.»

Gut. Denn er würde Maria nie und nimmer so verletzen, wie ihr Arschloch von Ex es getan hatte.

«Dann lass uns jetzt diese Fragerunde hinter uns bringen,

und danach können wir endlich anfangen, die guten Neuigkeiten zu feiern.» Er strich mit seiner Nase an ihrer entlang und fuhr mit seinen Lippen über ihre Schläfe. «Ich liebe dich, Maria.»

«Ich weiß», sagte sie, als er ihre Hand nahm und sie in den Flur hinaus führte. «Ich liebe dich auch.»

Die Tür zu der Suite, die sie gemeinsam bewohnten, schwang mit einem Knall zu, und ihre Hand in seiner war so kalt wie ihre Wangen. Vielleicht noch kälter.

Er schauderte, aber er ging weiter.

24

MARIA WÜRDE EHER Dreck fressen, als Mitleid von Fremden anzunehmen, und sie weigerte sich, jemandem ihre Verletzlichkeit zu zeigen, der sie bereits verletzt hatte.

Also weinte sie nicht vor einem vollen Saal voller *Gods*-Fans, und sie würde auch nicht mehr vor Peter weinen, nicht, wenn sie es irgendwie verhindern konnte.

Er liebte sie. Nur nicht genug.

Es war ein zerbrechlicher Refrain in ihrem Kopf, und sie fühlte sich damit auch schwach und zerbrechlich. Sie war dabei, sich aufzulösen, und zwar mit jeder Minute, die verging, schneller und schneller.

Trotzdem lächelte sie. Lachte. Beantwortete Fragen. Plauderte mit Peter, denn das war es, was das Publikum sehen wollte. Was sie von jemandem erwarteten und verdienten, für dessen Auftritt sie viel Geld bezahlt hatten. Wenn es eine nonverbale Lüge war, so musste sie sie allen zuliebe erzählen, auch sich selbst.

Sie musste ihr gesamtes Durchhaltevermögen und all ihre schauspielerischen Fähigkeiten aktivieren, um diese Lüge fast die ganze Fragerunde über überzeugend zu verkaufen. Nur um dann in allerletzter Minute, als Antwort auf die allerletzte Frage der allerletzten Veranstaltung, nicht nur den zahllosen Zuschauern, sondern auch Peter einen winzigen Ausschnitt der Wahrheit zu erzählen.

Und das war das Schlimmste daran.

Er liebte sie vielleicht nicht genug, aber er *liebte* sie, und sie liebte ihn. Er verdiente es, dass sie mit dieser Situation äußerst vorsichtig umging. Denn selbst wenn er sie verletzte, so tat er es nicht mit Absicht, und sie wollte ihm nicht wehtun. Schon gar nicht in einem solchen Rahmen, denn auch er hatte seinen Stolz und seine Wunden. Das durfte sie auf keinen Fall vergessen, nicht wenn diese Wunden der Grund waren, warum er sie zurückließ.

Unter diesen Umständen, wo so viel auf dem Spiel stand, hätte ein so einfaches Thema sie nicht dermaßen aus der Fassung bringen dürfen.

«Ähm ...» Während der Moderator auf sein Tablet blickte, lenkte sie sich ab, indem sie die Aufschrift auf seinem T-Shirt las, auf dem CODS OF THE GATES stand. Dieses Shirt hatte sie noch nie gesehen. Es zeigte eine Strichzeichnung eines großen Fisches, der Jupiter mit der Flosse eine runterhaute, und es war perfekt. Wenn jemand aus dem Cast es verdiente, von einem rachsüchtigen Kabeljau verprügelt zu werden, dann war es Ian. «Letzte Frage, Peter und Maria. Was passiert als Nächstes bei euch? Irgendwelche neuen Rollen, von denen ihr uns erzählen wollt?»

Natürlich kam diese Frage. Es war die offensichtliche Okay-wir-sind-fast-am-Ende-angekommen-lasst-uns-einpacken-Frage, und sie hatte eine auswendig gelernte Ich-erzähle-gerade-genug-aber-nichts-was-ich-besser-für-mich-behalten-sollte-Antwort darauf.

Peter antwortete zuerst. «Ich habe ein paar kleinere Rollen in einigen Filmen angenommen, die demnächst anstehen. Ich freue mich besonders auf *On the Lonesome Range*, einen düsteren Western über Cowboys im 19. Jahrhundert, der nicht so tut, als wären früher alle Cowboys weiß gewesen. Viele Cowboys waren Latinos oder Schwarze. Auch die Existenz von weiblichen Viehtreiberinnen wird hier ausnahmsweise nicht ignoriert. Das Drehbuch ist spektakulär.» Nach einer kurzen Pause fügte er hinzu: «Trotzdem hoffe ich sehr, dass sie mich nicht in die Nähe irgendwelcher Kühe bringen, denn Kühe sind verdammt furchterregend.»

Das Publikum lachte in der Annahme, er mache einen Witz. Natürlich war das kein Witz gewesen.

Als er die Rolle angenommen hatte, hatte sie ihn einige Augenblicke lang ungläubig angestarrt. Dann hatte sie ihn laut angemuht, sodass er vor Schreck zusammengezuckt war, was sie sehr befriedigend gefunden hatte. Aber abgesehen von den Kühen hatte ihm das Drehbuch gut gefallen. Hoffentlich konnte er seine Szenen zwischen den Dreharbeiten zu den *FTI*-Episoden noch filmen.

Nicht dass sie es mitbekommen würde, denn dann wäre sie längst weg.

Bei diesem Gedanken drehte sie ihren Stuhl von Peter weg, weg vom Publikum, und tat überzeugend so – das hoffte sie zumindest –, als wäre das furchtbare Geräusch, das sie gerade von sich gegeben hatte, ein ersticktes Husten gewesen. Ein so heftiges Husten, dass ihr die Tränen in die Augen stiegen und sie ein paar Schlucke Wasser trinken musste, bevor sie sich wieder umdrehen konnte.

Peters warme Hand strich über ihren Rücken und rieb ihn, während er weitersprach, und sein Versuch, ihren vorgetäuschten Husten zu lindern, machte alles nur noch schlimmer. Viel, viel schlimmer.

Als sie schließlich wieder nach vorne blickte, beendete er seine Ausführungen mit einem vagen Hinweis auf seine großen Neuigkeiten. «Ich sollte bald mehr über die neue Fernsehrolle verraten können. Was ist mit dir, Maria?»

Er drehte sich auf seinem Stuhl um, um ihre Antwort mitzubekommen, und etwas an ihm gab ihr in diesem Moment den Rest. Sein leicht besorgtes Stirnrunzeln, als er eine frische Flasche Wasser öffnete und ihr reichte. Die Art und Weise, wie sein Knie ihres berührte, in einer Geste, die vielleicht zufällig aussah, es aber nicht war. Wie er ihr noch ein letztes

Mal sanft auf die Schulter klopfte, bevor er sich zurücklehnte und das Rampenlicht an sie abgab.

Die offene Bewunderung, die in seinen dunklen Augen aufleuchtete. Der Stolz in seiner Haltung – die geschwellte Brust, die gestrafften Schultern und die entspannte Zufriedenheit –, wenn er sie an seiner Seite betrachtete.

Es quälte sie so sehr, dass sie nicht sprechen konnte. Nicht denken konnte.

Verdammt. Sie drehte sich wieder weg, täuschte ein weiteres Husten vor und verschaffte sich so noch ein paar Sekunden Zeit, aber der Moment, die Sache in den Griff zu bekommen, war jetzt. *Genau* jetzt, damit sie dann zurück in ihre gemeinsame Suite gehen, das schreckliche, herzzerreißende Gespräch führen und diesen ersten quälenden Schmerz hinter sich bringen konnten.

«Maria, Süße», murmelte er in ihr Ohr, eine Hand über dem Mikrofon an seinem Kragen, die andere lag gespreizt auf ihrem Rücken, um sie zu stützen, «geht es dir gut?»

Ein weiteres heftiges Husten entrang sich ihrer schwer arbeitenden Lunge. «Ich ... Es geht mir gut.»

Das war keine Lüge, irgendwann würde es ihr wieder gut gehen. Eines Tages. Aber nicht bald.

Ob sie bereit war oder nicht, sie drehte sich wieder um und sah einen riesigen Raum voller Menschen, die sie ansahen. Sie warteten. Auf etwas, an das sie sich nicht recht erinnern konnte.

Sie starrte sie mit leerem Blick an, verloren.

«Maria?» Der Moderator warf einen diskreten Blick auf sein Tablet, wahrscheinlich, um zu sehen, wie viel Zeit sie noch hatten. «Was steht für dich an?»

Da war ein sanftes Stupsen von Peters Hand, die langsam zwischen ihren Schulterblättern kreiste.

«Ich ...» Sie war nicht nur dabei, sich aufzulösen. Sie existierte schon nicht mehr. «Ich weiß es nicht.»

Peters Stirn legte sich in Falten, sein Mund verzog sich zu einem grimmigen Ausdruck, und er blickte schnell zum Moderator, forderte ihn stumm auf, das Gespräch zu beenden, damit er schauen konnte, ob es ihr gut ging. Aber der andere Mann sprach schon wieder, gab ihr eine hilfreiche Vorlage, damit sie allen genau das sagen konnte, was sie hören wollten. Was Peter hören wollte. Was sie ihnen vor weniger als zwei Stunden noch hatte erzählen wollen.

«Na ja, wir gehen alle davon aus, dass du von nun an in L. A. und nicht mehr in Stockholm leben wirst, stimmt's?»

Der Moderator warf einen wissenden Blick in die Runde und zwinkerte, und die Zuschauer lächelten und freuten sich für das glückliche Paar auf der Bühne. Das glückliche, sich liebende Paar, das sich nicht trennen würde, um keinen Preis.

Sie öffnete den Mund.

Und irgendwie, irgendwie – hörte sie sich selbst, wie sie die Wahrheit sagte. «Ich ... weiß es nicht.»

Aber das war nicht die Wahrheit, oder? Denn sie wusste bereits, dass sie einen Flug nach Stockholm buchen würde, sobald sie und Peter ihre Beziehung zu Grabe getragen und tief unter dem braunen, vertrockneten Gras von L. A. im Juli begraben hatten.

So tief unter der Erde, dass sie nie wieder an die Oberfläche kommen würde.

Der Rest bestand aus Stimmengewirr, Applaus und schlurfenden Schritten, während der Moderator tat, was auch immer er tun musste, und die Fragerunde beendete, aber sie schenkte all dem keine Beachtung, denn der Ausdruck auf Peters Gesicht ...

Er hatte total schockiert den Mund geöffnet und starrte sie an. Die Stirn hatte er in völliger Fassungslosigkeit in Falten gelegt, und in seinem Ausdruck lag so viel Schmerz, dass sie ihm genauso gut ein Messer hätte in die Rippen rammen können. Seine braunen Augen flehten sie an, ihm zu sagen, dass sie es nicht so gemeint hatte, dass sie die Frage missverstanden oder sich falsch ausgedrückt hatte.

Er war so bleich wie der Tod.

Dann klappte der verletzliche, offene Mund zu, und der Verrat zeichnete sich scharf in seinem Gesicht ab. Seine Wangenknochen waren übersät von hektischen roten Flecken.

Er machte dicht.

Er stand auf, ausdruckslos, hatte alle Emotionen unterdrückt und sicher weggeschlossen. Mit einem einzigen festen Blick befahl er ihr, ihm zu folgen, als hätte sie das nicht ohnehin vorgehabt. Als könnte sie jetzt, nach all den Jahren, einfach ohne ein weiteres Wort weggehen, so wie sie es vor langer Zeit getan hatte.

Es hatte so lange gedauert, sein Vertrauen zu gewinnen. Sie so viel Mühe gekostet.

Und mit vier sehr kurzen, sehr einfachen Wörtern – *ich weiß es nicht* – war es weg.

Es hatte ein Wort gebraucht, um ihr das Herz zu brechen: Dreijahresvertrag. Denn der Mann, den sie anbetete, konnte sich offenbar für einen Job dazu verpflichten, drei Jahre lang unter Fremden zu leben, aber er konnte sich nicht darauf festlegen, länger als drei Monate bei ihr zu bleiben.

Damit konnte sie nicht leben. Sie *würde* nicht damit leben, denn er würde nicht mit ihr leben, und sie hatte andere Möglichkeiten.

Peter schritt vor ihr her und bahnte sich einen Weg durch die Flure des Hotels, mit so steinerner Miene, dass nicht einmal die Fans, die auf der Jagd nach einem Selfie waren, es wagten, sie aufzuhalten, obwohl sie unterwegs ein paar Kamerablitze bemerkte. Gelegentlich warf er einen Blick nach hinten, um sicherzugehen, dass sie noch da war, aber sie war nicht weggelaufen.

Wenn sie jemandem ihr Herz schenkte, war sie nie diejenige, die sich entschloss zu gehen. Es waren immer die anderen, die sie verließen. Immer. Die einzige Ausnahme bildete ihre Familie.

Schritt für Schritt lief sie schweigend hinter ihm her. Als er vor ihrer Suite mit zitternden Händen nach seiner Schlüsselkarte tastete, holte sie ihre hervor und steckte sie ein. Der Sensor blinkte grün, und Peter öffnete die Tür mit einem heftigen Stoß.

Aber er war Peter, also hielt er sie auch für sie auf und vergewisserte sich, dass sie ganz drinnen war, bevor er die Tür wieder zuschlagen ließ.

Noch bevor das Echo des Knalls verhallt war, fuhr er sie an.

«*Ich weiß es nicht.*» Er äffte ihre Stimme nach. «Was zum Teufel soll das heißen, Maria?»

Er lief weiter in das Zimmer hinein, an der Seite entlang, sodass er nicht den Ausgang blockierte. Mit Absicht. Denn, wie schon gesagt, er war Peter.

Er gesellte sich allerdings nicht zu ihr, als sie sich in der kleinen Sitzecke vorsichtig auf die Kante des viel zu schmalen Sessels setzte, und er schien auch nicht sonderlich an einer zivilen Unterhaltung interessiert zu sein. Mit zu Fäusten geballten Händen wartete er auf ihre Antwort.

«Ich …» Sie klammerte sich an die Armlehnen und versuchte es erneut. «Peter, ich kann nicht …»

Seine verengten dunklen Augen waren fest auf ihr Gesicht gerichtet, sein Blick gemein und misstrauisch.

Und zu ihrer Schande begann sie zu weinen.

Diese Tränen konnte man nicht als Husten abtun. Nicht mit ihren hastigen Atemzügen und ihrem rauen Schluchzen und ihrem verzweifelten Gesicht, das sie hinter ihren zitternden Händen verbarg, um sich zu schützen. Sie beugte sich vor, der Schmerz in ihrem Herzen war real, und es tat so weh, dass sie sich am liebsten in sich selbst verkrochen hätte, immer tiefer und tiefer, bis sie ganz verschwunden war.

Er hatte sie so noch nie gesehen. Niemand hatte sie je so gesehen, außer ihrer Familie.

Es war demütigend. Sie hasste es. Hasste sich selbst. Sie hasste ihn dafür, dass er es von der anderen Seite des Zimmers aus mit ansah und schon so unerträglich weit weg war, bevor er überhaupt einen Fuß in ein Flugzeug gesetzt hatte.

Nur war er gar nicht mehr am anderen Ende des Zimmers, denn er hatte sie irgendwie aus dem Sessel und auf die Couch gezogen. Auf seinen Schoß. In seine Arme, die sich fest um sie schlossen.

Seine Handfläche legte sich um ihren Hinterkopf, er drückte ihr Gesicht an seinen Hals und hielt sie fest.

«Süße ...» Es war ein heiseres Murmeln. «Verdammt noch mal. Ich habe keine Ahnung, was zum Teufel hier los ist, aber *bitte* weine nicht. Und w-wenn» – seine Stimme bebte und brach – «wenn du mich auch nur ein kleines bisschen l-liebst, selbst nur einen winzigen *Bruchteil* von dem empfindest, was ich für dich fühle, dann, verdammt, verlass mich bitte nicht.»

Als er das sagte, riss sie ihren Kopf hoch und zurück. «*Ich* bin n-nicht diejenige, die geht, Peter.»

«Wir wissen beide, dass das nicht wahr ist.» Mit feuchten Augen sah er sie einfach nur an, seine Arme hielten sie immer noch fest an sich gedrückt auf seinem Schoß. «Ich würde dich nie verlassen. Niemals, Maria.»

Für ihn war das offenbar keine Lüge. Was bedeutete, dass seine Definition von Verlassen nicht mit ihrer übereinstimmte. Überhaupt nicht. Und vielleicht, wenn sie es ihm begreiflich machen könnte ...

«Dann sag mir eins.» Sie umschloss sein Gesicht mit ihren Händen und wollte, dass er sie anhörte. Nein, mehr als das. Dass er ihr *zuhörte*, auch wenn ihm nicht gefallen würde, was sie sagte. «Wenn du mich nie verlassen würdest, warum werde ich dann den Großteil der nächsten drei Jahre allein verbringen?»

Er schüttelte verwirrt den Kopf, und sein Bart kratzte über ihre Handflächen.

«Aber das heißt doch nicht, dass ich dich verlasse. Ich mache nur meinen Job. *Unseren* Job.» Er legte den Kopf leicht schief, sah ihr tief in die Augen, und dieser Blick machte Versprechungen, so viele feierliche Versprechen, und keines davon war das, das sie brauchte. «Und wenn es vorbei ist oder wenn ich mal mehr als ein oder zwei Tage frei habe, bin ich wieder an deiner Seite. Oder du kannst zu mir ziehen, wenn du willst. Das ist für mich in Ordnung. Ich werde genug verdienen, um für uns beide zu sorgen.»

Als sie vor Frust und Kummer die Augen schloss, traten Tränen unter ihren Lidern hervor. «I-ich will nicht, dass du für mich sorgst, Peter. Ich arbeite gerne. Ich mag es, selbst eine Karriere zu haben. Ich will nur, dass du bei mir bist. Dass du mich nicht für drei verdammte Jahre *verlässt*.»

«Wir arbeiten beide als Schauspieler, Maria.» Seine Stimme war sehr sanft, während seine Lippen ihre Tränen auffingen, eine nach der anderen, und sie mit einer Geste wegküssten, die so liebevoll war, dass sofort mehr auftauchten. «Wenn sich uns eine Gelegenheit wie diese bietet, müssen wir sie ergreifen, denn so ein gutes Angebot bekommen wir vielleicht nie wieder. Nicht einmal, wenn wir den Rest unseres Lebens mit Vorsprechen verbringen. Das weißt du. Bitte sag mir, dass du das weißt, nach all dieser Zeit.»

Gott, er dachte immer noch, *sie* wäre diejenige, die es nicht verstand.

Sie hatte vielleicht nicht zwanzig Jahre in Hollywood verbracht, aber sie verstand das Wesen ihres Berufs. Die ihm eigene Unbeständigkeit. Die Schwierigkeit, sich in einer von der Jugend besessenen Branche eine dauerhafte Karriere aufzubauen. Das Ausmaß, in dem der Erfolg eines Schauspielers letztendlich genauso von Glück, Timing und Privilegien verschiedener Art abhing wie von Talent.

Aber sie verstand auch sich selbst auf eine Weise, wie er es offensichtlich nicht tat.

«Ich verstehe, dass dir die Arbeit wichtig ist, und ich verstehe auch, warum. Sie ist auch für mich wichtig, obwohl ich weiß, dass es dir schwerfällt, das zu sehen.» Sie ließ sein Gesicht los, rieb sich mit den Knöcheln die Tränen aus den Augen und versuchte, es so eindeutig wie möglich zu erklären. «Aber ich muss Priorität für dich haben. Ich kann nicht etwas sein, das du zwischen zwei Jobs einschiebst und dann sicher verstaust, bis du das nächste Mal Zeit findest.»

In seiner Stimme lag ein leiser Hauch von Schärfe. «Es ist ja nicht so, dass ich von dir getrennt sein möchte, Maria.»

Unter ihr waren seine Oberschenkel steif geworden. Stählern.

Er ging auf Abwehr, anstatt zuzuhören.

«Das weiß ich. Ich verstehe, warum du diese Rolle willst. Ich verstehe sogar deine Entscheidung, das Angebot anzunehmen, egal was es für uns bedeutet.» Sie wollte noch nicht kapitulieren und wählte ihre Worte mit Bedacht, während sich sein scharfer Blick in sie bohrte und von ihr verlangte, dass sie ihren Standpunkt aufgab. Aber das konnte sie nicht. Nicht ohne auch sich selbst aufzugeben. «Aber ich will ein richtiges Zuhause. Ein gemeinsames Zuhause. Ich werde nicht akzeptieren, den Großteil meiner Zeit allein zu verbringen, nachdem ich für dich um die halbe Welt gezogen bin. Ich werde auch nicht jedes Mal mein Zuhause aufgeben und dir folgen, wenn du eine neue Rolle bekommst. Auch wenn ich dich liebe. Und das tue ich, Peter. Ich glaube, mehr, als du verstehst. Wenn ich dich weniger lieben würde, würde ich dich nicht so sehr brauchen.»

So sehr, dass es ihr manchmal Angst machte.

Er schwieg. Biss sich auf die Lippe und dachte nach, bevor er wieder sprach.

Ein wilder Ausbruch von Hoffnung ließ sie in seinen Armen erbeben. Denn seine Augen waren vor Konzentration verschleiert, während er über ihre Worte nachdachte, und vielleicht verstand er jetzt, was sie sagte, vielleicht –

«Geht es um das, was mit deinem Ex passiert ist?» Seine Hand krampfte sich auf ihrem Rücken zusammen, dann wurde sie wieder flach und er streichelte Maria. «Süße, ich würde dich nie betrügen, und ich dachte, wir hätten bereits ...»

Er hatte es nicht verstanden.

«Nein.» Das Wort entwich ihr in einem ungeduldigen Fauchen. Darum holte sie tief Luft und senkte absichtlich die Stimme. «Das hat nichts mit Hugos Untreue zu tun.»

Sein Betrug mochte dramatisch und schmerzhaft gewesen sein – und im Nachhinein auch urkomisch ungeschickt –, aber selbst wenn er ihr treu geblieben wäre, hätten die tieferliegenden Risse ihre Beziehung ohnehin nach einiger Zeit kaputt gemacht. Das erkannte sie jetzt deutlicher denn je.

«Diese Diskussion hat nur insofern mit Hugo zu tun, dass meine Beziehung zu ihm mir gezeigt hat, dass ich keine Fernbeziehung mit jemandem führen will.» Sie hätte schwören können, dass sie diesen Punkt auf der Wohltätigkeitsauktion, als sie über ihre Verflossenen sprachen, sehr deutlich gemacht hatte. «Schon bevor ich herausfand, dass er mich betrügt, war ich unglücklich, Peter. Ich habe es gehasst, dass wir so weit voneinander entfernt lebten.»

Sie umfasste seine Schultern und drückte zu, als könnte sie ihm damit ihre Worte in sein widerspenstiges Gehirn zwingen und ihm helfen zu sehen, wer und was sie wirklich war. Nicht die Version ihrer selbst, die er sich gewünscht oder eingebildet hatte, oder die Version, mit der er leichter umgehen konnte.

«Ich liebe dich so viel mehr, als ich ihn je geliebt habe. Ich brauche dich mehr, als ich ihn je gebraucht habe.» Ihre ganze Liebe, ihr ganzes Herz, ihre ganze rohe, schmerzende Aufrichtigkeit durchdrangen jedes ihrer Worte, und sein Blick, der ihren festhielt, wurde weicher. «Und wenn ich schon ohne Hugo einsam war, ausgerechnet, obwohl ich zu Fuß nur fünf Minuten vom Haus meiner Eltern entfernt wohnte, was glaubst du, wie ich ohne dich zurechtkommen werde? Eine Fremde in einer fremden Stadt, verlassen in deiner bewachten Wohnanlage, ohne Familie in meiner Nähe?»

Obwohl er leicht zusammenzuckte, fuhr sie unerbittlich fort. «Was glaubst du, wie ich mich jeden Morgen fühle, wenn ich allein aufwache, jeden Tag, den ich allein in einem leeren Haus verbringe, und jeden Abend, wenn ich allein ins Bett gehe? Und das drei Jahre lang, Peter. Drei verdammte Jahre. Und was ist, wenn sie deinen Vertrag verlängern wollen? Wirst du dann ablehnen, oder wirst du noch länger wegbleiben?»

Sie wussten beide, was er vorziehen würde. Instinktiv.

Und um fair zu sein, hätten die meisten Schauspieler in Hollywood den gleichen Instinkt und würden genauso entscheiden. Aber sie war nicht aus Hollywood, und sie war nicht bereit, ihre Karriere über ihr Herz zu stellen.

«Es wäre nicht immer so.» Seine Fingerknöchel drückten gegen ihre Wirbelsäule, und seine offenen Hände krümmten sich erneut zu Fäusten zusammen. «Du wärst nicht immer allein.»

Er klang jetzt verärgert. Mürrisch.

Und sie wussten beide genau, warum er ihre Frage nicht beantwortet hatte.

«Du hast recht. Einige unserer Kollegen aus der Serie wohnen in L. A. Du würdest mich zwischen den Staffeln und in den Drehpausen besuchen.» Sie würden voller Freude wieder zusammenkommen, wie die Liebenden, die sie waren – und dann würde er sie wieder verlassen. Und wieder. «Aber ich bin nicht du, Peter. Um glücklich zu sein, brauche ich jeden Tag Menschen um mich, die ich liebe.»

Diesmal machte er keine Denkpause, bevor er antwortete. «Ich habe das meiste von meinem *Gods*-Geld für das Haus ausgegeben.» Die Worte waren tonlos, und bei einem Schauspieler seines Kalibers war das eine bewusste Entscheidung. Er hatte entschieden, ihr keine Gefühle mehr zu offenbaren. «Damit wir finanziell abgesichert sind, brauche ich einen festen Job. Einen regelmäßigen Gehaltsscheck.»

Seine Stimme, seine Körperhaltung – alles verriet ihr, dass er sich von ihr zurückzog. Er vergrub sich in seinem Innern, genau wie sie es befürchtet hatte. So wie sie es, trotz all ihrer Hoffnungen, irgendwo tief in ihrem Herzen bereits geahnt hatte. Deshalb hatte sie sich in Gedanken schon darauf vorbereitet, ein Flugticket zu kaufen.

Sie hatte ihn schon immer besser verstanden, als er sie verstand. Genauso wie sie ihn mit der Zeit mehr geliebt hatte, als er sie liebte.

Vielleicht war sie aber auch einfach nur unfair ihm gegenüber. Vielleicht bedeuteten unterschiedliche Prioritäten nicht unterschiedlich viel Liebe. Aber genau so fühlte es sich an.

Das vertraute verabscheute Gefühl in ihr war nicht unbedingt Scham. Aber es war ein naher Verwandter. Kalt und klebrig kroch es von ihrem Herzen nach außen. Mit jedem Pulsschlag breitete es sich weiter aus, das schnelle Klopfen zwischen ihren schmerzenden Schläfen eine ständige Anklage. Ein Gesang, der immer wieder und wieder von vorne begann.

Du hast dich wieder selbst verraten.

Du wusstest, wer er war.

Du hast ihn zu nah an dich herangelassen, obwohl du es besser wusstest.

Ausgerechnet du, die es besser wusste.

Du hast dich wieder selbst verraten.

Es war zwecklos, weiter zu diskutieren. Sie würde Peters

Meinung nicht ändern. Sie würde gar nichts ändern. Sie würde sich nur noch mehr hassen, wenn sie bettelte.

Aber sie konnte nicht aufhören, es zu versuchen. «Ich verstehe, dass du dir Sorgen um Geld machst. Aber glaubst du nicht, du könntest in L. A. genug Jobs finden, für die wir nicht Jahre unseres gemeinsamen Lebens opfern müssten? Und was ist mit unseren *Gods*-Einnahmen? Was ist mit dem Geld, das ich mit meiner Arbeit verdiene?»

Ein Großteil der Film- und Fernsehindustrie befand sich immer noch in Hollywood. Das eröffnete ihm Möglichkeiten. Es eröffnete ihnen beiden Möglichkeiten. Warum konnte er das nicht sehen?

«Und wenn das alles nicht ausreicht, Maria?» Seine Nasenflügel weiteten sich vor Frust, und er rutschte in winzigen, unruhigen Bewegungen unter ihr herum. «Ich habe zwar keine Hypothek, aber wir brauchen eine Altersvorsorge, denn es wird bei uns beruflich nicht ewig so gut laufen. Abgesehen davon müssen wir die Grundsteuer, die Beiträge für das Gemeinschaftseigentum und die Lebenshaltungskosten bezahlen, und das wird uns auffressen, wenn die Jobs, die wir annehmen, nicht genug einbringen.»

Für sie lag die Antwort auf der Hand, obwohl sie wusste – sie *wusste* –, dass er ihr nicht zustimmen würde. «Dann sollten wir das Haus verkaufen. Denn wenn du dich gezwungen siehst, bestimmte Jobs anzunehmen, nur damit du es behalten kannst, bieten dir diese Tore keine Sicherheit. Sie halten dich fest.»

Das Joch über dem Eingang der Siedlung war nur allzu passend. Dieser Wohnort war eine Last, die auf seinen breiten Schultern lag, ihn in seinem Geschirr hielt und hart arbeiten ließ.

«Peter ...» Sie legte ihre Handfläche auf sein Herz. «Ein Umzug würde nichts an dem ändern, was am wichtigsten ist. Du wärst immer noch genauso erfolgreich, egal wo du wohnst. Außerdem liebe ich dein Haus und deinen Garten, aber wir könnten das gleiche Haus mit einer ebenso schönen Aussicht in einer anderen Gegend, einer guten Gegend, für viel weniger Geld bekommen.»

Sobald sie sein Haus erwähnt hatte, war sein Körper zu Stein geworden, seine Brust und seine Arme hart und abweisend unter der oberflächlichen Weichheit. Und sie liebte ihn, aber wenn sie von einer kalten, ausdruckslosen Statue gehalten werden wollte, konnte sie auch in ein Kunstmuseum gehen und ein paar Wachleute in Alarmbereitschaft versetzen.

Sie rutschte von seinem Schoß und ließ sich neben ihn auf die Couch sinken.

In dem Moment, in dem sie sich aus seinen Armen wand, zuckte er zusammen. Sein Blick glitt zu seinem leeren Schoß hinunter, dann zu ihr. Dann schien er sich mit sichtlicher Mühe dazu zu zwingen, sich zu entspannen. Er lockerte seine Haltung und ließ seine Gesichtszüge weicher werden. Er schluckte hörbar, streckte die Hand wieder nach ihr aus und umfasste sanft ihren Oberarm. Sein Daumen streichelte ihren nackten Bizeps in einer zärtlichen, schmeichelnden Geste.

Er sprach leise. «Dort zu leben, war mein Traum, Maria. Seitdem ich nach Hollywood gezogen bin. Wie kannst du mich bitten, umzuziehen?»

Wie sollte sie ihm da widersprechen? Wenn diese Wohnanlage wirklich sein Traum war und keine Krücke, kein Joch, dann sollte er natürlich dortbleiben. Aber so oder so, es war nicht *ihr* Traum, und sie würde sich nicht auf dem Altar seiner Ambitionen opfern.

«Diesen Job anzunehmen, ist der beste Weg, meine Karriere voranzutreiben.» Er sprach immer noch, versuchte immer noch, sie von seiner Sichtweise zu überzeugen, als wüssten sie nicht beide, dass die Schlacht bereits geschlagen war. «Danach habe ich reichlich Erfahrung in der Arbeit mit einem Fernsehsender gesammelt, was mich für die Caster noch interessanter macht, und ich habe dann genug Ersparnisse, damit ich mir mein nächstes Projekt aussuchen kann, ohne mir so viele Sorgen um Geld zu machen. Ich werde dich nie wieder verlassen müssen. Jedenfalls nicht für mehrere Jahre am Stück.»

Er sagte das jetzt, aber sie sah es bereits vor sich. Sie sah, wie er zehn Jahre später immer noch jede Rolle annahm, die ihm den fettesten Gehaltsscheck einbrachte oder den größten Karrieresprung bedeutete, ganz gleich, wie lange und wie weit sie dadurch voneinander getrennt sein würden.

Sie wären zusammen, aber sie würde allein sein.

«Peter. *Sötnos.*» Sie strich ihm über die borstige Wange und versuchte zu lächeln, doch ihre Lippen zitterten vor Traurigkeit. «Es wird dir nie genug Geld sein. Genug Sicherheit.»

Weil er nie sicher genug sein würde, dass sein Traum ihm nicht wieder genommen werden konnte, so wie er seiner Mutter genommen worden war. Er würde nie genug Beweise dafür haben, dass er es geschafft hatte, egal was sein Vater sagte oder glaubte.

Sein Herz war immer noch leer, selbst mit ihr darin.

Sie konnte es nicht ausfüllen. Sie war nicht genug. Schon wieder nicht.

Warum redete sie überhaupt noch mit ihm? Es war doch eigentlich egal, was sie sagte, oder nicht? Er verstand ihre Position nicht, und er wollte von seiner nicht abrücken.

«Süße.» Er legte seine Hand auf ihre und drückte sie an seine Wange. «Du sagst, du liebst mich. Aber wahre Liebe würde nicht verlangen, dass ich meine Träume und Ambitionen aufgebe.»

Eine so zärtliche Geste bei einem so harten Urteil.

Sie gab ihm dieses Urteil gleich zurück, aber freundlicher

«Vielleicht. Aber wenn das stimmt, würde wahre Liebe auch nicht verlangen, dass ich allein bin, wenn mich das Alleinsein unglücklich macht.»

Alles Licht, das in seinen Augen noch geleuchtet hatte, verschwand.

Er sah sie noch immer an, hielt noch immer ihre Hand, aber er war weg.

«Es spielt keine Rolle, ob du meine Bedürfnisse für irrational oder dumm hältst.» Eine letzte Liebkosung seiner Schläfe, seiner Wange, seines Bartes. Dann ließ sie ihre Hand fallen und stand auf. «Ich kenne mich selbst. Ich weiß, was mich glücklich macht und was mich unglücklich macht.»

Langsam sank seine eigene Hand an seine Seite und ballte sich zusammen. Ansonsten rührte er sich nicht.

«In Ordnung», sagte er heiser. «Das könnte ich allerdings auch von mir behaupten.»

«Du sagst, dass du dich selbst kennst. Dass du weißt, was du brauchst, um glücklich zu sein.» Als er in stummer Zustimmung den Kopf senkte, schenkte sie ihm ein letztes, leises Lächeln. «Aber weißt du das, Peter? Weißt du das wirklich?»

Er machte sich nicht die Mühe, zu antworten. Die Diskussion war beendet. Den Kampf um ihre gemeinsame Zukunft hatte sie verloren, noch bevor sie den Platz betreten hatte.

Sie kramte in ihrer Handtasche nach ihrem Handy. Sie tippte ein paarmal auf das Display, um einen Flug nach L. A. und einen Wagen zu buchen, der sie in einer halben Stunde zum Flughafen hier in San Francisco bringen würde.

Der Gewinner bekam vielleicht alles – The Winner Takes It All –, aber diese Verliererin hatte nicht vor, ihr ganzes Hab und Gut zurückzulassen. Sie musste damit beginnen, alles zusammenzusuchen, was sie ins Hotel mitgenommen hatte. All ihre anderen Besitztümer – die Dinge, die sie mit nach L. A. gebracht und bei ihm im Haus deponiert hatte – konnte sie leicht am nächsten Wochenende holen, wenn er bei einer Stipendienveranstaltung in Wisconsin war.

Je beschäftigter sie war, desto unwahrscheinlicher war es, dass sie noch einmal vor ihm zusammenbrach. Also lief sie durch die Suite und schaute in jede Schublade, jedes Regal, jeden Winkel und jedes Schränkchen in den Zimmern, selbst wenn sie bereits wusste, dass sie vollkommen leer waren.

Sie neigte dazu, nur wenig einzupacken. Zumindest, wenn sie nicht gerade mehrere Koffer voller schwedischer Snacks mit sich herumschleppte, um die *Knäppgökar*, die sie vor der Kamera malerisch verhungern lassen wollten, auflaufen zu lassen. Innerhalb von fünfzehn Minuten war ihr Koffer voll mit ordentlich gefalteter Kleidung und in wasserdichte Beutel verpackten Hygieneartikeln. Die Dinge, die sie für den Flug brauchte, kamen in ihre Handtasche: ihr Handy, Ohrstöpsel, Lippenbalsam, eine gesteppte Augenmaske.

Und Taschentücher natürlich. Viele, viele Taschentücher, die sie diskret in eine Seitentasche steckte, wobei sie Peter den Rücken zuwandte.

Die ganze Zeit, während sie suchte, faltete und packte, saß er regungslos und stumm da.

Seltsam. Er wirkte nicht wie ein Mann, der dachte, er hätte gewonnen. Er wirkte ... ausgehöhlt. Blass und ausdruckslos. Er saß steif und gerade auf der Couch, die Augen in ihre Richtung gerichtet, aber leer. Wie diese beunruhigenden viktorianischen Fotos von geliebten toten Familienmitgliedern, die sie einmal in einer Museumsausstellung gesehen hatte.

Auch er war offensichtlich verletzt, und sie hasste es – *hasste es* –, ihn so zu sehen. Aber diese Wunde hatte er sich selbst zugefügt, seinen Schmerz zu lindern, war nicht länger ihre Aufgabe oder ihr Privileg, und dass er ihr in ihrem Elend Gesellschaft leistete, war der kälteste Trost, den man sich vorstellen konnte.

Sie musste weg.

Der Wagen würde noch eine Weile auf sich warten lassen, aber wenn sie noch länger blieb, könnte sie nicht garantieren, dass sie sich weiter zusammenreißen konnte. Sie würde in der Lobby warten, oder – noch besser, angesichts der Fan-Gruppen, die dort wahrscheinlich immer noch versammelt waren – direkt vor dem Hotel, hinter einer Topfpflanze.

Ihr weicher Strickponcho würde sie im Flugzeug warm halten, also schlang sie ihn sich um den Hals, bevor sie die übergroße Sonnenbrille aufsetzte.

Die würde allerdings nicht viel bringen. Falls sie weinen sollte, würde jeder, der sie sah, bemerken, wie sie sich die Nase mit diesen ganzen Taschentüchern trockentupfte, und selbst ohne ihre Augen zu sehen, würden die Fans sie anhand ihrer Größe, ihrer Statur und ihres Haars erkennen. Aber sie konnte zumindest *versuchen*, ihre Anonymität zu wahren.

Ein Versuch nach Treu und Glauben, wie die Juristen zu sagen pflegten.

Sie hatte dieses Prinzip schon immer gemocht.

Ihrer Meinung nach hatte sie sich auch bei Peter nach Treu und Glauben bemüht, auch wenn er das wahrscheinlich anders sah. Aber seine Meinung sollte für sie keine Rolle mehr spielen, oder?

Sie warf sich ihre Handtasche über die Schulter. Der Griff ihres Koffers ließ sich leichtgängig ausziehen, und sie konnte ihn ohne Probleme zur Tür rollen.

Doch ihr Atem stockte. Einmal, zweimal, ein drittes Mal, als sie über ihre Schulter zurückblickte und sich darauf vorbereitete, sich von dem Mann zu verabschieden, den sie viel zu lange und viel zu sehr geliebt hatte.

Am Ende konnte sie es nicht sagen. Sie konnte gar nichts sagen. Wenn sie den Mund öffnete, würde ein Schluchzen herauskommen, und wenn sie noch länger wartete, würden die Tränen unter ihrer Sonnenbrille hervorquellen.

Also verließ sie die Hotelsuite ohne ein Wort. Schon wieder. Genau wie in ihrer ersten gemeinsamen Nacht.

Aber dieses Mal waren seine Augen offen.

Er sah zu, wie sie ging.

GODS OF THE GATES: STAFFEL 6, EPISODE 9

AUSSEN. CASTAWAY ISLAND – TAG

Die Wolken hängen schwer und dunkel über der Insel, und das Wasser ist aufgewühlt, die Wellen werden von Minute zu Minute heftiger. CYPRIAN und CASSIA stehen mit gebrochenem Herzen am Ufer, beide aus ihren jeweils eigenen Gründen wütend und verängstigt. Sie sind noch zerzaust von ihrem Liebesspiel. Cyprian zerrt das Curragh aus seinem Unterstand und schaut verzweifelt auf das zerbrechliche Holzgerippe und die dünne Verkleidung des Boots.

CASSIA

Ich werde nicht gehen. Ich werde dich nicht verlassen.

CYPRIAN

Du hast das Gebrüll der Untoten gehört. Das Tor zum Tartaros wurde durchbrochen, und kein Mensch wird das bevorstehende Gemetzel überleben. Geh, Cassia.

Cassia hat Tränen in den Augen und weigert sich hartnäckig, das Curragh auch nur anzuschauen.

CASSIA

Ich werde dich nicht allein sterben lassen. Ich *liebe* dich, Cyprian.

Sie packt ihn an der Tunika und schüttelt ihn. Er bewegt sich nicht, bedeckt nur ihre Hände mit seinen.

CYPRIAN

Wenn das stimmt, wenn du mich liebst, wirst du in dieses Boot steigen und wegfahren. Jetzt schon könntest du unser Kind in dir tragen. Mein Kind. Mein Blut. Mein Vermächtnis in der Welt der Lebenden und der einzige Beweis unserer Hingabe, der nach diesem Tag noch existieren wird.

CASSIA

Wenn du *mich* liebst, lass mich nicht allein gehen. Lass uns gemeinsam den Wellen trotzen.

Cyprian beugt sich zu ihr und küsst sie sanft.

CYPRIAN

An meiner Liebe gibt es keinen Zweifel. Du bist der Schlag meines Herzens. Die Sonne, die mich wärmt. Der Regen, der mich reinwäscht. Doch meine Liebe zu dir ändert nichts an der Wahrheit, meine schöne, tapfere Schildmaid. Das Boot ist noch nicht stark genug, um uns beide zu tragen.

Cassia schluchzt, und Cyprian tröstet sie in seinen Armen. Dann richtet er das Curragh am Ufer aus und hilft ihr einzusteigen. Nach einem letzten liebevollen Kuss lenkt er das Boot tiefer in das raue Wasser und schiebt es so weit hinaus, wie er kann.

CASSIA

Dieses Boot mag sinken. Die Menschheit mag untergehen. Aber meine Liebe zu dir wird bleiben.

Sie beginnt zu rudern. Er schaut ihr hinterher, bis er sie und das Curragh nicht mehr sehen kann. Mit steinerner Miene dreht er sich um und schreitet zum Ufer, dann zu den Klippen, wo er zusehen wird, wie die Frau, die er liebt, am Horizont verschwindet. Wo er seinem Schicksal und seinem Tod begegnen wird. Allein.

25

IM NACHHINEIN WAR es unfassbar dumm gewesen, zu erwarten, dass die Leitung der Fakultät für Theater und Dramatik einer Universität ein Event schlicht und unaufgeregt gestalten würde.

Schließlich handelte es sich nicht um die Fakultät für Theater und Unauffällige Introvertiertheit.

Peter konnte in letzter Zeit aber ohnehin nicht mehr wirklich klar denken. Nicht seit dem letzten Wochenende, als Maria ihn verdammt noch mal verlassen hatte, nachdem sie ihm vorgeworfen hatte, dass er *sie* verlassen würde. Und jetzt war er also hier. Ganz allein in einer Menge von etwa hundert Fremden, verwirrt von der Größe und Aufwändigkeit dessen, was er für eine ziemlich einfache Veranstaltung gehalten hatte.

Weil ein Stipendium gestiftet wurde – eins! nur eins! –, musste man doch nicht so einen Zirkus veranstalten, verdammt.

Jedenfalls hatte ihn eine scheinbar endlos lange Schlange von Leuten vor dem Vorführraum der Vilas Hall festgehalten. Sie wollten sich ihm vorstellen, ihm gratulieren, ihm danken, ihn daran erinnern, wann und wo sie sich schon einmal getroffen hatten. Sie wollten ein nettes, lebhaftes Gespräch mit dem Mann der Stunde führen.

Aber nach einer quälend einsamen Woche waren seine Reserven an Energie und Wohlwollen aufgebraucht, und er wusste nicht, wie lange er beides noch vortäuschen konnte.

Wenn er allein war, hasste er sich selbst.

In der Gesellschaft anderer Leute hasste er stattdessen sie.

So oder so: Es war die reinste Qual.

Dann sah er sich plötzlich zwei bekannten Gesichtern gegenüber. Und für einen kurzen, sehr beängstigenden Moment dachte er, dass er sich bei einer Veranstaltung zu seinen Ehren zurückziehen musste, damit ihn niemand weinen sah.

«Nava. Ramón.» Mit einem einfachen Räuspern konnte er den Kloß in seiner Kehle nicht lösen, also versuchte er es ein zweites, dann ein drittes Mal. «W-was macht ihr zwei denn hier?»

Nava stellte sich auf die Zehenspitzen, um ihre Arme um seinen Hals zu legen und ihn an sich zu ziehen, und sie war nicht Maria. Sie war nicht die unbeschreibliche Sanftheit, unter der eiserne Stärke lag, sie war nicht das fehlende Teil, das jedes Mal, wenn sie sich an ihn drückte, an seinem Platz einrastete.

Aber sie war so verdammt warm, ihre Umarmung so herzlich, ihre Augen voller Verständnis und Sorge um ihn. Ramóns Umarmung hingegen bestand aus einem heftigen Drücken und mehreren Klopfern auf den Rücken, die irgendwie sowohl Mitgefühl als auch Zuneigung ausdrückten, ohne dass ein Wort gesprochen wurde.

«Ich bin auch eine Absolventin dieser Fakultät. Hast du das schon vergessen?» Nava schnipste gegen seine Krawatte und rümpfte die Nase. «Aber selbst wenn ich es nicht wäre, hätten wir diese Veranstaltung um nichts in der Welt verpassen wollen.»

Er blickte zur Decke und blinzelte heftig.

Als die Fakultät nach den Namen von Verwandten und Freunden gefragt hatte, die er einladen wollte, hatte er mit dem Gedanken gespielt, seinen Vater auf die Liste zu setzen. Denn vielleicht würde Dad angesichts eines so konkreten Zeichens von finanziellem Erfolg und beruflicher Anerkennung endlich verstehen, warum sich sein Sohn gegen jede Vernunft entschieden hatte, nach Hollywood zu gehen. Vielleicht würde er Peter ansehen und endlich sagen: «Du hattest recht. Ich hatte Unrecht. Du musstest gehen, und es tut mir leid.»

Dann, nachdem Dad diese lebensverändernde Erkenntnis gehabt hätte, würde er vielleicht dasselbe zu der hübschen Urne mit seiner verstorbenen Frau darin sagen, und Peter könnte endlich, nach all den Jahren, glauben, dass seine Mutter Frieden gefunden hatte, wo auch immer sie jetzt war.

Aber das würde nicht passieren, oder? Niemals. Peter hatte seinen Vater also nicht eingeladen, weil es ihm wehtun würde, ihn zu sehen.

Er hatte sich gewünscht, dass Maria in diesem Raum, in diesem Moment seine Familie sein würde. Und jetzt war auch sie weg.

Aber Nava und Ramón waren hier, und er liebte sie. Maria hatte die drei zusammengebracht und eine erste, zaghafte Verbindung zwischen ihnen hergestellt, aber Peter hatte sich ihre Loyalität und Zuneigung selbst verdient, so wie sie sich seine verdient hatten, und er liebte sie nicht einfach als Freunde von Maria, sondern weil sie gute, kluge, nette Menschen waren.

Und sie waren verdammt loyal. Er brauchte sie, und sie waren gekommen. Er hatte nicht einmal fragen müssen.

Sie waren seine Familie.

Sie liebten ihn.

Auch ohne Maria.

«Oh, Peter», flüsterte Nava. Sie legte sanft eine Hand auf seinen Arm.

Irgendwie hatten sie davon gehört. Sie wussten, was vor einer Woche in diesem verdammten Hotel passiert war.

Er schluckte schwer. «Nicht.»

Es war eine Bitte im Gewand eines schroffen Befehls, und

sie verstanden das. Sie verstanden ihn. Also sagten sie eine Minute nichts, gaben ihm Zeit, sich zu sammeln, und es gab keinerlei Anzeichen, dass sie wegen seines Tons beleidigt waren. Aber Nava ließ ihn auch nicht los, und dafür liebte er sie umso mehr.

Im gesamten Saal kannten ihn nur zwei Menschen wirklich.

Wie sich herausstellte, war das genug.

«Danke», brachte er schließlich heraus.

«Gern geschehen, du musst uns nicht danken.»

Sie stellte sich wieder auf die Zehenspitzen und drückte ihm einen Kuss auf die Wange. «Wir wollen für dich da sein.»

Bevor er sich zu einer Antwort aufraffen konnte, flackerte das Licht, und alle begannen, sich in den Sitzreihen niederzulassen. Ohne sich auch nur anzusehen, um sich bei ihrem Vorhaben abzustimmen, nahmen Nava und Ramón jeweils einen seiner Arme und führten Peters widerstrebenden Hintern zu dem kleinen Podium vor der Leinwand, wo sie ihn neben ein paar offiziell aussehenden Leuten absetzten, die er zuvor vielleicht zweimal getroffen hatte.

«Du schaffst das, Junge», sagte Ramón leise, bevor sie gingen.

Aber sie gingen nicht weit weg. Nach vielleicht fünf Schritten ließen sie sich in der allerersten Sitzreihe nieder, direkt in der Mitte, wo er sie nicht übersehen konnte. Nava lächelte ihn an wie eine stolze ältere Schwester, und Ramón nickte ihm aufmunternd zu.

Die Reden dauerten viel zu lange, vor allem, wenn man bedachte, wie bescheiden seine Zuwendung war: die Studiengebühren und ein kleines Stipendium für einen inländischen Studenten pro Jahr, genug, um Lehrbücher und Unterrichtsmaterialien zu kaufen und vielleicht zum Teil ein Zimmer im Studentenwohnheim zu bezahlen.

Das war nicht viel. Aber es war genug, um einem weiteren

verlorenen Kind aus Wisconsin eine Chance zu geben, von hier zu entkommen und Karriere zu machen. Oder zumindest, um diesem Kind ein paar Raten für den Studienkredit zu ersparen.

Er nahm an, dass er seine eigene Rede gut gehalten hatte. Immerhin war er Schauspieler. Aber abgesehen von seinen aufrichtigen guten Wünschen für die Stipendiaten hatte er hauptsächlich Blödsinn geredet.

Als der Applaus endlich verklang und er sich neben Ramón auf einen Stuhl fallen lassen konnte, atmete er erleichtert auf. Doch dann sah er sich seinem eigenen Gesicht in drei Meter Größe gegenüber – heilige Scheiße, das wurde einfach nie weniger seltsam –, als die Organisatoren der Veranstaltung begannen, die gesammelten Aussagen früherer Kollegen über ihn abzuspielen, die sich mit Pressefotos und Clips von seinen verschiedenen Rollen abwechselten.

Die Organisatoren waren ihm dankbar, sicher. Aber sie prahlten auch mit einem ihrer erfolgreichsten Absolventen, da sie hofften, dass dies ihren Ruf verbessern und ihnen mehr Geld für die Fakultät einbringen würde.

Er verstand das. Es ergab Sinn. Trotzdem war es verdammt peinlich.

Einer nach dem anderen erschienen seine *Gods of the Gates*-Schauspielkollegen und die Crew. Marcus hielt einen Vortrag über Peters sogenannte Gravität und lieferte eine der idiotischsten Erklärungen von Schauspieltechnik, die man je gehört hatte, dieser alte Faker. Carah schmunzelte und nannte Peter «den verdammten Meister in der Darstellung von streng gezügelten, aber intensiven Emotionen, wie auch von unerträglicher gottverdammter Geilheit, die kein Ventil findet».

Alex beschwerte sich: «Gott, Peter ist der *Schlimmste*. Drei Jahre in Folge hat er mir den ersten Platz bei der Umfrage des *Fan Thirst*-Magazins ‹Promi-Bart, den wir am liebsten reiten würden› gestohlen. Wussten Sie das? Das war eine gottverdammte Farce.» Er deutete auf jemanden, der sich außerhalb des Sichtfeldes der Kamera befand. «Du findest doch auch, dass ich hätte gewinnen sollen, oder, Wren? Sag, dass du das auch denkst.»

Jeanine grinste und strich sich die Haare über die Schultern. «Dieser Mann trägt zerschlissene Lederhosen wie kein anderer. Seine Oberschenkel haben achtzig Prozent meiner Arbeit für mich erledigt, und sein verführerischer Bart hat die restlichen zwanzig Prozent getan. Peter Reedton. Was für eine Legende.»

Ramón und Nava tauchten ebenfalls auf und sprachen als Duo über seine Professionalität und seine Arbeitsmoral. Dann fügten sie hinzu: «Peter ist im Stillen einer der fürsorglichsten Menschen, denen wir je begegnet sind, daher waren wir nicht überrascht, als wir von diesem Stipendium hörten. Er ist nicht nur ein unglaublich talentierter Schauspieler. Er ist auch ein sehr guter Mensch, und wir sind stolz darauf, seine Freunde zu sein.»

Als ihr Beitrag zu Ende war, sah er die beiden an, und sie lächelten ihm in dem schwach beleuchteten Theater liebevoll zu, wobei ihr Stolz den Raum förmlich erhellte.

Das Video lief weiter und weiter. Seine Freunde waren ganz sie selbst. Sie brachten ihn zum Lachen, und wenn er emotional nicht so verklemmt gewesen wäre, hätten sie ihn auch zum Weinen gebracht. Schon wieder.

Zwischen den Interviews wurden kurze Ausschnitte aus Projekten gezeigt, die sich über die gesamten zwei Jahrzehnte seiner Karriere erstreckten. In einigen Clips aus Low-Budget- oder Indie-Filmen war er der Hauptdarsteller. In den Szenen aus bekannteren Filmen und Fernsehserien waren seine Rollen kleiner.

All das hatte sich mit *Gods of the Gates* geändert. Das Angebot von *FTI* machte deutlich, dass er nun als Hauptdarsteller für große Produktionen infrage kam. Aber das war noch nicht lange so, und bis heute Abend hatte er noch nie so viele seiner weniger prestigeträchtigen Rollen zum Vergleich nebeneinander gesehen.

Einige der frühen Projekte waren natürlich lächerlich, und der Schöpfer der Zusammenstellung hatte sehr genau darauf geachtet, dass seine zu Recht berüchtigte Szene aus *Creekwatch* enthalten war. Die Szene, in der Peter – «Ertrinkender Typ #2» – auftauchte und beinahe in dem titelgebenden regengeschwängerten Bach ertrank, während der von Marcus gespielte Rettungsschwimmer-Schrägstrich-Rächer nur mit einer knappen Badehose bekleidet und mit viel zu viel Selbstbräuner eingeschmiert versuchte, ihn zu retten.

«Ich werde dich nicht sterben lassen!», verkündete Marcus am schlammigen Ufer neben Peters völlig reglosem Körper. «Nicht an dem Ort, an dem meine Schwester getötet wurde! Nicht, wenn ich ihre Mörder noch nicht gefunden habe, obwohl ich schon so lange nach ihnen suche!»

Die eindeutige und etwas beunruhigende Implikation war, dass Mr Warum-versuchst-du-es-bei-dem-Opfer-nicht-mit-Mund-zu-Mund-Beatmung-statt-hier-eine-Rede-zu-halten Ertrinkender Typ #2 ohne Weiteres zu Absolut ertrunkener Typ #1 hätte werden lassen, wenn Peters Figur einen anderen Ort entlang des Baches zum Ertrinken gewählt hätte oder wenn Marcus' Figur den Mördern seiner Schwester bereits seine spektakulär unpassende Art von Gerechtigkeit hätte zuteilwerden lassen.

Der Clip brachte ihn zum Lachen. Er brachte alle im Theater zum Lachen, und das aus gutem Grund.

Aber so viele seiner anderen Auftritte machten ihn immer noch stolz. Der agoraphobische Bildhauer. Der schnarchige Verkäufer im Plattenladen, der die witzigsten Sprüche von allen Figuren hatte, auch wenn er keine Hauptrolle war. Die Geisel bei einem Banküberfall, die eine Krankheit hatte, die sie töten würde, wenn sie nicht bald behandelt wurde. Der Klempner in einer Kleinstadt, der die schüchterne Bibliothekarin im Hintergrund so vieler Szenen vorsichtig umwarb, während das Hauptpaar sein Happy End fand.

Jede dieser Rollen hatte ihn auf eine andere Weise gefordert. Sie hatten seine Fähigkeiten auf die Probe gestellt und ihn besser gemacht. Am Ende eines Arbeitstages war er nach Hause in seine kleine Wohnung gekommen und hatte sich – zufrieden gefühlt. Nicht unbedingt glücklich, weil er so verdammt allein war. Aber beruflich erfüllt?

Ja. Zweifellos.

Damit sie die Massen ansprachen, waren die Hauptfiguren in großen Produktionen oft so verdammt *fade*. Charakterdarsteller und Hauptdarsteller in Indie-Filmen hingegen – sie konnten alles sein, denn es hingen nicht eine weitere Staffel oder eine mögliche Fortsetzung oder Hunderte von Millionen Dollar an Produktionskosten davon ab, wie gut man sich in sie hineinversetzen konnte. Wie gut man sich in ihn hineinversetzen konnte.

Aber wenn er den inzwischen fertigen Vertrag mit *FTI* unterzeichnete ...

Na ja, es würde natürlich Nebenhandlungen geben, aber Maria hatte die wesentliche Dynamik erfasst. In weniger als einem Monat würde er ein weiterer austauschbarer weißer Mann im weißen Kittel sein, der in ein Mikroskop sah, Fotos von Nummernschildern im Computer schärfer machte und aus Versehen zum Ziel von Mördern wurde. Wenn er Glück hatte, führte er vielleicht eine Ehe, die hinter den Kulissen zerbrach, was die Serie mit insgesamt vier Minuten Filmmaterial und zwei flüchtigen Andeutungen von offener Trauer während der gesamten Staffel zeigen würde.

Ehrlich gesagt, wäre die Rolle des Serienmörders, für die er ursprünglich vorgesprochen hatte, interessanter zu spielen. Bei Weitem.

Warum war ihm das nicht schon früher in den Sinn gekommen?

Unruhig starrte er noch ein oder zwei Clips lang auf die Leinwand, ohne wirklich etwas zu sehen.

Und dann ... war sie da.

Er hatte gewusst, dass dieser Teil des Videos kommen würde. Sie hätten auf keinen Fall darauf verzichtet, Maria um einen Clip zu bitten, und sie hätte auf keinen Fall abgelehnt. Wahrscheinlich hatte sie den Beitrag schon vor Wochen gedreht, wollte das aber bis zum eigentlichen Ereignis geheim halten, um die Überraschung nicht zu verderben.

Aber es war auch egal, was er gewusst hatte oder wie gut er geglaubt hatte, vorbereitet zu sein. Als ihr geliebtes Gesicht erschien, ihr strahlendes Lächeln, ihre warmen braunen Augen, die vor Zuversicht und Lebendigkeit funkelten ...

Es fühlte sich so an, als hätte sich eine dieser verdammten Riesenkühe von der Insel auf seine Brust gesetzt.

Er starrte sie mit nicht besonders intelligentem Ausdruck an.

Ihr Mund bewegte sich, während sie sagte, was auch immer sie sagte, ihre Lippen waren rosig und die Mundwinkel nach oben gezogen. Er hatte seine Zunge zwischen diese Lippen geschoben. Mit dem Daumen über sie gestrichen. Sie weit für seinen Schwanz geöffnet. Sie mit seiner Hand bedeckt, als sie kam.

Er hatte sie sanft geküsst und gestaunt, wie gut sie zusammenpassten. In jeder Hinsicht.

Sechs Jahre. Sechs Jahre hatten sie zusammen verbracht, Liebende, die zu Freunden wurden und wieder zu Liebenden. In diesen sechs Jahren hatte er die Anerkennung der Kritiker erlangt, mehrere goldene Statuetten gewonnen, war im Beruf zu ganz neuen Höhen aufgestiegen, er hatte Legionen neuer Fans gewonnen und so viel Geld auf sein Bankkonto eingezahlt wie noch nie zuvor.

Er hatte Erfolg. Unbestreitbaren, tiefgreifenden Erfolg.

Er hatte gegen eine Windmühle gekämpft und ... gewonnen.

In diesen sechs Jahren, in diesem riesigen Abschnitt seines beruflichen und privaten Lebens, war er glücklich gewesen. Erstaunlich, erschreckend, durchgehend glücklich, so, wie er es noch nie erlebt hatte und vielleicht nie wieder erleben würde.

Und er hatte den Großteil dieser Jahre auf einer winzigen Insel vor der irischen Küste verbracht, wo ihn all die Vorzüge und Konsequenzen seines Erfolges nicht finden und sein tägliches Leben verändern konnten.

Solange er auf der Insel genug Geld hatte, um bequem zu leben – um Essen im Pub oder Fährfahrten an die Küste zu bezahlen –, spielte der Überfluss keine Rolle. Es gab keine Gelegenheiten und absolut keine Notwendigkeit, viel Geld auszugeben. Auch dass er neuerdings Hauptrollen ergattern könnte, machte keinen großen Unterschied, da er kaum Zeit hatte, besagte Hauptrollen zu drehen. Dass er mehr Follower in den sozialen Medien hatte, änderte nichts daran, wie er postete: selten und knapp. Was bei seinen Fans seltsamerweise für große Heiterkeit sorgte und ihm *noch mehr* Follower in den sozialen Medien einbrachte. Seine goldenen Statuetten standen auf dem Sims über seinem Kamin in L. A., direkt unter der Zeichnung seiner Mutter. Ihr leisteten sie vielleicht Gesellschaft, aber für ihn, auf der anderen Seite des Atlantiks, änderten sie rein gar nichts. Ebenso wenig wie das Haus selbst, auch wenn es noch so perfekt auf einem der exklusivsten Grundstücke der Welt stand.

Wenn ihn also sein lang erwarteter Erfolg in all den Jahren auf der Insel glücklich gemacht hatte, wusste er eigentlich nicht, warum.

War es das bloße Wissen um seinen Erfolg gewesen? Die

Aussicht darauf, wie dieser Erfolg sein Leben in der nächsten Drehpause, in der Zeit zwischen den Staffeln und nach dem Ende der Serie verändern würde?

Oder hatte er es einfach geliebt, bei Maria und ihren gemeinsamen Freunden zu sein, wenn er nicht gerade eine Szene für eine Rolle drehte, die er sowohl herausfordernd als auch interessant fand?

Sie war immer noch auf der Leinwand zu sehen, und plötzlich konnte er sie hören.

Mehr als das. Er konnte ihr *zuhören*.

«… die ich an Peter bewundere, ist, dass er in eine kleine Rolle genauso viel Arbeit und Gefühl steckt wie in eine Rolle wie die des Cyprian», sagte sie und beugte sich vor, um ihren Worten Nachdruck zu verleihen. «Denn er ist ein Meister seines Fachs und will den Leuten, mit denen er arbeitet, und dem Publikum immer sein absolut Bestes geben. Wenn man genau hinsieht, merkt man, dass auch in den Filmen und Serien, in denen er im Hintergrund bleibt, den Freund oder Kollegen spielt oder vor den Augen des dramatischsten Rettungsschwimmers-Schrägstrich-Rächers der Welt – Hi, Marcus – fast in einem Bach ertrinkt, seine schauspielerische Leistung … brillant ist. Genauso brillant wie seine Darstellung des Cyprian. Jedes Mal.»

Ihre braunen Augen waren weich und aufrichtig, ihr Blick direkt. Nachdem sie so lange Zeit miteinander verbracht hatten, erkannte er, wann sie log, und er sah, wann sie die Wahrheit sagte. Wenn er nur aufmerksam genug war.

Jetzt war er aufmerksam.

Das war die Wahrheit, wie sie sie sah.

«Peter Reedtons Arbeitsmoral ist unvergleichlich, jeder, der ihn richtig kennenlernt, liebt ihn, und er ist ein wahnsinnig begabter Schauspieler», erklärte sie entschieden. Fast aggressiv, als wollte sie das Publikum herausfordern, ihr zu widersprechen. Als wollte sie es mit jedem Einzelnen von ihnen aufnehmen, sollten sie an seinem Wert zweifeln, und sie würde jeden Kampf gewinnen. Natürlich würde sie gewinnen. «Er verdient all das Lob, das er bekommen hat, und noch mehr, und das wäre auch ohne *Gods of the Gates* so. Unsere Serie war nur das Vehikel, durch das die Welt endlich bemerkt hat, was er die ganze Zeit schon geleistet hat. Bei jedem Projekt, ob groß oder klein.»

Sie meinte verdammt ernst, was sie sagte. Wenn er für den Rest seiner Karriere nur noch kleine Rollen spielen würde, wäre ihr das scheißegal. Sie würde deshalb nicht weniger von ihm halten. Sie würde ihn immer noch als erfolgreich betrachten, weil er auf seine Kolleginnen und Kollegen achtete, hart arbeitete und gut in seinem Job war.

Ihre Liebe und ihre Wertschätzung für ihn hingen nicht von bestimmten Leistungen oder Geld ab.

Sie hingen von ihm ab. Einfach nur von ... ihm.

Scheiße noch mal. Er war ein gottverdammter *Knäppgök*.

Auf der Leinwand machte sie eine wegwerfende Handbewegung. «Aber er ist und bleibt ein *Skitstövel*. Punkt.»

Er ließ den Kopf hängen. Ja. Auch das.

Aber er konnte sich ein Lächeln nicht verkneifen, trotz des Brennens in seinem Bauch, denn das Timing ihres Witzes war einwandfrei. Das Publikum lachte auch, was hieß, dass es offenbar wusste, dass es ihr Kosename für ihn war und was er übersetzt bedeutete.

Korrektur: Es war sein Kosename *gewesen*.

Jetzt sprach sie ihn überhaupt nicht mehr an.

Sie hielt sich eine Hand vor den Mund und tat so, als flüsterte sie dem unsichtbaren Publikum zu: «Außerdem hat Jeanine recht mit diesen Schenkeln. Aber verraten Sie ihm nicht, dass ich das gesagt habe.»

Hinter der Kamera pfiff jemand – es klang wie Carah –, und Maria grinste die Person an, während das Publikum wieder lachte.

Dann wurde die Leinwand schwarz und ihr Gesicht verschwand. Sie war weg.

Er holte tief Luft und sein Atem zitterte. Als er die Augen schloss, flackerte ihr Nachbild auf, das sich unwiderruflich in seine Netzhaut eingebrannt hatte.

So wie es sich anhörte, war die Videopräsentation zu Ausschnitten aus Cyprians Szenen mit Cassia übergegangen, und normalerweise sah er sich Marias Arbeit gerne an. Aber ...

Ramóns schlanke, starke Hand umfasste seine und drückte sie.

Vielleicht sollte es Peter peinlich sein, wie fest er die Hand seines Freundes umklammert hielt, aber das war es nicht. Er brauchte diese Unterstützung, diese Bestätigung, da seine Welt aus den Fugen geriet.

Alles, dessen er sich sicher gewesen war, war erschüttert und umgeworfen und in der Mitte zerbrochen worden, und da stand er nun, inmitten der Trümmer. Schockiert. Hilflos. Er konnte nichts anderes tun, als seine Gewissheiten wieder zusammenzusetzen, aber diesmal auf eine andere Art und Weise, auf die richtige Art und Weise, damit sie nie wieder um ihn herum zusammenbrechen würden.

Er musste alles hinterfragen, *alles*, was er geglaubt hatte, über sich und Maria zu wissen. Und er wusste genau, wo er anfangen musste.

Warum war er so verflucht entschlossen gewesen, eine Rolle anzunehmen, die ihn verdammt noch mal nicht einmal interessierte, obwohl er wusste, dass das Maria unglücklich machen würde?

Ja, für die Rente, die Krankenversicherung und die Lebenshaltungskosten brauchte er Ersparnisse, aber es ging ihm nicht schlecht und ihr auch nicht, sie hatten beide noch eine lange Karriere vor sich, und nach der Rolle in *Gods* würden sich ihnen noch viele andere Möglichkeiten bieten. Die

Gods-Wiederholungshonorare waren auch nicht unbedeutend. Und selbst bevor er die Rolle des Cyprian bekommen hatte, hatte er es geschafft, sich mit seiner Schauspielerei über Wasser zu halten. Er hatte ein anständiges, wenn auch kein luxuriöses Leben geführt. Genau wie sie.

Zum Teufel, wenn sie heiraten und wirklich alle Stricke reißen würden, konnten sie immer noch nach Schweden ziehen und eine Zeit lang von den Früchten des Sozialismus leben. Sosehr er sich auch über das schwedische System lustig gemacht hatte, die Aussicht auf eine garantierte Rente und Gesundheitsversorgung ... Na ja, höhere Steuern schienen kein so schrecklicher Preis dafür zu sein. Im wahrsten Sinne des Wortes.

Was seiner Mutter zugestoßen war, würde ihm nicht passieren. Es würde ihnen nicht passieren. Das konnte es nicht.

Und wenn er die Rolle nicht wegen des Geldes annehmen musste, warum sollte er sie dann überhaupt annehmen? Wenn er Castern zeigen wollte, dass er mit einer Hauptrolle im Fernsehen umgehen konnte, hatte er das nicht mit *Gods of the Gates* schon getan?

Er wollte den Strippenziehern und Machthabern in Hollywood gar nichts beweisen. Das war nur eine Ausrede. Er wollte sich selbst und allen anderen die Wahrheit einfach nicht eingestehen. Nicht einmal Maria, der einzigen Person, die diese Wahrheit wahrscheinlich schon vor langer Zeit verstanden hatte, ohne dass er sie ihr hatte sagen müssen.

Denn wenn er sich diese Wahrheit eingestand, musste er sich auch eingestehen, dass es ihn immer noch interessierte, was sein Vater von ihm dachte, nach mehr als zwei Jahrzehnten der Entfremdung, und er wollte nicht, dass ihm das noch so viel ausmachte. Er fühlte sich dadurch wieder wie ein hilfloses Kind, unfähig, seinen Vater dazu zu bringen, ihn auch nur anzuschauen, geschweige denn ihn und seine Entscheidungen zu verstehen.

Es war erbärmlich, und er hasste sich selbst dafür, und nach dieser Erkenntnis sollte er wahrscheinlich wieder für eine Weile zur Therapie gehen. Aber es war die Wahrheit.

Er versuchte immer noch zu beweisen, dass er etwas wert war.

Er versuchte immer noch zu beweisen, dass es richtig war, zu gehen.

Er versuchte immer noch, Dinge zu beweisen, die er von Anfang an eigentlich gar nicht hätte beweisen müssen. Und selbst wenn, die einundzwanzig Jahre, die er in Hollywood überlebt hatte – nein, in denen es für ihn in Hollywood *richtig gut lief* –, und die sechs Jahre, in denen er sich einen neuen, engen Kreis treuer, lieber Freunde aufgebaut hatte, *hätten* bereits Beweis genug sein sollen. Für seinen Vater. Für ihn selbst.

Warum also hörte er immer noch auf die Stimme seines Vaters in seinem Kopf?

Und wenn er niemandem mehr etwas beweisen musste, was für ein Leben wollte er dann eigentlich führen? Was würde ihn wirklich glücklich machen?

Wusste er das überhaupt?

Denn er hatte Maria gesagt, er wüsste es. Er hatte sich selbst und ihr und allen anderen erzählt, dass er von Anfang an von einem mehrere Millionen teuren Haus in einer exklusiven bewachten Wohnanlage geträumt hatte. Dass er sich immer nach hochkarätigen, gut bezahlten Rollen in Shows wie *Gods of the Gates* und *FTI* gesehnt hatte.

Aber auch das war eine Lüge. Als er nach L. A. gezogen war, hatte er einfach seinen Lebensunterhalt mit Projekten verdienen wollen, die er für lohnenswert hielt.

Er hatte auch Liebe gesucht. Er brauchte sie, sehnte sich nach ihr. Nach Liebe und Freundschaft und einer Familie.

Und im Laufe von sechs wundervollen Jahren hatte Maria ihm all das gegeben, eines nach dem anderen.

Bevor sie mit ihrer stillen, aber unerbittlichen Kampagne begonnen hatte, eine persönliche Verbindung zwischen ihm und seinen Kollegen zu schaffen, hatte man ihn in Hollywood respektiert. Er galt als fleißig und professionell. Aber niemand hatte ihn besonders gemocht, und warum sollten sie auch? Wie hätte überhaupt jemand behaupten können, ihn zu kennen, wenn er hinter der Kamera kaum ein Wort mit ihnen wechselte?

Alle hatten gewusst, dass er ein guter Schauspieler war. Sie hatten nicht gewusst, ob er ein guter Mensch war.

Auf diese Frage gab es immer noch keine endgültige Antwort, oder?

Denn als Maria, die Frau, die sein einsames Leben erhellt und es mit Freude und Gesellschaft erfüllt hatte, ihm gesagt hatte, was sie brauchte, was sie glücklich machen würde, hatte er es gehört.

Aber er hatte ihr nicht zugehört.

Genau wie sein Vater.

Und Maria hatte es ihm nicht nur einmal gesagt. Sie hatte es ihm mehrfach gesagt und auf verschiedene Weisen. Bei Alex' Wohltätigkeitsveranstaltung, als sie den Kopf geschüttelt und gesagt hatte, sie wisse nicht, wie eine Fernbeziehung für irgendjemanden funktionieren könne. Auf der Insel, wo sie eine Gruppe von ganz unterschiedlichen Menschen zu einer liebevollen Gemeinschaft zusammengeschweißt hatte, in der man sich gegenseitig unterstützte, zu einer echten Familie, und nicht nur, weil er diese Familie gebraucht hatte und alle anderen vielleicht auch. *Sie* hatte sie gebraucht.

Sie hatte es ihm mit all den regelmäßigen langen FaceTime-Gesprächen mit ihren Geschwistern und Eltern gesagt, so viele Anrufe, dass er sich gefragt hatte, wie viel Geld sie für ihr Datenvolumen wohl ausgab. Schon bevor er die Ivarssons persönlich kennengelernt hatte, hätte nur ein

Idiot übersehen können, wie wichtig die Familie in ihrem Leben war.

Und dann *hatte* er sie getroffen. Und zum ersten Mal in seinem Leben hatte er gesehen, wie eine gute Familie funktionieren konnte. Wie jeder die Schwachstellen des anderen schützte, immer in dem Wissen, dass im Gegenzug die eigenen Schwachstellen geschützt würden, wann immer es nötig wäre. Wie Zuneigung freimütig verteilt werden konnte und das Bedürfnis nach Zuneigung keine Schande oder Schwäche darstellte. Wie Menschen mit sehr unterschiedlichen Persönlichkeiten sich dennoch gegenseitig respektieren und schätzen konnten.

Er hatte auch gesehen, wie wohl sich Maria fühlte und wie zufrieden sie war, wenn die Menschen, die sie liebte, sie umgaben. Dann hatte sie dagesessen, praktisch umgeben von *ihm*, in seinen Armen und zwischen seinen Beinen, und sie hatte buchstäblich die schmerzhaftesten Seiten ihrer Vergangenheit in Form eines Familienalbums für ihn geöffnet. Die Geschichten, die sie ihm erzählte, die Bilder, die sie ihm zeigte, hatten ihre Verletzlichkeit so deutlich zutage treten lassen, dass er fassungslos hinter ihr gesessen hatte, bewegt und erschrocken und bis ins Mark erschüttert. Denn von diesem Moment an vertraute sie darauf, dass auch er ihre Schwachstellen schützte, dass er sie beschützte. Sie vertraute ihm genauso, wie sie ihrer Familie vertraute – und niemandem sonst auf der Welt. Nur den Ivarssons und ... ihm.

Das erste Foto, das sie von ihr gemacht hatten, würde ihn für den Rest seines verdammten Lebens verfolgen.

Das kleine Mädchen hinter der Plastikfolie sah aus wie Maria. Stämmig. Groß. Dieselben Gesichtszüge. Dasselbe Haar. Aber die Maria, die er kannte, strahlte und funkelte, sie leuchtete von innen heraus vor Freude, Wärme und Humor, vor Zuversicht und der Entschlossenheit, sich der Welt zu ihren eigenen Bedingungen zu stellen, ohne sich dabei jemals selbst zu verlieren.

Jegliches Licht auf dem Bild dieses Kindes stammte vom Blitz der Kamera oder von der Sonne. Nicht von ihr. Da war kein einziger Funken Wärme in ihrem verschlossenen Gesicht oder in diesen harten, misstrauischen braunen Augen.

Sie war eine junge Medusa, stark und wütend und einer Welt überdrüssig, die sie ohne Grund verletzte und immer wieder verletzte, und unter der kühlen Anklage ihres Blicks hätte diese Welt und jeder in ihr zu Stein werden müssen. Aber das passierte nicht.

Stattdessen hatte sie sich selbst in Stein verwandelt, denn Stein konnte nicht trauern.

Abgesehen von den oberflächlichen Merkmalen sah sie überhaupt nicht wie die Maria von heute aus. Sie sah eigentlich fast so aus, wie Peter bis vor etwa sechs Jahren auf Fotos ausgesehen hatte.

Vielleicht war das der Grund, warum sie ihn auf eine Weise verstand, wie es bisher niemand sonst getan hatte. Sie war einmal wie er gewesen. Im Gegensatz zu ihr hatte er jedoch keine Ivarssons in seinem Leben gehabt, die beharrlich an seiner Fassade gekratzt und ihn dann wieder hinaus in die Welt gebracht hatten, mit etwas Wärmerem als Stein geschützt. Zumindest nicht, bis Maria Ivarsson in einer Sauna in Los Angeles aufgetaucht war, nur mit einem knappen roten Bikini bekleidet, und seine undurchdringliche Fassade schon geknackt hatte, bevor sie es überhaupt versuchte.

Das kleine Mädchen auf dem Bild war nicht seine Maria. Noch nicht. Ihre kalten Augen waren ein stummes Zeugnis dafür und für all den Verrat und die Verluste, die sie mit ihren acht Jahren bereits erlitten hatte. Als er ihre Geschichte gehört hatte, hatte er sie auf ihrem Bild auch gesehen.

Diese Geschichte und dieses Bild hatten ihm das Herz gebrochen.

Aber er hatte es *trotzdem* noch nicht verstanden. Er war mit seinen eigenen Bedürfnissen, seinen eigenen Sehnsüchten, seinen eigenen Dämonen beschäftigt gewesen und hatte es verdammt noch mal nicht *verstanden*.

Maria war zwar kein Kind mehr, aber dieses Kind existierte immer noch irgendwo in ihr, und sie erinnerte sich nur zu deutlich daran.

Einer nach dem anderen hatten die Menschen, die sie liebte, sie allein unter Fremden zurückgelassen.

Und er hatte die Absicht gehabt, dasselbe zu tun. Für einen Job, den er nicht einmal wollte, verdammt.

Wenn er sich jemals mehr verabscheut hatte, konnte er sich nicht mehr daran erinnern.

In der Hotelsuite während der Convention hatte sie *geschluchzt*.

Er hatte ihr nicht zugehört, hatte ihr gesagt, er wolle die schlimmsten Schrecken ihres Lebens wiederholen, und dann war er so verdammt wütend geworden, als sie sich dem verweigert hatte. Also hatte sie dagesessen, unbequem auf einem viel zu kleinen Sessel, vornübergebeugt und in sich zusammengekauert. Sie hatte sich hinter ihren verdammten Händen versteckt, während heisere, stockende Schluchzer aus ihrer Kehle drangen und ihren Körper schüttelten.

Seinetwegen. Ganz allein seinetwegen.

Das hatte er der Frau angetan, die er mehr liebte als alles und jeden auf dieser Welt.

Und selbst dann hatte sie noch immer wieder versucht, ihm zu erklären, was sie fühlte, was sie brauchte, immer wieder mit anderen Worten, mit anderen Argumenten, in der Hoffnung, er würde es verstehen. Es endlich, endlich verstehen. Aber er konnte einfach nicht begreifen, wie das Leben, das er wollte – von dem er sagte, dass er es wollte; dachte, dass er es wollte; sich einzureden versuchte, dass er es wollte –, sie unglücklich machen könnte, wenn sie ihn liebte. Was sie tat. Nur ein Idiot würde etwas anderes behaupten.

Sein Vater sollte stolz sein. Sein Junge war genau wie er geworden.

Wenn seine Mutter ihn in diesem Hotelzimmer hätte sehen können, was hätte sie wohl von ihm gedacht? Warum hatte er all die Jahre nicht auf *ihre* Stimme in seinem Kopf gehört? Schließlich hatte Dad ihn nicht verstanden, hatte nicht gewusst, wie er ihn auf selbstlose Weise lieben konnte, sie aber schon. Und wenn er darüber nachgedacht hätte, dann hätte er genau gewusst, was sie sich für ihn gewünscht hätte.

Nicht Prestige oder Ruhm. Das interessierte sie nicht. Natürlich auch kein teures Haus, denn sie hatte ihr geräumiges Haus bereitwillig für eine schäbige Wohnung aufgegeben und nie zurückgeblickt.

Nein, sie wollte, dass er einer Arbeit nachging, die ihn erfüllte, und sie wünschte ihm eine Partnerin, die ihn so liebte, wie er war, und ihm helfen würde, der Mann zu sein, der er sein musste.

Das war's. Das war alles.

Und er hatte es bereits gehabt. Dann hatte er es zur Tür hinausgehen lassen.

Er hoffte, dass sein blauer Schrank nie wieder so dreckig sein würde wie jetzt. Er würde eine riesige Schaufel brauchen, um den ganzen Mist da rauszuholen, und vielleicht würde Maria nie der Meinung sein, dass er ihn sauber genug bekommen hatte, um ihre Vergebung zu verdienen.

Aber er musste es versuchen.

Als die Leinwand dunkel wurde und das Licht im Saal wieder anging, bemerkte er es kaum.

Applaus. Eine weitere kurze Rede. Noch mehr Applaus. Mehr Small Talk. Händeschütteln. Leute, die gingen.

Dann war es vorbei, Gott sei Dank, und Nava und Ramón begleiteten ihn zu seinem Auto. Er umarmte sie. Versprach, sie bald anzurufen und zu besuchen. Er dankte ihnen für ihr Kommen. Dann fuhr er weg.

Er hoffte inständig, dass sie begriffen hatten, dass er ihnen ehrlich dankbar war, denn er hatte offen gestanden keine Ahnung, was er zu ihnen gesagt hatte. Seine Pläne hatten sein ganzes Gehirn in Anspruch genommen, und nett zu plaudern, war noch nie seine große Stärke gewesen.

Aber er würde es in L. A. wiedergutmachen, und wenn sie seine Geduld und Nachsicht brauchten, würde er sie ihnen anbieten. Mit Freuden. Das war es, was man in einer Familie tat.

Das wusste er jetzt. Dank Maria.

26

FÜR JEMANDEN, DER noch nicht sehr lange in Peters Haus wohnte, hatte sich Maria erstaunlich weit ausgebreitet. Irgendwie hatte sie ihre Sachen, ohne es zu merken, in jedem Raum des Hauses verteilt, und das noch bevor sie ihren ganzen Kram aus Schweden hergeschickt hatte.

Zum Glück hatte sie den Transport noch nicht in die Wege geleitet. Sie hätte wohl kaum das Schiff mitten auf dem Atlantik anrufen können, um zu sagen, dass sie umdrehen sollen.

Trotzdem würde das Packen länger dauern, als sie gehofft hatte. Jede Minute, die sie in Peters Haus verbrachte, war eine weitere Minute, die sie unglücklich war, denn es war ihr unmöglich, sich an dem Ort, an dem sie die meiste Zeit als Paar verbracht hatten, von ihrem Kummer abzulenken. Sie machte also, so schnell sie konnte, aber das ganze Unterfangen würde wahrscheinlich zwei Stunden dauern. Das waren eineinhalb Stunden mehr, als sie geplant hatte.

Wenigstens war er nicht in der Nähe. Da sie ihm bei den Reiseplanungen geholfen hatte, wusste sie, dass er am Sonntagmorgen aus seinem Hotel in Madison auschecken, dann zum Flughafen fahren und seinen Flug nach LAX nehmen würde.

Es war erst Samstag, und nachdem sie eine weitere Nacht bei Carah verbracht hatte, war sie in aller Frühe aufgebrochen, um zu seinem Haus zu fahren und alle Spuren ihres kurzen gemeinsamen Lebens zu beseitigen. Selbst wenn er also die Nase voll von der Gesellschaft anderer hatte und früher abreiste – und die Chancen standen gut, dass er genau das tat –, wäre er trotzdem nicht wieder zu Hause, bevor sie weg war, egal ob sie eine halbe Stunde oder zwei Stunden zum Packen brauchte.

Außerdem würde er auf keinen Fall kommen, wenn er wusste, dass sie da war. Und er wusste es, denn sie hatte ihm eine Nachricht geschickt, um ihn um Erlaubnis zu bitten, sein Haus zu betreten, obwohl sie noch ihre Schlüssel und die Fernbedienungen und alles andere hatte, was ihr Zugang zu seinem Leben verschaffte.

Okay, hatte er gestern Abend, etwa eine Stunde vor der Veranstaltung, zurückgeschrieben.

Ein Wort. Mehr nicht. Weil er Peter war und weil er sauer und verletzt war.

Seltsamerweise hatte er ihr aber kurz vor Mitternacht noch einmal geschrieben und dabei eine etwas größere Auswahl an Vokabeln verwendet. Bitte schreib mir, wenn du im Haus ankommst und bevor du wieder gehst.

Das *Bitte* war seltsam höflich. Und warum interessierte es ihn, wann sie kam und ging? Vielleicht hatte es mit der Alarmanlage zu tun? Oder er hatte ihre Erlaubnis widerrufen, durch die blöden Tore der Wohnanlage zu treten, und jetzt musste er eine Ausnahme hinzufügen?

Oder vielleicht wollte er nur ganz, ganz sicher sein, dass sie weg war, bevor er nach Hause kam. Wenn das so war, war es nur verständlich. Sie wollte das Gleiche. Also hatte sie ihm bei ihrer Ankunft gehorsam eine Nachricht geschickt, ohne eine Antwort zu erwarten, denn was gab es sonst noch zu sagen?

Aber während sie all ihre Haargummis, Haarklammern und anderen Haarartikel aus den beiden Badezimmern zusammensuchte, piepste ihr Handy erneut. Wollte er, dass sie verdammt noch mal filmte, wie sie packte, damit er sichergehen konnte, dass sie nichts klaute, oder …

Oh. Es war Ingrid, ihre Agentin. Nicht Peter.

Nachdem sie die Nachricht gelesen hatte, meldete sich Maria gehorsam per FaceTime bei Ingrid, damit sie über das Drehbuch sprechen konnten, das ihre Agentin am Abend zuvor erhalten hatte. Für das Projekt war eine großartige Regisseurin engagiert worden, eine Frau, mit der Maria schon lange zusammenarbeiten wollte, und auch ein preisgekrönter Kameramann war interessiert. Es war eine spannende Story über eine Frau auf der Flucht mit einer Liebesgeschichte – der beste Freund der Protagonistin, ein Computergenie, wurde zu mehr als nur ihrem Freund –, und in dem Film ging es absolut nicht um ihre Kleidergröße.

Immer wieder hatte sie die Aufmerksamkeit der Medien genutzt, um dafür zu werben, dass man mehr Filme mit dicken Menschen machte, die nichts mit Dicksein zu tun hatten. Superheldenfilme mit dicken Menschen in der Hauptrolle. Erotikfilme mit dicken Menschen in der Hauptrolle. Romantische Komödien mit dicken Menschen in der Hauptrolle. Historienfilme mit dicken Menschen in der Hauptrolle. Gangsterfilme mit dicken Menschen in der Hauptrolle. Spionagefilme mit dicken Menschen in der Hauptrolle.

Thriller mit dicken Menschen in der Hauptrolle.

Wie dieser hier.

Offenbar wollte die Regisseurin in Island drehen, eine Kulisse, die Maria absolut atemberaubend fand. Das Projekt würde ungefähr drei Monate Drehzeit erfordern. Und wenn man der Meinung ihrer Agentin trauen konnte – und das konnte man normalerweise –, dann könnte die Geschichte genauso gut mit Maria im Hinterkopf geschrieben worden sein. Wenn das Drehbuch selbst sie also nicht enttäuschte, wollte sie die Rolle haben.

Das würde drei Monate bedeuten. Drei Monate Dreharbeiten. In Island.

Und sie hätte die Rolle auch dann haben wollen, wenn sie und Peter noch zusammen gewesen wären.

Sie ließ sich abrupt auf die übergroße, lächerlich bequeme Couch in seinem großen Wohnzimmer fallen und sagte ihrer Agentin, dass sie sie später zurückrufen würde. Weil ...

Skit. Es hatte keinen Sinn, es zu leugnen.

Sie hatte es vermasselt. Nicht ganz. Nicht in den wesentlichen Punkten, nicht weil sie die Entscheidung getroffen hatte, wegzugehen, aber ihr eigener blauer Schrank war im Moment alles andere als makellos.

Es gab bei ihrer Situation durchaus Zwischenlösungen, und in ihrer Panik und ihrer Trauer und ihrem Schmerz hatte sie genau null davon bedacht oder Peter erklärt. Drei Jahre, die sie größtenteils getrennt verbrachten, würden sie immer noch fertigmachen, sodass sein Beharren, die *FTI*-Rolle anzunehmen, immer noch das Ende ihrer Beziehung bedeutete.

Aber drei Monate?

Die würden wehtun. Aber sie könnte mit einer Trennung von dieser Dauer umgehen, wenn einer von ihnen eine tolle Rolle fand, die er wirklich annehmen wollte, und nicht nur eine, die gut bezahlt war.

Fy fan. Nein, sie hatte immer noch Mist gebaut.

Wenn Peter eine Rolle annehmen wollte, nur weil sie gut bezahlt war, wenn er die Sicherheit eines riesigen finanziellen Polsters und eines teuren Hauses in einer bewachten Wohnanlage brauchte, nach dem, was seiner Mutter zugestoßen war, nach dem, was sein Vater ihm angetan hatte, wer war sie, darüber zu urteilen?

Sie hatten beide ihre Vergangenheit. Aufgrund ihrer Vergangenheit hatte sie Bedürfnisse, die andere Menschen vielleicht nicht hatten, und sie hatte eine Grenze gezogen, um sich selbst zu schützen. Aufgrund seiner Vergangenheit hatte er seine eigenen Anforderungen an das Glück, und auch ihm sollte es möglich sein, diese zu erfüllen, ohne dass das kritisiert wurde. Solange die Erfüllung seiner Bedürfnisse nicht bedeutete, dass ihre eigenen unerfüllt blieben.

Ihre Therapeutin hatte einmal gesagt, dass Marias Neigung zu Alles-oder-nichts-Beziehungen sie eines Tages – wie die Amerikaner zu sagen pflegten – in den Hintern beißen würde.

Natürlich hatte sie es anders ausgedrückt.

Weil Kerstin Therapeutin war, hatte sie den Kopf schiefgelegt, bevor sie mit absoluter Neutralität feststellte: «Wenn es um Sex und Liebe geht, scheinen Sie nur für Beziehungen offen zu sein, die in eine von zwei sehr unterschiedlichen Kategorien fallen: absolut alles, was Sie jemals wollten, oder zwangloser Gelegenheitssex. Ich würde gerne mehr darüber erfahren, wie Ihnen diese Auswahl hilft.»

Manchmal wollte sie Kerstin am liebsten ohrfeigen.

Auch wenn Kerstin recht hatte. *Vor allem*, wenn Kerstin recht hatte.

Aber ihre Therapeutin wäre trotzdem der Ansicht, dass Maria das Recht – nein, die *Pflicht* – hatte, eine Beziehung zu beenden, die sie unglücklich machte, und drei Jahre Trennung von ihrem Partner würden genau das bewirken. Maria wusste, dass Kerstin das sagen würde, denn sie hatten Anfang der Woche einen Notfalltermin gehabt, und Kerstin *hatte* das gesagt.

Na ja. Nicht genau das. Nicht mit diesen Worten. Denn wie gesagt: Therapeutin.

«Sind Sie auf irgendeine Art unsicher, ob diese Zeit getrennt von Peter Sie unglücklich machen würde?», hatte sie gefragt. Und als Maria den Kopf geschüttelt und sich mit einem Taschentuch über die Wangen gewischt hatte, hatte Kerstin einfach, aber nicht ohne Mitgefühl gesagt: «Dann lassen Sie uns über die Bewältigungsstrategien sprechen, die Sie anwenden.»

Also ja, Maria hatte im Detail Mist gebaut, aber nicht in ihrer Gesamtentscheidung.

Vielleicht würde sie sich eines Tages bei Peter für diese Details entschuldigen, sobald der Gedanke, ihn auf diversen Conventions, Preisverleihungen und Pressekonferenzen wiederzusehen, aufhörte, ihr Übelkeit zu verursachen.

Es war Zeit, weiter zu packen.

Doch kaum hatte sie sich von der Couch erhoben, flog die Haustür auf, und sie fuhr bei dem lauten Geräusch zusammen. Ihr Brustkorb zog sich in instinktiver Panik zusammen, während sie zum Eingang eilte. Wo sie Peter fand, der atemlos und mit zusammengezogenen Augenbrauen durch seine eigene Haustür gesprintet kam.

Kaum, dass er im Haus war, blieb er stehen und starrte sie an.

Sie starrte zurück.

Er sagte nichts.

Sie sagte nichts.

Verwirrt schaute sie durch die offene Tür und sah seinen SUV, der schief auf der Straße vor seinem Haus geparkt war und mit der rechten Seite der Stoßstange in einem der Büsche hing, die seinen Vorgarten säumten. Und wenn sie sich nicht irrte, hatte er die Fahrertür offen gelassen.

O Gott, was war passiert? Und warum sagte er nichts?

«Stimmt ... etwas nicht? Habe ich einen Alarm ausgelöst? Oder willst du, dass ich gehe, damit du dich um ... was auch immer los ist, kümmern kannst?» Sie deutete mit einer Hand auf den grünen Busch, der jetzt die Stoßstange seines Geländewagens zierte. «Ich bin noch nicht ganz fertig mit Packen, aber ich kann später wiederkommen ...»

«Nein.»

Ein schroffes Wort. Keine Erklärung.

Sie wartete darauf, dass er es erläuterte, aber es kam nichts, darum wartete sie noch etwas länger und verlor dann die Geduld.

«Nein ... was? Ich kann nicht ein anderes Mal wiederkommen?» Die Hände in die Hüften gestemmt, starrte sie ihn an. «Peter, wirklich, ich muss …»

«Nein, du hast keinen Alarm ausgelöst. Nein, ich will nicht, dass du ein anderes Mal wiederkommst.» Er kam näher an sie heran, Schritt für Schritt. «Nein, ich will nicht, dass du gehst.»

Er machte noch zwei Schritte, und jeder einzelne überwand enorme Mengen an Parkettboden. Noch einen.

«Niemals», schloss er.

Seine Blicke verschlangen sie, wanderten über ihren Körper, vom losen Pferdeschwanz bis zu den Füßen und dann wieder zurück. Er trug einen zerknitterten Anzug, aus Gründen, die sie nicht einmal erahnen konnte, und sein Hemd war am Kragen offen. Seine gewellte Mähne sah aus, als wäre er eine Million Mal mit den Fingern hindurchgefahren, und seine Hände waren so fest zu Fäusten geballt, dass seine Knöchel weiß waren, und –

Und sie verstand das alles nicht.

«Was …» *Skit*, das war grausam von ihm. Er sollte sie nicht so ansehen, mit so viel Wärme und Sehnsucht und Zuneigung, nicht, nachdem sie ihm genau gesagt hatte, warum sie gehen musste, und ihm auf so unmissverständliche Weise gezeigt hatte, wie sehr es sie schmerzte, das zu tun. «Peter, warum bist du überhaupt hier und nicht in Madison?»

«Ramón und Nava waren da.» Er wurde konkreter. «Bei der Veranstaltung.»

«Das freut mich», sagte sie langsam. Und das tat es wirklich. Aber sie war auch völlig durcheinander, schrecklich unglücklich und zunehmend wütend. «Okay, dann komme ich das nächste Mal, wenn du unterwegs bist, vorbei und …»

Sein Gesichtsausdruck wurde weicher. «Hätten sie gewusst, dass ich dich so bald sehe, hätten sie dich grüßen lassen.»

Als sie noch vorgehabt hatte, hier in Los Angeles zu bleiben, hatten sie zu viert Pläne gemacht, aber …

Sie schluckte, ihr Zorn wurde von ihrer Trauer überlagert. «Ich vermisse sie.»

Und da sie Ende der Woche nach Schweden abreisen würde, würde sie sie noch lange vermissen. Vielleicht sogar für immer.

«Ich weiß.» Er ... sah sie einfach nur mit zusammengepressten Lippen an. «Ich weiß, dass du das tust.»

Die Wut flammte binnen eines Herzschlags wieder in ihr auf.

Er hatte kein Recht, so sanft zu ihr zu sprechen, als würde er verstehen, wie sie sich fühlte, obwohl er es überhaupt nicht verstand. Wenn er es täte, wenn er sich so sehr um sie sorgte, wie dieser liebevolle Ton suggerierte, würde sie nicht ihre verdammten Sachen packen, oder?

Sie biss sich auf die Lippen und ballte ihre Hände zu Fäusten.

Sie wollte ihn anschreien, ihm auf die Brust schlagen und ihn von sich wegschieben, fast so sehr, wie sie schluchzen wollte, aber sie würde nichts davon tun. *Nichts.* Denn was auch immer es war, was auch immer er von ihr wollte, die Tortur würde bald vorbei sein, und sie weigerte sich, sich noch einmal so zu erniedrigen.

Er sah ihr direkt in die Augen. Ohne zu zögern. «Du liebst sie, und du willst die Menschen, die du liebst, in deiner Nähe haben, also vermisst du sie natürlich.»

Ihr Atem stockte, und sie wollte sich abwenden. Aber sie tat es nicht.

Vielleicht konnten sie nicht zusammen sein, aber wenigstens ... wenigstens schien er endlich zu begreifen, was sie ihm so oft und auf so viele Arten zu sagen versucht hatte. Zumindest teilweise.

Und das war doch auch etwas, oder? Dass er ihr bei der Trennung Verständnis entgegenbrachte statt Wut?

«Süße.» Er hob die Hand und strich ihr sanft eine Träne

von der Wange. «Es tut dir mehr weh, als du dir anmerken lässt, nicht wahr? Dass alle von der Insel plötzlich getrennte Wege gegangen sind. Dass deine Familie so weit weg ist.»

Wenn sie jetzt etwas sagte, würde ihre Stimme beben. Zittern wie ihre Fäuste. Also sagte sie nichts.

Aber es war wahr. Alles.

Und sie hatte es ihm nie gesagt. Weil er nichts dagegen tun konnte, und weil sie selbst ihm, selbst in der besten Zeit ihrer Beziehung, auf keinen Fall offenbaren wollte, dass Teile ihrer Haut so dünn waren, dass sie bei der kleinsten Verletzung zu bluten begannen. Dass Teile ihres Herzens so zerbrechlich waren, dass sie schon unter federleichtem Druck innerhalb eines einzigen Herzschlags brechen konnten.

Woher wusste er es also? Was genau war in der letzten Woche passiert?

«Ramón und Nava werden bald wieder in L. A. sein, wahrscheinlich irgendwann heute. Sie werden dich sehen wollen, und ich weiß, dass du sie sehen musst.» Dann schüttelte er heftig den Kopf. «Wie auch immer, die Veranstaltung war ...»

Nachdem er ihr eine Träne vom Kinn gestrichen hatte, trat er noch einen Schritt näher, bis er ihre Sicht so vollständig ausfüllte, dass der Rest von Los Angeles aufhörte zu existieren.

«Sie hat eine Menge geklärt. Für mich. Über mich. Auch über dich, schätze ich.» Seine dunklen Augen suchten ihre. «Und gleich nachdem es vorbei war, bin ich in mein Hotel gegangen, habe gepackt und bin mitten in der Nacht direkt nach O'Hare gefahren, damit ich morgens den ersten Flug nach LAX nehmen konnte. Ich hatte gehofft, du wärst noch am Packen, wenn ich zurückkomme, und ich hatte Angst, du würdest abreisen, wenn ich dir sage, dass ich komme, also ... hier bin ich.» Benommen blinzelte sie zu ihm auf, zu zittrig und ängstlich, um zu fragen ... warum? *Warum* war er hier?

«Touristenklasse ist scheiße», erklärte er. «Aber es war die einzige Möglichkeit. Ich konnte mir also entweder von den Flugbegleitern den Servicewagen in die Beine rammen lassen oder mit meinen Knien die Nieren des Kerls abtasten, der vor mir saß. Ich habe beschlossen, dass er wie jemand aussah, der eine Tiefengewebsmassage gebrauchen könnte, obwohl ich nicht sicher bin, ob er das genauso sah.»

Jetzt musste sie doch etwas sagen, und sie schniefte. Kräftig. «Um genau zu sein, eine Tiefenorganmassage. Wenn es um die Nieren ging.»

«Nordische Erbsenzählerin.» Seine Lippen verzogen sich zu dem süßesten, kleinsten Lächeln, das sie je bei ihm gesehen hatte. Dann holte er tief Luft und nahm ihr Gesicht in seine Hände. «Okay. Schluss mit dem Ausweichen. Jetzt sage ich dir, was du wissen musst, damit ich herausfinden kann, was *ich* wissen muss.»

Ihr Herz klopfte so heftig, dass sie ... Gott, vielleicht würde sie das nicht überleben.

Wenn sie ihn *noch einmal* verlassen müsste, würde es sie zerbrechen. Verdammt, es würde sie zerstören. Sie in so viele verdammte Stücke zerschlagen, dass sie es vielleicht nie mehr schaffen würde, sich selbst wieder zusammenzusetzen.

«Ich habe meinem Agenten vom Flugzeug aus eine Nachricht geschickt und die Rolle bei *FTI* abgelehnt.» Er hob eine Schulter, der Inbegriff von Nonchalance, und sie konnte nichts weiter tun, als ihn anzustarren. «Es hat sich herausgestellt, dass ich kein Interesse daran habe, Fotos von Nummernschildern in einem wissenschaftlich nicht möglichen Ausmaß zu verbessern, während ich genau eine alles bestimmende Charaktereigenschaft besitze.»

Zu einem anderen Zeitpunkt hätte sie über diese sehr treffende Beschreibung gelacht. Aber im Moment fehlte ihr die geistige Bandbreite für Humor, denn was er gerade gesagt hatte, klang, als würde Peter nachgeben. Umdenken, anstatt sich weiter einzugraben.

Und sie wünschte, das würde reichen. Aber es reichte nicht.

Denn was würde passieren, wenn die nächste große Rolle auftauchte, eine, die er tatsächlich interessant und lohnenswert fand? Würde die Ablehnung dieses ersten Angebots das Unvermeidliche nur hinauszögern?

Sie wollte keine weiteren sechs Monate mit Peter, keine zwei Jahre oder gar ein Dutzend, bevor sie dann fortgehen und sich erneut das Herz zerreißen musste.

Sie wollte ein für immer.

«Aber jetzt kommt der wichtigere Teil.» Er neigte den Kopf, lehnte seine Stirn gegen ihre und wischte noch mehr ihrer Tränen weg. «Selbst wenn ich die Rolle wirklich wollte, wären drei Jahre zu lang, um von dir getrennt zu sein. Weil ich dich schrecklich vermissen würde, was ich genau weiß, denn schon eine Woche Trennung hat sich angefühlt, als würde ich sterben. Und weil du mich hier brauchst, und ich brauche es, dass du glücklich bist. Ich brauche dich bei mir. Ich brauche dich für mich, Maria. Ich liebe dich so sehr. Ich bin ... leer ohne dich.»

Sie schluchzte laut auf, und dieses Geräusch verursachte einen reißenden Schmerz in ihrer Kehle. Es war eine Explosion unsagbarer Erleichterung, gepaart mit einer Angst, die ihr den Magen umdrehte. Denn gnade ihr Gott, was wäre, wenn sie sich verhört oder es irgendwie falsch verstanden hatte? Was würde sie dann tun? Wie würde sie es überleben, wenn sie wirklich glaubte, dass er ihr alles geben wollte, was sie brauchte, nur um festzustellen, dass sie sich wieder etwas vorgemacht und ihr eigenes Herz *wieder einmal* verraten und gebrochen hatte, obwohl sie es verdammt noch mal besser wusste?

Was, wenn sie zusehen musste, wie er sie verließ? Einfach dastehen und versuchen musste zu atmen, während er sie wie ein ungewolltes Geschenk beiseiteschob?

Jetzt wurden auch seine Augen feucht, und bei seinem nächsten Atemzug konnte sie spüren, wie er bebte.

«Süße, bitte. Verdammt, bitte weine nicht. Nicht wegen mir, nie wieder. Ich halte das nicht aus.» Seine Stimme war heiser. Rau. «Ich wünschte, ich hätte meinen Kopf früher aus meinem Arsch gezogen. Es tut mir so leid, dass ich dir wehgetan habe.»

Sie kniff die Augen zusammen und versuchte angestrengt, ihm zu glauben, aber es war so schwer.

«Du hattest recht. Baby, bitte hör mir zu und hör auf zu weinen.» Er vergrub seine Finger in ihrem Haar und ballte sie zu Fäusten, und sie schluchzte wieder, noch heftiger, denn er verließ sie nicht, und er ließ sie auch nicht gehen. «Du hattest Recht, und es wird alles gut werden. Es wird uns gut gehen. Es wird uns *richtig gut* gehen. Es gibt so viele Filme und Serien, die in L. A. gedreht werden. Das sind vielleicht kleinere Rollen, zumindest einige davon, aber auch die werden ausreichen, um uns zusammen mit unseren Ersparnissen und den Wiederholungshonoraren über Wasser zu halten.»

Sich über Wasser zu halten, hieß jedoch noch nicht, dass sie auch die Grundsteuer oder die Beiträge für die Wohnanlage bezahlen konnten.

«Das H-haus ...», brachte sie heraus.

«Ist ein verdammter Klotz aus Holz und Stein.» Die Wut in seiner Stimme war nicht für sie bestimmt, das wusste sie. Er hatte all diese rohen Emotionen, den ganzen Frust und den gesamten Zorn gegen sich selbst gerichtet. «Es ist nicht wichtiger als du. Nichts auf diesem verdammten Planeten ist wichtiger als du. Nicht die Arbeit, nicht das Haus, nicht irgendein blöder Mist aus meiner Vergangenheit.»

Okay, aber er war gerade dabei, den dummen Scheiß aus *ihrer* Vergangenheit zu berücksichtigen. Er war sich selbst gegenüber nicht fair. Sie brauchte ein paar tiefe Atemzüge, dann noch ein paar mehr, bis sie es schaffte, sich so weit zu beruhigen, dass sie genau das sagen konnte, ohne dass eine weitere Runde hysterischer Tränen dazwischenkam.

Sie legte ihre Hände auf seine Brust, holte ein letztes Mal zitternd Luft und näherte sich seinem Körper. «*Sötnos* ...»

«Ich muss weder meinem Vater, noch den Casting-Agenten, noch sonst irgendjemandem etwas beweisen. Nur dir, Maria.» Seine Fäuste verkrampften sich in ihrem Haar, und das Ziehen jagte ihr einen Schauer über den Rücken. «Wie lange es auch immer dauern mag, ich werde dir beweisen, dass du mir vertrauen kannst.»

Fy fan, für einen wortkargen Mann konnte er wirklich viel reden.

Aber seine Worte waren wie Balsam für ihr schmerzendes Herz, und sie saugte sie in sich auf. Sie ließ ihre Wachsamkeit fahren, hörte auf, gegen ihre grenzenlose Liebe zu ihm anzukämpfen, und – glaubte ihm.

«Ich werde dich nie verlassen», sagte er, ein Schwur, so feierlich wie jeder, den sie je in einer Kirche gehört hatte. «Ich werde dich nie im Stich lassen. Ich werde dein Vertrauen in mich nie enttäuschen. Ich werde immer zuhören, wenn du mir sagst, was du brauchst. Und ich werde dich immer, immer wollen. Bitte vertrau mir.»

Peter, der stolzeste Mann, den sie kannte, flehte sie an. Er flehte um *sie*.

Das ertrug sie nicht.

Als er endlich wieder Luft holte, ergriff sie die Gelegenheit. «Das tue ich. Ich vertraue dir.»

Die Verzweiflung, die sein müdes Gesicht verzerrte, ließ nicht nach, also sprach sie weiter.

«Du lügst mich nicht an.» Selbst dann nicht, wenn es netter gewesen wäre, denn in den ersten Tagen ihrer Zusammenarbeit war er manchmal ein richtiges Arschloch gewesen. «Du hast mich *nie* angelogen. Außer als du mir vor

Jahren einmal kaum überzeugend vorgespielt hast, krank zu sein. Und ich muss wohl glauben, dass du selbst da erwischt werden wolltest, schließlich bist du sonst ein so fantastischer Schauspieler.»

«Eigentlich nicht. Ich bin nur wirklich schlecht darin, Dinge jenseits der Kamera vorzutäuschen.» Seine Mundwinkel zogen sich ein klein wenig nach oben, dann sackten sie wieder herunter. «Aber ja, irgendwie wollte ich wahrscheinlich, dass du weißt, dass ich versuche, dich zu beschützen. Ich liebe dich schon seit sehr, sehr langer Zeit, Maria.»

«Das gilt für mich genauso.» Sie streichelte seine Brust. «Peter, du bist zu hart zu dir selbst. Wenn du eine Menge Geld auf der Bank brauchst oder dich mit diesem Haus in dieser Anlage wohler fühlst, dann soll es so sein. Ich kann damit umgehen, solange du bei mir bist.»

Seine Augen leuchteten auf, und sein Herzschlag, der unter ihrer Handfläche pochte, verlangsamte sich ein wenig.

«Ich schulde dir auch eine Entschuldigung.» Sie hauchte einen Kuss auf den zerknitterten Stoff neben ihrer Hand und ließ ihr Gesicht einen Moment lang darauf ruhen. «Kurz bevor du gekommen bist, habe ich darüber nachgedacht, wie lange eine Trennung sein dürfte, damit ich sie verkraften könnte, und ich denke ... ich denke, ein paar Monate wären in Ordnung. So lange würde es dauern, einen durchschnittlichen Film zu drehen. Du könntest also auch außerhalb Hollywoods Jobs annehmen, zumindest einmal im Jahr, und ich genauso. Es muss nicht alles oder nichts sein, und es tut mir leid, dass ich das nicht früher erkannt und dir gesagt habe.»

Die feste Wärme unter ihrer Wange bewegte sich, als er langsam ausatmete.

Sie hob den Kopf und betrachtete die weicher werdenden Linien seines geliebten Gesichts. «Ich könnte meine Familie besuchen, wenn du so lange weg wärst und ich gerade keine eigenen Projekte hätte. Oder ich könnte mit dir kommen und die Gegend rund um deinen Drehort erkunden, wo auch immer der sein mag.»

«Das fände ich schön. Aber wenn du in L. A. sein musst, während ich woanders drehe, komme ich zu dir, wann immer ich kann – und wenn du eine Rolle bekommst, für die *du* längere Zeit von zu Hause fortmusst, komme ich zwischen meinen Jobs dorthin, wo du drehst. Das ist ein Versprechen.» Er beugte sich vor und ließ seine Nase in einer süßen Liebkosung über ihre gleiten, auch wenn seine Stimme bestimmt blieb. «Und wir werden nur dann Jobs außerhalb von L. A. annehmen, wenn wir beide damit einverstanden sind. Jeder von uns kann aus jedem beliebigen Grund Nein sagen, ohne dass es einer Erklärung bedarf. Abgemacht?»

Würde es ihr leichter fallen, ihn gehen zu lassen, wenn sie wüsste, dass sie immer Nein sagen konnte?

Wahrscheinlich schon. Aber auch wenn nicht, würde er es verstehen.

Sie war so erleichtert … Es fühlte sich an, als würde sie schweben. Als wäre sie reingewaschen. «Abgemacht», sagte sie und kämpfte gegen noch mehr Tränen an. «Gott, ich liebe dich mehr, als ich auf Englisch *oder* Schwedisch ausdrücken kann.»

Sie ging auf die Zehenspitzen und drückte ihren Mund auf seinen, gab ihm einen zarten, kurzen Kuss, der nach Salz und Glück schmeckte. Als sie sich wieder auf die Fersen stellte, hatte er seine Fäuste immer noch in ihrem Haar vergraben und in seinen Augen stand Angst. «Bedeutet das …» Er schluckte schwer. «Bedeutet das, dass du zu mir zurückkommst?»

«Ja.» Natürlich. Hatte er nicht zugehört?

Er atmete zittrig ein. «Du gehst nicht weg?»

«Ich will dich nie wieder verlassen, *Sötnos*.» Ein weiterer schneller Kuss auf die Lippen, doch dieser war fest. Um ihren unverrückbaren Anspruch auf den Mann anzumelden, den sie anbetete. «Nicht, solange ich auf dieser Erde wandle.»

«Und du liebst mich so sehr, wie ich dich liebe?»

«Mehr.»

Endlich – *endlich* – lächelte er. «Es ist wissenschaftlich erwiesen, dass das nicht möglich ist, Pippi.»

«Wie auch immer.» Normalerweise würde sie als Vergeltung für den Pippi-Witz ein Glas mit Sill vor seiner Nase schwenken, aber selbst sie musste – wenn auch widerwillig – zugeben, dass nicht alle Momente Hering-geeignet waren. Wie dieser. «Noch irgendwelche Fragen?»

Denn sie würde den Teil mit dem unkontrollierten Weinen jetzt gerne hinter sich lassen und zum Versöhnungssex übergehen, und sie vermutete, dass Peter diesen Wechsel ebenfalls begrüßen würde.

«Eine noch.» Vorsichtig löste er seine Finger aus ihrem Haar. Dann sank er auf die Knie.

Oh, gut. Er hatte ihre Gedanken gelesen.

Sie lachte. «Peter, du *Knäppgök*. Du brauchst niemals zu fragen, ob du mich lecken darfst. Die Antwort wird immer Ja sein. Immer.»

«Ich wollte nicht ...» Er senkte das Kinn und stieß ein Lachen aus. «Nur du, Maria, nur du würdest eine tief empfundene Liebeserklärung und einen Heiratsantrag mit der Bitte um Oralsex verwechseln. Scheiße.»

Ein ... Heiratsantrag?

Er wollte ihr Mann werden?

Langsam breitete sich ein Lächeln auf ihrem Gesicht aus. *Nej*, ein Strahlen. Denn während es vielen schwedischen Paaren egal war, ob sie ihre Verbindung jemals amtlich machten, war sie – sorry, Kerstin – immer noch ein Alles-oder-nichts-Typ, wenn es um die Liebe ging.

Sie scherte sich einen Dreck um Hochzeiten. Aber eine Ehe? Mit Peter?

Je früher, desto besser.

Sie hätte nicht gedacht, dass Peter seine Performance im Vergleich zu den letzten Malen, die er vor ihr auf die Knie gegangen war, noch irgendwie hätte steigern können, aber das verdiente Applaus. Wie Jeanine sagen würde: *Peter Reedton. Was für eine Legende.*

Trotzdem wusste sie, was diesen besonderen Kniefall-Moment sogar noch besser machen konnte.

«Schließen sich Heiratsanträge und Oralsex gegenseitig aus?» Sie ließ die Hand sinken und fuhr ihm mit den Fingern durchs Haar, was ihn erschaudern ließ. «Denn wenn nicht, sage ich zu beidem Ja. Nur um das klarzustellen.»

Leider schien er nur die Hälfte ihrer Antwort zu hören.

«Du ... du wirst mich heiraten? Findest du das nicht zu früh?» Warum in aller Welt er so schockiert klang, würde sie nie verstehen. «Ich hätte dich schon vor Wochen gefragt, aber ich wollte dich nicht verschrecken.»

Sie schnaubte. «Ich denke, man kann mit Sicherheit sagen, dass ich keine Angst davor habe, mich ernsthaft zu binden, Peter. Ich würde dich auf der Stelle zu meinem Mann nehmen, wenn ich könnte.»

Die letzten Spuren von Angst verschwanden aus seinen Augen und hinterließen nur noch Liebe und unbändige Freude. Sein Gesichtsausdruck, seine Körperhaltung – alles an ihm schien sich zu öffnen. Zu erblühen.

Es war kein Hauch von Misstrauen mehr zu spüren.

Peter kniete vor ihr am Boden, vollkommen offen und ohne Angst.

«Es tut mir leid, dass ich keinen Ring habe», sagte er mit der Art von niedlicher, untypischer Ernsthaftigkeit, die dafür sorgen konnte, dass sie in naher Zukunft ihrerseits sehr viel Zeit auf den Knien verbringen würde. «Ich habe mich beeilt, herzukommen, bevor du wieder weg bist. Und ich dachte, falls du Ja sagst, würdest du den Ring selbst aussuchen wollen.»

Er kannte sie wirklich sehr, sehr gut.

Sie beugte sich nach unten und benutzte ihre Finger in seinem Haar, um seinen Mund für eine lange, süße, behutsame Liebkosung zu ihrem zu führen.

Der Kuss war keine Forderung, sondern eine Erklärung: Sie hatten alle Zeit der Welt. Sie vertraute ihm ihre Zartheit an, nicht nur ihre Stärke. Sie musste, genau wie er, nicht mehr besorgt oder misstrauisch sein, weil er ihr gehörte und sie ihm und sie beide verdammt noch mal zu stur waren, um loszulassen, was sie liebten.

Dann beendete sie den Kuss mit einer neckenden Zungenbewegung, denn ihre Liebe umfasste neben Sanftheit, Stärke und Süße auch heftiges Verlangen.

«Wir werden meinen und deinen Verlobungsring zusammen aussuchen.» Das war keine Bitte. «Ich weiß, dass das bei Männern nicht üblich ist, aber ich möchte, dass jede Frau, die nach deinen Schenkeln giert und unbedingt deinen Bart reiten möchte, weiß, dass du vergeben bist.» Sie hielt inne. «Und wo wir gerade beim Bartreiten sind ...»

Immerhin war er schon an genau der richtigen Stelle. Und es war schon eine Woche her.

Er schüttelte den Kopf, seine Lippen zuckten. «Meine gierige Schwedin.»

«Willst du dich beschweren?»

«Nein», sagte er und grinste unverhohlen. «Ich will nur angeben.»

Dann riss er ihr mit einem schnellen Ruck ihr Höschen und die Leggins herunter und setzte anschließend einen neuen Standard für exzellente Knie-Performances. Denn was immer Peter tat, tat er mit unerschütterlicher Hingabe.

Und was er gerade mit ihr tat ...

Na ja. Genug gesagt.

NACHRICHTEN MIT MARIA: DONNERSTAGNACHMITTAG

Peter: Du hast mich kaputt gemacht, Pippi

Peter: Du solltest dich schämen

Maria: ???

Maria: Das hört sich für mich gut an, aber ein bisschen mehr Erklärung wäre trotzdem ganz hilfreich

Peter: Bin ich oder bin ich nicht der Mann, der sich wie ein Idiot benommen und zugelassen hat, dass du mich verlässt, weil ich entschlossen war, Jobs anzunehmen, die mich über Monate oder Jahre von dir fernhalten würden

Maria: Ja, offensichtlich

Maria: Wenn einer von uns beiden sich wie ein Idiot verhält, sollten wir, denke ich, immer davon ausgehen, dass du das bist

Maria: Diese allgemeine Regel hat sich für mich bisher als recht hilfreich erwiesen

Peter: Und bist du oder bist du nicht die Frau, die gesagt hat, dass sie mich schrecklich vermissen würde, wenn ich zu lange weg wäre

Maria: Ich glaube, wir erinnern uns beide sehr deutlich an dieses Ereignis, Peter, aber vielen Dank, dass du mir diesen glücklichen Tag noch mal ins Gedächtnis rufst

Peter: Wenn das alles wahr ist, wenn wir uns beide klar und deutlich an diese Dinge erinnern, warum bin ich dann hier in NYC und verdammt unglücklich nach zwei verdammten Wochen Trennung, während du fröhlich dein eigenes Ding in L. A. machst und absolut zufrieden bist

Peter: DU HAST MICH KAPUTT GEMACHT, FRAU

Peter: SCHANDE ÜBER DICH, ICH WAR VORHER IN TADELLOSEM ZUSTAND

Maria: ...

Maria: Natürlich vermisse ich dich, Sötnos, aber die Arbeit hilft mir, und unsere Freunde zu sehen, hilft mir, und ich habe auch viel über FaceTime mit meiner Familie gesprochen

Maria: Ich würde nicht sagen, dass ich absolut zufrieden bin, aber es geht mir gut

Maria: Wenn du also versuchst, mich dazu zu bringen, zuzugeben, dass es mir schlecht geht, indem du so tust, als ginge es DIR nicht gut, dann mach dir bitte keine Sorgen

Peter: Süße, ich versuche nichts weiter, als dir zu sagen, dass ich dich wie verrückt vermisse

Peter: Es ist mir egal, ob es dir gut geht

Peter: Na ja, stimmt nicht, du weißt, dass es mir nicht egal ist, aber was ich damit sagen will, ist, dass ich nicht öfter als einmal im Jahr eine mehrmonatige Trennung will

Peter: Egal ob du damit umgehen kannst oder nicht, ich kann es nicht

Peter: Ich bin vielleicht nur noch der kaputte Schatten eines Mannes, aber ich bin DEIN kaputter Schatten eines Mannes und ich brauche dich bei mir

Maria: Willst du, dass ich morgen Abend für einen kurzen Besuch rüberfliege?

Peter: Nein

Maria: Nein?

Peter: Ich habe meinen Flug zu dir schon gebucht, Maria

Peter: Ich bin morgen Abend da

Peter: Wenn du Zeit hast, um mich vom LAX abzuholen, tu es bitte, ich muss dich so schnell wie möglich in meine Arme schließen

Peter: Ich liebe dich.

Maria: Jag älskar dig också, Peter.

Maria: Dein blauer Schrank glänzt gerade ganz makellos. Das weißt du, oder?

Peter: 😁

EPILOG

Jedes Mal, wenn er und Maria Alex und Lauren besuchten, musste Peter aufs Neue staunen.

Heilige Scheiße, sie lebten in einem verdammten Schloss. Mit einem Wassergraben. Und Ställen. Und *Türmchen*.

Und irgendwie schaffte es dieser lächerliche Bau zwischen seinen Nachbarn im Beachwood Canyon nicht sonderlich aufzufallen, da alle Häuser dort – besser gesagt alle Anwesen – unterschiedliche architektonische Stile aufwiesen. Als er mit seinem SUV heute die kurvigen Bergstraßen hinaufgefahren war, hatte er besonders gut aufgepasst. Er hatte ein weitläufiges Haus im spanischen Kolonialstil gesehen, ein paar moderne Häuser aus der Mitte des letzten Jahrhunderts, extrem moderne Anwesen mit endlosen Fensterfronten sowie ein Baumhaus, das offensichtlich große Mengen Steroide konsumiert hatte.

Keine Tore. Ein paar Touristen. Jede Menge Persönlichkeit. Mehrere «Zu verkaufen»-Schilder.

Im Cast-Chat letzte Woche wurde viel darüber diskutiert, ob sie sich in ihren derzeitigen Häusern angekommen fühlten oder nicht. Und es wurde schnell klar, dass die meisten seiner Co-Stars, oder vielleicht sogar alle, beabsichtigten, irgendwann in die Gegend von Beachwood Canyon zu ziehen. Selbst Marcus, der mit April in San Francisco lebte, hatte sein Interesse bekundet, entweder ein Gästehaus in Alex' Nähe zu mieten oder sich eine zweite Immobilie zuzulegen.

Im Laufe der Jahre waren die *Gods*-Darsteller zu mehr als nur Kollegen geworden. Sie waren zu guten Freunden geworden. Auf eine sehr reale Weise waren sie zu einer Familie geworden. Abgesehen von Ian, denn der Kerl war scheiße.

Während des ganzen Chat-Gesprächs über Häuser und Gästehäuser und einen möglichen Umzug nach Beachwood Canyon oder in die umliegenden Viertel hatte Maria kein einziges Wort geschrieben.

Und er auch nicht.

Das hieß aber nicht, dass er nicht nachgedacht hatte.

Gestern, als er Ramón und Nava per E-Mail von ihrer Wohnsituation erzählt und sich erkundigt hatte, ob der Beachwood Canyon ihrer Meinung nach besser zu ihnen passen würde, hatte er weiter nachgedacht.

Und jetzt, wo er gemütlich auf einem von Alex' übergroßen Sofas saß, Maria dicht an ihn geschmiegt und so viele Menschen, die sie liebten, um sie herum, dachte er wieder nach.

«Haltet die Klappe, ihr Arschlöcher, ich will noch ein paar Toasts aussprechen, bevor die Episode beginnt!», rief Carah von der anderen Seite des großen Raumes. «Holt eure Drinks und setzt euch auf eure verdammten Plätze!»

Wie sie es schon vor Monaten vereinbart hatten, waren die Darsteller – Ian natürlich ausgenommen – zusammengekommen, um gemeinsam das Serienfinale von *Gods of the Gates* anzuschauen, ganz unter sich, sodass sie nach Herzenslust schimpfen, klagen und gackern konnten. Und nachdem sie sich zusammen etwas zu Essen bestellt und gemeinsam gegessen hatten, hatten sie es sich jetzt vor Alex' riesigem Fernseher bequem gemacht und waren bereit, sich das bevorstehende Gemetzel anzuschauen, in dem zahlreiche Figuren nicht nur ihr Leben, sondern auch ihre nachvollziehbare Charakterentwicklung opfern mussten.

Nach einigen Trinksprüchen, wie es aussah.

«Auf meine geliebte Summer, deren Lavinia-Spin-off der größte gottverdammte Hit werden wird, den StreamUs je hatte», rief Carah und hob ihr Champagnerglas in Summers Richtung. «Ein garantierter Blockbuster, Babe.»

Überrascht musterte Peter Carah genauer. Er war sich nicht sicher, ob er sie jemals so liebevoll etwas wie *meine geliebte* hatte sagen hören. Und wenn er es sich recht überlegte, hatten Carah und Summer sich bei diesem Ausflug nach Napa nicht ein Zimmer geteilt?

Maria blickte zu Peter auf und hob die Brauen.

«Danke, Schatz», sagte Summer mit einem süßen Lächeln.

Carah trat neben Summers Sessel. «Nichts für ungut, Marcus, aber ich habe nie verstanden, warum Dido sich für Aeneas entschieden hat, wenn sie stattdessen Lavinia hätte haben können.»

Dann beugte sich Carah hinunter, umfasste Summers Kinn und gab ihrer ehemaligen Fernseh-Rivalin einen langen, enthusiastischen Kuss, während sich ein Chor aus Pfiffen zu einem ohrenbetäubenden Lärm erhob.

«Das ist ganz allein mein Verdienst», verkündete Alex, der auf der Couch lag und seinen Kopf in Laurens Schoß gebettet hatte. «Ich wusste, wenn ich ihnen diese Consentacles-Fic schicke, in der Lavinia Dido liebevoll mit ihrem Tentakel streichelt, bevor sie nach Griechenland oder wohin auch immer schwimmen, würde das was auslösen.»

Nachdem sie ihre – neue? Oder nur gerade erst enthüllte? – Freundin noch einmal gestreichelt hatte, richtete sich Carah wieder auf, während Summer strahlend zu ihr aufsah.

«Auf Alex, meinen *Unleashed*-Co-Moderator und unser geliebtes Arschloch.» Carah hob erneut ihr Glas. «Bleib chaotisch, mein Freund. Und bete darum, dass Lauren es weiterhin mit deinem nervigen Arsch aushält, denn diese geduldige Bitch hat entweder eine verdammte Gefahrenzulage oder die Heiligsprechung verdient.»

Laurens Stimme war so trocken wie die Santa-Ana-Winde. «Das erste Wunder, das ich bewirkt habe, war, ihn davon abzubringen, heute Abend einen Strauß fischförmiger Heliumballons zu Ians Haus zu schicken, zusammen mit einem übergroßen Banner, das ihm zu sieben Jahren erfolgreicher Gefährdung der weltweiten Thunfischpopulation gratuliert.»

Als Alex provozierend zu ihr hochgrinste, zupfte sie leicht an einer Locke seines Haares.

«Auf Asha, unsere ganz eigene Jane Motherfucking Bond!» Jubel brach aus, als Carah ihr Glas in die Höhe hob. «Ich kann es kaum erwarten, dir dabei zuzusehen, wie du dich zwischen Verfolgungsjagden in Schnellbooten und kreativen und doch blutrünstigen Morden durch den größten Teil der männlichen Bevölkerung Europas vögelst, du talentierte Schlampe!»

«Ich muss dich korrigieren, meine liebe Carah.» Ashas Lächeln war verrucht. «Nicht nur der männlichen Bevölkerung.»

Die beiden Frauen klatschten sich ab.

«Ich singe den Titelsong.» Ashas Freund zog sie auf seinen Schoß. «Obwohl sie gegen meinen Text für *Octodicky* Einspruch erhoben haben. Offenbar gab es Beschwerden von der Fokusgruppe.»

Nachdem sie einen Moment innegehalten und ihn angestarrt hatte, schüttelte Carah den Kopf und drehte sich zu Mackenzie um.

«Auf Mackenzie und Whiskers, die *New York Times*-Bestseller-Autoren der ersten Memoiren, die auf der Basis von Mensch-Katzen-Telepathie geschrieben wurden: *Schnurrgeradeaus: Ein waschechtes Katzenleben*». Wieder hob sie ihr Glas, diesmal in Mackenzies Richtung, die Whiskers auf ihrem Schoß streichelte. «Möge eure telepathische Verbindung ungetrübt bleiben, eure Buchverkäufe flott weitergehen und eure Selbstpflegegewohnheiten ungeteilt bleiben, es sei denn, Mac muss unerwarteterweise Geld mit Fetischvideos verdienen.»

«Ich danke dir, Carah. Wir sind so dankbar, dass ...» Mackenzie hielt plötzlich inne und hob ihre Katze hoch, sodass sie sich von Angesicht zu Angesicht ansahen. «Wie war das, Whiskers? Du willst den Songtext hören? Weil du dich fragst, wie Teddy einen eingängigen Song über einen Schurken mit acht Penissen schreiben konnte?»

Um ehrlich zu sein, war Peter sich relativ sicher, dass sie sich das alle fragten. Warum also nicht auch die Katze?

Ashas Freund zuckte mit den Schultern. «Klar. Ich singe es dir später vor, Mac- äh, Whiskers. Ich glaube, du wirst überrascht sein, wie ergreifend der Refrain ist.»

Alex nieste so heftig, dass sie alle zusammenzuckten. Nachdem er sich Nase und Augen mit einem Taschentuch abgetupft hatte, warf er Whiskers einen finsteren Blick zu. Lauren reichte ihm diskret eine Allergietablette und ein Glas Wasser, und er schluckte die Pille, bevor er sie zu sich herunterzog und ihr etwas ins Ohr flüsterte.

Was auch immer er sagte, es färbte ihre Wangen rosa, und ihr Lächeln wurde auf untypische Weise übermütig.

Wie er Alex kannte, hatte es wahrscheinlich irgendwie mit Pegging zu tun.

«Auf Marcus.» Carahs Lächeln wurde sanft. «Mein engster Kollege seit so vielen Jahren und mein lieber Freund. Ich wünsche dir Rollen und Projekte, die dich verdammt stolz machen, und dass deine Adaption der *Aeneis* jeden einzelnen Wichser umhaut, der sie sieht. Außerdem wünsche ich dir viel Glück dabei, den Fragen der Presse aus dem Weg zu gehen, ob es sich dabei um eine Fix-it-Fic in Filmform handelt, denn das ist es auf jeden Fall, Alter.»

«Da du und Summer die Hauptrollen spielen, wird es fantastisch werden.» Marcus stieß April in die Rippen, aber das hielt sie nicht davon ab, ihn auszulachen. «Und es ist per se keine Fix-it-Fic in Filmform. Eher ... äh, eine Erkundung von Aeneas' Charakter, die sich ein wenig stärker an Vergils

Werk hält als *Gods*. Zum Beispiel wird Dido sich nicht selbst als *verrückte untote Schlampe* bezeichnen, die es *auf Aeneas' Arsch abgesehen hat*, bevor sie seine Schiffsflotte in Brand setzt.»

In der Tat sollte es nicht allzu schwierig sein, sich genauer an Vergils Geschichte zu halten.

Carah könnte von dieser Genauigkeit allerdings enttäuscht sein. Als sie die Szene mit der brennenden Flotte gefilmt hatten, hatte sie einen Heidenspaß gehabt.

ZU VIEL TOT UND ZU WENIG AENEAS MACHEN DIDO ZU EINEM ANGEPISSTEN MÄDCHEN, hatte sie im Cast-Chat geschrieben, wenn Peter sich richtig erinnerte. HIIIIIIIER IST PYRO DIDO!

«Also, April, meine liebe Bitch ...» Carah salutierte in Richtung der rothaarigen Geologin. «Danke, dass du Marcus dabei geholfen hast, die beste verdammte Version seiner selbst zu sein. Man könnte sagen: Du hast einen Stein bei mir im Brett.»

Ein Chor von Stöhnen ertönte.

«Wir kommen tatsächlich gerade aus diesem fantastischen Stein- und Mineralienladen in Vacaville», gab April fröhlich zu. «Ich schäme mich nicht dafür, dass ich auf harte Steine stehe.»

«Wirklich?» Alex setzte sich ein wenig auf, die Augenbrauen hochgezogen. «Hast du dir auch ein paar *harte* Steine gekauft?»

Es dauerte ein paar Sekunden, bis alle es kapiert hatten. Dann gab Lauren ihm einen Klaps auf den Arm, und April, die als Wissenschaftlerin normalerweise durch nichts aus der Ruhe zu bringen war, errötete ein wenig, als sie Alex anschaute und kicherte. *Kicherte*.

Marcus warf seinem besten Freund einen bösen Blick zu und zog April fester an sich.

Carah rollte mit den Augen. «Hast du ein Glück, dass du so heiß bist, Woodroe.»

«Das sieht Wren genauso.» Mit einem Zwinkern ließ er seinen Kopf wieder zurück auf den Schoß seiner Freundin sinken.

Entschlossen wandte Carah sich von ihm ab. «Auf Maria und Peter, unsere letzten beiden Hauptdarsteller. Oder, besser gesagt, unsere letzten Hauptdarsteller, die keine thunfischbesessenen Arschlöcher sind, denen scheinbar winzige Bizepse aus ihren Bizepsen wachsen.»

Peter könnte fast Mitleid mit Ian haben. Vielleicht *hätte* er sogar Mitleid mit ihm gehabt – wenn Ian nicht wirklich ein thunfischbesessenes Arschloch gewesen wäre, das es sich mit dem Rest der Besetzung verscherzt und sich aufgrund seines vermeintlichen Status als Herrscher über die Crew aufgespielt hatte.

«Maria, bei allem, was ich über deinen nächsten Film gesehen habe, will ich mich am liebsten schon jetzt für die verfluchten Karten anstellen. Filme über Frauen auf der Flucht sind verdammt noch mal mein *Ding*.» Als Carah sich vorbeugte, stießen sie und Maria ihre Fäuste aneinander. «Und ich kann dir gar nicht sagen, wie verdammt glücklich ich bin, dass du endlich hier in L. A. bist, meine bösartigste aller Bitches.»

«Ich auch.» Maria schenkte allen ihren Freunden ein überschwängliches Lächeln, bevor sie für einen langen, vielsagenden Moment Peters Blick begegnete. «Es gibt keinen Ort, an dem ich lieber wäre.»

Eine Botschaft an alle, aber an ihn im Besonderen.

Sie wusste, dass er sich immer noch Sorgen machte, weil sie so weit von ihrer Familie entfernt war. Denn diese Entfernung war ein Opfer, das sie für ihn, und nur für ihn, gebracht hatte, egal wie sehr sie ihre Co-Stars liebte. Und sie hatte ihm deshalb nie ein schlechtes Gewissen gemacht. Er wollte, dass sie alles hatte, was sie sich wünschte, und es tat weh, dass er ihr das nicht bieten konnte.

Aber er konnte es besser machen. Er *würde* es besser machen, und heute Abend würde er damit anfangen.

Carah fuhr fort: «Peter, mein bärtiger Bruder, du hast in letzter Zeit verdammt viel gewonnen. Die Hauptrolle in *Young MacDonald* ist die Rolle, für die du geboren wurdest, Kumpel. Ich meine, ein mürrischer, aber sexy Großstadttierarzt, der in eine ländliche Kleinstadt umzieht? Auf seine eigene Farm? Volltreffer.»

Er musste ihr zustimmen. Größtenteils. Außer wenn es um die ganzen verdammten Kühe ging. Herrgott noch mal, *so viele verdammte Kühe*.

Aber er liebte die Figur des Jack MacDonald, und die Serie wurde hauptsächlich in L. A. gedreht, also war er bereit, den Tod durch mutwilliges Zertrampeln zu riskieren. Und das Beste war, dass der Pilotfilm bereits abgesegnet war und man ihnen mindestens eine ganze Staffel garantiert hatte.

Wenn sie noch eine zweite Staffel bekämen, könnte er die Autoren vielleicht davon überzeugen, dass der junge MacDonald nur Hühner oder Schafe oder einfach *irgendetwas* mochte, egal was, Hauptsache was *anderes* als verfluchte Kühe.

Es würde auch helfen, wenn Maria damit aufhören würde, ihn in unerwarteten Momenten verdammt noch mal *anzumuhen* und dann vor Freude loszugackern, wenn er sich zu Tode erschreckte. Und wenn er im Anschluss dann andeutete, dass ihr blauer Schrank oder ihre Stiefel vielleicht mit ein bisschen Scheiße gefüllt waren, lachte sie nur noch mehr.

Die Dänen hatten die ganze Zeit recht gehabt: Die Schweden waren ein grausames Volk.

«Dein anderer Hauptpreis ist natürlich dieser wunderschöne nordische Arsch an deiner Seite.» Carahs anerkennender Pfiff war tief und lang, es folgten weitere Pfiffe von den anderen und dazu Jubel und Applaus. «Wie du so viel Glück haben oder so schlau sein konntest, diese wunderschöne Walküre zum Altar zu schleppen, werde ich wohl nie verstehen, aber herzlichen Glückwunsch, Peter. Gut gemacht, du verdammter hinterlistiger Beardo.»

Er hatte Maria nicht wirklich zum Altar geschleppt, obwohl er es getan hätte, wenn es nötig gewesen wäre. Stattdessen hatten sie sofort nach seinem Antrag eine standesamtliche Trauung angemeldet und so schnell geheiratet, wie es das Gesetz erlaubte. Das wussten Carah und alle anderen im Raum sehr genau, denn sie waren alle dabei gewesen. Ebenso wie Ramón, Nava und Marias gesamte Familie. Nicht aber sein Vater, denn so kurzfristig hatte er nicht anreisen können, und das war für Peter mehr als in Ordnung gewesen.

Er hielt sich nicht für besonders schlau. Aber Carahs *wunderschöne Walküre*-Spruch? Und der Teil über sein Glück?

Das war vollkommen, atemberaubend und wunderbar richtig.

Von dem ganzen Gemuhe einmal abgesehen. Das war kein Glück. Das war verdammt nervig. Deshalb würde er morgen sein neues T-Shirt anziehen, auf dem *Benny und Björn: Wahre Genies* stand. Und darunter, in etwas kleinerer Schrift: *Gab es noch andere Mitglieder von ABBA? Ich kann mich an keine erinnern.*

Sie würde verdammt noch mal ausflippen.

Rache. Das würde sie noch lernen.

«Und schließlich», begann Carah, und ein böses Lächeln umspielte ihre Lippen, «auf Ron und R.J., unsere ...»

«Warte.» Peter stand auf und hielt seine Flasche mit Limonade in die Höhe. «Bitte, ein letzter Trinkspruch noch, bevor ihr unsere abwesenden Showrunner ausweidet. Auf Carah Brown, die sowohl als das fürsorglichste als auch das am meisten fluchende Mitglied des Casts bekannt ist. Sie ist der wahre Star von *Unleashed*» – er ignorierte Alex' empörtes, überdramatisches, absolut gespieltes Keuchen – «und die loyalste Kollegin und Freundin, die wir je hatten. Auf dich, du verdammte Bitch.»

Carah verbeugte sich stolz grinsend, während der Rest der Gruppe applaudierte.

«Danke, Peter. Ich schätze, du bist doch kein totales Arschloch. Nur zum Großteil. Zu etwa neunzig Prozent oder so.» Carah zwinkerte ihm zu und hob ein weiteres Mal ihr Sektglas, während er seinen Platz neben Maria wieder einnahm. «Wie ich schon sagte, auf Ron und R.J., wo immer sie auch sein mögen.»

«Nicht in den sozialen Medien oder bei einem Con-Panel, so viel kann ich dir sagen», murmelte Summer.

Carah kicherte, dann fuhr sie fort. «Nach dem jahrelangen Lob der Kritiker und verschiedenen tollen Jobangeboten waren die letzten Monate hart für sie. Man hat ihnen die Regie bei *Star Fighters* entzogen und sie von anderen hochkarätigen Projekten ausgeschlossen. Online wurden sie für ihre erschreckend schlechten und schlampigen Drehbücher sowie für die bizarren, überstürzten und/oder unbefriedigenden Handlungsstränge und Charakterentscheidungen gekreuzigt.»

«Wenn die Leute schon dachten, dass der Rest der Staffel schlecht war ...» Mit einem Seufzer fuhr sich Marcus mit der Hand durch sein glänzendes, perfektes Haar. «Die Hölle bricht los, wenn alle das Finale heute Abend gesehen haben. Heilige Scheiße.»

«Ron war in letzter Zeit Gegenstand mehrerer investigativer Beiträge über Frauenfeindlichkeit am Set von *Gods*, und ich weiß, dass jemand in diesem Raum dafür verantwortlich ist», erklärte Carah. «Ich möchte nur sagen, wer auch immer du bist: Ich *liebe* dich, verdammt noch mal. Ich würde dir anbieten, deine Babys zu bekommen, als Dank für deinen beispielhaften Dienst an der Menschheit, aber ich will keine.»

Verstohlen drehte Alex seinen Kopf leicht auf Laurens

Schoß. Gerade weit genug, um Peters Blick aufzufangen und das winzigste aller Nicken mit ihm auszutauschen.

Ja, man könnte sagen, dass Alex immer noch einen sehr tiefen, sehr begründeten, sehr wutentbrannten Groll hegte, wenn es um Rons Verhalten gegenüber Lauren ging. Peter war sich ziemlich sicher, dass sein Freund diesen Groll mit in sein gottverdammtes Grab nehmen würde, genauso wie Peter sich ziemlich sicher war, dass die Schwerkraft weiter existieren würde.

Man könnte auch sagen, dass Peter Alex einen sicheren Weg eröffnet hatte, um diesem Groll nachzugeben. Und dass Peter aus seinem eigenen versteckten Wutreservoir geschöpft hatte, um Vergeltung zu üben.

Die Showrunner hatten Marias Selbstvertrauen nicht erschüttert, ihren Geist nicht gebrochen, ihren Körper nicht geschädigt und sie nicht dazu gebracht, ihren eigenen Wert und ihre Schönheit infrage zu stellen. Aber das lag nicht daran, dass sie es nicht oft genug versucht hätten.

Sie hatten versucht, sie auszunutzen. Versucht, sie zu brechen. Sie hatten es versucht und sie hatten versagt.

Maria hatte ihre Schwachstellen, wie er zu gut wusste, aber Ron und R.J. hatten sie nie gefunden, Gott sei Dank. Sie wusste außerdem, wie sie sich selbst und ihre Interessen schützen musste, und das hatte sie gekonnt getan, mit sehr wenig Hilfe von Peter.

Aber er war nicht mehr derselbe Mann, und er war bereit, ein gewisses Risiko einzugehen, um die Frau, die er liebte, zu rächen. Also ja, er hatte seine Kontakte genutzt, um vor ein paar Wochen ein paar anonyme Interviews zu geben. Hatte belastende Memos und E-Mails weitergegeben. Er hatte Alex diskret um Hilfe gebeten, weil Alex immer noch Rache wollte und das auch immer tun würde. Er würde die Welt für Lauren niederbrennen, auch wenn Lauren das nicht wollte.

Peter verstand das jetzt auf eine Art und Weise, wie er es vor ein paar Monaten noch nicht getan hatte.

Carah sprach immer noch, denn die Liste der Rückschläge, die die Showrunner in den letzten Monaten erfahren mussten, war lang und vielfältig und durchweg erfreulich.

«... was mir am absolut besten gefallen hat», sagte sie, und ihr ganzes Gesicht leuchtete vor Freude, «wir sollten nicht vergessen – wir sollten *niemals* vergessen –, wie Ron und R.J. auf Marias und Peters Insel reisten, um Bonusmaterial zu drehen, und dann beschlossen, Dolphy McBlowholeface einen Besuch abzustatten, trotz aller Warnungen der Einheimischen. Und wie sie versucht haben, sie zu reiten, weil sie Arschlöcher sind, und sie den beiden sofort die Scheiße aus dem Leib geprügelt und Ron die Nase gebrochen und R.J. ein blaues Auge verpasst hat. Und wie das alles von besagten Einheimischen gefilmt wurde, die das Video sofort ins Internet gestellt haben, wo es für immer und ewig bleiben wird. Gesegnet sei das Internet.»

Eine Minute lang dachten alle schweigend an diesen glorreichen Moment in ihrem Leben zurück und lächelten sich zufrieden an, während sie im Geiste all die lustigen Twitter-Memes Revue passieren ließen.

Er und Maria hatten an diesem Tag unzählige Stunden zusammengekuschelt auf der Couch verbracht, scrollend und glucksend. «Ich habe immer gewusst, dass Dolphy nicht ohne Grund mein Life-Coach ist», hatte sie zu ihm gesagt.

«Laut Whiskers war das der beste Tag seines ganzen Lebens», sagte Mackenzie jetzt mit einem gelassenen Lächeln auf ihrem schönen Gesicht. «Noch besser als die Katzenmassage und die Pediküre, die er bekommen hat.»

«Nächstes Jahr sollten wir den Delfinprügeltag zusammen feiern», sagte Alex träge. «Oder wenn wir alle zu sehr mit Geschenke-Austauschen und Festmahl-Kochen beschäftigt sind, können wir stattdessen auch etwas für den Delfinprügelabend planen.»

Asha machte eine Notiz in ihrem Handy-Kalender.

«Auf Ron und R.J.» Carah hob ein letztes Mal ihr Glas. «Ihr macht schon lange nur noch Mist, ihr Arschlöcher. Nun kommt der Teil eurer Karriere, in dem ihr das endlich auch *mitbekommt.*»

«Darauf trinke ich», sagte Summer, erhob sich von ihrem Stuhl und hakte sich mit ihrem freien Arm bei Carah unter. «Mit Vergnügen.»

Peter erhob sich ebenfalls, und sie stießen mit Flaschen und Gläsern an, während sie die köstliche Schadenfreude genossen.

Dann war endlich der große Moment gekommen.

«Es fängt gleich an!», rief Carah und eilte zu Alex' Fernbedienung. Peter lehnte sich zurück, bereit für den Beginn des Gemetzels.

Nicht bereit genug, wie sich herausstellte.

• ● •

«Wurde das während einer Supernova gefilmt? Was zum Teufel?», murmelte Marcus und schirmte seine Augen mit der flachen Hand ab. «Man kann nicht einmal sehen, wie ich in die Unsterblichkeit aufsteige. Es ist verdammt noch mal viel zu hell.»

«Vielleicht wollten sie, dass du gottähnlicher aussiehst.» April blinzelte ein wenig. «Aber es ist schwer zu sagen, ob du Ambrosia isst oder ein weiß glühendes Stück der Sonne.»

Alex, der wieder auf Laurens Schoß lag, hob den Kopf und betrachtete die Szene nachdenklich. «Tut mir leid, dass du während einer Nuklearexplosion unsterblich geworden bist, Kumpel. Vielleicht hast du mehr Glück beim nächsten Mal.»

Summer tätschelte Marcus tröstend den Arm, während

Carah auf den Bildschirm zeigte und kicherte. Asha und ihr Freund knutschten, und Mackenzie hielt Whiskers die Augen zu und drehte die Katze von den zu hellen Aufnahmen weg.

Peters Szenen mit Maria waren bereits vorbei, er konnte kaum erkennen, was auf dem Bildschirm geschah, und ihnen würde noch viel Zeit bleiben, um die Trümmer ihres von allen Göttern verlassenen Serienfinales zu begutachten, also wandte er sich vom Fernseher ab und senkte den Kopf, um Maria ins Ohr zu flüstern.

«Was hältst du davon, wenn wir uns hier in der Nähe ein Haus suchen? In Beachwood Canyon?», fragte er. «Würde dir das gefallen?»

Sie musste gar nichts sagen. Ihr Gesicht leuchtete hell genug auf, dass sein Glanz jegliche Gräueltaten auf dem riesigen Fernsehbildschirm überstrahlen konnte.

Ihr Blick suchte seinen. «Keine Tore, *Sötnos*?»

«Keine Tore.»

«Keine Wachen?»

«Keine Wachen.»

«Kein Joch?»

«Kein Joch.»

Aber die Menschen, die sie liebten, wären in der Nähe, immer in Reichweite, die Menschen, die sie in Erfolg und Misserfolg, in Freud und Leid gleichermaßen unterstützten. Die in dem unvorhersehbaren Durcheinander einer Hollywood-Karriere ebenso dankbar für Marias und Peters Unterstützung waren.

Wenn sie so nahe bei ihren liebsten Freunden lebte, würde Maria aufblühen. Und er genauso, wie er jetzt verstand.

«Bist du sicher?» Sie hob die Hand und streichelte seine Wange. «Wirst du dein Haus nicht vermissen?»

Nein, das würde er nicht. Denn für sie war es nach all den Monaten immer noch *sein* Haus und nicht ihr *gemeinsames*.

Ihre Wortwahl war keine Absicht, aber sie war ein verräterisches Anzeichen für ein größeres Problem, und er hatte schon seit einer Weile vor, eine Lösung für dieses Problem zu finden.

Jetzt hatte er es geschafft.

Er hatte in seinem Leben vor Maria viele Dinge vermisst. Liebe. Familie. Freundschaft.

Und im Vergleich dazu war ein Haus verdammt noch mal nichts.

Er neigte den Kopf und lehnte seine Stirn gegen ihre. «Ich werde dich haben, oder?»

«Immer», sagte sie. «Für immer.»

«Dann werde ich nichts vermissen», sagte er und lächelte sie an.

«Nächstes Jahr sollten wir versuchen, die Con of the Gates vom letzten Sommer zu übertreffen. Noch mehr Überraschungen. Noch mehr Drama. Noch mehr weltweit ausgestrahlte Anspielungen auf Pegging.»

Jemand hatte die Sendung angehalten, und Alex sprach mit Marcus, der seinen besten Freund mit einem komplizierten Ausdruck auf seinem sehr beweglichen Gesicht musterte, einer vertrauten Mischung aus Entsetzen, Resignation, Zuneigung und Belustigung.

Jeder von ihnen hatte schon einmal gesehen, wie Marcus Alex mit diesem speziellen Ausdruck bedachte. Viele, viele Male.

Er sprach sehr langsam. «Ich ... glaube nicht, dass das möglich ist, Alex.»

«Pessimist.» Alex machte eine wegwerfende Geste. «Wie lautet das Zitat noch mal? ‹Das Leben findet einen Weg›?»

«Das ist nicht das Leben», sagte Carah, warf sich eine Handvoll Mini-Brezeln in den Mund und sprach kauend weiter. «Das bist du, unser ganz persönlicher verdammter Chaosdämon. *Du* findest einen Weg.»

Alex zuckte unbeeindruckt mit den Schultern. «Ist doch das Gleiche.»

«Außerdem wurden in diesem Film, als das Leben einen Weg fand, Menschen *gefressen*.» Durch die halb zerkauten Brezeln klang ihre Stimme verzerrt. «Ruckzuck vernascht. Und zwar nicht auf die gute Art.»

Lauren nahm die Fernbedienung in die Hand.

«Ich werde die Folge jetzt wieder anmachen, bevor Alex noch weitere Anfälle von erschreckender Genialität hat.» Als er den Mund öffnete, hob sie, ohne ihn auch nur anzusehen, eine Hand. «Und niemand will hören, was für ein Genie du in anderen Dingen bist, Woodroe. Halt einfach die Klappe.»

«Spielverderberin», murmelte er, während er mit ungetrübter Bewunderung ihr Profil betrachtete.

Als sie die Folge weiterlaufen ließ, gab es mehrere unwillkürliche Aufschreie wegen der übermäßigen Helligkeit. Glücklicherweise endete diese Szene jedoch kurz darauf, und der Kampf um den Tartaros und die gesamte Menschheit wurde wieder aufgenommen.

Da sein dringendstes Problem nun gelöst war, lehnte Peter sich auf der Couch zurück und bereitete sich darauf vor, noch mehr arme Menschen zu sehen, die einen schrecklichen, sinnlosen und schlecht geschriebenen Tod starben.

Aber er dachte nicht über den Tod nach. Nicht wirklich.

Im Moment war er mehr mit dem Leben beschäftigt.

Vielleicht würde er seine Mutter jeden Tag vermissen, den er auf dieser Welt wandelte. Vielleicht würde er nie einen Weg finden, eine Beziehung zu seinem Vater aufzubauen und ihm zu vergeben. Seine Karriere könnte scheitern, wenn er älter wurde oder wenn er in Hollywood in Ungnade fiel. Seine Bankkonten könnten sich langsam leeren.

Aber mit Maria an seiner Seite und ihren Freunden um sie herum, die sich zankten und umarmten und in belangloser Schadenfreude kicherten –

«Hör auf, die Fußbank in Beschlag zu nehmen, *Skitstövel*», flüsterte die Frau, der sein ganzes Herz gehörte. «Oder ich bringe dich wieder dazu, Salzlakritze zu essen, und lache dich aus, wenn du würgen musst.»

Das würde sie wirklich tun. Maria machte keine leeren Drohungen.

«Schwedisches Biest.» Er drückte ihr einen Kuss auf die Schläfe. «Warum liebe ich dich so sehr?»

«Weil ich umwerfend bin. Offensichtlich.» Sie drehte ihren Kopf und sah ihn nachdenklich an. «Ich schätze, es schadet nicht, dass ich dich auch liebe. Auch wenn ich gezwungen bin, ständig ein extrem schweres Glas Hering mit mir herumzutragen, um dich auf Linie zu halten.»

Sein finsterer Blick war so falsch, dass selbst ein Kind die Lüge darin erkannt hätte.

Sie tätschelte sein bärtiges Kinn. «Gern geschehen.»

Dann wandte sie sich wieder dem Fernseher zu und beanspruchte mehr Platz auf der Fußbank.

Er drehte sich so, dass sie ihn nicht sehen konnte – denn nur ein Narr würde sie ermutigen –, und ließ zu, dass sich ein Grinsen auf seinem Gesicht ausbreitete, bis seine Wangen schmerzten.

Wenn Maria sich in seine Arme schmiegte und so viele Menschen, die er liebte, weniger als ein Dutzend Schritte entfernt waren, war selbst ein sturer, mürrischer Pessimist wie er gezwungen, das Offensichtliche zuzugeben.

Es kam unerwartet, aber es war wahr.

Zum ersten Mal in seinem Leben glaubte ausgerechnet er – Peter Reedton – an Happy Ends.

Er musste es tun. Er hatte keine andere Wahl.

Schließlich lebte er doch eines, oder nicht?

DANKSAGUNG

Ganz auf mich allein gestellt, hätte ich dieses Buch nicht fertig geschrieben. Ein Jahr nach Beginn der Pandemie war ich, was meine geistige Gesundheit anbelangte, nicht gerade in Bestform. Selbst das Öffnen eines Word-Dokuments fühlte sich an manchen Tagen an, als wäre es zu viel. (An den meisten Tagen.)

Doch jedes Mal, wenn ich ins Wanken geriet, tauchte unweigerlich Hilfe auf.

Als ich mich nicht für den Schauplatz des Buches entscheiden konnte, erzählte mir Emma Barry von den Aran-Inseln und erstellte dann – völlig unaufgefordert – eine verdammte PowerPoint-Präsentation über ihre Reise dorthin, was sowohl der Gipfel ihres entzückenden Nerdtums war als auch genau das, was ich brauchte, um mir Peters und Marias kleinen, windgepeitschten Drehort vorzustellen. Als ich 30.000 Wörter geschrieben hatte und merkte, dass etwas nicht stimmte, las sie sich durch, was da war, und half mir geduldig dabei, herauszufinden, wo ich mich vertan hatte und wie ich meine Fehler beheben konnte. Als ich meinen Entwurf schließlich fertiggestellt hatte, las sie ihn erneut, und sowohl Susannah Erwin als auch Therese Beharrie lasen ihn zum ersten Mal. Ihr Vertrauen in die fertige Geschichte ließ mich glauben, dass ich das Unmögliche geschafft hatte: Trotz meiner anhaltenden Depression war es mir gelungen, ein Buch zu schreiben, das ich liebte und das all den Humor und den Spaß enthielt, die ich mir für meine Leserinnen und Leser wünschte.

In den Momenten, in denen ich den Elan verlor, meldete sich Theresa Romain per FaceTime. Therese skypte. Mia

Sosa, Susannah und viele andere Freunde mailten und schrieben mir Nachrichten und fragten, was sie tun könnten, um zu helfen. Letztendlich war ich nie allein, auch wenn ich wochenlang sozial isoliert war und mich in meiner schwedischen Wohnung verbarrikadiert hatte.

Ich war auch aus einem anderen Grund nie allein: Meine Familie tat alles, was sie konnte, um mich beim Schreiben zu unterstützen, auch wenn sie eigentlich nicht viel mehr machen konnten, als mich zu lieben und zu ermutigen. Was natürlich genau das war, was ich von ihnen brauchte. Mr D, Little D und Mom: Ich liebe euch so sehr.

Und damit habe ich noch längst nicht all die anderen Menschen berücksichtigt, die dieses Buch möglich gemacht haben! Ich hatte nicht nur eine, sondern gleich zwei fantastische Lektorinnen. Elle Kecks Begeisterung für die Geschichte und ihre Bereitschaft, mit mir darüber zu sprechen, haben mich jeden Tag inspiriert, an dem ich geschrieben habe, und ihre Liebe zu meinem Entwurf hat mir mehr Auftrieb gegeben, als ich in Worte fassen kann. Ich werde ihr nie genug dafür danken können, dass sie so an mich geglaubt und meinen Büchern so viel Aufmerksamkeit und Sorgfalt geschenkt hat. Elle, ich hoffe, dass jeder Tag in deinem neuen Job voller Freude ist, denn das und noch viel mehr hast du verdient. Als Elle ging, hat Nicole Fischer übernommen, und ich bin ihr so dankbar für die Gedanken und die Sorgfalt, die sie meiner Geschichte gewidmet hat. Ich kann es kaum erwarten, mit ihr an meiner neuen Serie zu arbeiten. 😁

Nicole war unglaublich geduldig, als wir dabei waren, das wunderschönste Cover zu gestalten, das man sich vorstellen kann. Für dieses Cover bin ich natürlich auch Leni Kauffman, meiner Illustratorin, und Yeon Kim, meiner Cover-Designerin, zu großem Dank verpflichtet. Die beiden haben dieses Cover gerockt. Ich könnte nicht stolzer sein, dass mein Name darauf steht, und das aus so vielen Gründen.

Auch alle anderen bei Avon waren absolut fantastisch: Eliza Rosenberry, Amanda Lara und Holly Rice waren freundlich und effizient und enthusiastisch und im Grunde alles, was sich eine Autorin von einem Presseteam wünschen kann. DJ DeSmyter war immer offen für Vorschläge, und es war einfach eine Freude, mit ihm zu arbeiten. Eines Tages werden wir zusammen in einer Bar sitzen und auf Avons allererste Vorbestellungskampagne mit Strap-ons anstoßen! (Während ich diese Danksagung schreibe, weiß er noch nicht, was mir für die Vorbestellungskampagne von diesem Buch vorschwebt, und ich hoffe, er ist bereit für mögliche illustrierte Nacktheit). Mein ganzer Dank gilt auch Laura Cherkas, die meine Texte so gründlich und sorgfältig bearbeitet hat.

Und dann ist da noch Sarah Younger, meine unermüdliche, unerschütterliche, unglaubliche Agentin. Danke, Sarah, dass du mein Wohlbefinden, ohne zu zögern, über alle anderen Überlegungen stellst. Danke, dass du mir immer den Rücken freihältst. Danke, dass du an mich und meine Arbeit glaubst, und danke, dass du mehr für mich verlangst, als ich jemals für mich selbst verlangen würde. Ich kann mich so glücklich schätzen, dich an meiner Seite zu haben, und das weiß ich auch.

Und schließlich: Vielen Dank an alle meine Leserinnen und Leser. Ihr müsst wissen, dass ich jeden Tag dankbar für euch bin. Jeden. Einzelnen. Tag. ♥

GLOSSAR

Älskling Schwedisch: Liebling.

Alternate Universe; AU Paralleluniversum, auch Altraverse, alternative Realität.

AO3 Archives of our own – nicht kommerzielle, gemeinnützige Internetseite für Fanfiction und sonstige Fanart.

Benny und Björn Benny Andersson und Björn Ulvaeus, die männlichen Mitglieder von ABBA, die die Songs auch schrieben und komponierten.

CGI Computer Generated Imagery. Mittels 3D-Computergrafik erzeugte Bilder im Bereich der Filmproduktion.

Consentacles Zusammensetzung aus den Wörtern Consent und Tentacles. Tentacle porn mit Einwilligung (freiwilliger Sex mit Tentakeln).

Edgelord Netzjargon; abwertende Bezeichnung für eine anstrengende edgy Person, die in Online-Foren bewusst Positionen einnimmt, die andere schockiert oder beleidigt.

E/Explicit 18+, explizite Inhalte.

Fan Bros Männliche Fans, v a. im Computerspielbereich, die ein Problem mit weiblichen Spielerinnen und Figuren haben.

Fandom Steht für die Gesamtheit einer Fangemeinde, meist Fans eines fiktionalen Werkes.

Fic Geschichte

Fluff Wörtlich: Flaum. Bezeichnet ein Übermaß an Harmonie und Idylle. Alle haben sich gern, und niemand will irgendwem etwas.

Fy fan Schwedisch: Verdammt!

Grimdark Subgenre der Fantasy, in dem alles besonders düster, amoralisch, gewalttätig ist.

Grip Filmberuf. Bei Film- und Fernsehproduktionen für die Organisation und den Aufbau von Ausstattungen und Szenerien verantwortlich.

Jag älskar dig. Schwedisch: Ich liebe dich.

Kudos Wörtlich: Chapeau. Drückt Anerkennung aus. Name der Like-Funktion bei AO3.

NSFW Internetjargon, Not Safe/Suitable for Work. Bezeichnet Inhalte, die man sich bei der Arbeit besser nicht anschauen sollte. Wird i. d. R. bei anzüglichen oder nicht jugendfreien Bildern oder Videos verwendet.

On location Drehort außerhalb eines Studios oder Nachbaus.

OSHA Occupational Safety and Health Administration. Eine Arbeitsschutzbehörde in den USA.

OTP One True Pairing; das avisierte Traumpaar; das einzige Lieblingspaar eines Fans.

Pegging Analsex mit Umschnalldildo.

Rating Einstufung, Altersempfehlung.

Real Person Fiction/RPF Geschichte mit realen Personen (z. B. Schauspieler*innen) als Protagonist*innen.

Shippen An der Entwicklung einer Liebesbeziehung zwischen Figuren eines Buches, eines Films, einer Serie etc. besonders interessiert sein.

Skitstövel Schwedisches Schimpfwort. Wörtlich: Scheißstiefel.

Slow-burn Eine Liebesgeschichte, die sich langsam entwickelt.

Smut Wörtlich: Schmutz. Expliziter sexueller Inhalt.

Sötnös Schwedisch für Süße*r. Wörtlich: Süßnase.

Tags Schlagwörter.

VFX Supervisor Visual Effects Supervisor. Ist beim Film verantwortlich für die visuellen Effekte.